本書係國家社科基金項目

（批准號:12BZW064）結項成果

山東大學基本科研業務費資助項目

山東大學文史哲研究專刊

百年"龍學"探究

戚良德　著

上海古籍出版社

圖書在版編目(CIP)數據

百年"龍學"探究 / 戚良德著. —上海：上海
古籍出版社，2019.9
（山東大學文史哲研究專刊）
ISBN 978-7-5325-9295-1

Ⅰ.①百… Ⅱ.①戚… Ⅲ.①中國文學—文學理論—
南朝時代②《文心雕龍》—研究 Ⅳ.①I206.391

中國版本圖書館 CIP 數據核字(2019)第 155721 號

山東大學文史哲研究專刊
百年"龍學"探究
戚良德 著
上海古籍出版社出版發行
（上海瑞金二路 272 號 郵政編碼 200020）
（1）網址：www.guji.com.cn
（2）E-mail：guji1@guji.com.cn
（3）易文網網址：www.ewen.co
江陰金馬印刷有限公司印刷
開本 890×1240 1/32 印張 17.5 插頁 5 字數 439,000
2019 年 9 月第 1 版 2019 年 9 月第 1 次印刷
ISBN 978-7-5325-9295-1
Ⅰ·3409 定價：78.00 元
如有質量問題，請與承印公司聯繫

出版説明

　　山東大學素以文史見長。二十世紀三十年代，以聞一多、梁實秋、楊振聲、老舍、沈從文、洪深等爲代表的著名作家、學者，在這裏曾譜寫過輝煌的篇章。二十世紀五十年代以來，以馮沅君、陸侃如、高亨、蕭滌非、殷孟倫、殷焕先爲代表的中國古典文學、漢語言文字學研究，以丁山、鄭鶴聲、黃雲眉、張維華、楊向奎、童書業、王仲犖、趙儷生爲代表的中國古代史研究，將山東大學的人文學術地位推向巔峰。但是，隨着時代的深刻變遷，和國内其他重點高校一樣，山東大學的文史研究也面臨着挑戰。如何重振昔日的輝煌，是山東大學領導和師生的共同課題。"周雖舊邦，其命維新。"山東大學文史哲研究院正是在這一特殊歷史背景下成立的，肩負着不可推卸的歷史責任，將形成山東大學文史學科一個新的增長點。

　　文史哲研究院是一個專門從事基礎研究的學術機構，所含專業有中國古典文獻學、中國古代文學、漢語言文字學、史學理論與史學史、中國古代史、科技哲學、文藝學、民俗學、中國民間文學等。主要從事科研工作，同時培養碩士、博士研究生。著名學者蔣維崧、王紹曾、吉常宏、董治安等在本院工作，成爲各領域的學科帶頭人。

　　"興滅業、繼絶學、鑄新知"，是本院基本的科研方針；重點扶持高精尖科研項目，優先資助相關成果的出版，是本院工作的重中之重。《山東大學文史哲研究院專刊》正是爲實現上述目標而編輯的研究叢書。感謝上海古籍出版社對本叢書的支持，歡迎海内外學友對我們進行批評和指導。

山東大學文史哲研究院

2003 年 10 月

【附记】

　　《山東大學文史哲研究院專刊》已陸續編輯出版多種,在海內外引起廣泛關注和好評。2012 年 1 月,山東大學文史哲研究院與山東大學儒學高等研究院、山東大學儒學研究中心和《文史哲》編輯部的研究力量整合組建爲新的山東大學儒學高等研究院,許嘉璐先生任院長,龐樸先生任學術委員會主任(龐樸先生於 2015 年病故)。本院一如既往,以中國古典學術爲主要研究範圍,其中尤以儒學研究爲重點。鑒於新的格局,專刊名稱改爲《山東大學文史哲研究專刊》,繼續編輯出版。歡迎海內外朋友提出寶貴意見。

2019 年 3 月

目　錄

引　言

　　一本書的研究成爲一門學問,研究《紅樓夢》的"紅學"是一個最著名的例子;《文心雕龍》研究發展成"龍學",也是一個不多見的例子。據筆者的最新統計,有關《文心雕龍》的專著已超過七百部,文章約有一萬篇。爲什麼大家會對一本不足四萬字的"論文"之書饒有興致,用力不輟? 這不是哪一個人來號召的,而是自發的。在中國文化當中,《文心雕龍》很獨特,正是這種獨特性吸引了大批著名的學者來研究它,從而産生了衆多的成果,牟世金先生謂之"一入龍門深似海"。《文心雕龍》有什麼獨特呢? 我把這種獨特性概括爲五個方面。第一,它是中國文論的元典。中國文論浩如煙海,但是真正可以稱之爲元典的著作,我覺得祇有一部《文心雕龍》。"元典"是武漢大學馮天瑜教授提出的一個概念,所謂"元典",就是首要之典、根本之典。《文心雕龍》是中國文論的元典,就是説中國文論後來很多著作、很多理論,特別是很多範疇,都是從它生發出來的。第二,它是中國古代文論和美學的樞紐。也就是説《文心雕龍》是中國古代文論和美學的一個關鍵環節,它不僅創造性地融匯了六朝之前的理論成果,而且完成了中國文論和美學範疇、體系的基本話語建構,奠定了此後千餘年中國文論和美學的話語範式。第三,它是中國文學的鎖鑰。《文心雕龍》是中國文學的緊要之處,或者説,你要打開中國文學寶庫的話,必須用《文心雕龍》這把鑰匙。比如我們中國古代講"《文選》爛,秀才半",但要讀懂、讀通《文選》,就離不開《文心雕龍》。《文選》的選文標準、文體分類,和《文心雕龍》都密切相關;《文選》所選文章的寫作方法,更是《文心雕龍》研究的主要内容。第四,它是中國文章的寶典。我們今天所謂"文學",是從西方引進的一個概念,事實上中國古代叫"文章"。但中國古代的"文章"比我們今天的"文學"概念寬泛得多,包括衆多的實用文體和作品。要寫好這些文章,讀通《文心雕龍》是一個捷徑。正如清代黄叔琳所説,《文心雕龍》是"藝苑之秘寶"①。第五,它是中國文化的教科書。《文心雕龍》的"文",不僅不等於今天的"文學",而且其地位也重要得多。重要到什麽程度呢? 那就如《文心雕龍·序志》篇裏所説的:"五禮資之以成,六典因之致用,君臣所以炳焕,軍國所以昭明。"②即是説,社會生活的各個方面——政治、經濟、軍事、儀節、制度、法律,都離不開這個"文"。因此,《文心雕龍》雖是一本文論著作,但這個"文"不同於今天的"文學",所謂"文論"也不等於今天的"文學理論",劉勰的論述實際上提供了一部中國傳統文化的教科書:黄侃是語言文字學家,但他專門講《文心雕龍》;范文瀾是史學家,他也要講《文心雕龍》並爲之作注;王元化是思想家,但他的《文心雕龍講疏》却成爲其著述中最有名的一部。所以不同的人會從不同的角度對《文心雕龍》産生興趣,希望去發掘它的思想價值、理論價值、文化價值。

關於"龍學"之稱,有些學者還有不同的意見。據筆者所知,最早是中國《文心雕龍》學會的第一任會長張光年先生提出的,他在1990年11月於汕頭大學召開的學會第三次年會的開幕式上,曾提出以"文心學"代替"龍學"之名。③ 他説有的外國友人聽説"龍學"

---

① (清)黄叔琳:《〈文心雕龍輯注〉序》,(南朝梁)劉勰撰、(清)黄叔琳注、(清)紀昀評:《文心雕龍輯注》,北京:中華書局,1957年,第1頁。

② (南朝梁)劉勰:《文心雕龍·序志》,戚良德輯校:《文心雕龍》,上海:上海古籍出版社,2015年,第286頁。

③ 《中國文心雕龍學會第三次年會在汕頭大學舉行》,《文心雕龍學刊》第7輯,廣州:廣東人民出版社,1992年,第288頁。

之後,誤以爲這是一門研究古生物的學問,所以不如叫"文心學"更名副其實,不容易産生誤會。後來也有一些學者贊成這一觀點,並指出劉勰自己在《文心雕龍·序志》中就曾把《文心雕龍》一書簡稱爲"文心",所以理當把研究《文心雕龍》的學問簡稱爲"文心學"。雖然這些理由都有道理,但筆者還是願意稱"龍學",爲什麼呢?

首先,無論"文心學"還是"龍學",均爲"文心雕龍學"的簡稱;既爲簡稱,則應儘量精簡,大家約定俗成,時間久了便不會産生疑義。猶如"紅學"、"選學"之稱,特別像"文選學",本就很簡單了,但人們還是願意更進一步簡化爲"選學",這正是簡稱的原則所在。至於誤會,一開始也許難免,但隨着時間的推移,尤其是這門學問的影響漸大,廣爲人知,這一概念自然會被接受。就像"美學"之名,一開始不是還有人誤認爲是美國之學嗎?況且這還不是個簡稱。所以既爲簡稱,端在約定俗成;追求名副其實,並非簡稱的原則。實際上,與二十多年前相比,現在的"龍學"之稱,至少在學術界是越來越被認可了,又何必改成"文心學"呢?

其次,劉勰在《文心雕龍·序志》中的確曾把自己的書簡稱爲"文心",其云:"蓋《文心》之作也,本乎道,師乎聖,體乎經,酌乎緯,變乎騷;文之樞紐,亦云極矣。"①但這顯然祇是順便而爲,並不表示這部書祇能簡稱爲"文心",而不可以簡稱爲"雕龍"。劉勰説得明白:"夫'文心'者,言爲文之用心也。……古來文章,以雕縟成體,豈取騶奭之群言'雕龍'也?"②則無論"文心"還是"雕龍",均爲劉勰這部書的命意所在,説的是一回事,祇是一個是直陳,一個是比喻,如張光年先生所説,"'雕龍'是用以表現'文心'的絕妙譬喻"③,

---

① (南朝梁)劉勰:《文心雕龍·序志》,戚良德輯校:《文心雕龍》,第287頁。
② 同上,第286頁。
③ 《中國文心雕龍學會第三次年會在汕頭大學舉行》,《文心雕龍學刊》第7輯,第288頁。

所以以"龍學"概括研究《文心雕龍》的學問,不僅符合劉勰自己的命意,而且更爲形象生動、傳神。

第三,《文心雕龍》固然是"言爲文之用心",但重點在如何"用心"。所謂"古來文章,以雕縟成體",即是説寫文章要像雕刻龍紋那樣,精雕細琢、一絲不苟,後世所謂"吟安一個字,撚斷數莖鬚"①,所謂"爲求一字穩,耐得半宵寒"②,指的正是這種"雕龍"之功,此亦即"用心"所在,也就是杜甫所謂"文章千古事,得失寸心知"③。因此,以"龍學"命名研究《文心雕龍》的學問,也符合中國文化傳統中對文章寫作的基本認識。所謂雕龍寫鳳,正是人們對寫文章的一個形象説法。其實,前人喜以"雕龍"稱劉勰之書者,並不少見。如明代朱謀㙔《文心雕龍跋》云:"往余弱冠日,手抄《雕龍》,諷味不舍晝夜。"④成爲近代"龍學"源頭的《文心雕龍輯注》一書的作者黃叔琳,亦很看重"雕龍"之稱,其云:"下篇極論文術,一一鏤心鉥骨而出之,真不愧'雕龍'之稱。"⑤近代國學大師劉咸炘也喜歡把《文心雕龍》一書簡稱爲"雕龍"⑥,而著名"龍學"家牟世金先生也把自己的文集命名爲"雕龍集"。正因如此,學者們

① (唐)盧延讓:《苦吟》,《全唐詩》(增訂本),北京:中華書局,1999年,第8293頁。

② (清)顧文煒:《苦吟》,(清)袁枚:《隨園詩話》,北京:人民文學出版社,1982年,第141頁。

③ (唐)杜甫:《偶題》,(清)仇兆鰲:《杜詩詳注》,北京:中華書局,1999年,第1541頁。

④ (明)朱謀㙔:《文心雕龍跋》,楊明照:《增訂文心雕龍校注》(附録),北京:中華書局,2000年,第975頁。

⑤ (清)黃叔琳:《文心雕龍輯注·例言》,(南朝梁)劉勰撰、(清)黃叔琳注、(清)紀昀評:《文心雕龍輯注》,第5頁。

⑥ 如謂:"庚申七月,因撰《文式》,復讀《雕龍》,取舊稿閲之,亦頗有可喜者。"見劉咸炘:《文心雕龍闡説》,《推十書》(增補全本)戊輯,上海:上海科學技術文獻出版社,2009年,第979頁。

自然地把研究《文心雕龍》的學問稱之爲"龍學"①,實在是良有以也。

早在三十多年前,牟世金先生便指出:"《文心雕龍》研究何以會成爲一門系統化的學科即所謂'龍學'呢?除了發展民族文化的需要,主要是《文心雕龍》有其值得研究的價值。"他又説:"中國古代的許多學者,對《文心雕龍》做過大量不可磨滅的工作,但除校注之外,大都是獵其艷辭,拾其香草而已。真正的研究,還衹是近幾十年來的事。但這塊古璞一經琢磨,很快就光華四溢,並發展成一門舉世矚目的'龍學'了。"②臺灣著名"龍學"家王更生先生更謂:"經過'改革開放'後二十年的努力,《文心雕龍》研究,不但贏得了'龍學'的雅號,而從事研究的學者們,更被學術界尊之爲'龍學家'。不僅如此,它更和當前所謂的'甲骨學'、'敦煌學'、'紅學'同時榮登世界'顯學'的殿堂。受到國際漢學家的重視。"③綜上所述,"'龍學'的雅號"相信會得到越來越多的認可和關注。

根據牟世金先生的考證,劉勰於公元 502 年"撰成《文心雕龍》,並取定於沈約"④,則《文心雕龍》問世已經一千五百餘年。在筆者看來,一千五百年來的《文心雕龍》傳播和研究史,可以分爲三個大的歷史時期:一是前"龍學"時期(二十世紀以前);二是二十世紀的"龍學"史;三是新世紀"龍學"的開拓發展時期。漫長的

---

①　如牟世金先生的長文《"龍學"七十年概觀》,王更生先生的專著《歲久彌光的"龍學"家》(臺北:文史哲出版社,2000 年)等。

②　牟世金:《"龍學"七十年概觀》(上),《社會科學戰綫》1987 年第 3 期。

③　王更生:《中國大陸近五十年(1949—2000)〈文心雕龍〉學研究概觀——以戚良德著的〈文心雕龍學分類索引〉爲依據》,《文心雕龍研究》第 9 輯,保定:河北大學出版社,2010 年,第 96 頁。

④　牟世金:《劉勰年譜彙考》,成都:巴蜀書社,1988 年,第 57 頁。

前"龍學"時期的《文心雕龍》研究,主要是文本的校勘、典故的解説以及原文的徵引,對詞語文意的訓釋尚且很少,更談不上系統的理論研究了。詹鍈先生曾指出:"辛亥革命以來,在大學講授《文心雕龍》始於劉師培,黄侃繼之。劉師培未發講義,當年羅常培先生曾用速記法作了記録,整理出來,發表的祇有兩篇,取名《左盦文論》,見西南聯合大學中文系編的《國文月刊》。"①牟世金先生則以爲:"近代《文心雕龍》研究的奠基者當推黄侃。黄氏《札記》開始發表於 1925 年的《華國月刊》,到 1927 年,集二十篇爲《文心雕龍札記》,由北平文化學社出版。……黄氏《札記》雖問世稍晚,但它是在 1914 至 1919 年講授《文心雕龍》於北京大學期間撰寫的。把《文心雕龍》作爲一門學科搬上大學講壇,這是有史以來的第一次。……這説明從黄侃開始,《文心雕龍》研究就是一門獨立的學科:龍學。"②同時,近代著名國學大師劉咸炘於 1917 至 1920 年完成《文心雕龍闡説》一書,成爲《文心雕龍》誕生以來第一次對其全書進行逐篇闡釋的理論專著。這也標誌着《文心雕龍》研究開始走出單純校注和徵引的階段,走上理論研究和全面闡釋的近現代"龍學"新征程。因此,現代意義上的"龍學"便有了一百年的歷史。

　　一百年來,很多學者,特别是有很多大師,對《文心雕龍》興趣盎然,從黄侃、劉咸炘、錢基博,到范文瀾、陸侃如、楊明照、詹鍈、王元化等,都有關於《文心雕龍》的專著。同時,很多大學,都開設了《文心雕龍》的專題課,黄侃在北大開講,同時他在武漢大學的前身武昌高等師範學校也講過《文心雕龍》,其後劉永濟在武漢大學

---

　　①　詹鍈:《文心雕龍義證·序例》,(南朝梁)劉勰著、詹鍈義證:《文心雕龍義證》,上海:上海古籍出版社,1989 年,第 5 頁。

　　②　牟世金:《"龍學"七十年概觀》(上),《社會科學戰線》1987 年第 3 期。

講《文心雕龍》；范文瀾在南開大學講《文心雕龍》，後來形成《文心雕龍講疏》，最終形成著名的《文心雕龍注》；陸侃如、牟世金先生在山東大學講授《文心雕龍》，後來形成《文心雕龍選譯》、《文心雕龍譯注》等。各個大學開設《文心雕龍》的專題課，必然吸引一批學生聽課，自然也就有一批人慢慢地走上研究《文心雕龍》的道路。比如，北大後來有張少康，武漢大學在劉永濟之後，有吳林伯、羅立乾、李建中等。南開大學在范文瀾之後有羅宗強研究中國文學思想史，成就斐然，他也出版了《文心雕龍》專著。山東大學也一直有人研究《文心雕龍》，出版各種專著，“龍學”代不乏人，這都是由大學課堂上講《文心雕龍》延伸出來的成果。這便是“龍學”之路，前後相傳，薪火不斷，自然就形成了一門學問。

　　《文心雕龍》研究成爲一門學問，還有一個標誌就是中國《文心雕龍》學會的成立。1982 年，在濟南召開了第一次全國性的《文心雕龍》學術討論會，那是成立《文心雕龍》學會的一個預備會議，到 1983 年就在青島成立了中國《文心雕龍》學會。首任會長是著名詩人張光年（《黃河大合唱》的詞作者光未然），名譽會長是當時的文聯主席周揚，王元化和楊明照是副會長，牟世金爲秘書長。學會一成立，中國社科院便成立了一個由王元化先生帶隊的《文心雕龍》考察團，訪問日本。學會還創辦了《文心雕龍學刊》（後改成《文心雕龍研究》），至今已出版近二十輯。與此同時，中華“龍學”的另一脈——臺灣的“龍學”亦是碩果纍纍。在大陸“文革”期間，臺灣就產生了一批《文心雕龍》研究者，像黃侃的弟子李曰剛，有一百八十萬字的《文心雕龍斠詮》；特別是王更生先生，出版了十幾種《文心雕龍》的專著。至於《文心雕龍》在國外的傳播和影響，則可謂方興未艾。目前，《文心雕龍》已被翻譯爲英文、日文、韓文、德文、法文、俄文、意大利文、西班牙文、捷克文等多種文字，各國均有一些“龍學”專家。

　　近二十年來，有關“龍學”史的著作已出版了多種，首先是楊明照先生領銜主編的《文心雕龍學綜覽》（上海書店出版社，1995年），雖非以"史"爲名，但實際上是對《文心雕龍》研究史，特別是近現代"龍學"史的一次全面總結。其次有張文勳先生的《文心雕龍研究史》（雲南大學出版社，2001年）、張少康等先生的《文心雕龍研究史》（北京大學出版社，2001年）、李平先生的《〈文心雕龍〉研究史論》（黄山書社，2009年）等，皆着眼《文心雕龍》產生以來的研究史，而重點也是對現代"龍學"史的介紹。另外，朱文民先生的《劉勰志》（山東人民出版社，2009年），實際上亦屬於"龍學"史著作。牟世金先生的《臺灣文心雕龍研究鳥瞰》（山東大學出版社，1985年），則是對臺灣"龍學"史的專題介紹和研究。臺灣亦有王更生先生的《臺灣近五十年〈文心雕龍〉研究論著摘要》（文史哲出版社，1999年）以及劉渼博士的《臺灣近五十年來"〈文心雕龍〉學"研究》（萬卷樓圖書有限公司，2001年）等著作。

　　鑒於此，本書並非對整個《文心雕龍》研究史的全面梳理，而是對近百年"龍學"史的重點探究；雖着眼百年"龍學"的歷史發展，但並非系統的"龍學"史著作，而是選取百年"龍學"史上重要的問題進行專題探討。這些問題或格外重要而需要進一步闡明，或觀點不一而需要略陳己見，或少人問津而需要篳路藍縷。總之，所有問題皆不作泛泛之談，而必有一得之見。同時，鑒於上述已有數種專門介紹臺灣"龍學"的著作，故本書亦不對臺灣"龍學"進行專題研究，當然這不影響筆者把臺灣"龍學"著作作爲重要參考書予以徵引。嚴格説來，本書的研究對象主要爲中國大陸百年"龍學"的發生和發展。之所以如此，主要是因爲近百年"龍學"的主潮在中國大陸，大部分成果也在中國大陸，其歷史的經驗教訓自然也集中於此。其次則是由於歷史的原因，"龍學"在大陸與臺灣的發展頗不一致，爲了集中而突出地探索百年"龍學"發展過程及其重要問題，作爲專題研究，本書暫把目光聚焦於中國大陸的"龍學"，至於深入探索臺灣"龍學"的發生和發展，筆者擬以另外的專題研究來進行。

本書以全新的思路對百年"龍學"進行全方位立體把握,並以此爲基礎,集中力量對百年"龍學"最重要的成果予以探索和研究。

首先,對百年"龍學"六個時期作了總體審視,力圖從宏觀上對近代以來的百年"龍學"史作新的思考和探究。在對已出各種著作有關《文心雕龍》研究史分期問題進行詳細考察的基礎上,將大陸百年"龍學"史分爲六個時期,這是一個具有清晰坐標的全新把握,有助於我們更爲準確地瞭解這門學科的近現代歷程。同時,筆者對每個時期"龍學"的總結和概括亦有別於現行各種《文心雕龍》研究史,既突出每個時期"龍學"的重要成就和特點,更强調實事求是審視百年"龍學"的問題,尤其是其民族文化本位立場的缺失,以及由此造成的《文心雕龍》研究視野的狹窄和單一,希望以此對新世紀的"龍學"起到警示作用。

在上述"龍學"發展的六個時期中,筆者着力對最後一個時期,即新世紀"龍學"進行全新的概括和總結。這既是因爲前五個時期在上述各種"龍學"史著作中已經有較多的論述,而新世紀的"龍學"尚無人作專題探討,更是因爲在筆者看來,二十一世紀的十五六年間,"龍學"的成就已在很多方面超越前賢,實在值得予以認真總結。如對百年"龍學"在大學課堂的風采予以典型呈現:百年"龍學"發端在大學課堂,主要的研究力量也在高等學府,對這一重要的學術現象進行總結,不僅有助於"龍學"的開拓和創新,有助於發現和培育新的"龍學"力量,而且也在一定程度上有助於我們的大學教育,尤其是大學國學教育、人文教育。再如對"龍學"新生力量的關注和總結,以把握"龍學"脈搏的最新跳動,既有助於展示百年"龍學"的多彩和活力,從而揭示所謂"龍學"之形成和發展的深厚根基以及龍騰虎躍之勢,更有助於我們爲往聖繼絶學,沿着前輩所開創的"龍學"之路,爲中華文化的復興盡綿薄之力。

其次,本書以黃叔琳《文心雕龍輯注》爲百年“龍學”根基和“龍脈”所繫,對其進行了認真考察。“龍學”史歷來關注黃侃的《文心雕龍札記》和范文瀾的《文心雕龍注》,而對黃叔琳的《輯注》有所忽略,實際上前二者正是以後者爲基礎的。本書結合紀昀對《文心雕龍》以及黃注的評語、李詳對黃注的補正,較爲全面地梳理了三者的關係,並在此基礎上對黃注做出公允、客觀的評價,從而不僅還原近代“龍學”的根基和緣起,更是借此指出現當代“龍學”不能再以黃注本爲起點,從而無論黃侃之《札記》還是范文瀾之《注》,均當視爲“龍學”的一個環節而需要有新的發展。正是從這個意義上,本書特別考察了林其錟先生對《文心雕龍》的集校,指出其於新世紀“龍學”的重要意義。

第三,本書對“龍學”的基礎和根本,即《文心雕龍》的文本校正問題進行了集中探討,雖以舉例性的形式進行,但通過對百年“龍學”各種重要校勘成果的考察,仍然發現並解決了一些《文心雕龍》原文的校勘問題,其於“龍學”史的意義,一是説明文本問題之於“龍學”的基礎地位和根本作用,其關乎對《文心雕龍》一書的準確理解和認識;二是提示我們雖經幾代學者的不懈探求,《文心雕龍》的文本已具有較好的可讀性,但問題仍然不少,其中不少問題還是頗爲關鍵的,因而仍需要新一代學者繼續努力。

第四,本書對近代國學大師劉咸炘的《文心雕龍》研究特別是其《文心雕龍闡説》進行了全面介紹和評價,這在學術史和“龍學”史上是第一次,可以説在黃侃《文心雕龍札記》之外,挖掘出現代“龍學”的另一部發端之作。由於對黃侃、范文瀾等近現代“龍學”大家的研究成果已有不少,故本書另闢蹊徑,發現近現代“龍學”的開山之作不衹是黃侃的《札記》,而是還有一些很重要的著作。實際上,二十世紀初葉關注《文心雕龍》的學者不在少數,他們有關的“龍學”著作亦需要我們進一步發掘和研究,而不能僅僅把目光聚焦於黄侃的《札記》。

第五，本書以較大篇幅對大陸的三位"龍學"家（王元化、詹鍈和牟世金）進行了專題研究，以期深入把握二十世紀的"龍學"成就。大陸"龍學"三大家這一概念是全新的，本書希望這種概括不僅可以集中展示二十世紀"龍學"的成就，也可以突出地展示二十世紀"龍學"的特點和不足之處。

百年"龍學"的主要時間段在二十世紀，主要成果或者説最重要的成果當然也在二十世紀。二十世紀最重要的"龍學"家是誰呢？這可以説是個言人人殊的問題。角度不同，標準不同，結論自然不同。筆者以爲，在對《文心雕龍》的文本進行校勘整理，乃至搜羅《文心雕龍》的歷代研究資料等方面，楊明照先生的成就和貢獻可以説無人能及；在對《文心雕龍》的理論研究和闡釋方面，尤其從理論研究的深度而言，王元化先生的成果堪稱第一。在對《文心雕龍》進行集成性研究方面，臺灣的李曰剛和大陸的詹鍈先生並稱雙璧；假如兼及各方面而綜合考量，那麽二十世紀《文心雕龍》研究成就最大的兩位"龍學"家就是大陸的牟世金先生和臺灣的王更生先生。鑒於本書的主要研究方向，我們選擇集中論述大陸"龍學"三大家的成就貢獻和不足，可以説這是對二十世紀"龍學"的典型考察。

第六，本書對王元化的《文心雕龍講疏》進行了全面深入的探討，不僅指出其重要的歷史貢獻，也本着實事求是的態度，對其存在的問題進行了認真分析和評價，從而還原其歷史的本來面目和是非功過。尤其是對《文心雕龍講疏》一書的歷史局限性，本書進行了認真探討和評説。研究王先生"龍學"成果的論文已有不少，但由於種種原因，筆者覺得還不夠深入，所謂一切誠念終當相遇，我們認真指出王先生"龍學"論著的種種歷史局限，絲毫無損於先生之於"龍學"的執着探索和理論貢獻，反而更有助於年輕一輩沿着先生的"龍學"足跡繼續前行。

第七,本書對詹鍈的《文心雕龍》研究進行了全面評述,對其兩部重要的"龍學"著作——《文心雕龍風格學》和《文心雕龍義證》,進行了深入細緻的分析,其中對很多問題的解剖是具有開創性的。對詹先生"龍學"成就的研究,既有博士論文亦有碩士論文,且不止一篇,但實際上仍不能説很充分,尤其是對詹先生"龍學"著作的細讀,我們做得還很不夠。今年是詹鍈先生誕辰一百周年,本書希望以這樣的方式紀念這位爲《文心雕龍》研究做出卓越貢獻的"龍學"大家。

第八,本書以宏觀與微觀相結合的視野對牟世金先生的"龍學"成就進行了全面分析和探討,對其重要的"龍學"名著,如《文心雕龍譯注》、《文心雕龍研究》、《劉勰年譜彙考》等進行了認真分析,從而對其在"龍學"上的貢獻作了全面研究和評價,尤其是指出其於二十世紀"龍學"的歷史地位和意義,並同樣認真面對他的研究存在的問題。作爲受業弟子,筆者對牟先生"龍學"的探討既是面對師説,除了充分的尊敬,筆者還格外秉承先生的教導,敢於嚮老師挑戰,敢於指出老師著作中的歷史局限。

第九,本書對新世紀"龍學"的探究,選擇了三位各具特點的學者。一是對羅宗强的"龍學"著作進行了全面研究,並着重從中國文學思想史的角度對其貢獻作出評價,這在學術史上也是開創性的。周勳初先生曾指出:"在理論探討方面作出貢獻的著作,可以王元化的《文心雕龍創作論》與羅宗强的《讀文心雕龍手記》爲代表。"①二是對張長青的《文心雕龍新釋》進行了研究和評述,尤其指出其在"龍學"史上的方法論意義。三是對張燈先生的《文心雕龍譯注疏辨》進行了介紹和評述。

第十,本書以《文心雕龍》研究的儒學視野爲突破口,對多維視野中的"龍學"進行了新的考察和思考。這既是回應第一章對

---

① 周勳初:《文心雕龍解析》,南京:鳳凰出版社,2015 年,第 35 頁。

"龍學"的全面審視,更是企圖爲二十一世紀的"龍學"找到新的學術空間。任何學術史的研究不應祇是還原歷史,更應該立足當下而放眼未來。新世紀的"龍學"已經取得了驕人的成就,但面對百年"龍學"的積累,尤其是如何走出强大的西方文藝學話語體系的影響,仍是一個巨大的挑戰。在筆者看來,《文心雕龍》研究的視野轉換乃是力圖還原這部文論經典的本來面目,從而得出新的認識和評價,以期開拓"龍學"新的空間,踏上"龍學"新的征程。

另外,本書還設置了近兩章篇幅的"附錄"部分,作爲對正文的補充,可與正文互爲映照。其中既有紀念中國《文心雕龍》學會成立三十周年國際學術研討會的論文綜述,也有以《文心雕龍》研究爲重點,且按照《文心雕龍》理論體系建構欄目的《中國文論》叢刊的數篇"編後記",還有關於"龍學"的兩篇答問錄。這些内容可以説是對"龍學"前沿的最新展示和思考。尤其是兩篇答問錄,乃筆者接受採訪的談話實錄,涉及較多的"龍學"問題,但格調較爲輕鬆,所談雖未必完全妥當,却可能引發有關"龍學"發展的有益思考。

最後,本書還附錄了《百年"龍學"書目》,這可以説是一個到目前爲止搜羅最全也較爲準確的"龍學"專著目錄,既是對百年"龍學"最重要成果的直觀展示,也便於研究者檢視和利用,尤其是其中糾正了筆者《文心雕龍學分類索引》中的一些錯誤。這裏筆者想順便一提的是,現代學術規則重視單篇學術論文,筆者以爲這對自然科學或許有其道理,但對百年"龍學"而言,可以説絶大多數的論文成果最終都以不同形式彙聚到了專著之中,且彙聚之後的論文大都經過了不同程度的修改和完善,因而可以説,百年"龍學"的最重要成果大都體現在這個"書目"之中了。

總之,本書對百年"龍學"的重點探究雖難免挂一漏萬,但却同時也避免了人云亦云的重複勞動,對一些問題提出了自己的一得之見。如本書對百年"龍學"的總體把握,儘量還原其歷史的本來面貌,全力體現其不同的時代特點,尤其致力於對二十一世紀"龍學"的全方位時空展示,從而不僅有別於現有多種《文心雕龍》研究史,而且提供了觀察當代"龍學"的多種視角和多樣信息。又如對民國時期的"龍學",本書發掘出劉咸炘這位在"龍學"上不爲人知的重要人物,在一定程度上具有填補學術空白之功;對當代"龍學"的發展和走向,本書則提出從儒學和中國文化的角度,對《文心雕龍》進行多維視野的考察和研究,以還原《文心雕龍》及其中國文論的話語體系。這些探究無論對百年"龍學"的反思還是對當代"龍學"的進一步發展,應該説都是有重要意義的。

第一章
百年“龍學”的六個時期

　　最早對近世“龍學”的歷史開展認真研究和總結的乃是牟世金先生。他在四萬餘言的《“龍學”七十年概觀》一文中，把自黃侃以來的“龍學”分爲“誕生、發展和興盛三個時期”，認爲“從 1914到 1949 年的三十六年，可說是龍學的誕生時期”，“1950 至 1964的十五年爲龍學發展時期”，“1977 年至今的九年爲龍學的興盛時期”①。此後，張文勳先生在《中國〈文心雕龍〉研究的歷史回顧》一文中，着眼於《文心雕龍》産生以來的整個研究史，也把二十世紀的“龍學”史分爲三個階段。一是“《文心雕龍》研究的拓展（1911—1949）”②，所謂“拓展”指的自然是對清代及其以前的《文心雕龍》研究，對近現代“龍學”而言，張先生亦承認：“《文心雕龍》研究，在此時期纔算是真正開始。”③二是“《文心雕龍》研究的勃興（1950—1965）”，張先生說：“在這新的歷史時期內，由於學術界普遍地接受了馬克思列寧主義的理論武裝，形成新的理論導向和新的研究方法，所以《文心雕龍》研究，也以嶄新的面貌蓬勃興起。”④

　　① 牟世金：《“龍學”七十年概觀》（上），《社會科學戰綫》1987 年第 3 期。
　　② 張文勳：《中國〈文心雕龍〉研究的歷史回顧》，楊明照主編：《文心雕龍學綜覽》，上海：上海書店出版社，1995 年，第 9 頁。
　　③ 同上，第 13 頁。
　　④ 同上，第 14 頁。

三是"《文心雕龍》研究蓬勃發展的十二年(1977—1989)"①。張先生在後來出版的《文心雕龍研究史》中,仍然延續了這樣的分期,祇是作了不同的説明。如第一個階段,張先生説:"從辛亥革命到新中國成立(1911—1949)近四十年的時間裏,《文心雕龍》研究進入一個新的時期,也可以説是'龍學'形成的準備期。"②又如第二、三兩個階段,張先生説:"在這近半世紀的時間裏,'龍學'的發展又可分爲兩個時期:從50年代到60年代中期的十五年,是'龍學'形成期;從70年代末到現在近二十年是'龍學'的蓬勃發展期。中間的'文革'十年是空白,除了有幾篇大批判文章外,《文心雕龍》研究整整中斷了十年。"③值得注意的是,張先生對第三個階段又作了更詳細的劃分,其云:"'文革'結束之後,從1977年到現在這二十年左右的時間,這當中又可分三階段:1977—1982年,是研究的恢復時期,也是新高潮到來的準備時期。1983年'文心雕龍學會'成立到1989年,是'龍學'發展的高峰期。1990年到現在,是'龍學'進一步深化並持續發展期。"④筆者以爲,這幾個階段的劃分是非常有道理的。張少康等先生的《文心雕龍研究史》對近代以後《文心雕龍》研究的歷史仍舊分爲三個階段敍述,一是"近現代的《文心雕龍》研究(1840年至1949年)",被認爲是"新的、自覺的科學研究之萌芽"⑤;二是"當代的《文心雕龍》研究

---

① 張文勳:《中國〈文心雕龍〉研究的歷史回顧》,楊明照主編:《文心雕龍學綜覽》,第19頁。

② 張文勳:《文心雕龍研究史》,昆明:雲南大學出版社,2001年,第100頁。

③ 同上,第131頁。

④ 同上,第160頁。

⑤ 張少康、汪春泓、陳允鋒、陶禮天:《文心雕龍研究史》,北京:北京大學出版社,2001年,第129頁。

（上，1950 年至 1978 年）"，"相對於前一時期有了很大的發展"①；
三是"當代的《文心雕龍》研究（下，1979 年至 1999 年）"，被稱爲
"《文心雕龍》研究的高峰期"②。臺灣王更生先生則把近現代"龍
學"史分爲兩個大的時期，一是"民國時期的'《文心雕龍》學'（由
1912—1949）"③，二是"近五十年（1949—2000）'《文心雕龍》
學'"④。朱文民先生的《劉勰志》同樣把近代以來的"龍學"史分
爲"近現代中國的劉勰研究"和"當代中國的劉勰研究"，針對前一
時段，其謂："近現代中國的劉勰研究，分爲清末（1840—1911 年）
和民國時期（1912—1949）兩個階段。"⑤針對後一時段，其謂："當
代中國對劉勰的研究，可分爲發展期（1950—1965）、沉寂期
（1966—1976）、興盛期（1977—2008）三個階段。"⑥

　　應該説，上述種種論著對"龍學"史的分期看上去各有不同，
實際上其標準和原則是大體一致的，因而其具體的分期亦可謂大
同小異，這説明在這一問題上大家是有共識的。人文學術的發展
有其自身一定的規律，體現出某種必然的趨勢和獨立性，但更與社
會的發展密不可分，受到社會政治經濟發展的深刻影響。因此，對
近百年大陸"龍學"發展階段的分期，既要考慮"龍學"自身的特
點，更要綜合考慮其他各種因素的影響，以圖較爲準確地區分其歷
史階段，以便更好地把握其發展的歷史脈絡，總結歷史的經驗和教

---

①　張少康、汪春泓、陳允鋒、陶禮天：《文心雕龍研究史》，第 190 頁。

②　同上，第 323 頁。

③　王更生：《民國時期的"〈文心雕龍〉學"》，《日本福岡大學〈文心雕
龍〉國際學術研討會論文集》，臺北：文史哲出版社，2007 年，第 383 頁。

④　王更生：《中國大陸近五十年（1949—2000）〈文心雕龍〉學研究概
觀——以戚良德著的〈文心雕龍學分類索引〉爲依據》，《文心雕龍研究》第 9
輯，第 58 頁。

⑤　朱文民主編：《劉勰志》，濟南：山東人民出版社，2009 年，第 329 頁。

⑥　同上，第 345 頁。

訓,以開闢未來的道路。筆者在《文論巨典——〈文心雕龍〉與中國文化》一書中曾把二十世紀大陸"龍學"的發展分爲五個階段,現在看來,筆者仍然覺得這一劃分是基本合適的。現着眼近現代"龍學"形成和發展的歷史實際,本書對近百年大陸"龍學"的歷程分爲六個階段予以描述。

一、現代"龍學"的奠基(1914—1949)

王更生先生指出:"自十九世紀中葉,李詳、黄侃、劉永濟、章太炎、劉師培等,上承黄叔琳《文心雕龍輯注》的餘波,去蕪存菁,各呈異采,接着是南開大學范文瀾捃摭英華,大其規模,成《文心雕龍注》。他們都爲近現代的'《文心雕龍》學',奠定了根深蒂固,發榮滋長的基礎。"①的確,二十世紀的《文心雕龍》研究,是在清人對這部書的高度重視和認真研究的基礎上進行的。清代黄叔琳的《文心雕龍輯注》、紀昀對《文心雕龍》的評語,前者對《文心雕龍》所用事典詳爲勾稽,後者則重在意蘊内涵的探求,雖還較爲簡略,但已是進入劉勰的理論世界而欲探幽發微了。正是在此基礎上,李詳寫出了《文心雕龍黄注補正》(發表於 1909 年和 1911 年的《國粹學報》),近代意義上的《文心雕龍》研究就此展開。1914 年至1919 年,國學大師章太炎的弟子、著名學者黄侃在北京大學講授《文心雕龍》,踏上了具有現代意義的《文心雕龍》研究——"龍學"的征程。

從 20 世紀初至 1949 年,可以説是"龍學"的初創和奠基時期。此期最重要的著作有三部:一部是黄侃的《文心雕龍札記》(北平

---

① 王更生:《中國大陸近五十年(1949—2000)〈文心雕龍〉學研究概觀——以戚良德著的〈文心雕龍學分類索引〉爲依據》,《文心雕龍研究》第 9 輯,第 58 頁。

文化學社 1927 年出版），一部是劉咸炘的《文心雕龍闡說》（於
1917 至 1920 年完成），一部是范文瀾的《文心雕龍注》（北平文化
學社 1929 年出版）。黄侃之作即由其在北大的講義整理而成，范
注實亦由作者任教南開時"口説不休，則筆之於書"①的《文心雕龍
講疏》（天津新懋印書局 1925 年印行）發展而成，劉咸炘的《闡說》
則純屬自由撰著。黄侃與劉咸炘之作均注重理論闡發，范注之書
則長於訓詁注釋。黄氏《札記》與《范注》早已被公認爲"龍學"史
上劃時代的著作，可以説是正確的，它們事實上規劃了百年"龍
學"的基本方向。劉咸炘之書由於塵封百年而無人知曉，其於百年
"龍學"的影響自是無從談起，但以其内容而論，並列爲百年"龍
學"最重要的奠基之作，則是毫無疑問的。

　　關於《文心雕龍札記》，黄侃的門人、臺灣學者李曰剛在其《文
心雕龍斠詮》的"附錄六"中有一段著名的話："民國鼎革以前，清
代學士大夫多以讀經之法讀文心，大別不外校勘、評解二途，於彦
和之文論思想甚少闡發。黄氏札記適完稿於人文薈萃之北大，復
於中西文化劇烈交綏之時，因此札記初出，即震驚文壇，從而令學
術思想界對文心雕龍之實用價值，研究角度，均作革命性之調整，
故季剛不僅是彦和之功臣，尤爲我國近代文學批評之前驅。"②此
説高屋建瓴，頗中要害，但需要略加説明，並予以認真分析。李先
生在"附錄六"的標題"文心雕龍板本考略"下加了一個説明："就
友弟王更生君原著增訂。"③其實，這段著名的話正來源於王更生

---

① 范文瀾：《文心雕龍講疏·自序》，《范文瀾全集》第三卷，石家莊：
河北教育出版社，2002 年。
② 李曰剛：《文心雕龍斠詮》，臺北：臺灣編譯館中華叢書編審委員會，
1982 年，第 2515 頁。
③ 同上，第 2459 頁。

先生的《文心雕龍研究》①,但李先生作了一些改編,尤其是加上了兩句結論性的話"季剛不僅是彥和之功臣,尤爲我國近代文學批評之前驅",這代表了李先生的看法。黃氏《札記》與清代及其以前對《文心雕龍》的研究相比,確實有了"革命性之調整",即"對《文心雕龍》之實用價值、研究角度"的調整,這是毫無疑問的,但在今天看來,這種調整不惟有利,亦且有弊。從而謂季剛先生"尤爲我國近代文學批評之前驅"則可,至謂"彥和之功臣",雖亦當之無愧,却不祇是"功臣"這麼簡單了。道理很明白,李先生說黃侃的貢獻尤其表現在其爲"我國近代文學批評之前驅",則言外之意是:其於《文心雕龍》的研究和闡釋必然帶有濃厚的"六經注我"之色彩,筆者所謂"有弊"者,正以此也。著名龍學家牟世金先生也曾指出:"《文心雕龍札記》的意義還不僅僅是課堂教學的産物,更是《文心雕龍》研究史上的一個巨大變革。"②在筆者看來,如果撇開其把《文心雕龍》搬上大學講臺這一點,那麼這個"巨大變革"就祇能是把《文心雕龍》作爲文學批評著作來闡釋了,所謂"我國近代文學批評之前驅"者是也。應該說,在"中西文化劇烈交綏之時",黃侃的選擇可能是身不由己的,或謂其乃歷史的必然;實際上,也正是由於這種特定的角度,奠定了百年"龍學"的基調,也成就了百年"龍學"的輝煌,以此而論,謂黃侃爲"彥和之功臣",可以說是當之無愧的。但歷史從來不是簡單的綫性發展,而是複雜的立體呈現。所謂"巨大變革"者,其本身便意味着要忽略,甚至拋棄一些東西,就《文心雕龍》而言,被拋掉的是什麼,被摒棄的有哪些,便正是黃侃作爲"功臣"之外的歷史責任。《文心雕龍》五十

① 參見王更生:《重修增訂文心雕龍研究》,臺北:文史哲出版社,1979年,第41頁。

② 牟世金:《"龍學"七十年概觀》(上),《社會科學戰線》1987年第3期。

篇,北平文化學社 1927 年出版的《札記》共二十篇,除《序志》一篇外,乃是從《神思》至《總術》的十九篇,即劉勰在《序志》中所説"剖情析采"(創作論)部分;《札記》不僅没有"文之樞紐"(總論)部分的五篇,而且"論文敘筆"(文體論)的二十篇亦均付之闕如。黄侃爲什麽要作這樣的選擇? 其云:"即彦和泛論文章,而《神思》篇已下之文,乃專有所屬,非泛爲著之竹帛者而言,亦不能遍通於經傳諸子。"①則其看重《神思》以下之創作論者,正以其可通於"文學批評"也。並非巧合的是,整個二十世紀的《文心雕龍》研究,其重點一直都在"剖情析采"的創作論部分,而占《文心雕龍》五分之二篇幅的"論文敘筆"部分則一直未能得到充分的重視和研究,這不能不説與黄侃的影響是有關係的。

　　關於《文心雕龍注》,其於百年"龍學"的奠基作用亦是極爲明顯的。王元化先生指出:"《范注》對《文心雕龍》作了詳瞻的闡發,用力最勤,迄今仍是一部迥拔諸家、類超群注的巨製……"②王更生先生則云:"此書是繼黄侃《札記》以後,一部劃時代的著述。"③日本著名漢學家户田浩曉則認爲:"《范注》雖本黄叔琳注及黄侃札記等書,但却是在内容上更爲充實、也略顯繁冗的批評著作,不可否認是《文心雕龍》注釋史上劃時期的作品……"④應該説這些評價都是並不爲過的。需要指出的是,作爲黄侃的弟子,范文瀾先生的《文心雕龍注》對黄氏《札記》多有承襲⑤,如陳允鋒先生所説:

----

① 黄侃:《文心雕龍札記》,北京: 中華書局,1962 年,第 8 頁。

② 王元化:《文心雕龍講疏》,桂林: 廣西師範大學出版社,2004 年,第 100 頁。

③ 王更生:《重修增訂文心雕龍導讀》,臺北: 華正書局,2004 年,第 98 頁。

④ 〔日〕户田浩曉:《文心雕龍小史》,王元化選編:《日本研究〈文心雕龍〉論文集》,濟南: 齊魯書社,1983 年,第 24 頁。

⑤ 參見戚良德、李婧:《論范文瀾〈文心雕龍注〉對黄侃〈文心雕龍札記〉的承襲》,《山東大學學報》2007 年第 5 期。

“范注的出現,標誌着《文心雕龍》注釋由明清時期的傳統型向現代型的一大轉變,即在繼承發展傳統注釋優點的基礎上,受其業師黄侃《文心雕龍札記》的影響,對《文心雕龍》的理論意義、思想淵源及重要概念術語的内涵進行了較爲深刻清晰的闡釋。”①但另一方面,《范注》與黄氏《札記》究爲性質不同之作。不僅在一些具體問題的認識上,他們並不一致②,更重要的是,《范注》從《講疏》開始即爲着眼《文心雕龍》全書五十篇的注釋之作,其於百年“龍學”的影響便大爲不同了。從《范注》到楊明照先生的《文心雕龍校注》以及王利器先生的《文心雕龍新書》和《文心雕龍校證》,直到周振甫先生的《文心雕龍注釋》以及陸侃如、牟世金先生的《文心雕龍譯注》,《范注》主要是以一個《文心雕龍》注本的形式垂範百年“龍學”之“注釋”一端。直到今天,《范注》一直被作爲《文心雕龍》文本引用最常見的版本,便説明了這一點。

“龍學”奠基時期的研究文章約有上百篇,大多是對《文心雕龍》的一般性概述,而鮮有深入的專題研究。如楊鴻烈《文心雕龍的研究》一文認爲:劉勰主張自然的文學,即先有自然的情感和思想,然後自然地描寫,這是積極的建設;另一方面,他矯正當時不可一世的雕琢文學,依據他自定的標準去逐一地批評,這是消極的破壞;再説他能看出並且能闡明文學和時運的關係:這就是他全書的三大好處。因此,“劉彦和實在是有很大的抱負,有强烈的改革精神,對於那個時代雕琢的文學想把他改造成爲自然的文學。”楊氏指出:“劉彦和在中國文學界又算是第一個的批評家,換句話説,就是中國文學上的批評自他開始。他這種先定標準而後批評,很

①　陳允鋒:《評范文瀾的〈文心雕龍注〉》,中國《文心雕龍》學會編:《文心雕龍研究》第 5 輯,保定:河北大學出版社,2002 年,第 354 頁。
②　參見戚良德、李婧:《論范文瀾〈文心雕龍注〉對黄侃〈文心雕龍札記〉的承襲》,《山東大學學報》2007 年第 5 期。

相當於歐洲文學上的'法定的批評'。"而《文心雕龍》的缺點則是："在這樣文學觀念明了確定的時代,偏偏這位不達時務的劉彦和就來打破這樣的分別,使文學的觀念,又趨於含混,又使文筆不分。"①由此我們亦可看出,在西方文學觀念的強烈影響下,百年"龍學"一開始就主要是沿着"文學批評"的軌道前進的。又如陳延傑《讀文心雕龍》謂:"自《原道》迄《書記》二十五篇,屬上篇,備列各體,每體皆原始釋名,評流派,論作法。自《神思》迄《程器》二十四篇,屬下篇,極論文術。《序志》一篇,蓋所以馭群篇也。概言之,則上篇論文之體裁;下篇説修辭原理之方法也。故此書可標目爲二:曰文體論,曰修辭説……"這顯然衹是"寫《雕龍》上、下篇之梗概"而已。不過,該文與楊鴻烈的視角並不完全一致,其最後説:"迨彦和著《文心雕龍》,始綜論古今文體,又説及修辭,庶幾乎備矣。山谷云:《史通》、《文心雕龍》,皆學者要書。信夫!"②雖仍爲總論泛説,但一則對《文心雕龍》一書的評價極高,二來尤重劉勰之"綜論古今文體",應該説更爲貼近劉勰"論文"的實際。但如上所述,在浩蕩的西方文藝思潮的裹挾下,這樣的聲音和思路可以説很快就被淹没了。

正如王更生先生所説:"綜觀民國時期的'《文心雕龍》學'(由1912—1949),先由研究方法和觀念的改變,影響到内容和思想的改變;再由内容思想的改變,帶動了寫作形式的改變。換言之,也就是由傳統訓詁、考據的讀經方式,過渡到分門別類的研究過程。使古典文學理論,透過科學分工,或科際整合的手段,與現代實際生活相結合。我覺得這該是近現代中西文化交流後的一

① 楊鴻烈:《〈文心雕龍〉的研究》,《晨報》副刊(1922年10月24日至29日)。

② 陳延傑:《讀文心雕龍》,《東方雜誌》第二十三卷第18號(1926年9月25日)。

項重大收穫。"①王先生的敘述非常到位,也完全正確,但所謂有得必有失,"收穫"的同時,我們自然也失去了不少。

二、十七年"龍學"的成就(1949—1966)

鄧小平在1979年召開的第四次文代會上說:"'文化大革命'前的十七年,我們的文藝路綫基本上是正確的,文藝工作的成績是顯著的。"②筆者以爲,鄧公的這段話用以概括建國後十七年的"龍學"也是合適的。

"文化大革命"前的十七年,可以說是"龍學"的重要發展時期。此期間出版的重要著作有王利器的《文心雕龍新書》(北京漢學研究所,1951年)、楊明照的《文心雕龍校注》(古典文學出版社,1958年)、劉永濟的《文心雕龍校釋》(此書由正中書局初版於1948年,本期則作了較大的增修,由中華書局於1962年出版)、陸侃如和牟世金的《文心雕龍選譯》(山東人民出版社1962、1963年分別出版上、下册)以及《劉勰論創作》(山東人民出版社,1963年)、郭晉稀的《文心雕龍譯注十八篇》(甘肅人民出版社,1963年)等。這些著作大致可以分爲三類:一類是校注,一類是今譯,一類是理論研究。無論哪個方面,較之前期都有了重要的進步和發展,而特別值得一提的是"今譯"工作的開展。由於《文心雕龍》乃是以駢文寫成的文論著作,較之一般的古文作品更爲難懂,所以"今譯"工作便顯得極爲重要。而且,對古代文論著作而言,翻譯本身其實便是一種貼近原作精神的研究,是一項絲毫不得輕視的

---

① 王更生:《民國時期的"〈文心雕龍〉學"》,《日本福岡大學〈文心雕龍〉國際學術研討會論文集》,第395—396頁。

② 鄧小平:《在中國文學藝術工作者第四次代表大會上的祝詞》,《鄧小平文選》第二卷,北京:人民出版社,1983年,第207頁。

工作。此期陸侃如、牟世金兩位先生以及周振甫、郭晉稀等先生對《文心雕龍》"今譯"的嘗試，可以説開闢了"龍學"的一個重要領域，並爲許多青年學子涉足"龍學"提供了極大的方便。

理論研究方面，筆者以爲劉永濟先生在《文心雕龍校釋》之《前言》中的一些説法值得重視。劉先生一方面認爲"劉勰《文心雕龍》一書，爲我國文學批評論文最早（約成於公元 500 年以前）、最完備、最有系統之作"，並指出"此書總結齊、梁以前各代文學而求得其規律，復以其規律衡鑒各體文學而予以較正確之品評"①，另一方面又特別指出：

> 歷代目録學家皆將其書列入詩文評類。但彦和《序志》，則其自許將羽翼經典，於經注家外，別立一幟，專論文章，其意義殆已超出詩文評之上而成爲一家之言，與諸子著書之意相同矣。……彦和之作此書，既以子書自許，凡子書皆有其對於時政、世風之批評，皆可見作者本人之學術思想（參看《諸子》篇），故彦和此書亦有匡救時弊之意。吾人讀之，不但可覘知齊、梁文弊之全貌，而且可以推見彦和之學術思想。……按其實質，名爲一子，允無愧色。②

顯然，這一説法與"文學批評"視野中的《文心雕龍》是非常不同的。尤其是所謂"其意義殆已超出詩文評之上而成爲一家之言"，以及"名爲一子，允無愧色"等，與後世對文學批評之地位的認識可以説大相徑庭；但筆者以爲，這在一定程度上，却是符合劉勰自己的認識和想法的。臺灣王更生先生後來亦認爲《文心雕龍》乃"文評中的子書，子書中的文評"③，與劉先生之説可謂異曲

---

① 劉永濟：《文心雕龍校釋·前言》，北京：中華書局，1962 年，第 1 頁。

② 同上，第 1—2 頁。

③ 王更生：《文心雕龍導讀》，臺北：華正書局，2004 年，第 13 頁。

同工。同時,劉先生在《前言》中又説:

> 彦和此書,思緒周密,條理井然,無畸重畸輕之失,其思想方法,得力於佛典爲多。全書於有韻、無韻兩類之文,各還其本來面目,予以應有之位置及作用,既不同於當時文士尊駢體而抑散文,亦不同於後世文人崇古文而抑駢體。雖其自著書仍用駢體,而能運用自如,條達通明,能以瑰麗之詞,發抒深湛之理。蓋論文之作,究與論政、敍事之文有異,必措詞典麗,始能相稱。然則《文心》一書,即彦和之文學作品矣。①

在這段話裏,劉先生有兩個説法都是極爲鮮明而獨特的,一是劉勰的"思想方法","得力於佛典爲多",這在今天可以説已成爲不少研究者的共識,但這在百年"龍學"的早期,實在不能不説是極富識見的。二是對劉勰以駢體著論的肯定,認爲"論文之作"必須"措詞典麗",乃至謂"《文心》一書,即彦和之文學作品矣",其所言雖爲實情,但却往往是爲研究者所忽略的一個問題。據筆者所見,祇有范文瀾先生曾從相同的角度談到這個問題,其云:"劉勰是精通儒學和佛學的傑出學者,也是駢文作者中稀有的能手。他撰《文心雕龍》五十篇,剖析文理,體大思精,全書用駢文來表達緻密繁富的論點,宛轉自如,意無不達,似乎比散文還要流暢,駢文高妙至此,可謂登峰造極。"②值得注意的是,范先生一方面讚賞劉勰駢文之高妙,另一方面又特別點明其爲"儒學和佛學的傑出學者",所謂"用駢文來表達緻密繁富的論點",這與劉永濟先生所謂"思緒周密……得力於佛典爲多"之論,是否亦有異曲同工之妙呢?

"龍學"發展時期的研究論文有近兩百篇,無論數量還是質量,亦都超過了前一個時期。這些論文大都有三個顯著特點:首

---

① 劉永濟:《文心雕龍校釋·前言》,第1—2頁。
② 范文瀾:《中國通史簡編》(修訂本)第二編,北京:人民出版社,1964年,第418頁。

先是注意運用新觀點、新方法,使得《文心雕龍》研究呈現出新的
面貌。其次是擴大了研究範圍,加強了理論研究。第三是概述泛
論性的文章相對減少,而專題性的研究大爲增加。諸如劉勰的世
界觀和《文心雕龍》的哲學思想,《文心雕龍》的原道論、神思論、風
格論、風骨論以及創作方法論,劉勰對於繼承和革新之關係、內容
和形式之關係的認識等,都是此期間討論較多的問題。如關於劉
勰和《文心雕龍》的思想傾向,即有相當熱烈的討論。許多著名學
者如劉綬松、陸侃如、楊明照、王元化等,都認爲劉勰的主導思想爲
儒家思想。如王元化先生指出:"雖然,他並不像兩漢時代某些儒
者那樣定儒家爲一尊,而兼取儒釋道三家之長,可是,他撰《文心雕
龍》一書,誠如范文瀾同志所說,是嚴格保持儒家古文學派的立場
來立論的。"①但也有學者認爲"佛教思想是劉勰的主導思想"②。
與此相關,對於《文心雕龍》的原道論也百家爭鳴,有儒道、佛道、
自然之道以及宇宙本體等種種觀點。值得注意的是,雖然多數學
者認爲劉勰的主導思想爲儒家思想,但卻並不意味着他們認爲《文
心雕龍》"原道"之"道"即爲儒道。如陸侃如、祖保泉等先生,即以
爲劉勰之"道"乃是自然規律。這期間討論最爲熱烈、意見也最爲
分歧的問題,是劉勰的"風骨"論。黃侃曾提出"風即文意,骨即文
辭"③之說,研究者們正是在此基礎上作出自己關於"風骨"的不同
闡釋。寇效信先生認爲:"'風'是對文章情志方面的一種美學要
求","'骨'是對於文章辭語方面的一種美學要求","'風骨'是對

---

① 　王元化:《〈神思篇〉虛靜說柬釋》,《中華文史論叢》第 3 輯,北京:
中華書局,1963 年,第 219 頁。
② 　張啓成:《談劉勰〈文心雕龍〉的唯心主義本質》,《光明報》1960 年
11 月 20 日。
③ 　黃侃:《文心雕龍札記》,北京:中華書局,1962 年,第 99 頁。

文章情志和文辭的基本美學要求","是對一篇文章的最根本的要求"。① 可以説,這一認識正是發揮黄侃之論,且更爲明確和清晰。廖仲安、劉國盈兩位先生則追源溯流,詳細考察了從漢代到六朝人物品評和書畫評論中有關"風骨"的運用,指出:"劉勰《風骨》篇的'風'字大體作如下的解釋:風是作家發自内心的、集中充沛的、合乎儒家道德規範的情感和意志在文章中的表現。""劉勰所説的'骨'是指精確可信、豐富堅實的典故、事實,和合乎經義、端正得體的觀點、思想在文章中的表現。"②應該説,這一認識雖未必完全符合劉勰的命意,但確是經過大量歷史考察之後而得出的新的結論,爲進一步認識劉勰"風骨"論的内涵提供了一種重要的思路。"風骨"之外,本期研究較多的問題是劉勰的藝術構思論。楊明照先生的《劉勰論作家的構思》(《四川文學》1962 年第 2 期)、張文勳先生的《劉勰對文學創作的形象思維特徵的認識》(《光明日報》1962 年 12 月 16 日)、王元化先生的《神思篇虛静説柬釋》等,都是這方面的重要論文。

三、"龍學"的停滯與倒退(1966—1976)

上述有關現代"龍學"史的分期及敍述中,多數著作都基本省略了十年"文革"時期,這對一般的中國大陸讀者而言,自然是不難理解的,但對一段學術史而言,少了十多年又略而不談,顯然是不太合適的。張少康等先生則把這十年併入第二個時期,把 1950年至 1978 年作爲一個階段。就恢復"龍學"史的這十多年時間而言,這一做法無疑是對的,而且,由於"文革"十年"龍學"發展的基

① 寇效信:《論"風骨"——兼與廖仲安、劉國盈二同志商榷》,《文學評論》1962 年第 6 期。
② 廖仲安、劉國盈:《釋"風骨"》,《文學評論》1962 年第 1 期。

本停滯,使得將其單獨列出也並没有多少内容好講,所以這樣做既没有省掉這十年時間,從而顯示了時間上的連貫,又在内容上付之闕如,確是一種可以理解的處理方式。但對現代"龍學"史的分期而言,建國後的十七年和"文革"十年顯然是不宜合爲一個時段的。建國後十七年的"龍學"成就如上所述,而"文革"十年"龍學"的停滯和倒退也是其歷史發展的過程,既不能省略,也不能併入其他時段,而是應當顯示在歷史的長河中,記録在學術史的册頁上。更重要的是,這段時間的"龍學"發展雖基本停滯,但却並非一片空白。據筆者初步搜集,這段時間發表的"龍學"論文有:

邱俊鵬、尹在勤、劉傳輝、張志烈:《評〈文心雕龍〉》,《四川大學學報》1974 年第 2 期。

董洪全:《略論〈文心雕龍〉的尊儒反法傾向》,《湘江文藝》1974 年第 5 期。

廖軒明:《評劉勰的〈文心雕龍〉》,《遼寧文藝》1975 年第 1 期。

洋浩:《一套維護大地主階級專政的文藝理論——〈文心雕龍〉辨批之一》,《理論戰綫》1975 年第 1 期。

顧農:《尊儒反法的文藝思想家——劉勰》,《文史哲》1975 年第 2 期。

丁捷:《一部爲反動階級專政服務的"文理"——評劉勰的〈文心雕龍〉》,《鄭州大學學報》1975 年第 2 期。

志培、松筆:《略論〈文心雕龍〉》,《學習與批判》1975 年第 11 月號。

洋浩:《一套維護大地主階級文藝專政的創作論》,《理論戰綫》1975 年第 11 期。

洋浩:《一套維護封建地主階級文藝專政的創作論——〈文心雕龍〉辨批之二》,《理論戰綫》1976 年第 1、2 期。

郭紹虞:《〈聲律説考辨〉(上)——〈中國文學批評史〉增

訂本選載》(《文心雕龍·聲律篇》),《文藝評論叢刊》第 1 輯,
上海人民出版社,1976 年。

　　這些論文中,有些從題目上便可看出其大批判的意味,有些則
看不出來,以下我們試舉幾例。如《評〈文心雕龍〉》一文説:"我們
認爲《文心雕龍》是宣揚孔孟之道的儒家文藝經典,是繼承董仲舒
'獨尊儒術'的反動思想政治路綫,把儒家文藝理論系統化,在文
藝領域内定孔學爲一尊的儒家重要著作。當前,批林批孔運動正
在普及、深入、持久的發展,用馬列主義、毛澤東思想,對孔孟之道
在文藝領域内的流毒進行一番認真的清除,很有必要。"又説:"周
揚曾經以'建立中國化的馬克思主義文藝理論'爲幌子,打着'紅
旗'反紅旗,大肆推崇儒家文藝理論經典《文心雕龍》,居然要人們
從《文心雕龍》裏面去追溯馬克思主義文藝理論的源流,真是荒唐
已極,反動透頂。"①從某種意義上,我們説"文革"十年,"龍學"發
展不僅是停滯,而且是倒退了,這篇文章的論斷便是明證。再如丁
捷的文章説:"正因爲《文心雕龍》用談文藝理論的形式闡發了孔
孟之道,成爲反動階級進行政治思想和文化專政理論的一個重要
組成部分,所以劉勰纔獲得了'劉氏之忠臣,文苑之功臣'的美譽。
《文心雕龍》被反動統治階級的御用文人,作爲'揚榷古今'的'金
科'、'玉尺'、'文苑之秘寶'的根本原因也在這裏。《文心雕龍》
自梁代問世以來,爲吹捧它而作的批點、注譯、札記、選譯、序、跋的
版本和專論文章,不下數百種之多。"②這樣的論斷顯然不僅是批
判《文心雕龍》,而且也否定了整個《文心雕龍》研究史,當然是一
種極大的倒退。又如《學習與批判》上那篇《略論〈文心雕龍〉》的

文章,羅宗强先生指出:“大約有十年時間,《文心雕龍》被冷落之後,終於也免不了象其他優秀文藝遺産一樣横遭‘四人幫’掃蕩的厄運,被‘四人幫’的幫刊《學習與批判》拉了出來,納入‘儒法鬥争’,列出三大罪状,徹底否定了。”①這裏,羅先生談到了一個問題,那就是《文心雕龍》受到徹底批判,主要是在“文革”的後期,這從我們上面列舉的文章目録就可以看出來。

不過,這裏有個特例,那就是上述郭紹虞先生的《聲律説考辨》(上)。該文發表於《文藝評論叢刊》的創刊號上,該叢刊出版於1976年3月,是誕生於“文革”結束之前的一本文藝評論集,其中的大部分文章均爲極左思想的産物,如其第一組文章的大標題即爲“文藝作品要努力反映‘文化大革命’(筆談會)”。但其最後一組文章爲“文學史選載”,郭紹虞先生的文章位列第二篇。郭先生的這篇文章較長,其中一小節爲“《文心雕龍·聲律篇》”,這節内容不多,但肯定了劉勰關於聲律的理論,其結論説:“在這一方面,我覺(得)劉勰所言,比沈約要明確得多。沈約與陸厥雖往返商討,但没有説得明白,所以陳寅恪會有問非所問,答非所答之感。我假使不從劉勰所言來研究當時的聲律説,也會和陳寅恪一樣有同樣感覺的。”②顯然,郭先生所談祇是一個很專業的“聲律”問題,但其對《文心雕龍》的肯定却是明確的,雖然祇是從一個不起眼的角度。他應該不會不知道上述數篇文章對劉勰及其《文心雕龍》的批判,或至少亦能感知産生這些文章的背景和氛圍,但所有一切並没有改變郭先生的認知,這不能不令人肅然起敬。這也從一個方面説明,“文革”十年的“龍學”發展不祇是停滯,也不祇是倒退,

① 羅宗强:《非〈文心雕龍〉駁議——評〈學習與批判〉上的一篇文章,兼論批判繼承我國古典文藝理論遺産》,《文學評論》1978年第2期。

② 郭紹虞:《〈聲律説考辨〉(上)——〈中國文學批評史〉增訂本選載》,《文藝評論叢刊》第1輯,上海:上海人民出版社,1976年,第409頁。

而是還有嚴肅的學術火種在閃爍,更有真正學術的潛流在涌動,這
正是"文革"結束不久後,"龍學"便進入繁榮發展新階段的根本
原因。

四、"龍學"的興盛與繁榮(1976—1989)

　　"文革"甫一結束,王元化先生便開始修改他在"文革"前即已
完成初稿的《文心雕龍創作論》一書,"我以近一年的時間進行修
改和補充,於一九七八年完稿"①,該書於 1979 年由上海古籍出版
社出版。正所謂"春江水暖鴨先知",《文心雕龍創作論》一書的修
改與出版,作爲新時期"龍學"的破曉之作,昭示着《文心雕龍》研
究的春天來到了。

　　從 1976 年至 1989 年,可以說是"龍學"的興盛與繁榮時期。
此期間出版的專著達六十餘種,發表的研究論文有上千篇。僅以
數量而論,"龍學"的迅猛發展也是不言而喻的,可謂盛況空前。
此六十餘種專著,大致可以分爲六類:第一類是校注,如王利器先
生的《文心雕龍校證》(上海古籍出版社,1980 年),此書乃由《文
心雕龍新書》發展而成,以校爲主,是《文心雕龍》較爲完備的校
本;周振甫先生的《文心雕龍注釋》(人民文學出版社,1981 年),以
注爲主,並對每篇進行了較爲詳細的"說明";楊明照先生的《文心
雕龍校注拾遺》(上海古籍出版社,1982 年),校、注相兼,並輯録歷
代有關《文心雕龍》的資料,被稱爲"龍學"的小百科全書;詹鍈先
生的《文心雕龍義證》(上海古籍出版社,1989 年),此書乃一百三
十餘萬言的皇皇巨著,爲中國大陸規模空前的"龍學"著作,可以
說是《文心雕龍》的一個會注本,也可以說是《文心雕龍》注釋的集
大成之作。第二類是譯釋,如陸侃如和牟世金先生的《文心雕龍譯

---

　　①　王元化:《文心雕龍講疏·新版前言》,第 2 頁。

注》(齊魯書社 1981 年、1982 年分別出版上、下册),此書乃《文心雕龍》全譯本,譯文暢達,注釋詳明,更有長篇"引論"縱論全書,受到學界的普遍好評;其他如郭晉稀的《文心雕龍注譯》(甘肅人民出版社,1982 年)、趙仲邑的《文心雕龍譯注》(灘江出版社,1982年)、張長青和張會恩的《文心雕龍詮釋》(湖南人民出版社,1982年)、向長清的《文心雕龍淺釋》(吉林人民出版社,1984 年)、祖保泉的《文心雕龍選析》(安徽教育出版社,1985 年)、周振甫的《文心雕龍今譯》(中華書局,1986 年)等,或翻譯全書,或逐篇闡釋,皆各有特色。第三類是理論研究,如王元化先生的《文心雕龍創作論》(上海古籍出版社 1979 年第 1 版,1984 年第 2 版),此書站在現代文藝理論的高度,深入挖掘《文心雕龍》的理論意蘊,受到研究者的推重;又如牟世金先生去世後方得面世的《文心雕龍研究》(基本完成於 1988 年,人民文學出版社,1995 年),此書乃作者"畢生所能雕畫的一條'全龍'"①,其爲牟先生精研《文心雕龍》三十年的總結之作自不必説,也可以説是《文心雕龍》理論研究的一部總結之作,在"龍學"史上具有里程碑的意義;其他如詹鍈的《〈文心雕龍〉的風格學》(人民文學出版社,1982 年)、馬宏山的《文心雕龍散論》(新疆人民出版社,1982 年)、牟世金的《雕龍集》(中國社會科學出版社,1983 年)、張文勳的《劉勰的文學史論》(人民文學出版社,1984 年)、蔣祖怡的《文心雕龍論叢》(上海古籍出版社,1985 年)、畢萬忱和李淼的《文心雕龍論稿》(齊魯書社,1985 年)、王運熙的《文心雕龍探索》(上海古籍出版社,1986 年)、涂光社的《文心十論》(春風文藝出版社,1986 年)、張少康的《文心雕龍新探》(齊魯書社,1987 年)、陳思苓的《文心雕龍臆論》(巴蜀書社,1988 年)、李慶甲的《文心識隅集》(上海古籍出版社,1989 年)等。

---

①　牟世金:《文心雕龍研究·自序》,北京:人民文學出版社,1995 年,第 2 頁。

第四類是美學研究,這也是一種理論研究,但角度與一般的理論研究有所不同,如李澤厚和劉綱紀主編的《中國美學史》第二卷(中國社會科學出版社,1987年)第十七章《劉勰的〈文心雕龍〉》,雖袛是書中一章,但作者以十四萬字的篇幅闡述劉勰的美學思想,具有許多深入而獨到的見解;其他如繆俊傑的《文心雕龍美學》(文化藝術出版社,1987年)、易中天的《〈文心雕龍〉美學思想論稿》(上海文藝出版社,1988年)、趙盛德的《文心雕龍美學思想論稿》(灕江出版社,1988年)等。第五類是編譯,即翻譯介紹海外研究的成果,如王元化選編《日本研究〈文心雕龍〉論文集》(齊魯書社,1983年)、彭恩華編譯《興膳宏〈文心雕龍〉論文集》(齊魯書社,1984年)等。第六類是學科綜述,即着眼"龍學"發展史的綜合整理和研究,如牟世金先生的《劉勰年譜彙考》(巴蜀書社,1988年),乃是一部劉勰生平研究的集大成之作;朱迎平的《文心雕龍索引》(上海古籍出版社,1987年),則是國內出版的第一部《文心雕龍》索引。

　　"龍學"興盛時期的千餘篇文章,論題涉及《文心雕龍》的各個方面;無論廣度還是深度,都遠遠超過前兩個時期。一是關於劉勰生平身世的研究。由於歷史上有關劉勰生平的資料匱乏,所以諸如劉勰的生卒年、家世等,一直是幽暗不明的問題。這一時期不少學者進行了認真的探索,尤其是對劉勰的生卒年,提出了不少新説。范文瀾先生曾認爲劉勰生於公元465年前後,這一時期則出現了467年(郭晉稀)、470年(楊明照)、472年(賈樹新)等諸説。關於劉勰的卒年,則不僅衆説紛紜,而且分歧極大。范文瀾先生曾考定劉勰卒於公元521年,這一時期不少學者仍大體同意范説而略有調整,如520年(穆克宏)、521年(牟世金)、522年(周振甫)、523年(詹鍈)等,但另有學者作出了新的考訂:楊明照《劉勰卒年初探》(《四川大學學報》1978年第4期)根據《佛祖統紀》、《佛祖歷代通載》等宋、元佛典的記載,推斷劉勰卒於大同四、五年間

(538—539),這與范説顯然有着較大的區別;李慶甲《劉勰卒年考》(《文學評論叢刊》第一輯,1978年)亦據《隆興佛教編年通論》、《釋氏稽古略》等五部佛學著作,考定劉勰卒於中大通四年(532),新版《辭海》即採用了這一説法。

二是關於《文心雕龍》理論體系的研究。早在1964年,牟世金先生即提出"探討劉勰自己的文學理論體系"①。1981年,牟先生在《中國社會科學》發表了《〈文心雕龍〉的總論及其理論體系》的長文,第一次對《文心雕龍》的内在理論體系作出了全面概括,認爲這一體系以"銜華佩實"爲核心,以研究物與情、情與言、言與物三種關係爲綱組成。王運熙先生的《〈文心雕龍〉的宗旨、結構和基本思想》(《復旦學報》1981年第5期)一文則認爲:"從劉勰寫作此書的宗旨來看,從全書的結構安排和重點所在來看,則應當説它是一部寫作指導或文章作法,而不是文學概論一類書籍。"因此,王先生認爲《文心雕龍》的第一部分是總論,第二部分是分體講文章作法,第三部分是打通各體談文章作法,最後一部分則爲全書"附論"。其他如張文勳的《〈文心雕龍〉的理論體系》(《雲南社會科學》1981年第2期)、馬宏山的《也談〈文心雕龍〉的理論體系》(《學術月刊》1983年第3期)、李森的《略論〈文心雕龍〉的理論體系》(《文心雕龍學刊》第1輯,1983年)、周振甫的《〈文心雕龍〉的體系》(《光明日報》1983年12月13日)、劉凌的《〈文心雕龍〉理論體系新探》(《文心雕龍學刊》第4輯,1986年)等文章,都是探索《文心雕龍》理論體系的專題論文。

三是關於《文心雕龍》總論的研究。劉勰把《文心雕龍》的前五篇稱爲"文之樞紐",研究者一般以"總論"稱之,但牟世金先生認爲,"'樞紐'並不等於'總論'","《正緯》和《辨騷》雖列入'文之

---

① 牟世金:《近年來〈文心雕龍〉研究中存在的幾個問題》,《江海學刊》1964年第1期。

樞紐',但並不是《文心雕龍》的總論。屬於總論的,衹有《原道》、《徵聖》、《宗經》三篇。其中《徵聖》和《宗經》,實際上是一個意思,就是要向儒家聖人的著作學習。因此,《文心雕龍》的總論,衹提出兩個最基本的主張:'原道','宗經'"①。這是關於《文心雕龍》總論的基本把握。至於"文之樞紐"的每一篇,學者們都進行了認真的探索,尤其着力於《原道》和《辨騷》兩篇的研究。如關於"原道"之"道"爲何物,便有儒道、佛道、自然之道、儒玄交融之道等等不同的説法。

　　四是關於《文心雕龍》文體論的研究。《文心雕龍》的文體論占全書五分之二的篇幅,但一直是研究的薄弱環節;尤其是對文體論的總體認識,應該説以前存在重視不夠的問題。這一時期則有不少學者認識到了這個問題,開始注重文體論的研究。如繆俊傑的《〈文心雕龍〉研究中應注意文體論的研究》(《古代文學理論研究》第 4 輯,1981 年),從文章的篇名即可看出作者對這一問題的重視。周振甫先生在其《文心雕龍今譯》中指出:"他的創作論,就是從文體論裏歸納出來的;他的文學史、作家論、鑒賞論、作家品德論,也是從他的文體論中得出來的……没有文體論,就没有創作論、鑒賞論等,也没有文之樞紐,没有《文心雕龍》了,所以文體論在全書中是很重要的部分。"②其他如王達津的《論〈文心雕龍〉的文體論》(《文心雕龍學刊》第 2 輯,1984 年)、蔣祖怡的《〈文心雕龍〉文體論的特色及其局限》(《文心雕龍論叢》,1985 年)等,都是有關劉勰文體論的專題論文。

　　五是關於《文心雕龍》創作論的研究。這一直是《文心雕龍》研究的重心,本期學者們更是展開了全方位的探索。如牟世金先

---

　　①　牟世金:《〈文心雕龍〉的總論及其理論體系》,《中國社會科學》1981年第 2 期。

　　②　周振甫:《文心雕龍今譯》,北京:中華書局,1986 年,第 49 頁。

生在《社會科學戰綫》發表的長文《〈文心雕龍〉創作論新探》，便是全面研究《文心雕龍》創作論體系的力作。該文指出："劉勰的創作論體系，是以《神思》篇爲綱，以情言關係爲主綫，對物情言三者相互關係的全面論述構成的。"①至於對《文心雕龍》創作論各個具體問題的研究，衆多學者的精彩之論更是不勝枚舉。如關於藝術構思論，王元化先生提出："《神思篇》是《文心雕龍》創作論的總綱，幾乎統攝了創作論以下諸篇的各重要論點。"②關於藝術風格論，詹鍈先生則創立了"《文心雕龍》的風格學"，對劉勰關於風格與個性的關係、才思與風格的關係、時代風格、文體風格、風骨與風格、定勢與風格等問題，都作了詳細的探索，從而構成了一個"風格學"的體系。關於"風骨"論，涂光社先生認爲："《風骨》篇是一篇專論文學藝術動人之力的傑作。"③牟世金先生《從劉勰的理論體系看風骨論》(《古代文學理論研究》第 4 輯，1981 年)一文則從劉勰的理論體系出發，認爲劉勰所謂"風"、"骨"、"采"三者的關係，不過是儒家"志"、"言"、"文"三種關係的翻版。石家宜的《"風骨"及其美學意蘊》(《古代文學理論研究》第 4 輯，1981 年)也強調應從劉勰的理論體系出發研究風骨論，認爲"風骨"乃是《文心雕龍》的一個核心審美範疇。張少康的《齊梁風骨論的美學內容》(《文學評論叢刊》第 16 輯，1982 年)則綜合考察齊梁時期有關詩文書畫的風骨論，認爲"風骨"是齊梁時期各個文藝領域所共有的美學標準。其他關於通變、定勢、情采、比興、夸飾等等，都有許多專題研究論文，可謂異彩紛呈。

① 牟世金：《〈文心雕龍〉創作論新探》(上)，《社會科學戰綫》1982 年第 1 期。

② 王元化：《文心雕龍創作論》，上海：上海古籍出版社，1979 年，第 191 頁。

③ 涂光社：《〈文心雕龍·風骨〉篇簡論》，《古代文學理論研究》第 3 輯，上海：上海古籍出版社，1981 年，第 223 頁。

　　六是關於《文心雕龍》批評論的研究。王運熙的《〈文心雕龍〉評價作家作品的思想政治標準》(《廣西師範學院學報》1979 年第 4 期)、繆俊傑的《劉勰的文學批評理論和批評實踐》(《古代文學理論研究》第 1 輯,1979 年)、穆克宏的《劉勰的文學批評理論》(《福建師範大學學報》1982 年第 4 期)等,都是關於劉勰文學發展批評論的專題論文。

　　綜上可見,"龍學"繁榮時期的論文,表現出這樣幾個突出特點:其一,對前兩個時期研究較多的問題進行重新審視,認識趨於深入。其二,强調實事求是的研究態度,力圖還《文心雕龍》以本來面目。上文所述第二個時期的研究,存在着方法生硬和脱離《文心雕龍》實際的情况,而這一時期多數研究者都致力於探討劉勰自己的文論思想。不過,這個所謂"本來面目"的探討主要是在文藝學視野中進行的,因而祇具有相對的意義。其三,從美學的角度研究《文心雕龍》,重新審視這部書的價值和意義。文藝學和美學密不可分,進入文藝學視野的《文心雕龍》,必然也會受到美學的關注,可以説這既是美學研究的需求,也是"龍學"發展的必然。牟世金先生曾指出:"美學和文學兩説並不矛盾,但如果説《文心雕龍》的某些内容不屬文學理論,美學則有更大的容量。……視《文心雕龍》爲古代美學的'典型',可能給龍學開拓更爲廣闊的天地。"①其四,借鑒其他學科的方法研究《文心雕龍》。如運用系統論等方法對《文心雕龍》作出新的闡釋。其五,運用比較的方法研究《文心雕龍》,認識其在世界文論史上的地位。

　　此期間"龍學"的興盛還有一個重要的表現,那就是中國《文心雕龍》學會的成立及其系列學術活動的展開。1982 年 10 月,國内研究《文心雕龍》的專家、學者彙聚濟南,召開了全國第一次《文

---

①　牟世金:《"龍學"七十年概觀》,《雕龍後集》,濟南:山東大學出版社,1993 年,第 56 頁。

心雕龍》討論會,這是學會成立的預備會議,會後還出版了《文心雕龍學刊》第一輯(齊魯書社,1983 年 7 月)。1983 年 8 月,中國《文心雕龍》學會在青島成立,並決定以《文心雕龍學刊》爲會刊。是年 10 月,中國社會科學院派出以王元化、章培恒和牟世金爲代表的《文心雕龍》考察團訪問日本,與日本學者交流“龍學”的成果。翌年 11 月,中日學者《文心雕龍》討論會在上海舉行。1986 年 4 月,中國《文心雕龍》學會第二屆年會在安徽屯溪召開。1988 年 10 月,國際《文心雕龍》討論會在廣州舉行,來自十多個國家和地區的“龍學”家共聚一堂,這是“龍學”史上前所未有的盛事,也標誌着《文心雕龍》研究進入了空前的極盛時期。

　　正如張文勳先生所説:“1979 年以來的十年間,《文心》研究工作以‘中國文心雕龍學會’的成立爲標誌,出現了嶄新的局面。1983 年《文心雕龍學刊》創刊,更有效地促進了《文心》研究向深度和廣度發展,‘文心學’顯示出其較高的學術水平和蓬勃生機。”①臺灣王更生先生亦指出:“中國大陸自一九四九年以來,在‘《文心雕龍》學’的研究方面,投入的學者之衆,作品產量之富,普及速度之快,以及作品樣式的多采多姿;這其間,尤其從一九八三年八月,成立專門研究《文心雕龍》的全國性學會,正式出版了‘《文心雕龍學刊》’和‘《文心雕龍研究》’,並在國際間開展了《文心雕龍》學術交流活動之後,‘《文心雕龍》學’的研究益加蓬勃,研究的領域更跨越國界,向域外延伸了他的觸角,成果較前益加顯著。並引起了世界各國漢學家的關注。”②

---

　　① 張文勳:《中國〈文心雕龍〉研究的歷史回顧》,楊明照主編:《文心雕龍學綜覽》,第 26 頁。
　　② 王更生:《中國大陸近五十年(1949—2000)〈文心雕龍〉學研究概觀——以戚良德著的〈文心雕龍學分類索引〉爲依據》,《文心雕龍研究》第 9 輯,第 61 頁。

五、"龍學"的徘徊與反思(1989—2000)

　　從 1989 年至二十世紀末的十餘年時間,《文心雕龍》研究進入
一個相對沉寂的時期,我們可以稱之爲"龍學"的徘徊和反思時
期。這種狀況的出現,既有社會歷史大環境方面的原因,也有"龍
學"自身發展的具體原因。從後一個方面説,1989 年 6 月 19 日,
主持中國《文心雕龍》學會日常工作的秘書長牟世金先生去世,學
會工作短期内基本陷入癱瘓狀態,應該説這對"龍學"的發展是有
一定影響的。從前一個方面説,九十年代初的市場經濟大潮席捲
中華大地,古典學術的研究受到較大冷落和衝擊,這是"龍學"之
所以進入徘徊時期的社會歷史原因。與此同時,學科設置的調整
也悄然進行,原本作爲一個碩士招生專業的"中國文學批評史"被
歸併到文藝學或中國古代文學,原本可以作爲一個碩士研究方向
的"《文心雕龍》研究"則不復存在。這些政策性的導向對"龍學"
的衝擊也是巨大的。一個明顯的事實是,當時大學裏選修《文心雕
龍》課程的人數急劇下降,學《文心雕龍》有什麽用的質疑時常可
以聽到。所謂"文變染乎世情,興廢繫乎時序"[1],學術亦然,何況
劉勰所謂"文"原本就是包括人文學術在内的。

　　不過,人文學術的研究和發展是有較強的連續性的,除去"文
革"這樣的極端之例,上述大小環境和事件變化還不足以破壞"龍
學"的連續性。在上一個時期"龍學"興盛和繁榮的背景下,進入
九十年代後的"龍學"雖在表面上不再顯得那樣轟轟烈烈,但仍有
不少學者堅守陣地,默默耕耘,從而留下了不少"龍學"成果。此
期間出版各類著作八十餘種,發表各類文章近千篇。從論著的數

---

　　① 　(南朝梁)劉勰:《文心雕龍·時序》,戚良德輯校:《文心雕龍》,第
253 頁。

量上看,可以説《文心雕龍》研究仍然是相當興盛的。當然,單純的數字有時是不能説明問題的實質的。就本時期“龍學”論著而言,以下幾點值得注意:一是此期的不少專著是在各種叢書中出現的,如一些譯注類的叢書;二是由於學術上的急功近利,加之出版業的空前發展,一些不盡成熟或缺乏創建的論著得以面世;三是此期間的近千篇文章,有相當一部分是被收在各種有關《文心雕龍》論文集中的。正因如此,我們説本期的“龍學”較之上一時期的興盛有所不同,實際上已不再那麼熱鬧非凡而引人注目,而是進入了一個徘徊、反思進而總結的階段,這與世紀末的整個學術氛圍也是密切相關的。

此期間最爲重要的“龍學”著作,大部分具有總結的性質。首先是楊明照先生領銜主編的《文心雕龍學綜覽》(上海書店出版社,1995 年),此書第一次全面彙集和檢閲“龍學”的成果,是一部名副其實的集大成之作。以及牟世金先生主持編選的《文心雕龍研究論文集》(人民文學出版社,1990 年),也是着眼現代“龍學”史的具有集成性的作品。其次是賈錦福先生主編的《文心雕龍辭典》(濟南出版社,1993 年)和周振甫先生主編的《文心雕龍辭典》(中華書局,1996 年),也是具有重要總結意義的“龍學”著作。還有馮春田先生的《文心雕龍語詞通釋》(明天出版社,1990 年),則堪稱一部《文心雕龍》語詞詞典。第三是各種總結性的文集,如牟世金先生的《雕龍後集》(山東大學出版社,1993 年)、蔣祖怡先生的《中國古代文論的雙璧——〈文心雕龍〉〈詩品〉論文集》(山東教育出版社,1995 年)、寇效信先生的《文心雕龍美學範疇研究》(陝西人民出版社,1997 年),以及《張文勳文集》第三卷(《“文心雕龍”研究》,雲南大學出版社,2000 年)等,均爲重要的、具有總結意義的“龍學”著作。第四是具有集成性的專著,如林其錟、陳鳳金先生的《敦煌遺書文心雕龍殘卷集校》(上海書店出版社,1991 年)、穆克宏先生的《文心雕龍研究》(福建教育出版社,1991 年)、祖保泉先生的《文心雕龍解説》(安徽教育出版社,1993年)、楊明照先生的《增訂文心雕龍校注》(中華書局,2000年)等。第五,本期的不少專著,都是作者長時期研究《文心雕龍》的結晶,如石家宜先生的《文心雕龍整體研究》(南京出版社,1993年)、韓湖初先生的《文心雕龍美學思想體系初探》(暨南大學出版社,1993年)、孫蓉蓉先生的《文心雕龍研究》(江蘇教育出版社,1994年)、詹福瑞先生的《中古文學理論範疇》(河北大學出版社,1997年)、李平先生的《文心雕龍綜論》(中國文聯出版社,1999年)、馮春田先生的《文心雕龍闡釋》(齊魯書社,2000年)等。除此之外,朱廣成的《文心雕龍的創作論》(中國廣播電視出版社,1991年),李炳勳的《文心雕龍理論體系新編》(文心出版社,1993年),王明志的《文心雕龍新論》(黑龍江教育出版社,1994年),李蓁非的《文心雕龍釋譯》(江西人民出版社,1993年),吳林伯的《〈文心雕龍〉字義疏證》(武漢大學出版社,1994年),于維璋的《劉勰文藝思想簡論》(山東大學出版社,1994年),張燈的《文心雕龍辨疑》(貴州人民出版社,1995年),李天道的《文心雕龍審美心理學》(電子科技大學出版社,1996年),林杉的《文心雕龍創作論疏鑒》(内蒙古教育出版社,1997年),王運熙、周鋒的《文心雕龍譯注》(上海古籍出版社,1998年),周紹恒的《文心雕龍散論及其他》(學苑出版社,2000年)等,皆爲各有所長的"龍學"專著。

本期的近千篇文章,首先是延續前一個時期對很多問題的思考,如祖保泉先生的《對〈文心雕龍〉文學理論體系的思考》(《安徽師範大學學報》1993年第4期)、石家宜先生的《踏勘〈文心〉體系形成的軌跡》(《文心雕龍學刊》第6輯,1992年)、《〈文心雕龍〉理論體系探微》(《蘇東學刊》2000年第1期)等文章,繼續對《文心雕龍》的理論體系進行研究和概括。再如施惟達先生的《〈文心雕龍〉文體論新議》(《思想戰綫》1991年第1期)、羅宗强先生的《劉勰文體論識微》、戚良德的《"論文敘筆"初探》(《文心雕龍學刊》

第 6 輯,1992 年)、黄河的《〈文心雕龍〉文體研究的美學意義》（《華僑大學學報》1994 年第 3 期）、祁海文的《關於〈文心雕龍〉"論文敘筆"的若干問題的思考》（《松遼學刊》1996 年第 3 期）、林杉的《劉勰"論文敘筆"今辨》（《廣播電視大學學報》1999 年第 4 期）等文章，則對《文心雕龍》的文體論繼續進行思考。如羅先生認爲，劉勰的文體論"不是狹義的純文學的文體論，而是廣義的、泛指一切文章的文體論。如果用今天的話說，似可稱之爲文章體式論"，同時，"從《文心雕龍》文體論看，劉勰的文學思想不可避免地接受着文學自覺思潮的影響，在這個意義上說，也是文學自覺思潮的産物。"①可以說是對文體論的新認識。其次，是對"龍學"的各種反思。如楊明照先生《〈文心雕龍〉有重注必要》一文，就"龍學"的基礎工程提出一個重要問題，那就是流行數十年的《范注》本，"是在黄《注》的基礎上發展起來的，固然提高了一大步，有很多優點;但考慮欠周之處，爲數也不少"②，因此實有重注的必要。筆者以爲，這一建議是非常重要的，體現了老一輩"龍學"家的遠見卓識。楊先生還列舉了范注的諸多問題，並提出了"重注的初步設想"③。再如周紹恒先生對《文心雕龍》的成書年代進行新考，認爲清代劉毓崧成於齊代之說"不能成立"，"《文心雕龍》是在梁代成書的"④。周先生還對劉勰的出身進行了新的考證，認爲："毫無疑

---

① 羅宗强：《劉勰文體論識微》，《文心雕龍學刊》第 6 輯，濟南：齊魯書社，1992 年，第 171、179 頁。

② 楊明照：《〈文心雕龍〉有重注必要》，曹順慶編：《文心同雕集》，成都：成都出版社，1990 年，第 1 頁。

③ 同上，第 14 頁。

④ 周紹恒：《〈文心雕龍〉成書年代新考》，《文心雕龍學刊》第 6 輯，第 381 頁。

問,劉勰是出身於士族,而非庶族。"①蔣世傑也對劉勰出身於庶族
之説表示懷疑,提出:"論定劉勰出身庶族的依據不足,劉勰出身士
族之説則不够準確;因此,提出劉勰出身士族'衰門'新説。"②與此
相關的問題,如劉勰晚年出家的原因,林其錟先生亦作了新的論
證,他認爲:"劉勰人生理想繫於昭明太子,昭明在宫廷鬥争中失寵
憂懼而亡,斷了劉勰前程,也使其精神支柱倒塌,所以在窮途末路
之日選擇了削髮爲僧的終老末品,究其根由實在迫於政治環境,而
且同蕭梁宫廷鬥争有關。"③第三,這期間有數篇論文關注海外"龍
學"的發展,如林其錟的《把"文心雕龍學"進一步推向世界——
〈文心雕龍〉研究在海外的歷史、現狀與發展》(《文心雕龍研究》第
1 輯,1995 年)、李逸津的《〈文心雕龍〉在俄羅斯》(《天津師大學
報》1994 年第 2 期)、《論〈文心雕龍〉在俄羅斯的傳播與研究》
(《文心雕龍研究》第 3 輯,1998 年)、王曉平的《關於〈文心雕龍〉
在日本的傳播與影響》(《中國文化研究》1994 年秋之卷)、李明濱
的《李謝維奇和他的〈文心雕龍〉研究》(《棗莊師專學報》1996 年
第 1 期)等。

　　除此之外,本期也有一些文章提出新的"龍學"論題,如韓湖
初先生連續發表三篇文章論述《文心雕龍》的生命美學思想,值得
關注。韓先生發現,"從劉勰把《文心》的核心思想稱爲'樞紐'以
及《時序》篇視文學的發展如'樞中所動,環流無倦',可見它與'北
斗崇拜'的'樞紐'思想是一脈相承的",進而指出:"《文心雕龍》

---

①　周紹恒:《劉勰出身庶族説商兑》,《〈文心雕龍〉散論及其他》,北
京:學苑出版社,2000 年,第 16 頁。
②　蔣世傑:《劉勰出身士族衰門説考釋》,《雲南教育學院學報》1999
年第 4 期。
③　林其錟:《"城門失火,殃及池魚"——試論劉勰的出家與梁宫廷内
争的關係》,《文心雕龍研究》第 4 輯,北京:北京大學出版社,2000 年,第
214 頁。

不但以'北斗崇拜'的'樞紐'比喻其核心和主幹,而且創造性地發揮了它所包含的美學本體論和方法論思想,由此建構起完整的文學美學理論體系。"比如:"劉勰的'樞紐'論首先繼承和發揮了'北斗崇拜'以來視化生萬物的生命及其外在美乃是宇宙的本性的思想,由此形成'尊道'、'貴德'與'貴文'的系統理論,以之作爲自己的理論體系的核心與主幹。"①韓先生認爲,"生命美學思想不但是《文心雕龍》的根基,而且貫穿其整個理論體系,内容是豐富而深刻的"②,因此他指出:"《文心雕龍》包含豐富而深刻的生命美學思想,其要義是把化生萬物的生命(及其運動)和美看成是宇宙的本性。……由於把人與宇宙都看成是生命有機體,文章著作自然也是如此,由此便形成了把文學著作比喻爲生命有機體的思想。這與西方美學史上的'生命之喻'思想是相通的。由此可見,劉勰的生命美學思想不但淵源甚古,而且在世界美學史上有着重要地位。"③筆者覺得,韓先生的這些認識雖未必全部確切,但其角度是新穎的,對劉勰美學思想的闡釋是富有新意的。

如果説,這期間"龍學"的反思和總結特徵一開始就表現出來,那麼在世紀之交的後期就更爲明顯了,其突出的表現是自覺開始了對二十世紀"龍學"的全面總結。專著有張文勳和張少康等先生的兩部《文心雕龍研究史》,論文則有若干篇,僅李平先生便有數篇這方面的論文,如《20 世紀中國〈文心雕龍〉研究的回顧與反思》(《文藝理論與批評》1999 年第 5 期)、《近二十年〈文心雕龍〉研究述論》(《蘇東學刊》2000 年第 1 期)、《20 世紀中國〈文心

---

①　韓湖初:《〈文心雕龍〉對我國遠古時代生命美學意識的繼承和發展》,《文心雕龍研究》第 4 輯,第 42 頁。

②　韓湖初《再論〈文心雕龍〉的生命美學思想》,《論劉勰及其〈文心雕龍〉》,北京:學苑出版社,2000 年,第 60 頁。

③　韓湖初:《略論〈文心雕龍〉的生命美學思想》,《華南師範大學學報》1999 年第 1 期。

雕龍〉研究綜論》(《鎮江師專學報》2001 年第 1 期)等,又如張連科先生《20 世紀〈文心雕龍〉研究》(《遼寧大學學報》2001 年第 4 期)等論文。就"龍學"本身的發展而言,在對《文心雕龍》進行了較長時間的探索以後,研究者必然考慮總結歷史、深化研究並開拓未來的問題;尤其是在世紀交替的歷史時刻,這種對一門學科研究歷史的總結就更加自覺和必要了。

　　這期間"龍學"發展的一個突出表現是加大了"龍學"的國際化步伐,也開啓了較大規模的兩岸"龍學"交流。1995 年 7 月 28日至 31 日,《文心雕龍》國際學術討論會在北京舉行。會議是由中國《文心雕龍》學會和北京大學、韓國嶺南中國語文學會、中國山東日照市(劉勰祖籍莒縣所在地)聯合召開的。值得注意的是,香港、臺灣以及國外的"龍學"精英大多到會,如臺灣的黃錦鋐、王更生、張敬、李景溁、蔡宗陽、黃景進,香港的黃維樑、陳志誠、羅思美,日本的岡村繁、興膳宏,俄羅斯的李謝維奇,加拿大的梁燕城,韓國的李鴻鎮,美國的羅錦堂,馬來西亞的楊清龍等,均出席此次會議,這是一次空前規模的國際"龍學"會議。會議期間,學會常務理事會還專門召開了會議,決定聘請日本的岡村繁、興膳宏教授,臺灣的黃錦鋐、王更生、李景溁、蔡宗陽、黃景進教授,香港的黃維樑、陳志誠、羅思美教授,以及臺灣的宋春青先生等爲學會顧問①。從而,中國《文心雕龍》學會成爲了一個具有重要國際影響的學會。

　　1999 年 5 月,大陸學者 16 人應臺灣師範大學國文學系和語文學會之邀,參加了劉勰《文心雕龍》學術研討會和會後的參觀、訪問活動。本次會議與會人員除臺灣各大學的有關專家學者,還有新加坡和香港的同行。參加這次研討的大陸學者是徐中玉(華東師大)、張少康(北京大學)、蔡鍾翔(人民大學)、邱世友(中山大

---

① 　參見《北京〈文心雕龍〉國際學術討論會簡訊》,《文心雕龍研究》第 2輯,北京:北京大學出版社,1996 年,第 393—394 頁。

學)、穆克宏(福建師大)、蔣凡(復旦大學)、石家宜(南京師大)、郁源(湖北大學)、張文勳(雲南大學)、詹福瑞(河北大學)、林其錟(上海社科院)、韓泉欣(浙江大學)、孫蓉蓉(南京大學)、韓湖初(華南師大)、羅立乾(武漢大學)、趙福海(長春師院)①。顯然,這是一個頗具代表性的大陸"龍學"團隊,其赴臺參與"龍學"盛會的意義是重大的。可以預期,隨着上述國際交流的推進和研究視野的擴大,《文心雕龍》研究者在思維方式和方法上必將受益良多,"龍學"必將迎來又一個新的歷史發展時期。

六、"龍學"的深化與拓展(2000 年以後)

進入新世紀以後,隨着對傳統文化的重視乃至國學熱的興起,"龍學"進入新的開拓發展時期。從 2000 年至今的十五六年時間裏,大陸出版各類"龍學"著作超過兩百種,發表"龍學"專題論文千篇以上,無論從數量還是質量而言,成績都是相當可觀的。

(一)"龍學"專著空前繁榮

二十一世紀剛剛走過了十幾個年頭,"龍學"在新世紀一方面已經取得了不少新的成就,另一方面還處於飛速發展的過程中。在筆者看來,新世紀"龍學"在十數年的時間裏已取得不少重要成果,可以有兩個基本判斷,一是總體成就令人鼓舞,在很多方面甚至是空前的;二是最重要的"龍學"成果均以專著的形式體現出來,這是尤其值得重視的一個特點。

首先,大部頭的"龍學"著作不斷出現,充分展示出"龍學"的厚重及其強大的生命力。《文心雕龍》一書祇有不到四萬字,《文

---

① 參見《大陸學者參加臺灣〈文心雕龍〉學術研討會》,《文藝理論研究》1999 年第 4 期。

心雕龍》研究被叫作"龍學",可以説一直是有人質疑的,雖然隨着百年"龍學"的不斷發展和進步,質疑的聲音逐漸淡出,但包括不少《文心雕龍》研究者自己也在思考,所謂"龍學",其合法性和可能性到底有多大? 實際上,若干年前便有研究者表示懷疑,我們如何超越前賢? 筆者以爲,新世紀"龍學"的不少厚重之作,可以在一定程度上回答這樣的問題了。如吳林伯先生的《文心雕龍義疏》(武漢大學出版社,2002 年)、林其錟和陳鳳金先生的《增訂文心雕龍集校合編》(華東師範大學出版社,2011 年)、劉業超先生的《文心雕龍通論》(人民出版社,2012 年),張燈先生的《文心雕龍譯注疏辨》(復旦大學出版社,2015 年)、周勳初先生的《文心雕龍解析》(鳳凰出版社,2015 年)、張國慶和涂光社先生的《〈文心雕龍〉集校、集釋、直譯》(中國社會科學出版社,2015 年)等,這些大部分爲超過八十萬字的"龍學"專著,其中《文心雕龍通論》一書更是達到一百七十六萬字,成爲大陸近百年"龍學"史上規模最大的專著,僅次於臺灣李曰剛先生的《文心雕龍斠詮》一書。當然,字數不能説明一切,但毋庸置疑的是,面對四萬字的《文心雕龍》,我們説了這麼多的話,涉及如此衆多的問題,這正是"龍學"之所以成爲"龍學"的根本;我們還有很多話要説,其中還有很多問題要闡明,這纔是"龍學"的生命力之所在。

　　其次,不少上個世紀卓有成就的"龍學"家在新世紀推出新的成果,延續了二十世紀"龍學"傳統的進一步發展,包括延續老一輩"龍學"家的學術傳統和延續研究者自身在上個世紀的研究傳統。如楊明照先生的《文心雕龍校注拾遺補正》(江蘇古籍出版社,2001 年)、石家宜先生的《〈文心雕龍〉系統觀》(江蘇古籍出版社,2001 年)、王志彬先生的《文心雕龍新疏》(内蒙古大學出版社,2001 年)、穆克宏先生的《文心雕龍研究》(鷺江出版社,2002 年)、周紹恒先生的《〈文心雕龍〉散論及其他》(增訂本,學苑出版社,2004 年)、王運熙先生的《文心雕龍探索》(增補本,上海古籍出版

社,2005 年)、邱世友先生的《文心雕龍探原》(岳麓書社,2007
年)、孫蓉蓉先生的《劉勰與〈文心雕龍〉考論》(中華書局,2008
年)、張長青先生的《文心雕龍新釋》(湖南大學出版社,2009 年)
等。特別是張少康先生,在新世紀先後出版了《文心與書畫樂論》
(北京大學出版社,2006 年)、《劉勰及其〈文心雕龍〉研究》(北京
大學出版社,2010 年)兩部重要著作,並推出了應該是正在進行的
《文心雕龍新注》(載《古代文論的現代詮釋》,北京大學出版社,
2015 年)的部分成果。一方面對自己在上個世紀的《文心雕龍》研
究進行了全面更新,另一方面又推出了不少新的作品。應該説,新
世紀一大批"龍學"著述就是這樣產生的。

　　第三,一大批較爲深入的專題研究著作產生,這是新世紀"龍
學"的一個顯著特點。首先是從文藝學和美學角度研究《文心雕
龍》的一批專著:王毓紅的《在文心雕龍與詩學之間》(學苑出版
社,2002 年)以及《言者我也——〈文心雕龍〉批評話語分析》(商
務印書館,2011 年)、鍾國本的《文心雕龍審美研究》(中國文史出
版社,2002 年)、郭鵬的《〈文心雕龍〉的文學理論和歷史淵源》(齊
魯書社,2004 年)、胡大雷的《〈文心雕龍〉的批評學》(廣西師範大
學出版社,2004 年)、汪洪章的《〈文心雕龍〉與二十世紀西方文
論》(復旦大學出版社,2005 年)、李映山的《文心擷美——〈文心
雕龍〉與美育研究》(吉林科學技術出版社,2005 年)、童慶炳先生
的《童慶炳談文心雕龍》(河南大學出版社,2008 年)以及《〈文心
雕龍〉三十説》(北京師範大學出版社,2016 年)、權繪錦的《中國
文學批評與〈文心雕龍〉》(光明日報出版社,2008 年)、戚良德的
《〈文心雕龍〉與當代文藝學》(中央編譯出版社,2012 年)、胡海和
楊青芝的《〈文心雕龍〉與文藝學》(人民出版社,2012 年)、姚愛斌
的《〈文心雕龍〉詩學範式研究》(湖南人民出版社,2012 年)、馬驍
英的《〈文心雕龍·諧隱〉的詼諧文學理論》(遼寧大學出版社,
2014 年)、高林廣的《〈文心雕龍〉先秦兩漢文學批評研究》(中華

書局,2016 年)等。

　　第四,除了傳統的文藝學和美學的角度之外,又有不少從多個角度研究《文心雕龍》的一批重要專題研究著作: 汪春泓的《文心雕龍的傳播與影響》(學苑出版社,2002 年)、楊清之的《〈文心雕龍〉與六朝文化思潮》(南方出版社,2002 年)、戚良德的《文論巨典——〈文心雕龍〉與中國文化》(河南大學出版社,2005 年)、王志民、林杉、楊效春、高林廣編著的《〈文心雕龍〉例文研究》(内蒙古人民出版社,2005 年)、陳書良的《〈文心雕龍〉釋名》(湖南人民出版社,2007 年)、羅宗强先生的《讀文心雕龍手記》(三聯書店,2007 年)、張利群的《〈文心雕龍〉體制論》(廣西師範大學出版社,2010 年)、陳蜀玉的《〈文心雕龍〉法譯及其研究》(上海社會科學院出版社,2011 年)、簡良如的《〈文心雕龍〉之作爲思想體系》(中國社會科學出版社,2011 年)、萬奇和李金秋主編的《文心雕龍文體論新探》(中央民族大學出版社,2012 年)以及《〈文心雕龍〉探疑》(中華書局,2013 年)、董家平和安海民的《〈文心雕龍〉理論體系研究》(華齡出版社,2012 年)、鄧國光的《〈文心雕龍〉文理研究: 以孔子、屈原爲樞紐軸心的要義》(上海古籍出版社,2012 年)、劉穎的《英語世界〈文心雕龍〉研究》(巴蜀書社,2012 年)、黃維樑的《從〈文心雕龍〉到〈人間詞話〉——中國古典文論新探》(北京大學出版社,2013 年)、趙耀鋒的《〈文心雕龍〉研究》(陽光出版社,2013 年)、陳允鋒的《〈文心雕龍〉疑思録》(中央民族大學出版社,2013 年)、邵耀成的《〈文心雕龍〉這本書: 文論及其時代》(中國社會科學出版社,2014 年)、陳迪泳的《多維視野中的〈文心雕龍〉——兼與〈文賦〉〈詩品〉比較》(中國社會科學出版社,2014 年)、歐陽艷華的《徵聖立言——〈文心雕龍〉體道思想研究》(上海古籍出版社,2015 年)、胡輝的《劉勰詩經觀研究》(雲南大學出版社,2015 年)等。

　　第五,産生了一批各有特點的、綜合性的"龍學"著作。如校注譯釋類的著作：張光年先生的《駢體語譯文心雕龍》(上海書店出版社,2001 年)、張燈的《文心雕龍新注新譯》(貴州教育出版社,2003 年)、周明的《文心雕龍校釋譯評》(南京大學出版社,2007 年)、戚良德的《文心雕龍校注通譯》(上海古籍出版社,2008 年)、李明高的《文心雕龍譯讀》(齊魯書社,2009 年)、雍平的《文心發義》(廣東人民出版社,2016 年);再如着眼"龍學"史的專題性著作：張少康編《文心雕龍研究》(湖北教育出版社,2002 年)以及《〈文心雕龍〉資料叢書》(學苑出版社,2004 年)、黃霖編著《文心雕龍彙評》(上海古籍出版社,2005 年)、戚良德編《文心雕龍學分類索引》(上海古籍出版社,2005 年)、朱文民主編《劉勰志》(山東人民出版社,2009、2010 年)、李建中主編《龍學檔案》(武漢大學出版社,2012 年)、戚良德輯校《文心雕龍》(黃叔琳注、紀昀評、李詳補注、劉咸炘闡説,上海古籍出版社,2015 年)等。另外,還產生了幾種劉勰的傳記作品,如楊明的《劉勰評傳》(南京大學出版社,2001 年)、朱文民的《劉勰傳》(三秦出版社,2006 年)、唐正立的《曠世劉勰》(中國文史出版社,2014 年)、繆俊傑的《夢摘彩云：劉勰傳》(作家出版社,2015 年)等。

上述五個方面的"龍學"專著列舉雖難免挂一漏萬,但已足以展示新世紀"龍學"的鴻風懿采,其總體特點,短筆可陳者,一是對二十世紀"龍學"的總結,並在此基礎上推出集成性的成果,從而爲新世紀"龍學"奠定新的研究基礎,引發新的開端;二是對二十世紀"龍學"的反思,並通過反思進行切實的學術開拓,從而展示新世紀"龍學"的新面貌;三是進行深入的學術開掘,對"龍學"園地進行精耕細作,從而開拓新的"龍學"空間,產生新的"龍學"成果。

這裏,筆者想舉一個看似很小的例子,以展示新世紀"龍學"的新風貌。如所周知,《文心雕龍》五十篇,每篇均以兩字名篇,言簡意賅,具有豐富的内涵,有些篇名早已成爲重要的文論範疇。但在衆多的《文心雕龍》譯注本中,極少有人對這些篇名進行翻譯。這是一個小問題,但真的要翻譯起來,却顯然並不容易。就筆者所見,海丁的《〈文心雕龍〉新論》(吉林文史出版社,2008年),以及王學禮、姜曉潔的《文心雕龍駢體語譯》(三秦出版社,2012年),都對此作了嘗試。他們的翻譯各有特點,我們列表對比如下:

《文心雕龍》篇名	海丁 譯	王學禮、姜曉潔 譯
原道第一	論文章源起	本着大道
徵聖第二	論以聖人爲師	體驗聖人
宗經第三	論創作參照(解析五經)	正宗經典
正緯第四	正確對待緯書	矯正緯書
辨騷第五	討論《離騷》	辨析《離騷》
明詩第六	詩歌史論	明了詩體
樂府第七	樂府史論	話説樂府
銓賦第八	賦史論	詮釋賦體
頌讚第九	頌讚史論	談頌説讚
祝盟第十	祝盟流別考	祝盟之類
銘箴第十一	銘箴流別考	銘文箴文
誄碑第十二	誄碑流變考	誄文碑文
哀弔第十三	哀弔流變考	哀弔之文
雜文第十四	雜文流別考	雜文雜談
諧讔第十五	諧讔流變考	詼諧讔語
史傳第十六	史傳流變考	史傳漫話
諸子第十七	諸子流變考	諸子淺説
論説第十八	論説流別考	論體説體
詔策第十九	詔策流別考	詔書策書

（續表）

《文心雕龍》篇名	海丁 譯	王學禮、姜曉潔 譯
檄移第二十	檄移流別考	檄文移文
封禪第二十一	封禪流別考	封山禪地之文
章表第二十二	章表流別考	章文表文
奏啓第二十三	奏啓流別考	奏啓之文
議對第二十四	議對流別考	議對之文
書記第二十五	書記流別考	書記之文
神思第二十六	論思維（精神活動）	心神與文思
體性第二十七	論個性與風格的關係	體格與性情
風骨第二十八	論對思想內容的要求	文風與文骨
通變第二十九	論繼承和發展	通古變新
定勢第三十	意向論	確定態勢
情采第三十一	論文章美質	感情與文采
鎔裁第三十二	創作總論	熔煉與裁剪
聲律第三十三	語音論（語言總論）	聲音韻律
章句第三十四	論文章單位	章情造句
麗辭第三十五	論對偶（駢體）	駢句儷語
比興第三十六	論比興	比象興義
夸飾第三十七	論誇張修辭	誇張形容
事類第三十八	論用事	用事聯類
練字第三十九	文字的發展和運用	熟練用字
隱秀第四十	論含蓄和警策修辭	隱義秀句
指瑕第四十一	文病類舉	指示瑕疵
養氣第四十二	論創作前的精神修養	修養氣息

（續表）

《文心雕龍》篇名	海丁 譯	王學禮、姜曉潔 譯
附會第四十三	論行文起草	附辭會義
總術第四十四	總論文章之體和術 （總術爲統領文情文思之術）	總攬之術
時序第四十五	論時代和文章的關係	各代概述
物色第四十六	論情景關係及景物描寫	外物聲色
才略第四十七	作家論	才學謀略
知音第四十八	論批評與鑒賞	知音·音知
程器第四十九	論成才	前程·器量
序志第五十	自序	敘志爲序

值得一提的是，海丁先生自謂"草野平民"①，而王學禮先生則爲退休中學教師，他們的"龍學"成果，可能少有人知。筆者以爲，他們翻譯得如何倒在其次，重要的是能想到把《文心雕龍》的篇名翻譯出來，這是"龍學"精細化的一個表現，是值得肯定的。

（二）"龍學"論文舉要

二十一世紀"龍學"的上千篇論文涉及"龍學"的各個方面，我們祇能舉例性地予以介紹。首先是延續上個世紀"龍學"重要問題的新思考，如關於《文心雕龍》文體論的問題，本期仍有學者進行研究。陶禮天先生從六朝"文筆"觀與文學觀的角度對《文心雕龍》的"文筆之辨"予以探討，指出："六朝時期文學批評上提出的'文筆'論，體現了其時批評家們對文學性的認識，反映了文學觀

① 海丁：《〈文心雕龍〉新論》，長春：吉林文史出版社，2008 年，第 326 頁。

念的演進過程。故近現代以來不少專家學者對此重要問題撰文予以探討,其中又較爲集中在《文心雕龍》的'文筆'論及其與六朝時期'文筆'論之關係的研究上。"作者通過對黃侃、劉師培以及郭紹虞等具有代表性的研究者對"文筆"問題研究觀點的進一步辨析,認爲劉勰"基本恪守'有韻爲文而無韻爲筆'的界劃原則","有的論著認爲蕭繹《金樓子・立言篇》的'文筆'論較爲進步並體現出一種近乎純文學的文學觀,這種觀點是不正確的"。作者指出:"至少至《文心雕龍》,情、采、韻作爲'文'的三個要素就已經系統提出,並作爲'文章'寫作的明確要求。"①應該説,這是一個扎實的結論。劉文忠先生則從《文心雕龍》文體論的淵源談起,認爲"《文心雕龍》文體論有着深厚的歷史淵源,它幾乎囊括了歷史上有關文體的所有論述,又仔細研究了大量的作品和各種文體的寫作特點,經過獨具匠心的提煉和昇華,形成了系統而深刻、精確而全面的文體論","他總結了歷史上文體論研究的積極成果,他將歷史上那些零星、片段、不完整、不成熟的文體理論,經過歸納、總結和發展,構建出新的文體理論體系。不僅是集其大成,而且進行了充實與提高,從而使文體論跨入一個新的歷史階段。他對各種文體和作品所作的系統而深入的研究,是前無古人的。其文體論的系統性、科學性和理論深度,不僅是前無古人,而且是後無來者。"②這一對《文心雕龍》文體論的評價可以説是極高的,體現了新時期"龍學"的新認識。

再如劉勰及其《文心雕龍》與佛教和佛學的關係問題,這一期間也有學者進行了較爲深入的研究和思考。張少康等先生指出,

---

① 陶禮天:《六朝"文筆"觀與文學觀——〈文心雕龍〉"文筆之辨"探微》,《文藝研究》2005年第5期。

② 劉文忠:《〈文心雕龍〉文體論的淵源與發展創新》,《文心雕龍研究》第8輯,保定:河北大學出版社,2009年,第189—199頁。

在研究這個問題時,首先要承認兩個客觀事實:"一是劉勰從青年時期開始就是虔誠信仰佛教的,而且是精通佛學的……二是《文心雕龍》中確實沒有多少佛學詞語和概念,也沒有很明顯的、很直接地運用佛學思想來論文。"對此,"我們應該從當時的文化背景上來理解這種現象:第一,儒家文化在中國是長期佔有統治地位的正統文化思想,它在每個時代都對社會生活各方面具有深刻的潛在影響,即使在玄佛思想佔有比較主要地位的南朝也是如此。第二,在那個時代,佛學和儒學不是對立的,而是完全可以互相相容的。……第三,那時佛學的傳播是要借助中國本土文化的,當時特別是借玄學來宣傳自己的學說,所以是玄佛合一的。"以此認識爲基礎,張先生認爲,"劉勰在寫作《文心雕龍》時雖然沒有有意識地運用佛學思想來論文,但是實際上《文心雕龍》的寫作還是潛移默化地受到佛學思想的深刻影響",這些影響主要表現在:"劉勰《文心雕龍》中的'神理'說意思是'神明的原理',與他的佛學思想有不可分割的聯繫;劉勰的本體觀受龍樹影響很深,劉的論'道'實際包含了儒釋道兼通的特點;劉勰《文心雕龍》的'折衷'研究方法是直接受龍樹中道觀影響的產物。"①精通佛學的普慧先生則指出:"劉勰一生是一個虔誠的佛教神學信仰者。他自覺恪守戒律,協助名僧僧祐整理佛教經論,撰寫佛學論文《滅惑論》,積極參與齊末佛、道之爭,堅決捍衛佛教地位。其《文心雕龍》雖是一部有關文章寫作之法的專著,但因浸透着佛教神學的思維框架,故而思路開闊,條理明晰,談論文藝,包攬宇宙,總括人心,頗合藝術審美思維之要求。"②

---

① 張少康、笠征:《劉勰〈文心雕龍〉和佛教思想的關係》,《北京大學學報》2005 年第 4 期。

② 普慧:《論劉勰及其〈文心雕龍〉的佛教神學思想》,《文藝研究》2006 年第 10 期。

又如關於《周易》對《文心雕龍》的影響問題,世紀之交曾有學者做過不少探討,如黃高憲先生有系列論文:《西漢易學對〈文心雕龍〉的影響》(《福建論壇》1998 年第 6 期)、《東漢易學與〈文心雕龍〉》(《漳州師範學院學報》1998 年第 4 期)、《〈周易〉經傳與〈文心雕龍〉》(《國際易學研究》第 5 輯,1999 年)、《試論〈易傳〉對〈文心雕龍〉的影響》(《周易研究》2000 年第 1 期)等,站在《周易》經傳和易學的角度,從源及流,探討《周易》及易學對《文心雕龍》的影響。本期黃先生以《〈周易〉與〈文心雕龍〉研究的回顧與展望》(《周易研究》2004 年第 2 期)一文進行了總結,同時也有一些學者繼續對這一重要問題進行探討。如張善文先生《試論周易對文心雕龍的影響》一文,便是其中優秀的一篇。該文從四個方面詳細研究了《周易》對《文心雕龍》的影響,一是劉勰引據《周易》卦象,無論是泛舉"《易》象"、"四象",還是直舉某卦之象或取例於《象傳》的解說,"都每每切合於他所要說明的文學問題,足見劉氏將《易》象的哲理意義與文學理論相溝通,頗有精到之處"①。二是劉勰援引的《周易》其他方面的文辭,包括卦爻辭及《易傳》部分,大部分並不屬於文論的範疇,"但一經劉勰引述,則十分巧妙地闡明了文學理論中的具體問題,甚至某些内容還成爲古代文論中頗有影響的名言"②。三是劉勰往往敘及各種文學現象(包括文體、創作手法等)的源流問題。"在論述這些問題時,他常常探究《周易》各部分内容的創作,或因以推溯文學根源,或用以闡述文學流變,縱非一一精確,却可考見劉氏研討之功。"③四是劉勰"往往有意或無意地融會《周易》的一些短詞簡語,化爲他自己的語言,自

①　張善文:《試論周易對文心雕龍的影響》,《潔静精微之玄思——周易學説啓示録》,上海:上海遠東出版社、上海三聯書店,2003 年,第 223 頁。

②　同上,第 224 頁。

③　同上,第 230 頁。

鑄諸多美意偉辭,洋溢於字裏行間"①。正如作者所指出,通過考察、辨析《周易》對《文心雕龍》的顯著影響,"不僅對於深入理解《文心雕龍》這部古代文論巨著有一定作用,而且對分析《文心雕龍》與古代哲學的内在聯繫,並進一步研究我國古代豐富的文學理論的民族特色問題,似亦不無裨益"②。李逸津先生則通過辨析《周易》哲學與《文心雕龍》理論體系的建構,發現劉勰依《周易》之宇宙構成論建立起"文原於道"的文學本體論,再依《周易》之象數系統建立起析理論證的思維模式,又以《周易》話語構建起《文心雕龍》文學理論的話語系統。從而認爲:"劉勰是以《周易》哲學的理論框架、思維模式和話語工具,構建起自己的文學理論體系。這就使他的理論超越'各照隅隙,鮮觀衢路'的前代中國文論,而成爲'體大思精'、'籠罩群言',有明確的理論軸心和嚴密的論述邏輯的著作。"③

　　其次,除了上述對傳統話題的新的思考,本期"龍學"論文亦有不少新的論題提出。如袁濟喜先生《論〈文心雕龍〉的人文精神與當代意義》一文指出:"作爲一種經典的創構,《文心雕龍》不僅在於其具體可觀的篇章結構,更主要的在於她背後的人文精神的磨煉。而這種人文精神的磨煉,有三大要素:其一是對於古代儒家人文精神的傳承;其二是對於佛學精神的張大;其三是劉勰自身人格精神的融入。當然,還有道家與玄學思想等因素的薰陶,這些因素也是不可忽略的。"④袁先生進而發現:

---

①　張善文:《試論周易對文心雕龍的影響》,《潔静精微之玄思——周易學説啓示録》,第 234 頁。

②　同上,第 242 頁。

③　李逸津:《〈周易〉哲學與〈文心雕龍〉理論體系的建構》,《文心雕龍研究》第 8 輯,第 120 頁。

④　袁濟喜:《論〈文心雕龍〉的人文精神與當代意義》,《文心雕龍研究》第 8 輯,第 423 頁。

這種人文堅守很重要的一點便是無畏的批判精神與勇氣。劉勰終其一生,是一位孤獨者,他不爲當時人所認同,不受當時重視,有時也不得不去叩當時的重要人物沈約的車駕,但是從總的方面來看,他是堅强的,尤其最後重返定林寺,燔髮出家,用看似極端的方式來與時流訣別,這種方式在今天看來有些過分,但是當時比起沈約之流的善變,却具有一種人格感召的意義。①

筆者覺得這樣的認識是具有深度的,是回到劉勰及其《文心雕龍》本身的"用心"之論。再如王振復先生《"唯務折衷":〈文心雕龍〉文論思想的文化品格》一文指出:《文心雕龍》的文論思想,究竟是在什麽文化和哲學思想的影響下建構起來的呢? 王先生認爲:"《文心雕龍》文論思想的文化選擇,决不是單打一的,説其宗儒抑或宗道(玄)抑或宗佛,均不符其實際,而是道(玄)、儒、佛的三棱相會,是亦儒亦道亦佛又非儒非道非佛,鮮明地呈現出複雜、宏博的精神面貌與人文内涵。《文心》是書,是中國文化史上巨大、複繁、矛盾而深邃的一個文論系統。其基本特色,可用劉勰自述的'唯務折衷'來概括。"而"'唯務折衷'有一精神内核,便是劉勰試圖在道、儒、佛三學綜合基礎上的自創新格。"②筆者以爲,此論不僅指出劉勰思想是"三棱相會",其特點可以用"唯務折衷"來概括,而且還指出劉勰乃以此"自創新格",這是頗富見地的。

第三,對《文心雕龍》研究方法的思考和探索。新世紀的"龍學"如何適應時代的發展和要求,開創出一番新天地,這是不少研究者思考過的問題。正如詹福瑞先生所説:"二十世紀的《文心雕

---

① 袁濟喜:《論〈文心雕龍〉的人文精神與當代意義》,《文心雕龍研究》第 8 輯,第 438 頁。

② 王振復:《"唯務折衷":〈文心雕龍〉文論思想的文化品格》,《求是學刊》2003 年第 2 期。

龍》研究,在該書的校注、理論内容的詮解與理論體系的闡釋等方面,都取得了很高的成就。時近二十一世紀,我們當如何在二十世紀的峰巔之上,把《文心雕龍》的研究進一步引向廣闊和深入,是龍學界深思的一個問題。"①爲此,詹先生提出了"三打通"問題,即"打通《文心雕龍》與六朝文學乃至中國古代文學,打通《文心雕龍》與中國文學批評史,打通《文心雕龍》與現代和西方文論",而之所以要"打通","目的即在於打破《文心雕龍》封閉的研究局面,延展視野,把《文心雕龍》研究導向廣闊與深入,使其不僅是二十世紀的顯學,也成爲本世紀的顯學"。② 左東嶺先生則通過對《文心雕龍》兩個主要範疇"體要"與"折衷"研究狀況與研究方法的檢討,來思考探索"龍學"的方法問題。他指出,《文心雕龍》的範疇"存在着潛體系的非系統性與貌似嚴密而實有裂痕這樣兩種情形",因而"在目前該書的範疇研究中,存在着將古代理論範疇理想化的傾向",研究者"應該採用重構與解構的不同研究方法,以便探討該書真實的理論内涵與特徵,從而將本領域的研究引向深入"。左先生説:"就像其他古代理論家一樣,劉勰在《文心雕龍》中所使用的不少範疇並不具備理論的明晰性。由於古人没有嚴格的邏輯分類意識,所以在使用許多術語時,其實很難嚴密規定其内涵,而帶有一定程度的隨意性。這種隨意性並不是思維方面出了什麼問題,而是爲了在不同的場合説明不同的問題而各有所側重,再加上中國古人重視整體的感悟而不太在意對概念的嚴格界定,所以也就形成了與今人不太一致的範疇特徵。"正因如此,"前人研究《文心雕龍》的範疇,往往有意無意地按照今人對於範疇的理解來理解劉勰,同時也按照現代的範疇標準來衡量《文心雕龍》的

---

① 詹福瑞:《延展視野,深化研究——談〈文心雕龍〉研究的"打通"問題》,《文心雕龍研究》第 5 輯,保定:河北大學出版社,2002 年,第 37 頁。

② 同上,第 40 頁。

範疇,於是常常認爲劉勰所使用的範疇就像今天那樣明晰而嚴密,從而將原本並不太嚴密的説成是嚴密的,將原本並不那麼明晰的也説成是明晰的,結果往往就把問題弄得複雜化了。"①這確實是《文心雕龍》研究中存在的問題。

李建中先生則由"文心雕龍文體論"論争引發的方法論反思,談到"龍學的困境"問題。他説:"既是跨世紀又是跨海峽的'文心雕龍文體論'論争,在給現代龍學研究帶來繁榮和啓迪的同時,也從方法論層面引發關於'龍學困境'的反思。在'百年龍學'的語境下重新考量這場學術論争,可以見出龍學研究的三大困境:哲學邏輯的方法與詩性文論本體的扞格不入,當下理論判斷及體系建構對歷史複雜語境及變遷的忽略不計,以及用他山之石(西方觀念及方法)攻本土之玉(中國文論)時的事與願違。"②李先生談到的這"三大困境"也確乎是長期存在的問題。如何走出這樣的困境呢? 黄維樑先生似乎有破解之道,他説:"筆者近年的《文心雕龍》研究有三個重點:(一)嘗試通過與西方文論的比較,重新詮釋它;(二)嘗試以中西文論合璧的方式,以《文心雕龍》爲基礎,建立一具中國特色的文論體系,此體系具有大同性,有普世的價值;(三)嘗試把它的理論,用於對古今中外作品的實際批評。"③實際上,能在這三者之中突破一點,則功莫大焉;若能於此三者皆有建樹,則"龍學"必將步入柳暗花明之境矣。

另外,本期"龍學"論文的一個重要內容是對著名"龍學"家的研究,如對章太炎、劉師培、黄侃、范文瀾、劉永濟、楊明照、張光年、

① 左東嶺:《〈文心雕龍〉範疇研究的重構與解構》,《首都師範大學學報》2008 年第 3 期。

② 李建中:《龍學的困境——由"文心雕龍文體論"論争引發的方法論反思》,《文藝研究》2012 年第 4 期。

③ 黄維樑:《請劉勰來評論顧彬——〈文心雕龍〉"古爲今用"一例》,《海南師範大學學報》2008 年第 1 期,《文學前沿》2009 年第 1 期。

王元化、牟世金、祖保泉等衆多卓有成就的"龍學"家,均有一篇或數篇論文進行研究。尤其是對黄侃、范文瀾、王元化等先生的研究,可以説已取得了一定的成績,這對總結百年"龍學"的經驗和教訓,以利於"龍學"的進一步發展,無疑是很有必要的。

(三) 大學課堂上的"龍學"

隨着近年來國學熱的持續升温,《文心雕龍》作爲國學必修課走上了大學講臺,"龍學"的普及和提高可以説取得了良性互動。一方面,越來越多的青年學子認識到《文心雕龍》作爲中國文論經典的重要性,從而認真研讀;另一方面,百年"龍學"的巨大成就和碩果爲他們提供了豐富的閲讀素材,使他們站在了更高的學術起點上。顯然,幾代人不懈的探求使得百年"龍學"異彩紛呈,這正是《文心雕龍》成爲大學必修課的背景和基礎,而隨着《文心雕龍》的普及,其作爲國學經典的地位就更加穩固而日益突出,這又成爲"龍學"進一步發展的强大動力和源泉。這裏我們以武漢大學和中國人民大學的《文心雕龍》課程爲例,來看一下大學課堂上的"龍學"。

2008 年,廣西師範大學出版社出版了武漢大學李建中先生的《文心雕龍講演録》。該書爲"大學名師課堂實録"系列之一,它不是一本教材,而是李先生課堂講授《文心雕龍》的實録,我們可以據此較爲完整地看到李先生這門課的講授内容,體驗到李先生的授課風采。隨着信息時代的到來,這樣的文本越來越多,但對"龍學"而言,可能還絶無僅有,因而是非常珍貴的。全書正文共八講,分別爲:"《文心雕龍》的思想資源"、"《文心雕龍》的思維方式"、"《文心雕龍》的話語方式"、"《文心雕龍》的文體理論"、"《文心雕龍》的創作理論"、"《文心雕龍》的接受理論"、"《文心雕龍》的作家理論"、"《文心雕龍》的文學史觀",每講均爲整齊的三節,如第一講的三節爲:"文師周孔"、"道法自然"、"術兼佛玄"等。全書前有"引言",分爲兩節:"孤寂人生"、"詩性智慧",後有"結語",也分爲兩節:"千年文心"、"世紀龍學",並有"附録"四篇,最後是"後記"。這樣一個整飭的講稿體現出李先生的良苦用心,筆者以爲這是與《文心雕龍》非常相配的,是不負劉勰精心結撰之《文心雕龍》的一個真誠表現,令人敬佩。因此,筆者既爲曾經在武大講授《文心雕龍》的黃侃、劉永濟等先賢感到欣慰,更爲李先生的學生們感到慶幸,他們能聆聽這樣的"龍學",應該是感到幸福的。

這份"講演録"之"附録"的第一篇是"治學感言:我是劉勰的學生"。二十多年前,筆者曾聽臺灣著名"龍學"家王更生先生説過"我是劉勰的小學生"這樣的話,讓筆者覺得振聾發聵而一直銘記心中。李先生亦有此説,其意何在呢? 他的這篇"治學感言"不長,表達了這樣三層意思:一是"感謝劉勰,有了他,擿文無虞"。二是"感謝劉勰,有了他,余心有寄"。三是"感謝劉勰,有了他,永不失語"①。我們僅憑這幾句話,應該就可以明白李先生爲什麼説自己是劉勰的學生了。三個"感謝",不僅發自肺腑,而且言之有物;更重要的是,如此對待先賢和傳統文化的態度,令人感動和欣賞。李先生有《古代文論的詩性空間》(湖北人民出版社,2005年)、《中國古代文論詩性特徵研究》(武漢大學出版社,2007年)等專著,其於中國古代文論的詩性特徵有着深入的領悟,這份領悟也體現在了他自己的學術研究和話語表達中。在筆者看來,李先生的這幾句"治學感言"便是富有詩性智慧的表達,其整飭的"講演録"更是充滿這樣的詩性言説。

在2008年於北京首都師範大學舉辦的"《文心雕龍》與二十一世紀文論研究國際學術研討會"上,李先生曾有"創生青春版文心雕龍"的發言,引起與會學者的濃厚興趣。何謂"青春版"? 李

---

① 李建中:《文心雕龍講演録》,桂林:廣西師範大學出版社,2008年,第231—232頁。

先生説:"青春的文心青春的(文)體! 青年劉勰對青春文心的唯美言説,正是我們這個時代所匱乏的。劉勰當年寫《文心雕龍》,是要回應他那個時代的文學和文學理論問題。劉勰的時代問題是什麽? 佛華衝突、古今衝突以及'皇齊'文學的浮華和訛濫。青年劉勰内化外來佛學以建構本土文論之體系,歸本、體要以救治風末氣衰之時弊。我們今天研究《文心雕龍》,同樣需要回應我們這個時代的文學和文學理論問題。我們的時代問題是什麽? 東西方文化及文論衝突中的心理焦慮、古今文化及文論衝突中的立場搖擺以及文學理論和批評書寫的格式化。而青年劉勰在定林寺裏的文化持守與吸納,在皇齊年間的怊悵與耿介,在五世紀末中國文壇的詩性言説,對於救治二十一世紀中國文論之時弊有着非常重要的意義。"①李先生説:"《文心雕龍》畢竟是一千五百年前的文本,如何能使它活在當下文壇,活在 21 世紀的青春校園,活在全球化時代廣大讀者的精神生活之中? 這是我寫作《文心雕龍講演録》的心理動機,也是我對這本書之社會反響的心理期待。"②李先生這些充滿深情的詩性言説,筆者無不深以爲然,尤其是其中"青年劉勰對青春文心的唯美言説,正是我們這個時代所匱乏的"一句,筆者覺得切中肯綮而具有緊迫的現實意義。以此而論,大學講壇上的《文心雕龍》不僅要延續百年前黃侃等"龍學"先賢的血脈,更有着新世紀的獨特擔當和承載。筆者稍可補充的是,從李先生"講演録"的全部內容而言,其文藝學的視野是顯然可見的,但筆者覺得這還遠遠不够。《文心雕龍》固然可以爲"文壇"提供無盡的資源,但其決不僅僅是"文學和文學理論問題",所謂"唯美言説",是可以做一點廣義的理解和應用的。然則,新世紀大學講壇的"龍學"當有更廣闊的視野。在筆者看來,那就是衝出文藝學的藩籬,回到

---

① 李建中:《文心雕龍講演録》,第 242 頁。
② 同上,第 242—243 頁。

《文心雕龍》的本位,回歸中華文化的沃土。

應該説,與武漢大學相比,中國人民大學的《文心雕龍》課程就有些不同了。袁濟喜先生曾介紹:"隨着經典文化在今天社會生活中的復興,《文心雕龍》的人文價值重新得到認同,比如中國人民大學今年的人文藝術通識課程中,首次將《文心雕龍》作爲重要的經典列入全校必修的人文通識課程序列;人民大學國學院也將《文心雕龍》作爲經典研讀的重要課程來講授。"①2008 年,中國人民大學出版社推出了袁濟喜、陳建農編著的《〈文心雕龍〉解讀》,作爲"國學經典解讀系列教材"之一,該書選《文心雕龍》37 篇,每篇均有"注釋"和"解讀",有些篇還有"彙評"。② 全書前有"導論",後附"主要參考書目"。"導論"從"劉勰的生命體驗與《文心雕龍》的寫作"和"《文心雕龍》的思想與文體特點"兩個方面,對《文心雕龍》予以導讀。作者認爲"《文心雕龍》是中國文學批評史上的一部經典之作,其内容博大精深,體系完備,不僅全面總結了南朝齊梁以前各類文體的源流和文章寫作的豐富經驗,而且還貫穿了作者對人文精神的深沉思考和執著追求,其開闊的視野,恢弘的氣度,使它超越了一般的'詩文評'類著作,成爲一部重要的國學經典"③。筆者以爲,這一對《文心雕龍》的認識和定位具有足够的思想高度和時代精神,尤其是超出了近百年來對《文心雕龍》作爲文藝學著作的主流認識,具有回歸元典本位的意義。也許這正是中國人民大學國學院把《文心雕龍》作爲本科生必修課的重要

---

① 袁濟喜:《論〈文心雕龍〉的人文精神與當代意義》,《文心雕龍研究》第 8 輯,第 422 頁。

② 後該書又出"大衆閲讀系列"版,改題《文心雕龍品鑒》(袁濟喜、陳建農編著,北京:中國人民大學出版社,2010 年),篇目壓縮爲 31 篇,並删掉了原書有些篇後所附的"彙評"。

③ 袁濟喜、陳建農編著:《〈文心雕龍〉解讀》,北京:中國人民大學出版社,2008 年,第 1 頁。

原因。可以説,這是具有重要意義的事情,是百年"龍學"的巨大成果,當然也是新世紀"龍學"的一個重要轉變,代表着一個"龍學"新時代的到來。正是在人大國學院之後,山東大學儒學高等研究院也把《文心雕龍》列入了尼山學堂本科生的必修課。筆者也曾爲中文系的本科生開過十餘年的《文心雕龍》課,但那一來是選修課,二來是爲中文系的學生開設的。但尼山學堂是打通文史哲的國學實驗班,《文心雕龍》成爲他們的必讀書和必修課,這既是因應時代需求的表現,更是百年"龍學"發展的結果。從筆者講授的實際情況來看,也切實感受到了與給中文系學生講授《文心雕龍》的不同,尤其是學生對《文心雕龍》的認識不同,他們學習和閱讀《文心雕龍》的出發點大爲不同。最大的不同,那就是袁先生所説的《文心雕龍》成爲"一部重要的國學經典"。實際上,《文心雕龍》原本就是"一部重要的國學經典",但近百年"龍學"的主要視角並非如此,這導致我們經常忘記了它原本是"一部重要的國學經典"。《文心雕龍》回歸大學國學院本科生課堂的實踐説明,"龍學"回歸國學視野的腳步已然邁出,這便是筆者所謂一個"龍學"新時代的到來。

　　百年"龍學"原本發端於大學課堂,黄侃著名的《文心雕龍札記》正是課堂教學的産物。新世紀"龍學"的精彩表現之一也在大學課堂上,同樣也産生了不少重要的"龍學"著作。如復旦大學的楊明先生説:"自復旦大學中文系開設原典精讀課程以來,我爲好幾屆本科同學上過《文心雕龍》精讀課。現在的這本小書就是在備課、上課的基礎上寫成的。"①周興陸先生也説到:"'《文心雕龍》精讀'是復旦大學漢語言文學專業本科階段'精讀'系列課程之一,起初由楊明先生領銜主講,並撰著出版了《文心雕龍精讀》教材。楊先生榮休以後,講授這門課的任務就落到了我肩上。我

---

① 　楊明:《文心雕龍精讀》,上海:復旦大學出版社,2007 年,第 213 頁。

努力將王運熙先生、楊明先生講授和研究《文心雕龍》的傳統堅持下去,在幾輪課程的講稿基礎上,撰寫了這薄薄小冊,得到了復旦大學本科教學研究及教改激勵項目資助,希望出版後能對教學有所幫助。"①他們的這兩本精讀教材均功力深湛,不僅是出色的教本,其實也是優秀的"龍學"專著。

(四) 新生代的"龍學"

新世紀"龍學"的另一個精彩表現,是新一代《文心雕龍》研究者的崛起。周勳初先生曾講到過這樣一個問題:

> 上一世紀八九十年代,《文心雕龍》出現過一個高潮,發表的論文多,專著也多。學會成立,名家輩出,專業會議多次舉辦,《文心雕龍學刊》出版多期,一派欣欣向榮的氣象。然盛極則衰,到了世紀之末,已呈難乎爲繼之勢。進入新世紀後,隨着老一代專家的退出,以往活躍於《龍》學界的專家不斷趨於老齡化,新的一代成長的態勢似乎不太明顯,於是一些後學逐漸發出哀歎,以爲《文心雕龍》這塊陣地已經開發殆盡,後人再難措手。據説在一次《文心雕龍》的會議上甚至有一位前輩學者的再傳弟子哀歎,像他祖師那樣的水平猶如泰山北斗,後人無法企及;像他這一輩人,已成殘廢。這種過度自我貶損的言論,據説頗引起他人的反感,但那些持異議的人,實際上也奉他們的師輩爲泰山北斗,以爲無法超越。我雖已難出席各地的專業會議,本人也非專業人員,但我還是感到,應該和大家一起,尋找擺脱困境的道路。②

周先生談到的這次有趣的"龍學"會議場景,恰好是筆者的親

①　周興陸:《〈文心雕龍〉精讀・前言》,北京: 北京大學出版社,2015年,第1頁。

②　周勳初:《文心雕龍解析》,第901—902頁。

身經歷,其實那是一次氣氛熱烈而輕鬆的學術討論和會議總結,當時確實有學者表示了對"龍學"發展前景的擔憂,筆者曾作了一個幽默的回應,並無"反感"的言論。實際上,當時那位學者的擔憂,代表了不少人的看法,在很大程度上描繪了學術發展過程某些階段的真實情況。但所謂"一代有一代之文學"①,學術亦然。由於某些特定的歷史原因,階段性的學術斷層可能會出現,但學術的發展腳步是不會停止的。這裏,我們以三位較爲年輕的《文心雕龍》研究者的著作爲例,一睹新生代"龍學"的風采。

一位是權繪錦先生,他是一位 70 後,光明日報出版社於 2008 年出版了他的博士論文《中國文學批評與〈文心雕龍〉》。該書分爲四章,分別是"魯迅與《文心雕龍》"、"周作人與《文心雕龍》"、"茅盾與《文心雕龍》"、"朱光潛與《文心雕龍》",另有"附錄"一篇,爲"胡風與《文心雕龍》"。按照一般的理解,魯迅與《文心雕龍》是有關係的,但其他幾位現代文學的大家,研究者很少考慮其與《文心雕龍》的聯繫。但正因如此,筆者覺得這一選題是較爲新穎的。作者指出:

> 自 1990 年代中期"文論失語症"提出以來,中國現代文學理論與批評被認爲是"全盤西化"的產物,是與古代文論"斷裂"的結果。在此後"中國文論話語重建"和"古代文論現代轉換"的討論中,現代文學理論與批評的歷史價值與現實意義也被完全忽視。……本文認爲,"民族性"也是現代文學理論與批評固有的屬性與品格。自"五四"以來,中國文學理論與批評在實現現代化轉型的同時,在積極吸納外來文論影響和立足於現代文學發展實際的基礎上,也批判地繼承了古代文論的優秀傳統,吸收了其中的有益營養,從而保證了自己的民

----

① 王國維:《宋元戲曲考·序》,《王國維戲曲論文集》,北京:中國戲劇出版,1984 年,第 3 頁。

族文化身份。因此,爲了糾正上述觀點的偏頗,也爲了在"民族性"論域中與當代文論建設和批評實踐形成對話關係,更爲了轉換研究思路,爲現代文學理論與批評研究尋求新的學術增長點,從"民族性"出發,重新審視現代文學理論與批評就成了一個緊迫而重大的課題。①

爲此,作者採取了"古今比較"的辦法。"通過這一辦法,既可以使古代文論中仍然有生命力的部分凸現出來,也可以使現代文學理論與批評和民族文化文論傳統之關係得以彰顯。"②但這顯然是有難度的。從作者的實踐看,應該説取得了不小的成功。如對周作人與《文心雕龍》的比較,作者指出:"'人情物理'、'自然'、'味'是周作人文學理論與批評的常用術語,也是古代文論中的重要範疇,其源頭均可追溯到《文心雕龍》。儘管有所改造和變化,但對這些術語的承襲本身就體現了周作人對古代文論的有意擷取。況且,這些概念、術語的内涵和外延在周作人這裏仍然有所延續,是在繼承基礎上的改造,變化中又不乏貫通。"③再如朱光潛與《文心雕龍》,作者將他的《文藝心理學》與《神思》進行互釋,將他的"創造的批評"與《知音》加以比較,"不僅能够揭示朱光潛理論的'民族性'特徵,還能够使《文心雕龍》中的一些文學思想更爲明晰"④。筆者覺得,不僅作者比較的具體成果是值得重視的,更重要的是這樣的選題和思路,爲"龍學"開拓了無盡的學術空間和想像力。

另一位是陳迪泳女士,出生於 1969 年的準 70 後,她出版了一

①　權繪錦:《中國文學批評與〈文心雕龍〉》,北京:光明日報出版社,2008 年,第 8 頁。
②　同上。
③　同上,第 9 頁。
④　同上,第 10 頁。

部《多維視野中的〈文心雕龍〉——兼與〈文賦〉〈詩品〉比較》(中國社會科學出版社,2014年)。這本不算厚的著作有着開闊的研究視野,作者借用古今中外的文學、文藝心理學、美學、哲學、藝術學等相關的理論和方法的多維視野,對《文心雕龍》與《文賦》《詩品》相比較以展開新的探索性研究和追根溯源。"《文心雕龍》研究的新視野着眼於心物關係新探、生命體驗、藝術品格三個方面。《文心雕龍》與《文賦》的比較研究立足於物象美、藝術思維、文體風格等理論形態,從道家哲學、海德格爾哲學、生命哲學、存在主義哲學等方面進行哲學視閾下的比較性解讀與溯源。《文心雕龍》與《詩品》的比較研究立足於文學形式、心物關係、情感符號等理論形態,從民族與時代文化、作家心理、生命意識、審美人格等方面進行溯源。《文心雕龍》與《文賦》《詩品》的比較研究立足於鑒賞批評的理論形態,從立體主義藝術觀念進行溯源。"[①]應該説,這些角度主要還是文藝學、美學的,但在此範圍內也確乎稱得上多維視野了。正是通過這種多角度的比較,作者對很多傳統的"龍學"問題,提出了自己的新認識,如關於"風骨"和"比興",作者指出其"內含隱喻思維"。其云:

> 劉勰提出的"風清骨峻"不祇是藝術美,更是理想的人格美在文學作品中隱喻式的體現,它和中國古代文人崇尚高潔的情操、剛正不阿的骨氣相關。隱喻思維原是人類基本和原始的認知方式。隱喻實爲比喻,由於原始人對宇宙萬物感到茫然無知、難以把握,故而祇能用自己的身體感知、判斷萬事萬物,這是比喻的手法、隱喻的思維。隱喻作爲心理活動,通過類比聯想,用一種事物"替代"另一種事物。隱喻思維運用一套基本喻象系統,把人們熟悉的身體和大自然相聯繫,把疏

---

① 陳迪泳:《多維視野中的〈文心雕龍〉——兼與〈文賦〉〈詩品〉比較》,北京:中國社會科學出版社,2014年,第2頁。

遠的非我之物同化到自我結構和感覺中。同時,隨着開放的喻象系統的獲得,隱喻思維超越自我局限,走進寬廣的天地。①

總體而言,作者多維視野的比較雖有不少未盡成熟之處,但通過這種比較而取得的諸多新的認識却是最爲重要的;其提供給"龍學"的價值和意義,主要還不在這些具體的認識本身,而是所昭示的一種思維模式及其方法論意義。

第三位是出生於 1984 年的馬驍英先生,他出版了一部《〈文心雕龍・諧隱〉的詼諧文學理論》(遼寧大學出版社,2014 年)。作者認爲,《諧隱》"這篇在《文心》五十篇中毫不出衆的短小文章,在中國古代詼諧文學理論史上却具有非凡的意義"②,正因如此,作者以此爲論,寫成了一本書。尤其值得讚賞的是:"本書以乾嘉學風爲指歸,力求考信徵實,實事求是,追源溯流,闡幽發微,鈎沉訓故,析理弘義,意在深入全面、細緻入微地闡述《文心雕龍・諧隱》的詼諧文學理論。"③全書分爲十章,第一章研究《文心雕龍・諧隱》的詼諧文學理論對前代詼諧文學觀念的繼承,第二章研究《文心雕龍・諧隱》的詼諧文學理論出現的社會政治、經濟、文化背景,第三章對元至正十五年本《文心雕龍・諧隱》進行彙校,第四章研究《文心雕龍・諧隱》的詼諧文學理論的體系性,第五章研究《文心雕龍・諧隱》的詼諧文學理論的主幹部分——對"諧"這種詼諧文學體裁的理論闡釋,第六章研究《文心雕龍・諧隱》的詼諧文學理論的附屬部分——對"謬辭詆戲"之"隱"的理論闡釋,第七章研究

---

① 陳迪泳:《多維視野中的〈文心雕龍〉——兼與〈文賦〉〈詩品〉比較》,北京:中國社會科學出版社,2014 年,第 11 頁。

② 馬驍英:《〈文心雕龍・諧隱〉的詼諧文學理論・前言》,遼寧大學出版社,2014 年,第 1 頁。

③ 同上。

《文心雕龍・諧隱》的詼諧文學理論的自身獨具的不同於西方理論的鮮明特色,第八章研究《文心雕龍・諧隱》的詼諧文學理論對後世詼諧文學理論的影響,第九章研究《文心雕龍・諧隱》的詼諧文學理論對當代文化中的詼諧、滑稽、幽默、喜劇性的現實問題的啓示,第十章對《文心雕龍》其他四十九篇與《諧隱》篇有關的内容進行梳理。如關於《文心雕龍・諧隱》的詼諧文學理論的體系性,作者指出:

> 在中國古代詼諧文學理論發展史上,《文心雕龍・諧隱》的詼諧文學理論,是第一個擁有比較完善、比較嚴密的體系的理論成果,這種體系性具有里程碑式的意義,前無古人,後啓來者。《文心雕龍・諧隱》的詼諧文學理論的體系性,與西方幽默、喜劇理論的體系性,截然不同。西方幽默、喜劇理論的各種體系,都建立在邏輯理性、工具理性和實證科學思維的基礎之上。而《文心雕龍・諧隱》的詼諧文學理論,則使自己成爲一個鮮活的流動的生命體,運用寄託着生命動態意蘊的、富於民族特色的理論話語和範疇——"本、體、用"等等,在生命體驗的基礎上,來建立自己的體系,來體現詼諧文學的動態發展,形成了以心理根源論、心理外化論、文體起源論、主旨論、形式論、功能論、主旨與形式反差流弊論等爲理論脈絡的較爲完備的體系。①

無論從作者的選題而言,還是從作者具體構建的這個體系來看,筆者覺得一是體現了 80 後的氣魄和膽識,二是體現了"龍學"的精細化趨勢,三是對臺灣以及國外人文學科研究思路和趨勢的借鑒。然則,其具體的論述和結論以及其中尚存的一些粗疏之處就是次要的了,重要的是其所體現出的新世紀"龍學"新的氣象和風景。

---

① 　馬驍英:《〈文心雕龍・諧隱〉的詼諧文學理論・前言》,第 4 頁。

　　除了上述幾個方面,我們還必須談到的是,進入二十一世紀的十幾年間,中國《文心雕龍》學會每兩年召開一次年會,共召開了七次年會(國際學術討論會)和一次專門國際學術討論會,共編輯出版了七輯《文心雕龍研究》(叢刊),較之前幾個時期,有組織的"龍學"的腳步可以説邁得沉穩而堅實。特別值得一提的是,每次"龍學"會議均有相當規模的臺灣"龍學"代表隊參加,可以説海峽兩岸的"龍學"已初步融爲一體,"龍學"國際化的趨勢亦日益明顯。另一個可喜的變化則是,每次會議均有爲數不少的年輕學者參予,這説明"龍學"隊伍正增加不少生力軍,新老交替有序進行,"龍學"在悄然更新,毫無疑問,這是"龍學"的最大希望。

　　臺灣著名"龍學"家王更生先生曾指出:

　　　　迨一九四九年,中共建政後,歷經改革開放的激蕩,與有心人士對西方文學理論、學説、樣式、派別、方法的大量引進;兹不但豐富了中國古代文學理論的園地,同時也掀起了研究劉勰及其《文心雕龍》的狂熱。根據戚良德編著的《文心雕龍學分類索引》中的記載,特別是在近五十年(1949—2000),其"單篇論文"之富,"專門著作"之多,參與"學者"之衆,研究"風氣"之普及,盛況之空前,可謂一千五百多年來,中國"龍學"研究史上所僅見! 這種現象的發生,絕對不是學術上的奇跡,而是其來也有自。①

　　王先生的這段話是對二十世紀後五十年"龍學"的概括,實際上,以之延伸到新世紀"龍學",可能更爲合適。所謂"盛況之空前",在昌明中國傳統文化的大背景下,新世紀"龍學"的盛況較之上個世紀不僅毫不遜色,而且更爲系統、深化而全面了,特別是更

---

　　① 王更生:《中國大陸近五十年(1949—2000)〈文心雕龍〉學研究概觀——以戚良德著的〈文心雕龍學分類索引〉爲依據》,《文心雕龍研究》第9輯,第58—59頁。

加回歸《文心雕龍》本體及其産生、滋養它的中國文化本身,而在筆者看來,這正是王先生所謂"其來也有自"。《文心雕龍》研究之所以發展成一門"龍學",與"'甲骨學'、'敦煌學'、'紅學'同時榮登世界'顯學'的殿堂"①,乃是一種歷史的選擇,其必將爲中華文化的復興增添力量,更會爲世界文化和文明的發展做出自己的貢獻。

---

① 王更生:《中國大陸近五十年(1949—2000)〈文心雕龍〉學研究概觀——以戚良德著的〈文心雕龍學分類索引〉爲依據》,《文心雕龍研究》第9輯,第96頁。

第二章
黃注本與《文心雕龍》校勘

　　《文心雕龍》完成不久，便得到了沈約的高度評價①，可謂幸運
之至。但此後的千餘年時間裏，其命運却是幾經沉浮，直到明、清
兩代，劉勰用心血澆灌的這部文論巨著纔受到了高度重視。明代
的張之象評價説：“至其揚榷古今，品藻得失，持獨斷以定群嚻，證
往哲以覺來彦，蓋作者之章程，藝林之準的也。”②評價極高，亦極
爲概括，但却並非泛泛之議，所謂“作者之章程，藝林之準的”，應
該説《文心雕龍》需要這樣的宏觀確評。清人臧琳則謂：“劉勰《文
心雕龍》之論文章，劉劭《人物志》之論人，劉知幾《史通》之論史，
可謂千古絶作，余所深嗜而快讀者。”③從“論人”與“論史”的並列
中，推崇《文心雕龍》爲“論文章”的“千古絶作”，堪稱不易之論。
清人孫梅則認爲：“按士衡《文賦》一篇，引而不發，旨趣躍如。彦
和則探幽索隱，窮神盡狀；五十篇之内，百代之精華備矣！”④把《文
心雕龍》和《文賦》加以比較，謂劉勰總攬“百代之精華”，亦可謂言

---

　　①　（唐）姚思廉：《梁書·劉勰傳》：“既成，未爲時流所稱。勰欲取定
於沈約。約時貴盛，無由自達，乃負其書候約出，干之於車前，狀若貨鬻者。
約便命取讀，大重之，謂爲深得文理，常陳諸几案。”（《梁書》，北京：中華書
局，1983 年，第 712 頁。）
　　②　（明）張之象：《文心雕龍序》，黃叔琳注、李詳補注、楊明照校注拾
遺：《增訂文心雕龍校注·附錄》，北京：中華書局，2000 年，第 958 頁。
　　③　（清）臧琳：《經義雜記》，同上，第 648 頁。
　　④　（清）孫梅：《四六叢話》，同上，第 649 頁。

之不虛。至於章學誠所謂"體大而慮周"、"籠罩群言"①的評語,早已盡人皆知。其他如散文家劉開説:"至於宏文雅裁,精理密意,美包衆有,華耀九光,則劉彦和之《文心雕龍》,殆觀止矣!"②以及著名詞人、學者譚獻所謂"文苑之學,寡二少雙"③,等等,清代對《文心雕龍》的重視確乎是空前的。正是在這些毫無保留的讚美和稱賞的基礎上,清人對《文心雕龍》開始了扎扎實實的研究。黄叔琳的《文心雕龍輯注》、紀昀對《文心雕龍》以及黄注的評語,可以説都是由此而來的。

一、黄注本的産生及其歷史功績

百年"龍學"的最大成就表現在兩個方面,一是對《文心雕龍》的校勘、注釋和翻譯,從而對這部著作的文本閲讀有了全面的促進,使我們更接近劉勰思想的真實,更準確地知道劉勰説的是什麽。二是對《文心雕龍》的理論研究和闡釋,使我們進一步理解劉勰思想的理論意義,乃至知道劉勰想説什麽。就前一方面而論,黄叔琳的《文心雕龍輯注》雖産生於清代,但却是近現代"龍學"最重要的基礎。百年"龍學"的起點是黄侃,因而其《文心雕龍札記》一直受到格外的關注和重視。但實際上,黄侃的起點是黄叔琳的《文心雕龍輯注》,對此,我們的關注却非常不够。事實上,黄注本不僅是黄侃的起點,也是范注本的起點;更重要的是,它還不僅僅是一個起點,在近百年"龍學"史上,它的餘影一直都是存在的。因此,

---

① （清）章學誠:《文史通義・詩話》,葉瑛校注:《文史通義校注》,北京:中華書局,1985 年,第 559 頁。

② （清）劉開:《與王子卿太守論駢體書》,黄叔琳注、李詳補注、楊明照校注拾遺:《增訂文心雕龍校注》,第 652 頁。

③ （清）譚獻:《復堂日記》,石家莊:河北教育出版社,2001 年,第 118 頁。

要談清楚近現代"龍學"的産生和發展,必須從黄注本開始。

自《文心雕龍》問世而至清代,《文心雕龍》的注釋本頗爲稀少,直到清代黄叔琳《文心雕龍輯注》出現,劉勰之書方得一較爲完備的校注本,由是黄注本流行百餘年。近世對《文心雕龍》的校注整理大多以黄注本爲底本進行,如范文瀾的《文心雕龍注》、楊明照的《文心雕龍校注》和《增訂文心雕龍校注》、王利器的《文心雕龍新書》和《文心雕龍校證》、詹鍈的《文心雕龍義證》等,皆是如此。正如詹鍈先生所指出:"《文心雕龍》現存最早的板刻是元至正刊本,其中錯簡很多,不宜作爲底本。原著經過明人校訂,到清黄叔琳《文心雕龍輯注》(簡稱'黄注')出,會粹各家校語和注釋,成爲一部最通行的刊本。"①因此,《文心雕龍輯注》可以説是近現代"龍學"最重要的源頭。

《文心雕龍》最早的注本,當爲《宋史·藝文志》所載"辛處信注《文心雕龍》十卷"②,然其書不傳。明代有梅慶生《文心雕龍音注》、王惟儉《文心雕龍訓故》等,然前者"粗具梗概,多所未備"③,或被認爲"取小遺大,瑣瑣不備"④,後者亦不過"稍稍加詳"⑤。清代黄叔琳《文心雕龍輯注》雖仍以梅氏"音注"和王氏"訓故"爲基礎,但其規模却大了很多,可以説相對已較爲完備。正如《四庫全

① 詹鍈:《文心雕龍義證·序例》,(南朝梁)劉勰著、詹鍈義證:《文心雕龍義證》,第4頁。

② (元)脱脱等:《宋史·藝文志》,《宋史》,北京:中華書局,1977年,第5408頁。

③ (清)紀昀:《〈文心雕龍輯注〉提要》,(清)永瑢等:《四庫全書總目》,北京:中華書局,1965年,第1779頁。

④ 李詳:《文心雕龍黄注補正·序》,《國粹學報》第57期,1909年9月。

⑤ (清)紀昀等:《四庫全書·詩文評類·文心雕龍輯注·提要》,文淵閣四庫全書本。

書》在其書卷首"提要"所云："然其疏通證明大致純備，較之梅王
二注則宏贍多矣。"①《四庫全書簡明目錄》也説："《文心雕龍輯
注》十卷，國朝黄叔琳撰。因明梅慶生注本，重爲補綴，雖未能一一
精審，視梅本則十得六七矣。"②所謂"視梅本則十得六七矣"，是説
就《文心雕龍》的注釋而言，較之梅本已詳備得多，當注而已注者，
乃有十之六七了。正因如此，范文瀾先生《文心雕龍注》出現以
前，黄注本便成《文心雕龍》的通行注本而曾風靡一時。如：

　　（南朝梁）劉勰撰、黄叔琳注：《文心雕龍》，上海：掃葉
山房，1915 年。

　　（南朝梁）劉勰撰、黄叔琳注：《文心雕龍》，上海：梁溪
圖書館，1925 年。

　　（南朝梁）劉勰撰、黄叔琳注：《文心雕龍》，上海：新華
書局，1929 年。

　　（南朝梁）劉勰撰、黄叔琳注：《文心雕龍》（萬有文庫），
上海：商務印書館，1931 年。

　　（南朝梁）劉勰撰、黄叔琳注：《文心雕龍》，上海：大中
書局，1932 年。

　　（南朝梁）劉勰撰、黄叔琳注：《文心雕龍》，上海：新文
化書社，1933 年。

　　（南朝梁）劉勰撰、黄叔琳注：《文心雕龍》（國學基本叢
書），上海：商務印書館，1935 年。

　　也正是以黄注本爲基礎，近代學者李詳寫出了《文心雕龍黄注
補正》（發表於 1909 年和 1911 年的《國粹學報》），後整理爲《文心

---

① （清）紀昀等：《四庫全書·詩文評類·文心雕龍輯注·提要》，文
淵閣四庫全書本。
② （清）永瑢等：《四庫全書簡明目錄》，上海：上海古籍出版社，1985
年，第 871 頁。

雕龍補注》(附於龍谿精舍本《文心雕龍》之後),近代意義上的《文心雕龍》研究就此展開。吾師牟世金先生有言:"從黃侃開始,《文心雕龍》研究就是一門獨立的學科:龍學。"①而黃侃的《文心雕龍札記》也正是以黃叔琳的注和李詳的補注爲基礎進行的。其云:"《文心》舊有黃注,其書大抵成於賓客之手,故紕繆弘多,所引書往往爲今世所無,輾轉取載而不著其出處,此是大病。今於黃注遺脱處偶加補苴,亦不能一一徵舉也。"②雖謂其"大抵成於賓客之手"而"紕繆弘多",但畢竟又是"於黃注遺脱處偶加補苴",則黃注的基礎性作用便毋庸置疑了。又説:"今人李詳審言,有《黃注補正》,時有善言,間或疏漏,兹亦採取而別白之。"③可見黃注、李補乃是黃侃《札記》的重要參考。

　　二十世紀的《文心雕龍》研究,取得了長足的進步和發展,其中一個重要的方面是對《文心雕龍》原文的校勘、注釋和翻譯,據筆者粗略統計,這方面的著作達上百種,可以説極大地提高了《文心雕龍》原文及其理解的準確性。但近百年"龍學"的文本校注釋譯工作,也仍然是以黃注、李補等爲基礎的。祖保泉先生曾指出:"清朝人對《文心雕龍》研究很重視,取得了重要的研究成果,如《文心雕龍》黃叔琳的輯注和紀昀的評語,就是重要成果之一。《文心雕龍》黃注紀評合刊本,成了現代人研究《文心雕龍》的起點,例如在校注方面,范文瀾、楊明照、周振甫諸先生的《文心雕龍》校注,都以黃注本爲底本;在古代文學理論研究方面,今人撰述,時或提及'紀評'。"④這確乎是符合事實的。臺灣王更生先生

---

① 　牟世金:《"龍學"七十年概觀》,《社會科學戰線》1987 年第 3 期。
② 　黃侃:《文心雕龍札記·題辭及略例》,第 1—2 頁。
③ 　同上,第 2 頁。
④ 　祖保泉:《〈文心雕龍〉紀評瑣議》,《文心雕龍學刊》第 2 輯,濟南:齊魯書社,1984 年,第 255 頁。

則指出："自 1731 年黃氏《輯注》問世,迄 1925 年范文瀾《講疏》發行,其間將近二百年,都是黃《注》紀《評》獨領風騷的時光。"①應該說,這也是不算誇張的。

如上所述,黃叔琳《文心雕龍輯注》的產生不是偶然的,而是以明、清兩代尤其是清代對《文心雕龍》的高度評價爲背景和基礎的。實際上,黃叔琳對《文心雕龍》的基本認識和評價,與上述臧琳、孫梅、章學誠、譚獻等人的說法如出一轍。其云:"劉舍人《文心雕龍》一書,蓋藝苑之秘寶也。觀其苞羅群籍,多所折衷,於凡文章利病,抉摘靡遺。綴文之士,苟欲希風前秀,未有可捨此而別求津逮者。"②所謂"藝苑之秘寶",所謂"苞羅群籍",與所謂"千古絶作"、"百代之精華"以及"籠罩群言"等,可謂別無二致。臧琳於《文心雕龍》是"深嗜而快讀",黃叔琳則"生平雅好是書",他們都是有清一代歌頌《文心雕龍》大合唱的最強音。如果說有什麼不同,那就是黃叔琳不僅是籠統地讚美,而且有切實的研究。他認爲《文心雕龍》的特點是"多所折衷",其於"文章利病,抉摘靡遺",從而成爲"綴文之士"的唯一津梁,這樣的認識不僅是極爲正確的,也是非常深刻的。章學誠的"體大而慮周"之說對《文心雕龍》理論體系的概括固然高度準確,而黃叔琳對《文心雕龍》一書嚴密的系統性更有着具體的認識。他說:"細思此書,難於裁節。上篇備列各體,一篇之中,溯發源,釋名目,評論前製,後標作法,俱不可刪薙者。下篇極論文術,一一鏤心鈥骨而出之,真不愧'雕龍'之稱,更未易去取也。"③又說:"竊以爲劉氏之緒言餘論,乃斯文之體要

① 王更生:《民國時期的"〈文心雕龍〉學"》,《日本福岡大學〈文心雕龍〉國際學術研討會論文集》,臺北:文史哲出版社,2007 年,第 384 頁。

② (清) 黃叔琳:《〈文心雕龍輯注〉序》,(南朝梁) 劉勰撰、(清) 黃叔琳注、(清) 紀昀評:《文心雕龍輯注》,第 1 頁。

③ (清) 黃叔琳:《文心雕龍輯注·例言》,(南朝梁) 劉勰撰、(清) 黃叔琳注、(清) 紀昀評:《文心雕龍輯注》,第 5 頁。

存焉,不可一日廢也。夫文之用在心,誠能得劉氏之用心,因得爲文之用心。"①可以説,無論劉勰要求文章"雕縟成體"的精義,還是言"爲文之用心"的初衷,黄叔琳皆有精心而準確的體察和體會,如此到位的認識和評價,與我們後世對《文心雕龍》一書的隨意删削和去取相比,實在是高明得多了。

正是出於對劉勰之書的"雅好"和深刻理解,黄叔琳纔立志作《文心雕龍輯注》一書。其云:

> 若其使事遣言,紛綸葳蕤,罕能切究。明代梅子庚氏爲之疏通證明,什僅四三耳,略而弗詳,則創始之難也。又句字相沿既久,"别風淮雨",往往有之,雖子庚自謂校正之功五倍於楊用修氏,然中間脱訛,故自不乏,似猶未得爲完善之本。②

可見,爲《文心雕龍》的閲讀和研究提供一個"完善之本",乃是黄氏"輯注"的目標和追求。我們雖然不能説《文心雕龍輯注》一書最終達到了這樣的目標,但其成爲近代"龍學"最重要的源頭和參考書,可以説事實上實現了黄氏的初衷。

首先,黄氏最爲重視的一點是《文心雕龍》的文本注釋問題,所謂"使事遣言,紛綸葳蕤,罕能切究",而梅慶生的"音注"雖有意"爲之疏通證明",但在黄氏看來,其完成了不過十之四三,還遠遠不夠。這正是《文心雕龍輯注》之名、之作的由來。然則,黄氏又做到了什麼程度呢? 他自己説:"梅子庚'音注'流傳已久,而嫌其未備,後得王損仲本,援據更爲詳核,因重加考訂,增注十之五、六,尚有闕疑數處,以俟博雅者更詳之。"③也就是説,他在梅慶生和王

---

① （清）黄叔琳:《〈文心雕龍輯注〉序》,(南朝梁）劉勰撰、(清）黄叔琳注、(清）紀昀評:《文心雕龍輯注》,第2頁。

② 同上,第1頁。

③ （清）黄叔琳:《文心雕龍輯注・例言》,(南朝梁）劉勰撰、(清）黄叔琳注、(清）紀昀評:《文心雕龍輯注》,第6頁。

惟儉的基礎上,又增加了一倍多的注釋,並認爲對《文心雕龍》的
訓釋已經差不多了。應該說,一方面,黄氏説自己較之梅、王二位
增注一倍有餘,這是一點也不誇張的實事求是之論;另一方面,這
兩個數字加起來是十分之九有餘,那就是説對《文心雕龍》的注釋
基本完成了,這就未免誇張了。我們需要追問的是,黄氏何以如此
自負? 其實這是因爲他有自己的標準和原則。所謂"使事遣言,紛
綸葳蕤",他要注釋的是劉勰所引用的故實,也就是《文心雕龍》所
謂的"事類",他説"尚有闕疑數處,以俟博雅者更詳之",即是此
意。否則,如我們今天要詳加追究的《文心雕龍》中的那許多詞語
和範疇,怎可説"闕疑數處",又豈是"博雅者"所能解決? 以此而
論,黄氏説自己注釋的差不多了,也就是可以理解的了。

　　其次,黄氏對《文心雕龍》的文本作了校勘和補正,所謂"句字
相沿既久,'別風淮雨',往往有之",以及"中間脱訛,故自不乏"云
云,指的就是這方面的工作。對此,紀昀有清醒的認識和肯定。他
説:"至字句舛譌,自楊慎、朱謀埠以下,遞有校正,而亦不免於妄
改。"①又説:"叔琳因其舊本,重爲删補,以成此編。其訛脱字句,
皆據諸家校本改正。"②紀昀雖也提到了黄氏《輯注》的注釋之功,
但更肯定的是他文字校勘方面的工作。紀昀曾指出:"此書校本實
出先生,其注及評則先生客某甲所爲。先生時爲山東布政使,案牘
紛繁,未暇遍閲,遂以付之姚平山,晚年悔之,已不可及矣。"③這或
許是他看重"校"而輕視"注"的原因。紀昀在《文心雕龍輯注》的
"提要"中,列舉批駁了黄氏在《徵聖》《宗經》《銓賦》《諧隱》《史

---

①　(清)紀昀:《〈文心雕龍〉提要》,(清)永瑢等:《四庫全書總目》,
第 1779 頁。

②　(清)紀昀:《〈文心雕龍輯注〉提要》,(清)永瑢等:《四庫全書總
目》,第 1779 頁。

③　(南朝梁)劉勰撰、(清)黄叔琳注、(清)紀昀評:《文心雕龍輯
注》,第 3 頁。

傳》《指瑕》《時序》《序志》等篇中的一些注釋,指責其"不得根柢",顯示其對《輯注》之注釋工作頗有不以爲然之意。但如上所述,黃氏本人顯然更看重注釋的工作。他説:"余生平雅好是書,偶以暇日,承子庚之綿蕞,旁稽博考,益以友朋見聞,兼用衆本比對,正其句字。人事牽率,更歷暑寒,乃得就緒。覆閲之下,差覺詳盡矣。"這裏除了"兼用衆本比對,正其句字"一句指的是校勘工作外,重點顯然是注釋。所謂"旁稽博考,益以友朋見聞",所謂"差覺詳盡"云云,一方面再次説明了他的注釋側重點是典故的訓釋,另一方面也再次表明他認爲自己的注釋已經較爲完備了。

　　第三,黃氏補全了《隱秀》篇,而且在一定程度上表明了其於《隱秀》補文的肯定態度,從而使得《文心雕龍》以"完璧"的面貌廣爲流傳。詹鍈先生曾指出:"今傳《文心雕龍》以黃叔琳注本最爲通行。這個本子的《隱秀》篇有四百多字是補進去的。今傳元刻本《文心雕龍》,每半葉十行,每行二十字。缺的這四百字,正合一版。《古今圖書集成考證》考《隱秀》篇説:'案此篇"瀾表方圓"以下闕一頁,《永樂大典》所收舊本亦無之,今坊本乃何焯校補。'黃叔琳本的《隱秀》篇就是根據何焯校本補的。"①黃氏自己也説:"《隱秀》一篇脱落甚多,諸家所刻,俱非全文,從何義門校正本補入。"②實際上,黃氏所謂"諸家所刻,俱非全文",並不完全符合事實。據詹鍈先生所記,明徐燉校汪一元私淑軒刻本《文心雕龍》"《隱秀》篇抄補了四百多字"③,或許黃氏未見。但也正説明其流傳不廣,多數版本確乎是"俱非全文"的。更重要的是,黃氏對所

---

　　①　詹鍈:《〈文心雕龍〉的風格學》,北京:人民文學出版社,1982年,第78頁。

　　②　(清)黃叔琳:《文心雕龍輯注·例言》,(南朝梁)劉勰撰、(清)黃叔琳注、(清)紀昀評:《文心雕龍輯注》,第6頁。

　　③　詹鍈:《〈文心雕龍〉版本敘録》,(南朝梁)劉勰著、詹鍈義證:《文心雕龍義證》,上海:上海古籍出版社,1989年,第14頁。

補之文應該是信以爲真的。其云：

> 《隱秀》篇自“始正而末奇”至“朔風動秋草”“朔”字，元
> 至正乙未刻於嘉禾者即闕此葉，此後諸刻仍之，胡孝轅、朱郁
> 儀皆不見完書。錢功甫得阮華山宋槧本鈔補，後歸虞山，而傳
> 録於外甚少。康熙庚辰，何心友從吳興賈人得一舊本，適有鈔
> 補《隱秀》篇全文。辛巳，義門過隱湖，從汲古閣架上見馮己
> 蒼所傳録功甫本，記其闕字以歸。如“疏放”、“豪逸”四字，顯
> 然爲不學者以意增加也。①

雖然這裏黃氏沒有明確説他完全相信這四百多字，但從敘述
來看，他是並不懷疑其爲“宋槧本鈔補”的，祇是對個別文字有些
看法而已。這與後來紀昀的態度形成鮮明的對照。紀氏則指出：

> 此一頁詞殊不類，究屬可疑。“嘔心吐膽”，似摭玉溪《李
> 賀小傳》“嘔出心肝”語；“鍛歲煉年”，似摭《六一詩話》周朴
> “月鍛季煉”語。稱淵明爲彭澤，乃唐人語，六朝但有徵士之
> 稱，不稱其官也。稱班姬爲匹婦，亦摭鍾嶸《詩品》語。此書
> 成於齊代，不應述梁代之説也。且“隱秀”之段，皆論詩而不
> 論文，亦非此書之體。似乎明人僞託，不如從原本缺之。②

正是從紀昀開始，《隱秀》篇補文的真僞成了一個重要問題。
應該説，紀氏所謂“究屬可疑”是有道理的，失傳了這麽久，突然被
發現，理應追索其來源及其可信性；但紀氏所指出的這些具體問
題，却實在都不成其爲問題。或者説，這些理由都是難以成立的，
對此，詹鍈先生辨之已詳。③ 我們這裏要説明的是，紀昀的態度是

---

① （南朝梁）劉勰撰、（清）黃叔琳注、（清）紀昀評：《文心雕龍輯
注》，第 353 頁。

② 同上。《四庫全書總目》的“《文心雕龍》提要”亦有類似之論，見
（清）永瑢等：《四庫全書總目》，第 1779 頁。

③ 詹鍈：《〈文心雕龍〉的風格學》，第 88—90 頁。

"不如從原本缺之",這與黄叔琳是非常不同的。這從側面證明,《文心雕龍》以"完璧"面貌流傳,黄氏是功不可没的。當然,居今而言,包括筆者在内的許多《文心雕龍》研究者可能都覺得《隱秀》的補文未盡可信,但同時筆者又以爲,一方面其未必一定爲假(或者説真假尚難定論),另一方面即使其爲僞作,"但前人苦心,或有助於理解彦和命意"①,這就像《紅樓夢》的後四十回一樣,是自有其存在的價值和意義的。

二、黄注本的缺陷與後世對它的整理

就《文心雕龍》的舊注本而言,黄注本可謂集大成者,這是不爭的事實,但對黄注本的評價却一向不高。上引紀昀之語,認爲"此書校本實出先生,其注及評則先生客某甲所爲"。又説:"長山聶松岩云:此注不出先生手,舊人皆知之,然或以爲出盧紹弓,則未確。紹弓館先生家,在乾隆庚午、辛未間,戊午歲方游京師,未至山東也。"②清代學者吳蘭修在《文心雕龍輯注》跋語中亦云:"此爲黄侍郎手校而門下客補注。時侍郎官山東布政使,不暇推勘而遽刻之,尋自悔也。今按文達舉正凡二十餘事,其稱引參錯者不與焉,固知通儒不出此矣。"③范文瀾先生亦指出:

> 論文之書,莫善於劉勰《文心雕龍》。舊有黄叔琳校注本,治學之士,相沿誦習,迄今流傳百有餘年,可謂盛矣。惟黄書初行,即多譏難,紀曉嵐云:"此書校本,實出先生;其注及

---

① 戚良德:《文心雕龍校注通譯》,上海:上海古籍出版社,2011年,第451頁。

② (南朝梁)劉勰撰、(清)黄叔琳注、(清)紀昀評:《文心雕龍輯注》,第3頁。

③ 同上,第441頁。

評,則先生客某甲所爲。先生時爲山東布政使,案牘紛繁,未暇遍閱,遂以付之姚平山;晚年悔之,已不可及矣。"今觀注本,紕繆弘多,所引書往往爲今世所無,輾轉取載,而不著其出處,顯係淺人之爲。紀氏云云,洵非妄語。①

應該説,上述對黃注的諸多指摘,自然是不無道理的,黃注確有一些粗疏乃至錯訛之處,這也是不必諱言的,但其畢竟是《文心雕龍》問世千餘年來第一個最詳盡的注本,影響深遠並爲《文心雕龍》研究者所倚重,亦非偶然。爲之作"補注"的李詳便云:"《文心雕龍》,有明一代,校者十數家,朱郁儀、梅子庚、王損仲,其尤也。梅氏本有注,取小遺大,瑣瑣不備。北平黃崑圃侍郎注本出,始有端緒。復經獻縣紀文達公點定,糾正甚夥。……顧文達祇舉其凡,黃氏所待勘者,尚不可悉舉。"②就《文心雕龍》校注的歷史而言,黃注本出而"始有端緒",這一評價正説明其重要的歷史功績。

當然,黃注的特點是釋事訓典,即對《文心雕龍》所涉及的人物、典實進行注釋,而對概念、範疇基本不做解釋。所以對"論文敘筆"部分的注釋內容較多,而對"剖情析采"部分的注釋則較爲簡略,如《體性》篇的注釋祇有 4 條,《定勢》篇的注釋祇有 5 條,《鎔裁》篇的注釋祇有 6 條,《風骨》的注釋也祇有 9 條。《四庫簡明目録》所謂"視梅本則十得六七",那尚未得之的十之三四,在今天看來當是對《文心雕龍》理論範疇和概念的訓釋。因此,如果要説黃注有什麼缺點,這應當是最大的問題所在;但從上述諸家對黃注的批評看,似乎指的並非這方面的問題。實際上,無論紀評還是李補,尤其是李詳所謂補正,其着重點與黃注可以説是完全一致的,或許這是前人觀念及需求與今天的不同了。

---

① 范文瀾:《文心雕龍講疏·自序》,《范文瀾全集》第三卷,第 5 頁。
② 李詳:《文心雕龍黃注補正·序》,《國粹學報》第 57 期,1909 年 9 月。

　　與黃注多遭"譏難"不同,對紀昀的評語,吳蘭修在《文心雕龍輯注》跋語中給予了很高的評價。其云:"昔黄魯直謂論文則《文心雕龍》,論史則《史通》,學者不可不讀。余謂文達之論二書,尤不可不讀。或曰:文達辨體例甚嚴,删改故籍、批點文字,皆明人之陋習,文達固常訶之,是書得無自戾與?余曰:此正文達之所以辨體例也。學者苟得其意,則是書之自戾,可無議也。雖然,必有文達之識,而後可以無議也夫!"①顯然,吳氏對紀評的推崇,頗有以其爲是非之準繩的味道。

　　但饒有趣味的是,近人張爾田却對紀評不以爲然。其謂《文心雕龍輯注》云:"自古統論學術者,史則有《史通》,詩則有《詩品》,文則有此書;惟經、子二部無專書。余近饡《史微内外篇》,闡發六藝百家之流別。既卒業,復取八代文章家言研治之,因流覽是編,證以《昭明文選》,頗多奥窽。而所藏本乃紀文達評定者,憑虚臆斷,武斷專輒,不一而足。繼而又得此册,雖非北平原槧,尚無紕繆;以視紀評,判若天壤矣。"②吳氏對紀評近乎頂禮膜拜,張氏則謂其"憑虚臆斷,武斷專輒",一褒一貶,也真是"判若天壤"了。值得注意的是,張氏雖然没有直接對黄注置評,但所謂"以視紀評,判若天壤矣",其對黄注的欣賞是顯然可見的。

　　其實,紀評確有自己的特點,相對於黄注、李補的注重釋事,紀評時涉《文心雕龍》理論内涵的發掘,這正是其價值和意義所在。正如祖保泉先生曾指出:"紀氏對《文心雕龍》既賞其辭章,又評其義理,因而'紀評'所涉較廣,可以説理論、批評和鑒賞,兼而有之。"因此,"就'紀評'整體看,缺點固然不少,但仍有可取之處,它

---

　　①　(南朝梁)劉勰撰、(清)黄叔琳注、(清)紀昀評:《文心雕龍輯注》,第442頁。

　　②　楊明照:《文心雕龍校注拾遺》,上海:上海古籍出版社,1982年,第740—741頁。

仍不失爲《文心雕龍》研究史上的一塊里程碑。"①

　　黄注一方面是值得重視的"龍學"奠基之作,另一方面又受到衆多大家的"譏難",也許正是這種尷尬之境,使得黄注在今天流傳不廣,與黄侃《文心雕龍札記》在時下的衆多版本相比,黄叔琳之書可以説較爲落寞。筆者也以爲,單獨印行的黄注本已不適合閲讀和使用,一是《文心雕龍》文本問題,二是黄注中的一些内容確乎存在問題,有些文字爲紀昀所批評,自是事出有因的。如《宗經》篇注後,黄氏有一段文字談到該篇的校勘:

　　　　是篇梅本"《書》實記言"以下,有"而訓詁茫昧,通乎《爾雅》,則文意曉然"云云,無"然覽文"以下十字。"章條纖曲"下有"執而後顯,采掇生辭,莫非寶也。春秋辨理"云云(注:四句十六字原脱,朱從《御覽》補),無"觀辭立曉"以下十二字。"諒以邃矣"下,有"《尚書》則覽文如詭,而尋理即暢;《春秋》則觀辭立曉,而訪義方隱"云云。按《爾雅》本以釋詩,無關《書》之訓詁;且五經分論,不應獨舉《書》與《春秋》,贅以"覽文"云云。郁儀所補四句,辭亦不類,宜從王惟儉本。②

　　但紀昀隨後指出:"癸巳三月,與武進劉青垣編修在四庫全書處,以《永樂大典》所載舊本校勘,正與梅本相同,知王本爲明人臆改。"③這一正再正説明黄本確乎存在問題。不過,仔細追究下去,紀昀祇是接着黄校的話往下説,並未真的與梅本比對一下,所謂"正與梅本相同"云云,他其實被黄校誤導了,所以他又在眉批中譏黄"此注云從王本,而所從仍是梅本"④。《四庫總目提要》中再

　　①　祖保泉:《〈文心雕龍〉紀評瑣議》,《文心雕龍學刊》第 2 輯,第 261、270 頁。

　　②　(南朝梁)劉勰撰、(清)黄叔琳注、(清)紀昀評:《文心雕龍輯注》,第 41—42 頁。

　　③　同上,第 42 頁。

　　④　同上,第 41 頁。

申此論，其云：“惟《宗經》篇末附注，極論梅本之舛誤，謂宜從王維儉本。而篇中所載，乃仍用梅本，非用王本，殊自相矛盾。”①實際上，黃氏祇是說“郁儀所補四句……宜從王惟儉本”，而整體而言，本篇原文既未從王本，也没有從梅本，而是從元至正本。

　　筆者翻檢梅本發現，黃校這段話，如果是對梅本的描述，則大多數情況恰恰相反，梅本無的，被説成了有，有的則被説成了無；當然，這也可以視爲是對梅本的勘正，認爲其應當如此，但問題是其中又有一些話，確實是對梅本的描述。所以總體而言，這段話殊爲不倫，或本非連貫之語，而祇是校勘過程中的隨手標記而已。筆者把梅本與元至正本進行比較，試做正確的描述如下：

　　　　梅本“《書》實記言”以下，無“而訓詁茫昧，通乎《爾雅》，則文意曉然”三句，有“然覽文如詭，而尋理即暢”十字，“章條纖曲”下有“執而後顯，采撥王言，莫非寶也。春秋辨理”四句，並有校語“四句一十六字元脱，朱按《御覽》補”，無“觀辭立曉，而訪義方隱”九字。“諒以邃矣”下，無“《尚書》則覽文如詭，而尋理即暢；《春秋》則觀辭立曉，而訪義方隱”四句。

顯然，如果紀昀看到這樣的描述，就不會説“正與梅本相同”、“仍用梅本”之類的話了，可見黃注的那段話實在是誤人不淺的。

　　因此，筆者以爲，居今而言，黃注、紀評、李補必相輔而行，缺一不可。紀評不僅評《文心雕龍》，亦評黃氏之説，兼評黃氏之注；李補不僅補黃氏之注，亦正紀昀之評。雖紀評、李補規模不算大，但有時要言不煩，往往切中肯綮；有時則順藤摸瓜，對所用事典詳爲爬梳，令人知其本末而豁然開朗。實際上，楊明照先生的《增訂文心雕龍校注》（中華書局，2000、2012 年）便將黃注、李補收入，可謂

---

①　（清）紀昀：《〈文心雕龍輯注〉提要》，（清）永瑢等：《四庫全書總目》，第 1779 頁。

獨具慧眼,衹是未收紀評。周振甫先生的注釋本有紀評而未收李補,且紀評亦不收其對黃注的評論。近亦有將黃注本標點出版者①,却既無紀評亦無李補,且點校亦存在不少問題。可見,一個將黃注、紀評、李補熔爲一爐的《文心雕龍》讀本,乃是有其存在的價值和意義的。2015 年 11 月由上海古籍出版社出版的"國學典藏"叢書本《文心雕龍》就是這樣一個本子。

　　該本除了將黃注、紀評、李補聯合呈現外,又收入了近代國學大師劉咸炘的《文心雕龍闡説》,從而成爲一個頗有特點的《文心雕龍》舊注集成本。據劉咸炘所引《文心雕龍》原文推斷,其作"闡説"所據之版本,即爲黃注、紀評本;其對紀昀評語,尤多商榷或評説。而且,劉氏亦顯然讀過李詳對黃注、紀評的補正②。因此,黃注、紀評、李補、劉説相輔而行,正是群英薈萃,珠聯璧合,可以説集中了從清代至近代《文心雕龍》最重要的校注成果,從而可以對近百年"龍學"史"觀瀾而索源"③。同時,該本以《文心雕龍》的新校原文替換了黃注本的原文,則使得這樣一個舊注本具有了更大的可讀性和使用價值。實際上,就整理舊注本而言,完全可以使用黃注本的原文,這樣更爲方便和簡單且少生是非,但黃注本的原文雖然在校勘方面有着較大的進步,却仍然存在很多問題,尤其是黃氏未能看到唐寫本,因而其對《文心雕龍》前十四篇原文的校勘,必然不能與後人相比,這是歷史的原因。因此,如果繼續使用黃氏所

---

　　①　(南朝梁)劉勰著、(清)黃叔琳注:《文心雕龍》,杭州:浙江古籍出版社,2011 年。

　　②　劉咸炘在《文式》中對李詳之説便有稱引,如:"《文章緣起》及《文心雕龍》皆曰相如作《荊軻贊》,蓋六朝改題,漢世無贊之稱也。李詳則謂劉勰所見本是贊字。"(《推十書》(增補全本)戊輯,上海:上海科學技術文獻出版社,2009 年,第 906 頁。)

　　③　(南朝梁)劉勰:《文心雕龍·序志》,戚良德輯校:《文心雕龍》,第287 頁。

校原文,對讀者而言,便看不到近百年來《文心雕龍》原文校勘方面的成果,閱讀使用也極爲不便。因此,雖然新的文本可能也有新的問題,紀昀所謂"不免於妄改"甚至"以意雌黃者"①,可能很難避免。但與黃氏原本相較,新的文本應當更接近劉勰的原文,從而方便讀者的閱讀和使用;雖其仍難免錯訛,但總體而言當少於黃本之錯,則可謂已有所值矣。

三、林其錟的《文心雕龍》集校

如上所述,自從清代黃叔琳《文心雕龍輯注》出現以後,黃注本實際上已成爲《文心雕龍》的通行本。但也衹是一個基礎,"龍學"家們從來沒有停止過對《文心雕龍》文本的校勘和補正。在近百年的"龍學"史上,有不少研究者爲此付出心力,並取得了重要的成就,爲我們能更流暢地閱讀《文心雕龍》、更準確地理解劉勰的思想,做出了重要貢獻。如范文瀾、楊明照、王利器、李曰剛、詹鍈、林其錟等先生,都有着以黃注本爲基礎,對《文心雕龍》文本予以校正的重要成果。筆者以爲,其中做出最重要貢獻的是兩位:一位是楊明照先生,一位是林其錟先生。楊先生在二十世紀《文心雕龍》的文本校勘方面堪稱首屈一指,林先生則後出轉精,成爲新世紀《文心雕龍》文本校勘的集大成者。對楊先生的貢獻,臺灣著名"龍學"家王更生先生以《歲久彌光的"龍學"家》(臺北:文史哲出版社,2000 年)一書進行了專門介紹。我們這裏則對林先生的集校予以評説。

2011 年 8 月和 2012 年 9 月,華東師範大學出版社相繼推出了林其錟、陳鳳金兩位先生所著九十萬字的《增訂文心雕龍集校合

① （清）紀昀:《〈文心雕龍〉提要》,（清）永瑢等:《四庫全書總目》,第 1779 頁。

編》和林先生所著一百三十萬言的《劉子集校合編》兩部大書,爲
"龍學"和"劉學"增添了濃墨重彩的一章。林其錟先生在劉勰研
究上矢志不渝,精益求精,從而不斷完善,最終做到了集大成。《劉
子》的集校和研究是這樣,《文心雕龍》的校勘也是這樣。就《劉
子》的校勘和研究而言,從 1985 年上海古籍出版社的《劉子集校》
到 2012 年華東師大出版社的《劉子集校合編》,歷經三十個春秋。
就《文心雕龍》的校勘而言,從上海書店 1991 年的《敦煌遺書文心
雕龍殘卷集校》到中華書局 1996 年的《元至正本〈文心雕龍〉彙校》
(載周振甫主編《文心雕龍辭典》),從臺灣暨南出版社 2002 年的《文
心雕龍集校合編》到華東師範大學出版社 2011 年的《增訂文心雕龍
集校合編》,也歷時二十多年。人們常說十年磨一劍,林先生則用近
乎半生的精力傾注劉勰及其著作的校勘整理和研究,成爲《劉子》一
書的功臣,爲"龍學"校勘豎起一座不朽的豐碑,令人敬佩,令人景
仰。這裏我們僅就林先生對《文心雕龍》的集校略予考察。

　　林先生的校勘成果全面體現在《增訂〈文心雕龍〉集校合編》
一書中。該書《出版説明》有云:

　　　　《增訂文心雕龍集校合編》係校編者對今存《文心雕龍》
　　三個孤本——唐寫本、宋本《太平御覽》引、元至正刊本費二
　　十餘年之功,積漸而成的成果。初校成果當屬發表於 1988 年
　　《中華文史論叢》第一期上的《敦煌遺書文心雕龍殘卷集校》
　　並提交"《文心雕龍》八八國際研討會"的印本。隨後校編者
　　又擴大範圍,深入復校,乃有 1991 年由上海書店出版社出版
　　的《敦煌遺書文心雕龍殘卷集校》(附《宋本〈太平御覽〉引
　　〈文心雕龍〉輯校》);1996 年由中華書局出版的《元至正本
　　〈文心雕龍〉彙校》(作爲周振甫主編的《文心雕龍辭典》的一
　　部分);2001 年由上海書店出版社出版的《新校白文文心雕
　　龍》(作爲張光年《駢體語譯文心雕龍》的附錄);以及 2002 年
　　由臺灣暨南出版社出版的《文心雕龍集校合編》。這個"增訂

本"在承繼上述諸書的校勘成果之上，又作了如下四個方面的補充：（一）參校版本增補了明王惟儉《文心雕龍訓故》本；（二）增加了兩個附錄：（1）校編者研究論文選錄；（2）選錄了 42 家 78 通（則）學術通信而成的《承教錄》；（三）對全書進行了復校，更正了前面因誤判、失校和印刷而發生的訛舛衍脱；（四）對全書重新進行了標點。所以《增訂文心雕龍集校合編》實是承舊啓新之作。①

該書由《敦煌遺書〈文心雕龍〉殘卷集校》、《宋本〈太平御覽〉引〈文心雕龍〉輯校》、《元至正刊本〈文心雕龍〉集校》及《附錄》四部分組成。作者在三種《集校》前均將原本書影全部影印，唐寫本爲"敦煌遺書《文心雕龍》殘卷"（斯・五四七八號），宋《御覽》爲"宋本《太平御覽》引《文心雕龍》"（上海涵芬樓影印日藏宋刊本），元刊本則爲"元至正刊本《文心雕龍》"（據上海圖書館藏元刻本影印），極大地方便了讀者對照、查檢和覆核。林先生對《文心雕龍》的集校從三個方面展開，相互聯繫，互爲參照，可以説是新世紀對《文心雕龍》文本的一次集中檢閲。

（一）對敦煌唐寫本《文心雕龍》殘卷的集校

林先生研究、校勘唐寫本《文心雕龍》，始於二十世紀八十年代後期。所謂"集校"，是以敦煌遺書唐寫本《文心雕龍》殘卷（斯・五四七八號，倫敦大英博物館藏原件微縮影本）爲底本，以臺灣黄永武主編《敦煌寶藏》、臺灣潘重規《唐寫文心雕龍殘本合校》、宋本《太平御覽》引《文心雕龍》、元至正本《文心雕龍》、王惟儉《文心雕龍訓故》、黄叔琳《文心雕龍輯注》等爲對校本，採集了王惟儉、黄叔琳、黄侃(《文心雕龍札記》)、日本鈴木虎雄(《敦煌本

① 林其錟、陳鳳金：《增訂文心雕龍集校合編・出版説明》，上海：華東師範大學出版社，2011 年，第 1 頁。

文心雕龍校勘記》）、范文瀾(《文心雕龍注》）、劉永濟(《文心雕龍校釋》）、楊明照(《文心雕龍校注拾遺》）、郭晉稀(《文心雕龍注譯》）、王利器(《文心雕龍校證》）、潘重規、户田浩曉(《作爲校勘資料的文心雕龍敦煌本》）、詹鍈(《文心雕龍義證》）等十餘家的校勘成果，對比校勘其異同。

敦煌遺書《文心雕龍》殘卷(斯·五四七八號)，國内原有流傳和收藏，但中間脱漏一葉(即自《徵聖》篇“或隱義以藏用”之“義”字以下，至《宗經》篇“歲歷綿曖”的“歲”字以上)。饒宗頤先生當年校勘時就此曾提出懷疑。他説：“然審各家校語，徵聖篇下半每引唐寫本，豈此顯微影本，由第一頁至第二頁中間攝影時有奪漏耶?”①事實上，不僅有“奪漏”，而且膠片多處磨損，“字跡漫漶，殊難審理，以致過去校勘者，文字互異，歧義疊出”②。林其錟、陳鳳金兩位先生所選用的底本，乃 1986 年王元化先生委託到英國牛津大學做訪問學者的王志平從大英博物館攝回的斯·五四七八號全本膠片，可以説是海内所見敦煌遺書《文心雕龍》殘卷最爲清晰的版本，因而是極爲重要的第一手資料。

自民國以來，僅校勘敦煌遺書《文心雕龍》殘卷而成就最大者，首推趙萬里的《唐寫本文心雕龍殘卷校記》(《清華學報》第二卷第 1 號，1926 年)，共出校 343 條。但是，趙氏不是以敦煌遺書《文心雕龍》殘卷作爲底本，而是以嘉靖本作爲底本，以敦煌本作爲對校本，這就使敦煌本成了校勘資料，不是校敦煌本，而是“據以迻校嘉靖本”了③。利用敦煌遺書《文心雕龍》殘卷對校通行本者，

① 饒宗頤編著：《文心雕龍研究專號》，臺北：明倫出版社，1971 年，第95 頁。

② 王元化：《王元化序》，林其錟、陳鳳金：《增訂文心雕龍集校合編》，第 1 頁。

③ 趙萬里：《唐寫本文心雕龍殘卷校記》，《清華學報》第二卷第 1 號(1926 年 6 月)。

中國學者成就較大的有葉長青、楊明照、王利器等諸家。楊明照先生謂："原本既不可見，景片亦未入觀，爰就沈兼士先生所藏曬藍本迻録，比對諸本，勝處頗多。吉光片羽，確屬可珍。"①可見其以未能充分利用爲憾。其後有潘重規先生的《唐寫文心雕龍殘本合校》，"其書與今本《文心雕龍》相校，共得五百七十六餘（條），實爲歷來以唐寫本校俗本所得最多者。書中於唐寫本之是非得失，亦頗多參考趙萬里、楊明照之研究成果"②。據此以論，迄今爲止，真正對唐寫本《文心雕龍》殘卷予以校勘者，前爲潘重規先生，後乃林其錟、陳鳳金先生。

　　由於敦煌《文心雕龍》殘卷之抄寫字體近於草書，給整理校勘帶來了極大的困難，以致過去校勘的文字互異，歧義疊出。校勘者不僅需要具有整理古籍的能力，還需要有識讀漢字草書的本領，且應熟悉漢字書法史。除此之外，瞭解唐代文字讀音識義之常識也是極有必要的。如林、陳兩位先生在《徵聖》篇"徵聖弟二"的校記中指出："按'弟'、'第'同音假借……敦煌寫本中同音假借者甚多……"③瞭解這一點，也就可以知道在此殘卷中，何以會有如"歌"以"哥"代，"辭"以"詞"代，"第"以"弟"代，"以""一""已""壹"混用的類似情況了。"以"用"已"代，"第"用"弟"代，在舊中國一直沿用，不僅《顏氏家訓》中有，魯迅著作中也常見到。從許慎的《說文解字》到現代人容庚先生的《金文編》，次第之"第"仍然用"弟"字。這説明，在古文字學家看來，"第""弟"是通用的。

　　關於校勘敦煌遺書《文心雕龍》殘卷的種種不易，潘重規先生歷數之後説："凡此種種，辨別是非，考校文字，要必以卷子底本爲

①　楊明照：《文心雕龍校注》，北京：中華書局，1961 年，第 440 頁。
②　張少康、汪春泓、陳允鋒、陶禮天：《文心雕龍研究史》，第 266—267 頁。
③　林其錟、陳鳳金：《增訂文心雕龍集校合編》，第 74 頁。

依歸,今諸家各執一詞,或相非難,皆云同據唐本,而乃文字互異,讀者未見原卷,自難判斷是非。"①正因如此,潘先生在倫敦訪書期間,親自攝得原卷影片,以證明饒宗頤先生當年懷疑脫漏一葉之正確。底本的質量,確是至關緊要的。如殘卷《雜文》篇中"然諷一觀百"的"觀"字,其他版本如黄注本、《太平御覽》本、《文心雕龍訓故》本、元至正本皆作"勸"字,趙萬里、潘重規、楊明照等亦皆未能校出,而林其錟、陳鳳金先生校曰:"至正本'一'作'以';'觀'作'勸'。《御覽》、《訓故》、黄本作'一'同;'觀'作'勸'。……按:唐寫本實作'觀',不作'勸',乃形近而誤耳。"②類似情況,林、陳兩位先生的書中頗多。這説明他們的校勘不僅彌補和糾正了大陸學者因版本造成的失察或漏校,也糾正了潘重規先生的失察。兩位先生的"集校"共出校記 635 條,比潘重規先生所校多出 68 條,每條所用的資料也多於潘先生。可以説,這是迄今校勘敦煌《文心雕龍》殘卷用力最勤、資料最全的一個校本,其學術價值也就可想而知了。其所載影本,還將原微縮影片加以處理,去垢除瘢,印刷精美,清晰可辨;其嘉惠"龍學",亦可謂功德無量了。

　　敦煌唐寫本《文心雕龍》殘卷雖然祇有十三篇,但因其爲迄今爲止我們所能見到的《文心雕龍》的最早文本,所以得到研究者的極大重視,其在《文心雕龍》文本的校勘中有着巨大意義。但由於其用近於草書的字體抄寫,加之殘本多有漫漶不清之處,所以辨認並不容易,原有的校勘成果並不盡如人意,也是可以理解的。林、陳兩位先生對敦煌遺書《文心雕龍》殘卷的校勘和整理,繼承前人的校勘成果,並不斷補充和完善,最終成爲集大成的校本。這不僅對《文心雕龍》文本的整理而言,具有重要意義,同時也爲我們深

---

　　①　潘重規:《唐寫文心雕龍殘本合校》,香港:新亞研究所,1970 年,第 3—4 頁。

　　②　林其錟、陳鳳金:《增訂文心雕龍集校合編》,第 191 頁。

入研究和理解唐寫本,從而對整個《文心雕龍》的研究都具有深遠的意義。

（二）對宋本《太平御覽》引《文心雕龍》的輯校

林、陳兩位先生的《宋本〈太平御覽〉引〈文心雕龍〉輯校》,輯錄了影宋本《太平御覽》引《文心雕龍》四十三則,共計九千八百餘字,比現存唐寫本還多出一千多字,占《文心雕龍》全書四分之一強,內容涉及《文心雕龍》之二十二篇。輯文悉依原書加以標點,訛舛、衍脫另出校記置於正文之後。輯校者爲之添加篇名,並按照通行本的篇次編排,文末加注卷數、頁碼。這樣一個方式,既全面展示了宋本《太平御覽》所引《文心雕龍》之全貌,更便於閱讀和查找、使用。兩位先生用唐寫本、元至正本、明王惟儉《文心雕龍訓故》本、清黃叔琳輯注本加以校對,寫出校記。

《文心雕龍》歷代流傳的版本很多,但實際上並無嚴格意義上的善本,因而《文心雕龍》的原文各版本頗不一致,文本使用存在很多問題;《文心雕龍》研究過程中遇到的很多問題和難題,除了研究者本身的理解之外,與其文本的錯訛有着密切的關係,唐寫本十三篇的意義也正在這裏。唐寫本之後,能夠爲我們在文本理解上提供說明的,首先是宋本《太平御覽》所引《文心雕龍》,但與唐寫本相比,我們對它的重視和利用還遠遠不夠,更沒有人能夠對其進行整理。實際上,由於它藏身在類書之中,不僅一般讀者難以想到和見到,即使專業研究者有時也難以利用。因此,林先生對宋本《太平御覽》引《文心雕龍》的輯校和整理,從總體上看是具有開創之功的,可以毫不誇張地說,這其實是在唐寫本之後挖掘出了一個可與唐寫本媲美的《文心雕龍》的較早文本,從而在一定程度上彌補了唐寫本殘卷的不足,爲我們進行《文心雕龍》文本的還原做出了重要貢獻。筆者以爲,這一工作的意義是不亞於對唐寫本的校勘的,其澤被《文心雕龍》研究者,也是顯然可見的。

實際上,唐寫本與宋本《太平御覽》所引《文心雕龍》具有相互補充的價值和意義,還不僅在於唐寫本衹有十三篇,宋本《太平御覽》可以補其未備,而且如上所述,唐寫本字體偏草,且常有漫漶不清之處,而清晰的宋本《太平御覽》有時正可幫助我們解決唐寫本的識讀問題。如筆者曾辨認出唐寫本《哀弔》篇"腹突鬼門"一語之"腹"字,正是由"御覽"所提供的綫索。"腹突鬼門"一語爲劉勰所引崔瑗哀辭中的一句話,但崔瑗之文今已不存。這個"腹"字,元至正本和通行本均作"履",然"履突鬼門"頗爲難解。王利器先生《文心雕龍校證》謂:"唐寫本、《御覽》'履'作'復'。"①但"復突鬼門"亦不知何意,所以迄今爲止的各種《文心雕龍》讀本就仍沿用通行本,作"履突鬼門"。林、陳兩位先生在初版的《文心雕龍集校》中沿用了王利器先生對唐寫本的判斷,認爲唐寫本作"復"字,但又指出"《御覽》作'腹'",因而指出"王説非,《御覽》實作'腹'"②。筆者順着這一綫索,復檢唐寫本影件,發現這個字確乎有些難以辨認,但並不像"復"字。筆者懷疑其正是《御覽》之"腹"字,復查檢唐寫本中其餘帶"月"邊字的行筆,終於斷定這個字確爲"腹"字。可見《太平御覽》所引與唐寫本原本是一致的,此句當作"腹突鬼門"無疑。林、陳兩位先生在增訂本中已吸收筆者的意見,改爲"腹"字③。其虛懷若谷的求實精神固然可嘉,其善於吸收最新學術成果的"集校"之功亦顯然可見。筆者這裏要説的是,如果沒有宋本《太平御覽》的提示,要認出唐寫本這個草體的"腹"字是有難度的;校勘功力深厚的王利器先生之所以認定唐寫本爲

---

① 王利器:《文心雕龍校證》,上海:上海古籍出版社,1980年,第92頁。

② 林其錟、陳鳳金:《文心雕龍集校合編》,臺南:臺灣暨南出版社,2002年,第149頁。

③ 林其錟、陳鳳金:《增訂文心雕龍集校合編》,第179、630頁。

"復"字,也大約正是因其一時疏忽,首先搞錯了《太平御覽》,認爲其作"復",從而認錯了唐寫本。

（三）對元至正本《文心雕龍》的彙校

　　林、陳兩位先生對元至正本《文心雕龍》的集校,以上海古籍出版社 1984 年影印出版的上海圖書館藏元至正十五年（公元 1355 年）嘉興郡學刊本《文心雕龍》爲底本,以敦煌遺書《文心雕龍》殘卷、宋本《太平御覽》引《文心雕龍》、明王惟儉《文心雕龍訓故》、清黄叔琳《文心雕龍輯注》爲對校本,以范文瀾《文心雕龍注》、王利器《文心雕龍校證》、楊明照《文心雕龍校注拾遺》、詹鍈《文心雕龍義證》、郭晉稀《文心雕龍注譯》、周振甫《文心雕龍注釋》、黄侃《文心雕龍札記》、劉永濟《文心雕龍校釋》、姜書閣《文心雕龍繹旨》等爲參考本,可以説是對這一珍稀版本的第一次大規模集校,令人矚目。

　　元至正本《文心雕龍》是現存最早的一個《文心雕龍》刻本,用娟秀的趙孟頫體刊刻,疏朗悦目,猶有宋刊遺風,可謂稀世珍本,海内外學者均十分關注。該本在《議對》篇"辭氣質素,以"之"以"字下,缺少整整一葉,直至《書記》篇"詳觀四書"之"書"字始。《隱秀》篇則僅 279 字,没有後世補入的四百餘字。詹鍈先生曾指出:"今傳元朝刻本《文心雕龍》,每半葉十行,每行二十字。缺的這四百字,正合一板。"①但這並不像《議對》篇之缺,其正合一葉,且爲空白。就這個版本而言,從版面的角度説,《隱秀》篇其實是不缺的,衹是其篇幅短一些、内容少一些而已;所謂"缺的這四百字"云云,乃以後補而往前推,是未必恰當的。當然,就《隱秀》篇而言,與《文心雕龍》其他篇章相較,本篇應該是有缺文的,但所缺是否"正合一板",至少從元至正本是看不出來的。總之,元至正本勉

---

　　① 詹鍈:《文心雕龍的風格學》,第 78 頁。

強稱得上是《文心雕龍》的善本,因而學術界都知道元至正本之於《文心雕龍》校勘和研究的重要意義,但對這個本子的大規模的整理和研究却遠遠不够。林先生不憚繁瑣,對元至正本《文心雕龍》做了全面而深細的校勘和整理,對學者們充分利用這個本子提供了極大方便。如楊明先生在其《文心雕龍精讀》之"後記"中説:"本書所引《文心雕龍》原文,據林其錟、陳鳳金先生校編《文心雕龍集校合編》中的《元至正刊本〈文心雕龍〉集校》……林、陳二位先生的校本最後出,廣泛吸取衆家成果,最便於使用。"①可以説,元至正本的意義有多大,林先生對這個本子的彙校之功就有多大。

　　如《原道》篇有"旁通而無涯,日用而不匱"句,其中"無涯"二字,黄注本作"無滯",范注本亦作"無滯",以致影響到大多數《文心雕龍》讀本均作"無滯",如周振甫《文心雕龍注釋》、陸、牟兩位先生的《文心雕龍譯注》,詹鍈的《文心雕龍義證》等,可以説多數研究者已經習慣了這個字,筆者也是如此(直到最近的國學典藏本《文心雕龍》纔改過來)。但元至正本却作"無涯"。林、陳兩位先生不僅校曰:"'涯',《御覽》、《訓故》同",從而肯定此字當作"涯",而且指出:"黄本改作'滯',版本無據,追求表面上文從字順而徑改古書,乃校書之大忌。"②實際上,王利器先生早就指出:"'滯'各本作'涯',黄本從《御覽》改。案今所見宋本、明鈔本、銅活字本、萬曆薛逢本、汪本、張本、鮑本、學海堂本、日本安政聚珍本、《御覽》皆作'涯',不知所據何本。"③這裏王先生列舉了多種版本,却唯獨没有最重要的元至正本,其雖疑黄注"不知所據何本",却不如林先生這般理直氣壯而擲地有聲了。楊明照先生亦曾

① 　楊明:《文心雕龍精讀》,第214頁。
② 　林其錟、陳鳳金:《增訂文心雕龍集校合編》,第574頁。
③ 　王利器校箋:《文心雕龍校證》,第5頁。

謂:"'滯',黃校云:'一作涯',從《御覽》改。"並就此指出:"按錢謙益藏趙氏鈔本《御覽》作'滯'……本爲誤字……黃氏據馮舒校語徑改爲'滯',非是。"①但楊先生亦未提到元至正本。顯然,林、陳兩位先生對元至正本的集校,對這一問題的徹底解決起到了至關重要的作用。

　　綜上可見,林、陳兩位先生從上述三個本子開展《文心雕龍》的文本整理,顯然抓住了關鍵和要害;從而《增訂文心雕龍集校合編》一書,成爲"龍學"史上當之無愧的《文心雕龍》的集大成校本,可以説開創了《文心雕龍》校勘學的新時代。實際上,林、陳兩位先生在此過程中所作的《新校白文〈文心雕龍〉》②,除去范注已經表示肯定的大量校勘成果以外,又"删改補正書中訛舛衍脱者六百五十餘字",僅此已近《文心雕龍》原文的 2%。不僅已經引起"龍學"家的廣泛關注,而且實際上已經進入《文心雕龍》研究的應用領域。如張長青先生的《文心雕龍新釋》(湖南大學出版社,2009年)、陳志平先生的《文心雕龍譯注》(上海三聯書店,2014年),即皆以林、陳兩位先生的成果作底本;筆者所作《文心雕龍校注通譯》的底本,也最大限度地參照了這一《新校白文〈文心雕龍〉》。所有這些,實際上改變了清末以來以黃注本作《文心雕龍》底本的歷史。因此,説林、陳兩位先生的《增訂文心雕龍集校合編》豎起一座《文心雕龍》校勘的豐碑,當不爲過。正如王元化先生所説:"本書集校各家之説,一一加以比勘。校者用力勤,用心細,時獲創見。自然這也是在前人成果的基礎上取得的收穫。所謂後來居上,大概就是指後學衹要治學嚴謹,肯下功夫,就可在總結前人經驗上利用以前尚不具備的條件在學術長河中增添新的因素。就這

①　楊明照:《增訂文心雕龍校注》,第 15—16 頁。
②　林其錟、陳鳳金校:《新校白文〈文心雕龍〉》,張光年:《駢體語譯文心雕龍·附録》,上海:上海書店出版社,2001 年。

種意義來説,本書的校勘可謂集大成之作。"①

　　實際上,林先生對於《文心雕龍》的研究,一直重在版本考察和諸本之源流。在此之前,曾發表《〈文心雕龍〉主要版本簡介》(《文心雕龍學綜覽》,上海書店出版社,1995 年)、《〈文心雕龍〉主要版本源流考略》(《文心雕龍研究》第 3 輯)、《〈文心雕龍〉唐宋元版本價值略説》(《文獻》1992 年第 2 期)、《從唐寫本到至正本——〈文心雕龍〉唐宋元版本考索》(《文心雕龍學刊》第 7 輯)等諸篇論文,正是在此基礎上,最終成就了《增訂文心雕龍集校合編》之大功。可以説,林其錟先生是在王利器、楊明照、詹鍈等先生之後又一爲《文心雕龍》的文本校勘做出重要貢獻的"龍學"家。

四、《文心雕龍》的文本校正問題

　　作爲中國古代獨一無二的文論元典,《文心雕龍》文本校正的重要性是不言而喻的。由於這部著作産生在六朝時期,現存最早的唐寫本僅有十三篇,不足其原文的三分之一,且産生在唐代,加之又是近於草體的手抄本,因此《文心雕龍》的"異文"頻出,文本校勘問題也就格外突出。如楊明先生所説:"《文心雕龍》異文紛繁,情況複雜,校者衆多。"②無論注釋翻譯還是理論研究,一字之差可能相距萬里之遥,這對《文心雕龍》研究者而言,其中情形是不難想見的。

　　筆者以爲,今後新的《文心雕龍》讀本,如果再以黃注本或者范注本作爲底本,實際上已經對讀者頗爲不便,也不利於幾代研究者之《文心雕龍》校勘成果的發揚。如上所述,林、陳兩位先生吸

---

　　①　王元化:《王元化序》,林其錟、陳鳳金:《增訂文心雕龍集校合編》,第 2 頁。

　　②　楊明:《文心雕龍精讀》,第 214 頁。

收衆多校勘成果而作的《新校白文〈文心雕龍〉》,其實已在一定程度上改變了清代以來以黄注本爲《文心雕龍》底本的歷史,因而是值得注意的。經過仔細研讀和比勘,對林、陳本的體例及其不少校改或未改之處,筆者尚心有未安。因此,筆者曾嘗試以范注本的原文爲基礎,參照林、陳兩位先生的《文心雕龍集校合編》和《新校白文〈文心雕龍〉》,充分吸收近世諸家的校勘成果,特別是全面吸收唐寫本的校勘成果,整理出一個新的《文心雕龍》文本,並在此基礎上成《文心雕龍校注通譯》(上海古籍出版社,2008 年)一書。後又在此基礎上,對《文心雕龍》原文重加校勘,作爲"國學典藏"叢書本《文心雕龍》(上海古籍出版社,2015 年)的底本。筆者整理的目標衹有一個,那就是力圖最大限度地接近劉勰之原文,而不是追求文字上的最佳表達方式。在整理的過程中,筆者愈加覺得文本問題之於《文心雕龍》研究的重要性及其根本所在,同時也發現,《文心雕龍》的文本校正遠未完成,還有不少問題需要重新思考。這裏筆者即以舉例的形式對此予以説明。

《徵聖》: 雖欲謷聖,不可得也。①

不: 黄注本作"弗",唐寫本作"不"。也: 黄注本作"已",唐寫本作"也"。范注本從黄注本,衹是注明"孫云唐寫本弗作不,已作也"②。顯然,這兩個字改與不改,均不影響文義,所以後來的各種《文心雕龍》讀本一般就作"弗可得已",如周振甫先生的《文心雕龍注釋》、陸侃如和牟世金先生的《文心雕龍譯注》等都是如此。楊明照先生曾提出"'已',亦當從唐寫本作'也'",並舉《議對》篇"雖欲求文,弗可得也"之句,認爲"句法與此同,可證"。③ 林、陳兩

① 戚良德輯校:《文心雕龍》,第 10 頁。
② 范文瀾:《文心雕龍注》,北京: 人民文學出版社,1962 年,第 16 頁。
③ 黄叔琳注、李詳補注、楊明照校注拾遺:《增訂文心雕龍校注》,第 24 頁。

位先生的新校本便保留"弗"字而改"已"爲"也"。筆者以爲,既然"已"當從唐寫本作"也",則"弗"也應從唐寫本作"不",不能因爲"弗"字更近文言便予以保留。實際上,《詔策》篇有:"衛覬禪誥,符采炳耀:不可加也。"這個"不",黃注本亦作"弗",而宋本《太平御覽》則引作"不"。這裏的"也",黃注本亦作"已",而宋本《太平御覽》則引作"也"。可見宋本《太平御覽》所引正與唐寫本符合,則證"不可……也"很可能原本是劉勰的用語習慣。若准此論,則可作爲其他無唐寫本之篇章的校勘依據。如上述《議對》"雖欲求文,弗可得也"之句,這個"弗可",很可能原本作"不可"。

　　值得一提的是,詹鍈先生《文心雕龍義證》雖亦作"弗可得已",但在注釋中除了引用王利器《文心雕龍校證》"唐寫本'弗'作'不','已'作'也'"之校語外,又加了一條佐證:《論語·子張》:"叔孫武毁仲尼。子貢曰:'無以爲也,仲尼不可毁也。'"①這説明詹鍈先生亦認爲唐寫本是正確的,劉勰當用"不可……也"的句式,且其淵源有自。順着詹先生的思路,筆者復檢《論語》一書,發現"不可……也"實在是孔夫子師徒喜用的句式,如《公冶長》:"子曰:朽木不可雕也,糞土之牆不可杇也。"②《雍也》:"子曰:何爲其然也? 君子可逝也,不可陷也;可欺也,不可罔也。"③《子罕》:"子曰:三軍可奪帥也,匹夫不可奪志也。"④《子路》:"子曰:居處恭,執事敬,與人忠。雖之夷狄,不可棄也。"⑤《微子》:"子路曰:不仕無義。長幼之節,不可廢也。"⑥如此等等,則劉勰慣用這個句式,似乎就更是必然的了。

---

①　(南朝梁)劉勰著、詹鍈義證:《文心雕龍義證》,第 51 頁。

②　楊伯峻:《論語譯注》,北京:中華書局,1980 年,第 45 頁。

③　同上,第 63 頁。

④　同上,第 95 頁。

⑤　同上,第 140 頁。

⑥　同上,第 196 頁。

　　《宗經》:《春秋》辨理,一字見義:五石六鶂,以詳略成文;雉門兩觀,以先後顯旨。①

　　《春秋·僖公十六年》云:"十有六年春,王正月戊申朔,隕石於宋五。是月,六鶂退飛過宋都。"②劉勰所謂"五石六鶂",即爲此事。惟"鶂"字,元至正本和黃注本均作"鷁",此後流行各本也都寫作"鷁",但唐寫本和宋本《太平御覽》均作"鶂"。那麼,筆者何以一定要從唐寫本改爲"鶂"呢?范注曾引臧琳《經義雜記》云:"《說文》鳥部:'鶂,鳥也,從鳥兒聲。'按:《春秋》僖十六年'六鷁退飛',《正義》:'鷁字或作鶂。'《釋文》:'六鶂,五歷反,本或作鷁,音同。'又《公羊》、《穀梁》,《釋文》皆云'六鶂,五歷反',可證三傳本皆作'鶂',與《說文》同。今《公羊》注疏皆作'鷁',惟何休'六鶂無常',此一字未改。《穀梁》注疏皆作'鷁',惟經文'六鶂退飛'此一字從'益'。蓋唐時《左傳》已有作'鷁'者,故後人據以易二傳也。"③從唐寫本看,劉勰引文多用古本,故此處"六鶂",當從唐寫本和宋本《太平御覽》所引,不作"六鷁"。

　　這裏的"以詳略成文"之"略",宋本《太平御覽》引爲"備",諸家皆據以釋義,以爲劉勰所謂"詳略"當作"詳備",方與所謂"五石六鶂"之說相符合。然而,唐寫本和元至正本均作"略",因而黃注本亦寫作"略",難道他們都錯了嗎?"詳略"是否真的解釋不通呢?筆者以爲,"以詳略成文",與下面的"以先後顯旨"正相呼應;若改成"以詳備成文",則"詳備"與"先後"便了不成對了,劉勰斷不會如此作文的。《春秋·僖公十六年》關於"五石"的記載,具體到了正月初一(朔),是爲"詳";而關於"六鶂"的記載,則衹說到月

　　①　戚良德輯校:《文心雕龍》,第13頁。
　　②　楊伯峻編著:《春秋左傳注》(修訂本),北京:中華書局,1990年,第368頁。
　　③　范文瀾:《文心雕龍注》,第28頁。

份,是爲"略"。這便是劉勰所謂"以詳略成文"了。

　　《樂府》:"好樂無荒",晉風所以稱美。①

　　"好樂無荒"一語,出自《詩·唐風·蟋蟀》。這個"美"字,元至正本和黃注本均作"遠",但唐寫本作"美"。諸家《文心雕龍》校本及讀本亦皆作"遠"而不取唐寫本之"美",林、陳兩位先生的新校本亦復如是。何以如此呢? 蓋以《左傳·襄公二十九年》所載吳公子季札觀周樂爲據。當季札聽到《唐風》時說:"思深哉! 其有陶唐氏之遺民乎? 不然,何憂之遠也?"②陶唐氏,即唐堯,其後裔建立唐國,周成王時改爲晉國,所以劉勰稱"唐風"爲"晉風"。既然這裏有"何憂之遠"之説,當然也就是"晉風所以稱遠"了,似乎證據確鑿。但"遠"與"美"二字不同,唐寫本何以抄成"美"字? 其實,根據還在《左傳》的這段話,祇要我們繼續往下看,"何憂之遠也"一句的後面,緊接着還有兩句話:"非令德之後,誰能若是?"③這纔是吳公子季札這段話的中心所在。"令德"者,美德也。所以,還是唐寫本更符合劉勰之本義。所謂"稱美",乃是稱讚其美德之意,較之"憂遠"之"遠",實在是更爲合適而貼切的。

　　《銓賦》:序以建言,首引情本;亂以理篇,寫送文勢。④

　　"銓賦"之"銓",元至正本和黃注本均作"詮",以致後世流行的《文心雕龍》讀本皆寫作"詮賦",但唐寫本實作"銓",祇是諸家均失校。王利器先生於"詮賦"篇名校曰:"王維儉本'詮'作'銓'。"⑤沒有提到唐寫本。詹鍈先生則指出:"'詮賦'就是對賦體及其流變的解説。'詮'字,弘治本,張之象本、王惟儉本作

<hr />

①　戚良德輯校:《文心雕龍》,第 42 頁。

②　楊伯峻編著:《春秋左傳注》(修訂本),第 1163 頁。

③　同上。

④　戚良德輯校:《文心雕龍》,第 49 頁。

⑤　王利器:《文心雕龍校證》,第 51 頁。

'銓'，具有銓衡評論的意思。按以'詮'字爲長。"①也沒有提到唐寫本。林其錟、陳鳳金先生的《敦煌遺書文心雕龍殘卷集校》和《增訂文心雕龍集校合編》均作"詮賦"，是以唐寫本作"詮賦"。按以前國內所見唐寫本殘卷照片的"銓賦第八"確有漫漶之處，但"銓賦"二字還是可辨的；至若《增訂文心雕龍集校合編》所載經過處理的唐寫影本，更是非常清晰了。"銓"乃衡量鑒別、解說評論之意，正好符合"銓賦"的題旨，因此，歷來所謂"詮賦"，當據唐寫本作"銓賦"。這不僅有唐寫本爲據，而且也是劉勰的用語習慣（詳下《史傳》條）。

　　"寫送文勢"，元至正本和黃注本均作"迭致文契"，唐寫本和宋本《太平御覽》均作"寫送文勢"，對此，諸家校勘均予肯定，這是完全正確的。"迭致文契"一語不知所云，幸賴唐寫本及御覽存真證僞，令人欣喜。不過"寫送文勢"又是什麼意思呢？范注有云："寫送是六朝人常語，意謂充足也。《附會篇》'克終底績，寄深寫送。'亦謂一篇之終，當文勢充足也。"②王利器先生則指出："《世說新語·文學》篇，桓宣武命袁彥伯作《北征賦》條注引《晉陽秋》云：'於寫送之致，如爲未盡。'此彥和所本。《附會》篇亦有'寄在寫以遠送'之語。意俱謂收筆有不盡之勢也。《文鏡秘府論》南册《定位篇》有'寫送文勢'之語，即本《文心》。"③所謂"充足"，所謂"不盡"，其意一也。周振甫先生亦說："寫送，六朝人常語，指充足，在結尾加强使力量充足。"④筆者以爲，把"寫送"解釋爲"充足"，進而把"寫送文勢"理解爲"文勢充足"、"不盡之勢"等等，看起來好

----

①　詹鍈：《文心雕龍義證》，第 270 頁。
②　范文瀾：《文心雕龍注》，第 141 頁。
③　王利器：《文心雕龍校證》，第 54 頁。
④　周振甫：《文心雕龍注釋》，北京：人民文學出版社，1983 年，第 84 頁。

像頗有道理,實際上是並不確切的。這裏的"寫",乃是"盡"、"竭"之意,劉勰用以指文章之結束;這裏的"送",則是"終了"、"完成"之意。因而這裏的"寫"和"送"是兩個詞,與前面的"首"和"引"相對。所謂"首引情本",意謂開篇説明創作之緣起;所謂"寫送文勢",是説結語完成文章之氣勢。

《頌讚》:魯以公旦次編,商以前王追録,斯乃宗廟之政歌,非饗讌之恒詠也。①

魯:黄注本作"魯國",元至正本和唐寫本無"國"字,當指《魯頌》。"魯以公旦次編",是説《魯頌》乃因頌揚周公而編定。商:元至正本和黄注本均作"商人",唐寫本無"人"字,當指《商頌》。"商以前王追録",是説《商頌》乃因祭祀祖先而輯録。政:元至正本和黄注本均作"正",唐寫本作"政";"政"雖與"正"通,但"政"字更爲符合劉勰的用語習慣。饗讌:黄注本作"讌饗",元至正本和唐寫本作"饗讌",指饗禮和讌禮,前者爲隆重的宴飲賓客之禮,後者爲天子諸侯與群臣宴飲之禮。恒:元至正本和黄注本均作"常",唐寫本作"恒"。顯然,唐寫本的這段話與元至正本和黄注本有着多處不同,研究者往往各取所需,因而造成文本上的差異,而使讀者莫衷一是。如周振甫《文心雕龍注釋》取唐寫本的"魯"、"商"二字,"讌"寫作"宴"字,其餘二字則用黄注本。陸侃如、牟世金先生的《文心雕龍譯注》則除"讌"寫作"宴"字外,其餘全用黄注本。林、陳兩位先生的新校本則取唐寫本的"魯"、"商"及"饗讌",其餘二字用黄注本。筆者以爲,既有唐寫本在前,而又文意貫通,則從之便可統一文本,何樂而不爲呢?

又"讌"字,各種《文心雕龍》簡體字讀本大多均直接寫作"宴",其意雖通,然元至正本、唐寫本及黄注本原文均爲"讌"字,似可簡作"燕",但《現代漢語詞典》有"讌"字。楊明照先生校曰:

①　戚良德輯校:《文心雕龍》,第56頁。

"'讌饗',唐寫本作'饗讌';宋本、活字本、喜多本、鮑本《御覽》引作'饗燕'。……謝鈔本作'燕饗',馮舒乙爲'饗燕'。按元本、弘治本、汪本、佘本、張本、兩京本、王批本、訓故本、文津本並作'饗讌',與唐寫本合。《玉海》引亦作'饗讌'。'燕'與'讌'通。"[1]因此,當從唐寫本作"饗讌","讌"可以簡爲"燕",但似不應直接寫作"宴"字。

　　《哀弔》:"腹突鬼門",怪而不辭。[2]

　　"腹突鬼門"一語,當爲劉勰所引崔瑗哀辭中的一句話,但崔瑗之文今已不存。這個"腹"字,元至正本和黃注本均作"履",然"履突鬼門"頗爲難解。王利器《文心雕龍校證》謂:"唐寫本、《御覽》'履'作'復'。"[3]但"復突鬼門"亦不知何意,所以迄今爲止的各種《文心雕龍》讀本就仍沿用黃注本,作"履突鬼門"。林其錟、陳鳳金《文心雕龍集校合編》從王利器之説,認爲唐寫本實作"復"字,但又指出"《御覽》實作'腹'"[4];祇是兩位先生的新校本仍爲"履突鬼門"[5],並未改"履"爲"復"或"腹",蓋以兩本不合而無所適從。查宋本《太平御覽》所引,確作"腹"字,因而林、陳説爲是而王説爲非;同時,筆者經過對唐寫本照片的反復辨認,認定其實爲"腹"字無疑。可見《太平御覽》所引與唐寫本原本是一致的,此句當作"腹突鬼門"。林、陳兩位先生在《增訂文心雕龍集校合編》中,已吸收筆者的看法,以唐寫本爲"腹突鬼門"。[6]惟此句究爲何意,致使劉勰斥爲"怪而不辭",由於缺乏上下文,僅憑此四字,殊

①　楊明照:《增訂文心雕龍校注》,第 114 頁。

②　戚良德輯校:《文心雕龍》,第 81 頁。

③　王利器:《文心雕龍校證》,第 92 頁。

④　林其錟、陳鳳金:《文心雕龍集校合編》,第 149 頁。

⑤　林其錟、陳鳳金:《新校白文〈文心雕龍〉》,張光年:《駢體語譯文心雕龍》,第 128 頁。

⑥　林其錟、陳鳳金:《增訂文心雕龍集校合編》,第 179、630 頁。

爲難斷。李明高君作《文心雕龍譯讀》,亦認爲此字"應爲'腹'字",並對"腹突鬼門"一語作了進一步索解。其謂:"'腹突鬼門'本義爲'腹部碰觸到了鬼門'。'腹突'連文,可見李善注馬融《長笛賦》,原文爲:'膚峭陁,腹陉阻。逮乎其上,匍匐伐取。'李善注:'言以膚服於阤陁,而腹突於陉阻也。'"①此可備一説,惟"腹突於陉阻"與"腹突鬼門",句式或有不同,則所謂"腹部碰觸到了鬼門",亦究屬猜測之語,難稱"本義"也。

　　《史傳》:然後銓評昭整,苛濫不作矣。②

　　銓評,元至正本作"銓評",黃注本正文作"銓評",注釋條目作"詮評",並注曰:"謝承曰詮,陳壽曰評。"③這兩句話來自《史通·論讚》篇,其云:"《春秋左氏傳》每有發論,假君子以稱之。二《傳》云公羊子、穀梁子,《史記》云太史公。既而班固曰讚,荀悦曰論,東觀曰序,謝承曰詮,陳壽曰評,王隱曰議,何法盛曰述,常璩曰譔,劉昞曰奏,袁宏、裴子野自顯姓名,皇甫謐、葛洪列其所號。史官所撰,通稱史臣。其名萬殊,其義一揆。必取便於時者,則總歸論讚焉。"④黃叔琳既引其中之語以爲注釋,可見其並非疏忽,而是認爲這兩個字應該作"詮評"。也許正是這個原因,范注本就徑直寫作"詮評",王利器《文心雕龍校證》亦作"詮評",如此一來,後世多數《文心雕龍》讀本均作"詮評",似乎忘記了原本是"銓評"的。如詹鍈《文心雕龍義證》、周振甫《文心雕龍注釋》、陸侃如和牟世金先生的《文心雕龍譯注》等。林、陳兩位先生的新校本亦作"詮評"。惟楊明照先生《增訂文心雕龍校注》從黃注本正文作"銓評",但未

　　① 李明高:《文心雕龍譯讀》,濟南:齊魯書社,2009年,第124頁。
　　② 戚良德輯校:《文心雕龍》,第101頁。
　　③ (清)黃叔琳注、(清)紀昀評:《文心雕龍輯注》,第170頁。
　　④ (唐)劉知幾撰、趙呂甫校注:《史通新校注》,重慶:重慶出版社,1990年,第191頁。

出校。筆者在《文心雕龍校注通譯》中也寫作“詮評”，祇是注釋中認爲應當作“銓評”，但在新出的“國學典藏”叢書本《文心雕龍》中已經改爲“銓評”了①。

劉勰的這兩個字，是否當如《史通》所謂“謝承曰詮，陳壽曰評”，應爲“詮評”呢？應該説，黄叔琳找出這兩句話來注釋《史傳》篇，是不爲無見的。但劉勰之意，與《史通》所述並不完全一致。其云：“是立義選言，宜依經以樹則；勸戒與奪，必附聖以居宗。然後銓評昭整，苛濫不作矣。”②劉勰認爲，史書内容的安排和語言的運用，應以經典爲準則；其規勸、警戒之義的取捨，則以聖人的教導爲根本。在此基礎上，對史實予以清晰而完整的評價，也就不會有過嚴或過寬的不適當的言論了。因此，這裏的“銓評”雖與劉知幾所謂“論讚”之體有關，但劉勰主要是從内容的角度立論，其含義爲銓評、評議，並非作爲“論讚”之體的“詮”、“評”。因此，筆者以爲，《史傳》篇的這兩個字，必須用“銓評”，而不能寫作“詮評”，這既有版本之據，更符合劉勰的用語習慣和本義。

黄注本的《文心雕龍》原文，祇有一個“詮”字，即作爲第八篇篇名的“詮賦”之“詮”。我們上面已經説明，“詮賦”之“詮”當爲“銓”，這有着唐寫本的根據。以此而言，則《文心雕龍》中實際上並無“詮”字，但“銓”字則有數處。除了“銓賦”和“銓評”，《史傳》篇還有“銓配”一詞，《論説》則有“銓文”，《奏啓》有“銓列”，《議對》有“銓貫”，《定勢》有“銓別”，《序志》有“銓品”，則謂“銓”爲劉勰的常用語亦不爲過。

《鎔裁》：是以草創鳴筆，先標“三準”。③

① （南朝梁）劉勰著、（清）黄叔琳注、（清）紀昀評、李詳補注、劉咸炘闡説、戚良德輯校：《文心雕龍》，第101頁。
② 同上。
③ 同上，第197頁。

　　鳴：黃注本作"鴻"，元至正本作"鳴"。詹鍈先生曾指出："'鴻筆'，各本俱作'鳴筆'，黃本'鳴'改'鴻'。"①黃叔琳的這一改，通行至今，所有的《文心雕龍》讀本均作"鴻筆"。但紀昀早就指出："當作'鳴'，後'鳴筆之徒'句可證。"②紀昀所謂"鳴筆之徒"，出自《練字》："鳴筆之徒，莫不洞曉。"③但這個"鳴筆"，黃注本也已改爲"鴻筆"，並流行至今。何以如此呢？王利器先生指出："'鴻'原作'鳴'，梅據朱改作'鴻'，徐校同。"④那麽，研究者爲什麽一致認同這種改動呢？楊明照先生的觀點可能是具有代表性的。針對紀昀之論，楊先生指出："按紀説非是。《論衡·須頌篇》、《抱朴子》佚文並有'鴻筆'之文。《封禪》篇'乃鴻筆耳'，《書記》篇'才冠鴻筆'，亦並作'鴻筆'。《練字》篇'鳴筆之徒'句'鳴'字本誤，朱謀㙔已校爲'鴻'矣。"⑤應該説，僅從校勘學的角度而言，楊先生對紀昀的反駁是有力的，僅以《練字》有"鳴筆之徒"句，並不一定就能證明《鎔裁》亦當爲"鳴筆"。但筆者以爲，紀昀的結論却是對的，這裏確實不能改爲"鴻筆"。原因在於，"鴻筆"和"鳴筆"乃是兩個詞，《鎔裁》和《練字》的這兩處"鳴筆"，是不能改爲"鴻筆"的。"鴻筆"者，大手筆也，大作也。"草創鴻筆"怎能講得通呢？所謂"鳴"，乃是驚動之意；所謂"草創鳴筆"，意謂提筆爲文，指的是寫作之始。同樣的道理，所謂"鳴筆之徒"，謂提筆寫作之人、從事寫作之人，也就是當時的作家。所以，元至正本在這兩個地方都是"鳴筆"，毫不含糊，是不可以改爲"鴻筆"的。

　　《練字》：子思弟子，"於穆不祀"者，音訛之異也。⑥

①　詹鍈：《文心雕龍義證》，第1183頁。
②　（清）黃叔琳注、（清）紀昀評：《文心雕龍輯注》，第303頁。
③　戚良德輯校：《文心雕龍》，第226頁。
④　王利器：《文心雕龍校證》，第241頁。
⑤　楊明照：《增訂文心雕龍校注》，第428頁。
⑥　戚良德輯校：《文心雕龍》，第227頁。

祀,元至正本、黄注本並爲"祀",范注本亦寫作"祀",但不少
《文心雕龍》讀本改爲"似"。如周振甫《文心雕龍注釋》、祖保泉
《文心雕龍解説》、張長青《文心雕龍新釋》等。林、陳兩位先生的
新校本亦改爲"似"。爲什麽要這樣改,改得對不對呢?

孫詒讓《札迻》卷十二云:"按:'祀',當作'似'。《詩·周
頌·維天之命》'於穆不已',《毛傳》引孟仲子説,《正義》引《鄭
譜》云:'孟仲子者,子思弟子。'又云:'子思論《詩》"於穆不已",
仲子曰"於穆不似"。'即彦和所本也。"①王利器先生《文心雕龍校
證》即據以改"祀"爲"似",並出校語云:"'似'原作'祀'。孫詒讓
曰……按孫説是。《玉海》正作'似',今據改。"楊明照先生亦同意
孫説,其云:"'祀',孫詒讓《札迻》卷十二云:'當作"似"。'按孫説
是也。《玉海》四五、《困學紀聞》三、《漢書·藝文志》考證二引,並
作'似'。"②但范文瀾先生指出:"按《弘明集》劉勰《滅惑論》云'是
以於穆不祀,謬師資於《周頌》。'……殆彦和所見毛《傳》引孟仲子
説作不祀歟!"③應該説,《弘明集》所載《滅惑論》亦引作"於穆不
祀",這是耐人尋味的。其實,鄭玄《詩譜》的意思是説孟仲子把
"已"當成了"巳",從而讀爲"似"。"似"、"祀"祇是標音而已,無
所謂對錯,因而劉勰就用了"祀"字。所以,無論劉勰所見毛《傳》
引孟仲子説作"不祀",還是劉勰僅憑自己的理解寫作"不祀",都
是可以的,沒有必要甚至不能把這個"祀"改爲"似"。

《附會》:夫能懸識腠理,然後節文自會,如膠之粘木,石
之合玉矣。是以四牡異力,而"六轡如琴";馭文之法,有似
於此。④

① 孫詒讓:《札迻》,濟南:齊魯書社,1989 年,第 404 頁。
② 楊明照:《增訂文心雕龍校注》,第 493 頁。
③ 范文瀾:《文心雕龍注》,第 631 頁。
④ 戚良德輯校:《文心雕龍》,第 243 頁。

這段文字亦有多處異文,各家文本亦頗有不同。腠理:元至正本和黃注本並作"湊理",王惟儉《文心雕龍訓故》作"腠理",研究者多從之,是正確的。腠理,即肌肉的紋理,這裏用以比喻文章之義脈。石之合玉:元至正本和黃注本均作"豆之合黃",范注本從之,但標明"孫云《御覽》五八五豆作石,黃作玉",並注曰:"豆之合黃,未詳其說。《御覽》引作石之合玉。《校勘記》'石之合玉,謂玉石之聲,其調和合也。'"①楊明照《增訂文心雕龍校注》亦從黃注本,無校。如范注本所云,宋本《太平御覽》引作"石之合玉",但其含義,卻未必如范注所引《校勘記》所云。徐復《文心雕龍刊誤》云:"'豆之合黃'四字,宋本《御覽·文部一》引作'石之合玉',較爲近之。惟'合'疑'含'字之誤。此正承上'懸識湊理'句言之。《明詩》篇云'叔夜含其潤',宋本《御覽·文部一》引'含'訛作'合',其誤正同。又班固《賓戲》曰:'和氏之璧,韞於荊石。''韞'正訓'含',可以移釋此句。"②疑"合"爲"含"字之誤,這是頗有道理的。《明詩》"叔夜含其潤"之"含",不僅宋本《太平御覽》誤作"合",唐寫本亦誤抄爲"合",而《文鏡秘府論》則作"含"。王利器先生説:"'石之合玉',謂石之韞玉,混沌元包,故附合無間也。"③"四牡"之"四",元至正本和黃注本並作"駟",宋本《太平御覽》引作"四",後者正合《詩·小雅·車舝》:"四牡騑騑,六轡如琴。"④劉勰引"六轡如琴"句之後,黃注本有"並駕齊驅,而一轂統輻"二句,宋本《太平御覽》及元至正本均無。是否保留這兩句,"龍學"家們的意見頗不一致。范注本保留了這兩句,王利器《文心雕龍校證》則無。楊明照先生説:"按尋繹文意,此二句實不可少。元本、

---

① 范文瀾:《文心雕龍注》,第 654 頁。
② 轉引自詹鍈:《文心雕龍義證》,第 1607 頁。
③ 王利器:《文心雕龍校證》,第 264 頁。
④ 程俊英、蔣見元:《詩經注析》,北京:中華書局,1999 年,第 692 頁。

弘治本、兩京本、胡本、訓故本、謝鈔本、四庫本未脱。"①實則元本並無此二句。筆者以爲，既然無此二句文理自通，則理應以宋本《太平御覽》及元至正本爲據。尤其是宋本《太平御覽》，在《文心雕龍》文本校勘中的作用亦是不可忽視的。

《序志》：位理定名，彰乎大《易》之數；其爲文用，四十九篇而已。②

這句話很有名，尤其後面的"其爲文用，四十九篇而已"，是劉勰對《文心雕龍》一書的結構安排，無人不曉。但除了對哪一篇屬於不用的一篇有不同看法外，其他似無校勘方面的問題。但在筆者看來也不一定。《周易·繫辭上》有云："大衍之數五十，其用四十有九。"③據此，范文瀾先生推測："大《易》，疑當作大衍。"④楊明照先生認爲"范説是"⑤。不少研究者也同意這一看法，覺得劉勰可能是爲了避梁武帝蕭衍之諱，將"大衍"寫作"大易"。這當然也是有道理的。不過，將《周易》稱爲"大《易》"，乃是劉勰的一個變通之説。《正緯》有云："馬龍出而大《易》興，神龜見而《洪範》耀。"⑥所以，所謂"彰乎大《易》之數"，是説與《周易》"大衍之數"的説法相一致。以劉勰之生花妙筆，這樣的變通自在情理之中，也就不必認爲是爲了避諱而改稱了。需要進一步研究的是，《周易·繫辭上》所謂"大衍之數五十"，金景芳先生《易通》認爲："當作'大衍之數五十有五'，轉寫脱去'有五'二字。"⑦這一説法似乎得到不少現代易學家的肯定，蓋以《繫辭上》之説爲據："天數五，地

---

① 楊明照：《增訂文心雕龍校注》，第 526 頁。
② 戚良德輯校：《文心雕龍》，第 287 頁。
③ 高亨：《周易大傳今注》，濟南：齊魯書社，1979 年，第 524 頁。
④ 范文瀾：《文心雕龍注》，第 743 頁。
⑤ 楊明照：《增訂文心雕龍校注》，第 621 頁。
⑥ 戚良德輯校：《文心雕龍》，第 19 頁。
⑦ 轉引自高亨：《周易大傳今注》，第 524 頁。

數五,五位相得各有合。天數二十有五,地數三十,凡天地之數五十有五。”①《周易》以一、三、五、七、九爲“天數”,相加爲二十五;以二、四、六、八、十爲地數,相加爲三十。算卦之時,備蓍草五十五策,但祇用四十九策,其餘六策象徵六爻之數。以此而論,劉勰所謂“彰乎大《易》之數”云云,也就未必是説《文心雕龍》全書五十篇符合“大衍之數五十”這樣的説法。實際上,劉勰也並没有這樣説,他祇是説“彰乎大《易》之數”,至於後面是“五十”還是“五十有五”,那是不一定的;祇不過是因爲《文心雕龍》恰好五十篇,研究者自然會理解成“五十”而已。筆者以爲,劉勰這段話的重點在於“其爲文用,四十九篇而已”,即除《序志》爲全書序言外,論文部分共有四十九篇。換言之,即使劉勰看到的是“大衍之數五十有五”這樣的説法,他還是可以説“彰乎大《易》之數”。

饒有趣味的是,被不少學者認爲是劉勰所著的《劉子》一書恰好五十五篇。主張《劉子》劉勰著的臺灣著名學者游志誠教授認爲:“《文心》、《劉子》二書之篇數,一用大衍之數五十,一用天地之數五十五。兩書中心思想,一舉《原道》謂自然之易道,一立《清神》,用易道之‘神’義。兩書明顯用易學思想。”②筆者以爲,此論雖尚有可議者,但却是很有意思的一個説法。實際上,《劉子》是否劉勰之作姑且不論,但其篇目爲“五十有五”,則必非偶然,其作者之“用心”必當不亞於劉勰。更重要的是,以劉勰對易學之精通,他也不能不清楚“凡天地之數五十有五”的“大《易》”之説。這正是筆者認爲劉勰所謂“大《易》之數”並不一定是“五十”的原因。這至少説明,筆者對劉勰“彰乎大《易》之數”一説的追究,並非無謂的;則有關《文心雕龍》文本的問題,可以説是

①　高亨:《周易大傳今注》,第527—528頁。

②　游志誠:《〈文心雕龍〉與〈劉子〉系統研究》,臺北:文史哲出版社,2010年,第8頁。

無處不在的。

　　綜上所述,《文心雕龍》的版本雖多,但實無完善之本。對其文本的校勘整理,花費了幾代"龍學"家的大量心血,取得了令人矚目的成就,其澤被"龍學"後人,非一代也。但正因其缺乏善本而問題頗多,校勘工作亦更如秋風掃落葉,總是掃之不盡;加之校勘者的個人理解不同、選擇有別,所以《文心雕龍》的文本整理可以說遠未結束。上述所舉十餘例,祇是其中犖犖大者,已經可以說明這個問題。實際上,還有很多看起來不大的問題,有些文字可能祇是一字之差,但有時關乎整個文義的理解,則並非小事。如《頌讚》之"辭采芬芳"一語,元至正本、黃注本均作"情采芬芳",各種《文心雕龍》讀本也無一例外地寫作"情采芬芳",筆者以前也是這樣用的。但唐寫本爲"辭采芬芳",根據其上下文義的考量,筆者覺得唐寫本纔更符合劉勰的本義,而這與"情采芬芳"顯然有着很大的區別,甚至很多據此而進行的對劉勰文論思想的闡釋都要作相應的調整和修改,正所謂差之毫釐而謬以千里了。因此,筆者以爲,《文心雕龍》的文本整理不是已經完成了,而是仍然需要下大氣力進行;可以說,最終拿出一個盡可能接近劉勰原文的《文心雕龍》文本,既是一個頗爲艱巨的重任,也是《文心雕龍》研究者義不容辭的歷史使命。

第三章
劉咸炘的《文心雕龍闡説》

　　清末民初是一個國學奇才輩出的時代,但説到一生蟄居巴蜀、足不出川的劉咸炘(1896—1932,字鑒泉,別號宥齋),知者無不以國學天才稱之。其非同尋常的早慧和博學固然令人驚訝,其著述之豐贍則尤令人目瞪口呆。面對皇皇二十巨册、八百萬言的《推十書》,你很難相信它的作者是一個僅僅度過三十六春的生命。"高山仰止,景行行止"①,在一個永遠年輕的國學巨人面前,我們真正明白了什麼是天縱之才。與其交往甚篤的著名史學家蒙文通先生曾謂其《雙流足徵録》一書云:"事豐旨遠,數百年來,一人而已。"又引其《蜀誦・序》之語而謂:"斯宥齋識已駸駸度驊騮前矣,是固一代之雄乎!"②不少研究者乾脆把蒙先生所謂"一代之雄"、"數百年來,一人而已"之語作爲對劉咸炘其人的全面評價,應該説,這也是並不爲過的。誠如龐樸先生所言:"其文知言論世,明統知類……爲中國近代思想史上不可多見的學術珍品,值得仔細玩味。"③但由於劉咸炘一生學隱巴蜀,足未出川,且英年早逝,因此其《文心雕龍闡説》一書被塵封近百年而未得與世謀面。在學界

---

　　① 《詩經・小雅・車舝》,程俊英、蔣見元:《詩經注析》,北京:中華書局,1999 年,第 692 頁。
　　② 蒙文通:《華西大學圖書館四川方志目録序》,《蒙文通文集》第四卷,成都:巴蜀書社,1998 年,第 108 頁。
　　③ 龐樸:《一分爲二　二合爲三——淺介劉咸炘的哲學方法論》,《國學研究》第十一卷,北京:北京大學出版社,2003 年,第 123 頁。

已出版的數種《文心雕龍》研究史著作中,劉咸炘及其《文心雕龍闡説》均隻字未提;在筆者寓目的數百種"龍學"著作和數千篇"龍學"論文中,亦未見其蹤影,這不能不説是極大的遺憾。特別是當我認真讀完這部出自二十一歲年輕人之手的"龍學"著作之時,纔真正體會到了龔自珍所説的"雖然大器晚年成,卓犖全憑弱冠爭"①的含義。可以説,作爲近現代"龍學"的開山之作,《文心雕龍闡説》一書的意義堪與黃侃《文心雕龍札記》比肩,理應在龍學史上佔有一席之地。

一、《文心雕龍闡説》的歷史地位

據劉咸炘先生自題,《文心雕龍闡説》始作於"丁巳三月十八日",並於"庚申七月删定續記"②。那麼,這部書的主體部分始作並完成於 1917 年,時作者二十一歲;其"續記"部分完成於 1920年。顯然,這部著作在"龍學"史上的意義,首先在於它的寫作時間,它是近現代"龍學"初創時期的一部難得之作,這衹要與黃侃先生《文心雕龍札記》的誕生做一簡單比較便清楚了。

黃念田先生在《文心雕龍札記·後記》中説:

先君以公元 1914 年至 1919 年間任教於北京大學,用《文心雕龍》等書課及門諸子,所爲《札記》三十一篇,即成於是時。1919 年後,還教武昌高等師範學校凡七載,復將《札記》印作講章。1935 年秋,先君逝於南京,前中央大學所辦《文藝叢刊》擬出紀念專號,乃檢篋中所藏武昌高等師範所印講章,錄出《原道》以下十一篇畀之。《神思》以下二十篇,則先君

---

①　(清)龔自珍:《己亥雜詩》,劉逸生注:《龔自珍己亥雜詩注》,北京:中華書局,2003 年,第 363 頁。

②　劉咸炘:《文心雕龍闡説》,《推十書》(增補全本)戊輯,第 949 頁。

1927 年居北京時,已付北京文化學社刊印。①

黃先生這段話中,至少有三點值得我們注意:其一,《札記》之内容作於 1914—1919 年間,而最早出版於 1927 年(其中二十篇)。其二,《札記》之作緣於教學,乃由講義發展而來。正是據此,已故著名"龍學"家牟世金先生指出:"把《文心雕龍》作爲一門學科搬上大學講壇,這是有史以來的第一次……這説明從黃侃開始,《文心雕龍》研究就是一門獨立的學科:龍學。"②其三,《札記》的主體部分是對《文心雕龍》創作論部分的闡説。由北平文化學社於 1927年所刊《文心雕龍札記》共二十篇,除《序志》一篇外,乃是從《神思》至《總術》的十九篇,即劉勰在《序志》中所説"剖情析采"部分,也就是研究者通常所謂《文心雕龍》的創作論。後來中華書局於 1962 年所出《文心雕龍札記》的全璧共三十一篇,除上述二十篇外,增加了"文之樞紐"(總論)部分的五篇,以及"論文敘筆"(文體論)部分的六篇(《明詩》、《樂府》、《詮賦》、《頌讚》、《議對》、《書記》)。

不難看出,劉咸炘《文心雕龍闡説》的寫作時間恰與黃侃《文心雕龍札記》的形成時間相當,但他是專門著述,非爲課堂而作;尤爲重要的是,他幾乎對《文心雕龍》全部五十篇逐一進行了闡説(衹有《奏啓》一篇未專門列出,但在對相鄰之《章表》篇的闡説中已兼及)。因此,我們可以説劉咸炘之《文心雕龍闡説》不僅與黃侃《文心雕龍札記》同爲近現代"龍學"的開山之作,而且也是《文心雕龍》誕生以來第一次對其進行全面闡釋的理論專著。這麼説並非動搖黃侃《文心雕龍札記》之於"龍學"的開創之功,更不是説在内容上劉氏之作已經全面超越黃氏之作。實際上,從總體上來

① 黃念田:《文心雕龍札記·後記》,黃侃:《文心雕龍札記》,第235 頁。

② 牟世金:《"龍學"七十年概觀》,《雕龍後集》,第 3 頁。

説，劉氏之書的規模要小一些，且黃氏之作對《文心雕龍》的許多闡發及其理論深度，是劉氏之書所不能比擬的，因此《文心雕龍札記》作爲“龍學”名著的地位是不可動搖的。但上述清晰的歷史事實説明，劉氏《文心雕龍闡說》之作的誕生，對近現代“龍學”的意義同樣是不能忽視的；其應在“龍學”史上佔有一席之地，乃是不容置疑的。

　　當然，《文心雕龍闡說》在“龍學”史上的意義，不僅取決於它是《文心雕龍》研究史上第一部專門的理論著述，也不僅取決於它是第一部全面闡説《文心雕龍》的著作，更決定於其闡説的内容，決定於其對《文心雕龍》的全面把握和闡説的理論深度。在具體介紹其理論闡説之前，我們仍可以之與《文心雕龍札記》做一簡單比較。談到黃氏《札記》的理論意義，臺灣已故著名“龍學”家王更生先生曾指出：

　　　　回顧民國鼎革以前，清代學士大夫多以讀經的辦法讀《文心雕龍》，大別不外考據、校勘二途，於彦和文論思想絶少貫通。黃氏以《文心雕龍》作爲論文之主本，並又引申觸類，曲暢旁通，其《札記》既完稿於人文薈萃的北大，復於中、西新故劇烈衝突之時，因此《札記》初出，即震驚文壇。從而令學術思想界對《文心雕龍》的實用價值，研究角度，均作了建設性的調整。①

應該説，王先生的這段話要言不煩而切中肯綮，非常準確地説明了黃侃《文心雕龍札記》在“龍學”史上之不可動搖的歷史地位，那就是此乃《文心雕龍》研究史上第一部貫通劉勰之文論思想的著作；其爲近現代“龍學”的開山之作，而與清代諸家對《文心雕龍》的研究迥然有别者，亦正以此也。遺憾的是，王先生未能看到劉咸炘的《文心雕龍闡說》。因爲不僅從誕生時間上説，《札

————————

①　王更生：《重修增訂文心雕龍研究》，第41頁。

記》和《闡説》同爲近現代"龍學"的開山之作,而且從其内容和主旨而言,《闡説》同樣是貫通劉勰文論思想的一部力作;而且,從王先生所指出的"實用價值"以及"研究角度"的轉變而言,劉咸炘對《文心雕龍》的闡説可以説非常自覺;尤其是他對《文心雕龍》文體論的詳細闡發,甚至爲《札記》所不及。因此,我們一直以《札記》爲近現代"龍學"獨一無二之開山之作的觀點或當有所調整,可以説,《札記》和《闡説》堪稱近現代"龍學"開山之作的雙璧。

需要指出的是,"雙璧"同爲玉璧,却並不等同。王更生先生説"《札記》既完稿於人文薈萃的北大,復於中、西新故劇烈衝突之時,因此《札記》初出,即震驚文壇",這當然是事實,而《闡説》却有所不同了。《闡説》完成於相對安静的巴蜀,雖同樣是那個"中、西新故劇烈衝突之時",但年輕的劉咸炘却似乎更醉心於承繼傳統的文脉,更願意體察劉勰自己的文心,因而更着力於發掘《文心雕龍》之内在的意藴,因此《闡説》之出,客觀上不能"震驚文壇"自不必説,主觀上似乎也祇是鑒泉先生自我文學修養進階的一步;其塵封百年者,亦良有以也。然而,百年之後,當我們拂去歷史的塵埃,却發現劉咸炘這一對《文心雕龍》的比較純粹的"闡説"雖有些稚嫩,但可能更接近於劉勰的思想實際和理論本原。何以如此説呢?

周勳初先生在對黄氏《札記》的導讀中,曾作過這樣的介紹:

民國初年的文壇上,有三個文學流派在相互争競,一是以姚氏弟兄和林紓爲代表的桐城派,二是以劉師培爲代表的《文選》派,三是以章太炎爲代表的朴學派。季剛先生因師承的緣故,和後面的二派關係深切。他是《文選》學的大師,恪守《文選·序》中揭櫫的宗旨而論文,這就使他的學術見解更接近劉氏一邊。但他汲取前人的創作經驗,參照《文心雕龍》和本師章氏的"迭用奇偶"之説,克服了阮、劉等人學説中的偏頗之處,則又可説是發展了《文選》派的理論。①

也許正因如此,黃侃對《文心雕龍》的闡釋,固多精彩警拔之處,但也有很多六經注我之説,並不完全符合劉勰思想的原意。與之相較,劉咸炘對《文心雕龍》的闡説就平正客觀得多了。可以説,劉氏基本無門户之見,而完全着眼於《文心雕龍》的實際,儘量體察劉勰的用心所在,全力把握劉勰説了什麽,特別是劉勰的内心在想什麽。因此,説此劉乃彼劉的異代知音,恐怕並不爲過。要之,《札記》與《闡説》雖同爲“龍學”開山之作,却各有千秋,各具特色,都值得我們珍視。

二、《文心雕龍闡説》之成書

劉咸炘《推十書》(增補全本)之戊輯“文學卷”有兩百多萬字,内容極爲豐富。有著名的文學專著《文學述林》,有頗具特色的歷代詩選《風骨集》,更有他自己的創作《推十文》《推十詩》,亦有很少被提及却非常重要的文體學專著《文式》。值得我們注意的是,在這包羅萬象的兩百萬字的文學書中,劉咸炘花費筆墨進行系統闡釋的古代著作,可以説就衹有一部《文心雕龍》。那麽,他何以對劉勰的這部書情有獨鍾? 又是《文心雕龍》的哪些方面吸引了這位蜀中才俊呢?

首先,我們不能不説,劉咸炘對《文心雕龍》的推崇,可能受到章學誠極大的影響。其《推十文·自述》有云:“吾之學,《論語》所謂學文也。學文者,知之學也。所知者,事物之理也。所從出者,家學祖考槐軒先生,私淑章實齋先生也。”②其一生服膺章氏之學,

① 周勳初:《黃季剛先生〈文心雕龍札記〉的學術淵源》,黃侃:《文心雕龍札記》(周勳初導讀),上海古籍出版社,2000年,第8頁。

② 劉咸炘:《推十文·自述》,《推十書》(增補全本)戊輯,第519頁。

可以説毫不動搖。而在清代大量對《文心雕龍》的讚美中,章學誠的話最爲著名,影響也最爲深遠,所謂"體大而慮周",所謂"籠罩群言"①,早已成爲對《文心雕龍》一書的定評而被廣泛徵引。可以想見,作爲章學誠的私淑弟子,劉咸炘對《文心雕龍》何以"體大慮周"而"籠罩群言",必欲系統闡説而後快。當然,這種影響並不衹是我們的推測,而是有着劉氏自己的説明。他在講到鍾嶸的《詩品》時説:

> 《四庫全書提要》評此書曰:每品之首,各冠以序。(按何文焕本以三序移並居前,甚妄。其各序之故,説詳後文。)皆妙達文理,可與《文心雕龍》並稱。……知其成家惟章實齋,而於源流之説,仍不能解。其《文史通義·詩話篇》曰:《詩品》之於論詩,視《文心雕龍》之於論文,皆專門名家,勒爲成書之初祖也。《文心》體大而思周,《詩品》思深而意遠。蓋《文心》籠罩群言,而《詩品》深從六藝溯流別也。論詩論文而知溯流別,則可以探源經籍,而進窺天地之純、古人之大體矣。此意非後世詩家流所能喻也。實齋卓識,遠過常人,而於三系之説,仍付闕如者,以本非詩學專家耳。今吾既釋六義,仲偉之旨固可尋文以見。②

顯然,所謂"實齋卓識,遠過常人",其由衷贊同章氏之説,是毫無疑問的。作爲這一影響的明顯證據,是劉咸炘和章學誠一樣,往往把《文心雕龍》和《詩品》一起爲論。如云:"評論詩文,始於齊、梁,詮序流別,以明本教。故彦和《文心》,兼貫《七略》,鍾氏《詩品》,與劉並出,專論五言,根極詩騷,挖揚文質。"③又如:"古人評議文

藝,無零碎之體,必如《文心》、《詩品》,具源注始末,有次第條貫,斯謂之論,名實相符。"①劉咸炘甚至還有一首詩把劉勰和鍾嶸放在一起加以讚美:"子集兩統束漢合,詩騷四系國風宏。彥和能識群才冠,仲偉偏推諷諭精。"②正因如此,他的《文篇約品》一書所列"有韻之文"中附有"論成書"一類,其中"評議"類成書僅列兩部書,即《文心雕龍》《詩品》③。可見其受到章學誠的影響是非常明顯的。

　　其次,劉咸炘雖然受到章氏之説的啓發,但對《文心雕龍》價值的認識却是深刻而獨到的。實際上,上面所引他對鍾嶸《詩品》的論述,雖一方面肯定"實齋卓識,遠過常人",但另一方面,又説"知其成家惟章實齋,而於源流之説,仍不能解",所謂"而於三系之説,仍付闕如者,以本非詩學專家耳",可見對章學誠的説法並非亦步亦趨。對《詩品》如此,對《文心雕龍》亦然。其云:"古今詩話多而論文之書少,著録者寥寥可數。第其精妙,惟吾宗二子,遠則彥和《文心》,近則融齋《藝概》。"④這一説法顯然就是劉氏自己的觀點了。又説:"文評以《文心雕龍》爲極淳古精確。陸士衡《文賦》亦得大端。繼起者包氏《藝舟雙楫》,平正精當。劉融齋《藝概》朴至深遠。近人《國故論衡》中篇,探古明法,甚超卓。"⑤這裏,不僅他推崇的這幾部著作頗有特點,而且所謂"淳古精確",這一對《文心雕龍》的評價顯示了劉咸炘自己非常獨特的認識,實際上,他對《文心雕龍》的闡説正是沿着這個路子進行的,這也是他

　　①　劉咸炘:《説詩韻語》,《推十書》(增補全本)戊輯,第1397頁。
　　②　劉咸炘:《簡摩集》,《推十書》(增補全本)戊輯,第1793頁。"彥和"句下注:"劉曰:陳思之表,獨冠群才,體贍而律調,辭清而志顯。應物制巧,隨變生趣,執轡有餘,故能緩急應節。"
　　③　劉咸炘:《文篇約品》,《推十書》(增補全本)戊輯,第1075頁。
　　④　劉咸炘:《文説林》,《推十書》(增補全本)戊輯,第983頁。
　　⑤　劉咸炘:《學略八篇》,《推十書》(增補全本)己輯,第56頁。

與黄侃極爲不同的地方。饒有趣味的是,這是年輕的劉咸炘對中國古代文化精華的認識,這一認識隨着他年齡的增長而有所變化(詳下第五部分)。

劉咸炘對《文心雕龍》另一個獨特的認識,是他對這部書性質的看法。他在論《文心雕龍·諸子》篇中説:"彦和此篇,意籠百家,體實一子。故寄懷金石,欲振頹風。後世列諸詩文評,與宋、明雜説爲伍,非其意也。"①筆者以爲,這一認識可謂深得彦和之心!應該説,在近百年的《文心雕龍》研究中,類似的認識並非絶無僅有,但並没有引起大多數研究者的注意和重視;而劉咸炘如此明確地指出後世把《文心雕龍》列爲"詩文評"一類,實際上並非劉勰之本意,可謂石破天驚之論。何以如此説呢?

如所周知,《四庫全書》於"集部"專列"詩文評"一類,《文心雕龍》則被列爲"詩文評"之首,並得到高度評價。《四庫全書簡明目録》有云:"《文心雕龍》十卷,梁劉勰撰。分上、下二篇。上篇二十有五,論體裁之別;下篇二十有四,論工拙之由,合《序志》一篇,亦爲二十五篇。其書於文章利病,窮極微妙。摯虞《流別》,久已散佚。論文之書,莫古於是編,亦莫精於是編矣。"②正因如此,《四庫全書》對《文心雕龍》的安排和評價向來得到研究者的首肯而少有疑義。然而,劉咸炘却説"後世列諸詩文評,與宋、明雜説爲伍,非其意也",雖非明指《四庫全書》分類之失,但斥其爲非則又是顯然可見的,豈非石破天驚?

無獨有偶,臺灣已故著名"龍學"家王更生先生雖未看到劉咸炘的著作,但却不止一次地申説同樣的觀點。其云:

　　時至晚近,由於明、清諸儒校勘評注的貢獻;民元以來,文

① 劉咸炘:《文心雕龍闡説》,《推十書》(增補全本)戊輯,第959頁。
② (清)永瑢等:《四庫全書簡明目録》,上海:上海古籍出版社,1985年,第871頁。

壇先進又竭力推闡，目前由國內到國外，整個學術界人士，對它的研究也有了突破性的發現；不幸的是大家太拘牽西洋慣用的名詞，亂向《文心雕龍》貼標籤。説它是中國最具系統的一部"文學評論"專著，劉勰是"中國古典文論專家"。可是，我們經過反復揣摩，用力愈久，愈覺得《文心雕龍》自有它獨特的面目。因爲我國往昔對作品多談"品鑒"，無所謂"批評"，這種西方習見的名詞，用到我國傳統的著作上，總覺得有點不對勁。即令是勉强借用，而《文心雕龍》亦決非"文學評論"或"文學批評"，這種單純的意義所能範圍。①

王先生認爲，"決不能把他(指劉勰，下同——引者)和一個普通的文學批評家相提並論的"②。王先生亦引《文心雕龍·諸子》之語"身與時舛，志共道申；標心於萬古之上，而送懷於千載之下"③，而謂："這不正是他'隱然自寓'嗎？試問，像他這部'標心萬古，送懷千載'的《文心雕龍》，又哪裏是純粹的文學評論範圍得了呢？"④王先生説："這種'振葉尋根，觀瀾索源'，述先哲之誥，益後生之慮，既有思想，又有方法，思想爲體，方法爲用，體用兼備的巨著；不僅在六朝時代，是文成空前；就是六朝以後，也無人繼武。我説《文心雕龍》是'文評中的子書，子書中的文評'，最能看出劉勰的全部人格，和《文心雕龍》的內容歸趣。"⑤總之，"劉勰撇開漢儒名物訓詁的'注經'工作，來和墨論文。究其目的，是想從文學創作和批評方面發揮積極救世的作用。所以劉勰既非純粹的文學批評家，《文

---

① 王更生：《文心雕龍導讀》，第 10—11 頁。
② 同上，第 11 頁。
③ (南朝梁)劉勰：《文心雕龍·諸子》，戚良德輯校：《文心雕龍》，第 109 頁。
④ 王更生：《文心雕龍導讀》，第 12 頁。
⑤ 同上，第 13 頁。

心雕龍》更不是一本純粹文學批評的專門著作了"①。王先生在其
初版的《文心雕龍研究》中也有類似之論②。顯然,王先生之論立
足於現代文藝學的語境,却與八十年前劉咸炘的看法遥相呼應,其
思路也是驚人的一致,這足以引起我們的注意和重視。可以説,劉
咸炘於爲學之初即作《文心雕龍闡説》,這與他對《文心雕龍》一書
的認識是密切相關的。

三、劉咸炘對文體論研究的貢獻

與黃侃的《文心雕龍札記》相較,劉咸炘《文心雕龍闡説》最爲
突出的一點是重視"文章體宜系别"③,對《文心雕龍》文體論進行
了空前深入系統的闡釋,即在今天,這些闡釋仍有其重要的參考價
值。在近現代"龍學"史上,《文心雕龍》的研究中心一直在"剖情
析采"的創作論部分,而占《文心雕龍》近一半篇幅的"論文敘筆"
(亦即所謂文體論)部分始終未受到應有的重視。近年來雖有不
少研究者呼籲重視《文心雕龍》文體論的研究,也進行了一些具體
的研究嘗試,但囿於現代文藝學的體系,《文心雕龍》涵蓋幾乎所
有文章種類的文體論的當代價值實際上很難評價,因而對它的研
究也就難以得到真正的重視,從而取得像創作論那樣豐富多彩的
研究成果。然而,劉咸炘對《文心雕龍》文體論的認識和重視既從
中國文學發展的歷史實際出發,又深入體察《文心雕龍》的理論體
系,真正抓住了劉勰的用心所在。其云:

　　劉彦和氏《文心雕龍》兼該六藝諸子,與昭明之主狹義不

---

① 王更生:《文心雕龍導讀》,第 13 頁。

② 參見牟世金:《臺灣文心雕龍研究鳥瞰》,濟南:山東大學出版社,
1985 年,第 80 頁。

③ 劉咸炘:《文心雕龍闡説》,《推十書》(增補全本)戊輯,第 979 頁。

同。其上廿五篇《宗經》、《正緯》之後，即繼以《辨騷》、《明詩》、《樂府》、《詮賦》、《頌讚》，此皆詞賦本支。又次以《祝盟》、《銘箴》、《誄碑》、《哀弔》、《雜文》，皆詩之支流。終以近詩之《諧隱》，然後次以《史傳》、《諸子》、《論説》，然後次以"告語"之文：《詔策》、《檄移》、《封禪》、《章表》、《奏啓》、《議對》、《書記》。而於《書記》篇末乃廣論經、史諸流及日用無句讀之文，其敍次亦與《文選·序》大略相同。此二書上推劉氏《七略》，貌同心異，端緒秩然。而論文體者竟不推究。姚、曾諸人稍稍就所見之唐、宋文字分立目録，遂已爲士林寶重，矜爲特出，亦可慨矣哉。①

劉咸炘認爲，《文心雕龍》的文體論"端緒秩然"，乃是中國文學文體論的系統之作，却没有受到應有的重視；與之相較，姚鼐、曾國藩等人祇不過是"稍稍就所見之唐、宋文字分立目録"而已，却爲世所重。這或許正是他格外看重《文心雕龍》的文體論而予以認真闡釋的重要原因。

這種重視和闡釋不僅是空前的，而且很多認識即在今天看來也極有新意。如現代《文心雕龍》的研究者本來一直不重視"論文敍筆"，而其中尤其不重視居於二十篇"論文敍筆"之末的《書記》一篇。但實際上，作爲"論文敍筆"篇幅最長的一篇，劉勰無疑下了極大的功夫，因而劉咸炘謂其"非泛然也"②！對於劉勰把"譜、籍、簿、録"等等納入本篇加以論述，紀昀曾評曰："此種皆系雜文，緣第十四先列雜文，不能更標此目，故附之《書記》之末，以備其目。然與書記頗不倫，未免失之牽合；況所列或不盡文章，入之論文之書，亦爲不類。若删此四十五行，而以'才冠鴻筆'句直接'箋

①　劉咸炘：《文學述林》，《推十書》（增補全本）戊輯，第 24 頁。
②　劉咸炘：《文心雕龍闡説》，《推十書》（增補全本）戊輯，第 961 頁。

記之分'句下,較爲允協。"①又説:"二十四種雜文,體裁各別,總括
爲難,不得不如此儱侗敷衍。"②紀昀的這些看法,黄侃即曾斥其爲
非,其云:"彦和謂書記廣大,衣被事體,筆札雜名,古今多品,是真
能悉文章之原者。紀氏乃欲删其繁文,是則有意狹小文辭之封域,
烏足與知舍人之妙誼哉?"③劉咸炘更是英雄所見略同,詳爲解
説云:

> 劉論書、記主於交際,故條列應事之雜品附之,非泛然也。
> 至此篇而應事之文完。譜、籍、簿、録,通乎市井;符、契、券、
> 疏,用無上下。關、刺、解、諜,狀、列、辭、諺,皆以抒懷告人,比
> 之書、記,特其質耳。惟律、令、法、制,乃官禮之流;方、術、占、
> 試,乃著述專家。諺當入詩歌,譜亦當爲專門。彦和以其皆質
> 而無文,故附列於此,稍失斷限耳。紀氏所説,亦未確當。又
> 以末爲儱侗敷衍,愈妄矣。④

正因爲認識到劉勰《書記》之作決非"泛然"之論,更非"儱侗敷
衍",所以劉咸炘對劉勰所列種種筆札雜名進行了認真辨析。顯
然,其識見不僅高出紀昀之上,且所謂"劉論書、記主於交際"之
論,更是深諳彦和之爲人和"論文"之旨。《程器》有言:"安有丈夫
學文,而不達於政事哉?"⑤這可以説正是鑒泉先生此論的最好
注腳。

　　浸淫"龍學"日久,筆者愈來愈覺得無論從劉勰的初衷而論,
還是從《文心雕龍》的實際而言,這部書都不能用現代意義上的文

---

① 　（清）黄叔琳注、（清）紀昀評:《文心雕龍輯注》,第256頁。
② 　同上,第260頁。
③ 　黄侃:《文心雕龍札記》,第80頁。
④ 　劉咸炘:《文心雕龍闡説》,《推十書》（增補全本）戊輯,第961—
962頁。
⑤ 　（南朝梁）劉勰:《文心雕龍·程器》,戚良德輯校:《文心雕龍》,第
282頁。

藝學或文學理論來範圍,而實在是一部與軍國政務乃至人生修養密切相關的文化百科全書。因此,我們既應該重視其創作論,也應該重視其文體論;既應該重視其文體論開始的《明詩》、《銓賦》等篇,更應該重視文體論的壓卷之作——無所不包的《書記》篇。劉咸炘所謂"主於交際"之論,正是本篇值得我們重視的充分理由,也是《文心雕龍》研究者極少看到和提出的一個重要問題。沿着這個思路,劉咸炘特別指出:"言既身文,信亦邦瑞,戒務文之士,但勞心於簡牘而不究此有司之實務也。提出信字,正是彦和崇實處。若如紀説,以然才冠鴻筆,上接箋記之分也句,則信亦邦瑞,何所指耶? 毛色牝牡,何所指耶?"①可以説,他抓住劉勰"言既身文,信亦邦瑞"之論,不僅抓住了《書記》一篇的實質,從而充分證明劉勰此篇決非可有可無之作,而是極爲重要的"論文敍筆"的壓卷之章;不僅關乎文章的寫作,而且涉及軍政實務和人生修養的方方面面。顯然,以此理解《文心雕龍》之文體論乃至整部《文心雕龍》之作的理論實質和意義,都是令人耳目一新的。

又如《文心雕龍》文體論的第一篇乃《明詩》,我們一直覺得劉勰"論文敍筆"而先詩,表示了他的某種文學觀念的純粹,因而儘管《文心雕龍》文體論不受重視,但《明詩》篇却並没有受到冷落。其實那衹是正好符合了我們今天的文藝觀念而已,却未必是劉勰的本意。劉咸炘評《明詩》而謂:"論諸文體而先詩,詩教爲宗也。"②他認爲,劉勰首先論詩的原因,不是出於什麽純文學的觀念,而是"詩教爲宗"。我們不能不説,這顯然更符合劉勰的基本思想和儒學觀念。劉咸炘論《時序》篇亦説:"謂西漢全宗《楚辭》,可知彦和論文雖綜《七略》,實以詩教爲主,觀其所舉可見矣。其

---

① 劉咸炘:《文心雕龍闡説》,《推十書》(增補全本)戊輯,第962頁。
② 同上,第974頁。

論東漢斟酌經詞,亦指詩教一系之文而言。"①可以看出,劉咸炘論《文心雕龍》沒有先入爲主之見,特別是沒有現代文藝學的觀念羈絆,更能從劉勰思想實際出發而抓住根本和要害。這對我們今天的《文心雕龍》研究者來說,是非常值得學習和借鑒的。

正由於劉咸炘對《文心雕龍》文體論頗多"師心獨見"②和發明,因此他對現代研究者頗爲看重的紀昀之説頗不以爲然。如論《詔策》云:"以文而論,魏、晉固極潤典之美。紀氏謂彥和囿於習尚,非也。"③論《封禪》云:"此篇本指馬、揚以來雜颺頌之文,猶之昭明別爲符命一目也。至舉李斯、張純,特以爲緣起耳。紀謂揚、班以下爲連類及之,殆非也。"④論《章表》云:"紀氏未明章、表、疏、奏之別,故以爲末段無甚發明。豈知章、表之事緩,故主文,疏、奏之事切,故主質。八代成規,彥和固論之甚詳析哉。"⑤論《書記》云:"有司之實務而浮藻之所忽二句,具見附論之本旨。紀氏以爲敷衍,何哉? 以此爲論文體之終篇,所謂返華於實,探文史之大源,具有深旨。讚語極明,紀氏懵懵。"⑥特別是指出劉勰"返華於實,探文史之大源,具有深旨",可謂知言。

值得我們注意的是,劉咸炘不僅是一個《文心雕龍》的研究者,而且是一個善於把研究成果化爲自己血肉的建設者。他的二十餘萬言的《文式》一書⑦,可以説正是他在《文心雕龍》"論文敍筆"基礎上的創造。《文式》及其《附説》囊括了中國文章的各種文

---

① 劉咸炘:《文心雕龍闡説》,《推十書》(增補全本)戊輯,第 978 頁。
② (南朝梁) 劉勰:《文心雕龍·論説》,戚良德輯校:《文心雕龍》,第 116 頁。
③ 劉咸炘:《文心雕龍闡説》,《推十書》(增補全本)戊輯,第 975 頁。
④ 同上,第 976 頁。
⑤ 同上。
⑥ 同上。
⑦ 同上,第 699 頁。

體,既充分吸收了《文心雕龍》文體論的成果,又根據劉勰之後千餘年文章發展的實際進行歸納和總結,不啻是一部新的"論文敘筆",是值得我們予以認真研究和重視的不可多得的中國文體學專著。

四、劉咸炘對創作論體系的卓識

劉咸炘《文心雕龍闡説》的第二個重要貢獻,是對《文心雕龍》創作論體系的把握和理解。這些理解不僅精深而獨特,發人所未發,而且極爲準確地揭示了《文心雕龍》創作論理論體系的内在脈絡和意藴,具有重要的啓發意義。正如他對《文心雕龍》文體論有着整體的把握一樣,他對《文心雕龍》下篇二十五篇總的思路也有着言簡意賅的説明:

> 文以思爲先。思而成文,乃謂"體性"。"體性"兼該詞旨,而詞尤重"風骨"。三者爲文之本。次《通變》,復古之大旨也。次《定勢》,勢乃文之全局也。勢定然後言其文中之"情采"。有"情采"然後煉意造語,故次以《鎔裁》。《聲律》、《章句》,又其次也。《麗詞(辭)》至《事類》專論句。《練字》言字。《隱秀》則字句之美也。《指瑕》,亦字句也。欲其無瑕,必由"養氣",文章有氣在先,非徒逞詞可能,必其美。《附會》、《總術》二篇,則總論大體,合《定勢》以下而言也。①

這段話不長,但在近百年的"龍學"史上,對《文心雕龍》創作論的這一總體把握,是非常富有特點而值得我們注意的: 其一,他指出《神思》《體性》《風骨》三篇所論乃"文之本",這是非常鮮明而富有見地的。其二,他指出《定勢》之"勢乃文之全局",可謂少有的探本之論。其三,他指出"養氣"的重要,認爲"文章有氣在先,非

---

① 劉咸炘:《文心雕龍闡説》,《推十書》(增補全本)戊輯,第 976 頁。

徒逞詞可能,必其美",這是被後世研究者所忽略的重要問題。

我們先來看劉咸炘對《神思》《體性》《風骨》三篇的闡釋。其解《神思》而謂:"樞機方通數句,言志氣既足,則詞令赴之,由其神與物合也。以樞機、關鍵譬其靈,靈生於静,故曰:貴在虛静,即佛氏定生慧之旨也。"①這裏的"虛静"之説,研究者或云來自老莊,或云來自老子,但劉咸炘直接説成"即佛氏定生慧之旨也",應該説,這對久居寺門而深研佛學的劉勰而言,是順理成章的。又説:"規矩虛位以下,極言觸境之時,意極多,氣極雄,迨形諸詞令,則多漏晦,故曰:言徵實而難巧。蓋望人神與物合,以虛静照萬象,以積學解糾紛,勿徒恃思慮。徒恃思慮,則思裕而言窘矣。"②在這裏,他没有把"規矩虛位"解釋成許多研究者所理解的所謂"憑虛構象",而是完全着眼言意關係而立論,筆者以爲,這纔是符合劉勰原意的。同時,所謂"以虛静照萬象",不僅承上佛學之説,而且與劉勰著名的佛學論文《滅惑論》之旨甚合③。鑒泉先生精研劉勰的著作,固然於此可見一斑,而以《滅惑論》之説與《文心雕龍》相互印證和闡發,這在近現代"龍學"史上可以説是大膽的開先之舉;把劉勰的佛學思想和文學思想如此不露痕跡地予以融會貫通,從而有意無意地解釋了劉勰居於定林禪寺而夢隨孔子、搦筆論文的合理和自然,乃至六朝時期儒釋道融合的思想文化背景之於劉勰及其《文心雕龍》的影響,我們不能不説,劉咸炘的闡説實在是極爲高明的。

其言《體性》謂:"才、氣、學、習,皆以成其性,以性統四者。"④

---

① 劉咸炘:《文心雕龍闡説》,《推十書》(增補全本)戊輯,第 962 頁。

② 同上,第 962—963 頁。

③ 劉勰《滅惑論》:"佛之至也,則空玄無形,而萬象並應;寂滅無心,而玄智彌照。"見石峻等編:《中國佛教思想資料選編》第一卷,北京:中華書局,1987 年,第 326 頁。

④ 劉咸炘:《文心雕龍闡説》,《推十書》(增補全本)戊輯,第 963 頁。

此説至簡,却不僅符合劉勰之本意,且亦深諳六朝才性之辯而爲論。又説:"言體而歸本於性,故曰才力居中,肇自血氣。"①劉勰以"體性"名篇,確是"言體而歸本於性"的,此論可以説抓住了《體性》篇的實質。又云:"摹體定習,以前人已成之體,正己之情性也。因性練才,因其自然之性而節文之,以練成其才也。此兩言材學兼致。"②這都是非常貼近劉勰原意的探本之論。在近百年"龍學"的發展過程中,大量精彩的解説自然不勝枚舉,但毋庸諱言,不少闡發已經遠離了劉勰的本意,而如劉咸炘這般緊扣劉勰的思想和内心進行如實解説,不僅對理解《文心雕龍》大有裨益,而且對理解整個中國古代文論之獨具特色的思想體系亦有極大的啓發。

其論"風骨"云:"彦和特標二字以藥浮靡,可謂中流砥柱。"③這可以説抓住了《文心雕龍》之作的根本目的和意義。對"風骨"的解釋,他以爲"氣即風骨",因爲"無骸則體爲浮肌,無氣則形爲死物"、"風骨必飛飛者,氣足以舉也"④,一方面抓住了"風骨"的實質,另一方面也很好地解釋了《風骨》篇涉及"文氣"説的一段論述。這在大量關於《文心雕龍》之"風骨"説的研究中,可以説是並不多見的。尤其值得我們注意的是,劉咸炘認爲"風骨者,詩之本質也"⑤,因而他把自己所編中國歷代詩歌的選本即命名爲"風骨集"。其云:

> 近雖嘗嗜較寬,而旨歸仍嚴。復讀鍾氏《詩品》,明其旨要。下及殷璠《河嶽英靈集》,見其與鍾同旨,兼舉興象、氣骨,而尤重骨,實獲我心。建安、太康、開元三時之盛,亦以

---

① 劉咸炘:《文心雕龍闡説》,《推十書》(增補全本)戊輯,第964頁。
② 同上。
③ 同上。
④ 同上。
⑤ 劉咸炘:《風骨集·敘目》,《推十書》(增補全本)戊輯,第322頁。

兩書而明。與尋常所謂魏、晉、盛唐流於膚廓者不同。興象、氣骨,蓋即劉彥和所謂風骨。古之論者皆主於此,實得本原。非氣格、韻調諸説之比。……故名之以彥和之言,曰《風骨集》。①

以"風骨"作爲"詩之本質",確乎是"旨歸"甚嚴的,由此正可以看出,劉咸炘對《文心雕龍》的推重和認可,他對劉勰文心理論體系的認同和服膺。應該説,正是這種認同和服膺,纔是促使他作《文心雕龍闡説》的根本原因;也正因如此,他已經不僅是把《文心雕龍》作爲自己的闡説和研究對象,而是把劉勰的理論運用到自己的文學研究中了。

特別值得我們一提的是劉咸炘對《文心雕龍·定勢》的闡釋。有關《定勢》篇的研究一直不是"龍學"熱點,但却是難點;什麽是劉勰所説的文之"勢",不僅尚未取得一致的看法,而且甚至很清晰、明確的説法也還没有,這在《文心雕龍》研究中是並不多見的情形。劉咸炘解説《定勢》開篇便説:"情與氣乃勢之原,氣變成姿,各具無涸。彥和勘合剛柔,不必壯言慷慨,洵爲卓論。"②短短數語,既抓住了本篇的要害,更是新見迭出。其一,所謂"情與氣乃勢之原",既屬探本之論,亦爲新見之一。"勢"本難以理解,但謂"情與氣"爲其本原,則無疑接近了一步。而且由於重視"情與氣"乃劉勰的一貫主張,因而這個説法令人易於接受,也就有助於我們進一步理解"勢"到底是什麽。他進而指出:"一人之作,亦有兩勢,意氣所生,不可强也。"③這就把"勢"更加具體化了。又説:"勢,本生於氣,一主運行,一主體裁,微有別也。"④這又回到了其

---

① 劉咸炘:《風骨集·敘目》,《推十書》(增補全本)戊輯,第 322 頁。
② 劉咸炘:《文心雕龍闡説》,《推十書》(增補全本)戊輯,第 965 頁。
③ 同上。
④ 同上。

本原之理,但更加精細了:從動態而言,由氣而生勢;從静態而言,勢體現在體裁之上。那麽,這個"勢"也就呼之欲出了。其二,所謂"氣變成姿",此乃新見之二。談"勢"而引出"姿",這更是一個順理成章而容易理解的説法,却不啻是劉氏的發明,道人所未道。以此而言,劉勰的"勢"似乎原本没有那麽難以理解,或許被我們搞複雜了?其三,所謂"勘合剛柔,不必壯言慷慨"云云,乃是《定勢》的觀點,他贊之"洵爲卓論",可以説抓住了劉勰討論定勢問題的核心。

在上述討論的基礎上,劉咸炘明確指出:"彦和所謂勢,即《書》所謂體要。"①就筆者所見,在討論《文心雕龍》之"勢"的論著中,似乎還没有人如此明確地把"定勢"之"勢"説成"體要"。那麽,這個説法的合理性有幾分呢?《文心雕龍·序志》有云:"蓋《周書》論辭,貴乎'體要';尼父陳訓,惡乎'異端':辭、訓之'異',宜體於要。於是搦筆和墨,乃始論文。"②爲了更準確地理解這段話,筆者特別多加了幾個引號,因爲這段話主要是引述成説,看起來較爲平易,實際上歷來注家多未得確解。《尚書》有曰:"辭尚體要,不惟好異。"③《論語》有云:"子曰:攻乎異端,斯害也已。"④因此,劉勰説,《尚書·周書》論述文辭,提倡切實簡要而不尚奇異;孔子陳説教導,則反對異端邪説。劉勰特別指出,《周書》和孔子均言及(反對)"怪異"的問題,正説明文章應該以切實簡要爲根本。有鑑於此,劉勰乃提筆和墨,開始"論文"了。所以,這個"體

<hr />

① 劉咸炘:《文心雕龍闡説》,《推十書》(增補全本)戊輯,第 965 頁。

② (南朝梁)劉勰:《文心雕龍·序志》,戚良德輯校:《文心雕龍》,第286 頁。

③ 《尚書·畢命》,《十三經注疏·尚書正義》,北京:北京大學出版社,2000 年,第 617 頁。

④ 《論語·爲政》,(宋)朱熹:《四書章句集注》,北京:中華書局,1983 年,第 57 頁。

要"關乎《文心雕龍》一書之作,不可等閑視之。然則,這個所謂"切實簡要"的"體要",其具體所指是什麽呢? 筆者曾指出,它正是劉勰通過《詩經》、《楚辭》而總結出來的創作經驗,也就是"《詩》、《騷》所標,並據要害"①之"要害",也就是"善於適要,雖舊彌新"②之"要",其根本之點乃是"物色盡而情有餘"③之論,也就是《文心雕龍》全書之根本觀點:以情爲本,文辭盡情。這一"情本論"的文學觀,既是劉勰對《詩經》《楚辭》創作經驗之總結,又成爲《文心雕龍》一書理論體系之主幹;《文心雕龍》這一"體大而慮周"、"籠罩群言"④的參天大樹,正是圍繞這一中心長成的。其成爲中國古代"寡二少雙"⑤的"藝苑之秘寶"⑥,蓋亦繫於此也。⑦

　　不難看出,一方面,筆者雖然認識到了劉勰從《尚書》中找到並賦予新的含義的這個"體要"關乎《文心雕龍》一書之作,却從未想到它竟然就是"定勢"之"勢"! 另一方面,一些研究者却也認識到了"定勢"之於《文心雕龍》理論體系的重要。石家宜先生便曾指出:"《定勢》篇在《文心雕龍》謹嚴的理論體系中,是一髪牽全身的、具有特殊意義的章節。"並認爲這種特殊意義就在於"劉勰'正

---

　　①　(南朝梁) 劉勰:《文心雕龍·物色》,戚良德輯校:《文心雕龍》,第265頁。

　　②　同上。

　　③　同上。

　　④　(清) 章學誠:《文史通義·詩話》,葉瑛校注:《文史通義校注》,第559頁。

　　⑤　(清) 譚獻:《復堂日記》,石家莊:河北教育出版社,2001年,第118頁。

　　⑥　(清) 黃叔琳:《文心雕龍輯注序》,(清) 黃叔琳注、(清) 紀昀評:《文心雕龍輯注》,第1頁。

　　⑦　參見戚良德:《〈文心雕龍〉論〈詩經〉、"楚辭"的創作經驗》,《〈文心雕龍〉與當代文藝學》,北京:中央編譯出版社,2012年,第162頁。

末歸本'、'矯訛翻淺'的努力在此坐實"①。筆者也曾指出："《序志》所謂'圖風、勢',我以爲正是劉勰對文章之美的境界的兩個具體規定。'風骨'之美側重於對作家主體的要求,劉勰以之解決文風之'濫'的問題;'體勢'之美側重於適應文體的要求,劉勰以之解決文風之'訛'的問題。一部《文心雕龍》,從正面説是要探討文章如何纔能寫得美,從反面説則是要糾正'離本彌甚,將遂訛濫'的文風,《風骨》和《定勢》乃是集中論述關於文章之美的理想和原則的兩個篇章。"②無獨有偶,劉咸炘也正是從解決"文體訛濫"的角度闡説劉勰之論的。其云:"意新得巧者,意能超出庸近,而體要實無背越。非徒怪失體之比。此論甚正。梁以後仍習訛體,彦和之言,竟成空文,可歎。"③"定勢"的針對性如此明確,自然也就關乎一部《文心雕龍》之作了;而鑒泉先生此論却是産生在一個世紀之前,其值得肯定和重視也就自不待言了。

可以説,就現有的"龍學"成果而論,我們認識到了"體要"一語關乎《文心雕龍》一書之作,也認識到了《定勢》一篇關乎《文心雕龍》之全局,然而二者之間這一水到渠成的關係,我們尚未想到。實際上,這條溝渠早被鑒泉先生挖好了! 因此,無論"定勢"之"勢"是否等於"體要",僅就把二者毫不猶豫聯繫起來這一做法本身,已足以證明劉咸炘對《文心雕龍》的認識,借用劉勰的話説,可謂"深極骨髓"④了。

---

① 石家宜:《〈文心雕龍〉系統觀》,南京: 江蘇古籍出版社,2001 年,第239 頁。

② 戚良德:《文論巨典——〈文心雕龍〉與中國文化》,開封: 河南大學出版社,2005 年,第 266 頁。

③ 劉咸炘:《文心雕龍闡説》,《推十書》(增補全本)戊輯,第 965 頁。

④ (南朝梁) 劉勰:《文心雕龍·序志》,戚良德輯校:《文心雕龍》,第287 頁。

五、《文心雕龍闡説》的方法論

劉咸炘《文心雕龍闡説》的第三個貢獻,是他“細論”文心、“敷暢本文”①的研究態度和方法。可以説,緊扣《文心雕龍》原文,立足《文心雕龍》一書的文本進行闡釋,力圖弄清劉勰自己在想什麽,説什麽,從而實事求是地理解《文心雕龍》,最大限度地貼近劉勰思想的實際,細心體察劉勰的用心所在,進而完整準確地闡發和把握《文心雕龍》本身的理論意藴和思想脈絡,乃是劉咸炘對《文心雕龍》進行闡説的最爲成功和出色之處,也是其與黄侃《文心雕龍札記》頗爲不同的特點。筆者認爲,這對當下“龍學”而言,具有重要的方法論意義。劉咸炘在《文心雕龍闡説》的後記中説:

> 丁巳撰此書時,於文章體宜系别,尚未了了。彼時方知放膽作札記也。庚申七月,因撰《文式》,復讀《雕龍》,取舊稿閲之,亦頗有可喜者。但微意少,常談多,大義少,細論多耳。以其敷暢本文,不無稗益,遂稍稍删改存之。兹之所得,别記於後,則於大體頗有發明。若上篇廿五中辨體宜之説,本有是非,悉已引入《文式》而申駁之矣,此册不復論也。②

這裏有幾點值得注意:其一,他特重“文章體宜系别”,這正是他對文體論多所發明的原因,也是他對《定勢》篇頗有體會的原因;其二,其自謂對《文心雕龍》的闡説“微意少,常談多,大義少,細論多耳。以其敷暢本文,不無稗益”,雖多謙虚之詞,但亦確乎符合其特點,即細論頗多,對理解《文心雕龍》原文原意啓發良多。其三,劉咸炘指出其《文式》之論可與《文心雕龍闡説》參看,説明其論《文心雕龍》,實際上亦滲透着他對文學的一些重要觀點;换言之,他雖

---

① 劉咸炘:《文心雕龍闡説》,《推十書》(增補全本)戊輯,第979頁。
② 同上。

然對《文心雕龍》的闡説多有細論,但也通過這種闡説,歸納或印證着他對文學的認識。則《文心雕龍闡説》既是其"龍學"著作,亦爲其文學論著。

居今而言,筆者格外看重的恰是劉咸炘這幾句自謙之辭,也就是其《文心雕龍闡説》"大義少,細論多"的"敷暢本文"之功。這對今天的"龍學"而言,應該説是極爲有益之事。反觀百年"龍學",對劉勰及其《文心雕龍》之"大義"、"大體"的發明並不少見,而真正深入劉勰的思想深處,細緻體察其用心所在者,總是不嫌其多,實則還是太少。先師牟世金先生有言:"讀懂《文心》的原文,可以説既是龍學的起點,也是龍學的終點。不懂原文,談何研究? 真正地懂,可以斷言其本意如何,做了定論,豈非龍學的結束?"①以此而論,産生於現代"龍學"初創時期的《文心雕龍闡説》正"以其敷暢本文,不無稗益"而具有重要的方法論意義。

其實,對《文心雕龍》研究而言,真正的"敷暢本文"之"細論",往往關乎《文心雕龍》之"大義"的理解,且祇有細心體察之論方能準確把握《文心雕龍》之所謂"體大思精"②。如劉咸炘論《物色》

---

① 牟世金:《文心雕龍研究・自序》,北京: 人民文學出版社,1995 年,第 3 頁。

② "體大思精"一語,古人常用以評價網羅宏富、集其大成者,如南朝宋代范曄《獄中與諸甥姪書》自謂其《後漢書》云:"自古體大而思精,未有此也。"[(南朝梁) 沈約:《宋書・范曄傳》,北京: 中華書局,1974 年,第 1831 頁。]明代著名詩論家胡應麟評價杜甫亦謂:"李才高氣逸而調雄,杜體大思精而格渾。"[(明) 胡應麟:《詩藪》,上海: 上海古籍出版社,1979 年,第 70 頁。]范文瀾先生以之評價《文心雕龍》而得廣爲流傳,其云:"劉勰是精通儒學和佛學的傑出學者,也是駢文作者中稀有的能手。他撰《文心雕龍》五十篇,剖析文理,體大思精,全書用駢文來表達緻密繁富的論點,宛轉自如,意無不達,似乎比散文還要流暢,駢文高妙至此,可謂登峰造極。"(范文瀾:《中國通史簡編》修訂本第二編,北京: 人民出版社,1964 年,第 418 頁。)

謂:"此篇專論感物之理,作文之境也,故末兼言地,與上篇言時相對。"①短短的這幾句話,看起來祇是關於《時序》《物色》的"細論",但却涉及《文心雕龍》下篇的篇次及其理論結構的重要問題。多數研究者皆以《物色》所論乃創作論問題,談的是自然景物的描繪問題,但鑒泉先生以爲"專論感物之理,作文之境",也就是説本篇所論問題不僅僅是一個描繪自然景物的創作論問題,而是作家與整個自然的互動問題,因而涉及的是作者及其文章的境遇、境界問題。與此密切相關,假如認爲《物色》所論祇是描繪自然景物的創作論問題,那麼其在《文心雕龍》中的位置便是個問題②;而鑒泉先生特別指出"末兼言地,與上篇言時相對",則本篇位置不僅没有問題,而且還是劉勰的精心安排。實際上,著名"龍學"家牟世金、王運熙等先生亦正有此看法。如牟世金先生指出:"《時序》、《物色》則是一個問題的兩個方面。這正是《序志》篇未提到《物色》的主要原因。諸家對此篇懷疑最多,但從《時序》、《物色》位於創作論和批評論之交,又是分別就'時序'、'物色'兩個方面來論述客觀事物對文學創作的影響來看,又何疑之有?"③王運熙先生也指出:

> 如果注意到《物色》篇前面部分着重論述外界事物與文學創作的關係,那末,對《物色》篇位置在《時序》之後,不但不會産生懷疑,而且會感到有它的合理性。《時序》論述時代(包括政治、社會、學術思想等)與文學創作的關係,《物色》論述自然景物與文學創作的關係,正是在論述外界事物或環境

---

① 劉咸炘:《文心雕龍闡説》,《推十書》(增補全本)戊輯,第972頁。

② 范文瀾先生便提出這個問題(見其《文心雕龍注》,第695頁。)其後不少研究者皆以爲《物色》的篇次有問題。筆者亦曾認爲《物色》篇屬於創作論,其今本篇次或有小誤;但現在看來,這個觀點應當修正。

③ 牟世金:《〈文心雕龍〉理論體系初探》,《雕龍集》,北京:中國社會科學出版社,1983年,第178頁。

與文學創作關係這一點上，有着共同之處。《時序》一開頭
説："時運交移，質文代變，古今情理，如可言乎！"指出文學隨
着時代的變化而變化。這四句和《物色》開頭"春秋代序"四
句不但内容上有相通之處，而且詞句格式也非常接近，看來這
出自劉勰精心的安排，而不是偶然的巧合。①

這些著名的"龍學"論斷都與近百年前鑒泉先生的説法遥相呼應，
則其《文心雕龍闡説》一書又怎能不令人刮目相看？

又如《物色》篇"入興貴閑"、"析辭尚簡"②之論，研究者多以
其語言明白而很少深究，而劉咸炘指出："入興貴閑、析詞尚簡，八
字極要。率爾造極，以其閑也，並據要害，以其簡也。"又説："緊要
仍在情，情不匱，故恒姿亦有變化。緣情托興，視乎其所取，固不同
如面也。"③如此要言不煩之論，不僅緊緊抓住了《物色》篇的精髓
和要義，而且把《文心雕龍》之《神思》《體性》《情采》《比興》等篇
的重要觀點予以融會貫通，可以説涉及了《文心雕龍》的整個理論
體系。如此"細論"，豈少"大義"哉！

需要特别指出的是，作爲劉咸炘早期之作，《文心雕龍闡説》
的一個突出特點，是立足中國傳統文章觀，在中國傳統文論思想的
話語體系内闡説《文心雕龍》，基本没有受到西方文藝思想的影
響，因而其闡説不僅符合《文心雕龍》一書的實際，而且亦與中國
傳統文論思想非常合拍。上述劉咸炘對《文心雕龍》文體論的闡
發乃至其《文式》一書的撰成，可以説都與此有關。筆者以爲，這
對我們今天如何繼承和發揚中國傳統文論，乃至中國文論話語和

---

① 王運熙：《〈物色〉篇在〈文心雕龍〉中的位置問題》，《文心雕龍探
索》（增補本），上海：上海古籍出版社，2005 年，第 170—171 頁。

② （南朝梁）劉勰：《文心雕龍·物色》，戚良德輯校：《文心雕龍》，第
265 頁。

③ 劉咸炘：《文心雕龍闡説》，《推十書》（增補全本）戊輯，第 972 頁。

範式的重建,都是一個非常有意義的事情。但饒有趣味的是,正如研究者所指出:"雖然劉氏英年早逝,但是其思想觀念應當經歷了一個演變歷程……"①的確,生當新舊思想交替之際的劉咸炘,儘管其人生歷程不長,但其思想歷程却是豐富多彩的。他後來所作著名的《文學述林》中的觀點,與早年的《文心雕龍闡説》就顯然不同了。其云:

> 劉氏《文心雕龍》不主文筆之説,蓋知格調之不止於韻律駢式也。其書有《諸子》、《史傳》二篇。《書記》篇末且及譜簿、占試、符券、關牒,已漸破狹義爲廣義。然所詳仍在篇翰,此數者猶居附録也。至於西人之論,其區別本質,專主藝術,正與《七略》以後,齊、梁以前之見相同。蓋彼中本以詩歌、劇曲、小説爲文,猶中國之限於詩賦之流也。然後之編文學史者,亦並演説、論文、史傳而論之,正猶《文心雕龍》之並説史、子,蓋以是諸文中亦有藝術之美也。況小説本爲敘事,與傳記更難區分。藝術者兼賅規式格調之稱,乃文章之本質。以此爲準,固較齊、梁之偏主駢式韻律密聲麗色者爲勝。然彼仍以詩歌、劇曲爲主,則亦猶《文心》、《文選》之視史、子爲附也。夫以規式格調爲標準,則於舊之以體性爲標準者,已如東西與南北之不同。標準既易,而仍欲守體性之舊疆,豈可得哉?齊、梁之説不可用於今,則西人之説又安可用乎?②

這段話一方面表現出劉咸炘敢於接受外來思想和觀念的活躍和包容,另一方面却又顯示着明顯的矛盾心態,甚至是無所適從。他開始便謂《文心雕龍》不主文筆之説,這明顯不符合實際,《文心雕龍》的文體論就是按照文筆分類的,所謂"論文敘筆"是也。而謂

---

① 陳廷湘:《〈劉咸炘學術思想研究〉序》,周鼎:《劉咸炘學術思想研究》,成都:巴蜀書社,2008年,第3頁。

② 劉咸炘:《文學述林》,《推十書》(增補全本)戊輯,第8頁。

《書記》篇"漸破狹義爲廣義"，而"所詳仍在篇翰，此數者猶居附録也"，既與他自己在《文心雕龍闡説》中的觀點不符，更有悖於劉勰的思想。至於所謂"西人之論，其區別本質，專主藝術，正與《七略》以後，齊、梁以前之見相同"，更屬不倫之語。

實際上，鑒泉先生之所以不惜曲解劉勰之意，恰恰是因爲他想爲劉勰辯護，想把中西文論熔爲一爐，然而這對近百年前的劉咸炘來説，實在是個太大的難題。中西文論面對的是不同的語言文化，不同的寫作傳統和文體，這在當時而言，要調和是不太可能的。他説：

　　今日論文學當明定曰：惟具體性規式格調者爲文，其僅有體性而無規式格調者，止爲廣義之文。惟講究體性規式格調者爲文學，其僅講字之性質與字句之關係者，止爲廣義之文學。論體則須及無句讀之書，而論派則限於具藝術之美。①

從這段話可以看出，西方的文學觀念在劉咸炘的思想意識中還是佔據了上風。這裏"文學"一詞的運用，已經不是中國傳統文論中"文學"的含義；所謂"廣義"、"藝術之美"云云，仍然是出於調和的心態，而調和的標準却已經是西方的了。可以想見，假如劉咸炘在寫完《文學述林》之後再來作《文心雕龍闡説》，必是全新的面貌、全新的觀點了。

還需説明的是，劉咸炘對《文心雕龍》的研究和闡釋，不衹表現在一部《文心雕龍闡説》之中，尚有不少關於《文心雕龍》的論説或引述，散見於其《文學述林》、《文式》等著作中。這些論述不僅表現出劉咸炘對《文心雕龍》的興趣和重視，可與《文心雕龍闡説》相互發明和印證，而且他自己也曾明確指出："若上篇廿五中辨體宜之説，本有是非，悉已引入《文式》而申駁之矣，此册不復論

① 　劉咸炘:《文學述林》，《推十書》(增補全本)戊輯，第9頁。

也。"①即是説,《文心雕龍闡説》的文體論部分雖已頗爲用力,但仍有所保留,這些保留意見正在《文式》之中。因此,欲全面瞭解劉咸炘有關《文心雕龍》的見解,還必須關注其在《文心雕龍闡説》之外的許多論述。②

————————

　　①　劉咸炘:《文心雕龍闡説》,《推十書》(增補全本)戊輯,第 979 頁。
　　②　筆者在閲讀《推十書》的過程中,對劉氏有關《文心雕龍》的論述曾予以摘録,參見戚良德輯校:《文心雕龍》附録《劉咸炘論〈文心雕龍〉輯録》,第 290—310 頁。

第四章

王元化的《文心雕龍講疏》

　　自黄侃的《文心雕龍札記》誕生以來,在近百年的"龍學"史上,如果要找一部影響最大的著作,可以説非王元化先生的《文心雕龍講疏》莫屬了①。牟世金先生指出:"《文心雕龍創作論》是本期理論研究方面影響最大的重要著作。著者以'根柢無易其固,而裁斷必出於己'的嚴肅態度來研究《文心雕龍》,而又從《文心雕龍》中選出那些至今尚有現實意義的有關藝術規律和藝術方法方面的問題來加以剖析,確實提出了許多論證翔實、令人信服的獨到見解。而本書之所以爲中外學者所重視,我以爲更在研究方法上不僅爲龍學,也爲整個古代文論研究提供了可貴的經驗。"②張文勳先生《文心雕龍研究史》説:"王元化用現代科學的方法去發掘

---

① 　據筆者統計,該書目前至少有十一個版本: 1979 年初版時名爲《文心雕龍創作論》,1984 年修訂版書名仍爲《文心雕龍創作論》,1992 年改訂更名爲《文心雕龍講疏》,這三個版本均由上海古籍出版社出版;2001 年收入《清園文存》第一卷(江西教育出版社),題爲《〈文心雕龍〉篇》;2004 年由廣西師範大學出版社出版"定本",書名爲《文心雕龍講疏》;2005 年日本汲古書院出版日文版,書名亦爲《文心雕龍講疏》;2007 年收入《王元化集》卷四(湖北教育出版社),仍以《文心雕龍講疏》爲名;2007 年 12 月新星出版社以《讀文心雕龍》爲名出版;2012 年上海三聯書店復以《文心雕龍講疏》出版;2017 年 7 月,華東師範大學出版社出版《文心雕龍講疏》,爲目前最新版本。另外,1993 年臺灣書林出版公司翻印出版了《文心雕龍講疏》。總體而言,該書以《文心雕龍講疏》之名最爲通行。

② 　牟世金:《"龍學"七十年概觀》,《雕龍後集》,第 28 頁。

《文心》創作論的意蘊,無疑是一種重大的突破。……王元化提出的這些見解,對《文心》研究起了很大的推動作用。"①張少康等先生所著《文心雕龍研究史》亦指出:"該書自出版以來,不僅受到學術界高度地評價和讚譽,而且本書的學術内容、研究方法及其扎實嚴謹的學風,對新時期以來《文心雕龍》研究的繁榮興盛産生了非常特殊的重要作用。"②李平先生亦謂:"1979 年《文心雕龍創作論》問世,此書由於著者嚴謹求實的治學態度和詳贍精確的考證功夫,在《文心雕龍》研究史上佔有重要地位,成爲新時期'龍學'和比較文學研究中的一部力作。此後該書不斷修訂再版,並先後更名爲《文心雕龍講疏》、《讀文心雕龍》,成爲先生學術研究中一道最亮麗的風景綫。"③應該説,這些評價都是非常中肯的。但正如陸曉光先生所指出:"王元化先生改革開放初期出版的《文心雕龍創作論》迄今有六次修訂改版,貫穿其中的是曲折而漫長的'思想軌跡',以及烙印人格的學術'情志'。王元化的研究始終以馬克思'走你的路,讓人們去説'的'良箴'爲引導,它首先提示的是著者在特殊年代'求真知,疾虚妄'的信念。王元化的研究歷程表徵了不同時期思想與學術之進程的艱難,也展示了一種勇於質疑自身'偏頗'乃至'心愛觀念'的學術範型的鍛造過程。"④筆者以爲,曉光先生的這段話意蘊深厚,對王先生"龍學"的理解和評述更爲深刻而求實;從中不難體會,所謂"進程的艱難"、所謂"鍛造過程"等等,這也決定了研讀和評價王元化先生的《文心雕龍》研究,實在不是一件簡單的事情。惟以王先生"勇於質疑自身'偏頗'乃至

---

① 　張文勳:《文心雕龍研究史》,第 226 頁。
② 　張少康、汪春泓、陳允鋒、陶禮天:《文心雕龍研究史》,第 383 頁。
③ 　李平:《文心雕龍研究史論》,合肥:黄山書社,2009 年,第 210 頁。
④ 　陸曉光:《有情志有理想的學術——王元化的〈文心雕龍〉研究》,《王元化人文研思録》,上海:華東師範大學出版社,2014 年,第 306 頁。

'心愛觀念'的學術範型"及其"烙印人格的學術'情志'"爲念,凡爲真誠之探求,必當有益於"龍學"也。

一、一部"喜憂參半"的經典

　　王元化先生的《文心雕龍講疏》一書不僅在"龍學"領域是公認的經典,而且其知名度遠遠超出了一般的"龍學"著作,在比較文學、美學、文藝理論、古典文論、國學等眾多研究領域都是經常被提到的經典之作;同時,作爲著名的文化學者和思想家,王先生在眾多研究領域亦均有獨到的建樹,其很多研究成果較之《文心雕龍講疏》顯然具有更大的包容性和讀者面,但就其影響而論,似乎無出這部看起來更爲專業的"龍學"著作之右者。然而,我們又不能不説,關於這部"龍學"名著和經典,從其誕生之時開始,就一直有批評的聲音和不同的看法存在。王先生曾用"喜憂參半"來描繪自己面對這部書的心情,我覺得這個詞在一定程度上也概括了這部產生在特殊時代的經典之作的歷史特點。

　　關於《文心雕龍講疏》一書的著述緣起,王元化先生不止一次地做過或詳或略的表述,其《日譯本序》云:

　　　　本書的著述有一個漫長的過程。從青年時代汪公岩先生授我《文心雕龍》開始,大致經歷如下:一九四六年我在國立北平鐵道管理學院任教,曾選出《文心雕龍》若干篇爲教材。授課時的體會,成爲我寫作本書的最初醞釀。六十年代初,我棲身在上海作家協會文研所時,開始了《文心雕龍柬釋》的寫作。前後約四年光景,初稿全部完成。可是緊接著在被稱爲"十年浩劫"的"文化大革命"中,稿件被抄走。直到七十年代"文革"結束,原稿纔發還。我以近一年的時間進行修改和補充,於一九七八年完稿。書名定爲《文心雕龍創作論》,由上海古籍出版社出版。出書的日期是在一九七九年末。所以本書的醞釀是在四十年代,寫作是在六十年代,出版則是七十年代。八十年代本書重印時,又作過一些增補。至於重訂本《文心雕龍講疏》的出版,則是九十年代初了。①

因此,閱讀和評價王先生的《文心雕龍講疏》,必須有一個重要的前提和思想準備,那就是必須明白這部著作雖初版於 1979 年,但實際上產生在半個世紀以前的特殊思想和人文環境中,其中有着不可磨滅的時代印記。王先生特別指出:"這本書基本完成於四十年前,倘根據我目前的文學思想和美學思想去衡量,是存在差距的。"②又說:"我那本書是 1979 年之前的東西了,現在人們還看重這本書,是對我的勉勵。從今天來看,其中很多觀點都是需要重新思考的。今天應該更加解放思想。"③即使在後來出版的《定本》中,王先生也再次申明:

> 我把現在出版的這本書稱爲定本,祇是將它和以前所出的各種本子比較而言。在已出的各本子中,它算是比較完滿的一個本子。但我同時也必須說明一下,這本書基本完成於四十年前,倘用我目前的文學思想和美學思想去衡量,是存在較大的差距的。但要將我今天的看法去校改原來的舊作,那是不可能的,除非另起爐灶,再寫一本新書,由於這個緣故,我對現在這個定本的出版,懷有一種喜憂參半的心情。

> 喜的是我不想妄自菲薄,我曾以多年的心血寫成的這本著作,並沒有隨時間的流逝而消亡。無論在材料上,方法上,觀點上,我在當時是用盡力氣去做的,我的勞力並未白費,它

① 王元化:《〈文心雕龍講疏〉日譯本序》,《文心雕龍講疏》,桂林:廣西師範大學出版社,2004 年,第 359—360 頁。該書《新版前言》中亦有類似說明。

② 同上,第 360 頁

③ 吳琦幸:《王元化談話錄》,上海:上海人民出版社,2015 年,第 49 頁。

們對今後的讀者可能還有些參考價值。但我也有感到不足的方面，我沒有將我近十多年來所形成的對中國文論的新看法表述在本書中。年齡不饒人，我已八十有四，體弱多病，力不從心了。我衹有盼望，新一代學人，超邁我輩，爲《文心雕龍》研究作出新的貢獻。①

吳琦幸先生也曾談到："先生坦誠説，以後我也沒有精力再修訂這本書了，這本就作爲我《文心雕龍》研究的定本。我把上次我們在廣州開國際會議的一篇講話收進去了，是我對於《文心雕龍》研究的最新看法。事實上，我的研究還是有不少遺憾的，這本書中的有些觀點呢，也沒有脫離機械論，尤其是在立場觀點上，延續了當時的説法。這篇序還是比較重要的，你可以從中看到，我對於某些問題的最新看法。如果要重新修訂的話，要脫胎換骨了。不過我無法再花大力氣去修訂了。有待於後人的評價吧。"②這一再的提醒説明，王先生的確意識到這本"基本完成於四十年前"的《文心雕龍講疏》與自己"對中國文論的新看法"之間，"存在較大的差距"，這是我們不能忽略的。一方面，無論我們評價高低，首先應當對這樣一部著作表示由衷的敬意，這是大前提。這並非因爲王先生是大家，而是因爲這部著作自身所顯示的力量，自身所取得的成功，是因爲其歷經半個世紀之後仍展現出的思想魅力。可以説，這部著作實現了郭紹虞先生的預言，"其價值決不在黃季剛《文心雕龍札記》之下也"③。另一方面，産生在那樣一個特殊時代的這部學術著作，必然有着不可回避的一些問題，這是今天評價它不能不正視的。在這方面，我們同樣不能因爲作者是大家，就衹有頂禮膜

---

①　王元化：《新版前言》，《文心雕龍講疏》，第2—3頁。

②　吳琦幸：《王元化談話錄》，第279頁。吳先生説，王先生此處所説的"定本"指的是上海古籍1992年版的《講疏》。

③　王元化：《備考》，《文心雕龍講疏》，第363頁。

拜,而是應當實事求是地指出其不足和遺憾,也衹有這樣做,纔是真正符合王先生自己的要求和意願的。吳琦幸先生曾談到王元化先生自己對魯迅的態度:"我批評魯迅是有一點,實際上我是很尊敬他的,我在給你的那本書上(《人物·書話·紀事》)發表的兩篇談魯迅的,我舉了論魯迅的片段資料,你可以看出從總體上我還是對他很佩服的、很好的,但對他的缺點我一定要指出來,這纔是一個真正的治學態度嘛,迷信什麼你就讓我全部說好,我是做不到的。"①筆者以爲,王先生能够在特殊的年代留下這樣一部影響巨大的經典之作,與其獨特的學術人格和胸襟是分不開的。正是出於這種考慮,筆者希望虔誠地尋找王先生所意識到的"較大的差距",更多地注意王先生所謂"在釋義中是不是有做得過頭或做得不足的地方"②,但由於個人的理論水平所限,一是未必能找到,二是找到的也未必是對的。

筆者覺得,從《文心雕龍柬釋》到《文心雕龍創作論》,再到《文心雕龍講疏》和《讀文心雕龍》,這部規模不大而一再修訂乃至不斷更名的著作,代表着整整一個時代的"龍學"特點及其是非功過。應該説,王先生的寫作、結構方式,顯示了極爲嚴肅認真的學術態度,正如牟世金先生所指出,其"值得注意的,首先是嚴謹審慎的治學精神"③,這種態度堪爲後世楷模。

首先是作者所採用的"釋義"和"附釋"的方法,體現出其實事求是的著作態度,令人敬佩。其云:

　　　有人不大贊成我採取附釋的辦法,建議我把古今中外融

①　吳琦幸:《王元化談話録》,第449頁。
②　王元化:《〈文心雕龍〉創作論八説釋義小引》,《文心雕龍講疏》,第92頁。
③　牟世金:《文心雕龍研究的回顧與展望》,《文心雕龍學刊》第2輯,第46頁。

會貫通起來。這自然是最完滿的論述方式,也正是我寫作本書的初衷。但是限於水平,我還沒有能力做到這一步。爲了慎重起見,我覺得與其勉強地追求融貫,以致流爲比附,還不如採取案而不斷的辦法,把古今中外我認爲有關的論點,分別地在附釋中表述出來。如果學力深厚的研究者以此作爲聊備參考的資料,從而作出進一步的綜合論述,那正是筆者所盼望的。①

其次,其"嚴謹審慎的治學精神",還有牟世金先生所指出的另一方面:"據筆者所知,王著本不祇'八說',還有幾'說'既不願收入其書,雖幾經要求,至今仍不願付梓,原因就是自認爲'不成熟'。"②這樣的治學態度,尤令今天急功近利的我們感到汗顏。

然而,這種"嚴謹審慎的治學態度"卻無法逾越時代的藩籬,從而擺脫歷史的局限。筆者以爲,最根本的問題有兩個:一是所謂"清理和批判的原則",所謂"在批判地繼承我國古典文藝理論遺產方面提供一些新的研究方法",所謂"用科學觀點去清理前人理論"③;二是對《文心雕龍》基本性質的判斷,認爲《文心雕龍》是後世所謂文學理論。顯然,這兩個問題在研究者那裏,基本不是問題,是理所當然、毋庸置疑的前提。但王先生也清醒地意識到:"用科學觀點去清理前人理論是一項困難的工作。……我們不應該把這種用科學觀點清理前人理論的方法,和拔高原著使之現代化的

---

① 王元化:《〈文心雕龍創作論〉初版後記》,《文心雕龍講疏》,第344頁

② 牟世金:《文心雕龍研究的回顧與展望》,《文心雕龍學刊》第2輯,第46頁。

③ 王元化:《〈文心雕龍〉創作論八說釋義小引》,《文心雕龍講疏》,第90—92頁。

傾向混爲一談。自然,運用這種方法而要做到適如其分是很不容易的。"①因而,儘管作者要求自己"在闡發劉勰的創作論時,首先需要以實事求是的態度揭示它的原有意蘊,弄清它的本來面目"②,但在對《文心雕龍》基本性質的判斷尚有問題的情況下,對它所作的"清理和批判",可能在某些方面無益於研究者真實地認識研究對象的本來面目,從而產生理論判斷上的失真。這在今天看來是令人感到遺憾的,而這又是由時代所決定的,是個人所無法超越的歷史局限。應該説,把《文心雕龍創作論》改爲《文心雕龍講疏》,雖僅是一個書名問題,但對筆者所説的這兩個問題而言,顯然有着一定程度的弱化,也就意味着向着《文心雕龍》的本來面目靠近;不過總體而言,這兩個問題始終是存在的,這也就整體決定了其所代表的一代"龍學"的基本特點。我想,王先生所謂"感到不足的方面",所謂"我没有將我近十多年來所形成的對中國文論的新看法表述在本書中"③,不知是否與此有關呢?

二、《文心雕龍》的性質與思想

《文心雕龍講疏》全書内容分爲三大部分,一是前三篇,對劉勰的身世、思想及《文心雕龍》的文學觀和創作論進行總體研究;二是《文心雕龍》創作論八説;三是九篇有關《文心雕龍》的演講和序跋。這裏我們先來研究一下王先生對《文心雕龍》的基本認識以及有關《文心雕龍》思想體系的論述。

---

① 王元化:《〈文心雕龍〉創作論八説釋義小引》,《文心雕龍講疏》,第92頁。
② 同上,第89頁。
③ 王元化:《新版前言》,《文心雕龍講疏》,第3頁。

（一）　對《文心雕龍》的基本認識

《文心雕龍》是一部什麼書呢？王先生説：“《文心雕龍》是中國古代文論的集大成者，它在内容上將史、論、評兼綜在一起，讀了這部書可以瞭解我國從先秦到南朝齊代的文學發展史、文學理論的原則與脈絡、文學體裁的分類與流變、文學批評與文學鑒賞的標準和風格。總之，它可以説是當時的一部文學百科全書。”①應該説，這段話明確肯定了《文心雕龍》在中國古代文論中的崇高地位，代表了二十世紀八九十年代人們對《文心雕龍》的基本認識和評價，這裏突出强調的一點是，《文心雕龍》具有“史、論、評兼綜”的特點。對此，王先生曾不止一次地做過説明，如謂：

> 《文心雕龍》一書主要包括了三個部分，即總論、文體論、創作論。（書中也涉及作家的才能、文學批評、文學史等專題研究，但都是單獨的篇章。）在寫作方法上，劉勰把“史”、“論”、“評”糅合在一起。因此，在全書的三個部分中，都貫串了文學史的論述、文學批評的分析和文學理論的闡發。但由於三部分性質不同，在“史”、“論”、“評”方面也各有其重點。②

這種對《文心雕龍》“‘史’、‘論’、‘評’糅合在一起”之特點的認識和强調，正是對其地位所作評價的根本所在，所謂“當時的一部文學百科全書”，着眼點應該就在這裏。

但在筆者看來，與“《文心雕龍》把史、論、評糅合起來，成爲一部具有系統性的專著”③這一認識相比較，更能反映王先生對《文

---

① 王元化：《一九八七年在瑞典斯德哥爾摩大學的演講》，《文心雕龍講疏》，第 311 頁。

② 王元化：《〈文心雕龍〉創作論八説釋義小引》，《文心雕龍講疏》，第 88 頁。

③ 王元化：《一九八八年廣州〈文心雕龍〉國際研討會閉幕詞》，《文心雕龍講疏》，第 337 頁。

心雕龍》一書之獨特見解,還是後來他關於《文心雕龍》文體論的評價。據吳琦幸先生的回憶,王先生曾經說過這樣一段話:

> 王先生說,你讀《文心雕龍》,可以從最基本的分類開始,這部書不僅僅是一部重要的文藝理論書,也是一部重要的中國文體學的書。關於這部書的價值,他繼續說,中古時期出現的這部文藝論著,要把它放在世界範圍內來看,可以說是當時世界文學中的一部非常重要的著作。很早以前,魯迅先生曾經把這部著作和亞里士多德的《詩學》相提並論,把它們作爲古代文學理論的雙星座。爲什麼會在中古時代出現這樣一部重要的文學理論著作? 這跟當時的時代藝術、科技和經濟有關。中古時期是中國封建社會成熟的年代,在科技和藝術方面也已經處於非常輝煌的時代。尤其是在文學藝術方面,各種文體都已經成熟,從先秦的《詩經》、《尚書》、銘文等到民間的歌謠、傳說等,都用優美的文字記錄下來。因此,有待一部巨著來進行分門別類,將文學的概念、文體的劃分以及文學規律性的東西加以總結,就成爲當時的重要工作。劉勰在那種歷史條件下成爲撰寫這一文學理論的大家。①

這裏,值得我們注意的是王先生不僅說《文心雕龍》是"是當時世界文學中的一部非常重要的著作",劉勰是"文學理論的大家",而且明確指出"這部書不僅僅是一部重要的文藝理論書,也是一部重要的中國文體學的書",這應該是王先生在寫完"《文心雕龍》創作論"之後,對《文心雕龍》的一個新認識。這個認識以對中古時期中國社會發展的總體認識爲基礎,認爲"尤其是在文學藝術方面,各種文體都已經成熟,從先秦的《詩經》、《尚書》、銘文等到民間的歌謠、傳說等,都用優美的文字記錄下來。因此,有待一部巨著來進行分門別類,將文學的概念、文體的劃分以及文學規律

---

① 　吳琦幸:《王元化談話錄》,第48頁。

性的東西加以總結,就成爲當時代的重要工作",這顯然是一個較爲成熟的想法了。

而且,王先生還把對《文心雕龍》文體論的這種重視同它的系統性和邏輯性聯繫在一起,這就更是一個獨特認識了。其云:

> 劉勰《文心雕龍》的系統性、邏輯性,恐怕是中國古籍中最值得矚目的。邏輯性和系統性是關聯在一起的。沒有邏輯性,就不可能構成一個完整的系統。……祇要研究一下《文心雕龍》文體論各篇,就可看到,其組織之靡密,結構之嚴謹,在當時堪稱創舉。所以後來章學誠稱《文心雕龍》一書"勒爲成書之初祖"。這是說直到它問世,我國纔出現第一部有系統的專著,以前的著作是談不到什麼系統性的。①

筆者覺得,這種對文體論的重視和強調,是寫作"《文心雕龍》創作論"前後的王先生所沒有或不明確的。他曾經説:"《文心雕龍》關於文學創作的理論在當時的世界範圍內可以説是首屈一指的,這部前無古人後無來者的奇書到今天還是中國古典文論的寶山,值得發掘。"②又説:"他在這個書中切實分析了歷代文體演變的過程以及功能,主要是從教化倫理的觀念來分析各種文體。他從文學創作、寫作的技巧等各方面分析和論述,形成了中國第一部系統的文學理論著作。"③雖然這裏談到了劉勰對"歷代文體演變的過程以及功能"的分析,但這和上述對文體論的強調是完全不同的,這裏重視的是劉勰"從文學創作、寫作的技巧等各方面分析和論述,形成了中國第一部系統的文學理論著作",這也正是王先生要寫作"《文心雕龍》創作論"的原因。他説:"創作論是側重於文

① 王元化:《一九八八年廣州〈文心雕龍〉國際研討會閉幕詞》,《文心雕龍講疏》,第337頁。
② 吳琦幸:《王元化談話錄》,第50頁。
③ 同上,第48—49頁。

學理論方面的。釋義企圖從《文心雕龍》中選出那些至今尚有現實意義的有關藝術規律和藝術方法方面的問題來加以剖析,而這方面的問題幾乎全部包括在創作論裏面,這就是釋義以創作論作爲主要研究對象的原因。"①可以想見,假如王先生早就認識到《文心雕龍》這部"系統的文學理論著作"不僅僅體現在創作論方面,"其組織之靡密,結構之嚴謹"更體現在文體論上,那麼王先生對《文心雕龍》的研究可能決不僅僅是"《文心雕龍》創作論",我們後來看到的《文心雕龍講疏》也就可能具有更豐富的内容了。因此我想,王先生把"《文心雕龍》創作論"改成了《文心雕龍講疏》,有沒有這方面的想法呢? 王先生後來一再表示的對《文心雕龍》的新想法,其中有沒有對文體論的新認識呢?

王先生重視《文心雕龍》的另一點,是上述已經談到的"劉勰《文心雕龍》的系統性、邏輯性,恐怕是中國古籍中最值得矚目的",而筆者更感興趣的是,劉勰何以有這個"最"呢? 王先生認爲,這是劉勰受到了因明學的影響。他於 1983 年在日本說:"我認爲《文心雕龍》與佛學的關係,不是直接的影響,而是在一定方面受到了間接的影響。簡言之,主要就是他在方法論上受到了因明學的潛移默化的啓示。"②又說:"劉勰的《文心雕龍》體大慮周,組織靡密,能够形成一個完整的系統,有一個很嚴密的體系,以致被章實齋譽爲'成書之初祖'。這跟他受到了因明學的影響,是很有密切關係的。"③並具體指出:"佛家的重邏輯精神,特別是在理論的體系化或系統化方面不能不對他起著潛移默化作用。因此,衹

---

① 王元化:《〈文心雕龍〉創作論八說釋義小引》,《文心雕龍講疏》,第88—89頁。

② 王元化:《一九八三年在日本九州大學的演講》,《文心雕龍講疏》,第296頁。

③ 同上,第297頁。

是在他所採取的方法上可能受到了佛家因明學的一定影響。"①五年之後,王先生再次申述了這樣的看法:"《文心雕龍》把史、論、評糅合起來,成爲一部具有系統性的專著。我認爲,構成這種重邏輯的特色不能說沒有因明學的影響。我還認爲,劉勰也受到先秦名家乃至玄學家思辨思維的影響。"②應該説,《文心雕龍》之成爲"體大思精"的理論巨著,有着多方面的原因,但其在"系統性、邏輯性"上的突出特點而成爲"最"者,的確是一個值得探討的問題,王先生抓住因明學的影響不放,並一再作突出强調,這在一定程度上解釋了其所以爲"最"的獨特原因,是有着重要貢獻的;雖然王先生沒有更進一步地做出因明學影響劉勰思維情況的具體説明,但却啓發後來的研究者關注這個問題,進一步研究這個問題,這對認識劉勰的思想也是有幫助的。

　　王先生對《文心雕龍》的基本認識,還談到過一個令筆者格外感興趣的問題,那就是他認爲《文心雕龍》不僅僅是文學理論,而是有着劉勰對社會的分析。他説:"我對《文心雕龍》有興趣的時候,正是我在一次政治運動中被隔離之後,思想處於非常低落的時候。這部書的内涵不僅是文學理論,更有着對社會的分析,尤其對六朝之前的文學的深刻認識。"③但令人遺憾的是,王先生沒有對此多談,沒有進一步跳出文學理論的範圍,闡述劉勰對社會的分析。而且筆者覺得,這段話的記録可能也有點問題,"更有着對社會的分析"與"尤其對六朝之前的文學的深刻認識"這兩者之間應該不是這樣的邏輯關係。筆者總是覺得,晚年的王先生對《文心雕

---

　　①　王元化:《〈日本研究文心雕龍論文集〉序》,王元化選編:《日本研究文心雕龍論文集》,第282頁。

　　②　王元化:《一九八八年廣州〈文心雕龍〉國際研討會閉幕詞》,《文心雕龍講疏》,第337頁。

　　③　吳琦幸:《王元化談話録》,第38頁。

龍》的認識,不僅已經跳出了"創作論"的圈子,已經着眼與創作論同等重要的"文體論",而且更跳出了"文學"的圈子,看到了劉勰及其《文心雕龍》的社會思想和文化意義。而這,應該是隱含着這樣一個邏輯:作爲一位著名文化學者和思想家,何以選擇《文心雕龍》這樣一部著作進行解剖;或者反過來,從文學理論研究起步的王先生,何以走向文化思想的研究和建設,而且在這樣一個過程中,他始終没有放棄對《文心雕龍》的思考。無論哪個方向和過程,似乎都能説明這樣一個問題或結論:《文心雕龍》"不僅是文學理論"。如上所述,王先生《文心雕龍講疏》這本書的影響已遠遠超出了文學理論的範圍,也可以説是一個佐證。

　　因此,筆者認爲,王先生對《文心雕龍》的基本認識和評價,更重要的不在於他指出"《文心雕龍》是中國古代文論的集大成者",甚至"是當時的一部文學百科全書",儘管這也是重要的,而在於王先生對《文心雕龍》的認識經歷了一個過程,從重視其"創作論"到重視其"文體論",從重視其在"文學理論"上的創見,到重視其超出"文學"的文化思想乃至社會意義。從《文心雕龍創作論》到《文心雕龍講疏》這一書名的變遷,似乎也有所表徵,但毋庸置疑的是,王先生的這部論著主要還是一部文學理論著作,則上述所謂"喜憂參半"者,是否也有這一方面的原因呢? 王先生所謂"另起爐灶,再寫一本新書"①,這本"新書"的面貌我們雖難以想見,但其基本的思想傾向是否會延續筆者所説的這樣一個趨勢呢?

(二) 關於《文心雕龍》的思想體系

　　《文心雕龍講疏》第一部分衹有三篇文章,分別是:《劉勰身世與士庶區别問題》、《〈滅惑論〉與劉勰的前後期思想變化》和《劉勰的文學起源論與文學創作論》,這三篇文章可以説均已成爲"龍

---

① 　王元化:《新版前言》,《文心雕龍講疏》,第 2 頁。

學”名篇,但筆者覺得,相對而言,前兩篇更爲成功。這裏筆者想着重强調的是王先生關於《文心雕龍》思想體系的認識。

對此,王先生經常談到的一個觀點是“《文心雕龍》書中所表現的基本觀點是儒家思想,而不是佛學或玄學思想”①。他説:

從思想體系上來説,他恪守儒家的思想原則和倫理觀念。《文心雕龍》基本觀點是“宗經”。他處處都在强調仁孝,對儒家稱美的先王和孔子推崇備至。從入寺以來,他就一直懷着儒家經世致用發揮事業的理想,當他一旦有了進身機會,認爲自己可以實現自己的抱負時,就馬上登仕去了。因而,他從第一階段到第二階段,即由居寺而登仕,完全是合邏輯的發展。這正反映了所謂“窮則獨善以垂文,達則奉時以騁績”的人生觀。②

王先生不止一次地指出:“就劉勰的文學觀來説,我認爲他是恪守儒學的立場風範的。”③他認爲:“要否定《文心雕龍》在思想體系上屬儒家之説,不能置原道、徵聖、宗經的觀點於不顧,不能置《宗經篇》謂儒家爲‘恒久之至道,不刊之鴻教’的最高讚詞於不顧,更不能置《序志篇》作者本人所述撰《文心雕龍》的命意於不顧……”④又説:“劉勰撰《文心雕龍》在文學觀上是恪守儒學的立場風範的。”⑤對此,王先生的堅持可以説達到了始終如一的程度。筆者以爲,王先生的這些認識雖然産生在數十年前,但却是符合劉勰及其《文心雕龍》的思想實際的。但令人遺憾的是,我們在王先生之

① 王元化:《劉勰身世與士庶區别問題》,《文心雕龍講疏》,第11頁。
② 同上,第17頁。
③ 王元化:《〈文心雕龍創作論〉初版後記》,《文心雕龍講疏》,第344頁。
④ 王元化:《〈日本研究文心雕龍論文集〉序》,《文心雕龍講疏》,第282頁。
⑤ 同上。

後的《文心雕龍》研究中,並沒有足夠重視王先生對這些觀點的一再强調,反而離劉勰的思想實際越來越遠了。

而且,王先生還繼承了范文瀾先生的觀點,認爲"劉勰撰《文心雕龍》,基本上是站在儒學古文派的立場上"①,並指出:"劉勰的原道觀點以儒家思想爲骨幹,這是不容懷疑的。他撰《文心雕龍》,汲取了東漢古文派之説。他的宇宙起源假説也的確接近於漢儒的宇宙構成論。然而,我不同意因此就把劉勰的宇宙觀歸定爲唯物主義。"②這裏,由對劉勰恪守儒家風範以及"儒學古文派的立場",引出一個相關的富有時代特色的重要問題,那就是"劉勰的宇宙觀"。王先生説:"我認爲劉勰的原道觀點本之《易》理,以儒家思想爲骨幹,他的宇宙起源假説接近於漢儒的宇宙構成論,即斯波六郎所稱元氣説。但是他在什麽是太極這個關鍵問題上,和古文學家明白斷定太極就是元氣的態度比較起來,可以説是往後退了一步。他的宇宙構成論和文學起源論都採取了極其混亂而荒誕的形式並充滿神秘精神。"③那麽,劉勰往後退的這一步是退到哪裏去了呢? 王先生在 1988 年曾談到這個問題,他説:

> 《原道篇》開宗明義提出"文之爲德也大矣"。我認爲,這與老子思想有密切關係,劉勰的"道"本之老子,可從下面三個方面來講:一、老子認爲"道"先天地生,爲天下母,就是説"道"是天地萬物的根源。這個"道"相當於《原道篇》中的"太極"。二、老子所説的"道"是非意志的自然,是與人工相對待的。"自然"並非指自然界,而是指自然而然的意思。劉

①　王元化:《劉勰的文學起源論與文學創作論》,《文心雕龍講疏》,第62頁。

②　同上,第64頁。

③　王元化:《〈日本研究文心雕龍論文集〉序》,《文心雕龍講疏》,第285頁。

勰説的"自然之道",至今仍有人解釋爲物質,從而斷言是唯物主義的。這是牽強的説法。它實際上是與老子的自然觀同義。老子説的非意志的自然,並不等於是唯物的。它也可以是唯心的。非意志祇是否定了神的主宰,但它也可以是心的主宰。《原道篇》所謂"自然之道",實際上更側重於老子的自然之義。三、老子認爲"道"是"無爲而無不爲"的。無爲是指它作爲本體而言,無不爲則是指這個本體又可以産生天地萬物而言。《原道篇》稱"人文之元,肇自太極",並説日月、山川、動植之文(即天、地、人三才)皆來自"道"。這也與老子思想同旨合軌。①

這樣,劉勰一方面"是站在儒學古文派的立場上",另一方面又"與老子思想同旨合軌",也就確實體現出"極其混亂而荒誕的形式並充滿神秘精神"的特點,王先生曾經把劉勰的這種宇宙觀稱爲"儒學唯心主義"②。顯然,這一認識的關鍵是對《原道篇》"人文之元,肇自太極"一語的解讀。王先生首先認定這是一種"文學起源論",同時"在什麼是太極這個關鍵問題上",認爲其與老子的"道"相當;而"老子説的非意志的自然,並不等於是唯物的。它也可以是唯心的"。實際上,已有研究者指出,劉勰這裏的"太極"一詞祇是一個表示時間的概念。吳林伯先生説:"'太極'爲極早之物。自下觀之,彥和引申爲太古,具體指原始社會。'人文'始於'太極',即始於太古,故接言太古的庖犠畫卦。"③筆者覺得,釋"肇自太極"爲"始於太古"是符合劉勰本意的,因此以之斷定劉勰的"儒

① 王元化:《一九八八年廣州〈文心雕龍〉國際研討會閉幕詞》,《文心雕龍講疏》,第331—332頁。

② 王元化:《劉勰的文學起源論與文學創作論》,《文心雕龍講疏》,第68頁。

③ 吳林伯:《文心雕龍義疏》,武漢:武漢大學出版社,2002年,第16頁。

學唯心主義"同樣是一個"牽強的說法"。

但是,王先生並沒有止於此,而是在强調劉勰恪守儒學風範的同時,又指出其融合吸收釋、道、玄諸家思想的特點。他説:"劉勰雖然在《文心雕龍》中恪守儒學風範,但是他對於作爲當時時代思潮的釋、道、玄諸家,也有融合吸收的一面⋯⋯儒學本身也在發展,甚至變化,當時的儒學同早期原始儒學和這以後的兩漢儒學已經不同了。同時我們也應注意到,劉勰在歷史評價問題上,採用了比較公正的態度。他對當時有成就的一些玄學家,都給予了公正的評價,而没有摻雜自己的主觀偏見。"①同時,王先生還特别指出:"這種儒學唯心主義觀點使劉勰的文學起源論採取了極其混亂而荒唐的形式,自然這也會對《文心雕龍》創作論發生一定影響。不過,總的説來,劉勰的文學創作論並不完全受到他的文學起源論先驗結構的拘囿,其中時時閃露出卓識創見。"②又説:"劉勰在文學起源論中把'心'作爲文學的根本因素,但是他在創作論中却時常提到'心'和'物'的交互作用。他比較充分地研究了'心''物'這一對範疇在藝術創作活動中的關係問題。"③因而,"就創作過程這一範圍來説,他的一些看法比他以前的文藝理論家提供了更多新的成分。他的'心物交融説'基本上是以'吟詠所發,志惟深遠,體物爲妙,功在密附'爲宗旨。從他提出的'巧言切狀,如印之印泥,不加雕削,而曲寫毫芥,故能瞻言而見貌,印(即)字而知時'的主張來看,他是傾向於對物色作出真實反映的文藝理論的。"④王先生一方面認爲劉勰的思想屬於"儒學唯心主義",但又指出其融匯

---

① 王元化:《一九八三年在日本九州大學的演講》,《文心雕龍講疏》,第 295—296 頁。

② 王元化:《劉勰的文學起源論與文學創作論》,《文心雕龍講疏》,第68 頁。

③ 同上,第 70 頁。

④ 同上,第 72—73 頁。

諸家思想的特點,特別是小心翼翼地維護劉勰在創作論上的"卓識創見",尤其是肯定劉勰"對物色作出真實反映的文藝理論",這顯然具有五六十年代的時代特徵。對此,王先生曾經作過反思和說明:

> 五六十年代的時候,在《文心雕龍》研究中,爲了論證這部著作是唯物主義還是唯心主義的問題,學術界就爭論得非常屬害。因爲在當時以至於到今天,唯物主義代表先進的、正確的思想,唯心主義則是落後的、錯誤的思想。評定一部著作的作用,就要先從這點上去劃線。我的著作中也不能免去這點時代的烙印。由於要用兩條路綫鬥爭的模式來解決一個人一部著作的思想傾向,於是就不可避免地先要在路綫上分清敵我。用這種方式去研究《文心雕龍》,往往做出種種削足適履的論斷,爲了肯定或者否定而戴上唯物主義或者唯心主義的帽子。我認爲,劉勰的思想是非常複雜的,不能夠簡單地用唯物唯心來劃分。雖然他基本思想是儒家思想,但是他也接受了佛家的東西。在六朝的時候,佛教思想的傳播還是非常屬害的。我們當然不能一說佛教思想就是唯心的,就予以否定。當時印度傳來佛家的因明理論,這就是非常重要的邏輯學,現在研究這種學問的人很少了。[1]

這裏,我們再次看到了一個具有獨立精神的思想家的人格和境界。王先生不否認自己的著作難免"時代的烙印",同時再次強調劉勰思想的複雜性,特別是強調劉勰受佛家因明理論的影響,因而《文心雕龍》具有較強的邏輯性。這説明,《文心雕龍講疏》一方面帶有"時代的烙印",另一方面其對劉勰及《文心雕龍》思想體系的一些認識是一開始就形成了的,是作者獨立思考的產物,這也正是這部産生在特殊時代的著作能夠成爲經典而流傳至今的原因所

---

① 吳琦幸:《王元化談話錄》,第49—50頁。

在。然則,所謂"亦喜亦憂"者,在這裏也同樣是有所體現的。

三、《文心雕龍》創作論的闡釋

　　對《文心雕龍》創作論的研究,顯然是《文心雕龍講疏》的中心內容。筆者以爲,在"《文心雕龍》創作論八説"中,最成功的是《釋〈體性篇〉才性説》,如關於區分風格的主觀因素和客觀因素,其云:"我認爲更重要的却是怎樣去理解《定勢篇》的基本命意所在。《定勢篇》把體和勢連綴成詞,稱爲'文章體勢',這是值得注意的。劉勰提出體勢這一概念,正是與體性相對。體性指的是風格的主觀因素,體勢則指的是風格的客觀因素。"①又如對劉勰風格論的基本評價,王先生説:"我以爲劉勰以後的古代風格理論,總不及劉勰對風格問題的剖析那樣具有豐富的内容和深刻的見解了。這是他給我們留下的一份值得重視的遺産。"②正如程千帆先生所説:"王元化講我國古代文論中的風格,比别人講得都好,這是由於他對德國古典美學體會深。不是硬用黑格爾套劉彦和,或者反過來。"③程先生可謂一語中的,目光犀利。如果要找一篇不太成功的,筆者覺得應該是《釋〈比興篇〉擬容取心説》,而其姊妹篇《再釋〈比興篇〉擬容取心説》一文雖其觀點未必盡是,但從文章本身而言則相當成功,不僅有力地補充了前文,而且其邏輯思維嚴密,文風敦厚練達,展現了一代大家的文章風範,不可多得,令人嚮往。有鑒於此,筆者即以這兩篇爲重點,探討一下王先生對《文心雕龍》創作論闡釋的得失。

　　其實,早在《劉勰的文學起源論與文學創作論》一文中,王先

①　王元化:《釋〈體性篇〉才性説》,《文心雕龍講疏》,第146頁。
②　同上,第151頁。
③　王元化:《備考》,《文心雕龍講疏》,第379頁。

生已經表達了對比興問題的基本認識。其云:"《比興篇》是探討藝術形象問題的專論,篇中所提出的'擬容取心'的命題,就是在藝術形象問題上分辨神形之間的關係。心和容亦即神和形的異名。"①這裏明確地提出了對《比興》篇的兩個基本認識,一是探討藝術形象問題的專論,二是重視其中的"擬容取心"説。王先生還説:

> 《比興篇》提出"比類雖繁,以切至爲貴,若刻鵠類鶩,則無所取焉",充分證明劉勰認識到形似的重要。他所説的"擬容取心"就包括了心和容(即神和形)兩個方面。擬容是指摹擬現實的表像,取心是指揭示現實的意義。他認爲要創造成功的藝術形象,擬容和取心都是不可缺少的條件,既需要摹擬現實的表像,以做到形似,也需要揭示現實的意義,以做到神似。《神思篇》"物以貌求,心以理應",《物色篇》"志惟深遠,體物密附",《章句篇》"外文綺交,内義脈注",都是申明此旨。②

正是從這一基本認識出發,王先生把對《比興》篇的研究概括爲《釋〈比興篇〉擬容取心説》,充分表明了他對劉勰"擬容取心"一語的高度重視。而之所以如此,筆者覺得這和王先生把"比興"理解爲藝術形象密切相關。他説:"根據劉勰的説法,比興含有二義。分別言之,比訓爲'附',所謂'附理者切類以指事';興訓爲'起',所謂'起情者依微以擬議'。這是比興的一種意義。還有一種意義則是把比、興二字連綴成詞,作爲一個整體概念來看。《比興篇》的篇名以及《贊》中所謂'詩人比興',都是包含了更廣泛的内容的。在這裏,'比興'一詞可以解釋作一種藝術性的特徵,近於

---

① 王元化:《劉勰的文學起源論與文學創作論》,《文心雕龍講疏》,第74頁。

② 同上,第75頁。

我們今天所説的‘藝術形象’一語。”①一方面,王先生認爲劉勰的
“比興含有二義”,另一方面王先生把側重點放在了後一種意義
上,即“近於我們今天所説的‘藝術形象’一語”。他進一步解
釋説:

> 例如 image 一詞,在較早的文學理論中就用來表示形象
> 之意。這個詞原脱胎於拉丁文 imago。它的本義爲“肖像”、
> “影像”、“映射”,後來又作爲修辭學上“明喻”和“隱喻”的共
> 同稱謂。“像”是訴諸感性的具體物象,“明喻”和“隱喻”則爲
> 藝術性的達意方法或手段,因而這裏也就顯示了今天我們所
> 説的藝術形象這個概念的某些意藴。我國的“比興”一詞,依
> 照劉勰“比顯而興隱”的説法(後來孔穎達曾采此説),亦作
> “明喻”和“隱喻”解,同樣包含了藝術形象的某些方面的内
> 容。《神思篇》“刻鏤聲律,萌芽比興”,就是認爲在“比興”裏
> 面開始萌生了刻鏤聲律、塑造藝術形象的手法。②

從而,王先生得出這樣的結論:“《比興篇》是劉勰探討藝術形象問
題的專論,其中所謂‘詩人比興,擬容取心’一語,可以説是他對於
藝術形象問題所提出的要旨和精髓。”③應該説,把“比顯而興隱”
理解爲“明喻”和“隱喻”,並認爲“包含了藝術形象的某些方面的
内容”,是没有問題的;但所謂“刻鏤聲律,萌芽比興”,却並不是説
“在‘比興’裏面開始萌生了刻鏤聲律、塑造藝術形象的手法”,而
祇是説文章的寫作從比興開始而已。比興確實是寫文章的一個藝
術手法,但在劉勰的理論體系中,還不是“塑造藝術形象的手法”,
這是並不相同的兩個問題。原因很簡單,《文心雕龍》所研究的
“爲文之用心”,是立足於當時所謂“文章”之寫作的,這個“文章”

---

① 王元化:《釋〈比興篇〉擬容取心説》,《文心雕龍講疏》,第 158 頁。
② 同上,第 159 頁。
③ 同上。

雖然包含後世所謂文學作品，如詩歌、散文等文體，但其中大量的文體是實用性的；所謂《文心雕龍》的創作論也是基於這些文體的文章寫作論，而不是以塑造藝術形象爲中心的文藝創作論。正因如此，王先生由此出發對"擬容取心"所作的一段經典解釋，在筆者看來也就與劉勰的本意相去甚遠了。其云：

> "擬容取心"這句話裏面的"容"、"心"二字，都屬於藝術形象的範疇，它們代表了同一藝術形象的兩面：在外者爲"容"，在內者爲"心"。前者是就藝術形象的形式而言，後者是就藝術形象的內容而言。"容"指的是客體之容，劉勰有時又把它叫做"名"或叫做"象"；實際上，這也就是針對藝術形象所提供的現實的表像這一方面。"心"指的是客體之心，劉勰有時又把它叫做"理"或叫做"類"；實際上，這也就是針對藝術形象所提供的現實意義這一方面。"擬容取心"合起來的意思就是：塑造藝術形象不僅要摹擬現實的表像，而且還要攝取現實的意蘊，通過現實表像的描繪，以達到現實意蘊的揭示。現實的表像是個別的、具體的東西，現實的意蘊是普遍的、概念的東西。而藝術形象的塑造就在於實現個別與普遍的綜合，或表像與概念的統一。這種綜合或統一的結果，就構成了劉勰所説的藝術形象的"稱名也小，取類也大"——個別蘊含了普遍或具體顯示了概念的特性。①

這一段對"擬容取心"四字的闡釋得到了不少《文心雕龍》研究者的贊同和欣賞，也因此經常被引用。如果説王先生借助"擬容取心"這一説法來闡釋自己對文藝學上"塑造藝術形象"這一重要理論問題的認識，那麼筆者也覺得這番論述是非常到位和經典的，可以説是對劉勰"擬容取心"一語的推陳出新和再創造。但若就劉勰使用這四個字的本意而論，則筆者覺得王先生的解釋已經不

---

① 王元化：《釋〈比興篇〉擬容取心説》，《文心雕龍講疏》，第 161 頁。

是劉勰的想法了。如上所述,這與王先生對劉勰"比興"一詞的基本認識是密切相關的。

正像王先生所指出,劉勰把"比訓爲'附',所謂'附理者切類以指事';興訓爲'起',所謂'起情者依微以擬議'"①,這可以説是《比興》篇的基本思想,因此,所謂劉勰的"比興含有二義",這一理解本身已經不盡符合《比興》之旨,或者説已經超出了劉勰的想法,而進一步把合起來的"比興"一詞理解爲"藝術形象",甚至把這一個含義當成了《比興》的主旨,這就一步步離開了劉勰的本意。來自《比興》篇"贊"詞的"擬容取心"一語,確是劉勰用以概括"比興"一詞的,但並非概括作爲"藝術形象"的"比興"這樣一個合成概念,而是分別解釋"比"和"興"的一個形象説法。其原文爲:"詩人比興,觸物圓覽;物雖胡越,合則肝膽。擬容取心,斷辭必敢。"②所謂"擬容",所指正是"附理者切類以指事",所謂"取心",所指正是"起情者依微以擬議";所謂"擬容取心",不過是劉勰用來總括《比興》篇開始提到的"比"、"興"的含義,並没有什麼新的思想,這是《文心雕龍》贊詞的通例。實際上,在筆者看來,劉勰所講的"比興"主要就是"比"和"興",是一種文章寫作的常用手法,它們當然不是和藝術形象無關,但由劉勰對"文章"的基本認識和《文心雕龍》的基本性質所決定,它們主要不是塑造藝術形象的手法。這也就是筆者覺得《釋〈比興篇〉擬容取心説》一文不够成功的原因。但作爲本篇的補充,《再釋〈比興篇〉擬容取心説》一文則有着極高的學術價值。

首先是王先生對"六義"一詞的認識,其以高屋建瓴之勢,對這一傳統的學術問題作出了要言不煩的概括。其云:

　　鄭注六義是兼賅詩體、詩法而言,《孔疏》六義則是把詩

---

① 王元化:《釋〈比興篇〉擬容取心説》,《文心雕龍講疏》,第 158 頁。
② 戚良德輯校:《文心雕龍》,第 214 頁。

體、詩法嚴格區別開來,從而指明兩者區別所在。然而,這並不等於說要否定《孔疏》的價值。從探討六詩或六義的原始意義方面來看,自然當以《鄭注》爲長,《孔疏》是不足爲訓的。不過問題並不這麼簡單。在我國長期封建社會中,古代文論自有它的複雜曲折的發展過程。某一時期的某種理論往往會發生失之東隅收之桑榆的功效。撇開詮釋六義的原旨這一點不論,單就闡述詩的表現方法來説,《孔疏》自有它的積極意義。它更明確地提出了詩法問題,把賦、比、興列爲三種表現方法(實際上也就是兼綜了敍述和描寫兩方面),對後人有著很大影響,開啓了此後對於詩的表現方法越來越深入的研究,這都是不容抹煞的。①

這段話舉重若輕,充分展示了王先生精密的理論思辨能力和通達的學識,其結論令人折服。他又説:"劉勰生於南朝,是漢代以後唐代以前的人物。他對六義的看法,可以説是《鄭箋》《孔疏》之間的過渡環節,起著承前啓後的作用。他比《鄭箋》更進一步側重於詩法的探討,但又不像《孔疏》那樣把詩體和詩法截然區分開來。總的來説,他仍保持了《鄭箋》那種體即是用、用即是體、詩體與詩法相兼的觀點。"②筆者覺得,這一對劉勰關於"六義"思想之歷史地位的評價也是極爲得體而令人心悦誠服的。正因有此基礎,王先生對劉勰"比興"的認識,與上一篇便有所不同了。其云:"《比興篇》列入創作論,自然把重點放在創作方法上,但由於劉勰仍保持着漢人體法相兼的觀點,既把比興當做藝術方法看待,又把比興當做由藝術方法所塑造的藝術形象看待,所以篇中纔有'比體'、'興體'之稱。"③儘管這裏還是認爲劉勰的"比興"有兩個含

---

① 　王元化:《再釋〈比興篇〉擬容取心説》,《文心雕龍講疏》,第 183 頁。
② 　同上,第 184 頁。
③ 　同上。

義,但却明確指出了劉勰"自然把重點放在創作方法上",實際上也就對上述所謂"塑造藝術形象"問題之於劉勰《比興》篇的意義有所修正。

其次,王先生由對"比興"篇名的認識,進而擴展到對《文心雕龍》創作論各篇篇名的理解,實際上對《文心雕龍》諸多理論範疇的形成及其特點作了一次很好的概括,因而是很有意義的。其云:

　　創作論諸篇的篇名,往往把兩個具有不同意蘊的字組合成爲一個詞。單獨來看,每個字具有特定的含義,合起來看,則兩個字組合成爲一個完整的新概念。例如,《體性篇》:體,文體也;性,才性也;體性合稱則指風格。《風骨篇》:風,情或思也;骨,事或義也;風骨合稱則指文學內容的生氣灌注。《通變篇》:通言文理之常,變言文理之變,通變合稱則指變今法古之術。《情采篇》:情言述情,采言敷采,情采合稱則申明文附於質及質待於文的內容與形式的統一關係。《鎔裁篇》:鎔謂規範本體,裁謂剪裁浮詞,鎔裁合稱則指命意謀篇之法。《章句篇》:章,明也;句,局也;宅情曰章,位言曰句,章句合稱則謂文章組織結撰之法。《隱秀篇》:隱言情在詞外,秀言狀溢目前,隱秀合稱大致是申明言有盡而意無窮之旨(本篇爲殘文,姑以意推之)。我覺得上述定篇命名之法是創作論諸篇篇名的通例。劉勰把兩個具有不同(有時甚至相反)涵義的片語合成爲一個新的概念,說明他已經認識到其間的辯證關係,儘管這還僅僅是一種樸素的觀點。①

顯然,王先生對創作論各篇篇名的解說決非泛泛之論,雖其中一些理解未必都能符合劉勰的命意,因而也未必都能得到研究者的贊同,但這些理解却極爲簡練地概括了《文心雕龍》創作論各篇

---

　　①　王元化:《再釋〈比興篇〉擬容取心説》,《文心雕龍講疏》,第192—193頁。

的主旨,尤其是指出了劉勰自覺創造文論範疇的空前之功。筆者覺得,這倒是從一個重要方面切實證明了《文心雕龍》創作論之巨大的理論價值,也因此證明了王先生選擇從創作論入手發掘《文心雕龍》乃至中國文論重要理論價值和意義之必要性。

實際上,王先生對比興問題從未停止過自己思考的腳步。他不僅一再闡釋《比興》篇,而且在對其他問題的思考中也聯繫比興問題,以深化或校正自己的理解和認識。如王先生一直重點思考的一個問題是中國古代關於言意關係的論述,他說:"《文心雕龍》在言意之辨問題上,屢次申明了言盡意的主張。如《神思篇》所云'意授於思,言授於意,密則無際,疏則千里'可爲明證。"①但他後來又指出:"我一直採取這種看法,但也一直未能愜恰於心。因爲《文心雕龍》還有另外一面,如其中所說的'思表纖旨,文外曲致,言所不追,筆固知止'、'物色盡而情有餘者,曉會通也'等等,這些話似乎又表示了語言並不能完全涵蓋思想的意思。我認爲,如果各執一端,就會作出一偏之解。"②這樣,王先生自然地聯繫到了劉勰的比興理論,他說:

近來,我對《文心雕龍》中的言意問題,有了一些和過去不同的看法。我認爲,首先不應該按照《范注》所謂語言是否能表彰思想或言意之間是否存在差殊去理解《文心雕龍》的言意之辨。既然如此,那麼劉勰的言意之辨在於說明什麼問題呢? 依我看,他是企圖闡明文學的寫意性。……寫意性使想像得以在更廣闊領域內馳騁。中國古代文論較之西方古代文論,是更早也更多地涉及了想像問題,這從借助於暗示、隱喻、聯想等手段

① 王元化:《一九八三年在日本九州大學的演講》,《文心雕龍講疏》,第 294 頁。

② 王元化:《一九八八年廣州〈文心雕龍〉國際研討會閉幕詞》,《文心雕龍講疏》,第 335 頁。

所形成的比興理論在中國古代文論中特別發達就可證明。中國詩學中的比興之義,貫串歷代文論、詩話中,形成一種民族特色。倘從比興之義去探討《文心雕龍》的言意問題,也許過去討論中的各種矛盾、分歧都可以迎刃而解了。①

從劉勰"企圖闡明文學的寫意性"這一角度認識他的"言意之辨",確乎是一個嶄新的角度,這不僅不必再糾纏於"言盡意"或"言不盡意"的爭論之中,而且從"寫意性"與"想像"的聯繫出發,認識到"中國詩學中的比興之義,貫串歷代文論、詩話中,形成一種民族特色",這一對"比興"的認識即使不是全新的,也肯定不同於上述"塑造藝術形象"的理解了;尤其是其中的所謂"民族特色",顯然與"塑造藝術形象"是非常不同的問題。以此而論,則王先生對以探討《文心雕龍》創作論爲中心的《文心雕龍講疏》一書的遺憾,乃至因此想寫一本新書,所謂"亦喜亦憂"者,亦可從此略窺一二了。

四、理論觀念與闡釋方式

黑格爾曾經説過:"哲學史的研究就是哲學本身的研究,不會是別的。"②他認爲,"哲學史將不祇是表示它内容的外在的偶然的事實,而乃是昭示這内容——那看來好像祇屬於歷史的内容——本身就屬於哲學這門學科。換言之,哲學史的本身就是科學的,因而本質上它就是哲學這門學科"③。正因如此,黑格爾主張"通過哲學史的研究以便引導我們瞭解哲學的本身"④。應該説,黑格爾

---

① 王元化:《一九八八年廣州〈文心雕龍〉國際研討會閉幕詞》,《文心雕龍講疏》,第335—336頁。

② [德]黑格爾:《哲學史講演録》第一卷,賀麟、王太慶譯,北京:商務印書館,1983年,第34頁。

③ 同上,第12頁。

④ 同上,第9—10頁。

的這種認識和主張是一把雙刃劍。一方面,哲學史的研究確可以
引導人們瞭解哲學本身,甚至成爲哲學本身的研究,從而達成一種
良性互動,使得哲學史的研究具有充分的現實實踐品格和理論深
度,哲學本身也因此更具歷史的縱深感;但另一方面,有時會因對
歷史和現實理論形態及觀念所存在差距的忽視,導致不符合甚至
違背歷史事實的情況出現。正如文德爾班所指出,黑格爾哲學史
的那些"'範疇'出現在歷史上的哲學體系中的年代次序,必然地
要與這些同一範疇作爲'真理因素'出現在最後的哲學體系(按照
黑格爾的意見,是他自己的體系)的邏輯結構中的邏輯體系次序相
適應。這樣,本來是正確的基本思想,在某種哲學體系的控制下,
導致了哲學史的結構錯誤,從而經常違背歷史事實"①。

　　作爲黑格爾的服膺者,寫作《文心雕龍創作論》時的王先生可
以說是躊躇滿志地希望通過《文心雕龍》的闡釋,探尋文學的發展
規律。他說:"當我開始構思並着手撰寫它的時候,我的旨趣主要
是通過《文心雕龍》這部古代文論去揭示文學的一般規律。在文
藝領域內,長期忽視藝術性的探索,是衆所周知的事實。"②對此,
吳琦幸先生曾作過更詳細的記述:

　　　　對於中國古典的文論,我是到了 60 年代纔開始真正進入
　　研究階段。在研究過程中,結合自己早先文學、文藝理論的經
　　歷,自然很快將注意力放到探索藝術的規律中。那個時候我
　　正沉浸於黑格爾的哲學規律,他的開講詞給我很大的信心和
　　探索真理的勇氣:"精神的偉大和力量是不可以低估和小視
　　的。那隱蔽着的宇宙本質自身並沒有力量足以抵抗求知的勇
　　氣。對於勇毅的求知者它祇能解開它的秘密,將它的財富和

---

　　①　[德]文德爾班:《哲學史教程》,羅達仁譯,北京:商務印書館,1997
年,第 20 頁。
　　②　王元化:《序》,《文心雕龍講疏》,第 2 頁。

奧秘公開給他,讓他享受。"這幾句話充分顯示了對理性和知識力量的信心。也給了我文學規律可以被揭示出來的信念。①

實際上,正像黑格爾關於哲學史與哲學關係的命題一樣,王先生面對同樣的兩難之境。顯然,作爲中國古代空前絕後的文論巨典,《文心雕龍》肯定包含許多"文學的一般規律",王先生之所以選擇它作爲研究對象,正是良有以也。然而,產生在齊梁時期的這部著作畢竟又是中國古代文論中一個早熟的體系,如上所述,其與後世所謂"文學理論"原本就有巨大的差距,則所謂"文學的一般規律",其普適性就是一個問題了。我們上文所談到的王先生關於"擬容取心"的闡釋問題,正是這樣一個例子。

當然,以王先生的理論素養和思想勇氣,他自然能够發現並努力解決其中的問題。他説:"在經過'文革'之後,我有機會對黑格爾的哲學進行清理,對這種規律觀念做了反思。我準備做一些調整。"②這些反思和調整就是:"我對於黑格爾的哲學作了再認識再估價。以前我認爲規律的存在是不言自明的,而理論的工作就在於探尋規律也是不容置疑的。現在我的看法改變了,我認爲事物雖有一定的運動過程、因果關係,但如果以爲一切事物都具有規律性那就成問題了。"③王先生指出:"從歷史的發展中固然可以推考出某些邏輯性規律,但這些規律祇是近似的、不完全的。歷史和邏輯並不是同一的,後者並不能代替前者。黑格爾哲學往往使人過分相信邏輯推理,這就會導致以邏輯推理來代替歷史的實證考察。從事理論研究一旦陷入這境地,就將如同希臘神話中的安泰脱離了大地之母一樣,變得無能了。我讀黑格爾以後所形成對於規律

---

① 吳琦幸:《王元化談話録》,第39—40頁。
② 同上,第40頁。
③ 同上,第375頁。

的過分迷信是,使我幻想在藝術領域内可以探索出一種一勞永逸
的法則。當我從這種迷誤中脱身出來,我把這經驗教訓寫進了《文
心雕龍講疏》的序中。"①應該説,王先生對黑格爾思想的反思,比
文德爾班的批判更爲形象生動而深刻,但對《文心雕龍講疏》這部
産生在特定時代的著作而言,他除了在"序"中予以説明之外,能
做的工作就是"删削"了。他説:

> 我祇想簡括地説一下,我認爲自己需要對黑格爾哲學認
> 真清理的,除了他那帶有專制傾向的國家學説外,就是我深受
> 影響的規律觀念了。六十年代初開始寫作《文心雕龍創作
> 論》時,我對機械論是深有感受並抱著警惕態度的,因爲我曾
> 親領個中甘苦並爲之付出代價。我知道藝術規律的探討不是
> 一個容易對付的領域,不小心就會使藝術陷入僵化模式。我
> 曾在書中援引了章實齋"文成法立而無定格,無定之中有一定
> 焉"的説法爲借鑒。但是,這種戒心未能完全遏制探索規律的
> 更強烈的興趣與願望。《文心雕龍創作論》初版在論述規律
> 方面所存在的某些偏差,第二版中仍保存下來,直到在這新的
> 一版裏,我纔將它們刈除。但這祇是删削,而不是用今天的觀
> 點去更替原來的觀點。②

這就是一些學者所指出的,王先生生前一直在對《文心雕龍創作
論》作減法③,其良苦用心和思想家的虔誠與執着,是令人敬佩的。
但正如王先生所強調的,"這祇是删削,而不是用今天的觀點去更
替原來的觀點",而且,"删削"有時也祇能是有限的,這大約正是
這部書令王先生感到"喜憂參半"的根本原因。

---

① 吴琦幸:《王元化談話録》,第 313—314 頁。
② 王元化:《序》,《文心雕龍講疏》,第 5 頁。
③ 劉淩:《王元化"規律"反思與〈文心雕龍創作論〉"減法"式修訂》,
《古代文化視野中的文心雕龍》,長春:吉林大學出版社,2010 年。

　　一個典型的例子是王先生對《鎔裁》篇的闡釋。他説:"但我對這一版也有於心未愜的所在,這就是《釋〈鎔裁篇〉三準説》這一章。現在我不能對它進行過多修改,使之脱胎換骨,但我又認爲這一問題是值得重視的,因而就索性讓它像人體上所存在的原始鰓弧一樣保存下來了。"①王先生對這一章不滿意的是什麼呢? 我們不妨略加分析。《鎔裁》篇所謂"三準",劉勰是這樣説的:"凡思緒初發,辭采苦雜;心非權衡,勢必輕重。是以草創鳴筆,先標三準:履端於始,則設情以位體;舉正於中,則酌事以取類;歸餘於終,則撮辭以舉要。然後舒華布實,獻替節文。"②其意是説,大凡臨文之始,往往苦於辭采繁雜,也就容易取捨不當。所以提筆爲文,首先要遵循三項原則:一是確定適用的文體,二是選擇徵引的事類③,三是概括文章的要點。然後再展紙落墨而抒情言志,推敲音節而修飾文采。也就是説,"三準"屬於文章寫作的準備階段。所謂"履端於始""舉正於中""歸餘於終"云云,祇是借用《左傳·文公元年》所謂"正時"④的説法作爲論述的順序詞,猶言"首先""其次""最後",基本不具有先後步驟的意義。但在《釋〈鎔裁篇〉三準説》中,王先生則認爲劉勰的"三準""表明文學創作過程可分爲'設情'、'酌事'、'撮辭'三個步驟"⑤,並説:"從'情志'轉化爲'事類',再由'事類'發揮爲'文辭',這就是劉勰所標明的文學創作過程中的三個步驟。"⑥從這一認識出發,王先生對所謂"三個步驟"的闡發雖深入文學創作之理,却未必是劉

---

　① 王元化:《序》,第 5—6 頁。
　② 戚良德輯校:《文心雕龍》,第 197 頁。
　③ 筆者曾翻譯爲"選擇與作品内容相關的素材",現在看來是不確的。
　④ 《左傳·文公元年》:"先王之正時也,履端於始,舉正於中,歸餘於終。"(楊伯峻編著:《春秋左傳注》修訂本,北京:中華書局,1990 年,第 510 頁。)
　⑤ 王元化:《釋〈鎔裁篇〉三準説》,《文心雕龍講疏》,第 217 頁。
　⑥ 同上,第 222 頁。

勰《鎔裁》篇的本意了。如對所謂第二步的"酌事"他作了這樣的解釋：

> 緊接著上面一步，作家憑藉生活中的記憶喚起了想像活動，逐步擺脫了開頭萌生在自己心中的情志的普泛性和朦朧性，使之依次轉化爲具體的事類，然後再聽從情志的指引，把它們熔鑄成鮮明生動的意象，使"事切而情舉"。這就是劉勰所說的"酌事以取類"。所謂"酌事以取類"，意思也就是說，作家經過"權衡損益，斟酌濃淡"的過程，把原來分散開來的紛紜雜沓的事件，變成"首尾圓合，條貫統序"的意象。《事類篇》曾就這方面提出如下的原則："是以綜學在博，取事貴約，校練務精，捃理須核，衆美輻輳，表裏發揮。""故事得其要，雖小成績，譬寸轄制輪，尺樞運關也。"這些意象是個別的"事"，又是普遍的"類"。最初萌生在作家心中的情志是普泛性的（劉勰稱爲"思緒初發，辭采苦雜"），作家揚棄了它的普泛性和朦朧性，使之轉化爲具體的事類，再重新過渡到普遍性方面來（劉勰稱爲"情固不繁，辭運不濫"）。①

這裏描述的顯然屬於文學創作的一般規律，却與劉勰所說的"爲文之用心"頗爲不同。所謂"作家憑借生活中的記憶喚起了想像活動"，並"使之依次轉化爲具體的事類"，再"熔鑄成鮮明生動的意象"，這與劉勰所說的怎樣在寫作中徵引合適的典故事類，基本不是一個問題。尤其是所謂"這些意象是個別的'事'，又是普遍的'類'"，這已經完全不是劉勰所說的"事類"了。

也正是從文學創作過程的"三個步驟"的理解出發，王先生在這一章的"附釋二"以"文學創作過程問題"爲題專門介紹了別林

---

① 王元化：《釋〈鎔裁篇〉三準說》，《文心雕龍講疏》，第220頁。

斯基關於文學創作過程的"三個步驟"①,以及黑格爾闡述的"理念經過了怎樣自我發展的過程而形成爲具體的藝術作品"的"三個步驟"②。顯然,他們的"三個步驟",所論都是以人物形象的塑造爲中心的敘事文學,其與劉勰關於文章寫作準備階段的"三準"不是一個問題,也就很難相互生發了。

　　這裏便再次涉及《文心雕龍講疏》一書的體例問題。如上所述,王先生所採用的"釋義"和"附釋"的方法,首先體現出其實事求是的著作態度,但也不能不說,其中經常有着如釋《鎔裁》篇一樣的難以貫通,而不得不採取這樣的方式。王先生自己也承認,"把古今中外融會貫通起來","這自然是最完滿的論述方式,也正是我寫作本書的初衷"。③ 但爲什麽仍然堅持用"釋義"和"附釋"的方式? 除了嚴謹的求實作風,我想其中還有一個客觀上很難貫通的無奈。"附釋"中談到了不少西方文學理論,而談西方文論則必以人物形象的塑造爲中心,這對於《文心雕龍》來說,則是基本未涉及的問題。一個是中心問題,一個却基本不涉及,怎麼能融爲一體呢? 這也充分説明,他們的研究對象原本有很大不同,因而其話語方式和理論體系是有重大區別的。如《釋〈附會篇〉雜而不越説》,其"附釋二"介紹黑格爾《美的理念》對"整體與部分和部分與部分之間的必然性和偶然性關係"的論述,並概括云:"藝術創作一方面要把生活真實中各個分散現象間的内在聯繫這種必然性直接表現出來呈現於感性觀照,另方面又必須保持生活現象形態中的偶然性,使兩方面協調一致,這是藝術創作的真正困難所在。在成功的藝術作品中,生活的現象形態保持下來了,但它們彼此分裂

---

①　王元化:《釋〈鎔裁篇〉三準説》,《文心雕龍講疏》,第 225—226 頁。
②　同上,第 228 頁。
③　王元化:《〈文心雕龍創作論〉初版後記》,《文心雕龍講疏》,第 344 頁。

的片面性被克服了;偶然性的形式也保持下來了,但必然性通過偶然性爲自己開闢了道路。"①我們不能説這些深刻的揭示與劉勰的"雜而不越"説没有任何關係或啓示,但它們之間確乎並没有什麽必然的聯繫和瓜葛,因爲它們原本談的不是一個問題。這樣一來,也就祇能作爲"附釋"而不太可能與正文的"釋義"融會貫通了。

其實,《文心雕龍講疏》雖以"釋義"和"附釋"的方式成書,但却並非鬆散的論文集,而是公認的成體系的專著,這也是其具有重大影響的原因。王先生的"講疏"乃以《文心雕龍》創作論爲中心,而王先生對《文心雕龍》創作論有一個著名的觀點,那就是認爲其以藝術構思爲中心。他説:"《神思篇》是《文心雕龍》創作論的總綱,幾乎統攝了創作論以下諸篇的各重要論點。前者埋伏了、預示了後者,後者則進一步説明了、發揮了前者。"②因而王先生對《文心雕龍》創作論的八説,可以説貫徹了這一個總綱和中心。假如《神思》確爲《文心雕龍》創作論的總綱,那麽這種貫徹當然具有重要的意義,但假如事實並非如此,則強行貫徹這一總綱,或經常以此思路認識劉勰的創作論,結果很可能會有問題。如《釋〈附會篇〉雜而不越説》云:"雖然前人已經提出了附會的問題,可是藝術構思的根本任務究竟是什麽呢? 劉勰首先對這個問題作了明確的分析:'何謂附會? 謂總文理,統首尾,定與奪,合涯際,彌綸一篇,使雜而不越者也。'這裏所提出的'雜而不越'一語,就是關於如何處理藝術結構問題的概括説明。"③談"附會"而聯繫到"藝術構思的根本任務",就不免有一種強爲聯繫的感覺,且"附會"所論用藝

①　王元化:《釋〈附會篇〉雜而不越説》,《文心雕龍講疏》,第 252—253 頁。
②　王元化:《釋〈鎔裁篇〉三準説》,《文心雕龍講疏》,第 223—224 頁。
③　王元化:《釋〈附會篇〉雜而不越説》,《文心雕龍講疏》,第 236—237 頁。

術結構來概括是否合適,也是一個問題。又説:"他以爲藝術構思的任務就在於把單一和雜多兩個看來似乎矛盾的方面統一在一起,以做到'雜而不越',從單一中現出複雜,從雜多中現出和諧,從而迫使各種不一致的成分趨於一致的目標。"①這裏則以"附會"之術即論藝術構思,似乎就離題更遠了。在解釋《附會篇》所謂"畫者謹髮而易貌,射者儀毫而失牆。鋭精細巧,必疏體統。故宜詘寸以信尺,枉尺以直尋"幾句時,則云:"從内容主旨出發,根據内容主旨的要求去處理所有部分,安排所有細節,毫不愛惜地抛棄一切多餘的裝飾,無用的贅疣,哪怕它們是作者感到最得意的精心結撰也在所不惜,這就是劉勰關於藝術構思的根本觀點。"②前面的解釋並無問題,但最後却歸結爲"劉勰關於藝術構思的根本觀點",雖不能説没有一點道理,但畢竟劉勰"附會"的主旨並非論藝術構思,這一結論也就顯得有些突兀。應該説,這都是以《神思》爲創作論總綱這一思路所導致的闡釋問題。

　　《神思》一篇與創作論各篇的關係,王先生曾列表表示,從中可以看到,《物色》《養氣》《事類》《體性》《比興》《總術》《情采》各篇均與《神思》有對應關係。③ 可以發現,王先生的八説,主要出自這些篇,王先生經常提到的也正是這些篇。但實際上,其與《神思》對應的祇不過七篇,祇是通常所謂創作論十九篇的一小部分,且《物色》並不屬於創作論的十九篇(至少劉勰自己没有安排進去)④。如果説這樣的對應尚不足以説明《神思》乃創作論總綱的話,剩下的根據可能就祇有《神思》所謂"馭文之首術,謀篇

---

① 　王元化:《釋〈附會篇〉雜而不越説》,《文心雕龍講疏》,第 239 頁。
② 　同上,第 241 頁。
③ 　王元化:《釋〈鎔裁篇〉三準説》,《文心雕龍講疏》,第 224—225 頁。
④ 　從范文瀾先生開始,不少研究者都把《物色》篇納入創作論之中,筆者亦曾有這樣的觀點和論述。但現在看來,這是不符合劉勰自己的理論安排的。

之大端"的説明了。但實際上,所謂"首術",所謂"大端",都是開始、首務而已,祇表示順序的在先,並無總綱之意。當然,王先生以《神思》爲創作論的總綱,可能還不是拘泥於這些外在的根據,而是以"神思"所論乃所謂以藝術構思爲中心的形象思維,而這是所謂文學創作的根本問題。實際上,整個創作論八説,尤其是"附釋"部分,可以説正是以形象、形象的塑造爲中心綫索,來探討文學理論問題,而這又是必然的,是現代西方文藝學的題中應有之義,乃是敘事文學特別是小説創作的中心問題,但這對《文心雕龍》而言,却是並不適合的。如《釋〈養氣篇〉率志委和説》"附釋二"介紹别林斯基關於"創作的直接性"的認識,最後指出:"根據上述關於創作的直接性的最後一種情況,即岡察洛夫所説的:'在智力所擬定的主要進程或情節中間,在想像所創造的人物面前,彷彿自然而然地順便就産生了場面和情節。'從這方面來看,創作行爲究竟是自覺的還是不自覺的呢?對於這個問題,可以這樣回答:就它自然而然地涌現在作家筆下的那一刹那來説,是不自覺的。但它存在於作家的經驗中,積累在作家的記憶倉庫裏,而不是作家經驗和記憶之外的財富。作家不能寫他經驗中所没有的東西。它是作家長期生活實踐的儲蓄,有賴於作家平日的努力。"①顯然,這些認識對於西方文藝學或者現代文藝學而言,無疑是正確的;與《文心雕龍》的理論也不能全無關係或者啓發意義,但所謂"在想像所創造的人物面前",便決定了其理論與《文心雕龍》的研究對象是不同的,也就決定了其總體上是不能同日而語的。

---

① 王元化:《釋〈養氣篇〉率志委和説》,《文心雕龍講疏》,第 273—274 頁。

五、研究方法與文風問題

王先生《文心雕龍講疏》的一個重要成就是提供了一套切實可行的研究方法,從而在《文心雕龍》與中國古代文論的研究上作出了示範,甚至可以說開闢了《文心雕龍》研究的一個新時代。因此,與《文心雕龍講疏》一書中所論述的一些有關劉勰文藝思想的具體觀點相比,該書在研究方法上的啓示意義或許是更爲重要的。對此,牟世金先生是較早認識到並進行概括的,他說:"《文心雕龍創作論》的值得重視,就在於它早就用新的方法取得了豐碩的新成果。……可得而言者,是本書創造了一整套行之有效的綜合研究法:第一是宏觀研究和微觀研究相結合,第二是文史哲研究相結合,第三是古今中外的比較、聯繫相結合。能融此三種結合爲一整體,固有著者的功力在焉,但它畢竟是一個可以達到且已經達到的實體,其意義就不小了。"①

值得注意的是,牟先生在這兒的概括與王先生自己的説明略有不同。王先生在談到自己的研究方法時說:"我首先想到的是三個結合,即古今結合、中外結合、文史哲結合。尤其是最後一個結合,我覺得不僅對我國古代文論的研究,就是對於更廣闊的文藝理論研究也是很重要的。"②顯然,王先生所説的"三個結合",被牟先生概括爲兩個,另外又加了一個"宏觀研究和微觀研究相結合",仍然是三個結合,但内容更爲豐富了,也可以說更爲符合《文心雕龍講疏》一書的實際了。牟先生所重視的"宏觀研究和微觀研究相結合",確爲王先生這本"龍學"名著的突出特點。

----

① 牟世金:《"龍學"七十年概觀》,《雕龍後集》,第 28 頁。
② 王元化:《〈文心雕龍創作論〉第二版跋》,《文心雕龍講疏》,第 350 頁。

王先生雖未作這樣明確的概括,但實際上從不同的方面均有提及。如謂:"釋義對劉勰理論的闡述,力求'根柢無易其固,而裁斷必出於己'。筆者嘗試運用科學觀點對它進行剖析,把寫作過程作爲自己的學習過程。"①王先生所倡導的"根柢無易其固,而裁斷必出於己"的著述態度得到許多研究者的讚賞,而其要義正是强調"微觀研究"之於"龍學"的根本意義。王先生又説:"在闡發劉勰的創作論時,首先需要以實事求是的態度揭示它的原有意蘊,弄清它的本來面目,並從前人或同時代人的理論中去追源溯流,進行歷史的比較和考辨,探其淵源,明其脈絡。"②這裏仍然强調了"微觀研究"對闡發劉勰創作論的重要性。王先生同時又指出:

> 但是,另一方面,如果把劉勰的創作論僅僅拘圍在我國傳統文論的範圍内,而不以今天更發展了的文藝理論對它進行剖析,從中探討中外相通,帶有最根本、最普遍意義的藝術規律和藝術方法(如:自然美與藝術美關係、審美主客關係、形式與内容關係、整體與部分關係、藝術的創作過程、藝術的構思和想像、藝術的風格、形象性、典型性等),那麼不僅會削弱研究的現實意義,而且也不可能把《文心雕龍》創作論的内容實質真正揭示出來。……按照這一方法,除了把《文心雕龍》創作論去和我國傳統文論進行比較和考辨外,還需要把它去和後來更發展了的文藝理論進行比較和考辨。這種比較和考辨不可避免地也包括了外國文藝理論在内。但從事這項工作的時候,自然不能抹殺其間的歷史差别性,而祇應該是由此更深入地去究明《文心雕龍》創作論的實質,更鮮明地去顯示我

---

①　王元化:《〈文心雕龍〉創作論八説釋義小引》,《文心雕龍講疏》,第89頁。

②　同上。

國傳統文論的民族風格。①

顯然,所謂"從中探討中外相通,帶有最根本、最普遍意義的藝術規律和藝術方法",應該便是牟先生所指的"宏觀研究"了。王先生曾説:"筆者還懷有這樣一個願望:經過清理批判之後,使我國古典文藝理論遺産更有利於今天的借鑒,也更有利於使它在世界文學之林中取得它本來應該享有的地位。像《文心雕龍》這部體大慮周的巨製,在同時期中世紀的文藝理論專著中還找不到可以與之並肩的對手,可是國外除了少數漢學家外,它的真正價值迄今仍被漠視。這原因除了中外文字隔閡,恐怕也由於還没有把它的理論意藴充分揭示出來。"②這正是從微觀入手而着眼宏觀的一種考量,而所謂"把《文心雕龍》創作論去和我國傳統文論進行比較和考辨",以及"把它去和後來更發展了的文藝理論進行比較和考辨",而且"這種比較和考辨不可避免地也包括了外國文藝理論在内",這種古今中外的比較同時也正是一種"宏觀研究和微觀研究相結合"的方法。

在"三個結合"的研究方法中,王先生格外重視和強調的是"文史哲結合"的研究方法,他説:

尤其是最後一個結合,我覺得不僅對我國古代文論的研究,就是對於更廣闊的文藝理論研究也是很重要的。我國古代文史哲不分,後來分爲獨立的學科,這在當時有其積極意義,可説是一大進步,但是今天在我們這裏往往由於分工過細,使各個有關學科彼此隔絶開來,形成完全孤立的狀態,從而和國外強調各種邊緣學科的跨界研究的趨勢恰成對照。我認爲,這種在科研方法上的保守狀態是使我們的文藝理論在

---

① 王元化:《〈文心雕龍〉創作論八説釋義小引》,《文心雕龍講疏》,第89—90頁。

② 同上,第91—92頁。

各個方面都陷於停滯、難以有所突破的主要原因之一。文史
關係難以分割是容易理解的,因爲我國古代向來以文史並稱,
至於文學與哲學之間的密切關係,却往往被忽視。事實上,任
何文藝思潮都有它的哲學基礎。美學作爲哲學一個分枝,就
説明兩者關係的密切。但這樣簡單的事實,我們却認識不足。
由於從事文藝理論工作的人,不在哲學基礎上從美學角度去
分析文藝現象,以致不能觸及這些現象的根底,把道理説深説
透。我們在闡述文學史的問題時,更很少從哲學方面去揭示
它的思想根底,像車爾尼雪夫斯基論述果戈理時期俄國文學
概況那樣,揭示那一時代的理論家都和哲學有一定的血緣關
係。……關於這些問題的思考逐漸使我認識到在研究上把文
史哲結合起來的必要。[1]

在這段話中,王先生實際上强調了兩個問題,一是"文史哲結
合"的必要性,二是哲學對文藝學的根底作用。筆者倒是覺得,
"從事文藝理論工作的人",要注意"在哲學基礎上從美學角度去
分析文藝現象",這是不難理解的,也是已經得到了文藝學研究者
充分重視的問題。但在三十年前,王先生明確强調文史哲的結合,
指出"今天在我們這裏往往由於分工過細,使各個有關學科彼此隔
絶開來,形成完全孤立的狀態,從而和國外强調各種邊緣學科的跨
界研究的趨勢恰成對照",這實在不能不説是一種高瞻遠矚之見。
尤其是王先生所謂"跨界研究",在今天已成爲一個頗爲流行的詞
語,僅此便足以説明王先生以其深厚的理論功底,爲《文心雕龍》
以及中國古代文論研究提供了何等重要的方法論啓示。

至於比較研究的方法,王先生也有自己的理解。他曾經説到:

　　後來有文學評論者説我這本書屬於比較文學研究。季羨

---

[1]　王元化:《〈文心雕龍創作論〉第二版跋》,《文心雕龍講疏》,第
350—351頁。

　　林先生也是這樣評價。① 實際上我對於比較文學並沒有研究。我覺得比較文學的研究需要精通幾種文字,並要能夠讀通原著,精通原著,必須要在本國語言的基礎上進行雙向的比較研究,這種研究包括了創作理論、思維、美學和語言。比較文學不是比附文學。我的英語可以翻譯國外原著,但是畢竟不是科班出身。我在寫作這本書的時候,也沒有想到採取比較文學的方法來進行《文心雕龍》與世界同時代的文藝理論的研究。我在60年代初開始正式寫作這本書,應該説,當時自由探討的風氣還是比較活躍的,特別是一些科學方法、研究方法和規律的探討,其中大多數的方法和問題都是長期被忽視的。由此而帶來的活躍的學術空氣,不僅給我鼓舞,也使很多人的頭腦從僵滯狹窄的狀態變得開豁起來。這就打開了我的思路,我不想因循以往研究《文心雕龍》的方法,而想做些新的嘗試。當時想到的就是你剛纔提到的三個結合。古今結合、中外結合和文史哲結合。尤其是最後的文史哲結合,不僅對於古代文論,就是在現代文藝理論研究中也是很重要的。②

　　王先生雖謙言自己對於比較文學並沒有研究,但他並不反感人們把他的《文心雕龍創作論》視爲比較文學研究著作。衹是他對所謂比較研究有自己嚴格的理解,認爲"比較文學的研究需要精通幾種文字,並要能夠讀通原著,精通原著,必須要在本國語言的基礎上進行雙向的比較研究,這種研究包括了創作理論、思維、美

---

　　①　王先生曾談到:"季羡林先生也是搞比較文學的,他在一九八一年給我的另一信中也説:'我常常感到中國古代文論有一套完整的體系,衹是有一些名詞不容易懂。應該把中國文藝理論同歐洲的文藝理論比較一下,進行深入的探討,一定能把中國文藝理論的許多術語用明確的科學語言表達出來。做到這一步真是功德無量。你在這一方面着了先鞭,希望繼續探討下去。'"(《文心雕龍講疏》,第349—350頁。)

　　②　吳琦幸:《王元化談話錄》,第55頁。

學和語言",這些認識可以説正是比較文學的精髓,即使在今天仍然具有重要的指導意義。王先生尤其强調"比較文學不是比附文學",他説:"我國古代文論具有自成系統的民族特色,忽視這種特殊性,用今天現有的文藝理論去任意比附,就會造成生搬硬套的後果。"①又説:"摒棄比附的方法,用比較的方法,就是要用科學的文藝理論的觀點和概念闡述古代朦朧的尚在萌芽中的觀點。我始終反對用比附的方法。事實上,我在近來的報刊和雜誌上,包括一些人給我的論文中,看到了用比附的方式來研究古代文論,這是要不得的。"②可以看出,王先生對比較文學有自己深刻的理解,其比較方法的運用也就避免了簡單的"比附文學",從而不僅使其《文心雕龍講疏》在古今中外的比較中取得了不少重要理論成就,而且其比較的方法也成爲《文心雕龍》與中國古代文論研究的重要收穫。

王先生在自覺運用"三個結合"研究方法的同時,還格外重視與研究方法密切相關的學風問題,這是值得我們注意和重視的。首先是他强調乾嘉學風的重要性,强調"小學功夫"以及考據訓詁在古代文論研究中的重要性。他説:

> 小學功夫確實是做古典文論的基礎之一,但是更重要的是養成朴學的治學風格,也就是不要人云亦云,或者不下苦功夫,甚至丟棄這種功夫。這在乾嘉學者中是非常鮮明的治學特點。建國以來我們對乾嘉學派没有作出應有的評價,認爲他們都是鑽進故紙堆的冬烘先生,毛澤東對於這種學風進行過批評,形成了揚棄這種學風的時代風潮。現在都應該回到認真總結傳統學問的軌道上來。我認爲對乾嘉學派人物的思

① 　王元化:《〈文心雕龍〉創作論八説釋義小引》,《文心雕龍講疏》,第89頁。
② 　吳琦幸:《王元化談話録》,第57頁。

想上的評價尤爲不足。目前有些運用新的文學理論去研究古代文論的人,時常會有望文生義、生搬硬套的毛病,就是没有繼承前人在考據訓詁上的成果而發生的。①

可以説,王先生在數十年前指出的這些問題,無一不是我們學術研究中始終存在的學風問題,同時,所謂"回到認真總結傳統學問的軌道上來",在王先生之後所走過的學術道路倒也在一定程度上應驗了這樣的呼籲和導向。作爲一個有影響的思想家,王先生却特别强調實證研究的必要性,這實在是令人肅然起敬的。他説:"真正的訓詁考證都是用來解決歷史疑難問題的,同時在其治學方法和作風方面有很大的貢獻。乾嘉學派偏重於家學和傳承,這也使之形成嚴謹、樸實的治學風格。……解放後,大陸學術界以論帶史,臆説妄斷取代了認真的考證,逐漸形成一種議論愈多内容則愈是空疏的文風。史學家貴在有識,這是誰也不會反對的,但是,觀點必須建立在實證上,歷史事實是不能靠邏輯推理去演繹的。從中國當代學術研究實況中可以看出不講科學研究方法,學術研究用功利主義、爲我所用,影響了一代人的學風,這種學風將影響整個社會風氣。所以學風的問題是一個時代的問題,它會影響社會的各個方面。"②作爲著名的理論家,王先生特别强調"觀點必須建立在實證上",强調"歷史事實是不能靠邏輯推理去演繹的",這正是其《文心雕龍講疏》以深厚扎實的歷史功底而成爲"龍學"經典的重要原因之一。應該説,王先生所批評的"學術研究用功利主義、爲我所用"等不良風氣,數十年來始終不絶如縷,是值得學術界認真反思的。

其次,王先生特别指出的另一個學風問題是如何對待别人的學術觀點的問題,這看起來是一個很具體的小問題,但王先生不止

① 吴琦幸:《王元化談話録》,第 104 頁。
② 同上,第 104—105。

一次地提到過,筆者覺得是一個應該引起我們注意的重要問題。他說:

> 我曾經説,我們時或可以看到,有人提出一種新觀點或新論據,於是群起襲用,既不注明出自何人何書,以没其首創之功,甚至剽用之後反對其一二細節加以挑剔吹求,以抑人揚己。這種學風必須痛加懲創,杜絶流傳。我們應該對古往今來提出任何一種新見解的理論家,都在正文或腳註中一絲不苟地予以注明。我們必須培養這種學術道德風尚。①

王先生這兒談到了密切相關的兩個問題,一是引用別人的學術觀點不加注明,二是不僅不加注明,而且順帶吹毛求疵,以顯示自己的見解高人一等。這確乎是學術研究中一個令人可惡的作風,却又是一種經常能够見到的現象。就筆者所見,指出這種現象的人並不多,但王先生却一再痛加針砭。對此,著名史學家胡厚宣先生曾深有同感,他引用上述王先生的論斷説:"上海著名學者王元化教授在他的著作《文心雕龍講疏》中懇切談到'當前文風中的一個問題'。……王教授談的是文學界的問題,其實歷史考古古文字學界也都是一樣。"②可見,這是一個帶有普遍性的學風問題,值得我們警醒;換言之,我們必須牢記王先生的期許: 培養良好的學術道德風尚。

王元化先生研究《文心雕龍》,倡導"根柢無易其固,而裁斷必出於己",如上所述,這一態度得到許多研究者的讚賞,這兩句話可以説已成爲王先生的"龍學"名言。王先生在《清園夜讀》中曾談到過這兩句話的來歷,他説:"我覺得,十力先生在治學方面所揭櫫的原則:'根柢無易其固,而裁斷必出於己',最爲精審。我自向先

---

① 王元化:《〈文心雕龍創作論〉第二版跋》,《文心雕龍講疏》,第358頁。又見王元化:《文學沉思録》,上海:上海文藝出版社,1983年,第60頁。

② 王元化:《備考》,《文心雕龍講疏》,第384頁。

生請教以來,對此宗旨拳拳服膺,力求貫徹於自己治學中。"①對這兩句話的理解,研究者已經談得很多了。不過,現代著名文藝理論家錢谷融先生曾有一段話,雖非專門就此而言,但筆者覺得可視爲對王先生服膺這兩句話的一個獨特闡釋。錢先生說:"譬如王元化,你看他無論談什麼問題,都要窮根尋柢,究明它的來龍去脈,然後一無依傍,獨出心裁,作出自己的判斷。儘管他的態度十分謙虛,決不說自己的主張就是絕對正確的,而且也真誠地歡迎別人提出不同的意見來與他商榷,但在骨子裏,他是十分自信的,他的主張不是輕易動搖得了的。"②筆者祇有幸專程拜訪過王先生一次,實在不敢說先生"骨子裏"是什麼樣的人,但僅以研讀王先生著作之感,亦可說錢先生之論堪爲知言。我想,這其實纔是王先生以一本並不很厚的"龍學"著作而成爲二十世紀"龍學"大家的根本原因吧。

---

① 王元化:《熊十力二三事》,《清園夜讀》(增訂版),北京:中國社會科學出版社,1997 年,第 112 頁。

② 錢谷融:《談王元化》,錢鋼編:《一切誠念終將相遇——解讀王元化》,武漢:湖北教育出版社,2003 年,第 4 頁。

第五章
詹鍈的《文心雕龍》研究

　　《文心雕龍》是一部祇有三萬七千多字的書,但在研究它的專著中,却不乏大部頭的作品。在二十世紀的"龍學"史上,有兩部規模較大的著作,一是臺灣李曰剛先生的《文心雕龍斠詮》(臺灣編譯館中華叢書編審委員會,1982年),一百八十萬餘字①;二是詹鍈先生的《文心雕龍義證》(上海古籍出版社,1989年),一百三十四萬餘字②。後來這兩部著作分別成爲海峽兩岸二十世紀"龍學"的標誌性成果。相對而言,由於李曰剛先生的著作並非公開出版,流傳不廣,尤其在大陸讀到的人較少,因而影響不算很大;而詹鍈先生的《文心雕龍義證》一書則被收入影響極大的上海古籍出版社的"中國古典文學叢書"之中,一直被列入"龍學"和中國古典文論的重要參考書目,可以說已成爲具有集成性的"龍學"經典。如果說,《文心雕龍義證》是一部厚重的"龍學"巨著,那麽詹鍈先生《〈文心雕龍〉的風格學》(人民文學出版社,1982年),則祇是一本十萬字的"輕薄"小書,然而它同樣成爲一部"龍學"名著,其影響可以說絲毫不亞於《文心雕龍義證》。除此之外,詹鍈先生還著有

---

　　① 　該書分爲上、下編,共2580頁,版權頁未標字數,其體例爲:於《文心雕龍》每篇分爲"題述"和"文解"兩大部分,"文解"部分首列原文,再分爲"直解"、"斠勘"、"注釋"三項。由於各部分字體、字形大小不一,故較難準確統計字數。據筆者測算,其版面字數當超過一百八十萬字。
　　② 　以規模而論,劉業超先生的《文心雕龍通論》(人民出版社,2012年)一書一百七十六萬字,已超出詹先生之作,但這是二十一世紀的成果了。

《劉勰與〈文心雕龍〉》(中華書局,1980年)一書。

一、《文心雕龍》的風格學

詹鍈先生在"龍學"上的地位正是由薄薄的《〈文心雕龍〉的風格學》奠定的。牟世金先生曾指出,《〈文心雕龍〉的風格學》"揭示了《文心雕龍》確有系統的風格學"①,這實在是一個了不起的成就和貢獻。正如詹福瑞先生所説:"此書用現代西方美學觀點來研究《文心雕龍》,建構了完整的《文心雕龍》風格學的理論體系,開創了《文心雕龍》研究的新領域。"②

詹鍈先生選中《文心雕龍》的風格理論作爲研究的重點和突破口,可謂獨具慧眼。他説:"從《文心雕龍》全書的內容來看,不僅有好幾篇專論風格,而且對於作家作品風格的評論和分析,也貫串在全書之中。我們簡直可以説風格學是劉勰文學理論中的精華,其中有許多深邃的見解是後來很少人闡發,也很少人挖掘過的。"③又説:"我認爲《文心雕龍》一書最突出的貢獻之一是它的風格理論。從調到中文系以來,我陸續寫了這方面的論文多篇,有些於1979年、1980年先後在各雜誌上發表。我把已發表、將發表和未發表的這方面論文,編成一集,取名爲《〈文心雕龍〉的風格學》。"④可以看出,詹先生對《文心雕龍》的風格理論格外重視,這是超出《文心雕龍》研究者一般認知的。但仔細想來,不僅説"《文心雕龍》一書最突出的貢獻之一是它的風格理論"、"風格學是劉

---

① 牟世金:《"龍學"七十年概觀》,《雕龍後集》,第29頁。
② 詹福瑞:《學者簡介·詹鍈》,楊明照主編:《文心雕龍學綜覽》,第310頁。
③ 詹鍈:《〈文心雕龍〉的風格學》,第1頁。
④ 高增德、丁東編:《世紀學人自述》(第五卷),北京:北京十月文藝出版社,2000年,第226頁。

勰文學理論中的精華"没有問題,而且説劉勰"對於作家作品風格的評論和分析,也貫串在全書之中",更是符合《文心雕龍》理論實際的洞見。縱觀《文心雕龍》研究史,能夠圍繞《文心雕龍》風格理論,構建一個完整的風格學理論體系,詹鍈先生確是具有開創之功的。

如詹先生所説,《〈文心雕龍〉的風格學》一書從形式上看是一部論文集,除前面簡短的"風格釋義"外,共有八篇論文:《〈文心雕龍〉論風格與個性的關係》《齊梁美學的"風骨"論》《再論"風骨"》《〈文心雕龍〉的"定勢"論》《〈文心雕龍〉的"隱秀"論》《〈文心雕龍〉論才思與風格的關係》《〈文心雕龍〉的時代風格論》《〈文心雕龍〉的文體風格論》。對於這些篇目,詹先生在此書《後記》中寫道:"在這本書裏,有些篇的排列順序是有意義的。"①實際上,這是一部全面研究《文心雕龍》的文學風格論,尤其是有意建立《文心雕龍》風格學的專著。詹先生認爲,風格的形成首先跟作家的個性相關,所以在基本的"風格釋義"後,便研究《體性》篇關於風格與個性關係的理論。但詹先生認爲《體性》篇對作家才能之於風格形成的影響談的比較少,因此,他又從《文心雕龍》的其他篇章入手組織材料,寫成《〈文心雕龍〉論才思與風格的關係》,以補充《體性》論之不足。同樣互爲補充的還有《齊梁美學的"風骨"論》和《再論"風骨"》兩篇論文。這兩篇論文的寫作時間相隔近二十年,體現了詹先生不斷探索、不斷深化的理論追求和學術精神。在充分討論了個體與風格的關係後,詹先生將論述對象轉到風格自身,《〈文心雕龍〉的"定勢"論》提出"勢"是風格的趨勢,也就是風格的傾向性;進而又把這種風格的傾向性分成兩種,有偏於陽剛之美的"風骨",有偏於陰柔之美的"隱秀"。最後兩篇論文《〈文心雕龍〉的時代風格論》和《〈文心雕龍〉的文體風格論》"所探討的都

---

① 詹鍈:《〈文心雕龍〉的風格學》,第 162 頁。

是屬於風格的共性方面的問題"①。

可以看出,《〈文心雕龍〉的風格學》一書圍繞着"風格"這個核心,從"風格"詞義本身、風格與個性及才思與風格的關係、齊梁美學語境下的風骨論、風格的傾向性、風格的共性——時代風格和文體風格等幾個方面展開論述,建構了一個完整的風格學理論體系。正如該書的第一讀者、責任編輯劉文忠先生所説:"詹著將劉勰的風格理論,貫穿在《文心雕龍》的整部書中,而且勾勒出一個完整的風格學體系。"②

(一) 作家個性與風格

在這個體系中,詹先生首先對作家的個性、才思與風格的關係進行了研討。這種研討最引人注目之處,是他從多種學科視角,對《文心雕龍》中的風格理論做了一定程度上的跨學科分析,如從心理學的角度解讀《體性》篇的有關理論。

在詹先生看來,"體性"二字,"體"指的是風格,"性"指的是個性。作者的思想感情會極大地影響文學作品的産生,也就是"作品和人的思想情感活動是内外相符的"③。因此,詹先生從心理學視角,認爲"才""氣""學""習"這四種作家自身的心理因素,正是影響風格出現差異的原因。

對於這四種因素,他認爲"才""氣"是從魏晉的"才性論"而來,而"學""習"兩個因素的提出,則是劉勰的創見。具體到"才""氣",詹先生認爲劉勰的理論要比嵇康在《明膽論》中提出的天才論高明許多,在他看來,劉勰所謂的"才有庸俊",還涉及文章"辭

---

① 　詹鍈:《〈文心雕龍〉的風格學》,第 165 頁。
② 　劉文忠:《評〈文心雕龍〉的風格學〉——兼與詹鍈先生商榷》,《文心雕龍學刊》第 2 輯,濟南: 齊魯書社,1984 年,第 271 頁。
③ 　詹鍈:《〈文心雕龍〉的風格學》,第 4 頁。

理”的“庸俊”。也就是説,文章“辭理”的“庸俊”和作家創作才能的“庸俊”是一致的。而“學有淺深”,文章内容的淺深與作家學力的淺深也是統一的。詹先生還引用劉勰在《事類》篇中的話來説明“才”與“學”的關係:“文章由學,能在天資。才自内發,學以外成;有學飽而才餒,有才富而學貧。學貧者,迍邅於事義;才餒者,劬勞於辭情:此内外之殊分也。”①對於這段“才”與“學”關係的論述,詹先生以一位心理學博士的專業認知,極富創見性地指出,劉勰的觀點和現代個性心理學的理論是基本符合的。他説:“心理學上認爲能力是人所具有的順利完成某種或某些活動的個别心理特性,這種能力屬於人的内部條件,但是它要通過具體活動纔可以表現出來。創作才能就是有關創作的一些能力如觀察力、形象思維能力、形象記憶力的有機結合。創作才能一定要通過創作實踐纔可以表現出來。但是没有一定的文化知識,是不能從事文學創作的,因而也就不能顯示出創作才能來;而文化知識却是逐漸積累的結果。”②這樣,劉勰所謂“才自内發,學以外成”,與《神思》篇所謂“積學以儲寶,酌理以富才”③,不僅非常正確,而且得到了現代心理學的合理解釋。

　　按照這種心理學的理路,詹先生進一步分析了“才”“氣”“學”“習”四要素中的“氣”。他認爲劉勰在《體性》篇中提出的“氣有剛柔”④中的“氣”指的是現代意義上的氣質,而“風趣剛柔,寧或改

① （南朝梁）劉勰:《文心雕龍·事類》,（南朝梁）劉勰著、詹鍈義證:《文心雕龍義證》,第 1418—1419 頁。

② 詹鍈:《〈文心雕龍〉的風格學》,第 6 頁。

③ （南朝梁）劉勰:《文心雕龍·神思》,（南朝梁）劉勰著、詹鍈義證:《文心雕龍義證》,第 980 頁。

④ （南朝梁）劉勰:《文心雕龍·體性》,（南朝梁）劉勰著、詹鍈義證:《文心雕龍義證》,第 1011 頁。

其氣"①一句便可以翻譯成：作品風格趨勢之剛柔,總是決定於作者的氣質。因此,"作品風格趨勢的剛柔和作者氣質的剛柔是一致的"②。詹先生利用心理學知識對此闡釋道："氣質和才能本屬於兩個不同的範疇,而且氣質和血也没有關係,可是這些問題,劉勰的時代還不可能研究清楚,所以纔説'才力居中,肇自血氣'。氣質的剛柔,根據巴普洛夫及其弟子們的研究,是由於高級神經活動類型的强弱。但是在西方,遠在希臘時代,氣質學説就産生了,那時的醫生也是把氣質的劃分歸於血液和膽汁的。發現風格趨勢(即風格傾向)的剛柔和作者氣質的剛柔一致,這不能不説是劉勰的創見。"③顯然,詹先生以現代心理學爲背景,在古今中外的開闊視野下,對劉勰的理論予以肯定,實在是令人心悦誠服的。

在利用心理學討論了作者之"氣"與作品之"氣"的關係後,詹先生總結説："劉勰把風格和個性的關係當成'自然之恒資',就是事物的常性,自然的規律。"④同時,詹先生也指出,作家在表面行爲上外現出來的性格可能與他本來的内藏的心理面貌不一致,或者一個作家同時或不同時期擁有多種不同性格,甚或相反。這種種變化,詹先生指出："一個人的個性是發展的,一個作家的思想面貌發生了變化,他的個性必然跟著變化,他的作品的風格也必然是'屢遷'的,而風格的'屢遷'是'功以學成'的,因而'學'和'習'在風格的形成和發展中就會起決定性的作用。"⑤顯然,這樣的分析使劉勰的理論和邏輯更爲清晰而富有條理了。

詹鍈先生還特別指出,"劉勰在論述風格的形成時,不僅强調

---

① （南朝梁）劉勰：《文心雕龍・體性》,（南朝梁）劉勰著、詹鍈義證：《文心雕龍義證》,第 1012 頁。
② 詹鍈：《〈文心雕龍〉的風格學》,第 7 頁。
③ 同上。
④ 同上,第 16 頁。
⑤ 同上,第 22 頁。

'學'和'習'的作用,而且强調第一次學習的作用"①。劉勰在《體性》篇中説:"夫才有天資,學慎始習。斫梓染絲,功在初化;器成彩定,難可翻移。"②詹先生聯繫教育心理學中的大量觀察和實驗的結果,指出:"第一印象無論在知識的學習和品格的習染上都是特別重要的。在少年兒童時期第一次學到的東西,往往印象很深;第一次形成的道德習慣和生活習慣,也往往最牢固。要破壞第一印象,必須把頭腦中已經形成的暫時神經聯繫打亂,而建立另外的新的聯繫。……《體性》篇這幾句話和現代心理學的理論是接近的。作家的風格不是一開始寫作就有的,它也是在個性形成以後,寫作逐漸熟練的結果。因此用培養個性的方法,在少年兒童時期就注意寫作風格的培養,也是合乎科學的。"③我們覺得,詹先生的這種分析雖利用了現代心理學的理論,但不僅絲毫不顯牽强,而且把劉勰的理論進行了鞭辟入裏的剖析,使其富有極强的現代感和實用價值。實際上,這是極爲符合劉勰寫作《文心雕龍》的初衷和目的的。

　　可以説,詹先生利用自己深厚的心理學功底將"才""氣""學""習"之間的關係進行了心理學角度上的深入分析。通過他的分析,風格的形成與作家個性及才思之間的關係,就有了心理學上的科學依據,進而使得中國古代文論的經典論述有了現代西方科學的注解,帶有了一定程度的科學精神。詹先生近四十年前的這種創新之舉,得益於其心理學的學科背景,這種跨學科的研究所得即便在今天仍然是令人耳目一新的,因而是很值得我們參考借鑒的。

---

①　詹鍈:《〈文心雕龍〉的風格學》,第 16 頁。

②　(南朝梁) 劉勰:《文心雕龍·體性》,(南朝梁) 劉勰著、詹鍈義證:《文心雕龍義證》,第 1034 頁。

③　詹鍈:《〈文心雕龍〉的風格學》,第 22 頁。

　　實際上,詹先生除了利用心理學的知識進行分析外,他還借助西方現代美學思想,與《文心雕龍》中的文論思想進行互相觀照。如《〈文心雕龍〉論風格與個性的關係》一開始便引用布封的名言"風格就是人本身"和黑格爾的名言"風格一般指的是個別藝術家在表現方式和筆調曲折等方面完全見出他的個性的一些特點"①,繼而聯繫中國古代文論的"才性論",引出《文心雕龍》中的《體性》篇是專論風格和個性的觀點。此外,他還多次引用英國十九世紀文學批評家約翰·羅斯金的"類似的意見",以之説明西方美學思想中同樣有與《體性》篇的理論相類似之處。在詹先生建構《文心雕龍》風格學理論體系的上個世紀七八十年代,運用中西方美學理論來進行互相觀照,這種做法還比較少見,成功的範例更是不多。詹先生不僅這樣做了,而且決非生搬硬套,作爲一位有着留學經歷的學者,他是真正地在思考用西方的一些學説、理論來換個角度申發《文心雕龍》的精義。正如他自己所説:"利用現代美學和修辭學的理論,去探索《文心雕龍》,纔能發現這部著作的精華,也纔能在黄侃和范文瀾同志著作的基礎上,把《文心雕龍》的研究推進一步。"②

（二）風格的傾向性

　　在使用心理學和現代美學的跨學科視角研討了風格的形成與作家個性及才思之間的關係這一問題後,詹先生進一步把《文心雕龍》風格理論的研究放到了風格的傾向性上。在他看來,《定勢》篇論述的就是作品的風格傾向問題。

　　對於《定勢》篇的解釋,一直衆説紛紜。但不管結論如何,基

---

　　①　[德]黑格爾:《美學》第一卷,朱光潛譯,北京:人民文學出版社,1985年,第360頁。
　　②　詹鍈:《〈文心雕龍〉的風格學》,第166頁。

本都是從寫作方法上去定位"勢",理解"勢"。而詹先生却認爲這些從寫作方法角度所做的認知,都是"對這篇文章作枝枝節節的解説,而不知道《定勢》的用語和觀點都來源於《孫子兵法》"①。對於這種頗異於他人的説法,詹先生特別指出劉勰繼承、使用《孫子兵法》作爲自己文論觀點的可行性在於,《程器》篇中多次展現出了劉勰對《孫子兵法》的喜愛,如:"孫武《兵經》,辭如珠玉,豈以習武而不曉文也!"②而且他雖然是個文人,但却主張"摛文必在緯軍國,負重必在任棟樑"③。同時,《孫子兵法》十三篇中就有一篇名爲《勢篇》。因此,詹先生總結説:"《孫子兵法》中對'形'、'勢'的分析是《文心雕龍·定勢》篇的主要來源。"④應該説,這是不爲無據的。

在《〈文心雕龍〉的"定勢"論》一文中,詹先生旗幟鮮明地認爲"勢"指作品的風格傾向。他指出劉勰所謂"勢者,乘利而爲制也"⑤,其出處就在《孫子兵法·計篇》。該篇有:"計利以聽,乃爲之勢,以佐其外。勢者,因利而制權也。"⑥詹先生引用多位注家的解釋,並予以總結:"勢就是趁着有利的條件而進行機動。"⑦行軍作戰要有機動性,寫文章同樣也要有機動性,正如同《定勢》篇緊接在《通變》篇後面,詹先生認爲這便是"乘利而爲制"。

《定勢》不僅在"勢"的語義上來源於《孫子兵法》,詹先生認爲

---

① 詹鍈:《〈文心雕龍〉的風格學》,第 63 頁。

② (南朝梁)劉勰:《文心雕龍·程器》,(南朝梁)劉勰著、詹鍈義證:《文心雕龍義證》,第 1891 頁。

③ 同上,第 1895 頁。

④ 詹鍈:《〈文心雕龍〉的風格學》,第 63 頁。

⑤ (南朝梁)劉勰:《文心雕龍·定勢》,(南朝梁)劉勰著、詹鍈義證:《文心雕龍義證》,第 1113 頁。

⑥ 楊炳安:《〈孫子〉會箋》,鄭州:中州古籍出版社,1986 年,第 11 頁。

⑦ 詹鍈:《〈文心雕龍〉的風格學》,第 64 頁。

《定勢》篇中許多對“勢”的比喻也來源於《孫子兵法》。如：“機發矢直，澗曲湍迴，自然之趣也。”①弩機箭發，箭直而出，山澗曲折，水有迴旋，這是自然的趨勢。再如：“激水不漪，槁木無陰，自然之勢也。”②水流湍急，漣漪不生，枯木已亡，樹下無陰，這同樣是自然的趨勢。在《孫子兵法》中，也有類似的表述，《勢篇》有云：“激水之疾，至於漂石者，勢也；鷙鳥之疾，至於毀折者，節也。是故善戰者，其勢險，其節短。勢如彍弩，節如發機。”③《虛實》篇有云：“兵無常勢，水無常形，能因敵化而取勝者，謂之神。”④《孫子兵法》中的這些說法，與《文心雕龍·定勢》篇的兩個比喻確有相似之處，所述道理更是極爲相近。

以此爲基礎，詹先生進一步用《孫子兵法》的觀點來解析《定勢》篇中學者們常常討論的“體”與“勢”的關係問題。劉勰在《定勢》篇開頭即云：“夫情致異區，文變殊術，莫不因情立體，即體成勢也。”⑤詹先生認爲此句是要表明作家在不同的情境下所做的創作也會呈現出不同的風格，他還以劉勰在《辨騷》篇所舉爲證：屈原正是在不同篇章裏呈現出或“朗麗”或“綺靡”、或“瑰詭”或“耀艷”的風格。爲了進一步辨識“情”與“體”之間的關係，詹先生以《鎔裁》《知音》《通變》《封禪》《序志》《詮賦》《銘箴》等篇的有關論述輾轉互證，最終得出結論：“我們可以明確‘因情立體’或‘設情以位體’，就是根據情理來安排文章的體統。所謂‘立體’，就是

---

①　（南朝梁）劉勰：《文心雕龍·定勢》，（南朝梁）劉勰著、詹鍈義證：《文心雕龍義證》，第 1115 頁。

②　同上，第 1117 頁。

③　楊炳安：《〈孫子〉會箋》，第 65—66 頁。

④　同上，第 87 頁。

⑤　（南朝梁）劉勰：《文心雕龍·定勢》，（南朝梁）劉勰著、詹鍈義證：《文心雕龍義證》，第 1113 頁。

確立某一體裁作品的規格要求和風格要求。"①在此基礎上,詹先生進一步推演"體"與"勢"的關係:"所謂'即體成勢',就是'變通以趨時',就是隨機應變。在《定勢》篇裏,'勢'和'體'聯繫起來,指的是作品的風格傾向,這種趨勢本來是變化無定的。《通變》篇説:'變文之數無方','勢'就屬於《通變》篇所謂'文辭氣力'這一類的。這種趨勢是順乎自然的,但又有一定的規律性,勢雖無定而有定,所以叫作'定勢'。"②

　　可以説,利用《孫子兵法》來闡釋《文心雕龍》中這一衆説紛紜的"勢",看起來有些劍走偏鋒,實際上却可能正得其理。劉勰不僅在《文心雕龍》中表達了對"孫武《兵經》"之讚揚,而且後來還成爲一名軍官③,所謂"安有丈夫學文,而不達於政事哉"④,劉勰原本就是主張"文武之術,左右惟宜"⑤的。因此,詹鍈先生以《孫子兵法》之"勢"論劉勰《定勢》之"勢",將該篇定位爲論説風格傾向,應該説是極富創見的。而且,他並未止步於從《孫子兵法》來觀照"勢"之内涵,而是在此基礎上,進一步用現代美學原理延伸劉勰的"勢"論,指出劉勰所謂"勢"是一種無定之中的有定,同現代美學理論的"多樣化的統一"是一致的。其云:

　　　　一位作家在不同的場合進行創作,由於"情致異區",就會"文變殊術",就會表現爲不同的風格傾向。假如祇有一種單調的風格,或者祇愛一種單調的風格,那必然有很大的片面

---

① 詹鍈:《〈文心雕龍〉的風格學》,第 67 頁。
② 同上,第 68 頁。
③ 劉勰成爲一名軍人是寫成《文心雕龍》以後的事情,但他的父親劉尚却是一位中級軍官,則劉勰從小熟悉兵學甚而熟讀兵法,可能是情理之中的事情。
④ (南朝梁)劉勰:《文心雕龍·程器》,(南朝梁)劉勰著、詹鍈義證:《文心雕龍義證》,第 1888 頁。
⑤ 同上,第 1891 頁。

性,而不能成爲一個偉大的作家。但是一位作家可以有多樣
化的風格傾向,具體到一篇作品裏,却不能兩種對立的風格同
時存在。《定勢》篇説:"若雅鄭而共篇,則統一之勢離。"所以
無定之中還是有定的。"多樣化的統一"這一美學原理的提
出,不僅在中國,甚至在全世界的古典文藝理論中來説,都是
空前的。這不能不説是劉勰的極大創獲。①

　　這一運用現代美學原理,對千百年前劉勰的"勢"論所做的全
新的注解,應該説也是並不牽强且合情合理的。同時,詹先生還從
風格論的角度指出作文章都要順應自然之勢,以呈現出百花齊放
式的"五色之錦",但這種多樣化中又有有定之"本采",因此"圍繞
着'本采'來進行的聲調和辭采的配合,都要順着自然之勢,而且
以主導風格爲中心,纔不致於使'總一之勢離'。例如史、論、序、
注可以有多樣化的風格傾向,然而它的主導傾向總是論據充實,要
言不煩。在這一前提下,並不妨礙'百花齊放'。這就是定勢。"②
我們覺得,這一對"定勢"的解説亦可謂要言不煩而切實可行,對
《文心雕龍》中這一頗爲難解的問題來説,實屬難能可貴了。

　　關於詹鍈先生對《定勢》篇的理解,有不少學者都認爲其最大
的學術意義在於指出了《定勢》篇與《孫子兵法》的聯繫。如涂光
社先生曾評論説:"詹鍈先生最近撰文,充分估價了《孫子》對《文
心雕龍》定勢論的影響,可謂持之有故。"③但也有學者認爲,詹先
生的觀點有些絶對。他們主要是從與文學更相近的其他門類的藝
術理論中去考察,如書法中的"勢"論。實際上,漢代的書論中
"勢"已然成爲一個多見的術語出現在各類畫論中,如崔瑗的《草

　　①　詹鍈:《〈文心雕龍〉的風格學》,第70—71頁。
　　②　同上,第72頁。
　　③　涂光社:《〈文心雕龍〉"定勢論"淺説》,《文學評論叢刊》第13輯,
北京:中國社會科學出版社,1982年,第38頁。

書勢》,蔡邕的《篆勢》《隸勢》,鍾繇的《隸書勢》,鮑照的《飛白書勢銘》等,其中出現了如"絕筆收勢""勢以凌雲""驚勢箭飛"等流傳後世的名句。畫論中也常見"勢"字,如根據唐代張彥遠在《歷代名畫記》中的記載,顧愷之評《壯士》《三馬》等畫時都用到了"勢"字,南朝宋代的宗炳在《畫山水序》中也有"論自然之勢"的説法等。劉勰作爲一位博覽群籍、貫通衆説的大家,無論是從《孫子兵法》汲取理論養分,還是從書畫理論找到學理思路,這都是有可能的。一般而言,書畫理論與文學理論更爲相近,劉勰自己在《定勢》篇中也曾用繪畫來談"勢":"是以繪事圖色,文辭盡情;色糅而犬馬殊形,情交而雅俗異勢。"①以此而言,如涂光社先生所説當慮及"《文心雕龍》成書前兵法和文學藝術論'勢'的影響"②,從而作全面的理解,似乎是更爲合理的。但如上所説,劉勰固然不排斥文章與藝術的相通相融,但也自有其格外看重兵法的理由,於《定勢》一篇而言,筆者以爲强調《孫子兵法》爲劉勰"勢"論的源頭,較之按照常理看重其他藝術理論的影響,前者更富卓識,更得劉勰之"用心"。

　　當然,《文心雕龍》的"定勢"論是一個頗爲複雜的問題,即使找到其理論源頭,也並非可以解決一切問題。牟世金先生便指出,如果把"勢"同文體風格合二爲一,就容易出現問題:"一、《定勢》中所講'典雅'、'清麗'之類體勢,固然貌似風格,但和《體性》所講'典雅'、'遠奧'等相較,就有了明顯的矛盾。……二、《定勢》中所講體勢有'明斷'、'核要'等,這就很難説是什麼藝術風格了。三、如以'賦、頌、歌、詩,則羽儀乎清麗'的'清麗'爲風格,可是,

---

　　① (南朝梁)劉勰:《文心雕龍·定勢》,(南朝梁)劉勰著、詹鍈義證:《文心雕龍義證》,第1119頁。

　　② 涂光社:《〈文心雕龍〉"定勢論"淺説》,《文學評論叢刊》第13輯,第46頁。

具體的作者既可能把這些文體寫得'典雅'或'壯麗',也可能寫得
'繁縟'或'輕靡'。"①這確乎都是不能不正視的問題。也許正因
如此,詹鍈先生多數情況下都用"風格傾向"一詞來概括這個"勢"
字,説明他也意識到了"勢"與文體風格難以完全合二爲一,但所
謂"風格傾向"實在又是一個頗爲模糊的説法,所以他有時又乾脆
用"文章風格"來論説,這也從另一個方面説明,《文心雕龍》的"定
勢"論是一個遠未完成的話題,需要進一步的思考和探索。

(三) 兩種風格傾向

在上述深入探索的基礎上,詹先生提出了兩種具有代表性的
風格傾向:陽剛和陰柔。對於這兩種風格傾向,他認爲用劉勰自
己的話來説就是"風骨"與"隱秀"。顯然,這又是一個融匯中西的
視角和論斷。

對於"風骨",詹先生曾用兩篇文章來專門論説,一篇是《齊梁
美學的"風骨"論》,一篇是《再論"風骨"》,這兩篇文章可謂《〈文
心雕龍〉的風格學》一書的重頭戲。歷來談"風骨"的學者很多,各
家皆有自己的觀點,可謂莫衷一是。同詹先生一樣認爲"風骨"屬
於風格的,還有劉師培、羅根澤、馬茂元、吳調公等先生,但與詹先
生不同的是,他們都不如詹先生這般對"風骨"屬於風格之説進行
了系統的論述,並納入自己的《文心雕龍》風格學體系,又在"陽
剛"與"風骨"之間劃了一個等號。

學科視角多元化是詹鍈先生的研究特色,對於"風骨"的考察
也是從其他學科理論入手的。他將齊梁美學中的"風骨"論帶入
《文心雕龍》的"風骨"論中,認爲"無論是評人物的風骨論,評書畫
的風骨論,評詩文的風骨論,都屬於美學範疇,都表現了各個方面

---

① 牟世金:《劉勰論"圖風、勢"——〈文心雕龍譯注〉引論之一》,《文
學遺産》1981 年第 2 期。

的風格特點,而這些風格特點表現在人物品評、書畫品評、詩文品評中都有很大的類似性,'風骨'並不是劉勰在《文心雕龍》裏特創的名詞。如果割斷了與人物品評和書畫品評的聯繫來研究《文心雕龍》,必然受到很大的局限;如果割斷了《文心雕龍》各篇中'風''骨'的用法,孤立地來研究《風骨》篇,對這篇文章的理解更會有很大的局限"①。應該説,詹先生這些原則都是視野開闊且高屋建瓴的。

　　"風骨"之釋,自黃侃在《文心雕龍札記》中提出"風即文意,骨即文辭"②的觀點後,諸家爭鳴雖夥,但大多圍繞着"文意""文辭""事義"等方面來各自表述。但詹鍈先生在《文心雕龍》的"風骨"論和齊梁美學中的"風骨"之間搭建了一個橋梁,果斷地拋棄了從文章義法來論説"風骨"的理路,再次大膽地採用了另一種學科視角去審視劉勰之"風骨"論。他説:"劉勰雖然沒有西方美學的風格的概念,但是他分析的問題,却象西方美學中所講的風格,而且他對於齊梁以前代表作家作品的評論,也總是從風格方面來下筆的。"③詹先生特意比較了《風骨》篇和西方古典文論的經典之作《論崇高》,通過兩文開篇都強調感化的作用,在莊嚴、恢宏、遒勁、清明、剛健、真實等方面都存在相似之處,詹先生認爲《論崇高》的作者朗迦納斯的許多觀點和劉勰都是比較接近的。在跨學科研究的基礎上,詹先生從方法論的角度指出:

　　　　我們説《風骨》篇論述的是風格問題,是因爲其中的内容和西方美學中的風格學屬於同一範疇。我們今天研究《文心雕龍》應當利用西方特別是現代的文藝理論,加以比照,去發掘其中的寶藏。這正如醫學界的中西醫結合,要用現代西醫

① 　詹鍈:《〈文心雕龍〉的風格學》,第 52—53 頁。
② 　黃侃:《文心雕龍札記》,第 99 頁。
③ 　詹鍈:《〈文心雕龍〉的風格學》,第 53 頁。

的科學方法來分析中醫古籍,不應當還拘守陰陽五行那一套。同樣,我們如拘拘於文意、文辭之辨,對《文心雕龍》的理解也祇能達到劉師培、黃侃的高度,而不能發現其中的精華。文藝風格是内容和形式的統一,分析風格是既離不開思想感情,也離不開藝術技巧的。説風骨是文意,是文辭,是事義,祇能解釋《文心雕龍》風骨論的局部問題,是不可能理解它的精神實質的。①

詹先生正是運用這種別開生面的"中西醫結合"方法,從而得出劉勰之"風骨"指"陽剛之美"這一風格的獨創結論。在進一步的論述中,詹先生引用了劉禹昌的話:"它具有清新、剛健、明朗、壯麗等美的特點,大致相當於後世批評家所説的'陽剛之美'的藝術風格。"②爲了進一步説明此問題,他還引述了中國古代不少名人的詩論,如陳子昂、殷璠、王應麟、姚鼐等人的説法,以及前文所述朗迦納斯的《論崇高》乃至康德的論説,最終得出結論:"風骨就是鮮明、生動、凝煉、雄健有力的風格。從這個角度來闡述《風骨》篇的理論,無不迎刃而解。比枝枝節節抓住片言隻字,説'風'是什麽,'骨'是什麽,要全面得多了。"③正如劉文忠先生所指出:"主張'風骨論'即風格論的不乏其人,但對此進行系統而完整的論述,又把'風骨'確定爲大致相當於'陽剛之美'的藝術風格,在近當代學者中,詹先生是第一人。"④

對於另一種主導風格,詹先生認爲是"陰柔之美",即劉勰所説的"隱秀"。對於"隱秀"的闡釋,詹先生從劉師培的一篇文章談

---

①　詹鍈:《〈文心雕龍〉的風格學》,第57頁。
②　同上。
③　同上,第61頁。
④　劉文忠:《評〈文心雕龍〉的風格學》——兼與詹鍈先生商榷》,《文心雕龍學刊》第2輯,第272頁。

起："劉師培在《論文章有生死之別》的講題中説：'有警策而文采傑出，即《隱秀》篇之所謂"秀"。'①他又説：'剛者以風格勁氣爲上，柔以隱秀爲勝。凡偏於剛而無勁氣風格，偏於柔而不能隱秀者皆死也。'②劉師培在這裏所説的'勁氣風格'，就是'風骨'。'風骨'和'隱秀'是對立的兩種風格，一偏於剛，一偏於柔。"③詹先生還進一步指出，"隱秀"並不是一種單一的風格類型，它具有"隱"與"秀"兩種相反但相成的特點。這兩者的相輔相成主要體現在，"隱"主要指篇而言，"秀"主要指句而言。因此，"隱秀"這種風格，簡言之就是"隱篇"加"秀句"。

爲了能够説明這一結論，詹先生引用了不少《文心雕龍》中的原文來進行輾轉互證。特別是他引了不少《隱秀》篇的補文，並予以闡釋，如謂："看起來篇章的隱蓄和運用比興、善於進行諷喻有關係，因爲祗有這樣纔能做到'調遠旨深'、'境玄思澹'的地步。"④再如《隱秀》篇補文有"或有晦塞爲深，雖奧非隱"⑤之句，詹先生據此而謂："可知'隱秀'之'隱'和《體性》篇所説的'遠奧'並不相同。……《練字》篇説：'及魏代綴藻，則字有常檢。追觀漢作，翻成阻奧。故陳思稱揚馬之作，趣幽旨深，讀者非師傳不能析其辭，非博學不能綜其理，豈直才懸，抑亦字隱。'這種'字隱'，是由用古奧的字所造成的，所以這種深奧是晦澀的，這並不是真正的深隱的風格。"⑥因此，在詹先生看來，"隱"必須要掌握一定的尺度，要做

①　原文注："見羅常培先生記録《漢魏六朝專家文研究》，第 30 頁。"
②　原文注："同上，第 31 頁。"
③　詹鍈：《〈文心雕龍〉的風格學》，第 95 頁。
④　同上，第 96—97 頁。
⑤　（南朝梁）劉勰：《文心雕龍・隱秀》，（南朝梁）劉勰著、詹鍈義證：《文心雕龍義證》，第 1505 頁。
⑥　詹鍈：《〈文心雕龍〉的風格學》，第 98 頁。

到"內明而外潤,使玩之者無窮,味之者不厭"(《隱秀》篇補文)①
的地步,即"詩裏不明白說出的意思,別人看了自然明白,是'隱';
別人看不懂,要費很大的勁去猜還猜不透,是晦澀。所以'隱'要
有適當的限度。超過這個限度,就會流於晦澀,使人不能領略其中
的奧妙;然而含蓄得不夠,又會流於淺露,使人讀了覺得缺乏
餘味。"②

詹先生不僅很直白地解釋了"隱",還很敏銳地指出這種深隱
的餘味不是隨便一個讀者都能體會到的。爲了能夠使讀者順利感
知作者的深隱之意,就需要"秀句",以使文章形象鮮明,産生"狀
溢目前"③的效果,從而吸引讀者。詹先生特地舉出《文心雕龍》中
的佳句來展現"秀句"的風采,並說明這些秀句的形象鮮明正與詩
歌中的深隱情意兩相契合。在進行了充分的分析後,詹先生總結
道:"具有含蓄風格的作品,並非全篇到處都是隱曲的,而總是要有
形象鮮明的'秀句'來'露鋒文外'。從'隱篇'和'秀句'的關係來
看,'秀句'可以說是'隱篇'的眼睛和窗户,通過'秀句'打開'隱
篇'的內容。所以'秀句'在'隱篇'中的地位和作用是非常重
要的。"④

可以看出,詹先生對"隱秀"的論述同樣是頗具特點的,這不
僅表現在他把"隱秀"與"風骨"對舉而論,認爲"一偏於剛,一偏於
柔";也不僅表現爲他把'隱'和'秀'密切聯繫起來,認爲"'秀句'
可以說是'隱篇'的眼睛和窗户",更重要的是他以自己對《隱秀》

① (南朝梁)劉勰:《文心雕龍·隱秀》,(南朝梁)劉勰著、詹鍈義證:
《文心雕龍義證》,第 1492 頁
② 詹鍈:《〈文心雕龍〉的風格學》,第 98 頁。
③ (南朝梁)劉勰:《文心雕龍·隱秀》逸文,(宋)張戒:《歲寒堂詩
話》:"劉勰云:'情在詞外曰隱,狀溢目前曰秀。'"(丁福保輯:《歷代詩話續
編》,北京:中華書局,1983 年,第 456 頁。)
④ 詹鍈:《〈文心雕龍〉的風格學》,第 100 頁。

篇補文真僞問題的認識爲基礎,從“補文”全爲劉勰之作出發,甚至連《隱秀》的逸文也利用起來,可以説對《隱秀》篇進行了一次完整的詮釋,這是極爲少見的。顯然,這種做法本身並非無可挑剔,至少在多數研究者還不認同《隱秀》補文爲劉勰之作的情況下,這樣做是容易引起非議的。但從詹先生具體的闡釋效果看,筆者覺得並無過於牽強之感,這實在是很神奇的事情。詹先生非凡的“龍學”造詣,於此亦可見一斑了。

　　總體來説,詹先生獨樹一幟地將《文心雕龍》中的兩個歷來爲諸家所關注的重要範疇“風骨”和“隱秀”納入他所建構的《文心雕龍》的風格學體系之中,並用“陽剛之美”和“陰柔之美”來界定這兩種風格的內涵,這不僅是一種創見,而且通過上述的引述和評介可以看出,研究者們也能認同詹先生的某些分析。但隨着詹説的流傳,逐漸有學者指出其存在不當之處。特別是詹先生在《齊梁美學的“風骨”論》中説:“其實在《文心雕龍》裏,‘風骨’和風格還是有區別的。”①又謂:“説‘風骨’就是風格的人,有的對‘風’‘骨’二者不加區別,把它當成一個概念。實則二者既有區別,又有聯繫。”②顯然,詹先生的這些説法與其論文主旨是有自相矛盾之處的。在劉勰的《風骨》篇中,“風”和“骨”確是經常分而談之的,以此而言,説“二者既有區別,又有聯繫”自然是有道理的;可是,詹先生是把“風骨”牢牢綁定在一起的,這又當如何解釋呢?

　　對於“風骨”和“風格”的區別,牟世金先生曾指出:

　　　　“風骨”並不等於“風格”,如以“風骨”爲風格的一種,則無異於改“數窮八體”爲“數窮九體”,顯然不能成立;如以“風骨”爲一種“綜合”性的、總的風格,這個“風格”就失去了風格

---

① 　詹鍈:《〈文心雕龍〉的風格學》,第29頁。
② 　同上,第30頁。

的意義,不成其爲風格了。①

實際上,可能很多《文心雕龍》研究者都有牟先生這樣的想法,不太同意將"風骨"列爲一種風格或風格傾向,認爲這麼做是不太符合劉勰原意的。就對"風骨"及《風骨》篇的解釋而言,筆者與詹先生的認識也不完全相同②,但卻讚賞他跳出黃侃釋"風骨"的模式而另闢蹊徑的做法,更讚賞他把"風骨"作爲一個合成概念來使用的主張。而且,筆者以爲,把"風骨"解釋爲風格或風格傾向固然有一定的問題,但這和把《風骨》篇納入"《文心雕龍》風格學"進行研究並非一回事。就詹先生對兩種風格傾向的主張而言,或許其未必完全符合《文心雕龍》的本義,但其於"風格學"本身的建立是必須的,也是基本成功的,這可以說是中國古代文論現代化的一種有益嘗試,其具有的現實意義是值得肯定的。

(四) 風格的共性

在詹鍈先生所建構的《文心雕龍》風格學理論體系中,最後一部分是關於風格的共性問題的探討。其《〈文心雕龍〉的時代風格論》開篇即道:"在現代文藝理論中,談到風格問題時,一方面探討風格的個性,即作家的個人風格;一方面也探討風格的共性,例如民族風格、階級風格、文體風格、時代風格等等。"③

詹先生主要論述了時代風格和文體風格這兩個方面。首先,對於時代風格,他認爲在一個時代之中,同時期的作家創作的作品會呈現出比較相近甚至相同的風格,這就是時代風格。雖然劉勰

---

① 牟世金:《劉勰論"圖風、勢"——〈文心雕龍譯注〉引論之一》,《文學遺産》1981 年第 2 期。

② 參見戚良德:《〈文心雕龍〉的"風骨"論》,《〈文心雕龍〉與當代文藝學》,第 134 頁。

③ 詹鍈:《〈文心雕龍〉的風格學》,第 29—30 頁。

並沒有在《文心雕龍》中用某一個詞來具體定義時代風格,但不可否認的是在《時序》《通變》《明詩》等篇裏,的確有部分論述是涉及時代風格問題的。詹先生明確指出,《時序》篇談的就是文學和時代的關係問題:"劉勰在《時序》篇裏把每一朝代的文學特點與當代的政治和社會生活聯繫起來,並對於歷代文學的史的發展作了系統的闡述。這篇文章一開始就提出'時運交移,質文代變'的觀點,這是説:由於時代風氣的不同,有的朝代文章尚'質',就是比較樸素;有的朝代文章尚'文',就是講究藻彩。"①同時,詹先生通過梳理劉勰有關時代風格的論述,指出他是從政治、社會風氣、最高統治者的態度、學術氛圍等方面來説明時代風格的形成的,並認爲"《文心雕龍》的時代風格論,在中國古典文藝理論中要算是首創的,這時風格理論屬於萌芽階段,劉勰還沒有明確的時代風格概念,可是他從幾種時代社會因素來説明時代風格的形成,具有很大的創造性,值得我們重視"②。應該説,這一認識是令人信服的。

　　當然,詹先生一方面對劉勰的時代風格論做出了正確而中肯的評價,另一方面又指出了劉勰的所謂局限性:"而由於他的文藝理論是爲封建統治階級服務的,所以在時代風格形成的問題上,特別強調自上而下的'風化'的作用,在文學風格的學習繼承方面,他強調'徵聖''宗經',墮入了文學風格退化論,歪曲了文學歷史的發展規律。"③這些認識不能説完全沒有道理,但還留有"左"的思想痕跡也是明顯的。《〈文心雕龍〉的時代風格論》一文首發於《文學遺産》1980 年第 3 期,其寫作時代或許更早一些,對經歷過"文革"的老一輩學者而言,其中還有這樣的説法和認識是完全可以理解的,是不能苛求的。我們這裏之所以引用這一段話,固然是

---

① 詹鍈:《〈文心雕龍〉的風格學》,第 116 頁。
② 同上,第 129—130 頁。
③ 同上,第 130 頁。

爲了展示詹先生關於《文心雕龍》時代風格理論的完整認識,但更想說明的是,如劉勰所指出,"文變染乎世情,興廢繫乎時序"①,所謂時代風格,不僅體現在文學創作上,同樣也體現在學術研究上,體現在所有的"文章"上。以此而言,詹先生對劉勰時代風格理論的概括和闡述,不僅對於"《文心雕龍》風格學"的建立是非常重要的,而且具有重要的現實意義,是值得我們格外重視的。

其次,對於文體風格,詹先生有專門的《〈文心雕龍〉的文體風格論》一文予以論述。這篇論文最初連載於《古代文學理論研究》第二輯和第三輯,後被收入《〈文心雕龍〉的風格學》與《語言文學與心理學論集》兩書中②。從近百年"龍學"史來看,詹先生是全面而系統研究《文心雕龍》文體風格問題的第一人。他對此問題的研究,主要集中在《文心雕龍》文體論每一篇的"敷理以舉統"③部分,即每一種文體的標準風格上。

詹先生研討文體風格有一個綱領,即《文心雕龍·定勢》篇所云:

> 是以括囊雜體,功在銓別,宮商朱紫,隨勢各配。章表奏議,則準的乎典雅;賦頌歌詩,則羽儀乎清麗;符檄書移,則楷式於明斷;史論序注,則師範於核要;箴銘碑誄,則體制於弘深;連珠七辭,則從事於巧豔:此循體而成勢,隨變而立功者也。④

他認爲在這段話裏,劉勰將文體論中所涉及的各種體裁,歸納成六

① (南朝梁)劉勰:《文心雕龍·時序》,(南朝梁)劉勰著、詹鍈義證:《文心雕龍義證》,第 1713 頁。

② 收入《〈文心雕龍〉的風格學》的《〈文心雕龍〉的文體風格論》一文略有刪減,收入《語言文學與心理學論集》中的該文沒有刪減。

③ (南朝梁)劉勰:《文心雕龍·序志》,(南朝梁)劉勰著、詹鍈義證:《文心雕龍義證》,第 1924 頁。

④ (南朝梁)劉勰:《文心雕龍·定勢》,同上,第 1124—1125 頁。

大類,並對每一個類別提出共同的風格要求,都用兩個字加以概括,如"典雅""清麗"等。詹先生對這六大類分別做了進一步的闡述。

在對文體風格進行細分的過程中,詹先生非常注意從文體發展史的角度去追索每一種文體的源頭。粗略估計,《〈文心雕龍〉的文體風格論》一文徵引的論著多達四十餘種。如論賦體風格特點,詹先生便詳細梳理了揚雄、陸機、摯虞和《西京雜記》對賦體的論述,指出劉勰是在充分吸收前人觀點的基礎上所作的結論。詹先生還特別指出,劉勰除了吸收、繼承前人的有關文體的觀點之外,還借鑒了摯虞論文體的方法論,即從內容與形式相統一的角度去探討文體風格。筆者也曾於二十世紀八十年代末寫過一篇文章,文中列舉大量實例,指出劉勰在"論文敘筆"時往往從文、質兩方面入手,對各類文體均提出文質彬彬、情采統一的寫作要求①,但却沒有注意到劉勰對摯虞文體論的方法借鑒,也沒有專門從文體風格的角度去進行闡述。

詹先生不僅注重劉勰對前人的繼承,同時也關注《文心雕龍》之文體論對後世所產生的巨大影響。他列舉了日本僧人空海(遍照金剛)的《文鏡秘府論》中多段原文與《文心雕龍》的原文相比較,說明其受《文心雕龍》的影響甚巨。除此之外,詹先生還特別列舉了唐以後的諸多文論家,如宋代陳騤的《文則》、王應麟的《玉海》,元代陳繹曾的《文說》,明代吳訥的《文章辨體》、徐師曾的《文體明辨》、賀復徵的《文章辨體匯選》,清代孫梅的《四六叢話》、姚鼐的《古文辭類纂序》,以及近人姚永樸的《文學研究法》等,他們都對《文心雕龍》的文體論有所徵引。

作爲一位具有良好自然科學和社會科學雙重學術訓練的學

---

① 參見戚良德:《"論文敘筆"初探》,《文心雕龍學刊》第 6 輯,濟南:齊魯書社,1992 年,第 192—199 頁。

者,詹鍈先生在對文體風格的論述上,展現出了非常清晰的邏輯思路,他的研究力圖搞清劉勰的文體風格論繼承了什麼,發展了什麼,它又是如何影響於後代文體論的。正是通過對《文心雕龍》文體風格論的這種前勾後連和多方比照,詹先生發現《文心雕龍》的風格理論的確是體大思精。他認爲劉勰不僅總結了前人的理論成果,而且其後的文體分類學也難有出其右者。詹先生説:"在中國古典文學的文體風格論中,捨此以外,就没有更完整的理論體系,别的一些零星的解説,祇不過是祖述《文心雕龍》的理論而已。"①若非對中國古代文體論做過全面的考察,如此確當之論是難以做出的。也正是基於這種準確的把握,詹先生對《文心雕龍》的文體風格論在現代文論中的意義,便有着清醒的認識。他説:"文體風格論對於分析古典作品的風格及其思想性和藝術性都是有幫助的。其中關於'論'體的風格要求,對於今天的論説文寫作是有指導意義的。關於賦體的風格要求,對今天抒情、描寫文的寫作,具有一定的借鑒意義。關於誄碑的風格要求,對於傳記文的寫作也有一定的借鑒意義。"②這些認識不僅在數十年前是難得的,即使在今天也仍然是值得重視的。可以説,詹先生對《文心雕龍》文體論的研究遠遠地走在了時代前列。

實際上,中國古代有豐富的文體論,古人在論述各種文體的時候,自然也涉及文體風格問題,從而提供了不少這方面的資料。但自近代以來,我們從西方輸入的文學理論或文藝學體系,却極少對文體論進行深入而細緻的研究,尤其是對中國古代大量的所謂非文學文體,我們在相當長一個時期内,幾乎是視而不見的,即便有所涉及,也大多祇把它們當成歷史上曾經存在過的文體標本而已。但早在上個世紀八十年代,詹先生即以《〈文心雕龍〉的文體風格

---

① 詹鍈:《〈文心雕龍〉的風格學》,第 156 頁。
② 同上,第 160 頁。

論》的宏文,對《文心雕龍》中所論述的各種文體予以認真考究,這不能不説是十分難能可貴的;更重要的是,詹先生没有流於對各種文體的一般解説,而是從風格論這一特定角度,比較深入地闡釋了各種文體的風格特徵,從而成爲其"《文心雕龍》風格學"的一個重要組成部分。其中所表現出的超前的學術眼光,是不能不令我們蕭然起敬而心嚮往之的。

綜上所述,以《文心雕龍》的《體性》《風骨》《定勢》等篇爲理論中心,以中西融匯的學術理念爲紐帶,建構起一個完整的《文心雕龍》風格學理論體系,這是詹鍈先生之於"龍學"的一大貢獻,也是中國文論研究的一大成果。雖然此説一出,便不斷有學者著文與之商榷,有些反駁的意見的確也各有其理,但這既是學術爭鳴的題中應有之義,自然也無礙詹先生此一學説的價值和意義。實際上,既要建構一個前所未有的體系,便會産生一些不可避免的問題,比如求全而帶來的生硬之嫌①。但無論如何,以實實在在的學問做獨樹一幟的事情,詹先生的學術精神是值得稱許的。正如劉文忠先生所説:

> 我們可以看出,《風格學》的八篇論文,共同圍繞著一個核心,而且構成了一個完整的風格學的理論體系。這個體系的建立,是詹著的一大貢獻,它在《文心雕龍》風格學的研究上,大大地推進了一步。在《文心雕龍》風格學的研究領域,這是自抒機軸的理論體系,而且是獨樹一幟的。他在這一研究領域内,發表了許多創造性的見解,從他開始,將《文心雕

---

① 如劉文忠先生説:"筆者認爲,詹先生所建立的《文心雕龍》的風格學體系,似有將風格擴大化的傾向,《風格學》中的八篇文章,幾乎有半數以上不屬於風格論。……詹先生將某些在某一意義上説含有風格因素的東西混同爲風格論,没有很好地把握藝術風格的本質。"(劉文忠:《評〈《文心雕龍》的風格學〉——兼與詹鍈先生商榷》,《文心雕龍學刊》第2輯,第282頁。)

龍》風格學的研究領域擴大了,這是第一部研究《文心雕龍》風格學的專著,從這個意義上來說,《風格學》的出版,具有某種劃時代的意義。①

三十五年後的今天,我們再讀詹先生的《〈文心雕龍〉的風格學》一書,不僅仍然同意劉先生的這些看法,而且深感這本薄薄的小書不僅沒有隨着歲月的流逝而被遺忘,而且歷久彌新,其中很多觀點在今天反倒令人耳目一新,這既充分證明老一輩"龍學"家功力之深湛,也説明新時代的"龍學"必須站在前人的肩膀上,纔能走得更遠。

二、《文心雕龍》的會注

如果説《〈文心雕龍〉的風格學》可以算是詹鍈先生最具特點的"龍學"專著,那麽《文心雕龍義證》則是其最有分量的"龍學"著作。這種"分量"不僅體現在其一百三十餘萬字的篇幅,還體現在這部書是其四十年研讀《文心雕龍》的心血結晶。這部皇皇巨著廣徵博引,嚴謹細密,做到了"把《文心雕龍》的每字每句,以及各篇中引用的出處和典故,都詳細研究,以探索其中句義的來源"②。正如詹福瑞先生所説:"這部書,既反映了詹先生幾十年研究《文心雕龍》的創獲,又可以看出自古及今歷代研究《文心雕龍》的成果,是范文瀾《文心雕龍注》之後,又一部全面而謹嚴的證義爲主,兼有彙注、集解性質的本子。"③甚至有學者説,該書"堪稱是當代

---

①　劉文忠:《評〈《文心雕龍》的風格學〉——兼與詹鍈先生商榷》,《文心雕龍學刊》第 2 輯,第 276 頁。

②　詹鍈:《文心雕龍義證・序例》,(南朝梁)劉勰著、詹鍈義證:《文心雕龍義證》,第 3 頁。

③　詹福瑞:《詹鍈先生的治學道路與學術風格》,《陰山學刊》1992 年第 3 期。

《文心雕龍》研究的壓卷之作"①,在一定程度上,這也是並不爲過的。

《文心雕龍義證》給人最突出的印象是它的集成性,這首先表現在它的版本搜羅和彙校之功上。翻開《文心雕龍義證》,開篇的《序例》之後緊接着就是《〈文心雕龍〉版本敍錄》。詹先生説:"《文心雕龍》是我國文學理論批評史上最有影響的一部著作,可是由於古本失傳,需要我們對現存的各種版本進行細緻的校勘和研究,糾正其中的許多錯簡,纔能使我們對《文心雕龍》中講的問題,得到比較正確的理解。"②正是這種强烈的版本意識,促使詹先生多年來跑遍北京、上海、天津、南京、濟南等地,搜羅《文心雕龍》的各種版本,從而爲《文心雕龍義證》打下了堅實的基礎。

在詹先生之前,於版本校勘方面用力頗深、成果顯著的學者主要是王利器和楊明照兩位先生,其代表作分别是《文心雕龍校證》(上海古籍出版社,1980年)和《文心雕龍校注拾遺》(上海古籍出版社,1982年)。詹先生於"楊王二家所校各本""大都進行覆核,寫成《文心雕龍版本敍錄》"③,顯然具有集成、補正之功。詹先生所錄從最早的刻本即元至正本到近代發現的敦煌殘卷中的唐寫本,共32種。他對這32種《文心雕龍》的不同版本都做了較爲詳細的介紹。他還特别强調"眼見爲實",所錄入的版本除了乾隆四年(1739)刊李安民批點本《文心雕龍》和顧千里、黄丕烈合校本《文心雕龍》未見外,其他版本皆爲自己親眼所見。詹先生着重介紹的版本主要有:元至正本,明徐燉校汪一元私淑軒刻本,明曹學

<hr>

① 張連科:《20世紀〈文心雕龍〉研究》,《遼寧大學學報》2001年第4期。

② 詹鍈:《〈文心雕龍〉版本敍錄》,(南朝梁) 劉勰著、詹鍈義證:《文心雕龍義證》,第9頁。

③ 詹鍈:《序例》,(南朝梁) 劉勰著、詹鍈義證:《文心雕龍義證》,第4頁。

佺批梅慶生第六次校訂本,明謝恒抄、馮舒校本。在王利器和楊明照先生的著述中,這幾個版本或信息不够詳細,或付之闕如。

我們以元至正本爲例,看一下詹先生的著録情況。楊明照先生在其《文心雕龍校注》中曾把元至正本列入未見版本,王利器先生在其《文心雕龍校證》中對此本的介紹也甚爲簡單。詹鍈先生以自己在上海圖書館親見元刻本爲據,記録了該版本的卷數、册數以及館藏信息,並詳細著録其行款、版式特點和殘缺情況。同時,詹先生通過兩枚印章,"安樂堂藏書記"和"明善堂覽書畫印記",推斷出此本曾被清代怡親王收藏;又通過卷首錢惟善的序判定此本是乙未年嘉興知府劉貞所刻。詹先生還從版本源流上,考證出此本乃許多明刻本的祖本。這與王元化先生的推斷不謀而合:"弘治甲子吳門本、嘉靖庚子新安本、嘉靖癸卯新安本、萬曆己卯張之象本、萬曆壬午《兩京遺編》本等,與元至正本出入甚少,由此可推出它們之間大抵屬於同一版本系統。"①詹先生還特別指出,元至正本雖爲"稀世之珍","但是它有兩處大的脱漏,其他錯簡的地方也很多。我們不能因爲它是今存最早的刻本,就忽略了其中的許多錯簡。這是我們必須細心校勘的"②。正是根據自己的這些詳細考察,詹先生斷定,儘管"《文心雕龍》現存最早的板刻是元至正刊本",但却"不宜作爲底本"。③

也正是有此强大的版本學基礎,《文心雕龍義證》一書基本網羅了衆家的校勘成果。比對各家所校異同,指出其中校勘錯誤,提出修訂意見和説明,詹先生盡展自己的彙校之功。如《文心雕龍·

---

　①　王元化:《前言》,(南朝梁) 劉勰:《文心雕龍》(據上海圖書館藏元刻本影印),上海:上海古籍出版社,1984年,第3—4頁。

　②　詹鍈:《〈文心雕龍〉版本敘録》,(南朝梁) 劉勰著、詹鍈義證:《文心雕龍義證》,第11頁。

　③　詹鍈:《序例》,(南朝梁) 劉勰著、詹鍈義證:《文心雕龍義證》,第4頁。

宗經》篇有"義既挺乎性情"一句,其中"挺"字,各種版本不一,歷
來注家亦爭論不斷,詹先生引用了多家校勘成果予以對比説明:

　　《校證》:"'挺'原作'極'。唐寫本及銅活字本《御覽》作
'挺',宋本《御覽》、明鈔本《御覽》作'埏'。按'挺''埏'俱
'挺'形近之誤,《老子》十一章:'挺埴以爲器。''挺'與'匠'
義正相比,今改。"橋川時雄:"極字不通。挺、極形似之誤。
挺字始然反。《老子》:'埏埴以爲器。'《釋文》引《聲類》云:
'柔也。'河上公注云:'和也。'"斯波六郎同意趙萬里《校記》
之説,謂應作"埏",是"作陶器的模型"。又説:"此字又可作
動詞用,如《老子》第十一章'埏埴以爲器',《荀子·性惡》篇
'故陶人埏埴而爲器',《齊策》三'埏子以爲人'等。"潘重規
《唐寫文心雕龍殘本合校》:"'埏'蓋'挺'之僞。《説文》:
'挺,長也。'《字林》同。《聲類》云:'柔也。'(據《釋文》引)
《老子》:'挺埴以爲器。'字或誤作'埏'。朱駿聲曰:'柔,今
字作揉,猶煣也。凡柔和之物,引之使長,搏之使短,可析可
合,可方可圓,謂之挺。陶人爲坯,其一端也。'"①

一字之校,詹先生引用了王利器、橋川時雄、斯波六郎、趙萬里、潘
重規等五家校語,最後按曰:"'挺'通'埏',此處猶言陶冶。"②於
此,不管我們是否同意詹先生的結論,對這個字的來龍去脈總是瞭
然於心了。

　　詹先生不僅充分羅列並運用前人的校勘成果,而且進一步補
證前人。如《才略》篇有"傅玄篇章,義多規鏡;長虞筆奏,世執剛
中;並楨幹之實才"等句,其中"楨幹"二字頗有異文。詹先生先引
述《文心雕龍校證》:"'楨',馮本、汪本、兩京本、王惟儉本、《詩
紀》、《六朝詩乘》作'杶'。"再引《文心雕龍校注》:"'楨',黄校云:

---

① 　(南朝梁)劉勰著、詹鍈義證:《文心雕龍義證》,第 61 頁。
② 　同上,第 62 頁。

'汪作枙。'按元本、弘治本、活字本、張本、兩京本、胡本、訓故本、四庫本亦並作'枙';《詩紀別集》引同。皆非也。《程器》篇贊:'貞幹誰則?''貞'爲'楨'之借字,可證。"然後舉出兩條新的佐證:"《書·費誓》:'峙乃楨榦。''榦'亦作'幹'。'楨幹',支柱,骨幹。亦作貞幹。《論衡·語增》:'夫三公鼎足之臣,王者之貞幹也。'"①顯然,詹先生補充的兩條證據極有説服力,不僅佐證了楊先生所謂"並作'枙'……皆非也"的結論,而且進一步證明無論作"楨幹"還是"貞幹",皆有所據,則連"借字"之説亦可不必了。

補證之不足,詹先生還會對先賢的校勘意見予以商兑或指正,例如《神思》篇有"物以貌求,心以理應"之句,對於這個"應"字,其校曰:

> "應"字,元刻本、弘治本、佘本、王惟儉本、兩京遺編本均作"勝",那樣和末句"垂帷制勝"的"勝"字重複。張之象本、梅本並作"應",今從之。這兩句説:所求於事物的是它的外部形象,而内心通過理性思維形成感應。《校注》、《校證》均謂"應"字當作"勝",解説迂曲,今所不取。②

可以説,詹先生的選擇是較爲合理的,多數《文心雕龍》研究者也早已認可了《神思》篇的這兩句名言。不過這裏有個小問題,《文心雕龍義證》的讀者多未細察,我們既然説到了,當爲詹先生一辯。查楊明照先生《文心雕龍校注拾遺》,其明確表示各本"並作'勝',與下'垂帷制勝'句複,非是",而認爲:"文津本剜改爲'賸',是也。爾雅釋言:'賸,送也。''心以理賸',與上句'物以貌求',文正相應。'賸'與'勝'形近,易誤。章句篇'追賸前句之旨',元本等亦誤'賸'爲'勝',與此同。附會篇:'若首唱榮華,而賸句憔悴。'是

---

①　(南朝梁)劉勰著、詹鍈義證:《文心雕龍義證》,第1818頁。
②　同上,第1008頁。

舍人屢用‘勝’字也。"①王利器先生《文心雕龍校證》亦云："案‘勝’疑‘勝’誤,《章句》篇:‘追勝前句之旨。’‘勝’即原誤作‘勝’。《附會》篇:‘勝句憔悴。’"②

顯然,楊、王兩位先生均以"勝"爲"勝"字之誤,則詹先生所謂"《校注》、《校證》均謂‘應’字當作‘勝’,解說迂曲"云云,似乎是誤解了兩位先生,但以詹先生之嚴謹,這樣低級的錯誤自不應有,則其必事出有因。細思之下,筆者覺得上述詹先生所言,原本應是"《校注》、《校證》均謂‘應’字當作‘勝’",這纔是楊、王二書的實際,詹先生不會不察;祇是《文心雕龍義證》一書乃繁體字版,排版過程中把詹先生原稿的"勝"字誤爲繁體的"勝"字,後未能校出而已。詹先生所謂"解說迂曲,今所不取"者,所指正是楊、王兩位先生論證"應"當爲"勝"之語。若果真如此,這可真是一個小小的歷史玩笑,楊、王兩位先生均力證《文心雕龍》各版本誤"勝"爲"勝",但詹先生不以爲然,而其《文心雕龍義證》却正提供了一個活生生的例子! 自然,詹先生於此可能一直未有察覺③,更不意味着這就足以證明楊、王兩位先生所謂"應"當爲"勝"之説。但這不經意的一字之錯,可能傷及三位"龍學"大家,這也從一個方面説明,版本的校勘實在是《文心雕龍》乃至古代文化研究的根本和基礎,所謂差之毫釐謬以千里者,斯其謂乎?

《文心雕龍義證》一書的主體部分無疑是對《文心雕龍》文本的會注和集解。詹先生明確指出:

> 本書帶有會注性質。《文心雕龍》最早的宋辛處信注已

---

① 楊明照:《文心雕龍校注拾遺》,第 234 頁。
② 王利器校箋:《文心雕龍校證》,第 190 頁。
③ 作爲"龍學"經典著作,《文心雕龍義證》一書多有重印,筆者所見 1989 年初版本和 1994 年初版二印本的《神思》校語,均誤"勝"爲"勝",希望出版社再印時改正這一關鍵性的小錯誤。

經失傳。王應麟《玉海》、《困學紀聞》中所引《文心雕龍》原文附有注解。雖然這些注解非常簡略,本書也予以引錄,以徵見宋人舊注的面貌。黃叔琳《文心雕龍輯注》,大多採錄明梅慶生《文心雕龍音注》(簡稱"梅注")、王惟儉《文心雕龍訓故》(簡稱"訓故")。明人注本目前比較難得,王惟儉《訓故》尤爲罕見。茲爲保存舊注,凡是梅本和《訓故》徵引無誤的注解,大都照錄明人舊注,祇有黃本新加的注纔稱"黃注"。①

可見,詹先生的"會注",首先是彙集宋明以來至清代黃叔琳的《文心雕龍》舊注成果,這些成果從數量上看並不算多,但却代表了數百年《文心雕龍》研究的成就,詹先生以此爲基礎,顯然是非常正確的。他又說:"全書以論證原著本義爲主,也具有集解的性質,意在兼采衆家之長,而不是突出個人的一得之見,使讀者手此一編,可以看出歷代對《文心雕龍》研究的成果,也可以看出近代和當代對《文心雕龍》的研究有哪些創獲。"②如此明確的思路和目標,使得詹先生的《文心雕龍義證》成爲大陸第一個《文心雕龍》的會注集成本,至今亦無出其右者。

既爲"會注",當然是要彙聚各家的成果,但却並非簡單地羅列在一起,而是仍然面臨一個選擇的問題,而選擇不僅要具備犀利獨到的眼光,更要有盡可能廣泛的範圍,這就要求研究者必須聞見廣博,因此,真正做好古籍的會注集成實在不是一件簡單的事情,而對"體大思精"的《文心雕龍》而言,其難度更是可想而知了。如《比興》開篇有云:"《詩》文弘奧,包韞六義,毛公述《傳》,獨標興體,豈不以風通而賦同,比顯而興隱哉!"③其中"風通而賦同"一

---

① 　詹鍈:《文心雕龍義證·序例》,第 5 頁。
② 　同上,第 7 頁。
③ 　(南朝梁) 劉勰:《文心雕龍·比興》,(南朝梁) 劉勰著、詹鍈義證:《文心雕龍義證》,第 1333 頁。

語,向爲理解的難點,其"會注"就顯得格外必要了。正因如此,詹鍈先生不惜筆墨,對這五個字進行徹底索解,我們全文引録如下:

《校證》:"梅六次本、張松孫本'通'改'異'。"紀云:"'異'字是。"《札記》:"風通,'通'字是也。《詩》疏曰:'賦者,鋪陳今之善惡,其言通正變,兼美刺也。'"范注:"《詩大序》正義曰:'風之所吹,無物不扇,化之所被,無往不霑,故取名焉。'《五行大義》引翼奉説:'風通六情。'"《校注》:"按'通',謂通於美刺;'同',謂同爲鋪陳。天啓梅本改'通'爲'異',非是。"

《斠詮》:"隋蕭吉撰《五行大義》引漢翼奉《齊詩説》:'風通六情。'此即彦和'風通'之所本。《詩大序》孔疏:'風之所吹,無物不扇,化之所被,無往不霑,故取名焉。'亦可爲'風通'一詞之注腳。孔疏又曰'賦者,鋪陳今之政教善惡,其言通正變,兼美刺也。'蓋即所謂'賦同'之意義所在。"因風通六情,容易識別,故曰"風通"。

郭紹虞《六義説考辨·最後的總結》其十四:"自來注家,對於比顯興隱之説論説頗多,但對風通賦同之説則都沒有提。案'風通賦同'很難理解,各家均云'通一作異',假使説'風異賦同',那麼風指各國之風,當然可説是'異',賦則介於體用之間,當然可説是'同'。假使照'通'字來講,祇能説'風'通於賦、比、興三體,但對'賦同'之説又多少有些牽強了。但是我們對於劉勰把風賦比興連起來講,却認爲是一個值得注意的問題。"其十九説:"如果專從文學的觀點來看,那麼風可以説是一切詩歌的總名,而賦與頌,則是詩體的散文化,比興二者可以看作是詩體,也可以看作是詩法。……在劉勰的論點裏,約略可以看出以上這個意思。或者再從另一個角度來看,那麼風是抒寫主觀情緒的詩,賦是描繪客觀現實的詩,所以風賦可以連稱。這在劉勰論點中,也可説是比較明顯的。"

　　郭紹虞《文論札記三則》第一則《六義説與六詩説》云："劉勰《文心雕龍》於賦頌則分篇立論,對比興則合篇剖析,而在《比興》篇中又特標'風通賦同,比顯興隱'之語,完全合於六詩次序,這是他的通達卓識之處。"(以上均見《照隅室古典文學論集》下編)

　　郭注(按指郭晉稀《文心雕龍注譯》):"'風通',風爲詩之體裁,其創作方法包括賦比興三者,故毛公作傳,無需標出。"

　　牟世金《范注補正》:"《毛詩序》正義:'六義次第如此者,以《詩》之"四始"以風爲先,故曰風。風之所用,以賦、比、興爲之辭,故於風之下即次賦、比、興,然後次以雅、頌。雅、頌亦以賦、比、興爲之,既見賦、比、興於風之下,明雅、頌亦同之。'據此可知,'風通'指風(包括雅、頌)通用賦、比、興之法;而賦又'通正變,兼美刺',具有一般詩的共同性。"①

　　劉勰的五個字,詹先生用了一千餘字來注解,規模不可謂不大,但從其引録可見,涉及"龍學"八家成果而已,真要做到囊括無遺,篇幅肯定還要成倍擴大,但那顯然是不可取的。這裏便見出了詹先生的"會注"之功。他特地分段標注,正顯其用心所在。第一段是王利器、黄侃、范文瀾和楊明照四家之説,"龍學"大家的校注成果我們看到了;第二段是李曰剛之説,代表了臺灣"龍學"的基本觀點;第三段和第四段都是郭紹虞先生的見解,却不是有關《文心雕龍》的注釋,而是來自郭先生的兩篇文章,這便充分顯示出了詹先生獨特的眼光和取材;第五段和第六段是郭晉稀和牟世金先生的見解,代表了二十世紀八十年代大陸最有影響的"龍學"觀點。如此,我們不能不説,詹先生的"會注"决非不加選擇的簡單羅列,而是頗爲用心的集其大成。

---

①　(南朝梁)劉勰著、詹鍈義證:《文心雕龍義證》,第1335—1336頁。

三、《文心雕龍》的集解

其實,上述這種"會注"固然見出功力,選擇固然需要眼光和視野,但還不能完全代表"集解"之功。在筆者看來,上述"會注"還祇是匯合別人的見解,儘管這種匯合有着充分的取捨,體現了選擇者一定的學養,但其中所"會",畢竟都與所"注"的内容密切相關,因而範圍畢竟還是有限的。而真正的"集解",固然首先要集中別人的見解,但更要在此基礎上,提出集解者自己的意見,至少也要顯示某種傾向性,則集中哪些見解,其選擇性就主觀得多了,其範圍也就大得多了,從而對集解者的學術水平也就要求更高了。如《原道》開篇有云:"文之爲德也大矣,與天地並生者,何哉?"①其中"文之爲德也大矣"一句,歷來爲解釋重點和難點,各家説法不一,但詹先生却没有採用"會注"的方式,没有引用任何一家對這句話的注釋,而是引用了《論語》《中庸》《四書集注》《周易正義》等語來進行釋義,其云:

> 《論語·雍也》:"中庸之爲德也,其至矣乎。"《中庸》:"鬼神之爲德,其盛矣乎。"朱注:"爲德,猶言性情功效。"此處句法略同,而德字取義有别。《易·乾·文言》正義引莊氏曰:"文謂文飾,以乾坤德大,故特文飾以爲《文言》。"德即宋儒"體用"之謂,"文之爲德",即文之體與用,用今日的話説,就是文之功能、意義。重在"文"而不重在"德"。由於"文"之體與用大可以配天地,所以連接下文"與天地並生"。②

顯然,這些引文都不是對《原道》開篇這句話的直接注釋,是否引證,引證哪些,完全取決於注釋者的判斷和選擇,而這,又都成

---

①　(南朝梁)劉勰著、詹鍈義證:《文心雕龍義證》,第 2 頁。
②　同上。

爲其對劉勰原文進行闡釋的基礎和根據。這裏便更充分地體現出
詹先生的學養和功力了。之所以要引用《論語》和《中庸》的話,是
因爲劉勰的句式與它們相同,但詹先生隨後指出"而德字取義有
別",至於何處"有別",則再引《周易正義》之語,然後作出判斷;這
一判斷雖以之爲據,但重在解釋劉勰,因而有着很大的跳躍和跨
度,不僅解釋了什麼是"文之爲德",而且還對下文"與天地並生"
的邏輯予以點出。如此"集解",既體現了"無徵不信"的原則①,又
充分表現了詹先生對《文心雕龍》的理解,因而使得《文心雕龍義
證》一書不衹是簡單的"會注"之作,而是成爲"以論證原著本義爲
主"的理論著述。

　　在廣泛徵引各種元典和經典解釋《文心雕龍》的同時,詹先生
還充分利用劉勰自己的説法證明劉勰,所謂"參照本書各篇,輾轉
互證"②,也就是利用可靠的"内證",對《文心雕龍》進行闡釋。如
《章表》篇"贊曰"有"肅恭節文"一語,詹先生就利用《文心雕龍》
中的多篇來進行互證:

　　　　《樂府》篇:"辭繁難節。"《誄碑》篇:"讀誄定謐,其節文
　　大矣。"《書記》:"若夫尊貴差序,則肅以節文。"《鎔裁》篇:
　　"然後舒華布實,獻替節文。"《附會》篇:"夫能懸識湊理,然後
　　節文自會。"《斠詮》:"節文,謂禮節文飾也。《禮記·坊記》:
　　'禮者因人之情,而爲之節文,以爲民坊者也。'《管子·心術
　　上》:'禮者因人之情,像義之理,而爲節文者也。'"③

這樣的互證,有些可能一望而知,有些則出於研究者自己的判斷,
完全取決於對《文心雕龍》一書的整體把握和融會貫通程度。在

---

①　詹鍈:《序例》,(南朝梁)劉勰著、詹鍈義證:《文心雕龍義證》,
第7頁。

②　同上,第3頁。

③　(南朝梁)劉勰著、詹鍈義證:《文心雕龍義證》,第850頁。

電腦以及信息技術普及的今天,我們或許覺得這不算難事,但在詹鍈先生作《文心雕龍義證》的時候,能夠如此信手拈來而沒有遺漏,却是並不容易的事情。當然,這段注釋還不僅僅是"互證",而是在集中了劉勰的相關説法之後,又引用了李曰剛先生的注釋,予以進一步的説明。這裏值得注意的有兩點:一是詹先生除了引録,没有多餘的話,那表示他同意李先生的概括,即"節文,謂禮節文飾也",可見《文心雕龍義證》雖皇皇巨著,長逾一百三十萬言,但詹先生仍是惜墨如金的。二是李先生的注釋主要是引經據典,詹先生予以全部引録,這既是以經典證劉勰,又不埋没李先生發掘之功。這樣的集解方式,詹先生在該書中多有運用,其良苦用心,我們不得不察;其良好學風,值得我們學習。其《序例》有云:"當代著述,筆者認爲可資發明《文心》含義者,多徑録原文,注明出處。各家所引古書資料,本書注明轉引。有時筆者原稿已有引文,而他人已先我發表,也説明已見某書,以免'干没'之嫌。"①這正是"雖杼軸於予懷,怵佗人之我先。苟傷廉而愆義,亦雖愛而必捐"②,其謙謙儒風,令人景仰。

作爲一部會注和集解之作,取材廣博是自不待言的。根據詹鍈先生所列"主要引用書目",《文心雕龍義證》一書參考的經傳子史和漢晉以來的文論約七十種,具體到每一篇的校注集解,自然還有大量没有列入這個書目的書籍或篇目。至於爲研究者們所習見的資料,該書更是詳加搜羅,片善不遺。由"主要引用書目"可知,詹先生共參考了中外現當代"龍學"著述九十多部,相關著述二十

---

①　詹鍈:《文心雕龍義證·序例》,(南朝梁)劉勰著、詹鍈義證:《文心雕龍義證》,第 6 頁。

②　(晉)陸機:《文賦》,張少康集釋:《文賦集釋》,北京:人民文學出版社,2002 年,第 145 頁。

多部,甚至還有一些研究生的學位論文①。尤可稱道者,詹先生不僅大量參考了近代的各種資料,而且有些資料極爲難得,像聽課筆記,詹先生亦注意搜羅,甚至還對某些信息缺失的筆記進行考訂而加以利用。如《文心雕龍義證》之"引用書名簡稱"的最後一條是"朱遏先等筆記",詹先生説:"朱遏先、沈兼士等聽講《文心雕龍》筆記原稿,衹有前十八篇。朱、沈皆章太炎弟子,疑爲章太炎所講。"②詹先生多處引用了這個"疑似"的課堂筆記。此懸案後經周興陸先生採用紙張鑒別的手段,證實了詹先生猜測的正確性③。作爲首位大膽提出此朱、沈二人《文心雕龍》課堂筆記乃章太炎在日本"國學講演會"之演講記録的學者,詹先生對"龍學"史和章氏文學理論的研究都有不可磨滅的功績。

此外,對於上世紀八十年代的《文心雕龍》研究來説,大陸之外的"龍學"成果並不如今日這般容易檢索和得到。《文心雕龍義證》的集大成還表現在它不僅彙集了常見的大陸學者的成果,而且搜羅了不少臺灣、香港和海外學者的成果。在大陸與港臺及海外交流還並不十分便利的時代,詹先生於 1983 年赴美講學期間,有心輾轉搜集到不少當時"大陸不經見"④的"龍學"成果,並毫無保留地引入他的《文心雕龍義證》之中。因此,在詹先生的這部巨著

---

①　如陳端端:《劉勰、鍾嶸論詩歧見析論》,臺灣輔仁大學碩士論文;韓玉彝:《文心雕龍與儒道思想的關係》,臺灣輔仁大學碩士論文;李宗懂:《文心雕龍批評論》,臺灣師範大學碩士論文;陳兆秀《文心雕龍術語研究》,臺灣私立中國文化學院碩士論文。

②　詹鍈:《引用書名簡稱》,(南朝梁)劉勰著、詹鍈義證:《文心雕龍義證》,第 38 頁。

③　周興陸:《章太炎講演〈文心雕龍〉》,《中華讀書報》2003 年 1 月 22 日。

④　詹鍈:《序例》,(南朝梁)劉勰著、詹鍈義證:《文心雕龍義證》,第 6 頁。

中,臺灣地區潘重規、李曰剛、張立齋、王金凌、黃春貴等人的觀點,香港地區饒宗頤、石壘等人的主張,以及日本的户田浩曉、興膳宏、目加田誠、斯波六郎等人的見解,我們都可見到,甚至在"主要引用書目"中還列舉有"匈牙利英文書目",這在當時實在是難能可貴的,不僅展現了詹先生本人廣闊的學術視野,使得《文心雕龍義證》一書具有了重要的學術前沿性,而且無形之中也加强了大陸"龍學"界與臺灣、香港乃至海外"龍學"界的聯繫,從而對《文心雕龍》研究産生良好的促進作用。

　　《文心雕龍義證》給人的突出印象是其集成性,但却决非一部資料性的工具書,而是具有重要的個人見解和理論色彩的專著。儘管詹先生説這部書"具有集解的性質,意在兼采衆家之長,而不是突出個人的一得之見",但它又是"以論證原著本義爲主"①的一部著作,因而與一般的會注集解之作是頗爲不同的。對此,詹福瑞先生曾經明確指出過。他説:"這部書雖有集解性質,然其主旨則是論證原著的本義。故書中對《文心雕龍》的每字每句,以及各篇中引用的出處和典故,都詳細研究,悉心探索其中句義的來源,以求得對本義的正確理解。"②筆者以爲,福瑞先生的這一説法是深得詹鍈先生之"用心"的。

　　從著述形式上説,《文心雕龍義證》當然是一部以校勘與注釋爲基礎的著作,但《文心雕龍》是一部"體大思精"的理論之作,詹先生既以"義證"爲目的,則最終能否得"證"其"義",僅僅靠網羅衆家之見,顯然是難以完成的。實際上,我們上面已經看到,從"會注"到"集解",詹先生在一步步完成"義證"的目標,這是明確而堅

---

① 詹鍈:《序例》,(南朝梁)劉勰著、詹鍈義證:《文心雕龍義證》,第7頁。

② 詹福瑞:《學者簡介·詹鍈》,楊明照主編:《文心雕龍學綜覽》,第310頁。

定的。《文心雕龍·論説》有云：“注釋爲詞，解散論體，雜文雖異，總會是同。”①劉勰認爲，注釋類的文字，可以看成是分散之論；其雖摻雜於文中而與論文有别，但匯總起來仍是完整之論。可以説，《文心雕龍義證》一書正是很好地實踐了劉勰的主張。這當然得益於詹先生自身良好的理論素養及其對《文心雕龍》的精心研究。其以《劉勰與〈文心雕龍〉》、《〈文心雕龍〉的風格學》等理論專著做基礎，《文心雕龍義證》對劉勰文論思想的闡釋，雖然字數不多且分散爲論，却往往具有點睛的性質，與前兩部著作可謂異曲同工。

　　如前所述，詹先生建構了《文心雕龍》的風格學理論體系，他甚至將整部《文心雕龍》都看做是風格學的論著，《文心雕龍義證》一書也明顯貫穿了這一觀點。在《序例》中，詹先生就指出：“筆者希望能比較實事求是地按照《文心雕龍》原書的本來面目，發現其中有哪些理論是古今中外很少觸及的東西；例如劉勰的風格學，就是具有民族特點的文藝理論，對於促進文學創作的百花齊放，克服創作中的公式化、概念化會起一定的作用。這樣來研究《文心雕龍》，可以幫助建立民族化的中國古代文藝理論體系，以指導今日的寫作和文學創作，並作爲當代文學評論的借鑒。”②正因如此，在很多篇目中，詹先生都會把自己的風格學思想融入其中進行解説。如從作家個性與風格而言，他指出《體性》篇講的是“作品風格與作家個性之關係”③，《才略》篇“是專門評論作家的才思”④；從風

①　（南朝梁）劉勰：《文心雕龍·論説》，（南朝梁）劉勰著、詹鍈義證：《文心雕龍義證》，第 701 頁。

②　詹鍈：《序例》，（南朝梁）劉勰著、詹鍈義證：《文心雕龍義證》，第 7—8 頁。

③　（南朝梁）劉勰著、詹鍈義證：《文心雕龍義證》，第 1014 頁。

④　同上，第 1764 頁。

格及其傾向來看,他指出《風骨》篇是"泛指風格"①,《定勢》篇講的是"風格的模仿和習染問題"②;從時代風格來説,他指出《通變》篇論的是歷代的"文章風格"③、"辭采風格"④及其承前啓後的關係,《時序》篇論的是"時代風格的不同"⑤;至於文體風格方面,從《明詩》篇到《書記》篇,詹先生都一一指出了各種文體的風格。

其實,貫徹風格學思想祇是《文心雕龍義證》一書所體現出的理論色彩之一端,除此之外,無論《文心雕龍》的創作論、批評論、修辭學以及文學史論等,詹先生都在引經據典的同時,不忘對其進行理論的闡發或評點,自然也常有遠見卓識。如《神思》篇"故思理爲妙,神與物遊"二句,詹先生一句注曰:"這句照唐宋散文的寫法是'思理之爲妙也',意指'形象構思的妙處是'。"另一句注曰:"即物我交融,也就是人的精神和外物互相滲透。"⑥這種着眼文論的釋義是明顯可見的,而且還順便指出以駢體論文的《文心雕龍》與唐代散文之句法的不同,其點睛之妙,可謂無愧"雕龍"之稱。又如該篇"窺意象而運斤"句,詹先生注曰:"'意象',謂意想中之形象。……在西方心理學中,意象指所知覺的事物在腦中所印的影子;例如看見一匹馬,腦中就有一個馬的形象,這就是馬的意象。其所以譯爲'意象',是因爲和王弼的解釋類似。……這句是説:有獨到見地的作者,能夠根據心意中的形象來抒寫。"⑦這裏的注釋不僅同樣從文論的角度入手,既着重闡釋"意象"一詞,又不忘整句話的意蘊,而且詹先生充分發揮熟悉心理學之長,把古今中外

①　(南朝梁)劉勰著、詹鍈義證:《文心雕龍義證》,第 1044 頁。
②　同上,第 1113 頁。
③　同上,第 1092 頁。
④　同上,第 1080 頁。
⑤　同上,第 1653 頁。
⑥　同上,第 977 頁。
⑦　同上,第 983—984 頁。

熔爲一爐,把自然與人文予以貫通,亦可謂“深得文理”了。再如《聲律》篇之題解,詹先生在引述多家觀點後予以評論説:

> 劉勰在原則上是支持沈約的四聲論的,所以《文心雕龍》中有《聲律》篇,專門討論這個問題。從《聲律》篇來看,劉勰並不完全贊成沈約所設的“八病”的人爲限制。過去有人誹謗劉勰説他巴結權貴,爲了迎合沈約的心理,纔故意寫了《聲律》篇,來投其所好,因而《文心雕龍》一書得到沈約的讚賞,這顯然是不符合事實的。

> 劉勰並不完全贊成沈約的聲病説。因爲沈約的四聲八病説,主要講的是人爲的音律,而《聲律》篇中所闡發的則偏重於自然的音律。①

詹先生不僅明察劉勰在聲律問題上與沈約觀點之異同,而且用了“誹謗”一詞來替劉勰鳴不平,以還其理論和人格的清白。《文心雕龍義證》一書之明確的理論傾向和鮮明的個性色彩,於此亦可見一斑了。

當然,作爲一部“會注”和“集解”之作,詹鍈先生既然明確宣稱“無徵不信”②,則其理論闡釋亦自然不會架空立説,而是充分引證各種資料,從大量相關的論説中提煉自己的觀點,陳説自己的看法。我們以《風骨》篇的“題解”爲例,來看一下詹先生是如何把大量的資料與自己的陳説相結合的。僅晉代至中唐時期有關“風骨”的資料,詹先生便列舉了《世説·賞譽》篇、《世説·容止》篇、《晉書·赫連勃勃載記》、《宋書·武帝紀》、《南史·宋武帝紀》、《南史·蔡樽傳》、《北史·梁彥光傳》、《新唐書·趙彥昭傳》、高適《答侯少府》、謝赫《古畫品録》、唐張彥遠《歷代名畫記》、《後畫

---

① （南朝梁）劉勰著、詹鍈義證:《文心雕龍義證》,第 1209 頁。

② 詹鍈:《序例》,（南朝梁）劉勰著、詹鍈義證:《文心雕龍義證》,第 7 頁。

録》、齊王僧虔《能書録》、《法書要録》、梁武帝《書評》、梁袁昂《書評》、唐李嗣真《書品後》、唐張懷瓘《書議》及《書斷》、唐竇泉《述書賦》、《魏書·祖瑩傳》、楊炯《王勃集序》、盧照鄰《南陽公集序》、陳子昂《與東方左史虬修竹篇序》、盧藏用《陳氏別傳》、《大唐新語》、殷璠《河嶽英靈集序》以及《河嶽英靈集》之劉脊虛小序、陶翰小序、高適小序、岑參小序、崔顥小序、薛據小序、王昌齡小序，乃至日本近藤元粹輯評本《王孟詩集》詩話部分等。而對於明代以後和當代學者的成果，詹先生先後引用了梅慶生引楊慎之注解、曹學佺之批語、馬茂元《論風骨》、寇效信《論風骨》、劉禹昌《文心雕龍選譯·風骨》、劉大傑主編《中國文學批評史》關於“風骨”的論述以及錢鍾書《管錐編》、宗白華《中國美學史中重要問題的初步探索》等論著中的有關論述。可以看出，關於“風骨”的資料，尤其是劉勰時代前後的資料，近乎一網打盡了；在二十世紀八十年代，能做到如此琳琅滿目而洋洋大觀，僅翻檢之勞亦是可想而知的。

　　面對如此豐富的資料，詹先生又是如何評說的呢？在引證謝赫《古畫品録》之“六法”後，詹先生説：“氣韻生動是其他各種要素的複合。創作能達到氣韻生動的首要條件是筆致。骨法用筆就是筆致，就是所謂骨梗有力。”①短短的幾句話，由“氣韻生動”而到“骨梗有力”，也就很自然地把畫論引入了文論，把《古畫品録》與《風骨》篇聯繫在了一起。在列舉了中唐以前的相關資料後，詹先生總結説：“從上引資料，可以看出‘風骨’一詞在人物品評，畫論、書評以及詩文評論中都是經常出現，而且它的含義是一致的。”②這一總結與對“氣韻生動”的解説遙相呼應，進一步説明不僅繪畫與文章的“風骨”是一致的，而且與人物品評、書法也是一致的，從而六朝乃至唐代的“風骨”論就是一脈相承的了。如此，劉勰的

---

① （南朝梁）劉勰著、詹鍈義證：《文心雕龍義證》，第 1041—1042 頁。
② 同上，第 1045 頁。

"風骨"論便有了廣闊的文學藝術理論背景,而劉勰之後的"風骨"論也不再是無源之水,則《風骨》篇這一空前的美學範疇專論在中國美學史上的意義,也就不言而自明了。與資料引證之繁富相比,詹先生的幾句評説可謂簡潔之至,但又不能不説,其視野開闊而要言不煩,對理解衆説紛紜的"風骨"論具有重要的幫助。至於在引證曹學佺對《風骨》篇的批語後,詹先生説:"曹學佺的意思是説,氣屬於風的一個方面,而在'風骨'二者之中,風又居於主導的方面。黃叔琳在《風骨》篇論氣的一段加頂批説:'氣即風骨之本。'紀昀又反駁黃氏評語説:'氣即風骨,更無本末,此評未是。'這樣一來,反而把問題弄混了。"①這是引證之後的評説,評説之中復有引證,看上去有些纏夾,但這裏詹先生之所以不惜筆墨,蓋以涉及有關《風骨》篇的一個重要問題,那就是"風骨"和"氣"是什麼關係? 由此可見,《文心雕龍》的"會注"和"集解",若非對"龍學"的歷史和現實瞭如指掌,是難以做到有的放矢的,而進一步的釋義和評説,也就更是不可能的了。

　　毋庸諱言,也有學者指出,《文心雕龍義證》一書有時由於過分求"全",大量地羅列前人的見解,也難免會出現選擇不夠精當的情況。但總體而言,這是一部既有會注與集成之功,又具個人理論色彩的質地優良之作;在二十世紀"龍學"史上,是不可多得的。正如張連科先生所説:"回首百年《文心雕龍》研究,其傑出成果,有目共睹。……前五十年的代表人物是黃侃、范文瀾、劉永濟,後五十年的代表人物是詹鍈、牟世金。"而"詹先生以多年功力,完成《文心雕龍義證》,是希望在范文瀾注之後,築起新的學術階梯,將傳統學術研究的薪火代代相傳,筆者竊以爲其目的是達到了。"②

　　①　(南朝梁)劉勰著、詹鍈義證:《文心雕龍義證》,第 1046 頁。

　　②　張連科:《20 世紀〈文心雕龍〉研究》,《遼寧大學學報》2001 年第 4 期。

四、多元方法與實證精神

　　衆所周知,詹鍈先生不僅是"龍學"大家,同時也是李白研究的巨擘。李白和劉勰,可以説密切相關,亦可説截然不同;但關於二者的研究,有一點可能是相同的,那就是都異常艱難。在這兩者的研究中都能做出成績已屬超常之舉,而同時成爲兩個領域的大家和權威,乃至成爲兩個領域的集大成者,則堪稱學術奇跡,不能不令人歎爲觀止。詹先生創造出這樣的奇跡,除了令我輩高山仰止之外,我們不得不問,其研究方法何如,學術精神何在,成功之道何存? 僅就"龍學"而言,筆者覺得以下三種精神值得我們效法。

　　第一,融貫中西的開放精神。

　　詹先生自己曾説:"我的知識是個大雜燴,不取一家之言,也不是從一個角度出發,我希望能夠做到實事求是,能採取各家之長。唯其學得比較雜,不限於一種專業,我在發現一個問題時,能夠從各個角度探討,從不同的專業來研究。"①應該説,學術視野的廣闊和研究方法的多元,正是詹先生在"龍學"上取得驕人學術成就的一個重要原因。

　　這種"多元"源於他的求學經歷。詹先生 1934 年考入北京大學,後遇日軍侵華,學校南遷昆明,參加西南聯合大學。在這所由多所名校組成的名校中,他得到過諸多名家的指點,如胡適、羅庸、聞一多、陳寅恪、錢穆、劉文典、朱自清、馮友蘭、趙萬里、余嘉錫、鄭天挺等不同學科的大家和名家。除了修習古典文學外,詹先生還對外國文學、語言學等頗感興趣。據他自述:"回憶大學四年,是受了不少名師指教的,而我學的課程卻比較雜,古典文學方面的,語

————————

　　①　葛景春:《拳拳報國心,漫漫求索路——淺談詹鍈先生的治學道路和方法》,《古典文學知識》1994 年第 4 期。

言學方面的,歷史學方面的,中國的、外國的都有。"①可見,從學生時代起,詹先生便是一位興趣廣泛、視野開闊,樂於接受新知識、新方法的人。從西南聯大畢業後,他一直從事教書的工作。從教六七年後,却感到古典文學的教師群體中多有腐儒,門户之見盛行,胸襟狹隘,眼界不寬。於是,詹先生決定走出國門學習比較文學。留美期間,他還修習了教育心理學、教育統計學等。鑒於對心理學極大的熱情,1950 年 9 月徹底轉學到紐約哥倫比亞大學師範學院攻讀心理學。因此,詹先生的學科視野可謂貫通古今中西、横跨自然科學與社會科學。這正是他在研究《文心雕龍》時可以做到博採衆長、融匯一爐的原因。上述《〈文心雕龍〉的風格學》一書所採取的獨特的跨學科分析角度,便展現了其在現代美學、心理學、西方文學理論等各方面的豐富學識。

　　其實,這種融貫中西的開放視野也表現在看起來祇是一本注釋之作的《文心雕龍義證》之中。如《神思》篇"贊"詞有"刻鏤聲律,萌芽比興"兩句,詹先生釋曰:"運用形象思想,不能不采比、興等手法。可見'萌芽比興'實際上已接觸到如何運用形象化的藝術手法來表達思想感情的問題。《比興》篇說:'詩人比興,觸物圓覽,物雖胡越,合則肝膽。'文藝創作要通過各種創造性的想像活動,如心理學上講的模擬連想(約相當於'比')、接近連想(約相當於'興')等等,把本來不相關的東西('物雖胡越')聯繫溶合在一起,創作出優美的藝術形象。"②這樣的闡釋顯然不同於一般的注釋集解之作,但在《文心雕龍義證》一書中却不是個別的。又如《附會》義證的篇末,詹先生"援引西方文論中類似附會的關於文章整體性的論述以資比較",其中列舉了亞里士多德《詩學》第七

---

①　高增德、丁東編:《世紀學人自述》(第五卷),北京:十月文藝出版社,2000 年,第 220 頁。

②　(南朝梁)劉勰著、詹鍈義證:《文心雕龍義證》,第 1008—1009 頁。

章及第八章關於"完整"和整體性的論述,賀拉斯《詩藝》關於藝術之統一、一致性的論述,以及朱光潛先生對賀拉斯之論的評述,郎吉弩斯《論崇高》第四十章關於文章佈局之整體性的論述,以及朱光潛先生對郎吉弩斯之論的評述。① 這樣的注釋之作,在大量的同類"龍學"著作中確是不多見的,其得益於詹先生獨特的學養,也是顯然可見的。

這種獨特的學養,有時表現爲知識的廣博和眼界的開闊,有時更表現爲對各種材料和知識的融會貫通、觸類旁通,以至具體運用時的左右逢源。如《夸飾》篇有"壯辭可得喻其真"句,應該説並不十分難解,詹先生先總注一句曰:"此句意謂夸大的文詞可能表達事物的真象。"繼引《雜文》篇"高談宮館,壯語畋獵"句後説:"'壯詞可得喻其真'是説藝術的夸張爲了更美更善地體現生活的真實。"②這樣解説也就比較明白了。然而詹先生並未到此爲止,而是舉出杜甫的兩句詩以及圍繞這兩句詩的解讀與爭議,引出下面一大段饒有趣味的文字(以下引文省略對出處的隨文注釋):

> 杜甫《古柏行》:"霜皮溜雨四十圍,黛色參天二千尺。"沈括《夢溪筆談》卷二十三《譏謔門》:"四十圍乃是徑七尺,無乃太細長乎? ……此亦文章之病也。"宋范鎮《東齋紀事》卷四:"杜工部云'黛色參天二千尺',其言蓋過,今纔十丈。古之詩人,好大其事,率如此也。"宋黄朝英爲杜甫辯護説:"存中性機警,善九章算術,獨於此爲誤何也? 古制以圍三徑一,四十圍即百二十尺。圍有百二十尺,即徑四十尺矣,安得云七尺也? 若以人兩手大指相合爲一圍,則是一小尺,即徑一丈三尺三寸,又安得云七尺也? 武侯廟柏,當從古制爲定。則徑四十尺,其長二千尺宜矣;豈得以細長譏之乎?"

---

① （南朝梁）劉勰著、詹鍈義證:《文心雕龍義證》,第 1618—1619 頁。
② 同上,第 1377 頁。

陳望道《修辭學發凡》説:"那便犯了照字直解的錯誤。"

宋王觀國《學林》卷八:"子美《潼關吏》詩曰:'大城鐵不如,小城萬丈餘。'世豈有萬丈餘城耶?姑言其高耳,'四十圍','二千尺'者,姑言大且高也。詩人之言當如此,而存中乃拘拘然以尺寸校之,則過矣。"

宋范温《詩眼》:"余遊武侯廟,然後知《古柏》詩所謂'柯如青銅根如石'信然,決不可以改,此乃形似之語;'霜皮溜雨四十圍,黛色參天二千尺','雲來氣接巫峽長,月出寒通雪山白',此激昂之語。不如此則不見柏之大也。"

別林斯基《一八四二年二月的俄國文學》:"一個人在偉大畫家所畫肖像中,甚至比他在銀板照片上的影像還更像自己,因爲偉大的畫家用突出的綫條把隱藏在這個人内心中的一切東西,也許是構成這個人的秘密的一切東西,全都勾勒出來了。"①

我們看詹先生所引的這一系列資料,不僅與《文心雕龍》無關,甚至屬於文論的著作也並不多,所謂"會注",所謂"集解",一般也不是這樣的做法,但這正體現了他自己説的"從各個角度探討,從不同的專業來研究"的多元方法。可想而知,這種將古今中外熔於一爐的做法,若無廣闊的視野、廣博的學識,固然難以做到;而没有對文學藝術乃至人文、社會與自然的融會貫通,以及由之而來的思維的靈動和活躍,又何以能爲?

當然,這種融貫中西的開放精神和多元方法最終帶給詹先生的,不僅僅是上述種種具體的精彩注釋或解説,更是對《文心雕龍》一書的完整而深刻的認識和把握。我們一直强調《文心雕龍義證》一書不同於一般的注釋之書,而且與很多會注集釋之作也並不相同,筆者以爲,其根本的原因在於詹先生對《文心雕龍》的整

---

① (南朝梁)劉勰著、詹鍈義證:《文心雕龍義證》,第 1377—1378 頁。

體認識和把握始終是站在"龍學"前沿的;換言之,詹先生之所以
能够以"義證"的形式提供一部博大精深的"龍學"巨著,取決於他
對《文心雕龍》的獨特認識和研究。其《序例》有云:

> 通過幾十年的摸索,我感到《文心雕龍》主要是一部講寫
> 作的書,《序志》篇一開始就講得很清楚:"夫文心者,言爲文
> 之用心也。"過去有人把《文心雕龍》當作論文章作法的書,也
> 有人把《文心雕龍》當作講修辭學的書,都有一定的道理。但
> 這部書的特點是從文藝理論的角度來講文章作法和修辭學,
> 而作者的文藝理論又是從各體文章的寫作和對各體文章代表
> 作家作品的評論當中總結出來的。①

筆者以爲,詹先生這一對《文心雕龍》的基本認識可以説概括
了自黃侃以來直到八十年代末的近現代"龍學"有關《文心雕龍》
一書性質的幾乎全部觀點,即寫作學、文章作法、修辭學、文藝理
論,詹先生的高明在於,他獨一無二地貫通了這所有説法。在筆者
看來,這樣的貫通正符合《文心雕龍》一書的理論實際,因而使得
詹先生的"龍學"具有了極强的概括力和包容能力。例如,在二十
世紀八十年代中期,對《文心雕龍》的主流觀點是以其爲文藝理
論,雖有少數學者認爲這部書具有文章學的性質,但其主要價值仍
然是文學理論。這在一定程度上便限制了對《文心雕龍》理論價
值及其實踐意義的認識。但詹先生既從文藝理論的角度研究劉勰
的文藝思想,也從文章寫作乃至修辭學的角度認識《文心雕龍》的
重要意義。我們上面曾經説過,在論述《文心雕龍》文體風格的時
候,詹先生便指出:"其中關於'論'體的風格要求,對於今天的論
説文寫作是有指導意義的。關於賦體的風格要求,對今天抒情、描
寫文的寫作,具有一定的借鑒意義。關於誄碑的風格要求,對於傳

---

① 詹鍈:《序例》,(南朝梁) 劉勰著、詹鍈義證:《文心雕龍義證》,
第1頁。

記文的寫作也有一定的借鑒意義。"①這種着眼文章學角度的闡發,在《文心雕龍義證》一書中也是隨處可見的。

　　然而,詹先生並没有以此爲滿足,並没有停留於上述看起來已經是極爲通達的認識上,而是站在當代學術的前沿,進一步高瞻遠矚地指出:

　　　　《文心雕龍》研究文采的美,因而以"雕鏤龍文"爲喻,從
　　現代的角度看起來,《文心雕龍》中所涉及的理論問題屬於美
　　學範疇。然而以《文心雕龍》爲代表的中國古代文藝理論,畢
　　竟不同於西方的文藝理論。西方文藝理論的鼻祖是亞里斯多
　　德的《詩學》,其中所研究的主要對象是史詩和戲劇,因而一
　　開頭就離不開人物形象。羅馬時代講究演説,西方的古典文
　　學理論和修辭學,有一部分是從演説術中總結出來的。我們
　　今天從美學的角度來研究《文心雕龍》,不能不和西方的美學
　　對照,却不能生硬地用西方的文藝理論和名詞概念來套。②

　　如果説,上一段話是詹先生對二十世紀八十年代以前"龍學"的高度準確的概括,那麽這一段話則是他對八十年代以後乃至新世紀"龍學"的指引。筆者也曾指出,對《文心雕龍》的美學研究成爲二十世紀八十年代末至九十年代的一種"歷史的選擇"③,而詹先生則特別提醒,"從美學的角度來研究《文心雕龍》,不能不和西方的美學對照,却不能生硬地用西方的文藝理論和名詞概念來套",這在今天看來,仍然具有極强的現實針對性和"龍學"方法論意義。因此,筆者以爲,詹先生上述兩段話加起來,對《文心雕龍》

---

①　詹鍈:《〈文心雕龍〉的風格學》,第 160 頁。

②　詹鍈:《序例》,(南朝梁) 劉勰著、詹鍈義證:《文心雕龍義證》,第2—3 頁。

③　戚良德:《歷史的選擇——關於〈文心雕龍〉的美學研究》,《山東大學學報》1993 年第 3 期。

一書性質的認識及其由此決定的基本的研究方法,可以説概括無遺了。顯然,無論《〈文心雕龍〉的風格學》,還是《文心雕龍義證》,都是在這樣的認識基礎上寫出的,其超邁前賢而出類拔萃者,不亦宜乎?

第二,堅持己見的獨立精神。

學貫中西的開放視野以及由此而形成的多元方法,使得詹先生的學術研究一方面具有極大的包容性,另一方面又具有堅持己見的獨立精神,從來都不盲從,不附和,不人云亦云。即使對於一些"龍學"大家、名家,詹先生也同樣會質疑問難。比如,在《文心雕龍義證》中,僅在《隱秀》一篇,他就兩次對黃侃的《文心雕龍札記》提出了不同意見。一處是關於"秀也者,篇中之獨拔者也"的理解,其謂:"黃侃《補隱秀篇》對'秀'的意義作了許多解釋,其實他説來説去,都是從《文賦》'立片言而居要,乃一篇之警策'二句敷演出來的,和黃叔琳評没有出入。"①另一處是對"朱緑染繪,深而繁鮮;英華曜樹,淺而煒燁"的理解,指出:"黃侃既没有看清'潤色'和'雕削取巧'的區别,又没有看出'潤色'和'隱'的關係……這樣把'隱篇'和'秀句'混爲一談,而完全否定了潤色的作用。"②類似富有真知灼見的指摘,在詹先生的"龍學"著作中是並不少見的。

最能體現詹先生堅持己見之獨立精神的一個例子,是他關於《隱秀》篇補文真偽問題的見解。早在 1979 年,詹先生便發表了《〈文心雕龍〉〈隱秀〉篇補文的真偽問題》(《文學評論叢刊》第 2 輯,中國社會科學出版社,1979 年),後經修改後收入他的《〈文心雕龍〉的風格學》一書,作爲《〈文心雕龍〉的"隱秀"論》一文的第一部分。1982 年,他又發表了《再談〈文心雕龍〉〈隱秀篇〉補文的

---

① （南朝梁）劉勰著、詹鍈義證:《文心雕龍義證》,第 1485 頁。
② 同上,第 1510 頁。

真僞問題》(《河北大學學報》1982 年第 1 期)。詹先生對於補文真僞的問題格外關注,是基於他對《隱秀》篇的深刻認知:"《隱秀》篇補文的真僞問題,是關係到如何全面認識、理解劉勰的全部文藝理論的關鍵問題。"①

不少學者都認爲《隱秀》篇在《文心雕龍》一書中有着非常重要的地位,但其補文的真僞問題却成爲深入研究劉勰"隱秀"論的攔路虎。應該説,在詹鍈先生之前,通行本的《隱秀》篇補文乃明人僞造基本已成定論。正如詹鍈在文中所述,從紀昀起,便斷定黃叔琳輯注本據何焯校本所補《隱秀》之文乃僞造。其後,黃侃、范文瀾、劉永濟、楊明照、周振甫等先生皆贊同此意見,並不斷增補新證據以證其僞。"到了今天,研究《文心雕龍》的人,幾乎都同意這四百多字補文是明人僞造,從來還没有人提出異議,似乎已成定論了。"②可是詹先生却大膽提出異議,認爲《隱秀》篇補文蓋以"明人好作僞書"而"蒙了不白之冤"③,實則其並非僞作。

詹先生首先"從錢功甫發現宋刊本《文心雕龍》以及《隱秀》篇缺文抄補和補刻的經過,説明補入的四百多字,不可能是明人僞造的。"④他指出,明天啓七年(1627),馮舒校謝恒抄本《文心雕龍》卷末有錢功甫之跋語一條,簡要説明了《隱秀》補文發現的過程。這條跋語説:"按此書至正乙未刻於嘉禾,弘治甲子刻於吳門,嘉靖庚子刻於新安,癸卯又刻於建安,萬曆己酉刻於南昌(按即梅慶生原刻),至《隱秀》一篇,均之闕如也。余從阮華山得宋本抄補,始爲完書。甲寅(1614)七月二十四日,書於南宮坊之新居,時年七十四歲,功甫記。"詹先生據以説明:"從這條跋語可以看到萬曆四

---

① 　詹鍈:《〈文心雕龍〉的風格學》,第 104 頁。
② 　同上,第 78—79 頁。
③ 　同上,第 78 頁。
④ 　同上,第 88 頁。

十二年（1614）錢功甫纔發現宋本，並抄補《隱秀》篇。"①他還指出，錢功甫跋語之後，有馮舒朱筆跋語四條，從其中"三條跋語可以看出，錢功甫本《文心雕龍》後歸錢謙益（牧齋）收藏。錢謙益非常珍視這個本子，謝耳伯向他措抄，他都不捨得借給，而馮舒在天啓七年（1627）借到這個本子抄寫，非常珍視這個機會，爲示慎重，他親自手抄《隱秀》篇，而且照錄原本，不改一字。錢謙益是懂得版本的，他的絳雲樓藏書，宋本很多。錢功甫抄補的《隱秀》篇如果是假的，恐怕不會得到他的承認"②。可以看出，詹先生的這一追蹤及推斷，還是有其道理的。

繼之，詹先生根據清錢曾《讀書敏求記》之記載，證明發現宋刊本《文心雕龍》以及抄補《隱秀》篇缺文的錢功甫，是一個"怎樣的珍視藏書又是怎樣細心"之人，"他對於板本鑒定必然很精，豈是阮華山僞造宋本所能騙得了的"③！又根據天津人民圖書館藏曹學佺批梅慶生天啓二年第六次校定本《文心雕龍》之《隱秀》篇所載朱謀㙔（郁儀）跋語，説明"錢功甫家藏書有'萬卷樓'之稱"，並佐證了上文所述的《隱秀》篇補文的發現過程。同時，爲了説明朱郁儀的話可信，還引述了錢謙益《列朝詩集小傳》之語，證明"朱謀㙔從弱冠以來，'手抄雕龍，諷味不舍晝夜。'在1593年寫《文心雕龍跋》時，就説已下了三十多年的功夫，到1615年看到抄補的《隱秀》篇時，就已對《文心雕龍》這部書下了五十多年的功夫了。補的這四百多字，如果是假的，豈能瞞得過朱謀㙔的眼力！"④進而，詹先生通過版本對堪，發現"增補的《隱秀》篇中間兩板字的刻法和原板有區別"，特別是"恒溺思於佳麗之鄉"的"恒"字有缺筆，

---

① 詹鍈：《〈文心雕龍〉的風格學》，第80頁。
② 同上，第81頁。
③ 同上。
④ 同上，第83頁。

"這顯然是避宋真宗的諱",而"明朝中晚年還没有根據缺筆鑒定板本的風氣,假如阮華山作僞,怎麽會僞造得那麽周到呢!"①應該説,詹先生這些細緻而翔實的梳理以及由此做出的推論,都是具有一定的説服力的。

　　在上述基礎上,詹先生對懷疑《隱秀》補文的種種説法進行了辯駁。尤其是《四庫全書總目提要》卷一百九十五《文心雕龍》提要中的意見,可以説影響深遠。其云:"明末常熟錢允治稱得阮華山宋槧本,鈔補四百餘字,然其書晚出,别無顯證,其詞亦頗不類。如'嘔心吐膽',似摭《李賀小傳》語;'鍛歲煉年',似摭《六一詩話》論周朴語;稱班姬爲匹婦,亦似摭鍾嶸《詩品》語,皆有可疑。況至正去宋未遠,不應宋本已無一存,三百年後,乃爲明人所得。又考《永樂大典》所載舊本,闕文亦同。其時宋本如林,更不應内府所藏,無一完刻。阮氏所稱,殆亦影撰,何焯等誤信之也。"②詹先生據《文心雕龍·神思》篇所説"揚雄輟翰而驚夢"以及《才略》篇所説"子雲屬意,辭人最深……而竭才以鑽思",指出:"這些都和《隱秀》篇補文中所説的'嘔心吐膽,不足語窮'的狀態是一致的,不見得劉勰的'嘔心吐膽'這句話就出於李商隱《李賀小傳》中所説的'嘔出心肝'。"又據《神思》篇所謂"張衡研《京》以十年,左思練《都》以一紀",指出:"這和《隱秀》篇補文'鍛歲煉年,奚能喻苦'正可以互相印證。……不見得《隱秀》篇補文的'鍛歲煉年'一句話是從歐陽修來的。"而"見到《隱秀》篇和鍾嶸《詩品》卷上都曾稱班婕妤爲'匹婦',就説《隱秀》篇補文是抄的《詩品》,尤其不成理由"。③ 在筆者看來,較之上述詹先生所作種種推斷,這裏的辯駁更是極有力量。至於所謂宋本何以"乃爲明人所得"之質疑以

---

① 詹鍈:《〈文心雕龍〉的風格學》,第 84 頁。
② (清)永瑢等:《四庫全書總目》,第 1779 頁。
③ 詹鍈:《〈文心雕龍〉的風格學》,第 89 頁。

及"不應内府所藏,無一完刻"云云,實在是霸道的官話,也確乎不值一駁了。

詹先生最後總結説:

> 明朝人的確有僞造古書和亂改古書的事,但這多半是私家刻書坊所幹的。象《隱秀》篇的補文,在萬曆年間經過許多學者、藏書家和畢生校勘《文心雕龍》的專家鑒定校訂過,而且補文當中還有避宋諱缺筆的字,顯然是根據宋本傳抄翻刻的。由於紀昀和黃侃武斷的考證,使大家信以爲僞,以致於不敢闡述《隱秀》篇的理論,實在是大可惋惜的。①

居今而言,對於《隱秀》篇補文的真僞,仍然是没有定論的,但無論贊同其真還是指其爲僞,我們覺得上述這一結論都是應該認真對待的。詹先生敢爲人先的學術創新精神與勇氣以及敢於堅持己見而追求真理的學術態度值得尊敬自不必説,而其全力追索、無徵不信的切實探求更令筆者感到由衷的敬佩。實際上,筆者也覺得《隱秀》篇之補文從内容和風格上看不太像劉勰所爲,但猜測和感覺不能代替科學,正是在這一點上,詹鍈先生的論文及其觀點尤其應該引起我們高度的重視和尊重,因爲他追求的是證據,不是憑主觀感覺説話,這也是我們在這裏較爲詳細地介紹這篇論文的原因。正如劉文忠先生所説:"清代以來的學者,都認爲這四百多字的補文是假的,出自明代學者的僞造。詹鍈先生在《〈文心雕龍〉的'隱秀'論》一文中,首先翻了數百年的舊案,力主《隱秀》篇的補文是真的。……在真僞問題上,詹先生是力排衆議而獨樹一幟,其考證,不可謂無見。"②筆者以爲,這樣的學術勇氣和精神,是值得每一個人文學者所取法的。

---

① 詹鍈:《〈文心雕龍〉的風格學》,第 94 頁。

② 劉文忠:《評〈《文心雕龍》的風格學〉——兼與詹鍈先生商榷》,《文心雕龍學刊》第 2 輯,第 273 頁。

　　第三,不憚繁瑣的實證精神。

　　融貫中西的學術視野和多元的研究方法來自多學科的知識結構,這樣的知識結構使得詹先生的人文學術研究富有自然科學的實證精神,強調文學研究的科學性。正如他自己所說:"文學作品固然不是科學,對於文學作品的研究却是科學。研究文學要有科學的頭腦,纔能發現問題,解決問題。"①因此,他的古典文學研究尤其強調"無徵不信"。研讀詹鍈先生的著述,會發現他對充分佔有資料非常執着,並且強調第一手資料。在《〈文心雕龍〉的風格學》中即可以看到,爲了說明一個觀點或者考訂一個史實,他常常會旁徵博引。比如《再論"風骨"》一文,他開篇就列舉了 1962 年以來討論風骨問題的比較有影響的十七種觀點,並加以簡要介紹。之後更是大量引述了古代文論資料。無疑,用材料來說話,而且儘量用更多、更全的資料來提煉、證明自己的觀點,以避免孤證,更避免架空立說,是古典文論研究的必由之路,但能做到何種程度,既有賴於研究者的學養和視野,更取決於研究者的態度和精神。無論精於一說的《〈文心雕龍〉的風格學》,還是博大深厚的《文心雕龍義證》,都顯示出詹先生在追求資料詳盡和翔實上的不遺餘力和孜孜以求。

　　這種讓材料說話的實證精神,在《文心雕龍義證》一書中表現得可謂淋漓盡致,而其中的爬梳之苦,我們是不難想見的。如《神思》篇題解中,就"神思"一詞之出處,詹先生用力之勤、搜羅之全,可謂無出其右者。從《莊子·達生》篇"用志不分,乃凝於神"之句,到《論衡·卜筮》篇"夫人用神思慮……一身之神,在胸中爲思慮"之說;從孔融《薦禰衡表》所謂"思若有神",到曹植《寶刀賦》"規圓景以定環,擄神思而造像"之句;從《三國蜀志·杜瓊傳》中譙周所云"神思獨至之異",到吳國華核《乞敕樓玄疏》所謂"宜得

────────────

　　①　詹鍈:《古典文學研究雜談》,《文史知識》1988 年第 10 期。

閑静,以展神思";從三國韋昭《鼓吹曲》"建號創皇基,聰睿協神思"之句,到《抱朴子‧尚博》篇"用思有限者,不能得其神"之説;從《三國志‧陳思王植傳》注引魚豢《魏略‧武諸王傳論》所謂"余每覽植之華采,思若有神",到著名的宗炳《畫山水序》中所説"聖賢映於絶代,萬趣融其神思";從王微《敘畫》之"望秋雲,神飛揚,臨春風,思浩蕩",到《南齊書‧文學傳論》所謂"屬文之道,事出神思,感召無象,變化不窮";從唐代王昌齡《詩格》所謂"文用精思,未契意象,力疲智竭,放安神思,心偶照境,率然而生",到宋代韓拙《山水純全集》所謂"凡未操筆,當凝神著思,豫在目前"①:不僅把劉勰之前用到"神思"這一概念的資料幾乎一網打盡,而且延伸到了唐宋時期的運用情況。後來不少研究"神思"問題的論著,無不從詹先生提供的資料中尋找綫索。正因有此堅實的基礎,詹先生得出的結論也就極爲扎實而可靠,他説:"'神思'一方面是指創作過程中聚精會神的構思,這個'神'是'興到神來'的神,那就是感興,類似於現代所説的靈感;另一方面也指'天馬行空'似的運思,那就是想像,類似於現代所説的形象思維。"②

　　實際上,如此不憚繁瑣、追本求原的解題,並非《神思》一篇,而是幾乎篇篇如此。如《神思》、《風骨》這樣以重要理論範疇名篇的篇目,詹先生有意詳加解説,自然是題中應有之義,而一些並非以文論範疇名篇、爲很多注本所忽略的篇目,詹先生亦注意予以解説,從而爲讀者掃清閲讀障礙。如《程器》篇,多數注本忽略對"程器"二字的注解,此二字固非獨特理論範疇,但却並非一望而知,實則需要索解。從范文瀾、楊明照到周振甫諸位先生的注本,均未予置辭。詹先生則首列《漢書‧東方朔傳》"武帝既招英俊,程其器能,用之如不及"之句,又引顏師古"程謂量計之也"之注,再引《論

---

① （南朝梁）劉勰著、詹鍈義證:《文心雕龍義證》,第 973—974 頁。
② 同上,第 975 頁。

衡・程材》篇"世名材爲名器,器大者盈物多"之論①,其有意爲讀者解讀"程器"二字已是顯然可見,但有關資料顯然並不止這些,詹先生又以其常用的方式轉引李曰剛先生之注曰:"程器者,量計器用材能之謂也。……案'程'本爲度量之總名,《荀子・致仕》:'程者,物之準也。'《禮記・月令》:'按度程。'注:'程爲器所容者。'又度也,見《呂氏春秋・慎行》篇'後世以爲法程'句注。"②在此基礎上,詹先生總結説:"按'器'是材器,這個材器和現在一般所説的文學創作才能不是一個意思,它指的是具有道德人品和識見的'棟梁之材'。'程器'就是衡量一個作家有没有這種包括道德質量、政治識見在内的全面的修養。"③就筆者所見,這是對《程器》篇之"程器"二字最爲詳盡和切實的解讀,其於理解劉勰本篇的思想乃至《文心雕龍》有關作家道德人品的認識,顯然都是極爲必要和重要的。

　　詹鍈先生的實證精神,還表現在其以自然科學的學科背景,在《文心雕龍》研究中展現出反復推演證明的特點。就單篇論文來看,其思路清晰,無論立論還是駁論,論證過程都講求嚴密的邏輯性。即如上述《隱秀》篇補文真僞問題,詹先生的論述完全符合自然科學的實證思路。先預設一個觀點,再論證這個觀點,論證過程則從一個問題的合理性談起,再駁證反對觀點的不合理;初步立論後,再用其他理論資料來旁證其所立論的合理性,最後由合理的論證得出其預設觀點的正確性。這種研究古典文學和文論的思路是很值得我們學習借鑒的。就一個問題的整體研究來看,詹先生會對一個問題做連續的推演和證明。這種連續並非連載,而是針對一個觀點,在經過他人質疑或自身感覺不足的情況下,從其他角度

①　（南朝梁）劉勰著、詹鍈義證:《文心雕龍義證》,第 1864 頁。
②　同上,第 1866 頁。
③　同上,第 1867 頁。

立論再證。如關於"隱秀"的觀點發表後,引起一些爭論和不同看法,詹先生便以"再談"之文繼續討論並回應爭鳴。他特別指出:"討論這一類的學術問題,要根據邏輯規律,講究科學方法,鑽研文藝理論,無徵不信,決不能以意爲之。"①這確是值得每一個從事人文學科研究的人深思的問題。再如《齊梁美學的"風骨"論》(原名《齊梁文藝批評中的風骨論》)一文在 1961 年 12 月發表後,學界意見頗有分歧,爭論不斷。於是,作者於多年後又寫《再論"風骨"》以申明觀點。又如《〈文心雕龍〉論風格與個性的關係》與《〈文心雕龍〉論才思與風格的關係》兩文之間就是互爲補充、相互加強的關係。這種反復討論、深挖細掘的做法,把對一些問題的研究引向深入,甚至可以有所突破。應該説,"《文心雕龍》的風格學"這樣的創造性成果多半就是這樣得來的。

　　詹先生曾在《文心雕龍義證》的《序例》中指出,《文心雕龍》研究已成顯學,"研究人員各抒己見,真正體現了百家爭鳴的精神","但是有些文章和論著,對同一問題的解説,往往各執一辭;有的甚至把自己的看法强加在劉勰身上,多空論而少實證"②。應該説,《文心雕龍》研究中這種實證精神的缺失,正是促成詹先生著述《文心雕龍義證》的原因之一。他説:"我寫這部書稿的方法,是對《文心雕龍》各篇引用的出處和典故詳細研究,以探索其中句義的來源。上自經、傳、子、史,以至魏晉以來的文論,凡是有關的,大都詳加搜考;其次是參照本書各篇,輾轉互證;再其次是比附唐宋以來文評詩話,並比較論點的異同,以爲參證之資。對於近人的解説,也擇善而從。……希望繼范文瀾先生《文心雕龍注》之後,對

---

　　①　詹鍈:《再談〈文心雕龍〉〈隱秀篇〉補文的真僞問題》,《河北大學學報》1982 年第 1 期。
　　②　詹鍈:《序列》,(南朝梁)劉勰著、詹鍈義證:《文心雕龍義證》,第 3頁。

《文心雕龍》中理論的闡述能呈現出一種新面貌。"①又説:"我們要
象清朝的漢學家研究經書那樣,對於《文心雕龍》的每一句話,每
一個字,都要利用校勘學、訓詁學的方法,弄清它的含義;對於其中
每一個典故都要弄清它的來源,弄清劉勰是怎樣運用自如的;並且
根據六朝的具體環境和時代思潮,判明它應該指的是什麽。這樣
對於《文心雕龍》的理解纔有比較可靠的基礎。"②

　　正是這種不避繁瑣的實證精神,使得詹鍈先生的《文心雕龍》
研究建立在堅實的基礎之上,並因此使其具有頑强的獨立思考精
神和開拓創新的勇氣,從而做出不同凡響的"龍學"成果。《〈文心
雕龍〉的風格學》、《文心雕龍義證》等著作自不待言,即如普及性
的《劉勰與〈文心雕龍〉》這樣的小册子,也同樣體現出詹先生有關
"龍學"的真知灼見,而不作泛泛之談,不去人云亦云。正如詹福
瑞先生所説:"這部書又不同於一般性的普及性讀物,大至《文心
雕龍》的性質、理論體系,小至一些局部問題,無不體現着著者數十
年研究《文心雕龍》的成果。著者以《宗經》爲總綱的中心,以'風
骨'、'定勢'、'隱秀'入風格學,都代表了著者對《文心雕龍》許多
問題的獨特理解。"③可以説,多元化的廣闊視野,嚴謹的求實精
神,加上頑强的獨立思考,使得詹鍈先生最終在大家雲集的"龍
學"園地獨樹一幟。這是詹先生個人取得的"龍學"成就,也爲二
十世紀"龍學"提供了寶貴經驗,從而具有重要的典範意義。

　　①　詹鍈:《自傳》,《中國當代社會科學家》第3輯,北京:書目文獻出
版社,1983年,第302—303頁。《文心雕龍義證·序列》中亦有大體相同的
説明。
　　②　詹鍈:《序列》,(南朝梁)劉勰著、詹鍈義證:《文心雕龍義證》,
第3頁。
　　③　詹福瑞:《專著專書簡介·劉勰與〈文心雕龍〉》,楊明照主編:《文
心雕龍綜覽》,第190頁。

第六章
牟世金與二十世紀"龍學"

　　在近百年的"龍學"史上,有兩位出版"龍學"專著最多的人,一位是牟世金先生,另一位是臺灣的王更生先生,他們出版的"龍學"著作均超過十種。頗爲巧合的是,兩位先生均出生於 1928 年(戊辰龍年)7 月,其經歷、學養雖各有不同,但他們於"龍學"的執着和虔誠却是非常相似的①。就牟先生而言,不僅其"龍學"著作的數量爲大陸學者之冠,而且更有驕人的質量,其中成爲"龍學"名著的不在少數,如《文心雕龍譯注》《雕龍集》《劉勰年譜彙考》《文心雕龍研究》等,均爲研究者耳熟能詳的"龍學"著作,尤其是《文心雕龍譯注》一書,成爲"龍學"中少有的暢銷書和長銷書。季羨林先生任名譽主編的大型叢書"二十世紀中國文學研究"之《魏晉南北朝文學研究》一書中言:"回首百年《文心雕龍》研究,其傑出成果,有目共睹。……前 50 年的代表人物是黃侃、范文瀾、劉永濟,後 50 年的代表人物是詹鍈、牟世金。"②而"在研究上,儘量從大處着眼,從小處着手,應該説牟氏是新一代學者中的佼佼者"。③張少康等先生著的《文心雕龍研究史》也指出:"在八十年代,牟世金是研究《文心雕龍》的中年學者中成就最高、貢獻最大、學風嚴

---

　　①　參見朱文民:《"龍學"家牟世金與王更先生比較研究》,戚良德主編:《儒學視野中的〈文心雕龍〉》,上海:上海古籍出版社,2014 年。

　　②　吴雲主編:《魏晉南北朝文學研究》,北京:北京出版社,2001 年,第699 頁。

　　③　同上,第 696 頁。

謹的一位非常出色的學者……"①應該説,這些評價都是實事求
是的。

一、《文心雕龍》的功臣

王元化先生曾指出:"世金同志可以説得上是《文心雕龍》的
功臣。這一點,有他的大量論著可以爲證。"②《人民日報》二十年
前的一篇文章則謂:"牟世金……被稱爲'龍學家',是因爲他關於
《文心雕龍》的著作已有注、譯、選、編、系統的理論研究和年譜彙
考等不下十種,得到國内外學者的首肯。"③早在三十年前,程千帆
先生便指出:"世金先生早年跟隨陸侃如先生學習,研究《文心雕
龍》,卓著成績,蜚聲海内外。"④

牟先生的"龍學"著作,有與陸侃如先生合著的《文心雕龍選
譯》(上、下,山東人民出版社 1962、1963 年出版)、《劉勰論創作》
(安徽人民出版社 1963 年出版,1982 年新版)、《劉勰和文心雕龍》
(上海古籍出版社 1978 年出版)、《文心雕龍譯注》(上、下,齊魯書
社 1981、1982 年出版,1995 年新版,2009 年三版),與蕭洪林合著
的《劉勰和文心雕龍》(載於《中國古代文論精粹談》一書,齊魯書
社 1992 年出版),與曾曉明、戚良德合編的《〈文心雕龍〉研究論著
目録索引》(載於《文心雕龍學綜覽》一書,上海書店出版社 1995
年出版),獨立完成的《雕龍集》(中國社會科學出版社 1983 年出

---

① 張少康、汪春泓、陳允鋒、陶禮天:《文心雕龍研究史》,北京:北京大
學出版社,2001 年,第 336 頁。

② 王元化:《〈文心雕龍研究〉序》,《文學報》1988 年 7 月 7 日。

③ 馬瑞芳:《他走着一條艱苦的路——記"龍學"家牟世金》,《人民日
報》1988 年 4 月 16 日。

④ 程千帆:《〈中國古代文論家評傳〉序》,牟世金主編:《中國古代文
論家評傳》,鄭州:中州古籍出版社,1988 年。

版)、《臺灣文心雕龍研究鳥瞰》(山東大學出版社 1985 年出版)、
《文心雕龍精選》(山東大學出版社 1986 年出版)、《劉勰年譜彙
考》(巴蜀書社 1988 年出版,此書被收入《六朝作家年譜輯要》,黑
龍江教育出版社 1999 年出版;又被收入《中古作家年譜彙考輯
要》,世界圖書出版西安有限公司 2014 年出版)、《雕龍後集》(山
東大學出版社 1993 年出版)、《文心雕龍研究》(人民文學出版社
1995 年出版),主編的《文心雕龍研究論文集》(人民文學出版社
1990 年出版)等,共計 13 種;另有關於《文心雕龍》的單篇論文六
十餘篇。除《文心雕龍研究論文集》爲選編他人作品、《〈文心雕
龍〉研究論著目錄索引》爲資料彙編外,牟先生有關"龍學"的論著
超過三百萬字。這在截至二十世紀八十年代末的《文心雕龍》研
究中,可以說是絕無僅有的,僅以此論,説他是"《文心雕龍》的功
臣",顯然並非虛言。

當然,牟先生的"龍學"論著決不僅僅以數量取勝,而是每一
本皆爲扎扎實實的心血之作。早在二十世紀六十年代,他便和陸
侃如先生一起對《文心雕龍》進行今譯,出版了"龍學"史上較早的
《文心雕龍》譯本——《文心雕龍選譯》;進入八十年代之後,他又
全力修訂補充,出版了"龍學"史上較早的一個《文心雕龍》全譯
本——《文心雕龍譯注》。他的《臺灣文心雕龍研究鳥瞰》是到目
前爲止大陸唯一一部全面介紹臺灣"龍學"成果的專著,他的《劉
勰年譜彙考》也是到目前爲止大陸唯一一本全面考訂劉勰生平的
專著。他的《文心雕龍研究》在 1988 年春天寫成之時,是大陸第一
本綜合研究《文心雕龍》的專著;他主持選編的《文心雕龍研究論
文集》則是大陸第一本全面選編近現代"龍學"成果的論文選本。
令人驚訝的是,這些主動着眼"龍學"學科全面建設的"第一",不
僅不因其爲開拓之作而顯得粗糙,而且皆爲精心結撰之作而顯示
出深厚的功力,直到今天還是"龍學"的重要參考書,其中不少作
品已成爲"龍學"的經典。

　　王元化先生所謂"《文心雕龍》的功臣",自然還有另一層含義,那就是牟先生是中國《文心雕龍》學會的創始人。早在 1982 年,牟先生便積極籌備並精心組織,在濟南召開了全國第一次《文心雕龍》討論會,這次會議被稱爲"開創《文心雕龍》研究新局面的一次重要會議"①,也正是在這次會議上,醞釀成立《文心雕龍》學會,並組成了以王元化先生爲組長的學會籌備小組,"以山東大學爲學會基地,進行籌備工作"②。次年 8 月,中國《文心雕龍》學會在青島成立,牟先生在會上當選爲常務理事兼秘書長,並被推舉爲《文心雕龍學刊》編輯組組長。因此,王先生説:"他也是全國《文心雕龍》學會的倡議籌建者,學會的繁雜事務幾乎都是由他承擔起來的,因此學會倘在學術界有所貢獻,首先得歸功於他。"③牟先生去世後,王先生在一篇懷念文章中又説:"我可以説全國《文心雕龍》學會是他以他一人的心血籌備而成的,如果不是爲他的埋頭苦幹和對學術的真誠精神所感動,這個學會是不會成立並維持到今天,我也不會濫竽充數地來充當這個學會的負責人之一的。"④

　　學會成立之後,旋即組成了中國《文心雕龍》考察團訪問日本;作爲考察團成員之一,牟先生回國後便發表了《日本〈文心雕龍〉研究一瞥》⑤一文,這是國内最早全面介紹日本"龍學"成果的

　　①　《開創〈文心雕龍〉研究新局面的一次重要會議》,《文心雕龍學刊》第 1 輯,濟南:齊魯書社,1983 年,第 473 頁。

　　②　同上,第 477 頁。

　　③　王元化:《〈文心雕龍研究〉序》,《文學報》1988 年 7 月 7 日。

　　④　牟先生去世不久,王先生寫了一篇紀念短文寄給牟先生家人,此段話即爲筆者當時所録;王先生的短文後來是否發表以及發於何處,筆者均難以確定,切望知者以告。

　　⑤　該文發表於《克山師專學報》1984 年第 1 期,收入《雕龍後集》。該文不僅簡要介紹了日本的"龍學",而且附有《日本〈文心雕龍〉論著目録》,爲大陸學者瞭解日本的《文心雕龍》研究提供了便利。

文章。學會成立的第二年,又在上海舉行了中日學者《文心雕龍》學術討論會。1986 年,學會在安徽屯溪召開了第二次年會。1988年,學會在廣州召開了《文心雕龍》國際研討會。到牟先生去世,學會編輯出版了六本《文心雕龍學刊》①,選編一本《文心雕龍研究論文集》。這一系列空前而有組織的學術活動,把《文心雕龍》研究推向一個新階段。可以說,"龍學"真正成爲國內外矚目的顯學,正是從此開始的,是與中國《文心雕龍》學會的這些切實的工作密不可分的。在這個意義上,說牟先生是"《文心雕龍》的功臣",當然也是名副其實的。

正因如此,張文勳先生在所著《文心雕龍研究史》中說:"牟世金大半生研究《文心雕龍》,是'中國《文心雕龍》學會'主要創始人之一,對我國'龍學'的發展,作出重大貢獻。"②張少康等先生的《文心雕龍研究史》也指出:"由王元化先生和他(按指牟先生——引者)的發起,在他的具體籌劃和安排下,經過了 1982 年濟南《文心雕龍》學術討論會的醞釀和準備,1983 年在青島成立了中國文心雕龍學會,對團結全國研究《文心雕龍》的力量、交流《文心雕龍》研究的學術信息、推動《文心雕龍》研究的深入,發展和海外研究《文心雕龍》學者的交流,都起到了十分重要的作用。"③在談到牟先生的《文心雕龍研究》時,張少康等先生又深有感觸地說:"作者生前是山東大學中文系教授,長期從事中國古代文學理論批評和《文心雕龍》選修課的教學與研究工作,自 1983 年中國《文心雕龍》學會成立以來,又一直擔任學會的秘書長,負責學會日常工作,組織籌備年會、編輯學會刊物等,各種事務十分繁忙。

---

① 　《文心雕龍學刊》第 6 輯雖出版於牟先生去世之後的 1992 年,但該輯實乃牟先生去世前夕指導筆者所編成。

② 　張文勳:《文心雕龍研究史》,第 187 頁。

③ 　張少康、汪春泓、陳允鋒、陶禮天:《文心雕龍研究史》,第 336 頁。

'春蠶到死絲方盡,蠟炬成灰淚始乾',用這兩句古詩來形容作者對《文心雕龍》研究的獻身精神,實在並不爲過。"①在筆者看來,作爲"龍學"發展過程的親歷者,兩位張先生的説法不僅僅是一種評價,也是一種懷念,其中藴含着因"龍學"而結成的深厚情誼,令人感動。

直到 2013 年 9 月,學會在山東大學召開"紀念中國《文心雕龍》學會成立三十周年國際學術研討會暨中國《文心雕龍》學會第十二次年會",目的正是爲了紀念牟先生對《文心雕龍》研究以及學會的成立和發展所作出的重要貢獻。在這次大會的開幕式上,專程從香港趕來參加會議的前會長張少康先生以《紀念"〈文心雕龍〉的功臣"——談談牟世金的〈文心雕龍〉研究》爲題,動情地回憶了牟先生在學會成立過程中的種種辛勞,其中三次談到牟先生當爲"功臣",其云:

> 《文心雕龍》學會之成立,牟世金是最主要的功臣。……世金把《文心雕龍》研究看做是他整個生命的主體,所以在上個世紀八十年代初就在醖釀着創辦《文心雕龍》學會,來推動《文心雕龍》的研究。……1982 年,世金在山東濟南舉辦了第一次《文心雕龍》學術研討會,這是爲成立《文心雕龍》學會作準備的。當時我也參加了這次會議,會上就成立了以元化先生爲首的創建《文心雕龍》學會籌備組,而世金則是實際的具體操辦人。爲此,世金付出了巨大的努力,終於在 1983 年在山東青島成功地舉辦了中國《文心雕龍》學會的成立大會。……在《文心雕龍》學會的産生和發展過程中,世金是主要的核心人物和真正的功臣。……他不愧是"龍學"發展的一位卓越的功臣,在中國《文心雕龍》學會成立三十周年之

---

① 張少康、汪春泓、陳允鋒、陶禮天:《文心雕龍研究史》,北京:北京大學出版社,2001 年,第 392 頁。

際,我們不應當忘記牟世金的功績,讓我們永遠紀念他!①

張先生認爲,就學會的成立而言,牟先生是"最主要的功臣";就學會的産生和發展而言,牟先生是"真正的功臣";對"龍學"的發展而言,牟先生是"卓越的功臣"。可以説,張先生這三個"功臣",要言不煩而用意深厚,高度準確地評價了牟先生在百年"龍學"史上的地位和貢獻,不愧爲牟先生的同道和"知音"。

牟先生之於劉勰及其《文心雕龍》的"功臣"之義,香港的黃維樑先生則用了另一個説法:"《文心雕龍》之友牟世金"②,筆者看到後不免爲之動容。筆者爲學日淺,直到 2017 年八月份内蒙的"龍學"會上,方有緣得識黃先生尊顔,惟先生之文早有領教,其鋒穎灑脱,令人難忘。據筆者所知,牟先生與黃先生之會,當於 1988 年 11 月在廣州舉行的國際《文心雕龍》討論會上。細看黃先生之意,他是借用了劉勰之口,稱呼牟先生爲"《文心雕龍》之友牟世金",並謂"世金兄十多年前來到天上,常常與我在文心閣聊天"③,等等,如此特别的設計,如此親切、平易而又不凡的稱呼,其内涵之豐富,不知有幾人可當? 試想,該以怎樣的執着與專一方能有如此之殊遇,該以怎樣的情懷付諸"龍學"方可得劉彦和如此之嘉許,該以何等"龍學"成果奉獻於世方能得此至高之評語,又該以怎樣的相知與相交方能得此"知音"之情誼?

二、劉勰生平研究的集大成者

劉勰生平研究之於"龍學"的重要性,是不言而喻的,而此一

———————————

① 張少康:《紀念"〈文心雕龍〉的功臣"——談談牟世金的〈文心雕龍〉研究》,戚良德主編:《儒學視野中的〈文心雕龍〉》,第 3—10 頁。

② 黃維樑:《請劉勰來評論顧彬——〈文心雕龍〉"古爲今用"一例》,《海南師範大學學報》2008 年第 1 期,《文學前沿》2009 年第 1 期。

③ 同上。

研究之困難,在《文心雕龍》研究中亦堪稱首屈一指。牟先生説:
"而彦和之生平,史料既乏,歧見尤多;證既有矣,而證又待證。"以
至於"欲爲劉勰之年譜,難矣"①。也許正因如此,關於劉勰的年
譜、年表雖多,却都祇能簡要成篇而無一專著,且其中"可取者多,
可辨者亦多"②。面對如此情形,牟先生深有感慨地説:"而龍學至
今,已成中外矚目之顯學。劉勰之生平猶未詳,頗以爲厕身龍學之
愧;欲求龍學之全面深入發展,亦當不避其難,甘犯其誤而略盡微
力。"③全面考察劉勰的生平,確乎是"龍學"深入發展之必需和必
然,牟先生《劉勰年譜彙考》一書之撰成出版,正是"龍學"步入其
全面發展和成熟時期的重要標誌之一。

　　《彙考》之撰,"以深知爲劉勰事蹟繫年之不易,特取彙考方
式,一以吸收諸家研究之所成,一以彙諸家之説於一覽,爲進一步
研究提供方便。乃圖彙而考之,庶可於比較之中,折中近是"④。
全書彙入中外學者所撰劉勰的年譜、年表達十六種,有作於二十世
紀三十年代的霍衣仙《劉彦和簡明年譜》,作於六十年代的翁達藻
《梁書劉勰傳大事繫年表》,這兩種現已很少爲研究者提起;有鮮
爲人知的陸侃如《劉勰年表》稿本,亦有影響甚大的楊明照作於四
十年代和七十年代的《梁書劉勰傳箋注》,以及詹鍈、張恩普、李慶
甲、穆克宏等各家所撰年表、年譜或生平繫年考略,這些代表着大
陸研究劉勰生平的主要成果。更有臺灣張嚴、王更生、王金凌、李
曰剛、龔菱、華仲麔諸家所作年譜、年表以及劉勰身世考索,這是臺
灣研究劉勰生平的主要著作⑤。還有日本興膳宏的《文心雕龍大

---

①　牟世金:《劉勰年譜彙考·序例》,成都:巴蜀書社,1988年,第1頁。
②　同上,第2頁。
③　同上。
④　同上。
⑤　其中王金凌、華仲麔兩位所作年譜,牟先生當時尚未見到,但其主要
觀點已從王更生、李曰剛等著作中轉引。

事年表》等,可略顯國外研究劉勰生平的成就。除此之外,衆多
"龍學"論著中兼及劉勰生平者,如有新説己見,《彙考》亦一並考
察。可謂搜羅今昔,囊括中外。這種頗富特點的年譜之作,不僅有
利於讀者全面把握有關劉勰生平研究的主要成果,而且更爲重要
的是,以對中外今昔研究成果的全面檢視與總結爲出發點,就有可
能更爲準確地考明劉勰的一生。所謂"於比較之中,折中近是",
《彙考》成爲劉勰生平研究的集大成之作。

(一) 關於劉勰生平的幾個重大問題

《彙考》着眼劉勰一生事蹟,不僅對劉勰的生卒年、《滅惑論》
撰年、《文心雕龍》成書年代等"龍學"的許多至關重要的問題,根
據大量的第一手資料,作出了新的論證;而且對劉勰生平中其他許
多重要問題,如劉勰入定林寺時間、參與抄經事、任南康王記室兼
東宮通事舍人是否同時、《梁建安王造剡山石城寺石像碑》一文撰
年、劉勰與蕭統之關係、劉勰之出家等,都作了詳實而有力的考證,
使劉勰生平中許多幽暗不明的問題更爲清晰甚或得以顯露,從而
將這位古代文論巨匠更爲豐富多彩的一生呈現在人們面前,也爲
"龍學"的進一步發展鋪平了道路。

第一,關於劉勰的生年問題。

劉勰之生年,早至宋孝武帝大明四年(460),遲到宋明帝泰豫
元年(472),諸家持説不一。而種種推算,又都是基於對《文心雕
龍》成書以及向沈約獻書之年的推斷。但正如《彙考》所説:"寫成
三萬七千字之《文心雕龍》,短則數月,長則數年,都有可能。且縱
定《時序》篇成於齊末,又何以知其全書必成於齊末? 沈約之'貴
盛',固爲重要綫索,然獻書求譽,非關軍國大政,又何必待其貴盛
之極?"①《文心雕龍》成書、獻書年代推斷之難確,便導致劉勰生年

————————————

①　牟世金:《劉勰年譜彙考》,第7頁。

之難定。因此,欲得劉勰之較爲確切的生年,理推固不可少,《文心雕龍》成書、獻書之年亦自應取之爲證,而史證則尤爲重要。所謂"無據不足立證,必以有關史實相佐"①,《彙考》除以自己對《文心》成書、獻書年代的更爲精確的推斷作爲根據外,更求有關史實而證劉勰生年。

《序志》有云:"予生七齡,乃夢彩雲若錦,則攀而採之。"②若知劉勰夢於何年,則其生年自可確定。《彙考》云:"按彩雲乃吉祥之兆,所謂五彩祥雲是也,劉勰又能攀而採之,則吉祥之中,又示劉勰少有奇志,當時正壯心滿懷也。由是可知,其父必卒於本年之後。"③這一細節分析無疑是頗合情理的。則"其父歿於何年",便成"推斷此夢繫年之重要依據"④。

《梁書·劉勰傳》祇謂"勰早孤",而未明言其父劉尚的卒年。臺灣王更生、龔菱、李曰剛等先生皆以劉勰三歲,"父尚病卒",却均無所據。《彙考》對此作了全新考證。據《宋書·百官志》、《南齊書·百官志》、《隋書·百官志》以及《宋書·沈攸之傳》等知,"劉宋時之五校尉,必非各置一人"⑤。又據蕭道成《尚書符征西府檄》知,蕭在討伐沈攸之時,同時派出五校尉中的屯騎校尉三人。因此,元徽二年(474)五月平定桂陽王劉休範的建康激戰,既有越騎校尉張敬兒參戰,同爲越騎校尉的劉尚亦必不能免此一苦戰。據《資治通鑒·宋紀十五》載,當時建康皇室兵力已全部投入激戰,劉尚戰於其中自不必説,且當時戰鬥結果是:"中外大震,道路皆云:'臺城已陷!'白下、石頭之衆皆潰……宫中傳新亭亦陷,太

---

① 牟世金:《劉勰年譜彙考》,第 7 頁。
② (南朝梁)劉勰:《文心雕龍·序志》,戚良德輯校:《文心雕龍》,第 286 頁。
③ 牟世金:《劉勰年譜彙考》,第 11 頁。
④ 同上。
⑤ 同上,第 13 頁。

后執帝手泣曰:'天下敗矣!'"身爲越騎校尉的劉尚亦必戰死其中①。

據此,劉勰父親之卒年有了較爲明確之推斷,則劉勰七齡之夢的繫年便得重要依據,覈以《文心雕龍》成書、獻書之年,則《彙考》定劉勰生於宋明帝泰始三年(467),較之以前諸説,庶可謂"近是"。

第二,關於《滅惑論》撰年問題。

《滅惑論》是劉勰的一篇重要佛學論文,而其撰寫時間關乎"龍學"的許多重大問題,因而備受矚目。如李慶甲先生所指出,它撰於齊代還是梁代的分歧"是帶有原則性的","因爲它涉及對劉勰思想、世界觀的形成、發展和《文心雕龍》思想體系屬於儒家還是佛家這樣一些重大問題的分析與評價"②。而長期以來,《滅惑論》撰於劉勰後期(梁代)之説幾成定論,以至於《文心雕龍》研究者不敢問津劉勰的這篇重要作品,《滅惑論》之"道"成了與《文心雕龍》之"道"水火不容的東西。事實上,《文心雕龍》第一篇雖即標《原道》,但劉勰却並未在其中論述什麽是"道",而《滅惑論》却正堪稱一篇"道"論;劉勰在《文心雕龍》中把"道"作爲一個既成概念加以運用,且以之爲其龐大文論體系的邏輯起點,這不能不使人想起《滅惑論》對"道"的大量論述。③《彙考》以全新的考覈,力證《滅惑論》撰於齊代,且撰於《文心雕龍》之前,這爲充分利用它全面研究劉勰思想以及《文心雕龍》理論體系提供了重要依據。

《彙考》指出,《滅惑論》撰於梁代的主要根據,其一是"磧砂藏

① 牟世金:《劉勰年譜彙考》,第13頁。

② 李慶甲:《〈關於《滅惑論》撰年與諸家商兑〉之商兑》,《文心識隅集》,上海:上海古籍出版社,1989年,第68—69頁。

③ 筆者以爲,《文心雕龍·原道》正緊承《滅惑論》對"道"的論證和闡發;"道"作爲劉勰的基本宇宙觀,成爲《文心雕龍》重要的哲學思想基礎。詳見拙著《文論巨典——〈文心雕龍〉與中國文化》,第156—162頁。

本"《弘明集》已題《滅惑論》作者爲"東莞劉記室勰",而劉勰兩任記室均在梁時;其二是收編《弘明集》的《出三藏記集》編成於梁。關於第一點,楊明照先生指出:"至磧砂藏本目錄《滅惑論》下題'記室劉勰',正文《滅惑論》下題'東莞劉記室勰',汪道昆本則均題'梁劉勰'。後人追題,未足爲訓。猶《文心雕龍》本成於齊,而題爲'梁通事舍人劉勰彥和述'(元至正本)或'梁通事舍人劉勰'(明弘治本)一樣。"①此種情形,史所多有。清劉毓崧論《文心雕龍》成於齊時説:"至於約之《宋書》,成於齊世祖永明六年,而自來皆題梁沈約撰,與勰之此書,事正相類。"②紀昀論《文心雕龍》成於齊世則舉《玉臺新詠》而謂:"據《時序》篇,此書實成於齊代。今題曰梁,蓋後人所追題,猶《玉臺新詠》成於梁而今本題陳徐陵耳。"③這種後人追題的情形,非題者有誤,蓋以作者活動的主要朝代而爲言,並不以著作成於何時爲依憑,也就難以據其所題而認定著作年代。關於《出三藏記集》的編撰,《彙考》詳究僧祐《法集總目序》,考定此序撰於公元 499 或 500 年,不出齊世,從而確認齊世已有十卷本《出三藏記集》,而其十五卷本乃梁天監年間補成。《彙考》並詳列十卷本《弘明集》的目錄,其三十四目,撰者三十家,除劉勰以外的二十九家,衹有牟子爲東漢末年人,其他皆爲晉、宋、齊三代之人,則説明其中並無梁世作品。則"《滅惑論》撰於齊,必矣"④。

至於《滅惑論》寫作的時代背景以及劉勰一生的思想變化,正如《彙考》所言:"首先應根據史實以認識其思想,不可據思想以推

---

① 楊明照:《劉勰〈滅惑論〉撰年考》注(2),《古代文學理論研究》第 1 輯,上海:上海古籍出版社,1979 年,第 179 頁。
② (清)劉毓崧:《書文心雕龍後》,《通義堂文集》(第十四卷),南林劉氏求恕齋刊本。
③ (清)黃叔琳注、(清)紀昀評:《文心雕龍輯注》,第 23 頁。
④ 牟世金:《劉勰年譜彙考》,第 48 頁。

論史實。"①即如《滅惑論》之"道",亦並非與《文心雕龍》之"道"毫不相關。梁武帝於佛學之中尤重涅槃般若,《滅惑論》似亦如此,但這並不能説明劉勰乃趨奉梁武帝。成於齊世的《文心雕龍》不正奉"般若之絶境"②爲圭臬麽? "般若學"豈非劉勰慕名已久! 又如梁武帝有所謂"三教同源"思想,但他有時又可以祇尊佛道而大斥其他各道。如謂:"大經中説,道有九十六種,唯佛一道,是於正道,其餘九十五種,皆是外道。朕舍外道,以事如來。若有公卿能入此誓者,各可發菩提心。老子、周公、孔子等,雖是如來弟子,而爲化既邪,止是世間之善,不能革凡成聖。公卿百官,侯王宗室,宜反僞就真,舍邪入正。"③又説:"弟子經遲迷荒,耽事老子,歷葉相承,染此邪法。習因善發,棄迷知返,今舍舊醫,歸憑正覺。願使未來世中,童男出家,廣弘經教,化度衆生,共取成佛,入諸地獄,普濟群萌。寧可在正法中,長淪惡道,不樂依老子教,暫得生天。"④就《滅惑論》而言,劉勰所謂"至道宗極,理歸乎一;妙法真境,本固無二"⑤,顯然並非簡單的調和,而是以其對"道"的哲學規定和命意爲根據。因此,正如李森先生所考,《滅惑論》之撰並不以梁武帝隆佛倡盛之時爲背景⑥。《南齊書》卷五十四《高逸·顧歡傳》謂:

---

① 牟世金:《劉勰年譜彙考》,第48—49頁。

② (南朝梁) 劉勰:《文心雕龍·論説》,戚良德輯校:《文心雕龍》,第117頁。

③ (南朝梁) 蕭衍:《敕舍道事佛》,《全梁文》(第四卷),(清) 嚴可均校輯:《全上古三代秦漢三國六朝文》,北京:中華書局,1985年,第2970頁。

④ (南朝梁) 蕭衍:《舍道事佛疏文》,《全梁文》(第六卷),(清) 嚴可均校輯:《全上古三代秦漢三國六朝文》,第2986頁。

⑤ (南朝梁) 劉勰:《滅惑論》,石峻等編:《中國佛教思想資料選編》(第一卷),第326頁。

⑥ 李森:《關於〈滅惑論〉撰年與諸家商兑》,《社會科學戰綫》1983年第2期。

"佛道二家,立教既異,學者互相非毀。"①道、佛之辨由來已久,《滅惑論》成於齊世,就其時代背景而言,亦合理合情。

第三,關於《文心雕龍》寫作及撰成諸問題。

《彙考》之撰,奉劉勰"有同乎舊談者,非雷同也,勢自不可異也;有異乎前論者,非苟異也,理自不可同也"②爲宗旨,既不盲從舊説,又充分吸收前人及今人研究成果。就《文心雕龍》撰年而言,清人劉毓崧已詳考其成書、獻書之年,一據《時序》以證此書必成於齊和帝之世;二據沈約之"貴盛"以證負書干約亦在同時;三據梁初劉勰"起家奉朝請",以證沈約延舉之力,正在"書適告成"之後。誠如《彙考》所言,"三者互證,理周事密"③,其主要成果,已不容抹煞。在強調"必知此三證互爲表裏,構成整體,方爲確證"④之同時,《彙考》對《文心雕龍》撰年作了更爲精審的考訂。

首先,《彙考》指出,《文心雕龍》之撰,並不以劉勰校定經藏"至齊明帝建武三四年,諸功已畢"⑤爲前提,而是劉勰於建武五年以後,"以主要精力撰寫《文心》,而協助僧祐撰經之任務,亦未嘗中斷"⑥。其次,《彙考》據《時序》頌齊和帝而無東昏推知,此篇必寫於中興元年十二月東昏被殺之後;而中興二年三月二十八日,蕭齊王朝結束,則《時序》及其以下五篇必成於中興二年元月至三月二十八日這三個月之中。這樣,劉勰寫作的大致進度便可由此推知:"其大致進度爲三月内完成六篇,約每月兩篇。但前二十五篇難度較大,篇幅較長,估計至少每月可得一篇。如是算來,上篇費

---

① （南朝梁）蕭子顯:《南齊書》,北京:中華書局,1972 年,第 931 頁。
② （南朝梁）劉勰:《文心雕龍·序志》,戚良德輯校:《文心雕龍》,第287 頁。
③ 牟世金:《劉勰年譜彙考》,第 60 頁。
④ 同上,第 64 頁。
⑤ 范文瀾:《文心雕龍注》,第 731 頁。
⑥ 牟世金:《劉勰年譜彙考》,第 52 頁。

時二十五月,下篇費時十二月,全書約三年可成。另一年左右爲繼續佐僧祐撰經,故總計仍需四年完成《文心》。"①如此,則其始撰之年亦可得而明。又據《序志》"齒在逾立"而撰《文心雕龍》之説明,則劉勰生年亦得有力之佐證。再次,《彙考》細酌劉毓崧三證,考訂劉勰負書干約不在齊末和帝之時,而在蕭梁王朝就緒後之下半年内。從而,《文心雕龍》之撰年及成書、獻書之年都得以更爲確切而有力的考訂。

實際上,關於《文心雕龍》的寫作年代,尤其是作於齊代還是梁代的問題,一直頗有爭議,有些學者堅持認爲《文心雕龍》成於梁世,應該説也是有其道理的。這從一個方面説明,由於確鑿史料的匱乏,牟先生的考訂仍難謂其必當如此。但史證既不足,則全面衡量和綜合推斷就顯得格外重要,以此而論,牟先生的考訂就顯得更具合理性了。韓湖初先生便指出:"在筆者看來,經楊明照考訂、牟世金先生修正和完善的劉毓崧齊末説難以撼動。細看賈、周之説,儘管'證據'令人眼花繚亂,却經不起檢驗,有的則近於可笑。"韓先生並指出一個重要的問題,那就是既要認真體會《文心雕龍》原文,又要"細看楊、牟之説",否則"其論怎能服人"?② 筆者也覺得,《彙考》之作不僅全力搜尋有用、可用的資料,而且思慮極爲細緻周密,確是需要仔細研讀的。

第四,關於劉勰的卒年問題。

史料之缺乏,幾乎使有關劉勰生平的每一個問題都聚訟紛紜。其中劉勰卒年,分歧更大。范文瀾先生推斷劉勰卒於普通元、二年

---

① 牟世金:《劉勰年譜彙考》,第 53—54 頁。

② 韓湖初:《牟世金先生考證〈文心雕龍〉成書年代和劉勰生卒之年的貢獻》,戚良德主編:《中國文論》第 3 輯,上海古籍出版社,2016 年,第 222—223 頁。

（520、521），影響較大，但由於"徒憑推想"①，故難成定讞。范説之後，影響較大的是李慶甲先生的考定。他據宋釋祖琇《隆興佛教編年通論》等釋書的記載，考定劉勰卒於中大通四年（532）。新版《辭海》便取李説。然而，《梁書》、《南史》均未明言劉勰卒年，時至南宋，諸釋書又從何得知劉勰表求出家的具體年代？且將劉勰卒年延至532年，十餘年之中，劉勰所任所在，《梁書》、《南史》爲何竟不置一字？

　　《彙考》將有關劉勰卒年諸説大别爲二：一在普通初年，一在蕭統卒後，進而推斷："雖兩類之間又互有歧異，察其關鍵，唯在何年奉敕與慧震於定林寺撰經。"②而奉敕撰經必在劉勰遷步兵校尉之後，始與本傳相符。《彙考》詳稽《梁書》諸傳，列出自天監元年（502）至中大通三年（531）三十年間曾任步兵校尉者二十四人，覈以《隋書·百官志》所載梁世官制，考定劉勰遷步兵校尉之職當在天監十七年而止於天監十八年，從而證實劉勰奉敕撰經必在天監十八年，亦由此推斷劉勰卒於其後第三年，即普通三年（522）。

　　長期以來，許多論者都把劉勰奉敕撰經與蕭統之卒聯繫在一起，從而劉勰之卒亦每與蕭統之卒緊密相關。面對這些重要而關鍵的問題，《彙考》列舉大量史料，力證"劉勰之奉敕撰經、燔髮出家，均與蕭統之卒了不相關"③，不僅澄清了這一史實，而且亦有力地説明劉勰卒於中大通年間的説法是未必可靠的。

　　不過，韓湖初先生指出，牟先生釐清劉勰之撰經、出家均與蕭統之卒"了不相關"的史實，以及詳考與慧震奉敕撰經"必在"劉勰遷步兵校尉之後即天監十八年，都是正確的，但范文瀾先生認爲劉

---

① 范文瀾：《文心雕龍注》，第730頁。
② 牟世金：《劉勰年譜彙考》，第108頁。
③ 同上，第116頁。

勰撰經"大抵一二年即畢功"①,而牟先生認爲"其説近是",其實這却是"大可商榷"的。韓先生認爲:"此次劉勰與慧震撰經任務要繁重得多,決非一、兩年所能完成,時間也要長得多,參與人數亦遠不止三十人。"②如此,則劉勰出家之年必當延後,其卒年亦當順延,這也正是關於劉勰卒年至今尚難以定論的原因。但如韓先生所説:"關於劉勰卒年的考辨,牟世金先生不但多方搜集資料,彙考衆家之説,折中近是,而且提出系列卓越見解,令探究大步向前,並接近最終結論。"③

(二) 對劉勰生平與思想的綜合探索

爲古人製譜,向稱難事;爲劉勰製譜,史料既特別缺乏,已有諸譜又衆説紛紜,加之劉勰乃文化名人,"舉世睽睽,不容粗疏"④,故欲求合理通達而符合史實之説,實爲難上加難。《彙考》之成功撰著,不僅在上述有關劉勰一生之重大問題的全力探索,而且在於對劉勰生平與思想的綜合研究。換言之,正是在對劉勰一生事蹟及其思想予以全面把握的基礎上,對其生平重大問題的衡量纔變得更加可信而具有説服力。

《序例》有云:"本書所考,雖大多久藴於心,然近年應約所撰有關文稿,仍多沿舊説;時見報刊探討劉勰繫年之文,常有觸發,亦欲言而止。蓋以尚未通盤考覈,未能自信也。"⑤"通盤考覈",對於考察劉勰生平而言,確是尤爲需要的。有關劉勰生平的許多説法,單獨看似都能成立,而最終又經不住推敲,其原因正在於未能"通

①　范文瀾:《文心雕龍注》,第 731 頁。
②　韓湖初:《牟世金先生考證〈文心雕龍〉成書年代和劉勰生卒之年的貢獻》,戚良德主編:《中國文論》第 3 輯,第 229 頁。
③　同上。
④　牟世金:《劉勰年譜彙考·序例》,第 1 頁。
⑤　同上,第 2 頁。

盤考覈"。如劉勰入定林寺的時間,許多譜表定爲永明元、二年(483、484)便是不準確的。其一,劉勰至天監二、三年(503、504)方出定林,則居寺時間已超二十載,此與本傳所謂"與之居處,積十餘年"顯然不符。其二,本傳謂劉勰"家貧不婚娶,依沙門僧祐",則不可或忽者,其依僧祐之時,必至婚娶成家之年。據《禮記·曲禮》、《孔子家語·本命解》等知,二十歲之前的劉勰,尚未至有室之年,則入寺亦不可能。《彙考》檢前驗後,詳稽史實,定其永明八年(490)入定林寺依僧祐,顯然是更爲合理的。又如劉勰卒年,延至蕭統卒後亦不可謂無據,然而,將劉勰增壽十餘年,而其事蹟一無所聞,已於事理難通;且劉勰年逾古稀,無官無職後欲遁佛門,又有何必要"先燔鬢髮以自誓",而求"敕許之"呢?這樣,唯一的可能就是"奉敕撰經"的時間真的如賈樹新先生所說,"需時約十五年,纔能證功畢"①,然而其可靠性是值得懷疑的。《彙考》着眼劉勰一生,廣徵史料,細推事理,認爲宋元釋書所載並不可靠,筆者覺得還是極有説服力的,而定劉勰卒於普通三年(522),也就有其道理了。

　　實際上,如果孤立地看待《彙考》對劉勰事蹟的繫年,則很多考證仍可説未必盡是。如考劉勰生年,以其七齡之夢而推其父卒必在劉勰七歲之後,以建康激戰史實而考劉尚必戰死於元徽二年(474),都是具有相當可信性的。但這仍未能肯定劉尚卒時劉勰一定八歲,從而亦難確斷劉勰生年。當然,其前後出入已不太大。而再與《文心雕龍》成書、獻書之年聯繫考察,則劉勰生年的可信程度就大爲加强了。又如《文心雕龍》之撰年,細推《時序》以下六篇之寫作進度固已大致可知全書撰期,但僅據此而謂此書撰成需時四年實仍有可酌。而覈以四年之中,劉勰仍有撰經任務,以及獻

---

　　① 　賈樹新:《〈文心雕龍〉歷史疑案新考》,《文心雕龍研究》第1輯,北京:北京大學出版社,1995年,第226頁。

書沈約之時間,則其撰期方更爲確信。《彙考》之所以能對劉勰一
生事蹟作出"近是"的推斷,正因其着眼劉勰一生而進行全面考覈
和綜合衡量。不限於一時一事,不拘於一枝一節,而是從總體上,
從全部史料的前後照應和情理的綜合推斷上,去考定劉勰一生的
一行一動。這種方式的合理性,對於考察像劉勰這樣極少明確記
載之人的生平事蹟而言,顯然是不難理解的,但其難度則是可想而
知的。

　　牟世金先生以精研《文心雕龍》三十載,出版"龍學"著作八九
種之後而撰劉勰年譜,其資於内證而得心應手,方使考證左右逢
源。如論劉勰三年居喪,證以《指瑕》評"左思《七諷》,説孝而不
從;反道若斯,餘不足觀矣"①,而謂"其重孝道若此,則劉勰守喪三
年自不可少"②,則其理愜當。又如論僧祐《法集總目序》很可能係
劉勰代爲抄撰輯録,此説早爲前人所及,然祇推想爲言;《彙考》進
而舉《麗辭》"麗句與深采並流,偶意共逸韻俱發",與《法集總目
序》之"短力共尺波争馳,淺識與寸陰競晷"相較,而疑後者或亦是
劉勰得意之句③,亦可謂實而有徵了。《彙考》推斷《文心雕龍》寫
作進度,范注早有"《文心》各篇前後相銜,必於前篇之末,預告後
篇所將論者"之説④,牟先生更證以劉勰論"附會之術"而强調"制
首以通尾",反對"尺接以寸附"⑤之語,既證范説之不誣,亦爲推斷
《文心雕龍》寫作進度提供重要依據。又如沈約大重《文心雕龍》

①　(南朝梁)劉勰:《文心雕龍·指瑕》,戚良德輯校:《文心雕龍》,第
235頁。
②　牟世金:《劉勰年譜彙考》,第26頁。
③　同上,第40頁。
④　范文瀾:《文心雕龍注》,第504頁。
⑤　(南朝梁)劉勰:《文心雕龍·附會》,戚良德輯校:《文心雕龍》,第
243頁。

而"謂爲深得文理"①,多以《文心雕龍》之《聲律》篇正合沈約之旨,或亦據此而論門户之見。《彙考》證諸《聲律》本文及《正緯》等篇,揭示"劉勰之聲律論,乃按自然之道立論","與沈約之論異趣"②,從而可見沈約之重視《文心雕龍》一書,本正從其"深得文理"處着眼,並不存所謂門户之見。《文心雕龍》是劉勰現存最重要的著作,探索劉勰生平而充分利用之,正是使結論臻於"近是"的重要途徑。

正是以對《文心雕龍》的深入研究爲基礎,牟先生的《彙考》既精心探求劉勰一生事蹟,又以深知劉勰思想之探究實爲"龍學"一重要難題,故不遺餘力而詳搜有關儒、釋、道及文藝思想資料,以展示劉勰思想形成的文化背景和時代氛圍。應該説,這屬於一本年譜之作的意外收穫,但也顯然有助於劉勰生平事蹟的深入考察。

例如,劉勰既以感夢孔子而立志論文,《文心雕龍》之作,更以"聖"、"經"爲立文之準則,則劉勰的儒家思想必非久受浸漬而難成。《廿二史札記·南朝經學》謂:"齊高帝少爲諸生,即位後,王儉爲輔,又長於經禮,是以儒學大振。"衡諸《南齊書·高帝紀》等,知此説信非虚言。《彙考》據以論云:"按劉勰此時正值求學之際,齊祖尚儒,輔以王儉,其後數年之'儒學大振',對彦和之重儒必深有影響。"③同時,《彙考》又引沈約《爲文惠太子解講疏》及《南齊書·高逸、顧歡傳》等關於僧入玄圃、齊徵道家學者顧歡爲太學博士等的記載,説明"當時之儒學,與兩漢大異"④,則影響於劉勰之儒風亦自不同於兩漢經學;説明劉勰重儒而不廢佛道,其來有自。

---

① （唐）姚思廉:《梁書》,北京:中華書局,1983 年,第 712 頁。
② 牟世金:《劉勰年譜彙考》,第 40 頁。
③ 同上,第 16 頁。
④ 同上,第 18 頁。

齊永明以後，"儒風更濃"，而"佛教思想亦爲皇室所重"①。《彙考》以《南齊書·劉瓛、陸澄傳論》、《資治通鑒·齊紀》、《高僧傳·僧柔傳》及《僧遠傳》等説明，濃厚的儒風既影響於劉勰，而佛徒之爲帝王敬重，亦"當使劉勰爲之動心"②。永明五年以後，以蕭子良爲中心的文學集團開始形成，"與此同時，子良不斷招致名僧，大講佛法，又形成江左佛學高潮"③，所謂"道俗之勝，江左未有也"④。《彙考》指出："劉勰之'道俗'相兼，其非時風所致？"⑤

　　僅從上述對劉勰二十一歲前社會思想狀況的描繪便可看出，《彙考》確乎相當有力而全面地揭示了劉勰思想形成的整個文化背景，這對於理解劉勰思想的多重成分及複雜程度，對於認識《文心雕龍》的指導思想及理論基礎，都是極爲重要的。

　　需要指出的是，由於史料之缺乏，有關劉勰生平的每一個問題幾乎都聚訟紛紜而難有定讞。因此，《彙考》之作，亦不可能没有疏漏之處。如韓湖初先生最近專門撰文，就牟先生對劉勰生平研究所作出的貢獻進行研究，並給予高度評價，認爲《劉勰年譜彙考》一書"匯總衆家之説，評價得失客觀公允，辨析異同深入細緻，而且提出系列卓越見解，步步推動探究的深入，並爲接近最終結論奠下堅實的根基"⑥。但同時指出牟先生對劉勰晚年於定林寺撰經時間的估算，便有些不確。近年來，張少康先生也對劉勰生平進行了一些研究，並就牟先生的《劉勰年譜彙考》指出："牟著收集了當時所能見到的海内外十多種研究劉勰身世的著作，參考

①　牟世金：《劉勰年譜彙考》，第19頁。

②　同上。

③　同上，第23頁。

④　（南朝梁）蕭子顯：《竟陵王蕭子良傳》，《南齊書》，第698頁。

⑤　牟世金：《劉勰年譜彙考》，第23頁。

⑥　韓湖初：《牟世金先生考證〈文心雕龍〉成書年代和劉勰生卒之年的貢獻》，戚良德主編：《中國文論》第3輯，第219頁。

了許多有關的研究論文,能够在總結各家研究成果基礎上進一步提出自己新見解,應該説是一部研究劉勰身世的集大成之作,但因考訂有明顯失誤之處,有些見解就離譜了,故不能盡如人意。"①這一説法一方面肯定了牟先生《彙考》的"集大成"之功,另一方面又認爲"考訂有明顯失誤之處",以至"有些見解就離譜了",這是需要略予説明的。其實,細讀張先生大作,雖有一些與《彙考》不同之見,但應當説還是贊成、肯定爲多;其真正認爲牟先生之考具有"明顯失誤"而至"離譜"之處,蓋惟劉勰任步兵校尉之時間問題而已②。筆者覺得,《彙考》對此一問題的考證即使有不確之處,却也未必真的十分"離譜"。況且,誠如張先生所説,"由於文獻資料的欠缺,我們不可能非常確切地撰寫劉勰的年譜",也就不可能没有"推測的因素"③。因此,總起來説,牟先生對劉勰生平的考證,其系統全面而"折中近是",亦可謂研究劉勰的功臣了。

三、《文心雕龍譯注》的成就

牟先生的"龍學"之路,可以説是從《文心雕龍》的今譯起步的,在他的"龍學"著作中,以翻譯爲主的著作就有四種。先生在《文心雕龍研究》的"自序"中,曾談到自己與"龍學"的因緣:

> 解放前,我在四川老家的一所中學任教,當時還年少無知,但聽到同事中的年長者談起《文心雕龍》,引起我的興趣,

---

① 張少康:《劉勰的家世和生平》,《文心與書畫樂論》,北京:北京大學出版社,2006 年,第 3 頁。
② 同上,第 28 頁。
③ 同上,第 35 頁。

便從書店買來一本標以"廣注"的《文心雕龍》①，却根本看不懂。因而萌生一種願望：能讀到一種今譯本就好了。當時還絕無自己來譯的奢望，祇希人家譯出，以利自己學習而已。直到 1958 年，山東大學成仿吾校長親率中文系師生編寫文學史，陸侃如先生和我被任命爲漢魏六朝段的負責人，分工時祇好任別人先選，最後剩下緒論和《文心雕龍》兩個部分，便由陸先生寫緒論，我分《文心雕龍》。這就再一次促使我產生讀到《文心雕龍》譯本的強烈願望。但那時仍然没有譯本可讀，歷史就爲我安排了這樣的道路：三年之後，陸先生和我決定，自己來譯。②

1962 年 9 月，兩位先生合作的《文心雕龍選譯》上册由山東人民出版社出版，1963 年 7 月又出版了該書下册。這是《文心雕龍》研究史上較早的一個譯注本。全書譯注《文心雕龍》二十五篇，每篇寫有"題解"，書前有近四萬字的"引言"，對《文心雕龍》進行了較爲系統的論述。1963 年 5 月，兩位先生合作的《劉勰論創作》也由安徽人民出版社出版。對《文心雕龍》的創作論進行專題研究和注譯，這在"龍學"史上是第一次。1981、1982 年，牟先生修訂並補充完成的《文心雕龍譯注》上、下册相繼由齊魯書社出版，這是"龍學"史上較早的一個《文心雕龍》全譯注本。它雖然仍可説以六十年代的《選譯》爲基礎，但牟先生不僅補譯、補注了《選譯》未收的二十五篇，而且對《選譯》的二十五篇也全部仔細推敲，統一修訂。因此，《譯注》實際上已成面目全新之作了。對此，石家宜先生曾經作過深入分析。他説：

　　　新著面貌焕然，須刮目相看。首先，新著的整體感強……

---

①　牟先生原注："杜天縻注，世界書局 1947 年版。此書至今尚存身邊。"

②　牟世金：《文心雕龍研究·自序》，第 1—2 頁。

取得了理論整體上比較準確的把握。其次,牟著的理論質地好:一篇引言,洋洋灑灑達六、七萬字,縱橫捭闔,層層推進;條分縷析,益見謹細;從《文心》整個體系上作出這樣全面深入的理論剖析,目前是不多見的。……同時,新著的科學性也大大加强了。……作者傳取衆長,尊重權威,但更尊重科學,他對所引的每一條資料包括范注的全部引文都找原文查覈,從不用第二手資料,這種尊重歷史的基本態度貫穿在整個校注工作中。……正是這種執著的注重論據使牟著充滿了首創性。……牟著取得的成就是和他始終堅持尊重歷史、尊重事實的執著認真分不開的,我們應當從這裏總結他的已經引起海內外重視的理論研究工作。①

可以看出,石先生不僅作了切中肯綮的分析,而且給以高度評價。詹鍈先生也曾説:"牟世金同志新出的《文心雕龍譯注》比1963 年他和陸侃如先生合寫的《文心雕龍選譯》提高了一大步。"②張少康等先生的《文心雕龍研究史》也指出:"《文心雕龍譯注》是牟世金在研究《文心雕龍》文本方面的代表作。《譯注》與原來的《選譯》相比,不僅是補齊了原來未譯注的篇章,而且在學術水平上有了很大的提高,補充了作者許多新的研究成果,成爲一部融學術性和普及性於一爐的《文心雕龍》全注本和全譯本。"③

作爲范注之後的《文心雕龍》新注本,《文心雕龍譯注》的注釋首先體現出詳盡的特點。據王樹村《評〈文心雕龍譯注〉》一文統計:"對於《原道》到《檄移》的二十篇,范注本衹設有 911 條注,平均每篇 45.6 條;周注本設有 698 條注,平均每篇 34.9 條;《譯注》則

---

①　石家宜:《〈文心雕龍〉研究的勃興》,《讀書》1984 年第 5 期。

②　詹鍈:《〈文心雕龍〉的風格學》,第 165 頁。

③　張少康、汪春泓、陳允鋒、陶禮天:《文心雕龍研究史》,第 336 頁。

設注 2 315 條,平均每篇 115.8 條,這個數目差不多是范、周兩本注條總和的一倍半。"①應該説明的是,由於注釋體例的不同,條目數量的多少並不能完全反映注釋的詳略,如周振甫先生的《文心雕龍注釋》,往往數句一條注釋,但這條注釋裏面實際上包含了多條注釋内容,因此注釋條目的數量有時並非完全可比的。不過,《譯注》"平均每篇 115.8 條"的注釋,這在同類著作中確實是比較詳盡的;尤其是作爲較早的《文心雕龍》讀本,詳盡的注釋對讀者的便利是不言而喻的。更重要的是,《譯注》的注釋不僅條目多,而且其具體的注釋内容更是焕然一新。如《史傳》篇有"宣后亂秦,吕氏危漢"之句,范注引《史記·匈奴列傳》之語,以"亂"爲淫亂②,其後注家皆從此説。但牟先生細究原文,認爲"宣后亂秦"與"吕氏危漢"性質相同,而與"淫亂"毫不相干,並證以《史記·穰侯列傳》和《范雎列傳》的史實,"宣后亂秦"之本義始明③。再如《書記》篇有"休璉好事"一語,范注謂:"彦和謂其好事,必有所本,不可考矣。"④周振甫先生也説:"所謂好事,未詳,或和好作書信有關。"⑤牟先生則以《三國志·王粲傳》注引華嶠《漢書》以及《後漢書·應劭傳》、《後漢書·班彪傳》等記載爲據,指出這個"好事"乃是"綴集時事"以編寫史書⑥,令人豁然開朗。又如《麗辭》篇"氣無奇類"一語,各家一般不注,但理解却各有不同。周振甫先生先

　　①　王樹村:《評〈文心雕龍譯注〉》,《文學評論》1984 年第 3 期。

　　②　范文瀾:《文心雕龍注》,第 296 頁。

　　③　陸侃如、牟世金:《文心雕龍譯注》(上册),濟南:齊魯書社,1981年,第 200 頁。

　　④　范文瀾:《文心雕龍注》,第 473 頁。

　　⑤　周振甫:《文心雕龍注釋》,北京:人民文學出版社,1983 年,第284 頁。

　　⑥　陸侃如、牟世金:《文心雕龍譯注》下册,濟南:齊魯書社,1982 年,第 62 頁。

譯爲"内容没有創見"①,後改爲"意氣没有獨創"②,郭晉稀先生譯爲"一篇作品情態很平常"③,趙仲邑先生則譯爲"才氣没有什麽突出之處"④,等等。牟先生則引《周易·乾·文言》"同聲相應,同氣相求……則各從其類也"爲據,指出"氣類"乃"同類,借指對偶"⑤,這一注釋顯然是頗爲符合《麗辭》之旨的。可以説,《譯注》對《文心雕龍》注釋的這種首創之功,乃是屢見不鮮的。

牟先生曾有一段話談到注釋的重要性,其云:

> 尊《文心雕龍》今譯爲"專門學術中的專門學術",竊以爲實有識之論。其爲"專"者甚多,主要是難於確切地轉達原意。海峽兩岸學者雖經二十多年的努力,至今仍難得一本公認的準確譯本……究其原因,關鍵是在對原文的理解。信達的譯文,必以準確的注釋爲基礎。若得精確翔實的注本爲據,則所謂"信達雅"的譯事,無論今譯或外譯,就和一般翻譯相去不遠了。故所謂專門中的"專門",其根在注。⑥

《文心雕龍》的今譯很難,因此牟先生不止一次地對王更生先生所謂"專門學術中的專門學術"一説表示贊同,如説:"王更生曾謂:'近代言翻譯,已成專門的學術,而《文心雕龍》的翻譯,更是專門學術中的專門學術。'這説明他對《文心雕龍》的翻譯是頗有見地的。"⑦但翻譯的基礎是對原文的理解,因而"信達的譯文,必以準確的注釋爲基礎",牟先生之所以對注釋極爲用力,也就可想而

---

① 周振甫:《文心雕龍選譯》,北京:中華書局,1980年,第206頁。
② 周振甫:《文心雕龍今譯》,北京:中華書局,1986年,第318頁。
③ 郭晉稀:《文心雕龍注譯》,蘭州:甘肅人民出版社,1982年,第456頁。
④ 趙仲邑:《文心雕龍譯注》,南寧:灕江出版社,1982年,第304頁。
⑤ 陸侃如、牟世金:《文心雕龍譯注》(下册),第197頁。
⑥ 牟世金:《臺灣文心雕龍研究鳥瞰》,第19頁。
⑦ 同上,第17頁。

知了。應該説,牟先生追求的這一"精確翔實"的注釋目標,經過三十多年的實踐檢驗,他基本達到了,這是其《譯注》一書至今暢銷不衰的兩大原因之一。

另一個重要的原因,當然是牟先生同樣看重的翻譯。《譯注》對《文心雕龍》的翻譯,可謂圓潤暢達,既忠實於原著,力求搞清本義,又靈活變通,做到以現代的理論語言準確地傳達出一千五百年前的文學思想。誠如評者所説,"《文心雕龍譯注》……恰到好處地注釋、翻譯了《文心服龍》全書"①。這種"恰到好處",説起來容易,做起來很難,這應該是曾經翻譯過《文心雕龍》者的共同感受。王更生先生之所以説這是"專門學術中的專門學術",我覺得就是因爲他感觸很深,知道古文的今譯很難,而《文心雕龍》的今譯,又不同於一般的古文翻譯。這裏我們試舉二例。

《辨騷》篇有這樣幾句:

> 若能憑軾以倚《雅》、《頌》,懸轡以馭楚篇,酌奇而不失其貞,玩華而不墜其實;則顧盼可以驅辭力,欬唾可以窮文致,亦不復乞靈於長卿,假寵於子淵矣。②

這段話是《辨騷》篇有名的結論,其中没有什麽晦澀之詞,也没有什麽難解之句,我們隨便舉這樣一個例子,來看一下什麽是"恰到好處",爲什麽説這是"專門學術中的專門學術"。幾家有代表性的譯文是這樣的:

> 牟世金:如果我們在寫作的時候,一方面依靠着《詩經》,一方面又掌握着《楚辭》,吸取奇偉的東西而能保持正常,玩味華艷的事物而不違背實際;那麽刹那間就可以發揮文辭的作用,不費什麽力就能够窮究文章的情趣,也就無須乎向司馬

---

① 王樹村:《評〈文心雕龍譯注〉》,《文學評論》1984 年第 3 期。
② (南朝梁)劉勰:《文心雕龍·辨騷》,戚良德輯校:《文心雕龍》,第 25 頁。

相如和王襃借光叨教了。①

周振甫：倘能嚴肅地遵照《雅》、《頌》的準則，有控制地駕馭《楚辭》，採擇奇偉的内容而不失去它的正確；鑒賞香花而不失掉它的果實；那麽在一回顧間可以發揮文辭的作用，一開口間可以徹底探索文章的情致，不再向司馬相如求助，向王襃去借光了。②

郭晉稀：因此可知，創作必須以學習《雅》、《頌》爲準則，行文要有控制地效法楚《騷》，斟酌採用它的奇誕而能保持雅正，玩味體會它的華辭而不忘記實意，那麽一顧一盼也可以驅遣文辭氣力，一咳一唾都可以窮極文情委曲，無須向長卿乞靈感，向子淵求寵愛了。③

王運熙、周鋒：如果寫作能像乘車靠着車前横木那樣倚靠《雅》《頌》，能像驅車拉着馬繮那樣駕馭《楚辭》，酌取奇偉而不喪失雅正，玩味華艷而不失去樸實；那麽馬上便能驅遣辭情才力，很快就可窮盡文章情致，也不必向司馬相如討教、向王襃求助了。④

劉勰這句話的開始是"若能……"，則譯爲"如果……"最爲準確，所謂"因此可知"就莫名其妙了。"憑軾"、"懸轡"二句是個比喻，要在强調《詩經》、《楚辭》的榜樣作用，譯爲"一方面依靠着《詩經》，一方面又掌握着《楚辭》"，用"依靠"和"掌握"既簡要而準確地翻譯出"憑軾"、"懸轡"的比喻義，又很明白地傳達了其中心思想。"酌奇"、"玩華"二句是這段話裹最有名的兩句，因而翻譯就

---

① 陸侃如、牟世金：《文心雕龍譯注》（上册），第55頁。

② 周振甫：《〈文心雕龍〉譯注》（修訂本），南京：江蘇教育出版社，2005年，第98—99頁。

③ 郭晉稀：《文心雕龍注譯》，第53—54頁。

④ 王運熙、周鋒：《文心雕龍譯注》，上海：上海古籍出版社，1998年，第39頁。

格外難,上述譯文可以説均不甚出色,但把"玩華而不墜其實"翻譯成"鑒賞香花而不失掉它的果實",未免就離題遠一些了。"顧眄"、"欬唾"二句也是比喻,前者表示時間之快速,後者比喻事情之容易,因而翻譯成"刹那間就……不費什麽力就……"纔是最準確的,其他都是似是而非的。最後的"乞靈"、"假寵"二句是個很形象的説法,譯爲"借光叨教"亦最爲合適。可見,牟先生這一最早出的譯文勝出一籌是毋庸置疑的。正是順着這樣的思路,在先生譯文的啟發下,筆者將這段話譯爲:"就像乘車,《詩經》猶如車前橫木而需緊緊抓住;又如騎馬,《楚辭》仿佛馬之繮繩而要牢牢掌握;既有屈原之奇偉而又不失《詩經》之雅正,既得《楚辭》之華美而又不棄經典之樸實,那麽轉眼之間可以駕輕就熟,談吐之際便能馳騁文壇,也就不必再向司馬相如和王褒之輩借光討教了!"①

再如《文心雕龍·練字》篇中,有這樣幾句:"是以前漢小學,率多瑋字,非獨制異,乃共曉難也。"不僅沒有援用故實,而且文字上似也無特別難解之處。各家譯文是這樣的:

周振甫:因此前漢講文字的書,往往多奇異的字,不僅當時的制度和後來不同,也是所用文字大家難懂。②

趙仲邑:因此前漢的文字之學,一般説來,怪字很多,不但字形的製作特別,而且大家都很難認識。③

郭晉稀:所以前漢作家都懂得小學,作品中很多怪字,不單是字形奇異,而且意義也難明白。④

向長清:所以前漢的小學書籍,多有奇異的字,不僅文字

---

①　戚良德:《文心雕龍校注通譯》,第 53 頁。
②　周振甫:《文心雕龍選譯》,第 232 頁。
③　趙仲邑:《文心雕龍譯注》,第 329 頁。
④　郭晉稀:《文心雕龍注譯》,第 432 頁。

體制與後世不同,而且即在當時,大家認識它也很困難。①

這些譯文略有差異,但其理解原文的思路則大體相同。尤其對"非獨制異,乃共曉難也"一句的理解,完全一致。然而,正如牟先生所指出,"非獨……乃……"的結構,顯然不能譯爲"不僅……而且……","難"字亦不是"困難"、"難懂"之意,而是指"難字",楊明照先生早有注釋②。因此,牟先生將劉勰這段話譯爲:"因此,西漢時期擅長文字學的作家,大都好用奇文異字。這並非他們特意要標新立異,而是當時的作家都通曉難字。"③這個譯文顯然是獨闢蹊徑的。它的精彩,不僅在於它符合上下文意,從而準確地把握了原文,而且它揭示出劉勰的一個重要思想:文學作品的語言是具有時代特徵的。劉勰的這一思想,對後人更好地理解、正確地評價古代的作家、作品是非常重要的。事實上,牟先生的這一理解,已爲後出的各家譯本所接受。如周振甫先生的《文心雕龍今譯》,便將《文心雕龍選譯》中的"也是所用文字大家難懂"一句,改爲"是當時大家都懂得難字"④。龍必錕《文心雕龍全譯》將這句譯爲:"所以西漢的文字學,大多有很多瑋奇的字,這不獨是作家製造異樣的字體,乃是當時大家都通曉這些難識的文字。"⑤張燈先生《文心雕龍新注新譯》將這句譯爲:"所以前漢創作的語詞運用,大都愛取瑋奇的文字,這倒並非單爲故作驚詫怪異,實質還在於作者都能通曉難字。"⑥王運熙、周鋒先生《文心雕龍譯注》將這句譯爲:"因此西漢的文字訓詁之學,多有奇異的文字,不衹是有意製作奇

---

① 向長清:《文心雕龍淺釋》,長春:吉林人民出版社,1984 年,第 338 頁。
② 牟世金:《文心雕龍研究》,第 536 頁。
③ 陸侃如、牟世金:《文心雕龍譯注》(下册),第 241 頁。
④ 周振甫:《文心雕龍今譯》,第 344 頁。
⑤ 龍必錕:《文心雕龍全譯》,貴陽:貴州人民出版社,1992 年,第 469 頁。
⑥ 張燈:《文心雕龍新注新譯》,貴陽:貴州教育出版社,2003 年,第 370 頁。

異文字,而是當時許多作者都通曉難字。"①筆者也是遵從牟先生的理解來翻譯這句的:"所以西漢時期的字書,多有奇異之字。這並非有意創造奇字,而是因爲他們都熟悉疑難之字。"②可以說,牟先生在《文心雕龍》翻譯中的這種準確性和原創性是不勝枚舉的,其於後世"龍學"的發展所產生的重要影響也是顯然可見的。正如張少康等先生所説:"雖然《文心雕龍》的譯注本在牟世金的《譯注》之後,又出版了很多種,儘管各有優點和長處,但從正確、精練、深刻、流暢等方面綜合起來看,都沒有能超過《譯注》所達到的水平。"③

　　《文心雕龍譯注》出版後幾經再版,發行蓋近十萬册。饒有趣味的是,僅筆者所見,即有數種《文心雕龍》讀本乃以陸、牟兩位先生的《文心雕龍譯注》爲藍本而成。一是以北京燕山出版社名義出版的《中國古典文學薈萃·文心雕龍》(上、下,2001 年版),其上册譯文基本照搬《譯注》,而其下册《附録》又把牟先生在《譯注》中的長篇《引論》録入。二是内蒙古人民出版社 2009 年 2 月出版的《中國傳統文化經典叢書·文心雕龍》,其每篇《導讀》和《譯文》更基本抄録《譯注》。三是北京燕山出版社 2009 年 3 月出版的《中國古代文化集成·文心雕龍》,其大部分譯文亦來自《譯注》。遺憾的是,這三種書均未注明引用或參考陸、牟兩位先生的著作;筆者這裏祇是説明,《文心雕龍譯注》一書的影響於此可見一斑了。

四、《文心雕龍研究》的貢獻

　　1989 年 6 月 19 日,六十一歲的牟世金先生與世長辭。兩年

---

① 　王運熙、周鋒:《文心雕龍譯注》,第 351 頁。
② 　戚良德:《文心雕龍校注通譯》,第 448 頁。
③ 　張少康、汪春泓、陳允鋒、陶禮天:《文心雕龍研究史》,第 338 頁。

後,我爲恩師編成《雕龍後集》一書,並由山東大學出版社於1993年出版。在這本書的《編後記》中,我寫了這樣一段話:"遵師母之命,草成《牟世金傳略》一篇,亦附書後。實際上,以我才疏學淺之後生小子,既難探牟先生博大精深學問之萬一,更難窺先生高山景行之一隅。惟師恩難忘,又師母所托,故略記一二,以銘感懷。文中多稱前輩時賢之高論宏裁,乃藉以深識先生之道德學問,亦以補拙筆之無力。繼續探索先生在'龍學'上的成就和貢獻,願俟他日。"①這些話既非虛言,也不是托詞,而是基於兩個考慮:一是牟先生去世不久,作爲蹣跚學步的"龍學"後生,我實在無力爲先生的學術成就置詞;二是先生雖去,但他"畢生所能雕畫的一條'全龍'"②——《文心雕龍研究》一書尚未出版,這正是所謂"願俟他日"的原因。而今,當年的"後生小子"雖無改其才疏學淺,但已是"塵滿面,鬢如霜"了。更重要的是,牟先生的《文心雕龍研究》早已付梓行世③,並得到學術界的高度評價,如張文勳《文心雕龍研究史》說:"這是我國著名的'龍學'家牟世金生前殫精竭力完成的

---

① 　戚良德:《編後記》,牟世金:《雕龍後集》,第497頁。
② 　牟世金:《文心雕龍研究·自序》,第2頁。
③ 　《文心雕龍研究》一書是應人民文學出版社古典文學編輯室原副主任劉文忠審之約而作,於1987年年底交稿(前七章,最後一章即第八章尚未完成),直到1995年8月方得面世,其時牟先生已去世六年。劉文忠先生在其自傳性著作《人爭一口氣》中說:"這是牟世金生前最後完成的一部力作,最後的一部分是在病中完成的……"(北京:人民文學出版社,2008年,第427頁)。實際上,該書最後一章(第八章)乃是牟先生身臥病榻之時,筆者受先生之托,按照先生自己擬定的章節目錄,根據先生已發表的有關論著整理而成;交給出版社時未作說明,故劉先生不知此情。爲了這本書的出版,劉先生"呼喊、力爭了六年",期間還得到王元化先生的出面關照(詳見《人爭一口氣》,第426—427頁)。劉先生深有感觸地說:"牟世金的《文心雕龍研究》出書後受到國內外'龍'學家的好評。可是卻無人知道它出版過程的艱難與曲折。"(《人爭一口氣》,第428頁)

一部研究專著……《文心雕龍研究》是他的一部具有總結性的學術專著,也是 90 年代我國'龍學'研究的標誌性成果。"①又如張少康等《文心雕龍研究史》説:"《文心雕龍研究》無疑是新時期以來衆多《文心雕龍》論著中最爲優秀的一部。"②因此,筆者理當就研讀先生《文心雕龍研究》一書的體會略陳鄙見。

　　早在 1979 年,當牟先生第一次看到臺灣王更生先生的《文心雕龍研究》時,就爲大陸未能有一部完整、系統的《文心雕龍研究》而深感遺憾;同時,他也下定決心,要寫出一部真正超越前人的《文心雕龍研究》來,並爲此開始了種種準備。牟先生在《文心雕龍研究》的《自序》中説:自己的各種"龍學"著作,無論注、譯、考、論,還是對前人研究的總結,都是爲完成《研究》一書所作的準備。他指出:"雖然早在 1944 年便有朱恕之的《文心雕龍研究》③問世,近年來,臺灣也有王更生、龔菱等人的《文心雕龍研究》陸續出版,本書仍不避其重複,蓋特取其'研究'之意。……以《研究》爲名的'龍'著先我而出者雖多,但中國大陸解放之後,這還是第一部……"④實際上,當牟先生的《文心雕龍研究》一書於 1995 年出版時,大陸已經出版了穆克宏先生的《文心雕龍研究》(福建教育出版社,1991 年)和孫蓉蓉教授的《文心雕龍研究》(江蘇教育出版社,1994 年),不過牟先生 1988 年春天爲自己的《文心雕龍研究》寫序的時候,確實"還是第一部"。更重要的是,即使到了今天,在

---

　　① 　張文勳:《文心雕龍研究史》,第 187 頁。

　　② 　張少康、汪春泓、陳允鋒、陶禮天:《文心雕龍研究史》,第 392 頁。

　　③ 　按朱恕之的《文心雕龍研究》乃 1945 年 4 月由南鄭縣立民生工廠印行。該書規模不大,不到五萬字,但却是體系完備的一本專著,共分十一章,分別爲緒論、本質論、鑒賞論、創作論、批評論、文體論、文學史的雛形、文心雕龍的兩點重要申辯、文學與時代、文心雕龍的研究、結論。

　　④ 　牟世金:《文心雕龍研究·自序》,第 4 頁。

大陸、臺灣以及日本已出名爲《文心雕龍研究》的著作雖有八九種①,但不僅在規模上牟先生的這本著作仍爲第一,而且真正綜合研究劉勰及其《文心雕龍》而具有重大創見者,也祇有王更生先生的《重修增訂文心雕龍研究》(臺灣文史哲出版社,1979、1989 年)可以與之媲美。

　　牟先生的《文心雕龍研究》全書分爲八章。第一章是"緒論",首先論述了《文心雕龍》乃"中國古代文論的典型",從而闡明了《文心雕龍》研究在中國文論史研究中的舉足輕重的意義;然後對"龍學"的歷史進行了回顧和展望;最後論述了"産生《文心雕龍》的時代思潮"。第二章爲"劉勰",對劉勰的家世、生平進行了新的考證,並論述了劉勰的思想。第三章專門探討"《文心雕龍》的理論體系",首先清理了"《文心雕龍》的篇次問題",然後探討"《文心雕龍》的總論",再次説明"《辨騷》篇的歸屬問題",最後對"'體大思精'的理論體系"作出系統表述。第四章論"文之樞紐",探究了"'原道'論的實質和意義"、"'徵聖'、'宗經'思想"以及"《正緯》和《辨騷》的樞紐意義"。第五章研究"論文敘筆",由"概説"和"楚辭論"、"論詩"、"論賦"、"論民間文學"幾個部分組成。第六章探討"創作論",首先研究了"創作論的體系",然後論述了《文心雕龍》的"藝術構思論"、"風格論"、"風骨論"、"通變論"和"情采論"。第七章研究"批評論",首先介紹了劉勰對建安文學的評價,然後論述了劉勰的"批評論和鑒賞論"以及"作家論"。第八章是"幾個專題研究",分爲四節:劉勰對古代現實主義理論的貢獻、從《文心雕龍》看古代文論的民族特色、從"范注補正"看《文心雕龍》的注釋問題、臺灣《文心雕龍》研究鳥瞰。

---

　　①　如大陸有孫蓉蓉、穆克宏、趙耀鋒等先生的著作,臺灣有王更生、龔菱、簡良如等先生的著作,日本有户田浩曉、門脅廣文等先生的著作。

牟先生在《自序》中説："這是我畢生所能雕畫的一條'全龍'。"①可以説,《文心雕龍研究》的完成,標誌著牟世金先生成爲一位最全面的"龍學"家。從"龍學"史上看,多數研究者或長於校勘,或重在注釋,或精於評點,或深於論證。牟先生則以其不下十種"龍學"著作而集合成《文心雕龍研究》一書,成爲在"龍學"之注、譯、考、論各個方面都有重要貢獻的"龍學"家。這裏筆者僅就牟先生對《文心雕龍》的基本認識、對《文心雕龍》理論體系的把握、對《文心雕龍》創作論的研究以及《文心雕龍研究》一書所體現出的"龍學"方法論等幾個問題,略予探討。

(一) 對《文心雕龍》的基本認識

牟先生非常讚賞周揚先生對《文心雕龍》一書的概括,認爲其乃"中國古代文論的典型"。他説:"《文心雕龍》在中國古代文學理論中的典型意義,主要就在它可説是一部中國古代的文學概論。在這點上,中國古代大量文學理論著作,確是沒有第二部可以與之相比的。"②應該説,牟先生這一對《文心雕龍》的基本認識代表了二十世紀絕大多數《文心雕龍》研究者的看法。但同時,牟先生又明確意識到《文心雕龍》的文學理論有着不同於現代文學理論的特點,他説:

> 《文心雕龍》的全面性,可從兩個方面來看:一是對各種文體的全面總結,一是對文學理論的全面論述。文體論是本書的一個重要組成部分。不少研究者認爲其所論文體多非文學作品,有的甚至斥之爲"亂七八糟的東西"。這是用西方的觀點或現代"文學概論"的定義來衡量所然,如果從中國古代文論的實際出發,就不能不承認文體論正是中國古代文論的

---

① 牟世金:《文心雕龍研究·自序》,第 2 頁。
② 牟世金:《文心雕龍研究》,第 3 頁。

主要内容之一。可以毫不夸大地説：没有相當周全的文體論,《文心雕龍》就不會成爲中國古代文論的典型。①

在二十世紀的"龍學"史上,從黄侃開始,研究者就比較輕視《文心雕龍》的"論文敘筆"部分(即通常所謂文體論)。黄氏生前由北平文化學社於 1927 年所刊《文心雕龍札記》共二十篇,除《序志》一篇外,乃是從《神思》至《總術》的十九篇,文體論的内容付之闕如。後來中華書局於 1962 年所出《文心雕龍札記》的全璧共三十一篇,增加了"論文敘筆"(文體論)部分的六篇(《明詩》《樂府》《詮賦》《頌讚》《議對》《書記》),顯然仍是以創作論爲主體的。我們不能説二十世紀的"龍學"史完全決定於黄侃的這一發端,但黄氏《札記》一直備受推崇,不能不説與其對創作論的重視是有關的,可以説它正好契合了二十世紀的文學理論觀念。但牟先生指出,《文心雕龍》本身是"全面的",這種全面性,"一是對各種文體的全面總結,一是對文學理論的全面論述",缺一不可。應該説,把"文體論"和"文學理論"如此區分,既説明了《文心雕龍》之文體論與二十世紀的文學觀念是頗爲不同的,也正好解釋了二十世紀的"龍學"何以忽視文體論,但牟先生説"没有相當周全的文體論,《文心雕龍》就不會成爲中國古代文論的典型",這一對《文心雕龍》的總體認識是非常全面而深刻的。

從牟先生《文心雕龍研究》一書的結構看,其第五章爲"論文敘筆",他没有叫"文體論",可以説充分顧及了《文心雕龍》與現代文學理論的不同;這一章的内容一共有五節,而第六章"創作論"一共有六節,亦顯然照顧到了兩個部分的平衡,表示着他對《文心雕龍》之全面性的充分重視。因此我們可以説,《文心雕龍研究》一書確是真正全面把握《文心雕龍》,力圖對其進行綜合研究的一部空前之作。這對認爲《文心雕龍》是"一部中國古代的文學概

① 　牟世金:《文心雕龍研究》,第 5 頁。

論"的二十世紀"龍學"而言,實在是難能可貴的了。較之黄侃,顯然是前進了一大步。這也充分説明,力圖讀懂原文、搞清本義的牟先生,儘管有着不同於劉勰的現代文藝觀念,但其實事求是的研究原則還是發揮了最强大的作用,這可以説是百年"龍學"的寶貴經驗之一。

但我們也不能不指出,任何研究者都是無法超越時代的,所謂"文變染乎世情,興廢繫乎時序"①,在把《文心雕龍》作爲文學理論著作的前提下,重視其創作論可以説是一個必然的選擇。牟先生説:"另一個更爲重要的方面,是《文心雕龍》相當全面地論述了我國古代文學理論中的種種重要問題。……正因如此,它纔成爲中國古代文論的典型,它的重要意義纔歷久不衰,並直到今天還愈來愈受到研究者的重視。"②因此,儘管牟先生很明確地意識到,"用六朝時期'文學'與'文章'的概念來説,當以'文章論'爲是","《文心》所論是當時的'文章',而非'文學'",但他同時又指出:"到近世'文學'與'文章'二義有了很大變化和明確區分之後,如果用今人的觀念來説,就祇有'文學論'才和六朝時期的'文章論'意近","六朝人所講的'文章',是和近世的'文學'義近的",因爲"今人所講的'文章',通常是不包括詩歌、樂府、頌讚等韻文作品的。因此,今天仍以《文心雕龍》爲'文章論',就與原意不符了"。③ 應該説,這些認識是清晰的,但這顯然又是以現代文藝理論爲指導和原則的。在此情形下,對《文心雕龍》全面性的認識有時就主要停留於一種理論上的認識,而導致事實上對創作論的偏重。在《文心雕龍研究》一書中,這種偏重也是明顯的:一方面,第

---

① （南朝梁）劉勰:《文心雕龍·時序》,戚良德輯校:《文心雕龍》,第253頁。

② 牟世金:《文心雕龍研究》,第6—7頁。

③ 同上,第86—87頁。

五章的"論文敍筆"雖有五節內容,但其篇幅爲 76 頁;而第六章
"創作論"雖也祇是六節,但其篇幅達到了 144 頁。另一方面,"論
文敍筆"一章的具體內容,除了"概説"以外,祇研究了"楚辭論"、
"論詩"、"論賦"、"論民間文學"幾個問題,其文學理論的視角也是
顯然可見的。

　　牟先生對《文心雕龍》的基本認識,有一個重要的貢獻必須提
到,那就是對《文心雕龍》篇次原貌的維護。從范文瀾、劉永濟先
生開始,不少研究者都認爲《文心雕龍》現行版本的篇次有錯亂,
而需要加以調整。大陸學者中以郭晉稀先生爲代表,臺灣學者中
以李曰剛先生爲代表,對《文心雕龍》篇目(主要是《神思》篇以後)
的次序作了較大調整。對此,牟先生作了非常有力的説明和論證,
認爲《文心雕龍》的篇次並無錯亂,不應隨便予以更改。他説:

　　　《文心》的組織結構雖素稱嚴密,但一方面不過是在古籍
　　中相對而言,豈必天衣無縫,完美無瑕? 一方面又有古今之
　　別,劉勰以爲是者,今人未必以爲盡是,何況同一《文心》,今
　　人也是言人人殊。對《文心》篇次的調整,各家的依據不外
　　《序志》篇講其書綱目的一段話和各篇之間的脈絡關係。以
　　此爲據雖也不無道理,但由於著者的用意和論者的考慮難一,
　　古人的嚴密與今人的嚴密有別,欲求其確是困難的。劉勰的
　　論點既有誤,其篇章次第的安排又怎能完全合理? 今有一人,
　　若恨其論述之不當而圖改正原文,是必皆以爲非;覺其篇次不
　　當而徑行改正,其可乎! 所以,調整篇次者雖主觀上是圖復其
　　原貌,但在客觀上很可能遠離原貌。①

　　顯然,這一番道理講得是極爲正確而無可辯駁的。事實也是,
隨着研究者理解的不同,對篇目次序的調整必然不同,則結果祇能
是"遠離原貌"了。即如《物色》一篇,不少研究者都認爲不應該在

------

① 　牟世金:《文心雕龍研究》,第 93 頁。

《時序》篇之後,筆者也曾經認爲《物色》應該屬於"剖情析采"的創作論部分,但把它放在哪個位置呢? 必然是言人人殊的。僅此一篇的調整尚且如此困難,何況涉及多篇,又怎能找到一致的答案? 正如祖保泉先生所説:"今之論者祇憑自己的理解便斷定下篇篇次錯亂,那會把對問題的研究導入'公講公有理,婆講婆有理'的境地。當人們没有新的發現之前,我認爲還是尊重現有的古本爲好。"①

當然,道理是一回事,事實是另一回事。研究者由於理解不同而造成的篇次調整差異,祇能説明在没有確鑿證據的情況下不可隨意更動,却並不能説明《文心雕龍》原來的篇次一定没有錯誤。正是考慮到這一點,牟先生提出了兩個富有説服力的論據。他説:"從元刻至正本以下,明清大量刻本的篇次全與通行本篇次一致;今存最早的唐寫本雖是殘卷,但從《原道》至《諧隱》的十五篇,也與現行本的篇次完全相同。早在唐代《文心雕龍》便已傳入日本,而日本現存最早的刻本尚古堂本和岡白駒本,和通行本的篇次也是一致的。明清時期的大量校本,亦無隻字提及尚有不同篇次的版本。這些都祇能證其篇次本來無誤。"②筆者以爲,這一連串的説明是極有説服力的。唐代去劉勰未遠,唐寫本雖僅存少部分,但其恰好不亂的事實足以提醒我們,《文心雕龍》的原本次序應該就是這樣的。之後的元至正本以及明清的系列版本,這一切應該可以組成一個證據鏈,證明"其篇次本來無誤"的結論。同時,牟先生又指出:"從今存唐寫本已逐篇標有篇次(如《明詩第六》、《雜文第十四》等)看,無論宋本、元本或明清本、日本本,都不容再有更易。這是今存國内外一切版本篇次一致的根本原因。如《時序第

① 祖保泉:《文心雕龍解説・前言》,合肥:安徽教育出版社,1993年,第6頁。

② 牟世金:《文心雕龍研究》,第94頁。

四十五》、《物色第四十六》等,既已標定,則不論其前後次第是否適當,後人就無從致誤,也無權改動了。"①應該説,這又是一個極爲有力的説明和論證。我們雖無法確定劉勰著書時一定標明了篇次,但唐寫本却明白無誤地標注了篇次(在這一點上,其是否殘卷就無關緊要了,十三篇的順序足以説明問題),其後所有版本均一致的事實説明,它們都是延續唐寫本而來的,至少也是與其一致的。可以説,加上這兩個方面的論據,牟先生的論證真的就可以稱之爲"牟世金精密的理論"②了。

正如日本安東諒先生所説:"書的篇次是被精密的理論所體系化的、著者宏大構思的産物,因此,這是一個不容忽視的問題。"③牟先生把對《文心雕龍》篇次的探討放在論述其理論體系的第一個問題,就是因爲"《文心雕龍》的理論體系是通過其篇章結構體現出來的"④,對篇次的不同理解"涉及對《文心雕龍》理論體系的理解"⑤。與此密切相關,筆者覺得尊重《文心雕龍》的現行篇次,纔能認真理解劉勰的文論話語,從而認識中國古代文論話語體系的特點,尤其是其與現代文學理論話語體系的重大區別。這在《物色》篇的次序問題上體現得尤爲明顯。我們之所以覺得"物色"問題應該屬於創作論,正是基於現代文藝學對情景關係的理解,但在劉勰的文論話語體系中,它雖然也是一個與創作過程密不可分的"小"問題,但更是一個影響整個文章事業的"大"問題,所謂"江山之助"⑥,

---

① 牟世金:《文心雕龍研究》,第95—96頁。

② [日]安東諒:《〈文心雕龍〉下篇的篇次》,《中華文史論叢》1985年第2輯。

③ 同上。

④ 牟世金:《文心雕龍研究》,第90頁。

⑤ 祖保泉:《文心雕龍解説·前言》,第1頁。

⑥ (南朝梁)劉勰:《文心雕龍·物色》,戚良德輯校:《文心雕龍》,第265頁。

與"文變染乎世情,興廢繫乎時序"①具有同等重要的意義,因此劉勰把《物色》安排在了《時序》之後進行論述;同時,從劉勰的具體論述看,《物色》篇的提出及其安排又與六朝時期興起的山水詩文密切相關,而這在劉勰看來關乎文章發展的方向和趨勢,所謂"近代以來,文貴形似",所謂"物色盡而情有餘者,曉會通也"②,都不僅僅是一個具體的"剖情析采"問題。因此,劉勰的安排首先需要我們用心體會,而不是隨便予以更改。

(二) 論《文心雕龍》的理論體系

　　牟先生從二十世紀六十年代起便强調研究"《文心雕龍》自身的理論體系",認爲"有探討劉勰自己的文學理論體系的必要",並呼籲"《文心雕龍》的研究者們考慮這個問題"③,可謂獨具慧眼。至八十年代,他在《中國社會科學》發表了《〈文心雕龍〉的總論及其理論體系》一文,提出:"'銜華佩實'是劉勰全部理論體系的主幹。《文心雕龍》全書,就是以'銜華佩實'爲總論,又以此觀點用於'論文敘筆',更以'剖情析采'爲綱,來建立其創作論和批評論。這就是《文心雕龍》理論體系的概貌,也是其理論體系的基本特點。"④牟先生並通過對《文心雕龍》創作論體系的具體考察,進一步指出:"《文心雕龍》的理論體系是以'銜華佩實'爲核心,以研究物、情、言的相互關

① （南朝梁）劉勰:《文心雕龍·時序》,戚良德輯校:《文心雕龍》,第253頁。

② （南朝梁）劉勰:《文心雕龍·物色》,戚良德輯校:《文心雕龍》,第264、265頁。

③ 牟世金:《近年來〈文心雕龍〉研究中存在的幾個問題》,《雕龍集》,第154頁。

④ 牟世金:《〈文心雕龍〉的總論及其理論體系》,《〈文心雕龍〉研究論文選》,濟南:齊魯書社,1987年,第227頁。

係爲綱組成的。"①這是牟先生二十年思考《文心雕龍》理論體系的結晶,也是對《文心雕龍》理論體系所作第一次科學表述。此後,牟先生又爲自己的《雕龍集》專門完成了長達三萬字的《〈文心雕龍〉理論體系初探》一文,並在他的《文心雕龍研究》中專列近五萬字的"《文心雕龍》的理論體系"一章,對《文心雕龍》的理論體系做了系統研究和理論表述。其云:

> 《文心雕龍》由"文之樞紐"、"論文敘筆"、"割情析采"和批評鑒賞論(包括作家論)四個互有聯繫的組成部分,構成一個嚴密而完整的文學理論體系;這個體系以儒家思想爲主導,以"銜華佩實"爲軸心,以論述物與情、情與言、言與物三種關係爲綱領,把全書五十篇結成一個有機的整體。這樣的文學理論體系,不僅在中國古代文論中是稀有的,在世界古代文論中也是罕見的。②

應該説,對《文心雕龍》理論體系的這一系統概括不僅是牟先生數十年思考這一問題的結論,更是二十世紀"龍學"的重要收穫。

牟先生對《文心雕龍》理論體系的思考和研究,始終以創作論爲中心和重點,這是因爲"劉勰的文學理論集中在創作論部分,其理論體系在這部分表現得更爲完整和細緻"③。牟先生的這一做法,一方面抓住了《文心雕龍》理論體系的根本,另一方面則在《文心雕龍》創作論體系的研究上取得了令人矚目的成果。1982 年,牟先生在《社會科學戰綫》發表了三萬餘字的長文《〈文心雕龍〉創

---

① 牟世金:《〈文心雕龍〉的總論及其理論體系》,《〈文心雕龍〉研究論文選》,濟南:齊魯書社,1987 年,第 232 頁。

② 牟世金:《文心雕龍研究》,第 143 頁。按"罕見的"原文作"罕見有的","有"爲衍文。

③ 牟世金:《〈文心雕龍〉的總論及其理論體系》,《〈文心雕龍〉研究論文選》,第 227 頁。

作論新探》,對《文心雕龍》的創作論體系作了系統論述。他說:
"劉勰的創作論體系,是以《神思》篇爲綱,以情言關係爲主綫,對
物情言三者相互關係的全面論述構成的。"①並指出:"從情、物、言
三種關係可以清楚地看到,劉勰的創作論是相當全面的,文學創作
上的一些基本問題,都有了程度不同的論述。……這說明,劉勰的
創作論,確是抓住文學創作理論上的一些根本問題了。從物、情、
言三者的關係來考察劉勰的創作論,不僅可發現一些爲我們過去
注意不够的問題,也可更準確地銓衡其理論的成就與不足之
處。"②應該說,這種對《文心雕龍》創作論體系的概括,是非常富有
理論意義的,是前所未有的。正因如此,這一概括得到了多數研究
者的認同,"物"、"情"、"言"三者的相互關係爲《文心雕龍》理論
體系之主幹的觀點,庶幾成爲少數"龍學"共識之一,以至有的"龍
學"著作專列"創作中物、情、辭的關係"的章節③,這不能不說是牟
先生對"龍學"的重要貢獻。

　　正如滕福海先生所說:"最執着於探索《文心》體系的學者當
推牟世金。"④牟先生何以不遺餘力地對《文心雕龍》理論體系進行
堅持不懈的探索呢? 他說:"搞清劉勰的這個體系,對我們進一步
深入研究《文心雕龍》,準確地認識其成就和不足之處,都可提供
重要的依據。"⑤同時,"《文心雕龍》研究中存在一些長期争論不休

　　①　牟世金:《〈文心雕龍〉創作論新探》,《〈文心雕龍〉研究論文選》,第
472 頁。
　　②　同上,第 512 頁。
　　③　鍾子翱、黄安禎:《劉勰論寫作之道》,北京:長征出版社,1984 年,
第 558 頁。
　　④　滕福海:《〈文心雕龍〉理論體系研究述評》,《語文導報》1985 年
第 7 期。
　　⑤　牟世金:《〈文心雕龍〉的總論及其理論體系》,《〈文心雕龍〉研究論
文選》,第 232 頁。

的問題,如果從劉勰的整個理論體系着眼來研究,把這些問題放到劉勰的理論體系中去考察,是很容易辨識清楚的"①。如《從劉勰的理論體系看風骨論》②一文便是牟先生從《文心雕龍》理論體系出發來解決"龍學"中富有爭議的具體問題的嘗試。該文指出:"要解決長期以來的'風骨'之爭,沒有一個正確而統一的角度是不可能的。"③"而從劉勰的總的理論體系來考察,我以爲正是能夠認清'風骨'的實質的正確角度。"④因爲"《風骨》篇不僅沒有離開這個體系,且正是這個體系的重要組成部分"⑤。基於此,牟先生認爲:劉勰的"風骨"論屬於其"銜華佩實"、"文質相稱"的文質論,"風"和"骨"乃是構成"文質"論的兩個方面⑥,因而《風骨》篇所謂"風、骨、采"的關係,正相當於儒家"志、言、文"的關係⑦。應該說,這一認識是富有新意的,而這正是從劉勰理論體系出發得出的結論。正如李平、范偉軍兩位先生所説:"牟先生一方面從《文心》自身實際出發,探討其理論體系;另一方面又處處聯繫《文心》的理論體系,分析其具體問題,將宏觀把握與微觀考辨結合起來,對《文心》的理論體系問題進行了見林又見樹、見樹又見林的研究,取得了超越前賢的研究成果,也把《文心》理論體系的研究向

---

① 牟世金:《〈文心雕龍〉的總論及其理論體系》,《〈文心雕龍〉研究論文選》,第 233 頁。

② 該文發表於《古代文學理論研究》第 4 輯(上海:上海古籍出版社,1981 年),收入《〈文心雕龍〉研究論文選》和《文心雕龍研究論文集》(北京:人民文學出版社,1990 年)。

③ 牟世金:《從劉勰的理論體系看風骨論》,《古代文學理論研究》第 4 輯,第 180 頁。

④ 同上,第 181 頁。

⑤ 同上,第 187 頁。

⑥ 同上,第 187—188 頁。

⑦ 同上,第 195 頁。

前推進了一大步。"①

除了着眼"龍學"本身的發展,牟先生對《文心雕龍》理論體系的重視和研究還有另一層原因,那就是從中窺探中國古代文論的民族特色和理論體系。牟先生視自己的《文心雕龍》研究爲"雕龍",更以自己對中國古代文學藝術理論的綜合研究爲"雕龍"②,且後者是其長遠的規劃和目標③。如上所述,牟先生非常贊同周揚先生關於"《文心雕龍》是一個典型"④的論斷,他對這個"典型"的不懈探索,正是爲把握中國古代文論全貌所找到的一個突破口。牟先生曾深刻地指出:《文心雕龍》所論述的問題,在中國古代文學藝術的許多傳統問題的發展過程中,都起着重要作用,且後者都是《文心雕龍》已安排的體系的延伸⑤。因此,對《文心雕龍》理論體系的深刻理解和完整把握,確乎就成了研究中國古代文論的一個關鍵和"樞紐"。牟先生的長文《從〈文心雕龍〉看中國古代文論的民族特色》⑥

---

①　李平、范偉軍:《試論牟世金對〈文心雕龍〉理論體系的研究》,《安徽商貿職業技術學院學報》2006年第4期。

②　牟先生在《雕龍集·前言》中說:"這個集子收了兩組文章,或可謂之上下編。上編從歷史的發展上,對古代文學藝術的幾個傳統問題,進行一點綜合探討;下編主要談魏晉南北朝期間有代表性的三種文論:《文賦》、《文心雕龍》和《詩品》。"

③　牟先生在《文心雕龍研究·自序》中說:"本來還有少許打算,且'龍'門深似海,常歎難得而入,不願廢於半途。但屈指年華,已承擔的其他任務不允許在這條路上蹣跚下去了。"這裏所謂"其他任務"乃指牟先生當時承擔的國家教委博士點基金項目"中國文藝理論史"。(參見筆者《編後記》,牟世金:《雕龍後集》,第496頁。)

④　周揚:《關於建設具有中國民族特點的馬克思主義文藝理論問題》,《社會科學戰綫》1983年第4期。

⑤　牟世金:《雕龍集·前言》。

⑥　該文發表於《學術研究》1983年第4、5期,牟先生《文心雕龍研究》第八章第二節即據此整理而成。

也清楚地説明,他決不滿足於研究《文心雕龍》一書,而是企圖通過對這個"典型"的深入分析,找到一把打開中國古代文學藝術理論寶庫的鑰匙。如謂:

> 劉勰的理論體系,是以儒家思想爲主導,以詩言志爲中心,以文質關係爲骨幹建立起來的。這個體系,基本上反映了古代文論理論體系的概貌。而以儒家思想爲主導,以詩言志爲中心,以文質關係爲主幹,也概括了中國古代文論的三大特點。唐宋以後的文論,當然各有其不同的具體特點,但大多數文論的概貌,是具有這種基本特點的。①

這短短的一段話,既蘊含着對《文心雕龍》理論體系形成的深刻理解,也反映了對中國古代文論體系及其基本特點的完整把握。即使在今天看來,這一對《文心雕龍》理論體系與中國古代文論體系之基本特點的概括,所謂"以儒家思想爲主導,以詩言志爲中心,以文質關係爲主幹",筆者覺得仍然是準確而深刻的。

(三) 對《文心雕龍》創作論的研究

牟先生的《文心雕龍研究》,着力最多的是創作論,其取得的理論成果自然也最爲豐富,尤其是對創作論前六篇中的五篇(《神思》《體性》《風骨》《通變》《情采》)均作了深入的專題研究。總括而言,筆者以爲牟先生研究《文心雕龍》之創作論的突出特點,表現在以下幾個方面:

一是重視把握創作論的理論體系,認爲劉勰建構了一個嚴密的創作論話語體系。牟先生指出,《文心雕龍》的創作論部分,各篇爲一相對獨立的專論,如《神思》篇是藝術構思的專論,《體性》篇是藝術風格的專論等。但各篇之間又有一定的內在聯繫。從《神思》《體性》《風骨》以至《總術》,各篇先後有序,不可移易,其

---

① 　牟世金:《文心雕龍研究》,第 503 頁。

理論層層推進,形成各篇之間縱的聯繫。而劉勰對物、情、言三者關係的論述,則是各篇之間橫的聯繫。如此縱橫交織,《文心雕龍》的創作論形成了一個相當嚴密的整體。① 尤其是牟先生對創作論所涉物、情、言三者關係的揭示,可以說是一重要的理論發明。其云:

> 客觀的"物",主觀的"情",和抒情狀物的"辭",是文學創作的三個基本要素。文學創作論所要研究的,主要就是如何處理這三者之間的相互關係:物怎樣制約情,情怎樣來自物,情與物怎樣結合而構成藝術形象,如何用語言文辭來抒情狀物,以及如何處理文與質的關係等。……劉勰在前人有關論述的基礎上,相當系統而全面地論述了這三種關係。《物色》篇說的"情以物遷,辭以情發",就可說是他對這三種關係的基本觀點。②

如牟先生所說,劉勰確實不止一次地論述了物、情、辭(言)的關係,除了"情以物遷,辭以情發"的名論之外,如《銓賦》云:"原夫登高之旨,蓋睹物興情。情以物興,故義必明雅;物以情睹,故詞必巧麗。"③《神思》亦云:"故思理爲妙,神與物遊。神居胸臆,而志氣統其關鍵;物沿耳目,而辭令管其樞機。"④可以說都非常明確地涉及了寫作過程中物、情、辭(言)的關係。但在牟先生之前,研究者一般祇從情景交融的角度論述劉勰的這些思想,沒有從創作普遍原理的高度去進行挖掘。可以說,牟先生第一次把劉勰多次提到的這些說法,系統概括爲文學創作的"三種關係",並做了完整的

---

① 牟世金:《文心雕龍研究》,第 316 頁。
② 同上,278 頁。
③ (南朝梁)劉勰:《文心雕龍·銓賦》,戚良德輯校:《文心雕龍》,第 50 頁。
④ (南朝梁)劉勰:《文心雕龍·神思》,戚良德輯校:《文心雕龍》,第 173 頁。

理論表述,認爲劉勰"相當系統而全面地論述了這三種關係",從而成爲其創作論的理論體系,這對《文心雕龍》創作論的研究而言,無疑是一個重要的理論貢獻。

　　二是對劉勰的創作論話語追根溯源,知其然且知其所以然。無論對劉勰藝術構思論的研究,還是對其風格論、風骨論、通變論或情采論的研究,牟先生普遍採用的方式是追根求源,知本知末,從而較爲徹底地理清劉勰思想的來龍去脈。如關於風格論的研究,從《周易·繫辭》到《孟子·公孫丑》,從《禮記·樂記》到揚雄之説,從司馬遷之論到曹丕、曹植之説,然後擴展到六朝的才性之辨,從而保證了"既能發其意藴而又不失原貌"①地探討劉勰關於風格的思想。正是在這種追本求原的探索中,牟先生對劉勰的許多理論思想有了更深入的理解甚或發現。如劉勰著名的"神與物遊"之説,研究者從來都予以很高的評價,但多流於泛泛之談。牟先生則指出:

　　　　畫論的"遷想妙得",書論的"意在筆前",加上文論的"神與物遊",可説是六朝藝術構思論的三絶,或者説是三大成就。而提出"神與物遊"的神思論,既是集六朝藝術構思論之大成者,也是出現"遷想妙得"、"意在筆前"等論的時代産物。②

　　這一概括看似簡要,但其藴含豐富的理論内容而令人豁然開朗,是顯然可見的;若非對六朝風雲變幻的文壇藝苑瞭如指掌,是很難有此精到之論的。又如對"情采"論的認識,牟先生既從《文心雕龍》整個理論體系着眼,認爲"劉勰以'銜華而佩實'爲全書的理論綱領,情采論可説是對其必要性的有力論證"③,又把"情采"論納入中國古代文質論的範疇,從而認識劉勰的獨特貢獻。其云:

----

① 　牟世金:《文心雕龍研究》,第 335 頁。
② 　同上,第 327 頁。
③ 　同上,第 417 頁。

不僅"文附質"、"質待文"是文質論,整個《情采》篇對"情"、"采"關係的探討,都可謂之文質論。本篇以"文不滅質,博不溺心"的"彬彬君子"作結,也以此爲對"情"、"采"關係的最高理想,正説明他的"情采"論就是文質論。很明顯,劉勰的文質論是較前大爲豐富和全面了。從孔門的文質論到劉勰的文質論,《情采》篇是一座里程碑。①

這一論斷也非常簡要,但却又十分精當地對劉勰的情采論作了多方面的獨特概括。首先,《情采》篇既以情采立論又有文質之説,二者是什麽關係,這是歷來存在的問題。牟先生明確指出它們"都可謂之文質論"。第二,爲什麽都是文質論呢? 牟先生一針見血地指出,劉勰情、采關係的最高理想乃是"彬彬君子",這不正是儒家一貫的對文質關係處理的要求嗎? 第三,然則劉勰畢竟是用"情采"而不是用"文質"名篇的,這正是文論的時代發展,體現了"劉勰的文質論是較前大爲豐富和全面了"。從而,牟先生説"《情采》篇是一座里程碑",也就令人心悦誠服了。

三是把各種藝術理論融爲一體,如畫論、書論、樂論等六朝發達的藝術理論,都與《文心雕龍》創作論一起成爲時代的交響曲。在中國文論研究領域,牟先生是最早開展文學藝術理論綜合研究的學者之一,並以其卓越的成果受到其他研究者的關注,其《文學藝術民族特色試探》(齊魯書社,1980年)一書,把各種文學藝術理論融爲一體,對中國古代文論中的許多重要範疇進行了深入闡釋,曾受到程千帆等先生的讚揚②。牟先生把這一學術經歷帶到了"龍學"之中,把這種綜合研究用到了對《文心雕龍》創作論的研究上,同樣收到了良好的效果。他認爲,"劉勰受六朝書畫藝術的一

① 牟世金:《文心雕龍研究》,第421頁。
② 牟世金:《文學藝術民族特色試探·前言》,濟南:齊魯書社,1980年,第5頁。

定影響是無疑的"①。因而,在研究藝術構思論、風骨論等重要理論範疇時,牟先生都全力探索各種文學藝術理論之間的相互融通,以此展現劉勰理論產生的時代思潮背景,從而便於對其內涵的準確把握。如謂:"劉勰論藝術構思能取得較大的成就,和當時的畫論、書論以至整個富有藝術精神的時代是分不開的。"②上述所謂"六朝藝術構思論的三絕",正是這樣總結出來的。

需要特別指出的是,牟先生的這種綜合研究,並非蜻蜓點水式的淺嘗輒止,隨便舉幾個例子就可以了,而是做大規模的深度開掘,真正佔有充分的資料,真正做到融會貫通。如"風骨論"一節近三萬言,僅探索"風骨"一詞的來龍去脈及其與書畫藝術的聯繫,其用到的資料即有(重複不計):《論語‧衛靈公》、《孟子‧萬章上》、《左傳‧襄公二十五年》、《禮記‧表記》、《史記‧夏本紀》、《史記‧吳太伯世家》、《漢書‧鮑宣傳》、《漢書‧揚雄傳》、《後漢書‧來歙傳》、《三國志‧魏書‧蔣濟傳》、《晉書‧張華傳》、《古畫品錄、續畫品錄》、《歷代名畫記》、《畫品叢書》、《唐朝敘書錄》、《五代名畫補遺‧走獸門》、《畫鑒‧宋畫》、《廣藝舟雙楫》、《法書要錄》、《歷代書法論文選》、《詩品》、《世說新語》、《文選》、《劉子》、《陳伯玉文集》、《王勃集序》、《韓昌黎文集》、《宋文憲公全集》、《唐人選唐詩十種》、《文論》、《讀賦卮言》、《詞源》、《詩人玉屑》、《詩藪》、《太平御覽》、《四庫總目提要》、《藝概》、《管錐編》等等。可以想見,這種檢索之力、爬梳之功,正是王元化先生所謂"立論之嚴謹,斷案之精審"③的根本保證。

四是對自己原有的認識予以修正,提出新說。牟先生用心雕龍三十年,經歷"文革"這樣的劫難,對一些問題的研究和觀點自

---

① 牟世金:《文心雕龍研究》,第410頁。

② 同上,第331頁。

③ 王元化:《〈文心雕龍研究〉序》,牟世金:《文心雕龍研究》,第2頁。

然會發生變化。雖然先生説"當一個人的學術觀點逐漸形成之後，就有某種頑固性"①，但他還是不斷發展自己，或補充，或修正，或完善，從而"準確地理解原文原意"，並"作正確的、實事求是的論析"②。如關於"通變論"的觀點，從《文心雕龍譯注》到《文心雕龍研究》便有很大的發展和變化。"譯注"對"通變"的基本認識是："《通變》是《文心雕龍》的重要論題之一。所謂'通變'，也就是本篇'參伍因革'、《明詩》篇'體有因革'的'因革'之意，和今天所説的繼承與革新大體相近，但有很大的局限性。"這個"局限性"，指的是"'通變'主要講形式技巧的繼承和革新"③。但在"研究"中，牟先生已有了全新的觀點。他指出，《通變》並非繼承與革新及其相互關係的專論，不過其中確實論述到了繼承與革新問題，其中講到的"因"就近於繼承，"通變"就近於革新。把"通變"二字理解成"革新"，這顯然是一個重要的新認識。牟先生進一步指出："劉勰不是一般地論述繼承與革新，而是從當時文學創作的實際情況出發，專論其文體之必'相因'，文辭之必'通變'。……這裏值得思考的是，劉勰既慣用'因革'一詞，且以'因革'爲'通變之數'，何以不題本篇爲《因革》論，卻以《通變》名篇？他這樣做，祇能是有意突出文學創作的發展創新。"④從而，牟先生對劉勰的"通變論"做出了全新的解讀和闡釋。其云：

> 《通變》篇中的"通變"一詞，雖指"文辭氣力"的"酌於新聲"和"通變則久"而言，但當劉勰以"通變"二字名篇時，就不僅僅是指"文辭氣力"的發展了。作爲篇題的《通變》，實爲對整個文學創作的總體而言，祇是借"通變"的發展變化之義，

①　牟世金：《文心雕龍研究・自序》，第 3 頁。
②　同上。
③　陸侃如、牟世金：《文心雕龍譯注》（上册），第 81—82 頁。
④　牟世金：《文心雕龍研究》，第 397 頁。

以論整個文學創作怎樣纔能"日新其業"。①

　　"文律運周,日新其業",是劉勰"通變"論的基本思想。他不僅主張新變,也以有高超的光采爲理想:"采如宛虹之奮鬐,光若長離之振翼",這是一種剛健而卓越的美。劉勰不滿於"訛而新",就因爲這種"新"是"彌近彌澹",愈新愈乏味。其實質是在文學事業能否真正的發展、長遠的發展。因此,不能背離最基本的"文則",而要"參伍因革",纔是文學發展的正確道路。②

從"譯注"到"研究",我們雖然仍可看出其間的發展軌跡,但這種認識上的變化和創新是巨大的。牟先生不僅徹底改變了以"因革"釋"通變"的觀點,把"通變"完全理解成了"發展創新",而且這個創新不再僅僅指"文辭氣力",而是"整個文學創作"和"文學事業";更重要的是,牟先生還指出了劉勰創新的理想,那就是"高超的光采",這樣的"光采"不僅不再是具有"局限性"的"形式技巧"問題,而且是"一種剛健而卓越的美"。可以說,牟先生對"通變"的認識有了根本性的發展。

當然,需要指出的是,決定於《文心雕龍》爲中國古代之文學概論這一基本認識,牟先生對創作論研究的局限也是明顯的。如對前六篇中的《定勢》篇不作專論,尤其是對《情采》篇之後的許多探討語言運用技術(形式技巧)的篇章較爲輕視,應該説都是以現代文藝理論觀念要求《文心雕龍》的結果。在筆者看來,即使是上述幾個卓有建樹的專論中,由於過於強調《文心雕龍》的文學理論性質,有些認識也未必完全合理。如對"藝術構思論"的研究,先生有這樣一段話:

　　　一切文章論著的寫作,無不先有構思,然後下筆,這是劉

①　牟世金:《文心雕龍研究》,第398頁。
②　同上,第406頁。

勰的創作論以《神思》篇爲首的原因之一。但本篇所論,有別於一般的寫作構思,而是藝術構思的專論。黃侃早已有識於此了,他很明確地講道:"即彦和泛論文章,而《神思》篇已下之文,乃專有所屬,非泛爲著之竹帛者而言,亦不能遍通於經傳諸子。"其不能通用而"專有所屬"者,就是文學創作。我們用今天的觀念稱"《神思》篇已下之文"爲創作論,並爲當今研究者普遍認可和採用,就因其所論,確"非泛爲著之竹帛者而言"。所謂"創作",就是藝術創造,而非直陳實録或起承轉合之作。在藝術創造中,構思的任務、方法、性質,都有其獨特的要求而迥異於一般文章的寫作構思。劉勰在本篇所論,正是具有藝術創造特點的藝術構思論……①

誠如牟先生所説,這樣的認識已"爲當今研究者普遍認可和採用",因而並非是牟先生一個人的認識;尤其是牟先生講到的黃侃的著名論斷,更爲許多研究者所稱道,筆者以前也是這樣認爲的。但居今而言,筆者覺得這恰恰是未必符合劉勰的"原文原意"的。説劉勰的"神思"論通於今天的文學創作,符合文學藝術之理,這肯定是没有問題的,但若謂其"非泛爲著之竹帛者而言",則未免强加於劉勰了。所謂"藝術構思",固然有不同於一般文章寫作構思之處,但在劉勰的心目中,這個不同是否存在尚且未必,即便有也肯定没有我們今天偌大之不同。更重要的是,"一般文章的寫作構思"同樣是不可輕忽的,换言之,"藝術構思"並不比"一般文章的寫作構思"更爲尊貴。筆者以爲,這是我們今天應有的觀念。

(四)"龍學"方法論

早在《文心雕龍譯注》出版以後,石家宜先生便指出:"牟著取得的成就是和他始終堅持尊重歷史、尊重事實的執著認真分不開

---

① 牟世金:《文心雕龍研究》,第316—317頁。

的,我們應當從這裏總結他的已經引起海內外重視的理論研究工作。"①筆者以爲,石先生這裏所指,主要應該就是牟先生的研究態度和"龍學"方法。這種"堅持尊重歷史、尊重事實的執著認真",在《文心雕龍研究》一書中亦明顯地體現出來,牟先生把它具體化爲"理清《文心》的原貌"。他説:"倘能理清《文心》的原貌,就是我最大的願望。但這個願望並不是容易實現的。識其原貌,主要就是準確地理解原文原意,纔能從而作正確的、實事求是的論析。"②牟先生進而指出:

> 讀懂《文心》的原文,可以説既是龍學的起點,也是龍學的終點。不懂原文,談何研究? 真正地懂,可以斷言其本意如何,做了定論,豈非龍學的結束? 所以,我始終認爲讀原著和研究是並行的,從逐字逐句、一篇一題到全書,由全書的理解再回到字句;由個別認識以助整體,再由整體認識以提高個別。如此反復,逐步修正,逐步加深和提高,這就是龍學的發展史。③

可以説,在現代百年"龍學"史上,如此强調讀懂劉勰的原文原意,不僅把它作爲最重要的"龍學"方法論,而且以之爲"龍學"的"起點"和"終點",視之爲"龍學的發展史",乃是絕無僅有的。儘管在筆者看來,牟先生的一些具體闡釋未必能够完全符合劉勰的"原文原意",但這是我們每一個研究者都逃脱不了的歷史局限,更是一代有一代之"龍學"的必然發展,而就"龍學"的方法論而言,如此虔誠而執着地强調讀懂《文心雕龍》的原文,搞清劉勰的本義,這不僅是牟先生《文心雕龍研究》取得成功的重要原因,也不僅是牟先生那些堅實的"龍學"成果歷久彌新的原因,更是二十世紀"龍學"所取得的最寶貴的經驗。其之所以寶貴,不僅是因

---

① 石家宜:《〈文心雕龍〉研究的勃興》,《讀書》1984 年第 5 期。
② 牟世金:《文心雕龍研究·自序》,第 3 頁。
③ 同上。

爲就"龍學"而言,我們有着太多遠離劉勰之本意的教訓,有着太多對《文心雕龍》之曲解,而且對整個中國傳統文化的研究來說,我們最需要的也正是這種執着而虔誠的"求實"態度和由之而來的一切方法。儘管歷史的研究不可能真的復原,少不了每個時代的新的"打扮",儘管在對歷史著作的闡釋過程中,我們難免有偏差和誤讀,但重要的是態度和出發點,是態度的端正、虔敬和出發點的正確。誠心而論,"讀懂原文,搞清本義"是牟先生留給筆者最寶貴的"龍學"方法,儘管做起來很難,尤其是難以做好,但筆者願意永遠踐行之。

實際上,最早對牟先生《文心雕龍研究》一書的研究態度和方法做出準確概括的是王元化先生。他指出:"世金同志這部書毫無嘩衆取寵之心,也許會被認爲過於質樸,但這也是它的長處。因爲從這種質樸中可以看到一種實事求是的治學態度,既不刻意求新,也不苟同於人。……他力圖揭示原著的本來意蘊,而決不望文生解,穿鑿附會。書中那些看起來平淡無奇的文字,都蘊涵着作者的反復思考、慎重衡量,其立論之嚴謹,斷案之精審,我想細心的讀者是可以體察到作者用心的。"①《古詩十九首·西北有高樓》有曰:"不惜歌者苦,但傷知音稀。"②劉勰更感歎:"知音其難哉!"③筆者以爲,王先生這段話,不惟是"龍學"大家之確評,更堪稱牟先生的"知音"。④ 他不僅準確揭示了牟先生《文心雕龍研究》的研究態

---

① 王元化:《〈文心雕龍研究〉序》,牟世金:《文心雕龍研究》,第 2 頁。

② (南朝梁)蕭統編、(唐)李善注:《文選》,上海:上海古籍出版社,1986 年,第 1345 頁。

③ (南朝梁)劉勰:《文心雕龍·知音》,戚良德輯校:《文心雕龍》,第 276 頁。

④ 《文心雕龍研究》一書雖出版於牟先生去世以後,但王先生的"序"卻早就寫出了,且發表於 1988 年 7 月份的《文學報》上,因此牟先生應該是看到了的,這實在是令人欣慰的。

度、研究方法,非常到位地概括了牟先生這部書的獨特價值,甚至還傳達出了牟先生投身"龍學"、戛戛獨造的神韻,所謂"反復思考、慎重衡量",確乎正是牟先生數十年祇求"理清《文心》的原貌"之求索神態。若非"知音",何以能爲?

牟先生的這種"既不刻意求新,也不苟同於人"的求實態度,來自他的"反復思考、慎重衡量",從而帶來其"立論之嚴謹,斷案之精審"的結果。我們試以他對"原道"論的理解爲例,來看一下王先生所説的其"平淡無奇"的"質樸"之境:

> "原道"論的實質,主要就是《原道》篇所論物自有文、言必有美的内容決定的。認清了"原道"論的實質,則其所原何道就很明確了。劉勰以天地萬物都自然有文爲"道",這個"道"就祇能是指概括這種普遍現象的規律。文學創作必須遵循這個規律,文學理論也必須以這個規律爲本,所謂"蓋《文心》之作也,本乎道",即在於此。因爲這個"道"是萬物自然有文的規律,所以不少研究者常常就用劉勰的話稱這個規律爲"自然之道"。這個"道"既是天地間的普遍規律,一切聖人也祇能遵循它,而不能違反它,所以説:"玄聖創典,素王述訓,莫不原道心以敷章,研神理而設教。"正因爲儒家聖人能遵循自然有文的規律來寫成文章和進行教化,所以,這個規律能通過聖人而寫成文章,聖人又以他們的文章來闡明自然有文的規律:"道沿聖以垂文,聖因文而明道。"這樣,劉勰以《原道》第一而次以《徵聖》、《宗經》,"道"、"聖"、"經"就可結合成一個整體而不矛盾。①

如所周知,在百年"龍學"史上,最富争議的問題之一就是"原道"論,儒道、佛道、道家之道、玄學之道等等,不一而足。與這些大道相較,牟先生講得甚爲平易,但筆者覺得却是頗爲符合劉勰之

---

① 牟世金:《文心雕龍研究》,第 162 頁。

"原文原意"的。《原道》篇隻字未提什麼是"道",那就衹能根據其上下文義來理解,這就是牟先生所講的"以天地萬物都自然有文爲'道'",因爲這原本就是劉勰說出來的意思。以此爲基礎,則"原道心以敷章,研神理而設教"也好,《徵聖》《宗經》也好,也就可以無往而不通,"就可結合成一個整體而不矛盾"。劉勰"原道"論的研究還在繼續,各種新說層出不窮,但筆者覺得牟先生的這一"質樸"的斷案,仍然是"嚴謹"的、"精審"的,因而是可信的。

在二十世紀八十年代,文藝學、美學等方法論的討論曾風靡一時,牟先生亦偶爾參與其中,發表了一些有關方法論的文章。他曾指出:"任何學科的發展,都是和它的研究方法的發展相輔相成的。"他既反對"在研究方法上取抱殘守缺的態度",又強調古代文論研究方法的革新,應着眼"中國古代文論研究本身發展的需要"。他說:"吸收外來的新思想、新方法和一切有用的東西,都是應該的、必要的。中國文化一直是在不斷吸取外來營養中發展的,但中國文化始終是中國文化。所以,'以我爲主'是必須堅持的原則。"①從這種基本認識出發,牟先生治學首先強調"必須有扎扎實實的基本功",這是運用各種新方法的前提。而這種"基本功","並不是記誦某些死的知識和條文,而是活的創造能力;它應該是一個研究者必備的基本知識、基本理論、基本技能和基本方法的總合"②。應該說,即使在今天看來,牟先生這些說法仍然是重要而深刻的。

同時,牟先生強調微觀研究和宏觀研究相結合。他認爲,"歷史的要求把宏觀研究提到首要地位","加強對古代文論的宏觀研究是完全必要的"③。但是,正如有的學者所指出,"假如宏觀研究

---

① 牟世金:《古代文論研究現狀之我見》,《文學遺產》1985 年第 4 期。
② 牟世金:《基本功和新方法》,《文史知識》1986 年第 4 期。
③ 牟世金:《古代文論研究現狀之我見》,《文學遺產》1985 年第 4 期。

不以大量的微觀研究作爲基礎,那祇能是一種毫無根據的空談"①,對此,牟先生亦深以爲然。他説:"從資料的搜集、鑒別、整理,到準確判斷其原意等微觀研究,並不是古代文論研究的分外之事,它本身就是古代文論研究的有機組成部分。"②牟先生強調:"要樹立一種扎扎實實的學風,首先要從字詞的功夫做起。"③他不僅是這樣説的,也是這樣做的。無論是《文心雕龍譯注》,還是《文心雕龍研究》,其一絲不苟的嚴謹、扎實可以説有目共睹,而所謂"儘量從大處着眼,從小處着手"④,正是指出了牟先生注重微觀研究與宏觀研究相結合的特點。

其實,對人文學科而言,既沒有一成不變的研究方法,更沒有一個放之四海而皆準的通用方法;即使同樣的研究方法,在不同研究者那裏,還是會有不同的結果,這是不難想見的。所以牟先生強調:"方法的掌握者是人。要能長期堅持,必須有一種堅强的信念:人生價值在於有自己的作爲;前人的知識與成就應該尊重和繼承,但必須在前人的基礎上有所前進或發展。這就是我最基本的人生信條。"筆者以爲,這是牟先生在"讀懂原文,搞清本義"之外第二條最寶貴的經驗。這是一種治學的態度,更是一種"人生信條"。正因如此,牟先生看得格外重要。他評價臺灣王更生先生的《文心雕龍研究》時説:

　　就《文心雕龍研究》全書來看,其首創之功及其獨到的成就還是主要的。這裏要特別提到的,是王更生的研究態度。著者在《文心雕龍導讀》的自序中曾説:"我認爲學問之道,貴

① 　南帆:《我國古代文論的宏觀研究》,《上海文學》1984 年第 5 期。
② 　牟世金:《古代文論研究現狀之我見》,《文學遺産》1985 年第 4 期。
③ 　牟世金:《門外字談》,《字詞天地》1985 年第 1 期。
④ 　張連科:《20 世紀〈文心雕龍〉研究》,《遼寧大學學報》2001 年第 4 期。

求自得”。這並非空話,確是王更生做學問的一大特色,也是臺灣龍學家中最可寶貴之處。在很多具體問題的研究中,王更生都顯示了他師心自見的特點。①

又説:“這本成書較早的《文心雕龍研究》,雖有某些問題尚待作進一步的研究,但從設篇到立論,是一部獨具特色而又有獨到之處的研究著作。要瞭解臺灣的《文心雕龍》研究,此書是值得一讀的。”②可以看出,牟先生看重的是“獨具特色”、“獨到之處”,是“貴求自得”、“師心自見”。而這本是劉勰推崇和欣賞的“論説”之道③,也應該是做任何學問的基本要求。試想,有這樣的治學態度,並以之爲“人生信條”,還會發生所謂抄襲、剽竊等等學術不端行爲嗎?

五、“龍學”史研究第一人

牟世金先生是自覺而系統地開展近百年“龍學”史研究的第一人。早在二十世紀六十年代,他就發表了《近年來〈文心雕龍〉研究中存在的幾個問題》④一文,對此前的《文心雕龍》研究進行初步的總結。到了八十年代初,他借爲《〈文心雕龍〉研究論文選》(甫之、涂光社主編,齊魯書社 1987 年出版)作序的機會,寫出了《〈文心雕龍〉研究的回顧與展望》⑤一文,對幾十年來的《文心雕龍》研究進行了較爲系統的總結。1987—1988 年,牟先生在《社

---

① 牟世金:《臺灣文心雕龍研究鳥瞰》,第 82 頁。
② 同上,第 83 頁。
③ (南朝梁)劉勰:《文心雕龍·論説》:“並師心獨見,鋒穎精密。”(戚良德輯校:《文心雕龍》,第 116 頁。)
④ 該文發表於《江海學刊》1964 年第 1 期,後收入《雕龍集》。
⑤ 該文發表於《文心雕龍學刊》第 2 輯,後爲《〈文心雕龍〉研究論文選》一書之“序”。

會科學戰綫》分三期連續發表了四萬餘字的《"龍學"七十年概觀》的長文,對近現代"龍學"的形成和發展做了系統論述,可以說是第一部"龍學"簡史。這篇長文不僅以在《〈文心雕龍〉研究的回顧與展望》一文中所提出的"龍學"一名爲題,而且在序言中説:"中國古代的許多學者,對《文心雕龍》做過大量不可磨滅的工作,但除校注之外,大都是獵其艷辭,拾其香草而已。真正的研究,還祇是近幾十年來的事。但這塊古璞一經琢磨,很快就光華四溢,並發展成一門舉世矚目的'龍學'了。"①牟先生進一步指出:"近代《文心雕龍》研究的奠基者當推黃侃。……黃氏《札記》雖問世稍晚,但它是在 1914 至 1919 年講授《文心雕龍》於北京大學期間撰寫的。把《文心雕龍》作爲一門學科搬上大學講壇,這是有史以來的第一次。……這說明從黃侃開始,《文心雕龍》研究就是一門獨立的學科:龍學。"②顯然,牟先生是帶着明確的學科意識來總結近現代《文心雕龍》研究史的。他説:"《文心雕龍》研究發展成一門有校勘、考證、注釋、今譯、理論研究,並密切聯繫着經學、史學、子學、佛學、玄學、文學和美學等複雜的系統學科,是有一個過程的。這個過程大體上分爲'龍學'的誕生、發展和興盛三個時期……"③

　　牟先生所謂"三個時期"是這樣劃分的:"從 1914 到 1949 年的三十六年,可説是龍學的誕生時期"④、"1950 至 1964 的十五年爲龍學發展時期"⑤、"1977 年至今的九年爲龍學的興盛時期"⑥。牟

---

①　牟世金:《"龍學"七十年概觀》,《雕龍後集》,第 2 頁。
②　同上,第 2—3 頁。
③　同上,第 2 頁。
④　同上,第 4 頁。
⑤　同上,第 11 頁。
⑥　同上,第 25 頁。

先生不僅對"龍學"發展"三個時期"①的主要觀點加以介紹和評述,更注意總結每個時期不同的"龍學"風貌,以把握學科發展的規律,從而指導以後的《文心雕龍》研究。如關於"龍學"的誕生期,其謂:"在龍學誕生時期的三十多年中,除以上幾個方面外,研究所及的問題還不少。雖然這些研究大都具有一種學科的初期特徵,却不僅具有承前啓後的重要作用,在一千四百年來的《文心雕龍》研究史上,開始進入一個新的里程,成爲一門新的學科,其意義是巨大的。此期成果雖然有限,但産生了《文心雕龍札記》和《文心雕龍注》兩部不朽的著作,爲龍學的新發展打下了良好的基礎。此期更培育了一批新時期的重要人材。正醞釀着一些重要論著,以待迎接更新的龍學之春。"②關於"龍學"的發展期,則謂:"在龍學的發展時期,無論是專著和論文,數量和質量,以及研究的深度和廣度,無不有了巨大的發展。這種發展雖然在十年動亂中中止了,但龍學的强大生命力是不可遏止的。"③在論述興盛期的"龍學"論文時,專列"美學研究"一節,指出這是"本期龍學的又一重要發展"④,並説:"《文心雕龍》不僅豐富了世界美學的寶庫,且早就改變了世界美學史的發展進程。把以歐洲爲中心的美學史如實地改正過來,還有待艱苦的努力。……由此看來,對《文心雕龍》的美學研究還是任重而道遠的"⑤應該説,這些總結都是富有力度

---

①　這一分期已爲一些"龍學"著作所採用,如朱文民先生主編《齊魯諸子名家志·劉勰志》謂:"當代中國對劉勰的研究,可分爲發展期(1950—1965年)、沉寂期(1966—1976年)、興盛期(1977—2008年)三個階段。"(濟南:山東人民出版社,2009年,第345頁)。筆者在《文論巨典——〈文心雕龍〉與中國文化》一書中也採納了牟先生對龍學史的分期,參見該書第39—41頁。

②　牟世金:《"龍學"七十年概觀》,《雕龍後集》,第10—11頁。

③　同上,第24頁。

④　同上,第50頁。

⑤　同上,第52頁。

而發人深省的。

通過對"龍學"史的總結,牟先生提出了一個引人深思的問題:"三萬七千字的《文心雕龍》,迄今研究論著已逾三千萬言,龍學的發展是否已到盡頭?"①對此,牟先生自己給出了這樣的答案:

> 從先秦到齊梁,古代文學的發展已相當成熟,文學藝術最基本的特徵,最一般的規律,最根本的經驗,都已充分顯示出來。因此,《文心雕龍》本身雖不可能有何發展變化,但它所彙集的大量文學藝術經驗,反映的文學藝術現象,就使龍學有了難以限度的容量。不僅我們至今已經論及的美學觀、鑒賞論等等,可以在《文心雕龍》中找到一系列應有的論述,隨着當代文藝思想的發展,今後還可能發現種種迄今尚未觸及的新問題。②

這段論述既回答了《文心雕龍》之所以產生的歷史必然性,也回答了《文心雕龍》之所以偉大而典型的内在根源,從而也就堅定而令人信服地回答了"龍學的發展是否已到盡頭"的問題,那就是:"龍學具有强大生命力,這是龍學七十年的結論。"③實際上,據筆者的粗略統計,關於《文心雕龍》的研究論著,迄今已有大約兩億字;三十年間,從三千萬言到兩億字,"龍學"的發展事實證明,牟先生當年的結論是完全正確的,"龍學"確乎是具有强大生命力的。

牟先生對"龍學"史的研究,還表現在他對臺灣"龍學"的格外關注上。1983年九、十月間,牟先生參加中國《文心雕龍》考察團訪問日本,在那裏見到了許多臺灣的"龍學"著作。他深感"我們不少研究者對他們還一無所知","回國後便一直設法搜集這方面

---

① 牟世金:《"龍學"七十年概觀》,《雕龍後集》,第56頁。
② 同上,第57頁。
③ 同上。

的材料"①,終於在 1985 年撰成出版《臺灣文心雕龍研究鳥瞰》一書,對近三十年來臺灣的"龍學"作了全面介紹,並以自己多年研治《文心雕龍》的心得,本着"知無不言"的態度,就"龍學"的諸多問題,與臺灣學者展開了嚴肅認真的討論。

牟先生認爲,臺灣"龍學"與大陸"龍學"同爲中華文化的組成部分,有着割不斷的聯繫,有着高度的一致性。他指出,海峽兩岸的文壇藝苑,都程度不同地面臨着現代派的挑戰。我們都尊重自己的民族和文化傳統,我們都有責任發揚民族文化之精英,而不能數典忘祖,仰人鼻息。"因此,在文學理論上必須建立起我們自己的'分析綫路'、'批評標準'和'研究方法',一句話,就是要走我們自己的道路,使我們的作品、批評和理論,都具有中國作風和中國氣派。"②他認爲,臺灣的《文心雕龍》研究,正是在這種背景下形成"顯學"的,因而是值得我們予以認真總結的。

牟先生注意到,臺灣的大量《文心雕龍》論著,其中不僅很難見到諸如現實主義、浪漫主義、形象思維之類概念,甚至稱"論文敍筆"部分爲"文體論",也被斥爲"數典忘祖"。"他們按照傳統觀念,稱《文心雕龍》的'文之樞紐'部分爲'文原論','論文敍筆'部分叫'文類論',創作論部分則稱'文術論',批評論部分謂之'文衡論'。"③雖然也有一些著作使用"文體論"、"創作論"、"批評論"等概念,但還是以前者爲正統觀念。牟先生指出:"不僅概念術語的運用是這樣,對整部《文心雕龍》的研究,也是傳統式的。"④對這種"堅守傳統方式"的《文心雕龍》研究,牟先生是頗爲讚賞的。他説:"如果古代文論研究也變得洋氣十足,言必希臘,論必歐美,就

---

① 牟世金:《臺灣文心雕龍研究鳥瞰·前言》。
② 牟世金:《臺灣文心雕龍研究鳥瞰》,第 107 頁。
③ 同上,第 108 頁。
④ 同上。

很可能失掉民族文學的最後一個重要陣地。臺灣學者堅守這個陣地，並使之發展而爲'顯學'，就其功不小了。另一方面，他們對發展民族文學，不是空談，而是在實踐，古代文論研究本身就是傳統式的、民族式的，本身就是在爲發展民族文學而努力，形式和內容一致，行動和目標一致，這就不僅有現實意義，對探究古代文論的民族特點，也是很有好處的。"①

可以看出，牟先生對臺灣"龍學"的重視和研究，除了"龍學"本身的一些重要問題外，更重要的是有着與考察大陸"龍學"完全不同的視角。正如蕭華榮先生所説："鑒於評論對象的特殊性，以及衆所周知的一峽之隔的非正常狀態，作者'瞰'的角度與視野就不能不更加廣闊與深遠，更加富有現實感與歷史感，更加富有'炎黃子孫'、'龍的傳人'的使命感，質言之，作者始終着眼於中華'全龍'，這就使全書有了比純粹的學術討論更加深厚的底蘊。"②如牟先生對李曰剛先生及其《文心雕龍斠詮》一書，是這樣介紹的：

> 此書分上下兩册，長達二五八〇頁。如此宏構，實爲海內外龍學之第一巨製。其博大如此，主要就是它在校、注、釋、論各個方面，都相當詳盡而又力圖各方面皆集前人之大成。黄侃之論、范文瀾之注、劉永濟之釋、王利器之校、楊明照的校箋，以及臺灣諸家、日本的斯波六郎等，各家之精論妙解，幾畢集於是書。王更生評此書説"他這部巨著實具有黄札、范注、劉釋、楊校的優點"，這是並不爲過的。特别是黄札、劉釋，差不多已被全轉録於《斠詮》之中。偶有一篇之內，黄劉二家之説並不一致，亦取一説而兼録另一説以備參考。象李曰剛先

---

① 　牟世金：《臺灣文心雕龍研究鳥瞰》，第 110 頁。
② 　蕭華榮：《着眼於中華"全龍"的騰飛》，《社會科學戰綫》1986 年第 4 期。

生這樣一位頗負盛望的學者,其能若此,固與其虛懷若谷的態度有關,而目的却是爲我中華民族文化的發展。故其自序有云:"筆者末學膚受,明知蚊力不足以負山,蠡瓢不足以測海,然不揣譾陋,勉成斯編者,冀能存千慮之一得,爲復興中華文化、發展民族文學,而略盡其綿薄耳!"這種精神是令人欽佩而值得發揚的。[1]

顯然,牟先生的介紹和評價是具體而切實的,是着眼於"龍學"發展史的,但又是"更加廣闊與深遠"的,有着"比純粹的學術討論更加深厚的底蘊"。更重要的是,這種"底蘊"並非强加上去的非學術的色彩,而是原本深深地蘊含其中的。當李曰剛先生建構其"海内外龍學之第一巨製"的時候,他想到的原本就是"爲復興中華文化、發展民族文學,而略盡其綿薄耳",所謂"天下興亡,匹夫有責"[2],所謂"爲往聖繼絶學,爲萬世開太平"[3],人文學術原本就承載着許多不可推卸的歷史使命,則牟先生考察臺灣"龍學"的獨特視角,實在就是必須且重要的了。

對此,牟先生不僅毫不諱言,而且致意再三。他説:"在閱讀臺灣諸論和寫這個小册子的過程中,我一直存在這樣的看法:臺灣和大陸的學術工作者,儘管思想有別,觀點或異,但從《文心雕龍》研究這一具體事實可見,兩岸學者的共通處是很多的。該書的全部内容,顯然與持何種政見並無關係,研討這些問題,是不因論者的政見而異的。如論劉勰的'原道'觀,其所原何道,無論是海峽兩岸或海内、海外學人,都是可以共同討論的。既然如此,又出於發展民族文學的共同目標,是沒有理由互不通氣的。"牟先生堅定

---

[1] 牟世金:《臺灣文心雕龍研究鳥瞰》,第 100 頁。

[2] 梁啟超:《痛定罪言》,《梁啟超全集》,北京:北京出版社,1999 年,第 2778 頁。

[3] (宋)張載:《張子全書》,文淵閣《四庫全書》本。

地指出:"我相信兩岸龍學家坐在一起來共同研究這一祖國寶貴遺產,已爲時不會太久了。但爲什麼要坐待來日呢? 所以,本書便圖成爲引玉之磚,爲中國的全龍鳴鑼開道。"①

因此,牟先生希望:"兩岸學者若真從學術着眼,便應加强交流,取長補短,爲我中華全龍的發展而努力。"②這正是"寓深意於學術研究,寄至情於字裏行間"③了。正因有此深衷,牟先生在身患重病以後,仍堅持參加 1988 年 11 月在廣州舉行的首屆國際《文心雕龍》討論會。因爲他得知臺灣著名"龍學"家王更生等先生也將出席會議,他希望海峽兩岸炎黃子孫能够坐在一起研討我們共同的文化遺產,以"爲中國的全龍鳴鑼開道"④。令人遺憾的是,"當時臺灣方面尚未開放到可以赴大陸從事學術交流的程度"⑤,牟先生的願望未能實現。可以告慰於先生的是,他的《臺灣文心雕龍研究鳥瞰》等著作引起了臺灣"龍學"家的極大共鳴。王更生先生由衷地稱讚《鳥瞰》一書:"從他那行文如流水的字裏行間,透出高妙的學養和皎潔的人格。"⑥並指出:"他那種具有深度和廣度的分析與組織,洋溢著智慧的火花,給臺灣學者極大的鼓勵。先生不僅學有專精,對龍學的研究和推廣,付出極大的心力,從每本書的行文措詞上,還肯定知道他是一位古道熱腸、外剛内柔、彬彬多禮的君子。所以先生的去世,不但在學術上,使我失去一位可供切磋的知己,就在爲人處世方面,也使我失去一位學習取法的楷模。"⑦

---

① 牟世金:《臺灣文心雕龍研究鳥瞰》,第 121 頁。
② 同上,第 122 頁。
③ 蕭華榮:《着眼於中華"全龍"的騰飛》,《社會科學戰綫》1986 年第 4 期。
④ 牟世金:《臺灣文心雕龍研究鳥瞰》,第 121 頁。
⑤ 王更生:《〈雕龍後集〉序》,牟世金《雕龍後集》,第 2 頁。
⑥ 同上,第 1—2 頁。
⑦ 此段引文摘自王更生先生給牟先生家人的書信。

1990 年 2 月,王更生先生"遠從臺灣專程來弔祭這位志同道合
永未謀面的知音"①,《鳥瞰》一書,不正起了"鳴鑼開道"的作
用麼?

　　正如不少"龍學"論著所指出,無論在廣度還是深度上,牟世
金先生的《文心雕龍》研究都達到了相當高的水平,在"龍學"史上
樹起一座不朽的豐碑。牟先生有意雕畫"全龍"②,因而對"龍學"
的方方面面均用力至勤,見解精到。無論《劉勰"原道"論的實質
和意義》③一文對"道"的辨析以及"道"對《文心雕龍》整個理論體
系之重要意義的闡釋,還是《從漢人論賦到劉勰的賦論》④一文所
體現出的對劉勰文體論的高屋建瓴的把握;無論《從〈文賦〉到〈神
思〉——六朝藝術構思論研究》⑤一文對整個六朝藝術構思論的全
面概括以及對劉勰藝術構思論淵源和發展的探究,還是《文律運
周,日新其業——〈文心雕龍·通變〉新探》⑥一文對劉勰"通變"
觀的全新認識,都體現出牟先生《文心雕龍》研究的博大精深。因
此,筆者對牟先生"龍學"的粗淺勾勒,借用先生的話說,"最多也
是繪其半爪,模其片鱗而已"⑦。

　　綜上所述,在近百年的"龍學"史上,牟世金先生以其十餘種
專著、六十餘篇論文,對《文心雕龍》進行了全面精到的系統研究,
從而成爲"《文心雕龍》的功臣"。他不僅是劉勰生平研究的集大
成者,也是《文心雕龍》現代注釋和翻譯的開拓者,更是《文心雕

---

① 　王更生:《〈雕龍後集〉序》,牟世金《雕龍後集》,第 2 頁。
② 　牟世金:《文心雕龍研究·自序》,第 2 頁。
③ 　該文發表於《文心雕龍學刊》第 4 輯,濟南:齊魯書社,1986 年。
④ 　該文發表於《文史哲》1988 年第 1 期。
⑤ 　該文發表於《中國文藝思想史論叢》第 1 輯,北京:北京大學出版
社,1984 年。
⑥ 　該文發表於《文史哲》1989 年第 3 期。
⑦ 　牟世金:《文心雕龍研究·自序》,第 2 頁。

龍》理論體系研究第一人以及"龍學"史研究第一人,他還是中國
《文心雕龍》學會的創始人,"對我國'龍學'的發展,作出重大貢
獻"。正因如此,可以毫不誇張地説,牟世金先生是二十世紀"龍
學"的一座里程碑。

第七章
二十一世紀"龍學"舉隅

　　《文心雕龍》是一部論文之作,這是劉勰自己的定位。隨着現代西方文藝觀念的傳入和現代文藝學的發展,《文心雕龍》之文論很快被納入了文學理論和文藝學的視野,從而孕育了二十世紀"龍學"的輝煌。可以說,二十世紀"龍學"的主要視角便是文藝學,上述三位"龍學"大家(王元化、詹鍈和牟世金)研究《文心雕龍》的角度,便主要都是文藝學的。然而,進入二十一世紀以來,隨着國學熱的興起和對中國傳統文化的反思,研究者越來越多地意識到《文心雕龍》之"文"並不完全等同於西方文學藝術之"文",從而劉勰的"論文"是否與西方的文藝學對等就成爲一個問題。對新世紀的"龍學"而言,所謂文藝學視野中的《文心雕龍》,便與上個世紀有了不同的思考路徑,因而也就可能有不同的結果。這種不同,主要表現爲不再那麼理所當然地以西方文藝學觀念和體系來衡量中國文論,而是更爲自覺地理解劉勰及其《文心雕龍》的中國話語。本章我們選取二十一世紀具有一定代表性的幾位"龍學"家及其成果,以探索新世紀"龍學"的成就和發展趨勢。

一、羅宗強的《文心雕龍》論著

　　1989 年春天,研究生畢業不久的我協助牟世金先生編輯《文心雕龍學刊》第六輯①,有幸先讀了羅宗強先生的《劉勰文體論識微》一文,留下了深刻的印象,也是自那時開始關注羅先生的"龍學"論著。後來的《魏晉南北朝文學思想史》以及近年的《讀文心雕龍手記》等論著,顯示出羅先生對"龍學"的系統而深入的研究,使我這個"龍學"之路上的小學生受益良多;尤其是羅先生從中國文學思想史角度對《文心雕龍》一書的思考,更是讓人有高屋建瓴、撥雲見日之感。正如羅先生的高足、現爲中國《文心雕龍》學會會長的左東嶺先生所言:"宗强先生經過長期的實踐與探索,建立起了中國文學思想史研究的學科體系,提出了一整套該學科的學術理念與研究方法。這些學術思想有的是中國文學思想史研究所特有的,有的則擁有文學史、批評史及美學史研究的普遍意義。總結其學術思想的特點,當對文學研究的推進與成熟具有建設性的意義。"②本文即試圖擷取羅先生關於"龍學"的幾個重要觀點,以展現新世紀"龍學"的新角度。

(一)《文心雕龍》與中國文學思想史

三十年前,張國光先生曾以《〈文心雕龍〉能代表我國古代文論的最高成就嗎?》一文對《文心雕龍》在中國文論史上的地位提出不同看法,希望"重新給《文心雕龍》以較爲客觀的、恰如其分的評價,而不再把它看作是我國古代文論的最高代表,不再稱他爲我國古代文論中'空前絶後'的'偉大著作'"③。應該説,張先生對劉勰及其《文心雕龍》的一些批評自有其道理,但隨着"龍學"的深

---

① 《文心雕龍學刊》第 6 輯編定於 1989 年 6 月,直到 1992 年方由齊魯書社出版。

② 左東嶺:《中國文學思想史的學術理念與研究方法——羅宗强先生學術思想述論》,《文學評論》2004 年第 3 期。

③ 張國光:《〈文心雕龍〉能代表我國古代文論的最高成就嗎?》,《古代文學理論研究》第 4 輯,第 264 頁。

入發展,研究者對《文心雕龍》在中國文學理論史、中國文學批評史以及中國美學史上的地位,認識也更加明確,其重要性可以説已無人懷疑了。不過,隨着學科性質的不同,《文心雕龍》的性質和地位仍然是一個需要重新認識的問題。就"中國文學思想史"這門學科而言,數年前羅先生曾指出:"中國古代文學思想史的研究目的、研究對象、研究範圍都還並不明確,系統的研究方法似乎也尚未形成。就是説,中國古代文學思想史的研究作爲一個學科尚未形成。"①同時,羅先生又認爲:"文學思想史應該是一個獨立的學科,它與文學批評史、文學理論史既有聯繫又有區別。"②那麽在這門學科體系的形成和發展過程中,如何評價《文心雕龍》這部偉大的文論著作,就是一個值得關注的問題,其與中國文學理論史、批評史以及美學史,應該是既有相同之處又有所不同的。

　　正如羅先生所説:"考察魏晉南北朝文學思想,甚至考察中國古代的整個文學思想發展史,都必得要論及劉勰在古代文論史上的理論成就。"③這是自不待言的,但文學思想史角度的劉勰,其理論成就在哪裏呢? 我們在羅先生著名的《魏晉南北朝文學思想史》一書中看到了對《文心雕龍》的這一新的角度的認識和評價。其云:

　　　　在齊末梁初,出現了一部文章學的理論巨著《文心雕龍》。隨着這部理論巨著,一位偉大的文學思想家來到我們面前,他就是劉勰。他不是詩文創作的實踐家,但他的駢文的高度成熟的技巧可以雄視前此的任何一位傑出的駢文作者;他

---

① 　羅宗强:《我與中國古代文學思想史》,《因緣集——羅宗强自選集》,天津: 南開大學出版社,2004 年,第 4 頁。

② 　羅宗强:《〈宋代文學思想史〉序》,張毅:《宋代文學思想史》,北京:中華書局,2004 年,第 2 頁。

③ 　羅宗强:《魏晉南北朝文學思想史》,北京: 中華書局,2002 年,第 309 頁。

不是哲學家,但就其思想的深刻性,就其理論的系統與嚴密程度而言,他在衆多傑出的思想家中可以説毫不遜色。他的含蘊豐富的文學思想,他建構起來的理論體系,令後代歎爲觀止,至今也仍然充滿魅力,而且依然讓人莫測其高深與神秘。……他的文學思想,並不是他所處時代的文學思想主潮的鮮明代表,但是他的理論的生命力比他同時的任何一位文學思想家的理論的生命力都更爲長久。他的文學思想,並没有左右當時,甚至他之後相當一個時期的文學思想的發展(不像後來的許多文學思想家如韓愈等等那樣振臂一呼,文壇回應),但是它在我國的整個文學思想史上却佔有獨特的、他人難以更替的地位。①

應該説,這一認識和評價既是在情理之中的,能够讓人心悦誠服的,又是從文學思想史角度的一個新的認識,是不同於批評史、文論史以及美學史的。首先,羅先生明確指出《文心雕龍》一書乃"文章學的理論巨著",這一定性顯然是經過深思熟慮的,是從文學思想史角度對《文心雕龍》一書性質的新的把握。三十年前,王運熙先生便曾指出《文心雕龍》一書具有文章學的性質,但王先生那時説的文章學,與羅先生的認識是並不完全相同的。王先生認爲:"從劉勰寫作此書的宗旨來看,從全書的結構安排和重點所在來看,則應當説它是一部寫作指導或文章作法,而不是文學概論一類書籍。"②這一説法力圖切近《文心雕龍》一書的理論實際,但主要是着眼傳統意義的文章學,而並非從文學思想史角度立論;羅先生在充分認識劉勰所具有的泛文學觀念的基礎上(詳下第三部分),把《文心雕龍》一書定性爲"文章學的理論巨著",可以説體現

---

① 羅宗强:《魏晉南北朝文學思想史》,第 247 頁。

② 王運熙:《〈文心雕龍〉的宗旨、結構和基本思想》,《復旦學報》1981年第 5 期。

出了文學思想史的特有的包容性和概括力,是令人耳目一新的。其次,與對《文心雕龍》一書的定性密切相關,羅先生指出劉勰是"偉大的文學思想家",這就更顯示出其明確的文學思想史的角度,顯示出其所謂"文章學"已不是傳統意義上的"文章作法"。作爲"文學思想家"的劉勰,羅先生一方面關注他有無詩文創作的實踐,他的高度成熟的駢文技巧,另一方面則關注他的哲學思想,關注其思想的深刻性,認爲"他在衆多傑出的思想家中可以説毫不遜色",這一認識也是與傳統的文學理論批評史不同的。第三,羅先生關注劉勰文學思想的時代性,特別指出劉勰的文學思想"並不是他所處時代的文學思想主潮的鮮明代表","他的文學思想,並没有左右當時,甚至他之後相當一個時期的文學思想的發展",但同時强調其理論生命力的長久,强調其在我國整個文學思想史上的獨特地位是"他人難以更替的"。

　　羅先生指出劉勰的文學思想"並没有左右當時",但其文學思想又是這個時期最重要的成就,這是一個頗爲耐人尋味的文學思想現象。羅先生在談到文學史與文學思想史的區別時曾説:"文學史不包括文學理論和文學批評。譬如講到《文心雕龍》和《詩品》時,文學史祇是很簡單地作一介紹而已;而文學思想史在談到這兩部書的時候,大約要占到這段文學思想史的一半篇幅,因爲劉勰和鍾嶸的文學思想是這個時期最重要的成就;兩部書又是影響最大的著作。"①《魏晉南北朝文學思想史》一書共有十章,"劉勰的文學思想"則佔了三章,其重要性可見一斑。饒有趣味的是,羅先生雖然説"劉勰和鍾嶸的文學思想是這個時期最重要的成就",但實際上鍾嶸及其《詩品》祇佔據了《魏晉南北朝文學思想史》一書的很小篇幅(不足萬字),甚至也没有在章節目録上體現出來,而祇是

----

　　①　曹道衡、羅宗强、徐公持:《分期、評價及其相關問題——魏晉南北朝文學研究三人談》,《文學遺産》1999 年第 2 期。

在第九章第三節以"尚自然、主風力的詩歌思想"爲題對其進行了介紹。這種安排在所有較大規模的中國文學理論批評史、美學史著作中可以説是僅見的,也可以視爲羅先生此書的一大特色。我們雖然不能説這一安排是爲了有意凸顯《文心雕龍》的崇高地位,但至少説明,從中國文學思想史的角度而言,《文心雕龍》的地位是無與倫比的。如所周知,自清代章學誠開始,《文心雕龍》與《詩品》就一直被作爲"中國古代文論的雙璧",所謂"《詩品》之於論詩,視《文心雕龍》之於論文,皆專門名家,勒爲成書之初祖也"①,但筆者曾經指出,章學誠所論是並不確切的。② 羅宗强先生《魏晉南北朝文學思想史》一書的安排和論述則説明,從文學思想史的角度而言,它們是不可同日而語的。這並非一定要來一個誰高誰低的問題,而是意在説明《文心雕龍》在思想理論上的獨特性,以及其於中國文學思想史的珍貴性,也説明中國文學思想史與一般文學批評史之不同。

(二)《文心雕龍》的文學思想體系

《文心雕龍》的理論體系一直是"龍學"的重要論題之一,這不僅是因爲"龍學"研究本身的需要,也是因爲"中國古代文論史上,很少有系統的、結構謹嚴的理論著作",而"從範疇到理論體系,從基本理論到各種文體的分論,從創作起始到文辭的最後修飾,即整個創作的全過程,從批評鑒賞到文學的史的理論考察,一句話,文學的幾乎所有方面的問題都論及,而且構成統一體系的著作,至今也衹有一部《文心雕龍》"③,其理論體系研究的令人矚目也就是可以理解的了。同時,由於劉勰思想及其《文心雕龍》一書本身的複

---

① 章學誠:《文史通義·詩話》,葉瑛:《文史通義校注》,第 559 頁。
② 參見戚良德:《文論巨典——〈文心雕龍〉與中國文化》,第 23 頁。
③ 羅宗强:《魏晉南北朝文學思想史》,第 309 頁。

雜性,對其理論體系的把握顯非易事。雖然從二十世紀六十年代開始,牟世金先生就呼籲重視這方面的研究①,而且經過幾代"龍學"家數十年的探索,對《文心雕龍》理論體系的認識更不斷深入,但時至今日,我們仍然不能説已經把握住了劉勰所建立的這個龐大的理論體系。而從文學思想史角度如何概括這個體系,其與文學理論批評史角度的認識有何不同,就更是一個令人感興趣的問題了。

首先,羅先生不僅特別强調了《文心雕龍》理論體系在中國文學思想史上之獨一無二的重要地位和理論貢獻,而且格外關注其理論方法,重視其理論方法的系統嚴密及其一貫性。羅先生説:"劉勰不僅在建立完整嚴密的文學理論體系上可謂空前,而且就其方法之系統嚴密言,在我國的古文論史上也難以找到可與比並者。"又説:"劉勰之文學理論,有其完整之體系,有其一貫之方法。僅此一點,也是他對古文論的巨大貢獻。"②可以説,在對《文心雕龍》理論體系的研究中,强調其在中國文藝理論史上之獨特的地位,乃是研究者的共識;但關注其思想方法的嚴密及其一貫,則是文學思想史的獨特視角了。《文心雕龍》向以"體大而慮周"③、"體大思精"而著稱④,"體大"是指理論體系的宏偉建構,而"慮周"、"思精"則應該就是思想方法的完整嚴密了。羅先生特別指

---

①　牟世金:《近年來〈文心雕龍〉研究中存在的幾個問題》,《江海學刊》1964 年第 1 期。

②　羅宗强:《魏晉南北朝文學思想史》,第 315、318 頁。

③　章學誠:《文史通義·詩話》,葉瑛:《文史通義校注》,第 559 頁。

④　范文瀾先生説:"劉勰是精通儒學和佛學的傑出學者,也是駢文作者中稀有的能手。他撰《文心雕龍》五十篇,剖析文理,體大思精,全書用駢文來表達緻密繁富的論點,宛轉自如,意無不達,似乎比散文還要流暢,駢文高妙至此,可謂登峰造極。"(見其《中國通史簡編》修訂本第二編,北京:人民出版社,1964 年,第 418 頁。)

出,劉勰思想方法的一個突出特點是把複雜的創作過程程式化,他說:"在劉勰之前,還沒有一個人像他這樣,把極其複雜的創作過程程式化。……他實在是一位理性的文論家,與後來的感覺、評點派大異。而這一點,正是他的理論之一特色,正是他的理論成就的最傑出之處。"①應該説,羅先生的這個認識是極富特色的。他不僅抓住了劉勰的思想方法特點,更凸現了其在中國文學思想史上的特立獨行;從此一認識和概括來揭示《文心雕龍》的理論成就,乃是頗有新意的。

其次,羅先生對《文心雕龍》理論核心的關注和概括取得了重要成果。研究《文心雕龍》的理論體系有兩種方法,一是從劉勰在《序志》篇的説明出發,按照劉勰的思路去認識和概括,這可以説是一種比較簡單的方式,筆者即曾按照這一方式進行過簡單的描述②。二是在完整把握《文心雕龍》結構體系的基礎上,深入其理論體系的内部,抓住其理論核心,從而認識其内在的理論本質。顯然,這是一種比較困難的方式,也因此,不少"龍學"家雖都做過不同程度的嘗試,也取得了一些重要的理論成果③,但要想做出令人信服而被廣泛接受的理論概括,可能還需要幾代"龍學"家的不懈努力。然而,作爲一部體大思精的理論巨著,《文心雕龍》的理論核心是顯然存在的,對它的認識和概括也就是必需的。正如羅先生所指出:"劉勰的《文心雕龍》有其理論核心,圍繞這核心展開他

---

① 羅宗强:《魏晉南北朝文學思想史》,第 366—367 頁。

② 參見戚良德:《文論巨典——〈文心雕龍〉與中國文化》,第 47—91 頁。

③ 最著名的當是牟世金先生的概括,其云:"'銜華佩實'是劉勰全部理論體系的主幹。《文心雕龍》全書,就是以'銜華佩實'爲總論,又以此觀點用於'論文敘筆',更以'割情析采'爲綱,來建立其創作論和批評論。這就是《文心雕龍》理論體系的概貌,也是其理論體系的基本特點。"(見其《〈文心雕龍〉的總論及其理論體系》,《中國社會科學》1981 年第 2 期。)

的作家論、文學創作論、文學批評觀和文學史觀。在這些命題下面，又展開子命題，如文學創作論中的物色、神思、風骨、體、勢、味、術等命題。從理論核心到子命題，都有着内在的嚴密邏輯。"①正是從這一明確認識出發，羅先生在《魏晉南北朝文學思想史》中對《文心雕龍》的理論核心作出了非常精煉而重要的概括。羅先生認爲："這個理論的核心實質上是一個文的理想模式。他規範出這個理想模式，以它爲中心，向各個方面展開他的理論。"②對劉勰這個"文的理想模式"，羅先生從三個方面進行了概括和描述，其云：

> 這個理想模式，自文之性質言之，是自然與法式的統一。自然，是强調人和自然的和諧統一。這個基本思想以各種方式滲透在《文心》的各個部分中，重視人的感情、氣質、性靈、靈感，重視人的自然本性在文中的表現。法式，是强調文的規範性。光有自然還不够，還要有規範，這規範便是對自然的制約，因之重視經典作品的示範作用，重視學養，重視理性。從自然到法式，不是由自然到僵化，處處充滿着人文精神。
>
> 這個理想模式，自文之功用言之，是抒情寫意與教化的統一。聖既因文而明道，則文自然"致化歸一"。……從其對歷代作家作品的品評中，知教化功用，乃其衡文之宗旨。然論創作之過程，則又處處重抒發個人情懷。自感物興發，至附辭會義，無不强調情真意切，强調内在感情脈絡之連貫。《文心》一書對文之基本要求，處處體現出明道與抒發個人情懷的統一。
>
> 這個理想模式，自審美標準言之，是雅麗、奇正的統一。麗辭雅義，是一個層次。情辭華美，然美而有則，是一個層次。

---

① 羅宗强：《古文論研究雜識》，《文藝研究》1999 年第 3 期。
② 羅宗强：《魏晉南北朝文學思想史》，第 312 頁。

辭采艷逸而有節、不過分,又是一個層次。從《文心》全書的總傾向看,雅麗這一標準中,他似乎更強調麗,雅衹是作爲一種對於麗的制約,所謂"酌奇而不失其貞,玩華而不墜其實",應該是這個意思。①

這裏之所以儘量完整引錄羅先生對《文心雕龍》之理論核心的概括,是因爲筆者以爲,這個概括既以大量"龍學"成果爲背景和基礎,又力圖從劉勰的思想原貌出發,是對《文心雕龍》理論核心和思想實質的一個較爲完整而精細的把握。這一把握具有高度的理論概括性,又一步也沒有離開《文心雕龍》的原文,它是真正對劉勰文學思想的一個現代表述。就筆者所見,這是目前較爲系統、完整而富有概括力的一個表述,也是非常貼近劉勰思想實際的一個表述,因而是值得重視的。

第三,羅先生對劉勰的文學思想傾向作了極爲細緻的描述,力圖從不同的側面觀察劉勰的思想動機,從而接近其思想實際。羅先生指出:

如果我們勉力來對劉勰的文學思想傾向作一個簡略的概括的話,是不是可以這樣說:他是看到文學發展的事實了,文學原本之自然,文學發展中處處反映着個人情性抒發的本然之義,處處表現出辭采華美的動人之處,處處表現出文學與人的個性、與自我的不可分的聯繫。他感受到了,而且不管他自覺不自覺,他也接受了。但是他的理知告訴他:這其中是不是有一些過份,是不是有着一些離經叛道的東西。思想傳統的複雜的種種影響左右着他,推動着他,他要來做引導的工作,要去掉過份,防止離經叛道,於是提出了宗經的主張。宗經不是載道,不是明聖人之道,而是宗聖人的作文之法,衹是

---

① 羅宗强:《魏晉南北朝文學思想史》,第312—313頁。

　　宗經書的寫法而已。①

顯然,羅先生的描述看起來是小心翼翼的,同時又是結結實實的。其小心翼翼者,乃唯恐與劉勰思想不符,唯恐偏離《文心雕龍》的思想軌道,這不能不説是深諳劉勰"擘肌分理,唯務折衷"②之思想方法精髓的體現;其結結實實者,乃在其每一句判斷均以劉勰的論述爲根據,均來自對《文心雕龍》全書思想體系的全面考量。如謂劉勰的"宗經不是載道,不是明聖人之道,而是宗聖人的作文之法,祇是宗經書的寫法而已",如此準確而精細的把握,與一些"龍學"論著中不少似是而非之論是完全不同的。又如謂劉勰:"他似乎是要以一個冷静的智者的身份出現,引導文學發展的潮流。其實,他就在這個潮流之中。他的文學思想的許多重要方面,都與這個潮流並無二致,甚至比他同時的其他任何一位批評家和理論家都更體現這個潮流的實質(如有關文術的許多論述),祇不過是更帶理論色彩,更深刻的體現而已。"③可以看出,羅先生力圖深入劉勰思想的内部而貼近其思想實際,行文之慎重,立論之嚴謹,恰如沈約之評《文心雕龍》,可謂"深得文理"④——深得劉勰論文之理! 正是經由這種嚴謹細緻的體察,羅先生得出了自己的結論:"劉勰站在其時文學思想的發展潮流中,而比同時的其他思想家更冷静地思考問題。對於其時文學思潮發展的許多實質問題,他是接受的,認可的,但是他要把這個思潮引向雅正。這就是劉勰文學思想的傾向。"⑤可以説,羅先生對《文心雕龍》的這種深入思考,對《文心雕龍》一書的反復揣摩、慎重衡量,不僅在《魏晉南北朝文學思想

---

　　①　羅宗强:《魏晉南北朝文學思想史》,第282頁。

　　②　(南朝梁)劉勰:《文心雕龍·序志》,戚良德輯校:《文心雕龍》,第287頁。

　　③　羅宗强:《魏晉南北朝文學思想史》,第283頁。

　　④　(唐)姚思廉:《梁書》卷五十《劉勰傳》,第712頁。

　　⑤　羅宗强:《魏晉南北朝文學思想史》,第283頁。

史》一書中是非常引人注目的,而且在衆多中國文學理論批評史、美學史著作中,也是極爲突出的。在一部通史性的著作中,對一個思想家的一部著作如此用力,應該説是不多見的;羅先生隨後又出版了《讀文心雕龍手記》的專著,良有以也!

(三)《文心雕龍》的泛文學觀念

筆者之所以關注羅先生對《文心雕龍》的思考和研究,除了從一般意義上説,羅先生乃文學思想史研究的倡導者,其有關"龍學"的見解自然值得我這個"龍學"愛好者認真學習;更重要的是因爲,羅先生對《文心雕龍》的着眼點,其理論興趣和研究的中心問題,也一直是我學習《文心雕龍》過程中所關注的問題,可以説一直是我的興奮點。比如,羅先生對劉勰之文學觀念的突出重視和不懈思考,也正是我長期關注和思考的問題;羅先生的許多實事求是的説法,對我自己的"龍學"探索有着十分重要的啓發。

羅先生認爲:"極簡略地説,文學思想就是人們對於文學的看法。"①因而,"研究文學思想史,是爲了研究人們的文學觀念自覺或者不自覺的變化,和這種變化如何左右着文學創作和文學批評的進程,瞭解我們今天的文學觀念中有多少來自傳統,這來自傳統的部分的價值所在。"②正由於有着這樣明確的文學思想史的觀念,所以羅先生始終把對劉勰的文學觀念的思考作爲一個中心問題;筆者以爲,這也正是《文心雕龍》研究的一個重點和中心問題。羅先生對劉勰文學觀念的研究,是值得關注的。

羅先生從劉勰對《文心雕龍》之"文"的規定入手,認爲劉勰的

---

① 羅宗强:《〈宋代文學思想史〉序》,張毅:《宋代文學思想史》,第 1 頁。

② 羅宗强:《我與中國古代文學思想史》,《因緣集——羅宗强自選集》,第 8 頁。

文學觀念"是一個泛文學或者説雜文學的概念"。他説:"劉勰是從大文化的背景上着眼,來論述文體和文術的,他的'文'的概念,實際上包含了廣義和狹義的多層意思。"而即使"《文心》一書中狹義的'文'",也是"既包括文學,也包括非文學(如哲學、史學、科技方面的文章,以至包括一切應用文)。這是傳統的'文'的概念,與其時討論的文、筆之分所反映的文學與非文學分開的趨勢異趣。……它是一種觀念的回歸。這個傳統的文的概念,是一個泛文學或者説雜文學的概念,而不是純文學的概念"①。羅先生指出:"《文心》一書,不祇是爲文學作品之寫作而作,而且是爲文章的寫法而作,劉勰的文的觀念,是一種雜文學的觀念。"②應該説,這些認識都是非常切合《文心雕龍》一書的思想實際的,但是,羅先生並沒有止於此,而是充分估計到了問題的複雜性,把對這一重要問題的思考引向深入。其云:

　　不過他的這種雜文學的觀念,有着頗爲複雜的特徵。從他論"爲文之用心"而無所不包,從他婉轉地反對區分文學與非文學看,他是復古的,在文學的發展過程中是一種觀念的復歸。……但是在論及文術時,他却又事實上接受了文學與非文學區分的觀念,他下篇論文術,涉及的可以説多是文學的寫作問題,着眼點差不多都在文學的特點上,論神思,論物色,論風骨體勢,論夸飾聲律,論麗辭事類,論比興練字,無不如此。非文學作品,是不會以這些爲寫作關捩的,應用文如譜牒簿録之類自不必説,即如諸子史傳,亦未必以這些爲寫作之途徑。似乎可以説,在論述這些問題的時候,劉勰的心中浮現的是文學的種種特點,是文學的發展過程中已經表現出來的種種特點啓發了他,爲他的理論闡釋提供了依據。因此又可以説,他

---

① 羅宗强:《魏晉南北朝文學思想史》,第263頁。
② 同上,第266頁。

的"文"的觀念裏有着許多的發展了的文學觀念的印記。從
這個意義上,他的雜文學的觀念又與古代的"文"的觀念很不
同,它已經加入新的東西。它是一種折衷,是古代的"文"的
觀念加上已經發展了的文學觀念的折衷,是復歸,又不完全是
復歸,是一種全新的雜文學觀念。①

實際上,筆者並不完全贊同"雜文學"觀念的這一提法,而認
爲羅先生同時使用的另一個"泛文學"觀念的提法更好一些,但重
要的是,這裏羅先生對劉勰文學觀念的細緻入微的體察和着眼《文
心雕龍》全書的宏觀把握,是非常實事求是的。他既明確地指出了
劉勰文學觀念的特點,又從各個角度和側面考察劉勰的不同命意,
不遺餘力地體察劉勰的良苦用心,從而真正做到全面完整地把握
劉勰的文學思想,這種對《文心雕龍》的研究態度是非常值得我們
學習的,其結論自然也是令人信服的。

羅先生對劉勰文學觀念的思考始終與對《文心雕龍》文體論
的考察密不可分,這在《文心雕龍》研究中也是非常令人矚目的。
羅先生認爲劉勰的文學觀念是一個雜文學的觀念,這一結論正來
自其對文體論的深入細緻的研究。他説:"僅從文章體裁看,彦和
的文體論,顯然屬於雜文學的文體論。"②又説:"它不是狹義的文
學的文體論,而是廣義的泛指一切文章的文體論。如果用今天的
話説,似可稱之爲雜文學的文體論,或者稱之爲文章體式論。"③應
該説,從《文心雕龍》文體論的角度得出劉勰文學觀念之"雜"的特
點,這是不少研究者都曾指出過的,但重要的是如何認識和評價這
種"雜",如何看待劉勰何以如此"雜"? 羅先生認爲:"在劉勰眼
中,他所論及的文體,無所謂文學與非文學之分,他是一以視之

---

① 　羅宗强:《魏晉南北朝文學思想史》,第 266 頁。
② 　羅宗强:《讀文心雕龍手記》,北京:三聯書店,2007 年,第 144 頁。
③ 　同上,第 145 頁。

的。……《文心雕龍》後二十四篇論文術與文學批評,是兼所有文
體而言的,他並未區分何者指何種文體,何者與他所論的何種文體
無關。"①羅先生的這一看法可謂冷靜至極,但又不能不説是符合
《文心雕龍》之實際的。然則,劉勰何以會如此? 其思想實質是什
麽? 其背後的意義又是什麽? 羅先生説:"劉勰的雜文學觀念,反
映的正是我國古代文學最基本的特點。我國的古代文學,本來就
是一個雜文學的傳統。在古代文學理論家、文學批評家的眼中,所
有的文體都是'文',不存在一個文與非文的問題,祇存在好的優
秀的文與不好的低劣的文的問題。"②筆者以爲,羅先生這幾句平
實的判斷,實在是對中國古代文學和文學思想特點的一個極爲準
確的把握。當我們接受並沿用西方的文學觀念一個世紀以後,我
們的古代文學和文學理論批評史以及美學史研究,在多大程度上
符合其歷史的本來面目,這實在是一個很令人懷疑的問題。正是
在西方文學觀念的支配下,我們從來以爲文學和非文學是截然不
同的,甚至有所謂"純文學"的説法,從而我國古代的許多文章體
裁没有納入文學史的視野,許多關於文章的重要思想没有納入文
學理論批評史的視野,甚至招致不少批評和貶低的評價。但實際
上,文學和非文學真的有涇渭分明的界限嗎? 至少,從中國古代文
化發展的歷史實際來看,我們實在需要有基於自己文化的標準和
評價。羅先生即指出:"我國古代的文學,屬泛文學性質。此種泛
文學,乃在我國文化環境中産生,自其産生至整個發展過程,'泛'
的特色未曾中斷。我們是否還可以接受這樣一個傳統,如果接受
這樣一個傳統,那麽我們對於什麽是文學,就應該有一套與之相適
應的説法。比如説,不以文體區分文學與非文學,而以另外的一些

---

① 羅宗强:《釋〈章表〉篇"風矩應明"與"骨采宜耀"》,《文學遺産》
2007 年第 5 期。
② 同上。

條件區分文學與非文學。"①筆者以爲,這既是從對劉勰文學觀念考察所得到的關於中國文學傳統的一個重要認識,也是從文學思想史角度研究《文心雕龍》的一個重要收穫。

實際上,羅先生不止一次地提到文學與非文學的劃分標準問題,如謂:"似乎可以說,由於我國古代文學之泛文學性質,詩、詞、小說、戲劇當然可以認定爲文學作品,但散文之各體,就甚難有一個明確的劃分文學與非文學的界綫。既然難以根據文體劃分文學與非文學,那麼就應該有另外的劃分標準。比如說,以是否具有藝術特色爲標準。而何者爲藝術特色,則是一個彈性極大的概念。"②他之所以如此不厭其煩地關注這個問題,乃是基於對中國文學傳統的深切把握和體認,乃是力圖認識中國古代文學和文學思想的民族特色。羅先生指出:

> 我國古代文學的民族特色是什麼,有過多次的討論。在我國古代,經史子集都是"文"、"文章",用今天的話說,就是文學、哲學、史學、教育學,以至政府文告、水利書、地理書、陰陽術數的文字,都是"文"、"文章"。自文體言之,所有文體都是"文"、"文章"。……從這些不同的分類中,我們可以看到三點:一是文體"雜",凡文章無所不包;二是對於文體的成體的標準有不同之理解,因之分法各各不同;三是文體概念之模糊。從這三點,我們可以進一步思考,我國古代的文學,可以說是雜文學;或者更準確地說,我國古代的文學,包含在"雜文學"中。③

正如羅先生所說,這"實在是一個複雜的問題",因而一時還不可能有一致的認識和答案;但這種自覺的關注和不懈的思考,不僅有

---

① 羅宗强:《讀文心雕龍手記》,第 223 頁。
② 同上,第 218 頁。
③ 《〈歷代文話〉七人談》,《中國圖書評論》2008 年第 7 期。

利於我們更準確地把握《文心雕龍》的文學觀念，而且爲我們真正認識中國古代文學以及文學思想的民族特色，提供了重要的思路。

（四）《文心雕龍》對藝術特質的重視

上述羅先生對劉勰泛文學觀念的强調，祇是他對劉勰文學觀念認識的一個方面；而羅先生同樣極力强調的另一個方面，則是《文心雕龍》對藝術特質的重視。我們看到，羅先生多次談到《文心雕龍》的"雜文學"觀念，但同時又指出，這"是一種全新的雜文學觀念"，那麼其新在何處呢？他說："在劉勰的文學思想中，不僅存留有學術未分時的文章觀，而且有文學獨立成科過程中逐步展開的對於文學藝術特質的追求。他不僅論述了神思、風骨、體勢等命題，而且論述了比興、聲律、麗辭、夸飾、隱秀等主要屬於藝術技巧方面的問題。重視神思、重視聲律、重視駢辭儷句，酌奇玩華，都是文學自覺的趨勢起來之後的追求。這樣我們就可以清楚地看到劉勰文學思想的另一面。這一面，就是他反映着我國古代文學思想中明確追求藝術特質的發展趨向。"①一方面是文學觀念之"雜"，一方面是對藝術特質的高度重視，那麼這兩個方面又是如何統一在一起的呢？羅先生認爲：

> 我國古代的雜文學觀，並不排除文學的藝術特質的要求，感情、文采，文學技巧的追求，都在批評家的視野之内。……我們說雜文學，主要是就文體言的。雜，是說各種文體都被包容在文學之内。並不是因爲其文體的雜，就以爲古代的作家、批評家都反對文學的藝術特質。如果我們在面對我國古代文學和文學觀念時，以爲雜文學就是去除一切文學藝術特質的非文學，就是祇講實用，毫無藝術感染力的作品，那我們描述

---

① 羅宗强：《讀文心雕龍手記》，第 125 頁。

的古代文學史,就可能是另外一副面貌。①

也就是説,所謂"雜文學",衹是在西方文學觀念之下的"雜",而就中國古代文學而言,其衆多的文體和文章,無論詩賦書記還是章表奏啓,原本都是要追求藝術特質的,文體的無所不包與藝術特質的追求原本是並行不悖的。正如羅先生所指出:"事實上,我國古代雖然所有文章都稱爲文,但是有一條發展綫索在這所有文章中或有或無、或隱或現、或充分或不充分地存在着,那就是對於藝術特質(或稱文學特質)的展開和探討。"②可以説,在西方文學觀念觀照下的《文心雕龍》,其文體論所展現出來的確乎是"雜文學觀念",而其文術論又有着對藝術特質的明確追求,二者似乎有着明顯的矛盾;甚至很難解釋劉勰何以一方面突出强調藝術之美,另一方面又要把幾乎所有文體都納入自己的論述範圍。但是,羅先生這些完全立足中國古代文學和文學觀念的認識,毫無疑問地再次提醒我們,研究中國古代文學,考察《文心雕龍》乃至中國古代的文學觀念,是不能完全以西方的文學觀念爲前提的。所謂民族特色,正是在這裏鮮明地體現出來。否則,正如羅先生所擔心的,"我們描述的古代文學史,就可能是另外一副面貌";然則,我們對中國古代文學的研究,又有多少注意了這個問題,又有多少不是從西方的文學觀念出發的呢?

　　作爲一位有着深厚國學根基以及文學史、思想史修爲的學者,羅先生對劉勰文學思想的考察始終與其所處的時代思潮和傾向聯繫在一起,始終着眼於整個中國文學思想史的廣闊視野,而不是局囿於一部《文心雕龍》。因而,羅先生對劉勰思想的把握不僅是對《文心雕龍》一書的深刻理解,更是對中國文學思想發展及其特點

---

　　①　羅宗强:《釋〈章表〉篇"風矩應明"與"骨采宜耀"》,《文學遺産》2007 年第 5 期。

　　②　羅宗强:《讀文心雕龍手記》,第 124 頁。

的概括。如謂劉勰:"他比同時的任何一位作家和理論家都更準確
更全面,甚至可以説是巨細不遺的汲取了其時文學發展中的種種
經驗,特別是充分體現文學的藝術特質方面的經驗。但是他又似
乎不滿足於這些經驗,他想糾正它,給它一點功利色彩,給它一點
冷靜、一點理智。應該説,劉勰的文學思想既包含有其時文學主潮
的特質,而又異於這主潮。"①顯然,對魏晉南北朝文學思想史乃至
整個中國文學思想史的完整把握,使得羅先生有了觀察劉勰思想
的重要參照;也正因如此,羅先生對劉勰文學思想的認識,在許多
問題上具有自己獨特的見解。如謂:

> 學界普遍認爲劉勰文學思想的基本傾向是反對形式主義
的,應該説,這種認識並不正確。劉勰祇是在文學自覺思潮發
展到一定程度之後,面對着這一思潮在文學創作中造成的局
面、所帶來的種種問題,回顧歷史,思索是非,提出自己的見解
而已。……似乎是這樣:既回顧歷史,思索各體文章發展過
程中的是非,而在這種歷史的思索與判斷中,又時時有着他面
對的現實的影子。換句話説,他是在文學自覺之後的沉思中
回顧與思索歷史的,而這種回顧與思索,又是爲了提出一種新
的規範,指出發展的方向。②

可以看出,羅先生對劉勰思想的體察是如何細緻入微。正是這種
站在文學思想史制高點上而又深入思想内部的設身處地的體察,
使得羅先生的結論更加符合《文心雕龍》的思想傾向,更加接近歷
史的真實,從而更加令人信服。

羅先生對劉勰思想之細微的體察,還得益於他的高度的文學
藝術修養。羅先生不止一次地提到,劉勰在考察衆多文體的過程
中,自覺不自覺地把"文學的意味帶進來了"。其云:"隨着文學自

---

① 羅宗强:《魏晉南北朝文學思想史》,第 262 頁。
② 羅宗强:《讀文心雕龍手記》,第 162—163 頁。

覺的到來,文學的抒情特徵,它的藝術特質,它的種種藝術表現的功能的不斷被創造、被發現、被體認,文體論也就在功用之外,更多地涉及藝術風貌方面的問題。雖然論及的一些文體在我們今天看來其實並非文學,但是不論什麼文體,祇要可能,文體論者便把文學的意味帶進來了,從不同的藝術風貌上區分文體,從藝術風貌上對不同文體提出不同的要求等等。至此,文體論纔接近真正意義上的文體論。"①又説:"他在論述各種文體時,用了不少篇幅評論各體在體貌方面的特點,提出了對不同文體的不同藝術風貌方面的基本要求。"②羅先生通過劉勰在《明詩》《銓賦》《誄碑》《銘箴》《頌讚》《論説》《奏啓》等篇中對各種文體理想風貌的論述,提出:"考察他對這十種文體基本風貌的要求,可以看到這樣一個共同點,這就是把文學的意味帶到文體論中來了。"③總之,羅先生認爲:"文學自覺思潮的影響,把文學的意味不知不覺地帶到應用文體的寫作中來,帶到文體論中來。"④應該説,這些看似平實的判斷,實際上蘊含着對《文心雕龍》文體論的一種深入體認和反復思考。能够從劉勰的文體論中捕捉到其"文學意味",没有對各種文體的高度的藝術鑒賞力,恐怕是很難做到的。

(五)《文心雕龍》的實踐品格

如所周知,《文心雕龍》是文論,同時劉勰又把這部理論著作寫成了精緻的駢文,正如羅先生所説:"他不是詩文創作的實踐家,但他的駢文的高度成熟的技巧可以雄視前此的任何一位傑出的駢

---

① 羅宗强:《讀文心雕龍手記》,第151頁。
② 同上,第154頁。
③ 同上,第155頁。
④ 同上,第160頁。

文作者。"①在這個意義上,劉勰毫無疑問是六朝時期當之無愧的重要作家之一;衹是我們的文學史每每忽略甚至忘記了這位出色的作家,這不能不說是一個很大的遺憾。實際上,《文心雕龍》雖然是中國文學思想史上最富理論性的著作,但劉勰談任何理論問題,始終都沒有離開對寫作實踐的考察,始終着眼具體的創作過程;因而他的文學理論是生動活潑的創作論,而不是乾巴巴的文學概論。劉勰的文學思想既是他自己寫作經驗的結晶,更是對文學史的全面考察和總結。也許正因如此,《文心雕龍》歷來被視爲"文章作法";筆者以爲,居今而言,這個"文章作法"不僅與《文心雕龍》在文學理論和文學思想上的建樹並不矛盾,而且更是其具有切實的實踐品格的明證,是其突出的民族特色之一。

對此,羅先生在《〈文心雕龍〉的成書和劉勰的知識積累——讀〈文心雕龍〉續記》的長文中作了詳細考察和論證。羅先生指出:"劉勰爲撰寫《文心》最爲重要的知識準備是對於文學史的全面而深入的掌握。無論是作家、作品,還是各個時段文學發展的特點,或者是已有文學批評的得失,他都瞭如指掌。"正是這種"廣泛而又深入的知識準備,不僅爲劉勰提供了撰寫《文心雕龍》的素材,而且在知識準備的過程中,逐漸形成了他的思維習慣,影響着他的思維方法"。這種思維方法,羅先生認爲乃是"兼取兩端,不偏於一局的思想,是一種更全面認識事物的思想方法。實質上是既有兩端,又非兩端的折其中的思想"②。

值得關注的是,無論《文心雕龍》的實踐品格,還是由此決定的思維方式和方法的特點,都對羅先生的文學思想史研究產生了一定影響。在談到文學思想史研究時,羅先生指出:"即使衹就文

①　羅宗强:《魏晉南北朝文學思想史》,第 247 頁。
②　羅宗强:《〈文心雕龍〉的成書和劉勰的知識積累——讀〈文心雕龍〉續記》,《社會科學戰綫》2009 年第 4 期。

學批評與文學理論本身的解讀而言,也離不開對文學創作實際的考察。劉勰的《文心雕龍》與鍾嶸的《詩品》,都是明顯的例子。他們評論了許多作家,如果我們不對這些作家的實際作一番認真的研究,就無法對劉勰與鍾嶸的有關評論作出正確的解讀,當然也就無法作出是非判斷。"①正因如此,羅先生身體力行,在《讀〈文心雕龍〉續記》一文中詳細列舉了《文心雕龍》一書引及的作者、作品以及對他們的評論,列舉了劉勰所論及的八十一種文體,正是通過這種扎扎實實、一絲不苟的考察,羅先生得出了這樣的結論:"劉勰爲撰寫《文心雕龍》所作知識準備,如果説對我們今天的文學理論創建有所啓發的話,那就是要具備深厚的歷史、思想史、文學史的知識,要有敏鋭的審美能力,還要對當前的文學創作走向有深入的瞭解。在今天,當然還要瞭解海外文學理論、文學思想的走向。具備了這些,纔有可能創立既有中國特色,又有世界意義的不朽的文學理論體系。"②

筆者覺得,羅先生已經把對《文心雕龍》的研究、對劉勰思維方式的考察,以及通過這種考察得出的經驗和結論,與自己的文學思想史研究密切結合起來,並進一步融入自己的研究過程中。可以説,在這裏,劉勰及其《文心雕龍》既是研究對象,也是借鑒、學習、取法的楷模,劉勰的研究方法既是需要認真總結、把握的對象,也是隨時準備並可以運用到自己研究工作中的方式、方法。羅先生説:

　　當然,文學思想史研究的最終目的,是要弄清我國古代的文學思想潮流演變的整體風貌,弄清文學思想潮流演變的諸種原因,弄清它們和文學創作或繁榮、或衰落的關係,弄清在

---

① 羅宗强:《〈宋代文學思想史〉序》,張毅:《宋代文學思想史》,第4—5頁。

② 羅宗强:《〈文心雕龍〉的成書和劉勰的知識積累——讀〈文心雕龍〉續記》,《社會科學戰綫》2009年第4期。

文學思想發展演變的過程中,有些什麼樣的觀念是最有價值的,發展的主線是什麼? 至今我們對什麼是我們的文學思想的主線,什麼是最爲優秀的傳統,什麼樣的文學觀念是推動我們的文學發展的真正力量,都還並不清楚,或者説,都還沒有深入的探討。梳理當然是爲了繼承。這可能就涉及到文學思想理論遺産如何繼承的問題。①

多少年來,我們一直在探索中國古代文論的民族特色,一直在談論中國古代文論的繼承以及"轉化"等問題,應該説在不少方面取得了一定的成績,但整體的效果並不理想。原因當然有很多,筆者以爲其中一個重要的原因就是我們和古人的距離——不是客觀的歷史的距離,那是不可改變的,而是心理的距離,是我們心理上有意無意地拒古人於千里之外。也就是説,我們總是有意無意地抱着一種居高臨下的研究態度,動輒是對古人的裁判甚至批判,我們總以爲現代人一定比古人高明得多。但事實上未必如此。羅先生指出:"人文學科的學術研究,特別是文學研究,裏面包含着很多人生感悟的東西,含有對人性的理解在裏面。真切的人生體驗對文學研究很有好處。……所以我後來在文學研究中,特別重視人性的把握、人生況味的表述;當然,古人與今人的思想觀念距離很遠,但是人性中總有相通的地方,對人生的體悟也有相通的地方。"②其實,"今人不見古時月,今月曾經照古人"③,文化的古今之別遠沒有人們想像得那樣大,文學的理論和思想就更是如此了。有道是千古文心一脈通,祇要我們設身處地想劉勰所想,讀劉勰所讀,用

① 羅宗强、張毅:《"自强不息,易;任自然,難。心嚮往之,而力不能至"——羅宗强先生訪談録》,《文藝研究》2004年第3期。
② 同上。
③ 李白:《把酒問月》,王琦注:《李太白全集》,北京:中華書局,1999年,第941頁。

劉勰所用,那麼《文心雕龍》就不是什麼古董,而是對我們的創作可以產生直接作用的生動指南,又何須"轉化"之功?

在羅先生對《文心雕龍》乃至中國文學思想史的研究中,我們一方面看到了真正的"歷史還原",看到了"極重視歷史的真實面貌",因爲如羅先生所説,祇有"在復原古代文學思想的真實面貌的基礎上,纔有可能探討規律,作出是非判斷,以論定其價值之高低"①;另一方面我們更看到了古今的交融和匯合,看到了先哲和時賢之"文心"的息息相通。筆者以爲,這不可偏廢的兩個方面,正是羅先生提供給我們的關於中國文學思想史研究的切實可行的方法和道路。

以上粗舉數端,乃是筆者在研讀宗强先生有關"龍學"的論著時所作札記。在研讀羅先生論著的過程中,筆者感受最深的一點是,羅先生對劉勰及其《文心雕龍》的態度是那樣恭謹,每作判斷均小心翼翼而常出以推測口吻,這讓筆者不時想起臺灣著名"龍學"家王更生先生多年前説過的一句話:"我是劉勰的一個小學生。"②多年以來,我們習慣了對古人的裁判甚至批判,動輒講"批判地繼承","批判"在前而後纔是"繼承";對此,筆者亦曾略有疑義③。不是説古人没有缺點,但我們首先要明白古人説的是什麼,理解其何以如此説。用宗强先生的話説就是"盡可能的復原"④。在羅先生有關"龍學"的論著中,我們看到了深入古人思想内部的一種細緻體察和領悟,雖然不能説這些體察和領悟都是完全符合古人思想實際的,但至少這會讓我們更進一步地接近古人,從而更

---

① 羅宗强:《〈宋代文學思想史〉序》,張毅《宋代文學思想史》,第9頁。
② 王更生先生此語乃1993年7月於内蒙古呼和浩特市召開的中國古代文學理論學會第八次年會暨國際學術會議上所作發言,該發言後來是否整理刊出,筆者尚未檢索到。
③ 參見戚良德:《文論巨典——〈文心雕龍〉與中國文化》之"後記"。
④ 羅宗强:《〈宋代文學思想史〉序》,張毅《宋代文學思想史》,第7頁。

好地"尚友"古人;而祇有在此基礎上,我們纔能談得上繼承和創新。正如宗強先生所説:"復原古代文學思想的面貌,纔有可能進一步對它作出評價,論略是非。這一步如果做不好,那麼一切議論都是毫無意義的。"①應該説,這既是一個中國古代文化研究者應有的態度,更是我們研究《文心雕龍》以至中國文學思想史的緊要方法。

二、張長青的《文心雕龍新釋》

先師牟世金先生有言:"'龍'門深似海,常歎難得而入。"②那時年少,總覺得此話不過是老師俏皮的謙虛之語。但浸潤"龍學"日久,愈覺此非虛言,"一入龍門深似海"之語也便常常和自己的學生説起。於是,自然會引出一個問題:面對衆多的"龍學"著作,哪一部可以引領我們進入"龍門",並進而一窺"龍學"之秘呢?顯然,答案各不相同。有的人推薦范文瀾的《文心雕龍注》,有的人推薦周振甫的《文心雕龍注釋》,皆各有其理。回想自己蹣跚走過的"龍學"之路,引領我入門的是兩部書:一部是陸先生和世金師合作的《文心雕龍譯注》,一部是張長青和張會恩先生合作的《文心雕龍詮釋》。那時備考牟先生的研究生,除了認真研讀先生的《譯注》,記得對自己學習《文心雕龍》幫助最大的就是那本小小的《詮釋》了。它對《文心雕龍》每一篇的詮釋有述有評而完整全面,思維清晰而説理透徹,語言流暢而通俗易懂,是當時難得的一部"龍學"入門之作,給我留下了非常深刻的印象,可以説終生難忘。正因如此,當看到張長青先生在此基礎上推出的新作《文心雕龍新

---

① 羅宗强:《〈宋代文學思想史〉序》,張毅《宋代文學思想史》,第7頁。
② 牟世金:《文心雕龍研究·自序》,北京:人民文學出版社,1995年,第2頁。

釋》之時,筆者感到異常親切和欣喜。《詮釋》誕生在 1982 年,那年夏天在濟南召開了歷史上第一次全國性的《文心雕龍》研討會,也是全國《文心雕龍》學會成立的預備會議,翌年便在青島成立了中國《文心雕龍》學會。從《詮釋》到《新釋》,正是"龍學"日益興盛的三十年。三十年間,那本小小的《詮釋》見證着"龍學"的發展和興盛,也經常被各類"龍學"著作列爲重要的參考書目之一,而今終於有了可以代替它的厚重的《新釋》。毫無疑問,這是"龍學"之幸。可以説,張先生及其"龍學"著作,一如先生之名,均不愧爲文心長青之樹;而"新釋"之作,則正是這棵長青樹上一朵耀眼的新花而輝映着新世紀的龍壇。

(一)《文心雕龍》的文藝美學體系

與三十年前的《詮釋》相較,《新釋》全面闡釋《文心雕龍》五十篇,無論在規模還是在内容上,均已成爲焕然一新之作;謂之"新釋",不僅名副其實,標誌着作者對《文心雕龍》研究的系統和深入乃至認識的全面更新,而且《新釋》之作正是"龍學"的縮影,從一個方面顯示出"龍學"三十年的進步和發展。三十年前的"詮釋"選擇了《文心雕龍》的三十七篇進行闡釋,於二十篇"論文敘筆"中衹選出《明詩》《樂府》《詮賦》《諧隱》《史傳》《諸子》《論説》七篇予以詮釋,其餘十三篇則予以刪除。顯然,作者並非無力詮釋其餘部分,而是"本着批判繼承、'古爲今用'的原則,取其精華,棄其糟粕"①的結果。三十年後的《新釋》,不僅恢復了刪除部分並予以認真闡釋,而且張先生特別説明:"我們認爲《文心雕龍》最有價值的部分是創作論,而非文體論,因此把文體論十三篇刪去了。後來認識到,文體論不是全書可有可無的篇章,而是它整體理

① 張長青、張會恩:《文心雕龍詮釋·序言》,長沙:湖南人民出版社,1982 年,第 2 頁。

論體系的基礎。"①正如張先生所説,"這表面來看是一個體例問題",但實際上乃是"當時整個學術研究的指導思想和方法不對頭"②。正是基於這一認識,"新釋"不僅補足了三十年前删除的十三篇文體論,而且在原有"詮釋"的基礎上,增加了原文、注釋、翻譯三個部分,從而使"新釋"成爲一部集注釋、翻譯與闡釋於一身的完整而系統的全新之作,這在衆多的"龍學"著作中,毫無疑問是非常富有特點而引人注目的。正如詹福瑞先生所指出:"在《文心雕龍》研究的文字注解和理論闡釋之間,走了一條既重文心本身文意,又重立論貫通的中間路綫。"③顯然,這條路綫不僅展現了作者對"龍學"的融會貫通和駕輕就熟,而且對於《文心雕龍》的初學者而言更是一個福音,其與我們當年手捧《詮釋》的情形相比,而今《新釋》的讀者無疑是幸福得多了。可以説,一册在手,不僅可以一窺《文心雕龍》原貌,而且更可以登堂入室,跟隨作者深入"龍學"的重要問題,探其究竟而知其原委。

　　正如張先生所説:"詮釋部分是本書的重點,約占全書一半的篇幅,也是理論性和學術性很强的部分。"④因此,本文即主要着眼張先生對《文心雕龍》的理論闡釋,一窺本書的特色和成就。在筆者看來,"新釋"之"新"首先表現在作者自覺站在中國傳統文化的背景下審視《文心雕龍》,特別是以"天人合一"這一傳統文化的基本觀念和命題爲依據,對《文心雕龍》進行哲學、美學上的深層探掘和文化上的整體把握,對《文心雕龍》一書的性質作出了明確界定,認爲《文心雕龍》"是一部體大思精的文藝美學巨著,不僅在我國古代文藝美

①　張長青:《文心雕龍新釋·前言》,長沙:湖南大學出版社,2009年,第2頁。
②　同上,第3頁。
③　詹福瑞:《文心雕龍新釋·序》,張長青:《文心雕龍新釋》,第1頁。
④　張長青:《文心雕龍新釋·前言》,第12頁。

學史上是空前絕後的,在世界文化史上也是永放光芒的經典之作"①。應該說,張先生這一對《文心雕龍》的總體把握既是一部《文心雕龍新釋》的立論之本,從而使得新作較之三十年前的《詮釋》有了根本的不同和理論認識上的飛躍,更是近年來《文心雕龍》研究的一個重大收穫,是值得我們充分重視的"龍學"新成就。

早在 1983 年,著名文藝理論家周揚先生便曾指出:"《文心雕龍》是一個典型,也可以說是世界各國研究文學、美學理論最早的一個典型,它是世界水平的,是一部偉大的文藝、美學理論著作。"②此論並非泛泛之議,但對《文心雕龍》一書性質的認識還是高度概括的。隨後,詹鍈先生具體指出:"《文心雕龍》研究文采的美,因而以'雕鏤龍文'爲喻,從現代的角度看起來,《文心雕龍》中所涉及的理論問題屬於美學範疇。"③這可以說是對周揚之論的呼應。牟世金先生則綜合爲論:"美學和文學兩說並不矛盾,但如果說《文心雕龍》的某些内容不屬文學理論,美學則有更大的容量。……視《文心雕龍》爲古代美學的'典型',可能給龍學開拓更爲廣闊的天地。"④易中天先生更進一步指出:"《文心雕龍》之所以在中國古代文論史和中國古代美學史上具有極其重要的歷史地位……其中一個重要的原因,就在於它是中國古代唯一一部自成體系的藝術哲學著作。"⑤又說:"似乎可以這樣說,《文心雕龍》作爲'文學的自覺時代'的最大理論成果,是一部從世界本體出發,

---

① 張長青:《文心雕龍新釋·前言》,第 1 頁。
② 周揚:《關於建設具有中國民族特點的馬克思主義文藝理論問題》,《社會科學戰綫》1983 年第 4 期。
③ 詹鍈:《文心雕龍義證·序例》,《文心雕龍義證》,第 2 頁。
④ 牟世金:《"龍學"七十年概觀》,《雕龍後集》,第 56 頁。
⑤ 易中天:《〈文心雕龍〉美學思想論稿》,上海:上海文藝出版社,1988 年,第 19 頁。

全面、系統、邏輯地研究文學特質和規律的藝術哲學著作。"①筆者曾經指出："此論極確,可以說是新時期'龍學'的一個重大收穫。"②也正是基於這種認識,筆者當時曾作出這樣的論斷："《文心雕龍》研究的確乎是'文章作法',然而這文章必須用以'載心',必須具有高度的藝術美。則謂《文心雕龍》爲中國古代的文藝美學,也就不算牽強了。"③並進一步指出:"《文心雕龍》誠然蘊涵了豐富的美學思想,從而可爲建設新的美學服務;《文心雕龍》更建立起了一個獨特的中國美學體系,發掘這個體系,闡明這個體系的特點,更有利於認識中國美學及其體系的特點,更有利於建設具有中國特點的文藝理論和美學體系。"④但限於筆者的認識水平,當時祇是提出這樣的問題而已,並未能具體概括出《文心雕龍》的美學體系。此後,馮春田先生曾有《文心雕龍》是"文章美學"的看法,認爲"《文心雕龍》是一部關於'文美'問題或'文的美學'著作","而《文心》之'文的美學',就不妨稱之爲'文章美學'",因此,"《文心雕龍》是一部中國古代的'文章美學'巨著"⑤。而今,張先生明確指出:"《文心雕龍》這一具有民族特點的文藝美學體系不僅在我國古代文藝美學史上是空前絕後的,在世界文化史上也是罕見的永放光輝的經典之作。"⑥顯然,這一論斷是二十年來對《文心雕龍》美學性質的最爲明確、清晰而完整的概括。

　　不僅如此,張先生還在此基礎上,通過對《原道》篇的闡釋,概

① 　易中天:《〈文心雕龍〉美學思想論稿》,上海:上海文藝出版社,1988 年,第 162 頁。

② 　戚良德:《歷史的選擇——關於〈文心雕龍〉的美學研究》,《山東大學學報》1993 年第 3 期。

③ 　同上。

④ 　同上。

⑤ 　馮春田:《文心雕龍闡釋》,濟南:齊魯書社,2000 年,第 16—17 頁。

⑥ 　張長青:《文心雕龍新釋》,第 622 頁。

括出了《文心雕龍》"整個文藝美學思想體系"的主要内容。這一
内容包括八個方面：第一，文道統一、文質統一、審美和功用統一、
真善美統一的文藝美學觀。這是《文心雕龍》全書理論體系的核
心。第二，雜文學的文體論，這是《文心雕龍》全書的基礎。第三，
心物交感，情景交融的創作論。第四，文質統一、文德統一的作品、
作家論。第五，陰陽剛柔的文藝風格論。第六，"博觀"、"體驗"的
鑒賞批評論。第七，自然與人工和諧統一的審美理想。第八，"通
古今之變"的文藝演變發展論。① 應該説，這一概括雖未必能够得
到"龍學"家們的一致認可，但却是對《文心雕龍》文藝美學思想體
系的一個較爲全面的認識，它説明張先生對《文心雕龍》一書性質
的把握已經不僅僅停留在一個概括性的認識上，而是有了深入其
内部的具體而細緻的研究。因此，這完全可以視爲二十餘年來對
《文心雕龍》之美學研究的一個深入和深化，其所取得的理論成就
是值得注意的。

　　實際上，上述的八個方面，張先生均有較爲詳細的闡釋，其中
的許多認識，均能站在"龍學"研究的前沿，可以説代表着近年"龍
學"研究的基本方向。如論《文心雕龍》之"雜文學的文體論"，
其云：

　　　　但在劉勰看來，他所論述的文體，無所謂文學與非文學之
　　分，他是一以視之的。劉勰評文的標準是重情重采，他不以文
　　體分文與非文.而以情和采來分文章的優劣，因此在二十篇文
　　體論中，許多今人眼中的應用文，他也提出有情有采的要求。
　　這種雜文學觀念，是與中國古代文學傳統是一致的。……《文
　　心雕龍》的價值和意義，恰恰在於總結了我國雜文學體裁的創
　　作經驗，創立了具有民族特色的文藝美學理論體系。②

---

① 張長青：《文心雕龍新釋》，第 18—26 頁。
② 張長青：《文心雕龍新釋》，第 19—20 頁。

這一認識便吸收了羅宗强等先生關於《文心雕龍》文體論的一些看法,同時納入張先生關於《文心雕龍》文藝美學體系的框架中,從而使得對《文心雕龍》文體論的把握進入了一個新階段。

(二)"天人合一"與《文心雕龍》

值得我們注意的是,張先生對《文心雕龍》文藝美學體系的上述概括不僅系統、具體而具有集大成的性質,而且有着自己突出的特點,那就是以"天人合一"這一中國傳統文化的基本觀念和命題爲理論依據。張先生指出:"當我們把目光投向中國文化觀念的特點時,認識到:'天人合一'這一傳統文化的基本觀念和命題,是打開《文心雕龍》理論體系的一把鑰匙。"又説:"'天人合一'作爲宇宙觀和方法論,爲中國古典文藝美學的藝術本體論提供了哲學上的理論依據。"①這種明確地把"天人合一"這一最著名的中國傳統文化觀念作爲打開《文心雕龍》理論寶庫鎖鑰的做法,就筆者所見,在《文心雕龍》研究中是僅見的。張先生何以如此看重"天人合一"之於《文心雕龍》的意義呢? 他説:

"天人合一"既是一種文化觀念,也是一種思維的方式方法。李約瑟在《中國科學技術史》第三卷中説:"當希臘人和印度人很早就仔細地考慮形式邏輯的時候,中國則一直傾向於發展辯證邏輯。與此相應,在希臘人和印度人發展機械原子論的時候,中國人則發展了有機宇宙觀的哲學。"這裏所説的"辯證邏輯",就是"天人合一"思維方式:辯證思維。所謂辯證思維,就是運用對立統一的觀點方法來認識、分析各種自然和社會現象及其發展變化。②

張先生説:"劉勰正是綜合儒、釋、道三家之道,而以辯證思維

---

① 張長青:《文心雕龍新釋·前言》,第3—4頁。
② 張長青:《文心雕龍新釋·前言》,第8頁。

作爲方法論基礎的。"①在談到關於劉勰研究方法的討論時,張先生指出:"在這次劉勰的研究方法的討論中,有的主張儒家'折衷'論,有的主張釋家的'中觀'論,有的主張道家的辯證論。還有的主張將三者會通起來,這些研究都是有益的,各從某個方面接觸到了劉勰的研究方法的實質。不過從劉勰整體天人合一的宇宙觀和方法論來説,我們可以把劉勰《文心雕龍》的研究方法,歸併於中國傳統哲學中的辯證思維。"②顯然,這正是張先生把"天人合一"作爲打開《文心雕龍》理論體系寶庫之鑰匙的根本原因。

應該説,在閱讀《文心雕龍》的過程中,相信許多研究者也時時能够感受到其中所體現出的"天人合一"觀念,但我們爲什麽没有像張先生這樣,明確揭櫫其於劉勰及其《文心雕龍》理論體系建構的意義呢? 在筆者看來,這是因爲劉勰在《文心雕龍》中實在是融合、滲透了太多的理論觀念和思想,因此抓住一個"天人合一"而予以突出強調,不能不説這樣的做法其實是有點冒險的。也許正因如此,張先生用了極大的心力予以探掘,在強調"天人合一"乃是中國古代辯證思維方式的基礎上,牢牢把握其於中國古代文藝美學體系建構的意義,並找出了"天人合一"與《文心雕龍》思想體系的契合點,令人信服地做出了深入而具體的闡釋。其云:

> 如果我們從天人合一的文化觀念,來解讀《原道》篇,劉勰把文藝本體論提高到"道"的高度來加以論證。道的内涵分爲天道和人道。儒家重人道,講倫理,走向"以天合人"的善美合一之境;道家重天道,講自然,走向"以人合天"的真美合一的精神自由之路。到魏晉玄學主張"名教與自然"統一,把儒道兩家,實際上是把人道與天道統一起來……儒家的天命、道家的自然、佛家的神理三者在本體論上都是統一的、"共

---

①　張長青:《文心雕龍新釋·前言》,第 8 頁。
②　張長青:《文心雕龍新釋》,第 619 頁。

相"的。所以，劉勰在《滅惑論》中説："孔釋（佛）教殊而道
契"。"至道宗極，理歸乎一，妙法真境，本固無二。"可知，中
國古典文藝美學本體論就是建立在儒、釋、道三家哲學的基礎
之上的……因此劉勰《原道》篇的"道"是以儒家思想爲主幹，
而兼綜儒、釋、道各家思想之道，從而構建起文道統一，文質統
一，審美和功用統一，真、善、美統一的文藝美學觀。由此，在
中國文藝關學史上第一次建構了具有民族特點的系統、完整、
豐富的古典文藝美學的理論體系。①

　　總之，"劉勰所説'道'，是以儒家之道爲主體，兼融釋家、道家
之道。是儒家的天命、道家的自然、釋家的神理，天道、人道、神道
在本體論層次的統一，是魏晉南北朝時期'三教同源'的時代精神
在《文心雕龍》中的反映"②。因此，"劉勰在《原道》篇中，所原之
道，是儒家之道、道家之道和釋家之道的綜合，在這種道的觀念指
導下，劉勰在中國文藝美學史上，第一次建構並完成了我國具有民
族特點的文藝美學理論體系"③。

　　正因爲張先生從根本上抓住了"天人合一"對《文心雕龍》理
論建構的作用和意義，所以不僅在對《文心雕龍》理論性質的認識
上，他強調"天人合一"的重要性，而且在對《文心雕龍》許多重要
問題的研究中，也同樣揭櫫"天人合一"的重要意義。如張先生指
出："我們如果從劉勰的原道的文藝觀出發，就知道劉勰的創作理
論是建立在中國傳統的文化觀'天人合一'和'物感'説的基礎上
的。"④而且，張先生説：

　　　　這裏要特別指出的是，這種感物説，既不是西方的再現

---

①　張長青：《文心雕龍新釋·前言》，第5—6頁。
②　張長青：《文心雕龍新釋》，第621頁。
③　同上，第28頁。
④　張長青：《文心雕龍新釋》，第300—301頁。

論,也不是西方的表現論,不能拿它作機械的類比。感物説認爲,作家詩情文意的萌發,得之於外物的感發,仍然是以中國傳統文化的宇宙觀"天人合一"、"萬物一氣"、"以類相召"等觀念爲其内在依據的,它的立足點還是人和自然的同一,人事變化和自然變化的同一。亦即主客交融,物我爲一,人和自然,和大道冥合無間,仍然根源於中國人與自然的特殊關係,不像西方把自然物與人對立起來。這就是劉勰創作理論的民族特色。①

可以説,"天人合一"不僅具有了《文心雕龍》之思想方法和理論基礎的意義,也在一定程度上成了觀察和研究《文心雕龍》的一個重要方法。如關於"神思"的認識,張先生指出,"我們過去對神思作過多種解釋,如果從'天人合一'的宇宙觀和方法論來作解釋的話……它是一種審美之思、藝術之思、自由之思。它的中心觀點就是'心物交感'、'神與物遊'。也就是要將客體之真、主體之善、藝術形象之美融合爲一,把人帶入自身和宇宙融合爲一的最高境界。這既體現了中國文化'和諧型'的特點,也是中華民族藝術的核心範疇意境説的基礎。"②可見,"天人合一"這一獨特的視角,確乎有可能給我們提供不少"龍學"新的認識和結論,正如張先生所説:"以'天人合一'的宇宙觀和方法論作指導來研究《文心雕龍》,討論多年歧義紛紜的《文心雕龍》文藝美學的理論體系問題,也就可以解決了。在總的理論體系指導下,詮釋各篇和各個範疇、概念,也就清楚多了。"③從這個意義上説,則謂其"龍學"的一把"鎖鑰",也就確乎並不爲過了。

---

① 　張長青:《文心雕龍新釋》,第 301—302 頁。
② 　同上,第 622 頁。
③ 　張長青:《文心雕龍新釋·前言》,第 10 頁。

（三）闡釋學方法與著述體例

與"詮釋"相較，"新釋"之"新"還表現在闡釋學方法的自覺運用上。張先生説："我在研究《文心雕龍》中便採取中國闡釋學方法，即雙重還原法。在時間上，通過事物源流的考察和理解，原始以要終，向事物原初狀態，即《文心雕龍》的原意還原。這是歷時性縱的研究……在空間上，通過東西文化的對比，由學術理解的原初狀態，向《文心雕龍》的理論體系的民族特色還原，作共時性橫的研究……而且要把兩者結合起來。"①張先生指出："過去我們祇從縱的角度，或橫的角度進行比較研究，都不能解決問題。……我們認爲：'真正世界的宏觀眼光'不是'總體文學'，而是世界文化的宏觀眼光，祇有在人類文化學的宏觀眼光指導下，將共時性和歷時性結合起來，纔能發現《文心雕龍》的民族特色和理論價值。"②這種中國闡釋學方法的自覺運用，不僅給了張先生闡釋《文心雕龍》的理論武器，而且啓發了對劉勰研究方法的認識和把握，從而更深入地理解《文心雕龍》的理論體系。如張先生指出：

> 由此，我想到司馬遷在"天人合一"的文化觀念制約下，"究天人之際，通古今之變"的方法論的意義。劉勰在《文心雕龍》總論中的《原道》、《徵聖》、《宗經》三篇，不正是"究天人之際"橫的共時性研究嗎！不過司馬遷時代的空間概念，僅限於中國；而劉勰的空間概念已擴大到外國——印度佛教，可以説劉勰是中國第一個有世界眼光的人。其他兩篇《正緯》和《辨騷》，不正是"通古今之變"縱的歷時性研究嗎?！不過劉勰的時間觀念僅限於公元 6 世紀，而結構主義歷時性的提

①　張長青：《文心雕龍新釋·前言》，第 9 頁。
②　同上，第 9—10 頁。

出,已經到了 20 世紀。而劉勰恰好是以中國傳統文化"天人合一"的宏觀眼光,用共時性歷時性相結合的方法來構建他"體大而慮周"(章學誠語)的文藝美學體系的。①

可以看出,無論對《文心雕龍》文藝美學體系的概括,還是對"天人合一"思想之於劉勰寫作《文心雕龍》意義的認識,都是自覺運用中國闡釋學方法研究《文心雕龍》的結果。正如張先生所説:"本書取較廣闊的學術視野,把它提高到文藝美學的高度,從文化、哲學、美學三個層次,用天人合一、儒道互補、三教同源的觀點,採用中國闡釋學雙重還原方法,即歷時性和共時性相結合的方法,發掘這部巨著的理論價值和民族特色,指出它在中國和世界文藝美學史上的地位。"②從這個意義上説,張先生的大作題名"文心雕龍新釋",其從體例到内容的焕然一新自不必説,而且這個"釋"已顯非當年《文心雕龍詮釋》之"釋",而是具有了非同尋常的意義,是值得我們細細品味的。

除此之外,《文心雕龍新釋》一書在著述體例上也與眾多"龍學"著作不同,具有自己新的特點。一是"將注釋、翻譯、詮釋三者結合起來,作單篇的理論詮釋"③,這是一個巨大的工程,《文心雕龍》研究著作雖多,如此嘗試,實在是不多見的。正如張先生所説:"《文心雕龍》對今天讀者來説,有兩個障礙,一是語言上的,一是理論上的。通過注和譯掃清語言障礙,然後進行理論詮釋,使注和譯爲理論詮釋服務,把知識性、通俗性、普及性、學術性結合起來,使本書既有學術性和理論深度,又能較好地激發讀者的閲讀興趣,適應讀者的需求。"④在筆者看來,張先生這些話樸實無華,但真要

---

① 張長青:《文心雕龍新釋·前言》,第 10 頁。
② 同上,第 12 頁。
③ 同上,第 11 頁。
④ 張長青:《文心雕龍新釋·前言》,第 11 頁。

完成這樣的目標,實在不是件容易的事情;尤其是"把知識性、通俗性、普及性、學術性結合起來",這對"龍學"著作來説,是極爲必要的,又是很難做到的。就此而論,在衆多"龍學"著作中,筆者覺得張先生是做得最好的。如上所述,兩位張先生的《文心雕龍詮釋》是引領筆者進入"龍學"之門的最重要的著述之一,在"詮釋"基礎上的"新釋"仍然把"適應讀者的需求"作爲自己的追求,這實在是令人感動的。二是"原文版本採取林其錟、陳鳳金的《新校白文〈文心雕龍〉》。《新校白文〈文心雕龍〉》以范文瀾《文心雕龍注》(人民文學出版社 1962 年版)爲底本,兼收半個多世紀以來諸家文字校勘的成果,在版本上是最新的"①。這看上去是件小事,但實際上却並不小。這既表現出張先生名副其實的"新釋"的態度,連《文心雕龍》的原文也必須是最新的校勘成果,更重要的是有利於讀者的閲讀、使用,讓讀者享受到近百年"龍學"的校勘成果,這也是"適應讀者的需求"的切實舉措。因此,"新釋"之作,就像當年的"詮釋"引領筆者進入"龍學"殿堂一樣,定會更大地激發新世紀讀者的閲讀興趣,爲"龍學"的普及與提高做出自己獨特的貢獻。

三、張燈的《文心雕龍譯注疏辨》

自從 2005 年 8 月在貴州師範大學舉辦的《文心雕龍》國際學術研討會暨第八次年會上得識前輩張燈先生尊顔,便爲先生獻身"龍學"的精神所感動。2006 年 12 月,《文心雕龍》與當代文藝學學科建設研討會在首都師範大學召開,先生與我並床而臥,長談至黎明,話題祇有一個,那就是《文心雕龍》研究。2015 年 8 月,中國《文心雕龍》學會第十三次年會暨國際學術研討會在雲南大學召開,身體已不是特別硬朗的張先生,特地從上海帶給我一部厚厚兩

---

① 張長青:《文心雕龍新釋·前言》,第 11 頁。

册的《文心雕龍譯注疏辨》。先生説:"書太重,我背不動了,祇帶了兩部,希望你給我提點意見。"望着先生清癯的面容和蹒跚的步履,我的眼淚直打轉。韶光易逝,青春不再,但"文心"不老,"龍學"永存。從《文心雕龍辨疑》到《文心雕龍新注新譯》,再到這部《文心雕龍譯注疏辨》,張先生一步一個腳印,在各方面條件並不完全允許的情況下,矢志不渝地投身到"龍學"的鑽研中,用力之勤、學思之苦,是一般人所難以知曉的。

二十一世紀的"龍學"將走嚮何方? 筆者以爲,回歸《文心雕龍》這部經典本身,對其進行原原本本的闡釋和發掘,以傳承中華文明之火種的精神,虔誠而"用心"地"爲往聖繼絕學",將是一個根本的方向和目標。正是從這個意義上,筆者覺得張燈先生的《文心雕龍譯注疏辨》值得我們注意。這部書看起來没有什麽文藝學或美學等特定的研究角度,而是完全從《文心雕龍》的文本出發,用心體悟劉勰所説的每一句話;儘管他的體悟有些最終不一定是很準確的,但却是出自自己生命的真誠。

新儒學大師牟宗三先生曾自述道:"吾一生無長,祇是一個學思生命之發展。"①今觀張燈先生用將近二十年時間摸索、思考的結晶《文心雕龍譯注疏辨》一書,我們不禁對牟先生的"學思"二字有了更深刻的領悟。對於每一位學者而言,"學思"二字説起來甚爲簡單,但是真正將其做到極致以至於灌注到生命信仰中,却是難之又難的事情。學術無貴賤,都需與生命水乳交融,並且成爲生命最美麗的詮釋。讀張燈先生皇皇九十萬言的《文心雕龍譯注疏辨》②一書,除了爲其豐富的内容、龐大的體系和細緻的

---

① 牟宗三:《才性與玄理》,桂林:廣西師範大學出版社,2006 年,第 3 頁。

② 張燈:《文心雕龍譯注疏辨》,上海:復旦大學出版社,2015 年。該書版權頁所標字數爲 79.3 萬,但由於其上編排版的特殊性,據筆者測算,全書字數實近九十萬。

剖析而震撼外,更爲其融入生命的學思精神所動容。

(一) 内容廣博,見解精深

《文心雕龍譯注疏辨》分爲上下兩編,上編爲"文心雕龍新注新譯",近五十萬字;下編爲"文心雕龍疑義疏辨",四十餘萬字。全書内容主要由四大部分組成:原文、譯文、注釋、辨析。除却原文,其他三大部分是互相補充、互相融合的,可以説三位一體鑄就一個龐大而完整的系統,既深入分析《文心雕龍》的具體篇章,又顧及其完整的思想體系和用心,兩方面相互應照,相互生發,呈現出内容十分豐碩、體系相當完備的特點。

上編主要是對《文心雕龍》進行了新的注釋和校譯,既綜合了前輩學者的部分研究成果,又在此基礎上有一些新的發現,給我們呈現出來的總體面貌是廣博。這當然是與張先生深厚的學識分不開的,尤其在注釋部分體現得更爲明顯。可以説,精當而又豐富的注釋,使得本書對於不同層次的讀者皆可適用,實屬難能可貴。要達到這種效果,既要有對《文心雕龍》全書的整體把握,還要對中國古代文獻典籍有相當的熟悉,這是一種實實在在的工夫。

如《徵聖》篇有"書契斷決以象夬,文章昭晰以象離,此明理以立體也"[1]句,張先生是這樣注釋的:

《書》契:指《尚書》的文字。歷來注家均將"書""契"聯爲一詞,訓指文字,恐未妥。上文提出經書寫作有四種體例特徵,緊接着分别舉《春秋》、《禮記》、《詩經》、《易經》等實例予以述説。這裏指"明理以立體"的體式,也須有具體書册證實之,故"書"字正應指《尚書》。這樣解句,前後論述方顯互應順連。夬、離:夬卦和離卦,《周易》六十四卦之一。夬卦表決

---

[1] 范文瀾:《文心雕龍注》,第16頁。

斷,離卦表明亮如火。下篇《宗經》引子夏的話,説《尚書》"昭昭若日月之明","照灼"而"曉然",與夬、離二卦表意合,也可證這裏的"書"字正宜解指《尚書》。①

可以看出,張先生選擇注釋的地方不僅是重點,而且是難點;他的注釋没有沿襲成説,而是獨闢蹊徑,做出了新的判斷,而這一判斷又緊扣原文的上下文意,從而令人信服;同時,兩條注釋延伸互證、互爲補充,更增加了説服力。這樣的注釋不僅精當而豐富,具備較强的可讀性,而且顯然也具有較高的學術性。

又如《詮賦》篇有"賦者,鋪也"之句,但"賦"和"鋪"之間有怎樣的關係,爲何用"鋪"來解釋"賦",並不是一個可以簡單説清楚的問題。張先生是這樣注釋的:

> 鋪:鋪陳直敍。《周禮·春官·大師》鄭注:"賦之言鋪,直鋪陳今之政教善惡。"《釋名·釋典藝》也説:"敷布其義謂之賦。"這裏句中的兩個"賦"字,主要指寫作手法而言。本篇論賦,"詮"即解釋意。劉勰連環行文,先從賦是何種手法説起。②

把"鋪"解釋爲"鋪陳直敍"是容易理解的,但鋪陳直敍與賦有何關係呢? 正是爲了回答這個問題,張先生引《周禮·春官·大師》鄭注和《釋名·釋典藝》予以佐證,通過這樣進一步對"賦"的解釋,我們就能很清楚地明白爲何劉勰説"賦者,鋪也"了。在此基礎上,又特別指出這裏的"賦"還不是作爲文體的賦,而主要是一種寫作手法,並指出劉勰論賦何以要從寫作手法説起。可以説,這樣的注釋對讀者來説是非常細緻而體貼的,同時其學術含量也是顯然可見的。

相較於上編注釋的廣博而不乏學術含量,下編給我們呈現的

---

① 張燈:《文心雕龍譯注疏辨》,第 14 頁。
② 同上,第 63 頁。

總體面貌是更加精深。所謂"精",是指張先生的"疏辨"專挑"龍學"中最困難的問題進行梳理辨析;所謂"深",則是指張先生在"疏辨"中所呈現出來的深度,以及對那些疑難問題加以解決的程度。法國審美現象學家米·杜夫海納曾對深度進行過解釋:"深度之所以常常含有某種奇異性,那是因爲它祇有使我們離開原有的生活環境,擺脫構成表面的我的那些習慣,把我們放置在一個要求新目光的新世界面前纔是深度。"①可以説,張先生的"疏辨"就把我們帶進了這樣一個"龍學"新世界。《文心雕龍》研究中有很多問題尚未解決,更有很多問題因爲尚在解決的過程中而有着種種不同的認識,甚或誤解或偏解,對此,張先生把它們一一挑選出來,並提出了很多新鮮且有説服力的洞見。張先生的"疏辨"不僅體現出深厚扎實的文獻考據功夫,而且更具有精細的辨識能力,並具備相當的理論深度。

張先生善於從細微處着眼,不厭其煩地對比相近詞語之間的細微差別,從而發現問題之所在,然後予以新的解答。如《徵聖》篇有"含章之玉牒,秉文之金科"②句,一般均以此二句互文足義,解釋爲文章寫作的金科玉律,並無特別難解之處。但是,張先生通過對比發現了問題,即"含章"與"秉文"二者並非完全同義的,它們有着細微的差別,"含章"的偏重點在"醞釀"、"蘊蓄",也就是構思文章,"秉文"當然指的就是寫作文章了③。正是通過這種精細的辨識,張先生將這兩句最終翻譯爲:"醞釀構思的寶貴經驗,秉筆撰文的金科玉律"④,這與大多數《文心雕龍》的譯本是頗爲不

---

① [法]米·杜夫海納:《審美經驗現象學》,韓樹站譯、陳榮生校,北京:文化藝術出版社,1992年,第448頁。
② 范文瀾:《文心雕龍注》,第15頁。
③ 張燈:《文心雕龍譯注疏辨》,第478頁。
④ 張燈:《文心雕龍譯注疏辨》,第11頁。

同的。

　　再如《辨騷》篇引淮南王劉安"雖與日月爭光可也"①句,張先生根據劉安《離騷傳序》以及司馬遷《史記·屈原列傳》所云:"推此志也,雖與日月爭光可也。"②認爲劉勰這裏的意思,既不是很多譯本中所説的"屈原與日月爭光可也",也不是一些譯本中所説的"《離騷》與日月爭光可也",而是指屈原的情志、精神與日月爭光可也。③ 這顯然是很細微的理解,但正如張先生所説,"有時細微處亦爲關節處"④,也最能檢驗出一個學者的學術水平。的確,有時候一個細微問題的解決,可以幫助人們理清楚一個或幾個大問題的糾葛,正是"輕採毛髮"而"深及骨髓"⑤。

（二）語言典雅,精益求精

　　《文心雕龍譯注疏辨》的上編主要是翻譯和注釋,這是不少學者都已做過的工作。如何在已有大量譯注本的情況下,呈現給讀者一個具有自己特點的讀本,張先生顯然頗費思量。他在《前言》中説:"前輩學者説過:譯事三難,曰信曰達曰雅。古文翻譯和外文翻譯的道理是一樣的。"⑥對於《文心雕龍》的翻譯而言,在某種程度上比外語翻譯可能更難一些,完全做到"信"和"達"實際上是不太可能的,在此基礎上的"雅"就更屬難上加難了。然而,張先生立志高遠,偏偏以最高的標準要求自己的一言一思。他認真分析了《文心雕龍》本身的特點,在字詞、句式、語法等方面進行了一

---

①　范文瀾:《文心雕龍注》,第 46 頁。

②　(漢) 司馬遷:《史記》,北京:中華書局,2013 年,第 2994 頁。

③　張燈:《文心雕龍譯注疏辨》,第 496—497 頁。

④　同上,第 497 頁。

⑤　(南朝梁) 劉勰:《文心雕龍·序志》,戚良德輯校:《文心雕龍》,第287 頁。

⑥　張燈:《文心雕龍譯注疏辨》,第 1 頁。

絲不苟的考究和思量,而後力求最大限度地運用自己的才學將原著的格調韻味傳達出來。

爲了做到張先生心目中希冀的"雅",也爲了對每一位讀者負責,他對自己提出了十分苛刻的要求,在譯注過程中嚴格貫徹兩條硬性規定:"其一是要求譯文大體是原文的一倍。嘗試的結果發現這二比一的比例正相合宜,拉長了顯冗,壓縮了則乾。其二,譯文基本都採用類乎白話文的排比句式,以期對應原著的排偶文句,力求顯現原作的獨特風貌。"①在譯完之後,他仍然孜孜不倦地對譯文進行了斟酌推敲,以至於對每篇譯文最終修改潤色多達十二遍以上,其如此一絲不苟、認真負責的學術精神,的確令人敬佩。

這裏,我們試以《物色》篇第一段爲例,領略一下張先生譯文的獨特魅力。《物色》是《文心雕龍》的名篇,其第一段不僅提出了重要的理論主張,劉勰的語言更是花團錦簇、精美絕倫、如詩如畫,如何傳達出原文的格調韻味,實在是並不容易的事情。我們將劉勰的原文和張先生的譯文並列如下:

> 春秋代序,陰陽慘舒;物色之動,心亦搖焉。蓋陽氣萌而玄駒步,陰律凝而丹鳥羞;微蟲猶或入感,四時之動物深矣。若夫珪璋挺其惠心,英華秀其清氣;物色相召,人誰獲安?是以獻歲發春,悅豫之情暢;滔滔孟夏,鬱陶之心凝;天高氣清,陰沉之志遠;霰雪無垠,矜肅之慮深。歲有其物,物有其容;情以物遷,辭以情發。一葉且或迎意,蟲聲有足引心;況清風與明月同夜,白日與春林共朝哉!

> 春秋四時依次更迭,陰陽季節分別顯得淒冷和舒坦;物象景色變動不已,人的心旌自然也會隨之而搖盪。陽氣萌生之時螻蟻開始活動,陰氣凝聚之際螢蟲貯藏食物,細微的蟲蟻尚且都能有感而動,可見四時對萬物影響的深巨了。至於人類,

---

① 張燈:《文心雕龍譯注疏辨》,第1頁。

心靈慧智猶如美玉般的卓傑,氣韻清純好比花朵似的秀發,在萬千景物色澤的感召之下,誰人還能安然而無動於衷呢? 所以,跨入新年春意盎然,歡快愉悦之情便特別的舒暢;陽氣過盛夏日炎炎,煩躁鬱悶情緒則積聚而突出;天高雲淡秋氣清爽,沉静深邃的志趣自會顯得無比的悠遠;冰雪無垠冬日冷峻,莊嚴肅穆的情味更又變得格外的凝重。年年歲歲景物種種,種種景物形貌不同;人的情緒正隨着景物遷移而起伏,文章辭采又依順情緒波動而敍寫。一葉飄落尚且能觸發思慮,蟲鳴聲聲足可以牽動情懷,更何況還有清風與明月相伴而生的夜色,麗日共春林照耀輝映的美景呢!①

可以看出,張先生完全達到了自己的兩個要求:一是譯文是原文的兩倍,二是句式整齊排比有序,與原文的排偶文句相應。且不説張先生的譯文是否能够達到"信達雅"的要求,僅僅嚴格貫徹這兩個規定,這對翻譯四萬字的《文心雕龍》來説,就是一個富有巨大挑戰性的工程了。事實是,張先生完成了這樣一個工程,而且也在一定程度上實現了譯文的可靠、通達而雅正。不難想見,完成這八萬餘字的譯文所要付出的心力,是完成同樣篇幅的學術論文所難以比擬的。

與譯文相比,注釋的篇幅自然更大,如上所述,張先生的注釋做到了廣博而精深。這裏我們要提出的,是張先生自己談到的注釋方法,他將其概括爲"既小心又大膽"六個字。所謂"小心",即是"原著的每一個字,都嚴格從文字詁訓入手,比較各家注解之差異,尋出最爲順當貼切的訓釋。没有依據的詮解不取,標新立異的闡述不發,惟求取得原著詞義文意的正解或勝解"②。如此追求,如此目標,其難度可以説不亞於對譯文的兩個規定,甚或過之。從

① 張燈:《文心雕龍譯注疏辨》,第 403 頁。
② 張燈:《文心雕龍譯注疏辨》,第 2 頁。

張先生對"小心"的這一詮釋,我們不僅能够看出這本書的可信度,更爲其默默地爲此做出的不懈奮鬥而感動。除了"小心",還有另一方面也是必不可少的,即"大膽",張先生説:"所謂大膽,指一旦發覺前人訓釋不當或有誤,有了確鑿的詁訓依據,反復掂量實又覺理當訂正之時,則另立新注而毫不猶豫,不論此解他人是否提過。全書訂正或改注的地方,計有五百多處,故上編名'新注新譯'。"①可見,從研究態度上,張先生既不屈從於權威,敢於表達自己的真知灼見,又努力做到有理有據,而不是刻意求新,更不是爲了嘩衆取寵。此種態度正符合劉勰提倡的研究方法:"有同乎舊談者,非雷同也,勢自不可異也。有異乎前論者,非苟異也,理自不可同也。"②

除此之外,張先生的這部《文心雕龍譯注疏辨》無論翻譯還是注釋,在詳備廣博的同時又追求要言不煩,呈現出微言大義的特點,從而體現出作者的精心和用心。張先生有時很簡短的一句話,若細細體味,會發現裏面蘊含着其深刻的理論思考,並非隨意爲之的,如張先生經常在每篇注釋的第一條中,用簡潔的一句話概括一篇的主旨,雖簡潔却有力,體現出其於"龍學"的卓識。例如,在《風骨》篇注釋的第一條中,張先生寫道:"本篇論文章應有風力和骨力,將作品情志辭采比作人體的精神、氣血和骨骼。"③在這句簡要的解釋中,張先生沒有分開解釋什麼是"風",什麼是"骨",而是指出劉勰以人體的精神、氣血和骨骼作比,對文章的情志辭采做出要求,從而點出了"風骨"的本質所在。這可以説是一種頗爲嚴謹的表達,其中顯然蘊含着張先生對"風骨"這一爭議極大的學術問

①　張燈:《文心雕龍譯注疏辨》,第 2 頁。

②　(南朝梁)劉勰:《文心雕龍·序志》,戚良德輯校:《文心雕龍》,第287 頁。

③　張燈:《文心雕龍譯注疏辨》,第 257 頁。

題的深刻思考。又如《序志》篇“古來文章,以雕縟成體,豈取騶奭
之群言雕龍也”①三句,張先生注釋曰:“‘古來文章’三句連貫視
之,謂文章歷來注重雕縟,書名‘雕龍’二字怎會單因騶奭稱‘雕龍
奭’而才予採用呢? 句中‘豈’字,應視作是表反詰的副詞。”②這段
注釋不僅解釋了劉勰這句話的正確含義,更是表達了對在此問題
上相關學術論爭的觀點和看法。一句簡單的“句中‘豈’字,應視
作是表反詰的副詞”,其實蘊含着豐富的學術内容和廣闊的學術背
景,囿於注釋的體例,作者没有展開論述,但這一簡單的交代既表
達了作者的觀點,又以“應視作”的語句明白無誤地指出了其中還
有不同的學術觀點,從而可以引發讀者進一步的思考。

(三)擘肌分理,細辨歧見

　　劉勰在《序志》篇有言:“同之與異,不屑古今,擘肌分理,唯務
折衷。”③劉勰的這種嚴謹的研究和著述態度同樣體現在張先生的
這部《文心雕龍譯注疏辨》當中。當然,劉勰的“唯務折衷”是爲了
“搦筆論文”,張先生的“擘肌分理”則表現於細辨歧見。

　　這種細辨歧見集中體現在張先生大作的下編,也就是“疑義疏
辨”部分。我們不能説張先生的辨析都是準確無誤的,但選擇如此
衆多的疑難問題進行疏解,這本身的學術勇氣就是值得讚賞的。
更何況,他的很多分析是非常細緻入微而具有一定的啓發性和開
創性的。

　　比如,上述《物色》篇中“是以獻歲發春,悦豫之情暢;滔滔孟
夏,鬱陶之心凝;天高氣清,陰沉之志遠;霰雪無垠,矜肅之慮深”數

---

①　范文瀾:《文心雕龍注》,第 725 頁。

②　張燈:《文心雕龍譯注疏辨》,第 444 頁。

③　(南朝梁)劉勰:《文心雕龍·序志》,戚良德輯校:《文心雕龍》,第
287 頁。

句,研究者普遍以爲劉勰文筆出色,却並不覺得有什麽難解,也就
不會予以深究。但張先生慧眼獨具,一下子抓住其中的"情"、
"心"、"志"、"慮"四字,特別指出它們"均指人的情感思緒"①,可
謂抓住了問題的癥結,這就真的是不同凡響了。並進而解釋道:
"所謂春暖使愉悦之情暢,夏暑令鬱悶之心盛,秋高讓深邃之思遠,
冬寒促莊肅之感重,實言四時節氣各異,容易感應觸發不同的情
懷,或使這種情懷表現得充分和強烈起來,並非謂四時衹能或必能
産生這四種情緒。"②張先生的解釋不僅恰當而中肯,符合劉勰在
此處的命意,而且更涉及對中國古代哲學和文藝思想中"志"與
"情"等一系列概念的認識和解讀,因而可謂用意頗深。不少中國
文學理論批評史的著作中都講到"志"與"情"的區別,認爲古代的
"志"與志向抱負有關,而"情"指感情活動。但實際上,古人對於
"志"與"情"的分別並不是那麽清楚的,有時兩者都表達心中所想
之意,即"心"與"慮",因此二者並非絶對的對立關係。楊明先生
在其《文心雕龍精讀》中,便列舉了很多例子證明③:"情"可以用在
政教場合,而"志"也可以用來表達没有政治内容的一般心中存想
之意,甚至"志"、"情"二字可以並用來表達心中所想,在很多情況
下,二字是同義可以替换的。所以,不能提到"志",便一定要與政
治抱負等聯繫在一起,而提到"情"便認爲是指感性情感,實際上
那都是武斷的,具體是表達什麽意思,要根據其出現的具體環境,
前後細細琢磨分析,不可輕易妄下斷語。以此而論,張先生把
"情"、"心"、"志"、"慮"放在一起,都取"情感思緒"之意,正是融
會貫通的高明之舉。

　　如果説,把《物色》的"情"、"心"、"志"、"慮"統一釋爲"情感

①　張燈:《文心雕龍譯注疏辨》,第 887 頁。
②　同上。
③　楊明:《文心雕龍精讀》,第 42—46 頁。

思緒"是化繁爲簡,那麼張先生對《知音》篇中"夫篇章雜沓,質文交加"①的"質"、"文"的解釋,則採取了化簡爲繁的做法。他首先指出,"質"、"文"二字有兩種解釋,一是指作品的內容和形式,一是指質樸的和文華的,並認爲:"兩解並可通。相較而言,則似取後解勝。"②何以如此呢? 張先生説:

> 後句的"質文交加",是説明"篇章雜沓"的具體情狀的。説既有內容又有形式且交互錯雜,自可以部分反映出"雜沓"的情況……但是,反過來,"雜沓"恐非單純體現在內容的繁富和形式的多樣上,因爲這些都還是正常的,有規律可循的。……所謂的"雜沓",除指內容形式的發展所帶來的多樣性外,更應包括有律可尋的變化之外又呈現出來的紛紜複雜的狀態,那麼,"質""文"的訓解自更宜從格調的、品類的、色彩韻味等角度着眼,即言質樸的、文華的形形色色之作紛繁共呈,方與"篇章雜沓"句最協。③

這種解釋並沒有完全推翻前人的看法,也未必一定就是正確的結論,但我們不能不承認,但它顯然更加精細、更爲用心了,也就有可能更接近劉勰文本的原意了。應該説,這對《文心雕龍》研究而言,是一個值得努力的方向。

《文心雕龍》是産生於我國南朝時期的文論著作,無論是由於語言自身的演變規律所決定,還是因爲歷史上主觀的語言變革事件所導致,都使得其中的很多術語與我們今天的含義大不相同,更有很多我們今天感到生疏的範疇和理論。歷經幾代學者的艱苦努力,我們對《文心雕龍》的認識和理解已然更爲準確和深入,但其理論和內容要走進當代人的心靈,可能還需要不短的時間。雖然

---

①　范文瀾:《文心雕龍注》,第 714 頁。
②　張燈:《文心雕龍譯注疏辨》,第 913 頁。
③　同上。

張先生已經最大限度地爲我們據理分析了諸多疑難歧議,爲我們解答了很多問題,但是,還是有不少問題仍然存在異議,仍然難以得出公認的結論。

例如,《原道》篇作爲《文心雕龍》的第一篇,它的第一句作爲全書的開篇之句,到目前爲止,認識上的紛爭仍是很大。"文之爲德也大矣",這個"德"字,當如何解呢? 張先生清晰地梳理了"德"字解讀的幾種比較有影響力的觀點,范注認爲"德"應釋爲"德業"、"事業";楊明照先生則將"德"字訓釋爲"功用";王元化先生根據《管子·心術》"德者道之舍,物德也生。德者,得也"的説法,認爲:"德者,得也,物之得以爲物,就是這個'德'字的正解,我想,這樣來解釋'文之爲德也大矣'就通了。再根據'道'與'德'的關係,文之得以爲文,就因爲它是從'道'中派生出來的。"①對王先生的這個解釋,張光年先生是十分贊同的,並進而解釋道:"文是道的體現,從道中派生出來,而且是與天地同時誕生的。用口語翻譯出來,就有了'文的來頭大的很啊'這樣看來有些突兀的句子。"②對此種種説法,張燈先生認爲"功德"是"德"字的正解,並將這一句翻譯爲"文章作爲一項德業,實在是够盛大的了"③。應該説,這樣的翻譯還是比較穩妥的,但却不能説達到了"信達雅"的要求。

再如,《知音》篇有著名的"六觀"之説,談的是什麽問題呢? 研究者歷來有不同的認識。張先生注釋説:"六觀:觀任名詞,謂觀察的視點;六觀即言六項標準。"④但牟世金先生早就指出:"'六觀'本身並非標準。所謂'標準',必須有某種程度的規定性。……'六觀'

① 王元化:《文心雕龍講疏》,第 332 頁。
② 張光年:《駢體語譯文心雕龍》,第 54 頁。
③ 張燈:《文心雕龍譯注疏辨》,第 3 頁。
④ 張燈:《文心雕龍譯注疏辨》,第 432 頁。

本身並沒有作何要求與規定,也就説不上是什麼標準了。"①因此筆者覺得,認爲"六觀即言六項標準",顯然是不够妥當的。

但總體而言,《文心雕龍譯注疏辨》是當今衆多"龍學"著作中極富特點的優秀之作,這是毫無疑問的。孔夫子有言:"學而不思則罔,思而不學則殆。"②對於一個成功的學者而言,一部著作的産生,必然是學與思相融合促進的結果。可以説,張燈先生的這部《文心雕龍譯注疏辨》正是一部學思之力作,其以考鏡源流、疏通疑難的學術力度和融匯全部生命的精神力度,彰顯着作者人生之光彩。

四、多維視野中的《文心雕龍》

自從清代《四庫全書》把《文心雕龍》納入集部,並作爲"詩文評"之第一以後,《文心雕龍》這部書就主要停留在文藝學的視野中。方孝岳先生在三十年代便指出:"《文心雕龍》,是文學批評界唯一的大法典了。這是人人心中所承認的公言,無論哪一派的文家,都不能否認。"③在 1983 年中國《文心雕龍》學會成立大會上,張光年先生則宣稱:"現在對《文心雕龍》的研究,已成爲一門科學,比較系統化了。"這樣説的一個重要根據,是"這些研究成果,分析了劉彥和的哲學思想、美學思想、創作論、批評論、文體論、風格論,等等,總之,他的整個文藝思想。"④也就是説,這門"科學"是屬於文藝學的。牟世金先生則進一步指出:"《文心雕龍》研究發展成一門有校勘、考證、注釋、今譯、理論研究,並密切聯繫着經學、

---

①　牟世金:《〈文心雕龍譯注〉引論》,《雕龍集》,第 287—288 頁。
②　《論語・爲政》,楊伯峻:《論語譯注》,第 18 頁。
③　方孝岳:《中國文學批評》,北京:三聯書店,1986 年,第 71 頁。
④　《張光年同志的講話》,《文心雕龍學刊》第 2 輯,第 2 頁。

史學、子學、佛學、玄學、文學和美學等複雜的系統學科,是有一個過程的。"①時至今日,當"龍學"走過百年歷程的時候,自然是更爲"系統化",也更加"複雜"了。比如,《文心雕龍》所展示的,不僅僅是劉勰的"整個文藝思想",我們認識這部"論文"之作,可能還需要多種角度、多維視野。

(一) 視角轉換與文論話語還原

實際上,在不同的歷史時期,對《文心雕龍》這部書的性質還是有不同的認識。直到今天,當《文心雕龍》研究已成爲國內外矚目的"龍學",有關著述已超過七百種、文章達到一萬篇、總字數約有兩億字以後,《文心雕龍》是一部什麽書,反而愈加成爲一個問題,這是頗爲耐人尋味的。這從另一方面提醒我們,文藝學視野中的《文心雕龍》或許是有些變形的;或者説,《文心雕龍》研究不僅需要文藝學的視野,更需要多維度、超文藝學的視角。特別是從其作者劉勰的身世際遇、思想傾向以及《文心雕龍》思想根源、創作動機的角度,重新認識這部書的性質,可能更有助於使我們接近其真相,從而更好地發掘其當代意義。從儒學乃至傳統文化角度研究《文心雕龍》的必要性正在這裏。

范文瀾先生曾經指出:"劉勰是精通儒學和佛學的傑出學者……劉勰撰《文心雕龍》,立論完全站在儒學古文學派的立場上。……劉勰自二十三四歲起,即寓居在僧寺鑽研佛學,最後出家爲僧,是個虔誠的佛教信徒,但在《文心雕龍》(二十三四歲時寫)裏,嚴格保持儒學的立場,拒絶佛教思想混進來,就是文字上也避免用佛書中語……"②范先生的這段話現在很少被人提起了,因

① 牟世金:《"龍學"七十年概觀》,《雕龍集》,第 2 頁。
② 范文瀾:《中國通史簡編》修訂本(第二編),北京:人民出版社,1964 年,第 418—419 頁。

其觀點並沒有得到大多數《文心雕龍》研究者的認同,因而也就沒有引起我們充分的注意和重視。特別是認爲《文心雕龍》的寫作"完全站在儒學古文學派的立場上"以及"嚴格保持儒學的立場",現在很多《文心雕龍》的研究者可能頗不以爲然。但認真考察劉勰的思想及其《文心雕龍》寫作的背景、動機和目的,我們不難發現,范先生所論基本是符合實際的。反思現代"龍學"的百年歷程,我們可以清晰地看到,儒學角度的《文心雕龍》研究一是從未得到真正的重視和開展,二是越來越受到忽視,因而關於《文心雕龍》的一些根本問題也就沒有得到很好的説明和闡發;在很多問題的研究中,我們不是離劉勰及其《文心雕龍》越來越近,而是越走越遠了。

那麼,造成這種現象的原因是什麼呢? 筆者以爲,文藝學的主要或者唯一視角可能是根源所在。把《文心雕龍》當成一部文藝學著作或者一部中國古代的文學概論,使得我們的《文心雕龍》研究離劉勰寫作這部書的初衷越來越遠,從而我們對這部書的認識也就越來越走樣了。《文心雕龍》是"論文"之作,因而它當然是一部"文論",但問題是,劉勰心目中的"文論"與我們從西方引進的"文藝學"或"文學概論"不是一回事。正因如此,當我們以現代文藝學或文學概論的視角去觀察、研究《文心雕龍》之時,我們一方面背離了劉勰寫作這部書的初衷,也就抓不住《文心雕龍》的理論中心和實際,另一方面也就很難看到這部書的理論價值和意義,或者説我們對這部書的理論價值和意義的闡發衹能是文藝學或文學概論的,因而是不全面的、有很大局限的。這樣最終的結果就是,儘管《文心雕龍》的文藝學研究取得了大量和重要的成果,但《文心雕龍》這部書既難以成爲文藝學的主流,而在其他的意義上也同樣得不到應有的重視和地位。基於此,筆者以爲《文心雕龍》乃至整個中國古代文論的研究所面臨的一個當務之急是中國文論話語的還原。所謂儒學乃至傳

統文化視野中的《文心雕龍》研究,正是這種回歸和還原的一個
方式或嘗試。

《文心雕龍》研究的文藝學視角之所以佔據主流或中心地位,
這與近代以來西學東漸進而以西學爲主流的整個學術文化背景是
密切相關的。曹順慶先生曾指出:

> 中國的傳統文論是世界文論中的重要組成部分,在悠
> 久的中國古代文化史上,它一直是在有效地解説和闡釋着
> 中國自己的文學,但是近現代以來,衆所周知,中國傳統文
> 論受到很大的衝擊,可以毫不夸張地説,中國傳統文論被衝
> 擊到"邊緣"的地位,有時候甚至被當作了"異端",這些發
> 生在現當代中國文化史上的現象大家有目共睹……我要反
> 問的是,這樣的現象在文化上是"合理"或者"合法"的嗎?
> 近現代的激進思想者認爲:"是合理合法的。"……但是,我
> 不得不説這樣的"合理"性是中國人自己對自己文化進行的
> "暴力"而形成的,從這個意義上説,它又是極其不合理的。
> 近代以來,成爲西方殖民地的國家和地區不在少數(近現代
> 中國還不是完全的殖民地),但像中國人這樣自己摧殘自己
> 的文化而自失對自己文化的自信心的現象可能僅此一見。
> 這説明,近現代以來對傳統文化、文論的這一"反動"僅有情
> 緒上的依據,沒有學理上的依據和合法性。這也給百年後
> 的我們提出了一個文化的學術的任務,那就是反思這百年
> 的問題並糾正過去的傾向。①

筆者以爲,曹先生的上述論斷切中肯綮,應當引起我們充分的
注意和重視;中國古代文論的研究,亟須回歸我們自己的話語範式
和語境。可以説,儘管近百年的《文心雕龍》研究取得了豐碩的成

---

① 曹順慶:《〈價值理性與中國文論〉序》,劉文勇:《價值理性與中國
文論》,成都:巴蜀書社,2006 年,第 3—4 頁。

果,甚而形成引人矚目的所謂"龍學",但實際上劉勰及其《文心雕龍》的地位仍然是很尷尬的,特別是建國以後中國大陸《文心雕龍》的研究尤其如此。筆者覺得,這種尷尬不是因爲研究者不努力,而是因爲我們的研究視角,因爲我們把《文心雕龍》牢牢地釘在了文藝學的柱子上,從而把這部書弄得非驢非馬,左右爲難了。文化學者李兆忠先生有一個很形象的説法,他説:"傳統的中國好比是驢,近代的西方好比是馬,驢馬雜交之後,産下現代中國這頭騾;現代中國文化從此變成一種非驢非馬、亦驢亦馬的'騾子文化'。"①這話聽起來似乎不怎麽順耳,但却是很形象地説明了一些問題。他進而指出:"中國現代的'騾子文化'是一種不自然的、主體性欠缺的文化,它搖擺多變,缺乏定力,在外部世界的影響刺激下,每每陷於非理性的狂奔。過去不到一百年的時間裏,中國的文化語境至少經歷了六次劇烈的變化,令人眼花繚亂,無所適從。"②不過筆者以爲,"騾子文化"祇是一個比喻,任何比喻都是不準確的,但近代以來中國文化研究的"主體性欠缺"問題確是非常突出的,西方文藝學話語範式影響下的《文心雕龍》乃至中國文論研究亦難以例外。誠如曹順慶先生所説:"百年的文化痼疾當然不能憑幾個人的努力就可以一下子解決,需要文化界、文論界的同仁一起來理性地反思過去,或宏觀或微觀地從各個方面來進行這樣的文化工作,指出過去的失誤並爲未來中國的文化文論的健全走向貢獻自己的一點力量。"③因此,無論《文心雕龍》還是整個中國古代文論的研究,首先面臨着一個回歸和還原的問題,那就是回歸中國古代文化和文論的語境,還原其話語的

---

① 李兆忠:《〈喧鬧的騾子——留學與中國現代文化〉自序》,《喧鬧的騾子——留學與中國現代文化》,北京:人民文學出版社,2010年,第5頁。
② 同上,第6頁。
③ 曹順慶:《〈價值理性與中國文論〉序》,劉文勇:《價值理性與中國文論》,第4頁。

本意和所指。

應該説,不少中國古代文論的研究者早已意識到了這個問題,並提出了一些很好的想法和意見。如党聖元先生曾説:"在以往之反思的基礎上,近來我集中思考了一個問題,就是在當下的思想文化語境中,應該建立一種國學視野下的文化通觀意識和'大文論'觀念,以爲我們研究古代文論的學術理念和方法論。"①爲什麽要"建立一種國學視野下的文化通觀意識和'大文論'觀念"呢? 筆者的理解就是因爲這是回歸和還原的需要,不如此不足以認識《文心雕龍》以至中國古代文論的本來面目和歷史現實意義。党先生指出:

> 這就要求我們必須以一種務實求真的態度,重建國學視野下的文化通觀意識,充分尊重中國文化思想史上文史哲合一的學術大傳統,在還原的基礎上闡釋和建構中國傳統的"大文論"話語體系。……於此,劉勰在《文心雕龍》中所採用的"振葉以尋根,觀瀾而索源"和"擘肌分理,唯務折衷"的態度和方法,確實應該奉爲楷模。而祇有這樣,我們纔可以對中國傳統的以天—地—人、道—聖—經爲軸心,層層展開、層層交織在一起,與傳統的倫理、政治、哲學、歷史、宗教等同生共長(有時甚至附着於倫理、政治、哲學、歷史、宗教上面),因而具有超乎尋常的開放性和生命力的"大文論"體系達到較爲深切的認識。②

顯然,党先生談的也正是"還原"問題,而所謂"國學視野"、

① 党聖元:《〈返本與開新——中國傳統文論的當代闡釋〉自序》,《返本與開新——中國傳統文論的當代闡釋》,鄭州: 河南大學出版社,2011 年,第 2 頁。
② 党聖元:《〈返本與開新——中國傳統文論的當代闡釋〉自序》,《返本與開新——中國傳統文論的當代闡釋》,第 2—3 頁。

"文史哲合一的學術大傳統"等等,與筆者所謂儒學或傳統文化視野乃是並行不悖的。對《文心雕龍》研究而言,强調儒學或傳統文化視野正是從劉勰的思想理論實際出發的,因而具有更爲切實的意義。饒有趣味的是,党先生特別指出了《文心雕龍》的研究方法對今天中國古代文論研究方法的重要意義,這是頗具啓發性的。以劉勰著《文心雕龍》的態度和方法來研究《文心雕龍》乃至中國古代文論,確乎有可能回歸中國文論的文化語境,從而體驗原汁原味的中國文論話語,從而真正延續中華文化一以貫之的血脈和承傳,並進而爲復興中華文化做出切實的貢獻。

(二) 儒學視野與"文章"觀念

長期以來,《文心雕龍》一直停留在文藝學的視野中,因而這部書主要就是被作爲文學理論和批評著作來研究。雖然一直有一些不同的聲音,而且在筆者看來頗有見地,如海丁先生的《〈文心雕龍〉新論》認爲:"《文心雕龍》是我們的祖輩爲我們建立的文章學理論體系而非其他。這樣的文章學理論包括亞里士多德的《詩學》,勝過《詩學》。"①又説:"《文心雕龍》確實是一部'體大慮周'的,見解精深獨到的文章學理論巨著。"②但這些聲音多半未受重視,被淹沒在文藝學的聲浪中。當然,由於《文心雕龍》所論文體的廣泛性,也有一些研究者認爲這部書是泛文學理論或雜文學理論著作,甚至乾脆説它是文章學;但這樣的"文章學"與海丁先生的説法就不一樣了,它不是"祖輩爲我們建立的文章學理論體系",而是在西方文藝學的參照系下的所謂"雜文學理論",也就終究没有超出文藝學的視野。《文心雕龍》是文論,因而文藝學的研

---

① 海丁:《〈文心雕龍〉新論》,長春:吉林文史出版社,2008 年,第 2 頁。
② 同上,第 8 頁。

究是必須的,也是重要的,但我們却往往忽略了劉勰"論文"的出發點,尤其是劉勰所論之"文"在儒學中的地位和作用。

劉勰爲什麼要寫《文心雕龍》這樣一部"論文"之作呢? 這緣於他對"文章"重要性的認識。他明確指出:"唯文章之用,實經典枝條。五禮資之以成,六典因之致用;君臣所以炳焕,軍國所以昭明: 詳其本源,莫非經典。"①顯然,劉勰心目中的"文章"、劉勰所論之"文",與我們今天的"文學"並不一致,並非我們今天的"文學",而是儒家經典的"枝條",是軍國社稷須臾不可或缺的重要工具。從這個意義上說,《文心雕龍》這部書首先不是我們今天所理解的指導人們如何進行所謂"文學創作"。那麼,它到底是一部什麼書? 這是儒學視野中的《文心雕龍》研究所要回答的首要問題。

《文心雕龍》是一部什麼書呢?《序志》説:"搦筆和墨,乃始論文。"②因而《文心雕龍》是一部"論文"之作,這是劉勰自己的説明,那麼説《文心雕龍》是一部"文論"肯定是没有問題的。既然是一部文論,似乎當然也就是文學理論。實則不然。這裏的問題就在於劉勰的這個"文"不是今天我們説的"文學",因而所謂"文論",也就決不等於今天所謂文藝學或者文學概論。正是看到了這個問題,所以王運熙等先生認爲《文心雕龍》不是文學理論,而是文章理論,這樣説的出發點是完全正確的,是企圖還原《文心雕龍》本來面目的做法。但這樣説對不對呢? 在當代文藝學的背景下,説《文心雕龍》不是文學理論而是文章理論,與説《文心雕龍》是文學理論一樣,仍然不全對。因爲劉勰的"文"也不是今天我們説的"文章"。那麼《文心雕龍》的"文"是什麼? 它是今天的"文學"和"文章"的總和。在劉勰的概念中,在《文心雕龍》中,這個

---

① (南朝梁) 劉勰:《文心雕龍·序志》,戚良德輯校:《文心雕龍》,第286頁。

② 同上。

"文"也叫"文章",但却不是今天的"文章",而是包括今天所有的"文學"和"文章"。所以,無論説《文心雕龍》是文學理論還是文章理論,都並未抓住劉勰著作的初衷,也就並不完全符合《文心雕龍》的實際。

實際上,劉勰的初衷是要對孔門四教之一端——"文教"進行研究。所以,《文心雕龍》不僅是一部文學理論,更是一部儒家人文修養和文章寫作的教科書,必須明確,這裏的文章寫作既包括今天所謂"文學創作",更包括政治、經濟、文化以及日常生活中所有的文字工作。可以説,凡是需要動筆的事情,都是《文心雕龍》所要研究的範圍;而且,在劉勰的觀念中,寫一張假條和寫一首詩同樣重要。而"動筆的事情"最終所體現出的,正是一個人全部的文化修養和教育,所以劉勰所要研究的不僅僅是文學創作,而是一個人全部的文化教養,也就是孔門四教之"文教"。所謂"五禮資之以成,六典因之致用;君臣所以炳焕,軍國所以昭明"①,顯然,在劉勰的觀念中,這個"文章"比我們今天的"文學"可是重要得多了,它是實實在在的"經國之大業,不朽之盛事"②。所謂"文章千古事"③,我們雖然經常説這句話,但文章何以是"千古事",這"千古事"又是什麽事,在當代文藝學的語境下,我們的理解可能與古人相去甚遠了。至少我們未必理解古人的心情,未必能對這"千古事"感同身受,因爲它決不僅僅是表現一己之情的所謂"文學創作"。所以説《文心雕龍》是文學理論,是文藝學著作,假如劉勰泉下有知,可能是不會同意的,可能是要搖頭的;他一定會説,那是大材小用了,根本没有得

---

① （南朝梁）劉勰:《文心雕龍·序志》,戚良德輯校:《文心雕龍》,第286頁。

② （魏）曹丕:《典論·論文》,穆克宏、郭丹:《魏晉南北朝文論全編》,南京:江蘇教育出版社,2004年,第15頁。

③ （唐）杜甫:《偶題》,(清)仇兆鼇:《杜詩詳注》,北京:中華書局,1999年,第1541頁。

其用心所在。

　　劉勰有句很有名的話,叫做"安有丈夫學文,而不達於政事哉"①,筆者一直很欣賞,但以前祇是覺得劉勰不迂腐,不是讓人學文就祇知道文,而是還要充分地參與政事、關注現實、建功立業。其實,那仍然是没有得劉勰用心所在的。劉勰之所以那樣説,根本是決定於他論述的"文","學文"而"達於政事"乃是一個必然之理。劉勰所論述的"文",其關乎社稷軍國,關乎禮樂典章,關乎人文化成,當然是要達於政事的,那甚至根本就是爲政的一個方面而已。假如《文心雕龍》祇是所謂"文學理論",那麽以我們今天的觀念而論,學文學的人多半是要遠離"政事"的,哪有劉勰所謂必達於政事的道理呢?

　　正是從這個意義上,我覺得范文瀾先生説劉勰著《文心雕龍》"嚴格保持儒學的立場"是符合劉勰的精神的,因而是基本正確的。誠然,劉勰的思想很複雜,他不僅"精通儒學和佛學",當時流行的玄學他也非常精通。同時,他的思想意識又具有極大的包容性、靈活性和開放性。正因如此,很多研究者都認爲劉勰及其《文心雕龍》的思想不是定於一尊的,而是具有很大的概括性,是多家思想的融合和貫通,而不能用一家思想來涵蓋。正如許多研究者所指出,劉勰所保持的這個儒學是六朝時期的儒學,帶有儒道玄佛融合的色彩,但儘管如此,筆者覺得其基本色調却是未改儒家思想和精神的。即如香港石壘先生,他認爲:"《文心雕龍·原道》篇所原的道是佛道,即神理、神或'般若之絶境'(《論説》篇)狀態中的般若。"②但同時他也承認:"劉勰所著的《文心雕龍》,是以儒家的文學觀爲它立言、論文的宗師和徵驗的。他不但將人文的創作與

──────────

　　①　(南朝梁)劉勰:《文心雕龍·程器》,戚良德輯校:《文心雕龍》,第282頁。

　　②　石壘:《〈文心雕龍與佛儒二教義理論集〉自序》,《文心雕龍與佛儒二教義理論集》,香港:雲在書屋,1977年,第1—2頁。

評價,用孔子所鎔鈞的六經作標準來衡量,即有關人文的肇始,也引用了《易經》和《禮記》中的一些詞和語句來加以説明。"①因此,"儒道在《文心雕龍》中,占着極爲重要的地位,全書中有關論文的部分,幾乎都是以儒道和它的六經爲中心的。這種情況,以在《原道》、《徵聖》、《宗經》、《序志》、《正緯》、《雜文》、《史傳》、《論説》、《通變》、《總術》等篇中,表現得特別顯著",祇是石先生同時認爲:"但問題的關鍵是……《文心雕龍》作者所原、所本、所明的道,是佛道,而不是其他任何一家之道"②,並説"《文心雕龍》所原、所明的道,是佛道,這是一個顛撲不破的定論,'自謂頗能得彦和本心,發千載之覆',給以後研究《文心雕龍》和中國文學批評的人們,開創了一條嶄新的較前更爲精確的道路"③,對這後面的結論,筆者是不敢苟同的。

在近年來的《文心雕龍》研究中,佛學之於《文心雕龍》的重要性越來越受到重視,但這種重要性的評估是存在問題的,一是佛學對劉勰"論文"而言的重要性體現在什麼地方,二是這一重要性的程度有多大? 無論石壘先生的"佛道"説,還是已故"龍學"家馬宏山先生著名的"以佛統儒,佛儒合一"④説,固然誇大了佛教之於劉勰特別是《文心雕龍》的重要性,但近年來對佛教之於《文心雕龍》影響的評估,也已經遠遠超出了當年范文瀾先生的説法,這是否實事求是之論? 筆者以爲,佛教之於劉勰的影響是顯然存在的,而這種影響主要在劉勰的人生觀、哲學觀;對"論文"之作的《文心雕龍》而言,則主要是經由劉勰的人生觀和哲學觀産生一定影響,至

① 石壘:《文心雕龍與佛儒二教義理論集》,第 1 頁。
② 同上,第 78 頁。
③ 同上,第 101 頁。
④ 馬宏山:《文心雕龍散論》,烏魯木齊:新疆人民出版社,1982 年,第 1 頁。

於具體的文論觀點,范先生所謂"拒絕佛教思想混進來",應該説不僅是有道理的,而且很可能是深得劉勰之用心的。這就像劉勰高舉"徵聖"、"宗經"的大纛而最終却着眼於"文"一樣,他在人生觀和哲學觀上崇尚佛學,却並不影響他以純粹的態度來"論文"。筆者之所以不能同意"《文心雕龍》所原、所明的道,是佛道"這一説法,正在於劉勰是在"論文",是在研究孔門之"文教",所謂"五禮資之以成,六典因之致用;君臣所以炳焕,軍國所以昭明"①,這哪裏是佛家對文章的認識呢?

(三) 中國文化與《文心雕龍》

從清代到當代,《文心雕龍》得到了高度的評價。在大量的精彩論斷中,如下三個人的説法極爲有名。一是清人譚獻,他説《文心雕龍》是"文苑之學,寡二少雙"②。二是魯迅先生,其云:"東則有劉彦和之《文心》,西則有亞里士多德之《詩學》,解析神質,包舉洪纖,開源發流,爲世楷式。"③三是中國《文心雕龍》學會成立時的顧問、著名文藝理論家周揚先生,他指出,《文心雕龍》"在古文論中佔有首屈一指的地位,它是中國古文論中内容最豐富、最有系統、最早的一部著作,在中國没有其他的文論著作可以與之相比",同時,"這樣的著作在世界上是很稀有的。《文心雕龍》是一個典型,古代的典型,也可以説是世界各國研究文學、美學理論最早的一個典型,它是世界水平的,是一部偉大的文藝、美學理論著

① (南朝梁)劉勰:《文心雕龍·序志》,戚良德輯校:《文心雕龍》,第286頁。

② (清)譚獻:《復堂日記》,石家莊:河北教育出版社,2001年,第118頁。

③ 魯迅:《集外集拾遺補編·題記一篇》,《魯迅全集》(第八卷),北京:人民文學出版社,2005年,第370頁。

作","它確是一部劃時代的書,在文學理論範圍内,它是百科全書式的"。①

這三個時代的關於《文心雕龍》的三個説法,都是在毫無保留地肯定《文心雕龍》,但却各有自己的角度;肯定和讚美的本意無可厚非,但却並非都是符合劉勰的初衷及其《文心雕龍》的實際的。可以説,清人譚獻的説法最近《文心雕龍》的實際,因爲所謂"文苑之學",這個"文"當然還是中國古代原有的"文章",而不是我們今天的"文學"。魯迅先生所謂"解析神質,包舉洪纖,開源發流,爲世楷式"的這四句話,顯然是對《文心雕龍》和《詩學》的共同讚美,但把這兩部書放在一起説,實際上却有些不倫不類。筆者覺得,這四句話用來説劉勰及其《文心雕龍》倒是很合適,但以之概括亞里士多德的《詩學》就未必名副其實了。之所以如此,正因爲這兩部書原本性質不同、研究對象不同、論述範圍不同,其產生的時代及其理論意義也完全不同,根本是完全不同的兩部書。當然,兩部書的比較研究毫無疑問是可以且可行的,實際上王毓紅教授在這方面就做出了出色的成績②,但這是另一個問題了。所謂"東則有劉彦和之《文心》,西則有亞里士多德之《詩學》"這樣的説法,實在是有些很不對稱,這就像把兩個形狀和重量均有極大差異的東西放在了天平的兩端,讓人多少覺得有些滑稽。但多年以來,我們却一直推崇魯迅先生這個説法(包括筆者),原因就是我們没有走出《文心雕龍》研究的文藝學視野。至於周揚先生的論斷,一方面至爲高明,有着非常正確的見解,另一方面却也同樣是從文藝學出發的,因而仍然有片面而不符合實際的地方。

---

① 周揚:《關於建設有中國民族特點的馬克思主義文藝理論問題》,《社會科學戰綫》1983 年第 4 期。

② 參見王毓紅:《在〈文心雕龍〉與〈詩學〉之間》,北京:學苑出版社,2002 年。

所謂"在文學理論範圍內,它是百科全書式的","文學理論"這個範圍並不算大,或者説很小,是百科全書又如何呢? 試看我們今天的哪一本"文學概論"不是文學理論範圍內的百科全書呢? 所以這雖然本意是對《文心雕龍》的一個高度評價,實際上却未必抓住了要害,問題就在於《文心雕龍》其實已經遠遠超出了"文學理論"的範圍。

比如,從"百科全書"的角度説,《文心雕龍》的文體論是當之無愧的,但它却不是在"文學理論"的範圍內。它的價值和意義也不是文藝學視野所能解決的。《文心雕龍》的文體論佔有全書五分之二的篇幅,但在近百年的"龍學"史上一直沒有得到充分的重視和研究;雖然近年來已有部分學者開始關注這個問題,但其視野主要還是文藝學的。實際上,《文心雕龍》文體論長期不受重視的原因,正是因爲文藝學視野的限制,因爲劉勰所討論的大部分文體不屬於今天所謂"文學"的體裁,也就難以納入文藝學的論述範圍。因此,從文藝學的角度研究《文心雕龍》的文體論,一是不可能真正重視它,二是不可能準確認識它,從而也就不可能真正認識其理論和實踐意義之所在。所以,徹底搞清劉勰用近一半的篇幅來"論文敘筆"的真正目的,是儒學視野中的《文心雕龍》研究所要回答的又一個重要問題。顯然,從所謂"文學創作"的角度説,《文心雕龍》文體論所涉及的大部分文體已經沒有什麼意義了;換言之,占《文心雕龍》五分之二篇幅的"論文敘筆",實際上衹有少數幾篇與今天所謂"文學"有關,它又怎麼能進入文藝學的視野,又怎麼能在文藝學的框架內得到肯定和重視呢? 然則,有着如此文體論的一部《文心雕龍》,其在文藝學視野中的尷尬也就是可想而知的了。假如走出文藝學的視野,從各種應用文的寫作角度説,那麼《文心雕龍》之"論文敘筆"乃是中華文章寫作的寶典,在今天仍有着廣泛而重要的實用價值。

實際上,不僅是《文心雕龍》的文體論,即使在現代"龍學"史上備受關注的"創作論"部分,僅僅局限於文藝學視野的研究也仍然是大有問題的。《文心雕龍》的創作論部分,因爲其與現代文藝學可以較好地接軌,所以"龍學"家們普遍認爲《文心雕龍》的核心部分是"剖情析采"的創作論,因此對這一部分的研究也最爲充分,成果最爲豐富。但饒有趣味的是,這一部分的十九篇,實際上得到研究者極大關注的祇是開頭的五六篇,而後面的十幾篇與文體論一樣,一直並未得到充分的研究和重視。這仍然是文藝學視野中的《文心雕龍》研究所必然出現的結果。因爲"剖情析采"部分的大量內容,其實仍然與現當代文藝學的着眼點完全不同。劉勰說:"文場筆苑,有術有門。"①一方面,這個所謂"創作論",仍然是基於二十篇"論文敘筆"的創作論②;另一方面,劉勰真正費盡心力進行研究的,乃是爲文之"術",也就是具體的寫作方法,而這在現當代文藝學中是不被重視的,何況劉勰所討論的那些方法,針對的並不是今天所謂文學創作。因此,儒學視野中的《文心雕龍》研究仍然需要重新審視所謂"創作論",並回答其真正的價值和意義在哪裏。

無論從"論文敘筆"的文體論來說,還是從"剖情析采"的創作論而言,《文心雕龍》不僅是文章寫作的寶典,也是打開中國古典文化大門的一把鑰匙。一方面,劉勰把當時所能見到的各種文體都納入了自己的論述範圍,從而使這部書成爲一部分體文章史,成爲中華文章的淵藪,因而要進入中國古典文學文化之門,諳熟《文心雕龍》便成爲一條捷徑;另一方面,劉勰又有意識地集中探討文章寫作和鑒賞的原理,認爲"綴文者情動而辭發,

---

① (南朝梁)劉勰:《文心雕龍·總術》,戚良德輯校:《文心雕龍》,第247頁。

② 參見戚良德:《〈文心雕龍·總術篇〉新探》,《文史哲》1987年第2期。

觀文者披文以入情：沿波討源，雖幽必顯"，並説"世遠莫見其面，覘文輒見其心"①，從而提出了一系列正確解讀文章的方法，這就更爲我們進入中國古典文學文化堂奧提供了一把金鑰匙。比如，多年前，著名古典文學專家蕭滌非先生曾説："如果説我那本寫於解放前的《漢魏六朝樂府文學史》還不無可取之處，那也是由於得到《文心雕龍》'文變染乎世情，興廢繫乎時序'這兩句話的啓發。"②不僅古典文學，實際上整個中國文化都在劉勰的視野中，他説"書亦國華，玩繹方美"，從而要求人們做"知音君子"③。可以説，劉勰乃是中華文明的忠實傳承者。

作爲中國古代"寡二少雙"的"文苑之學"，《文心雕龍》爲我們提供了一個極爲精密而又頗具開放性的理論體系，因而成爲中國古典文論中"籠罩群言"④的空前絶後之作，從而得到了世人的廣泛認可和重視，並進而形成一門所謂"龍學"。一百年來，許多國學大師都興趣盎然地把目光投向了《文心雕龍》，諸如劉師培、黄侃、劉咸炘、范文瀾、劉永濟、陸侃如、楊明照、王利器、詹鍈、王元化等等，都有著名的"龍學"著作問世，這既説明了《文心雕龍》之非凡的價值和吸引力，也説明了"龍學"形成之必然，更説明其必然具有的强大生命力。但在現當代西方文藝學的話語體系中，《文心雕龍》的理論體系一方面受到了關注、重視和研究，但另一方面其研究的成果又是極其有限的，特別是其融入現當代文藝學的可能

---

① （南朝梁）劉勰：《文心雕龍·知音》，戚良德輯校：《文心雕龍》，第277頁。

② 蕭滌非：《非敢望解頤——〈風詩心賞〉代前言》，《風詩心賞》，北京：中華書局，2008年，第1頁。

③ （南朝梁）劉勰：《文心雕龍·知音》，戚良德輯校：《文心雕龍》，第277頁。

④ （清）章學誠：《文史通義·詩話》，葉瑛校注：《文史通義校注》，第559頁。

和實踐,都還遠遠不如人意。一方面大家無不承認《文心雕龍》建構了一個體大思精的理論體系,另一方面這個體系又難以爲現當代文藝學所用,問題在哪裏? 因此,我們必須重新思考: 這是一個什麼樣的體系? 它的真正價值和當代意義是什麼?

毫無疑問,文藝學視野中的《文心雕龍》研究已經取得了豐碩的成果,但所謂"龍學",目前還基本處於自給自足的封閉或半封閉狀態,即使在文藝學的視野中,其於當代文藝學的價值和意義,也還没有得到很好的闡釋,更談不上應用了。其中的原因,除了"龍學"本身的獨立性和較大的研究難度,造成研究者很難進行古今的融會貫通以外,研究視野的局限是一個根本的問題。正是因爲文藝學視野中的《文心雕龍》研究並未完全理解劉勰寫作這部書的初衷,得出的很多結論也就並不符合這部書的理論實際,從而也就難以準確認識和闡釋它的當代價值、理論和現實意義。儒學乃至傳統文化視野中的《文心雕龍》研究就是要對這部中國古代文論的"元典"進行重新認識,既可能着眼局部而提出某些新觀點,更要對這部書進行全新認識和評價。在此基礎上,對這部書的理論和實踐意義進行重新思考,從而重新評估《文心雕龍》的歷史文化及其當代價值。

中國的"文論"不僅是"文藝學"或者"文學概論",而是關乎所有政治、經濟以及社會領域的人生通識,是通向人生自由境界的文化能力。因此,劉勰的《文心雕龍》,既是一部中國文章寫作之實用寶典,又是一部中國人文精神培育的教科書;既是中國文藝學和美學之樞紐,也是中國文章寶庫開啓之鎖鑰。"安有丈夫學文,而不達於政事哉"①,不僅是説大丈夫學文是爲了從政,學文是出人頭地、建功立業的一個手段,更是説"文"與"政"原本是密不可分

① (南朝梁)劉勰:《文心雕龍·程器》,戚良德輯校:《文心雕龍》,第282頁。

的,所謂"文武之術,左右惟宜"①,學文和學政是一致的,學文必然通向學政,因爲"文"的能力也就關乎"政"的能力,這才是劉勰的認識和初衷,這纔是《文心雕龍》一書的出發點。從這個角度去認識劉勰及其《文心雕龍》一書,我們就可以明白,這部書既是文藝學的、文學概論的,因而對所謂"文學創作"有着重要的意義,同時又是"寫作學"、"秘書學"乃至"新聞學"的,它着眼於一個人的文字、文化能力和修養,進而着眼於一個人的人文素養和基本能力,從而關乎一個人的人生境遇和全部事業。

因此,站在中國思想文化經典巨人之肩上的劉勰,毫無疑問也奉獻了一部新的思想文化經典,這部經典述往知來、開學養正,爲當時以及後來之人提供了一個人生文化修養的指南,也提供了一個可以具體操練的思路和程式。應該説,《文心雕龍》這部經典是貴族的、高傲的,立足於精英文化的,但也是具體、切實而富有實踐意義的。它是從最基本和基礎的"童子功"開始的。所謂"童子雕琢,必先雅製"②,這對我們今天的整個文化教育是富有重要意義的,可能比《三字經》、《弟子規》之類的意義要大得多;從某種程度上説,也迫切、現實得多,比如我們中小學的作文課以及大學裏的寫作課,乃至公務員考試中的"申論",筆者覺得《文心雕龍》可能正具有非常現實而具體的指導意義。宋代黃庭堅曾告誡後學謂:"劉勰《文心雕龍》,劉子玄《史通》,此兩書曾讀否? 所論雖未極高,然譏彈古人,大中文病,不可不知也。"③宋代對《文心雕龍》的評價尚不高,但他們也已經認識到了這部書的普遍意義。可以説,

---

①　（南朝梁）劉勰:《文心雕龍·程器》,戚良德輯校:《文心雕龍》,第282頁。

②　（南朝梁）劉勰:《文心雕龍·體性》,戚良德輯校:《文心雕龍》,第179頁。

③　（宋）黃庭堅:《與王立之》,《黃庭堅全集》,成都: 四川大學出版社,2001年,第1370頁。

無論在古代還是現代,《文心雕龍》都應該是我們的一部文化修養教科書。有的研究者曾經指出:"本來《文心雕龍》應當成爲大學語文科的理論框架,以它的學科體系和理論深度,理應是當之無愧的。可是長期以來,這個理論體系確實被文學理論弄得支離破碎。人們都把研究《文心雕龍》的學問稱爲'龍學',可是又非得用'文學'來破壞這個體系不可,這可真是愧爲'龍的傳人'了。"①筆者以爲,這是很有道理的,理應引起我們的注意和重視。

（四）多維視野與"龍學"的走向

2013 年 9 月,"紀念中國《文心雕龍》學會成立三十周年國際學術研討會暨中國《文心雕龍》學會第十二次年會"在山東大學召開,會議的中心議題爲"儒學視野中的《文心雕龍》研究及其當代意義",這個議題得到與會專家熱烈的回應,引起不少"龍學"同仁的共鳴,甚或會議期間不少專家均表示這個議題非常好,這可以説是令人出乎意料的。筆者從會議論文中精選了 48 篇論文,編成六十四萬字的《儒學視野中的〈文心雕龍〉》(上海古籍出版社,2014年)一書,其中很多文章水平非常之高,可以説有不少精彩之見,甚或有不少創見。我想,大家對這個議題的興趣其實主要不是"儒學視野"本身,而是在於這個議題提示了一種"龍學"視野的轉換,其實質是對劉勰及其《文心雕龍》理論研究的話語回歸和還原。一方面,"儒學"本身原本是《文心雕龍》的思想之本,因而儒學視野的《文心雕龍》研究就意味着實事求是的還原之路,而還原之後的"《文心雕龍》文論"自然就會和儒學以及儒家文論有着分不開的聯繫。如李建中先生對"經學視域下中國文論關鍵詞之詞根性考察",其考察的結果,李先生均借用劉勰的話來概括,一是"詳其本源,莫非經典",二是"稟經制式,酌雅富言",三是"太山遍雨,河潤

---

① 　海丁:《〈文心雕龍〉新論·後記》,第 326 頁。

千里”,因而李先生指出:“從根柢處説,廣義上的中國詩學是從經學中生長出來,故中國文論關鍵詞的存在方式是雙重的,即盤深於經部的詞根性存在與綻放於集部的詩性存在:前者爲體後者爲用,前者乃根柢後者乃華實。”①顯然,李先生的文章還祇是大綱性的,因而這一結果也還祇是初步的,但筆者以爲,這已經令人耳目一新了。另一方面,所謂“儒學視野”更意味着《文心雕龍》研究需要走出“文學理論”或“文藝學”的小天地,回到中國傳統文化的沃野中,從而認識劉勰寫作這部書的真正目的和初衷。從這個意義上説,“儒學視野”就祇是一個象徵和提示,但惟其如此,其對“龍學”的進步和發展才是至關緊要的。筆者覺得,其最重要的提示意義在於,回到《文心雕龍》本身,回到産生《文心雕龍》的中國文化環境本身,從而認識《文心雕龍》乃至中國文論的本來面目,還原《文心雕龍》乃至中國文論的話語系統。明乎此,則“龍學”的任何視野都是需要的,都是有益的,都是並行不悖的,也都是殊途同歸的。

比如左東嶺先生的文章,題目看上去很大,從“文體意識、創作經驗”談《文心雕龍》的研究,但主要篇幅却是對《神思》篇一段話的理解,特别是對“拙辭或孕於巧義,庸事或萌於新意”②這兩句話的理解。多少年來,我們似乎對這兩句話没有疑義,但左先生的解讀顛覆了我們原有的認識,而在筆者看來,這種顛覆不是别的,恰恰是回到劉勰及其《文心雕龍》本身,因而左先生的解釋儘管也顛覆了筆者自己固有的認識,但這一顛覆是令人心悦誠服的。左先

---

① 李建中:《經學視域下中國文論關鍵詞之詞根性考察——以〈文心雕龍〉爲中心》,戚良德主編:《儒學視野中的〈文心雕龍〉》,上海古籍出版社,2014 年,第 188—189 頁。

② （南朝梁）劉勰:《文心雕龍·神思》,戚良德輯校:《文心雕龍》,第174 頁。

生指出,人們往往"從其熟悉的現代理論範疇與現代文學經驗去理解古代文論,遂造成不可避免的偏差而難以恢復其原有形態與内涵","因此,弄清每一時代與作家的創作情况,取得豐富的寫作經驗,然後再辨析針對這些經驗所提出的文學問題與理論範疇,將會幫助我們更準確地詮釋那些文學理論的經典。尤其是進行跨文化研究的比較文學研究者,要真正進入某一文化研究的真實語境,那麼瞭解其文學寫作的經驗與歷史,就成爲其進入門檻的基本功夫"①。這確乎是非常重要的,而對《文心雕龍》的研究者來説,可能還不僅僅是"文學"一個方面的問題,而是需要跳出文學的圈子,需要儒學等各種視野。如鄧國光教授通過對孔穎達《毛詩正義》徵述《文心雕龍》的考察指出:"《文心雕龍》的文理屬性,與經學本質不異。如此提出,表明《文心雕龍》在中國學術思想源流中的重要位置,亦即是説:談中國思想史或經學史,都不應遺落《文心雕龍》。"②對此,筆者不僅深以爲然,而且認爲這是對《文心雕龍》一書的一個極有價值的重要認識,這是回到《文心雕龍》本身所得到的重要研究成果。而即使是文學的角度,當我們站在還原的立場時,同樣可能會有新的體驗。如袁濟喜先生在認真考察《文心雕龍》與孟子學説的關係後指出:

> 他(按指劉勰——引者)是自覺地擔當起文藝批評的社會責任,傳承了先聖的憂患意識,融入了自己的生命體驗,從而寫出了這本流傳不朽的文論經典,使漢魏以來的文學批評達到極致,彰顯出中國古代優秀文化經典中人品與文品的一體性品格。今天我們解讀這本經過時間考驗的優秀經典,首

---

① 左東嶺:《文體意識、創作經驗與〈文心雕龍〉研究》,戚良德主編:《儒學視野中的〈文心雕龍〉》,第 559—560 頁。
② 鄧國光:《孔穎達〈毛詩正義〉徵述劉勰〈文心雕龍〉初探》,戚良德主編:《儒學視野中的〈文心雕龍〉》,第 260—261 頁。

先要傳承的不僅是具體的論述,而是這種把生命體驗與文論寫作融爲一體的精神境界。①

顯然,袁先生的解讀既是文學的,同時又是儒學的、文化的,在筆者看來這也正是回到《文心雕龍》本身而得出的新的認識和結論。再如多年研究《文心雕龍》的日本學者甲斐勝二先生指出:"劉勰將文章編入經學裏,賦予文章社會思想上的地位。劉勰的文體論裏又包含着史傳、諸子的文體,這説明《文心》存在以寫作文章的觀點來收納歷史學和諸子學的觀點。"又説:"面臨'去聖久遠,文體解散'的情況,劉勰將真正的'文體'安排在上篇'綱領'。對寫作文章的人來説,也應該重視上篇,因爲他們實際上在書寫文章的時候,最具有參考性的是分析具體作品的文體論部分。"②這些認識與我們對《文心雕龍》的主流觀點顯然並不一致,而在筆者看來這不僅是企圖還原《文心雕龍》本來面目的可貴嘗試,而且是有根有據的令人耳目一新之"龍學"創見。

值得一提的是,該書收録了三篇被與會代表認爲是很接地氣的文章,其中兩篇是探討"龍學"與高校寫作課的結合問題,一篇則是對《文心雕龍》走入中學課堂的實驗與研究。來自高校寫作課教學第一綫的張然説:"單從寫作理論上説,《文心雕龍》的學科知識體系的建構已經較爲完善,並且具有合理化、科學化等特點。從寫作教學而言,寫作課既不是衹講理論的純學科,也不是衹談技巧的實踐課,它應該是所有的通識類課程中理論和實踐結合最緊密的學科。因此,當下的寫作課在具體的課程設計上要借鑒《文心

①　袁濟喜:《〈文心雕龍〉與孟子學説論析》,戚良德主編:《儒學視野中的〈文心雕龍〉》,第 202 頁。

②　[日]甲斐勝二:《關於〈文心雕龍〉文體論的問題——〈文心雕龍〉的基本特徵餘論》,戚良德主編:《儒學視野中的〈文心雕龍〉》,第 579、580 頁。

雕龍》'道學術'三位一體的寫作之道。"她說:"這是一個講求溝通和信息爆炸的社會,而信息的採集、加工、傳遞、貯存,都必須依靠語言文字作爲中介,都離不開寫作這個工具。"①這一說法與甲斐先生對《文心雕龍》文體論研究的結論可謂遙相呼應,應該說是耐人尋味的。特別是來自中學課堂的"龍學"實驗報告,更引起了與會代表的濃厚興趣,也給我們的"龍學"注入了實實在在的生機和活力。來自劉勰故里的莒縣一中校長侯月映先生在分組討論會上說:"我們有接近4 000名學生,而且每年都有1 300多名新生加入,他們中的一些人將來會成爲你們的學生,會成爲龍學家。"對此,"龍學"家們報以熱烈的掌聲。這確實是令人鼓舞的事情。他們向大會提交的文章中說:"《文心雕龍》博大精深的人文蘊涵與思想光彩,依然歷久彌鮮,生生不息。該巨著中顯耀的璀璨人文光輝,對中學生的思想德育無疑具有獨特古典意義的教育作用。……儒家沉重的人文憂思與歷史責任感,是劉勰文學與人生觀念的基礎,把人生觀、世界觀、文學觀巧妙地結合,從一個前所未有的高度和廣度去審視這三者的關係。"因而他們認爲:"《文心雕龍》强大的生命力不僅在於其最重要的文學方面,而且在當代人文建設中具有獨特的精神價值。"②顯然,他們所謂"最重要的文學方面",這是照顧我們多年以來"龍學"的文藝學語境,居今而言,筆者認爲文學方面是重要的,却未必是最重要的。正是基於這種認識,他們大膽地把《文心雕龍》引入中學課堂,並取得了可喜的成就。對此,筆者可以說尤爲歡欣鼓舞。如上所述,《文心雕龍》對文章寫作的要求,正是從最基礎的"童子功"開始的,因而其於我們今天的整個

---

①　張然:《結合實例分析〈文心雕龍〉對高校寫作課的指導意義》,戚良德主編:《儒學視野中的〈文心雕龍〉》,第754、759頁。

②　侯月映、楊志剛:《〈文心雕龍〉進入中學課堂的實驗與研究》,戚良德主編:《儒學視野中的〈文心雕龍〉》,第762—763頁。

文化教育尤其是基礎教育是富有重要意義的,但《文心雕龍》畢竟是比較深奧的經典,它對中小學的意義毋庸置疑,但如何實踐,筆者心中無數。來自中學課堂的實驗報告可以説正爲筆者提供了生動的例證。這雖然祇是一個實驗,還需要更多的時間來驗證,但他們取得的切切實實的非凡成效是看得見也摸得着的,其成功的開始足以令我們對未來充滿希望。

　　《文心雕龍》進入中學課堂的這一實驗與研究,還從另一個方面説明,近百年來,古老的《文心雕龍》引起衆多學者的關注,以至於形成一門"龍學",決非偶然的;《文心雕龍》也決不僅僅祇是象牙塔裏的高傲古董,而是可以成爲鮮活生動的教科書,這應該也是劉勰寫作這部書的真正目的和初衷。以此而論,我們的現代"龍學"史雖走過了百年歷程,但一則百年原本彈指一揮間,二則以文藝學爲主要視野的百年"龍學"自然還需要更寬廣的視野和胸懷。面對百年"龍學"的積累,如何把這筆巨大的文化財富化爲新時代學術的血肉,成爲新一代研究者需要認真面對和思考的問題;尤其是如何走出强大的西方文藝學話語體系的影響,回歸和還原中國文論和文化的話語之本,構建本土化的中國文論、文學、文化話語體系,既是一個巨大的挑戰,也是我們義不容辭的歷史重任。所謂任重而道遠,"龍學"的多維視野既爲必由之路,則多維視野中的新世紀"龍學"必然更加燦爛輝煌!

附　録

一、紀念"龍學"三十年會議綜述

2013 年 9 月 14 日至 16 日,紀念中國《文心雕龍》學會成立三十周年國際學術研討會暨中國《文心雕龍》學會第十二次年會在山東大學中心校區舉行。會議由中國《文心雕龍》學會、山東大學儒學高等研究院、山東大學文學與新聞傳播學院、山東大學《文史哲》編輯部聯合主辦,山東大學儒學高等研究院承辦。來自中國大陸、臺灣、香港、澳門以及日本、美國、韓國等國家的一百三十多位專家學者參加了本次會議,收到學術論文 109 篇,無論參會人數還是論文數量,皆爲歷屆"龍學"會議之最。

中國《文心雕龍》學會自 1983 年 8 月成立以來,經歷了風風雨雨,克服了重重困難,在數代學者的共同努力下,終於迎來了三十周年的紀念大會。學會經歷的這三十年,也是我國經濟、社會大變革的三十年。在變革的浪潮中,學會一直站在思想解放的前沿。衆多優秀的學者投身於《文心雕龍》研究,用開放的心態、開闊的視野、精益求精的態度不斷推動學會的發展和"龍學"的進步。此次會議承擔着承前啓後的重要歷史任務,它既是對過去三十年的總結和反思,又開拓未來更廣闊的研究理路,不僅對於學會發展具有重要意義,對不少學者而言,這次會議也是非同尋常的。衆多年高德勳的學者,畢生致力於《文心雕龍》研究。從學會組建以來就一直與學會同呼吸、共命運,爲學會發展做出了巨大貢獻。因身體等各方面原因,有些老學者,如劉文忠、張少康、林其錟、張可禮、繆俊傑等先生已多年未參與會議了,此次也不辭辛苦蒞臨大會,並提交了論文,發表了重要講話。這對所有參會人員來説都是莫大的榮幸和激勵。此次特殊的會議在山東大學舉行,更有着特殊的意義。山東大學素以文史見長,《文心雕龍》研究是山東大學的一個重要傳統。在學會的建立和發展過程中,山東大學一直發揮着重要作用,牟世金先生更是公認的學會最重要的創始人。1982年由山東省文聯、山東大學等單位聯合主辦的首次《文心雕龍》研討會在濟南召開,會上提出成立一個全國性的《文心雕龍》研究會,以適應"龍學"發展的需要。1983年8月,《文心雕龍》學會在青島黃海飯店成立,牟世金先生被推舉爲學會秘書長,負責學會具體工作。三十年後,《文心雕龍》年會又回到了山東大學,回到了濟南。這一歷史的回轉,對山東大學來説象徵着學術脈緒的承繼和綿延,對山東大學文史研究的發展具有重大的鼓舞作用。

　　本次會議主要圍繞以下三個議題展開:一是"龍學"三十年回顧與反思,二是儒學視野中的《文心雕龍》研究及其當代意義,三是《文心雕龍》與中國文論研究。出席本次會議的美國北加州華人作家協會會長林中明先生認爲:"本次研討會的三個議題各有專注,也互相關聯。爲撰寫論文的學者,提供了良好的討論平臺。"(見林先生會議論文《緯軍國,任棟樑——劉勰之夢,〈劉子〉其書》,該文已刊發《中國文論》第一輯)代表們通過大會發言和小組研討相結合的方式,以及對會議論文的閱讀,各抒己見、暢所欲言,對這三個議題進行了深入討論和交流,取得了不少重要"龍學"成果。

(一)"龍學"三十年回顧與反思

　　中國《文心雕龍》學會成立三十年來,衆多老學者不僅在學術上卓有成就,且爲學會的建立和發展做出了巨大貢獻。其爲學之

勤勉嚴謹、處事之兢兢業業皆可爲今人楷式。值此三十周年紀念
之際，與會學者提交了 9 篇紀念論文，爲我們提供了珍貴的歷史材
料，並對前賢智慧精華進行了認真總結。

　　劉文忠先生《回憶〈文心雕龍〉學會成立三十年的艱難歷程》
一文，事無巨細地回憶了學會自籌備組建至今三十年的歷程，記錄
了學會建立以來所遇到的政治、管理、經濟上的種種困難和學會各
屆領導對學會的貢獻，以及社會各界的支持，披露了衆多學會發展
中的細節，甚至提供了學會 1995 年募捐的名單和捐款數，具有重
要的歷史文獻價值。張少康先生《紀念"〈文心雕龍〉的功臣"》一
文則對牟世金先生的《文心雕龍》研究做了中肯而精到的評價，其
以前會長的身份紀念爲"龍學"事業做出了卓越貢獻的功臣牟世
金先生，可以説再恰當不過了。繆俊傑先生《我國"龍學"研究的
功臣——緬懷中國〈文心雕龍〉學會首任會長張光年先生》一文深
情回憶了學會首屆會長張光年先生在學會發展和"龍學"研究上
的貢獻。張可禮教授《憶念中國〈文心雕龍〉學會的成立》回憶了
學會成立概況，肯定學會成立時確立的以學術爲本位的學風，相互
尊重、自由討論、求同存異的會風以及開放的研究視野等，有力地
推動了"龍學"的發展，並總結了周揚、張光年、王元化、牟世金四
位先生的貢獻。合肥師範學院何懿教授《王元化先生與〈文心雕
龍〉學會》記錄了與祖保泉先生關於上世紀組建學會往事的談話。
祖先生所言的"牟撐篙，王掌舵"，精確概括了學會始建時牟世金
先生和王元化先生的分工和貢獻。何懿教授又深情回憶了王元化
先生對後學晚輩的照拂和提攜，感人至深。復旦大學楊明教授《王
運熙先生對於"龍學"的貢獻》一文，從《文心雕龍》的性質、基本思
想和結構、對於風骨等概念的解釋以及劉勰對文學作品藝術特徵
的認識三個方面，介紹王運熙先生的研究成果。安徽師範大學李
平教授《論王元化的〈文心雕龍創作論〉》一文，深入細緻地分析了
《文心雕龍創作論》的内容特色、研究方法、學術貢獻、時代局限。

安慶師範學院葉當前教授《論王運熙的"龍學"研究》一文,通過對王先生《文心雕龍探索》三個版本與《中國文學批評史》三個版本對《文心雕龍》的論述,指出王運熙先生的"龍學"研究不但注重字詞的訓詁箋釋,還注重在《文心雕龍》篇章、全書、所處社會歷史語境中深度考察,有着自覺的闡釋循環意識,具有全局性、創新性、前沿性的特色。莒縣劉勰《文心雕龍》研究所朱文民研究員《龍學家牟世金與王更生先生比較研究》一文,從人生際遇及其成才路徑、整體學術成果、單項"龍學"成果、政治態度及其信仰等五個方面,對牟世金先生和王更生先生進行了細緻的比較分析,不僅讓我們對兩位先生的生平和"龍學"成就有了更清楚的認識,而且使我們看到了海峽兩岸兩位最有代表性的"龍學"家的人生襟懷。

此次會議收到數篇研究評述論文,讓與會代表對"龍學"近三十年的研究成果有了更全面的認識。首都師範大學陶禮天教授與博士生范英梅合作的《21世紀〈文心雕龍〉研究史略(2000—2012)(中國大陸部分)》爲張少康等先生所著《文心雕龍研究史》修訂本的增補內容,在時間上緊承上書所論述的1999年《文心雕龍》研究史(實際介紹到2000年3月前),總結評述了2000—2012這一紀十二年的時間裏中國大陸部分《文心雕龍》研究的概況。唐萌博士的《百年龍學國際學術研討會暨中國〈文心雕龍〉學會第十一次年會會議論文綜述》,則對學者專家們在2011年武漢大學舉行的年會上提交的論文進行了綜述,並選取較有代表性的論文進行了品評。廣東外語外貿大學研究生馮斯我的《21世紀初日本〈文心雕龍〉研究綜述》立足新時期,從日本"龍學"發展史的角度,對21世紀初日本的"龍學",特別是對其新興的比較文學、跨學科角度等進行了分析研究,有助於研究者認識日本"龍學"的新發展。內蒙古師範大學萬奇教授《內蒙古〈文心雕龍〉研究述略》一文,考察了內蒙古自二十世紀七十年代末八十年代初至今《文心雕龍》的研究情況,並對重要著作進行了評述。湖北黃岡師範學院陳志平

教授《三十年〈劉子〉研究綜述》一文,介紹了改革開放以來大陸的
《劉子》研究(偶爾兼涉臺灣)。可以看出經過三十年的研究,《劉
子》研究在作者問題、文本校注和思想研究上都取得了不少成績。
文章認爲,《劉子》的作者指向日益明晰,而文本校注也有了最新
的成果;唯在思想研究方面,尚待進一步的開掘。山東大學徐傳武
教授的《文化視角"龍學"研究的重要成果》一文,評説了戚良德教
授多年前出版的一部"龍學"著作:《文論巨典——〈文心雕龍〉與
中國文化》,以此提出建設中國自己的文論話語體系的問題。

　　百年"龍學"取得了巨大成就,但也走了不少彎路。反思"龍
學"研究方法和理論思維上的不足顯得刻不容緩,這方面的專門論
文雖然不多,但在不少學者的文章中,都對這一問題進行了嚴肅的
思考。

　　首都師範大學左東嶺教授《文體意識、創作經驗與〈文心雕
龍〉研究》一文,以《神思》篇"拙辭或孕於巧義,庸事或萌於新意"
一語的各家解讀爲例,指出創作經驗與文體意識在《文心雕龍》研
究中的重要性。文章提出:"弄清每一時代與作家的創作情況,取
得豐富的寫作經驗,然後再辨析針對這些經驗所提出的文學問題
與理論範疇,將會幫助我們更準確的詮釋那些文學理論的經典。"
山東大學戚良德教授《文章千古事——儒學視野中的〈文心雕
龍〉》一文指出,在近百年的"龍學"歷程中,《文心雕龍》主要停留
在文藝學的視野中,雖然取得了豐碩的成果,但在很多問題的認識
上,我們離劉勰及其《文心雕龍》的實際越來越遠了。該文認爲
《文心雕龍》着眼於一個人的文字、文化能力和修養,進而着眼於
一個人的人文素養和基本能力,從而關乎一個人的人生境遇和全
部事業。無論在古代還是現代,《文心雕龍》都應該是我們的一部
文化修養和文章寫作的教科書。湖北第二師範學院董玲教授
《〈文心雕龍〉現代研究之反思》從"龍學"發展角度着眼,認爲正是
外在的思想學術的變遷與《文心雕龍》自身特質的契合,最終成就

了《文心雕龍》的現代研究及其尊崇的學術地位。應運而生的《文心雕龍》現代研究在成全《文心雕龍》的同時，也在很大程度上淹沒了古代文論中其他衆多的文論文本。這種地位的凸顯固然有助於對《文心雕龍》的深入而全面的研究，但是却也可能因局限於西方視野之中而使我們並不能真正理解把握這部經典。與此同時，以西學爲主導的評判標準也爲《文心雕龍》日後的研究埋下了隱患，造成《文心雕龍》現代研究中的種種問題。面對這種狀況，今天學者對《文心雕龍》的研究不僅在於揭示其"爲文之用心"、作文之道，甚至思想文化意味，更在於以此爲文化轉型的榜樣，從中得到深刻的啓示和影響，爲《文心雕龍》的現代研究尋找新的路徑。

（二）儒學視野中的《文心雕龍》研究及其當代意義

本次會議的這一議題引起不少與會學者的共鳴，收到相關論文數十篇。

武漢大學李建中教授《經學視域下中國文論關鍵詞之詞根性考察——以〈文心雕龍〉爲中心》一文，擇取"文"、"道"、"體"三個關鍵詞，演繹了經學視域下中國文論關鍵詞之詞根性考察的三大步驟。全文理論思辨性强，具有重要的學術價值和啓迪意義。遼寧大學涂光社教授《劉勰文學思想再議——"文之樞紐"論中對儒學的超越》一文，提出劉勰的文學思想並不僅限於其所明言崇尚的範圍。通過對《原道》《徵聖》《宗經》《正緯》《辨騷》五篇的深入分析，篩檢出了其中不屬於儒家的思想材料，具有啓發性。中國人民大學袁濟喜教授延續了對《文心雕龍》人文精神的一貫重視，其《〈文心雕龍〉與孟子學説論析》一文提出，孟子的思想學説，特別是他的文論思想，對於《文心雕龍》的浸潤與影響是巨大而深刻的。孟子的憂患精神、批評精神，以及知言養氣、以意逆志、知人論世的思想學説，深入到《文心雕龍》的文學批評語境中，融入劉勰的文學批評體系之中，成爲劉勰從事文學批評的内在精神動力與思維方式。泰山學院劉凌教授《"宗經"矯訛的〈文心雕龍〉——兼議"托古改制"思維模式》一文,分析了劉勰深惡訛濫文風的主客觀原因,並由此及彼,分析我國托古改制盛行的原因和教訓,發人深省。復旦大學羊列榮教授的《〈文心雕龍〉與五經》一文指出,《文心》大量徵引五經,主要有三種方式:一是引用經典語詞,有助於形成典雅風格;二是以經爲史料,來證明觀點;三是從中汲取思想資源,用以建構儒家文論。《文心雕龍》各篇對五經的徵引是有所側重的。就總體上看,劉勰所徵引的五經主要是古文學的,其經學傾向以古文學爲主,但也兼采今文學,而且不拘滯於經學。這既與經學本身的發展趨勢有關,也反映出作爲文論家的劉勰對於經學所持的較爲通脱的態度。

臺灣彰化師範大學游志誠教授《政事乎? 文學乎? ——〈文心雕龍·議對篇〉細讀》指出,《文心雕龍》是一本"論爲文之用心"的著述,然而須知這個"文"意指"聖賢書辭,總稱文章"之文。在這篇論文中,游教授從文獻學角度考查子集分合,辨析"雜家"新舊内涵,細讀《議對篇》用政事之文對抗"舞筆弄文"之意義,重新解釋了《文心雕龍》一書的著述性質。澳門大學鄧國光教授《孔穎達〈毛詩正義〉徵述劉勰〈文心雕龍〉初探》一文,觀察孔穎達主編的《毛詩正義》在論説過程中運用劉勰《文心雕龍》的情況,透過文本的詳細對勘,並通過語境解讀,説明《文心雕龍》經世的寫作意圖,成功地體現在隋、唐儒者群體的官方經注義疏之中,而得到更廣泛和深刻的影響力,由此可見劉勰文理的核心意識具有普遍意義而展示思想的超越性。臺北大學兼任助理教授賴欣陽《劉勰〈文心雕龍〉的〈春秋〉論述》指出,儒家五經之中,《春秋》乃孔子對東周以來歷史之評論,而孔子爲劉勰在《文心雕龍》中最推崇的聖人。故《春秋》所載論者,一方面爲劉勰所取資,一方面爲劉勰所評述。它除了作爲《文心雕龍》理論建構依據的一部分,也是劉勰引證與用典的重要來源,更深刻影響劉勰對史傳、議論等文章的寫作觀念。南京大學孫蓉蓉教授《"講文虎觀"與"輝光相照"——〈文心雕龍·時序〉對東漢經學與文學的評述》指出,通過劉勰在《時序》篇中對東漢經學與文學的評述,可以反映出劉勰並不囿於今古文學派,而是融會貫通、兼收並蓄。中國海洋大學講師李婧《淺談劉勰的經學成就》指出,劉勰在《文心雕龍》中數次直接論及經學,展現了他對南朝經學的特點和宗尚有準確的把握,他本人也具有相當的經學功底;他的一些觀點被唐初由官方組織、孔穎達等人主持纂修的《毛詩正義》、《尚書正義》等吸收,在中國古代經學史上理應寫上劉勰一筆。贛南師範學院吳中勝教授《喪葬文化與〈文心雕龍〉〈誄碑篇〉、〈哀弔篇〉的解讀》一文,從喪葬文化角度來解讀《誄碑篇》、《哀弔篇》,指出這兩篇體現了劉勰對傳統中國喪葬文化基本精神的理解,以及對悼念類文章語言形式的基本要求。江蘇大學吳曉峰教授《從〈文心雕龍〉的創作看劉勰對儒家思想的接受——讀〈序志〉篇的幾點啓示》一文,細緻分析了《序志》篇,認爲從劉勰人生追求目標、論文立言途徑的選擇、論文依據等,都可以看出劉勰對儒家思想的接受。蘇州大學侯敏教授《論唐君毅對劉勰"文學之道"的闡釋》一文,介紹了著名"新儒學"大家唐君毅先生對劉勰"文學之道"的闡釋,並總結了其闡釋特色,對"龍學"研究頗具啓發意義。山西師範大學白建忠副教授《聖人與一般的作家——論〈文心雕龍〉雙重創作主體理論體系的構建》認爲,劉勰建立了嚴密的雙重創作主體理論體系。《文心雕龍》的出現,標誌着古代文論中雙重創作主體理論體系的正式形成。臺北商業技術學院蔡美慧助理教授《周鑒諸說,折衷五經——論文心雕龍之折衷文學觀》指出,"折衷"文學觀實爲聯絡《文心雕龍》全書的精神、思想,並從動機、重心、方法、作用與價值諸方面,深入分析了劉勰之"折衷"文學觀。

　　數位在讀研究生也就該議題提交了論文,顯示出"龍學"的新力量和新視野。中國人民大學博士生黎臻《從西晉文士的宗經趣

味探討劉勰的宗經思想》提出,劉勰《宗經》篇中的文學思想,不僅
受到傳統的經學思想的沾溉,同時也受到近世作家創作中宗經趣
味的感染與影響。澳門大學博士歐陽艷華《〈文心雕龍・徵聖〉中
"明理"觀念的儒學義源與義理初探》一文,考析《徵聖》篇中"明理
以立體"的義理來源,並在此基礎上,瞭解先聖立文的明理用心,結
合王弼釋聖人之情從於理的觀點,以見思想領域中所建構起的聖
人兼具人性與超越性的理論基礎。作者認為,劉勰於《徵聖》開篇
重視聖人之情,而特意於聖人文術中補充明理之術,便有此一時代
思想因由,其為緣情立文的時代文學共見提供了另一方向,是以聖
人為形範而開創的應然進路。臺灣師範大學博士候選人劉凱玲女
士《從〈程器篇〉看劉勰對士風正變的接受》一文,以接受理論之分
析方法,詮釋劉勰立足於批評者、作者、讀者三者之間,如何以士為
中介,逐步開展個人審美感受,對於作者修養作出客觀的批評。同
時經由劉勰《程器篇》對於作者修養的詮釋,來觀察劉勰對於士風
正變的接受,以及他省思前人的詮釋,所歸納出關於作者修養的期
望疆界。山東大學研究生王娉嫻《論〈文心雕龍〉公文論的價值》
一文,結合《文心雕龍》全書、劉勰的思想以及當時社會狀況,重新
審視劉勰的公文論,認為劉勰"以天下為己任"的儒家精神,讓他
不能不重視公文文體;南朝士人不嬰事務、以文紀實的現實,又讓
他不得不詳論公文正體。但劉勰的政治關懷有限,他更熱心的是
事功。從公文論中可以體會到劉勰為入仕所做的才能積累和精心
準備。

　　關於《文心雕龍》的當代意義,本次會議收到了幾篇特別的論
文。中國礦業大學講師鄧心強《論〈文心雕龍〉對中國當代學者學
術書寫的影響——以武漢大學李建中先生治學為例》一文,選取李
建中先生為個案,從治學方法、寫作實踐、話語習慣、思維方式乃至
語言運用等方面,剖析其潛心治學而深受劉勰的熏陶和浸染,以管
窺豹,審視《文心雕龍》對中國當代學者產生的廣泛而深遠之影

響。青島大學講師趙紅梅《寫作中的意會與言宣——〈文心雕龍〉創作論之教學啓示》一文,針對教學實踐的具體實施,認爲在寫作教學過程中,應注意吸收《文心雕龍》給我們的重要啓示:高度重視意會之初的感發階段,言宣須兼顧文之整體把握與具體修辭,並踐行言意並舉的寫作一體觀。山東傳媒職業學院講師張然《結合實例分析〈文心雕龍〉對高校寫作課的指導意義》認爲,《文心雕龍》的結構體系對於今天高校寫作學教材的編寫及課程的設計具有指導意義,同時其對寫作主體的闡述則爲寫作教學指明了教學方向,並結合實例進行了分析。山東莒縣第一中學兩位高級講師侯月映、楊志剛提交的《〈文心雕龍〉進入中學課堂的實驗與研究》一文,論述了《文心雕龍》進入中學課堂的實驗依據、探索實施過程、實施兩年後學生對《文心雕龍》進課堂的基本評價以及《文心雕龍》進課堂的啓示等内容。這樣一份詳實的報告,對推廣《文心雕龍》進入中學課堂具有重要的指導借鑒意義,令人耳目一新。天津師範大學李逸津教授《試論劉勰的“自然美”理想與當代“美麗中國”建設》一文,結合社會現實,認爲劉勰的“自然美”主張,是他對中華民族審美趣味的集中概括,是對中華傳統美學審美理想的精闢總結,對於我們今天實現“建設美麗中國”的目標,也具有極爲深刻的啓發意義。

(三)《文心雕龍》考釋及其理論研究

對《文心雕龍》的校釋和劉勰生平的考證一直是“龍學”研究的重要領域,此次會議共收到十餘篇相關論文,其中不乏新解。懷化學院周紹恒教授《〈文心雕龍〉“豈取騶奭”句的校釋問題》認爲,學術界對《文心雕龍·序志》篇“豈取騶奭”句的解讀分歧很大,其問題主要出在通行本對“豈取騶奭”之“取”字的誤校上,一旦將該“取”字依元至正本《文心雕龍》“豈效鄒奭”之“效”字予以校正,就可以弄清劉勰所言“豈效騶奭”句的本意當是:“自古以來的文

章,都是以修飾豐富的文采而構成的,難道是效仿驪爽被衆人稱爲
'雕龍'纔以'雕龍'作書名嗎?"這樣有關該"豈"字的爭論問題也
就迎刃而解了。復旦大學周興陸教授《〈文心雕龍〉析疑三例》一
文,就"思表纖旨,文外曲致"指什麽、"逐物實難,憑性良易"之所
本、"循環相因"不是正確的"通變"三點進行了分析,頗有創見。
華東師範大學陸曉光教授《〈文心雕龍〉心物關係二題》認爲,"逐
物實難,憑性良易"中的"物"字不僅特指世俗的追求利禄榮達的
價值觀,而且蘊含了某種不以爲然的價值評斷。"鬻聲釣世,爲文
而造情"句中"鬻聲"是鬻文的另一種表述,"鬻聲釣世"謂出賣詩
文以謀求財物利禄。昆明學院孔德明副教授《〈文心雕龍·體性
篇〉中"公幹氣褊"考釋》一文,通過文字學的解釋及歷史的考察,
認爲"公幹氣褊"理解爲個性出類,跨俗不馴,較接近本意。湘潭
大學劉業超教授《從宏觀思辨和微觀實證的結合中走近博大和深
刻(之一)——關於〈文心雕龍〉書名含義的一點體悟》一文,以語
法與語境爲據,對《文心雕龍》書名含義進行了辨析,認爲唯有"狀
謂"式的解讀,纔是合乎語法的解讀,並認爲這一解讀下的書名含
義當是"憑藉爲文用心,進行美的製作"。廣州大學曾大興教授
《氣候(物候)與文學創作的觸發機制——〈文心雕龍〉"應物斯
感"新解》一文,在氣候學和物候學的啓發下,把劉勰《文心雕龍·
物色》和鍾嶸《詩品序》所講的"氣"解釋爲氣候,把他們所講的
"物"和"物色"解釋爲物候,進而揭示"應物斯感"中的"物"有時
是指物候,而當這個"物"指物候時,其所"感"之内容,則爲文學家
的生命意識。雲南大學張國慶教授《〈文心雕龍·隱秀〉篇補文真
僞問題考論》一文,彙聚古今學者關於明萬曆年間所補《文心雕
龍·隱秀》篇約四百字的重要觀點並詳加評説申論,其結論是:此
頁補文應屬僞撰。《隱秀》篇末段又有兩處明代補文,其一爲後來
的學者們一致認爲當補,其二則肯定與否定者皆有。張國慶教授
認爲,兩者皆不當補。他還據考定的《隱秀》殘文,推測出其全篇

原貌。雲南大學講師楊園《〈文心雕龍〉"神思"説考原》一文,考證《文心雕龍·神思》"形在江海之上,心存魏闕之下"的原意是取《呂氏春秋》、《淮南子》高誘、許慎注之別説,並論證《神思》篇所謂虚静,其思想依據也是出自漢代以來盛行的養生學説。莒縣公安局李明高先生《敦煌本〈文心雕龍〉抄寫時間考論》一文,從唐代避諱的歷史沿革入手,以寫卷、石刻、律令等實物爲對象,重點對"旦"字避諱出現的歷史時期進行深入考察,在綜合分析敦煌本《文心雕龍》之書體、筆法、紙張、裝幀等多項元素的基礎上,提出了該本抄於中唐的觀點。

臨沂大學賈錦福教授《漫議李延壽删節〈梁書·劉勰傳〉三題》認爲,《南史·劉勰傳》有三個問題:一是宜保存的遭節删,《序志》篇被删去大半;二是完整的家族史被去頭掐尾;三是劉勰晚年北歸問題的癥結在於"未期而卒"這句話,此句還存在另一種解釋,如果"期"讀 qī,這四個字的意思就不一樣了,"未期"就是不知何日、不知何時的意思,就是不知道什麼時候死的。山東莒縣博物館研究員蘇兆慶和朱曉偉先生《從家譜學説劉勰世家》認爲,劉勰的青少年時期和晚期出家之後都是在自己的家鄉山東莒縣度過的,而中年則是在江南大展宏圖。鎮江市圖書館殷愛玲女士《推原文心,放飛雕龍——〈文心雕龍〉作者劉勰》一文,介紹了劉勰家世、生平經歷以及對他的影響。

對《文心雕龍》全書的理論觀點、思想體系和理論來源等進行研究,仍然是"龍學"的中心問題,本次會議也收到了數十篇相關文章。湖南師範大學張長青教授《關於〈文心雕龍〉的研究方法》指出,從劉勰"天人合一"的宇宙觀和方法論來説,我們可以把劉勰《文心雕龍》的研究方法,歸併於中國傳統哲學中的辯證思維。具體來説,可以從"天人合一"、"知行合一"、"情景合一"三個層次,以及共時性和歷時性兩個方面來解讀《文心雕龍》的文藝美學體系。廣西師範大學張利群教授《論劉勰〈文心雕龍〉"體制"論構成系統》認爲,劉勰在《文心雕龍·附會》中提出"體制"這一概念,並以此作爲理論構成要件滲入文體論、創作論、鑒賞論、方法論理論體系之中,建立起體制論思想系統,爲其文論批評創造了堅實基礎。江蘇師範大學吳建民教授《"命題"與〈文心雕龍〉之理論建構》一文,研究"命題"對於該書理論建構的作用及書中所提理論命題的價值意義,提供了研究《文心雕龍》理論體系的新視角。河北大學胡海教授《〈文心雕龍〉與文學本體論》認爲,從本體論角度説,劉勰不僅借助了道本論,也借助了氣本論。劉勰"本乎道"和"原道"乃是借助道本論來肯定"道之文"的價值,並確立宗經和通變的原則,所本之道並不是哪一家思想。北京第二外國語學院李瑞卿教授《心體的時位關係——〈文心雕龍〉的"文"生成論》認爲,劉勰借助《周易》太極模式,引入時位觀念,闡釋了心體在文學創作中的自律與自由。湘潭大學劉業超教授《從宏觀思辨與微觀實證的結合中走近博大和深刻(之二)——關於儒道釋在龍著外系統聯繫中的邏輯關係的一點體悟》認爲,儒釋道三個認識論根源,是《文心雕龍》觀照客觀事物的最基本的指導思想。在這一多維統一的認識論結構中,道學是其體,儒學是其用,佛學是其法,三者以儒學爲主導共相爲濟,相得益彰。

　　浙江大學李吟詠教授《情感本體與劉勰關於文學價值的普遍設定》一文,從劉勰的情感本體論出發,聯繫當代文學本體論的研究成果,深入探索劉勰情感本體論的合理思想内核。他指出,劉勰的"情感本體論"規定了文學的審美特質,彰顯了文學創作的動力,確證了文學的思想方式,包容了文學的多元本體意藴。上海政法學院祁志祥教授《劉勰的"賦比興"論及其承前啓後意義》指出,劉勰在繼承前人闡釋"賦比興"成果的基礎上,辨彰然否,將"賦"解釋爲直接的"體物寫志"之法,將"比"解釋爲"比喻",將"興"解釋爲"起情"之法,並對"比"的本體與喻體的類别及"比興"的異同作出了深入分析。劉勰此論奠定了後世"賦比興"含義的基本走向,具有承前啓後的重要意義。浙江大學孫敏强教授《劉勰藝術想像論三題——兼談莊子對敘事想像理論的貢獻》指出,劉勰論想像偏於抒情性想像和意象式思維,較輕忽詩史之外的敘事藝術和莊子等闡釋與運用的寓言式思維與敘事性想像,使其藝術想像論不無偏缺。而莊子寓言之成功的敘事實踐與有意味的理論理念,也遲至明清時代纔得到深刻回應。中共福建省委黨校林怡教授《文學與社會:從劉勰和錢鍾書的不同思考論及卡爾·波普爾的文藝觀》一文,從文學和社會關係角度,闡述了劉勰、錢鍾書和波普爾對相關問題的思考,有助於對《文心雕龍》做出融通的理解。貴州師範大學郝永副教授《〈文心雕龍〉創作動機外部機緣淺論》一文,從現代文藝學視角出發,認爲《文心雕龍》關於文學創作動機的外部機緣包括了文學創作者主體以外的客觀自然景物和社會生活。在這個問題上,劉勰不但繼承了前代學人司馬遷、陸機等的觀點並使之完整、系統,而且也給後世理論家如鍾嶸等人以較大的影響。臺灣師範大學吳福相教授《劉勰"虛静"説析探》一文,以康德《判斷力批判》之審美思想及其所提出之審美四契機,來分析貫通劉勰"虛静"説,使東西二哲相互顯發。吳教授認爲劉勰之虛静,如以康德審美思想論述其旨,蓋指審美虛静者也。劉勰之説特色在於虛静儒家思想,淵源道家思想,移用玄學思想,内蘊佛家思想。瀋陽師範大學王焕然副教授《劉勰的才學觀》一文,對劉勰的才學觀進行了全面論述,指出劉勰的才學觀在後世得到了很多人的回應。東南大學博士後陳士部《論劉勰的"讀者意識"》指出,劉勰順應時代的文化發展,表現出獨特的讀者觀念。劉勰的"讀者意識"可以同西方的接受美學、解釋學文論展開有限度的對話,它對於當前的文藝批評建設仍具有重大的啓示意義。山東大學博士生傅煒莉《〈文心雕龍〉"興"的認知隱喻解讀》一文,運用認知語言學中認知隱喻的相關理論,以劉勰《文心雕龍》"興"義爲核心,對傳統"興"義作出梳理和深入分析。

　　山東大學祁海文教授《〈文心雕龍〉的"文道自然"論釋義》認
爲，"自然之道"具體化爲"志足而言文，情信而辭巧"這一"含章之
玉牒，秉文之金科"，又落實並典範地體現於儒家經典之中。通過
《宗經》與《正緯》、《辨騷》的關係，"自然之道"發展爲"既取鎔經
旨，亦自鑄偉辭"這一既"宗經"又"隨時"、"適會"而"變"的文學
發展之"道"。山西大學高宏洲教授《"文"之合法性的雙向論
證——〈文心雕龍·原道〉的言説旨趣》認爲，《文心雕龍·原道》
的主旨是從文與道兩個方面爲"文"的存在尋求合法性根據。從
文的方面來説，它强調"文"的重要性，因爲"文"是傳達聖人對道
的認識的載體，無"文"難以明道；從"道"的方面來説，"文"雖然重
要，但是它不能離開"道"而任意馳騁。浙江大學孫福軒教授《〈文
心雕龍〉"道"爲"自然"解》認爲，此"道"應釋爲"自然"之義，這是
由中國古代"天人合一"的哲學主題所規定了的；在"道爲自然"的
觀念下，劉勰從儒、道、玄等不同側面對"道"的功能所作出的衍化
成義，即從文章功用、藝術美的追求、自然之趣藝術觀的生成等方
面作了全新的解釋，對後世追求自然的文藝理論建構產生了重大
的影響。寧夏大學梁祖萍教授《〈文心雕龍〉"宗經"的修辭學思
想》一文，主要探討了劉勰"徵聖""宗經"的修辭學思想，對這一傳
統問題進行了新的思考。山東大學講師李飛《從南北風氣異同論
劉勰"正緯"説》指出，劉勰對緯書的根本看法是"事以瑞聖，義非
配經"。"事以瑞聖"之聖主要不是指孔子，辨明了緯書"事以瑞
聖"，也就間接地證明了其"義非配經"，後者纔是劉勰用心所在，
也是《正緯》篇得以列入"文之樞紐"的主要原因。通過思想和文
學的雙重否定，劉勰將緯書剥離於經學，從而保證了"文之樞紐"
前三篇所建立起來的以"宗經"爲中心的文學秩序的純潔性，這是
《正緯》篇的樞紐意義。遼寧大學李貴銀副教授《劉勰的楚辭觀》
一文，綜觀《文心雕龍》全書，從楚辭在文體發展史上的地位、楚辭
在文辭上的新變之功、楚辭對後世作家的影響以及對楚辭文學成

就的成因分析等幾個方面,全面分析了劉勰的楚辭觀。閩江學院李鐵榮副教授《劉勰〈文心雕龍·辨騷〉篇新探》一文,從《辨騷》篇的歸屬問題出發,試圖辨明《辨騷》篇的主旨所在,以及劉勰寫作此篇的深層意圖。文章指出“騷”是一種處於“詩”“賦”之間的詩體。以“經”爲準,“經”、“緯”與“騷”三者之間互動着“正—僞—奇”辯證思維的内在態勢。“騷”體的變易適度性和辯證的思維方法,對建設具有民族特色的當代中國文論話語系統具有重要的啓示意義。臺灣德霖技術學院陳秀美副教授《從文體“正變”論劉勰“文之樞紐”的典範性意義》一文,就“文原論”的前三篇,探討其三位一體的典範性意義與價值所在,並提出劉勰在“常體典範”上所要建構的文原依據。她認爲,“文之樞紐”中的《正緯》與《辨騷》具有文體的“變體典範”意義,因而形成“經”與“緯”、“騷”的正變關係。日本福岡大學甲斐勝二教授《關於〈文心雕龍〉文體論的問題——〈文心雕龍〉的基本特徵餘論》提出,劉勰可能認爲人情,即“寫作原因、寫作目的”,與文體之間有不可分的對應關係。山東大學李劍鋒教授《關於劉勰〈文心雕龍〉不提陶淵明的再思考》一文,以劉勰不提陶淵明爲契機,從劉勰《文心雕龍》的局限去思考和探索它没有來得及思考或者思考有待深入的問題,從多個方面論述了陶淵明的文學觀和《文心雕龍》的異同。河北大學楊青芝副教授《劉勰評論三曹的美學標準》一文,從《文心雕龍》中全面搜檢劉勰評價三曹的材料,由此討論劉勰詩文評論的美學標準。中國人民大學博士生高丹《從嵇康到劉勰的知音情結》認爲,劉勰“知音”說的提出與嵇康的人生理想及其心靈境界與精神境界有異曲同工之妙。更爲重要的是,劉勰對嵇康作品的評價,乃是其《知音》篇所談問題的典型的文學理論批評實踐,“見異唯知音”,能夠發現作品異彩之所在,從這個意義上,他們二人也可說是曠世的知音了。

　　另有兩位學者對《文心雕龍》的語言進行了分析。廣東外語外貿大學王毓紅教授《設情有宅,置言有位:〈文心雕龍〉語句間主要關係及其結構方式》一文,結合劉勰章句理論,通過描述和分析《文心雕龍》篇章中各個語句之間的主要關係及其結構方式,動態考察了劉勰的表義方式,並在此基礎上分析闡釋了《文心雕龍》語句之間結構的特點,文章角度新穎。武漢大學羅積勇教授《〈文心雕龍〉對偶的常與變》一文,從特殊形式的對偶、對偶與其他修辭手法的配合以及聯“偶”成篇的方式等方面,對《文心雕龍》進行了分析,並發現《文心雕龍》爲了平衡文字駢儷與辭意準確這對矛盾,在對偶的營構上,循其常,達其變,取得了很大成績。據此,作者認爲劉勰應該是最早改造駢文作法的人之一。

(四)《文心雕龍》與中國文論研究

首都師範大學陶禮天教授《劉勰“江山之助”論與文學地理研究——〈楚辭〉的景觀美學》一文,沒有致力於劉勰“江山之助”論內涵的全面詮釋,而是由此理論命題發端,探討文學與地理關係諸論題之一種——即通過對《楚辭》獨特的景觀描寫的分析,從審美主體與作品境界的構成層面,來討論文學與地理的關係。與此相關的論文是復旦大學蔣凡教授的《〈文心雕龍〉及古代有關地域文化(文學)的理論思考》一文,蔣教授認爲,《文心雕龍》對地域文化(文學)的理論思考,能從哲學層面作深入思考,又能根據特定的地域,論述所賦予文學家的血氣心知之性之異,虛實辯證,自成系統,深化了傳統地域文化的理論,具有開拓之功。北師大姚愛斌副教授《六朝文體內涵重釋與劉勰、鍾嶸論“奇”關係再辨——兼評中日學者關於〈文心雕龍〉與〈詩品〉文學觀的論爭》認爲,從核心觀念看,《文心》與《詩品》都是以六朝文體觀爲理論平臺,屬於六朝文體批評的不同維度:《文心》之“奇”與一般規範文體或典範文體之“正”相對,指的是異於規範文體並能夠破壞文體內在完整統一的新奇、浮詭、險仄的因素和特徵;《詩品》之“奇”與常見作者文體的"平""庸"相對,指的是在一般文體規範的基礎上能充分體現文體的"自然"品質與作者"才氣"的獨創性和生命力的優秀文體品質。兩書之"奇"評價的是不同維度的文體關係,因此二者之間是差異互補,而非相互對立。日本廣島大學陳翀副教授《再論五言詩興於周秦著於兩漢——〈文心雕龍·明詩篇〉"莫見五言"句疏證》一文,從《文心雕龍》、《詩品》等原始文獻的疏證出發,從史料來源及闡釋上對文人五言詩的產生時期予以澄清,驗證了東漢末年説極有可能衹是一個建立在近代文人對古典文獻誤讀之基礎上的偽命題,並提出在絕大部分古人眼中,五言詩興於周秦著於兩漢,這纔是一個真正符合中國古典詩歌發展史實際情況的不刊之論。

暨南大學閆月珍教授《器物之喻與中國文學批評——以〈文心雕龍〉爲中心》一文,以《文心雕龍》爲入口,探討中國文學批評中的器物之喻,發現中國文學批評與器物及其製作經驗的直接關聯,有利於爲中國文學批評方式的形成找到更爲深層的原因。武漢大學高文強教授《"批評意象"芻議》認爲,"批評意象"是指存在於文學批評活動中,用於傳達某種文學理念或批評觀點的意象。它與傳統意義上以塑造審美藝術形象爲主要目的的"文學意象"在"立意"方向與"立象"方式上存在一定差異。它是"意象批評"法的主要表現工具。對"批評意象"的深入研究,對中國文學批評史研究的拓展與創新都有一定意義。淮北師範大學陳聰發副教授《〈文心雕龍〉的"約"範疇考論——兼談"約"範疇從先秦到魏晉南北朝的歷史發展》一文,在爬梳《文心雕龍》全書有關"約"的資料的基礎上對之作了比較全面深入的考察,釐定了該範疇的美學內涵及其理論價值,力圖將《文心雕龍》的範疇以及古代文論範疇的研究推向深入。雲南民族大學副教授張坤《視覺:〈文心雕龍〉中珠玉與文章的審美連接點》一文,從視覺審美的維度細讀《文心雕龍》,着眼於珠玉用語與文藝美學形態建構之間的關係,試圖爲劉勰的美學思想提供新的闡釋，從而突顯劉勰文藝美學思想的中國特色和民族原味。浙江大學鄒廣勝教授《文如其人——從〈文心雕龍·程器篇〉看文品與人品之爭》一文，對人品、文品之爭這一歷久彌新的話題進行了重新思考，認爲作家所創造的藝術世界畢竟和作家所處的現實世界存在着本質的差別。但有時候文中所表達的作者與真實的作者不同，並不僅僅是作者欲掩蓋真實的自己，而是要表達自己的願望，甚至是夢想成爲的樣子。無論怎樣，作品總是能從不同的角度給讀者提供作者真實而豐富的人生及個性，這種性格及人格的複雜性直接來自生活與現實的複雜性。中央民族大學陳允峰教授《〈文心雕龍〉與漢譯〈詩鏡〉之相通性初探》一文，將劉勰《文心雕龍》與古印度檀丁《詩鏡》進行了比較，認爲二者寫作年代上雖前後相距約兩個世紀，但就文壇背景及理論宗旨而論，兩者之間頗有相通處。《詩鏡》在中國藏族地區的流播情況信實有徵，影響至爲深遠。《文心》與《詩鏡》之比較，亦有助於探討漢、藏民族文學思想之異同。日本九州大學靜永健教授《近世日本〈杜甫詩集〉閱讀史考》一文，對自公元九世紀杜詩傳入日本以來的日本杜甫受容及閱讀史做了概括與回顧，並介紹了明治維新(1868)以後日本近代知識分子對杜詩受容的情況。

　　六朝重要子書《劉子》與劉勰的關係，成爲近年來與"龍學"相關的重要論題，本次會議亦收到相關的重要論文數篇。上海社會科學院林其錟教授《〈劉子〉作者誰屬爭鳴與劉勰思想及〈文心雕龍〉研究》的長文，是作者數十年研究的總結之作。該文指出"《劉子》劉勰著"，南宋以前直接可見的公私著録均無疑義；分歧始自南宋出現的《劉子》袁孝政注本及劉克莊引文。考證表明：袁孝政注本乃宋人僞託，劉克莊引文亦無的據；無論外證還是内證，都充分證明《劉子》著作權當屬劉勰。辨別《劉子》作者歸屬，深入研究《劉子》，對全面認識劉勰、深入研究《文心雕龍》，乃至建構中華文化新體系，都有重要學術價值和實際意義。美國北加州華人作家協會林中明先生《緯軍國,任棟樑——劉勰之夢,〈劉子〉其書》一文,對劉勰與《劉子》進行了別開生面的比較研究,林先生的大作既有委曲婉轉的細緻思辨,又有高屋建瓴的宏觀概括,體現出行雲流水的才華橫溢,令人賞心悦目。華南師範大學韓湖初教授的《劉勰與劉晝,誰更具備〈劉子〉作者之條件——論〈劉子〉乃劉勰撰》一文,提供了關於《劉子》劉勰撰的新思考。涂光社教授《〈劉子〉的説"武"論"兵"——傳統軍事思想戰争理念一次意義非凡的總結》一文,則在認定《劉子》乃劉勰之作的基礎上,全面探討劉勰的軍事思想,這對"龍學"無疑是一個新啓迪。臺灣政治大學中文所博士生黃承達《再論〈文心雕龍〉的類感論如何通神與起情兼與〈劉子〉一書比較》一文,發現《劉子》的感知模式,對於漢代象數易學的繼承和開創,與《文心雕龍》幾可吻合。不論是類感方式,對於"神"的認知及重視,還有天人感應説下性善情惡的思考見地,皆和當代"爲文任情"的説法大有殊異,這也可説是《文心雕龍》、《劉子》創見,而創見又源自"認知模式"——(類感説),而"認知模式"——(類感説)又和象數易有高度的關聯。這麽一來,《劉子》的著作權,也許又更能從劉晝手上還給劉勰,進而使"龍學"研究的材料更爲豐贍了。

此外,明清以至近代對《文心雕龍》的研究亦引起一些學者的再次關注,並有所發現。山東大學戚良德教授《一部塵封百年的"龍學"開山之作——評近代國學大師劉咸炘的〈文心雕龍闡説〉》一文,對塵封近百年的劉咸炘《文心雕龍闡説》一書進行了介紹,指出《文心雕龍闡説》一書,對《文心雕龍》五十篇逐一進行理論闡釋,這在《文心雕龍》問世以來尚屬首次,因此,該書不僅是近現代"龍學"的開山之作,而且也是整個《文心雕龍》研究史上第一部全面闡釋《文心雕龍》的理論著作。《文心雕龍闡説》一書的意義堪與黃侃《文心雕龍札記》比肩,理應在龍學史上佔有一席之地。内蒙古財經大學孔祥麗副教授和内蒙古師範大學學術期刊社副編審李金秋《明清兩代〈文心雕龍〉評點綜述》一文,彙集明清評點《文心雕龍》十餘家,從文學理論及寫作理論的角度,初步展示了明清兩代評點《文心雕龍》的整體狀貌;並圍繞"文道、文人、文術、風骨、通變"五個方面,對各家之論加以梳理,力求展示那一時代人們共同關注的"文理"。山東大學威海校區洪樹華副教授《〈文心雕龍〉在明清詩話中的題稱及接受》一文,對《文心雕龍》在明、清詩話中的題稱作了詳細考察,同時審視明、清詩論家對《文心雕龍》的接受,發現在明清詩話中《文心雕龍》的題稱祇有三種,分別是全稱《文心雕龍》以及簡稱《文心》、《雕龍》。歸納起來,明、清詩論家對《文心雕龍》的接受情形大致有以下幾種:一是對《文心雕龍》或《序志》篇的總體評說;二是適當的引用或摘錄;三是未作任何評說的大段摘錄、甚至幾乎全文摘抄。全面整理明、清詩話對《文心雕龍》的引文及評說,對於進一步認識和研究明、清詩論家接受《文心雕龍》的情況,具有不可忽視的價值和意義。

二、《中國文論》(叢刊)編後記

(一) 第一輯《編後記》

在 2013 年 9 月份舉辦的紀念中國《文心雕龍》學會成立三十周年國際學術研討會上,創辦《中國文論》叢刊的動議得到了與會專家學者的高度讚揚和支持,與會的會長、副會長、秘書長以及老一輩著名"龍學"家悉數成爲叢刊編委,同時未能與會的一些國內外著名中國文論專家也大都愉快地接受了擔任編委的邀請。本刊第一輯的大部分論文即是從提交會議的 109 篇論文中選出的,雖然多數涉及《文心雕龍》研究,但視野均較爲宏闊,質量均爲上乘,且有不少極富創見性的佳作。

　　本刊既致力於中國文論話語的回歸和還原,故欄目的設置亦嘗試體現中國文論的特點,特別是《文心雕龍》建構的中國文論話語體系。是否可行還有待各位讀者專家的鑒定和檢驗。

　　在"文心雕龍"的欄目下,我們刊登了四篇各有特點的文章。首先特別需要提出的是第一篇論文《意境論研究的中外融通之路》,該文乃"龍學"前輩張長青先生的新作,並非本次"龍學"會議的提交論文,却也與這次會議相關。望八之年的張先生不辭辛勞,從兩千里之外的湘水之濱趕赴泉城濟南參加這次"龍學"盛會,甫一落座,未及歇息片刻,便向筆者抱出一大摞厚厚的手寫文稿,這是電子時代的人們已然極少見到的三百字方格稿紙,由於年代久遠,稿紙泛黃,既薄且脆,拿在手裏不免小心翼翼,但上面遒勁的字體顯然是新寫的,讓人一下子體會到什麼是力透紙背。厚厚一摞文稿用白綫裝訂,封面頁工工整整寫着題目:《意境論的現代文化闡釋》。我下意識地看了一下最後的頁碼: 323,顯然約有十萬字的篇幅。張先生告訴我,這部文稿的寫作緣於《文史哲》的一篇文章,張先生隨後把複印的那篇文章也交給了我,這篇發表於《文史哲》2012 年第 1 期的文章的題目是《學説的神話——評"中國古代意境説"》,作者是清華大學中文系教授羅鋼先生。令筆者感到慚愧的是,筆者雖就在《文史哲》的身邊,却没有拜讀過這篇大作。張先生簡單介紹説,這篇文章基本上否定了中國古代的意境説,因而他是不同意的。但意境論的研究確實存在很大問題,需要從文化思想根源入手,特別是中國古代的"天人合一"思想,乃是意境論之思想根本。張先生把這部文稿交給我,是希望我能沿着這個思路前進,把這個課題做下去。但我深知自己的理論功底有限,未必能完成先生的宏願。當我讀完這部書稿的"導論"之時,我覺得,其實張先生已經有清晰的思路和論述,我祇需要做一些資料的注釋和技術性的加工就可以了。於是,我讓我的研究生幫忙把張先生的稿件打印出來,進行了簡單的加工和整理,這就是這篇"導論"的由來。

陳允鋒教授的《〈文心雕龍〉與漢譯〈詩鏡〉之相通性初探》一文,第一次將古印度的《詩鏡》與《文心雕龍》進行專門比較研究,給我們提出了許多值得深思的問題,如謂:"雖然檀丁《詩鏡》較《文心雕龍》晚出,但其思想淵源有自,且在思想方法上與佛教典籍一樣,長於分析,體現了'着重分析和計數以及類推比喻作説理的證明'這一古代印度的傳統習慣,由此返觀《文心雕龍》,則有助於更深入探討劉勰論文方法與佛教思維方式之關係。"又説:"魏晉南朝時期,雖然注重藻飾蔚然成風,但專力總結修辭方法與理論者,唯長期受佛門薰染之劉勰一人而已,因而,《文心雕龍》又被視爲一部修辭學著作,這與《詩鏡》中所反映出來的古印度以修辭學爲專門學問之傳統,是否存在一定的關聯性?"這確乎是值得我們思考的問題。

姚愛斌教授的《六朝文體内涵重釋與劉勰、鍾嶸論"奇"關係再辨》的長文不僅對六朝文論的重要概念"文體"進行了新的詮釋,而且對劉勰與鍾嶸文學觀的比較提出了新的思路。姚先生認爲:"中國古代文論中的'文體'概念的基本内涵是指具有内在完整構成與豐富特徵的文章整體存在,而且這一基本内涵無關乎人們對'文體'的分類。"他説:"觀六朝論文篇章著作可知,'文體'概念應該是六朝文論中除'文章'(或'文')概念外的一個最基本、最關鍵的文論概念。如果説六朝文論的研究對象是'文章',那麼就可以説'文體'是六朝文論研究文章的'平臺',尤其是理解文章自身關係的平臺。"在此認識的基礎上,姚先生指出:"如果説《文心》建構的是一個以'逐奇而失正'所導致的文體解散的歷時衰變之維與以'執正以馭奇'所致力恢復的文體完整統一的共時結構之維構成的二維批評體系,那麼《詩品》是在其基礎之上又增加了一個度量和標示作者文體優劣高下的第三維度。也就是説,《文心》與《詩品》文體批評維度呈現的是一種互補關係,這種互補關係綜合反映了六朝文論家對文體認識的廣度(各類型文體的歷史)、深度(文體的内在規定)和精度(作者文體的品鑒)。"因此,他提醒"我們不能僅根據兩書中'奇'概念所表現的價值傾向,判斷二者的文學觀是對立還是相同。合理的比較思路不應該是先抽出兩個概念比較然後推及整體,而應該先把握比較雙方的基本理論内涵和概念關係,再據此辨析某兩個具體概念之間的關係。尤其是涉及像'奇'這樣一個主要由具體語境和概念關係規定其内涵和價值的概念,更需整體把握,耐心梳理,細心分辨。"

閆月珍教授的《器物之喻與中國文學批評》一文,可以説抓住了研究者極少關注的中國文論的一個重要特色,論述精到細緻而別開生面,讓人頗有耳目一新之感。如謂:"器物製作與文章寫作一樣,是材料形式化的過程,它們都是通向'道'的途徑。因此,《文心雕龍》的器物之喻不僅具有製作層面的意義,更具有觀念層面的意義。以器物之喻論文章寫作,正源於兩者在人文層面的共同性。"又説:"劉勰以器物製作喻文章寫作,其實質在於'禮'。……文章的原義是錯雜的色彩或花紋,又引申爲禮樂制度……樂包括器物和制度兩個系統的規則和等級。以器物及其製作經驗喻文,正源於文學和器物都歸屬於作爲人文的禮樂。它們的完形都是人爲的結果,它們在製作方面,都要實現材質與形構的統一,形構和規則的協調。由此,《文心雕龍》中滲透着關於文學的禮樂觀念。"閆教授指出:"由器物及其製作經驗引申出自然與人工兩端,主人工而追求入於自然,主自然而又落實於人工,執兩端而不偏,把寫作最終置於有跡可循的軌道。而在藝術創作中,對法度的遵循與對法度的超越融爲一體,工匠和藝術家、技術與藝術的界限被超越,日常生活與精神生活的界限被消解,這即所謂化境。"因此,"器物及其製作經驗揭示了中國文學批評一系列命題和範疇的秘密,規定了中國美學形態的分別。以器物爲入口,從發生學的角度檢討中國文學批評,我們會發現,它是超越文學領域的。"從而,"以器物之喻考察中國文學思想的言説方式,爲我們解開中國文學批評方式之秘密提供了視角,也爲我們解讀西方詩學之邏輯提供了綫索,更爲我們分析當前文學藝術的態勢提供了借鑒。器物之喻是一種穿透力極强的言説方式,因而成爲了一種普遍的文學經驗"。

在"文之樞紐"的欄目下,我們刊登了三篇大作。首先是陶禮天教授的《劉勰"江山之助"論與文學地理學》,該文不僅資料極爲豐富和詳贍,而且其對《楚辭》景觀美學的研究,值得我們注意和重視。胡海教授的文章則從文學本體論的角度對《文心雕龍》進行了深入思考,指出:"《文心雕龍》是内部研究和外部研究結合的,就其'文'的概念相當於一切文化載體來説,可以説有着文化研究的視野。"林怡教授的文章融古今中外於一爐,從劉勰和錢鍾書的不同思考論及卡爾·波普爾的文藝觀,指出:"作爲一部'體大思精'的文藝理論專著,《文心雕龍》已經同時關注到了'文學的外部'和'文學的内部',這是劉勰思辨的過人之處。他對詩賦頌讚等各種文體的辨別,對'熔裁'、'聲律'、'章句'、'麗詞'、'比興'、'夸飾'、'事類'、'練字'、'隱秀'等的闡述,都是試圖揭示文學自身的'客觀規則'。因此,今人對《文心雕龍》的研究,應該更加關注其對文學自身進行研究的部分。"

"論文敘筆"欄目下的三篇文章,首先是林中明先生對劉勰與"劉子"的比較研究,林先生的大作既有委曲婉轉的細緻思辨,又有高屋建瓴的宏觀概括,體現出行雲流水的才華橫溢,令人賞心悦目。其次是游志誠教授對《文心雕龍·議對篇》的細讀,游先生不僅學問淹博,而且文風曠達瀟灑,令人嚮往。其論曰:"一言以蔽之,《文心雕龍》是一部子書,而劉勰根本就是一位徹頭徹尾皆未變本質的'子學家'身份,文心所以曾經一度而降爲'論文'之專書,弊端全出在後人之不詳查,尤不能詳讀文心文本早已内涵子學之故也。因此,文心學界若要認真反省當前研究新一步進展,首先要辨明文心此書的子學内涵,重探劉勰一生學術思想的真實'本色'。"再次是呂玉華教授對中國古代多種小説概念的辨析,也是一篇資料翔實而辨析細緻之作。

　　"剖情析采"欄目下的三篇文章,主要着眼《文心雕龍》的論文特色,皆各有專精而新人耳目。首先是王毓紅教授對《文心雕龍》語句間主要關係及其結構方式的研究,可以説也是對《文心雕龍》文本的一種細讀,同時又注意研究和概括其言語特點和話語方式,爲我們深入劉勰及其《文心雕龍》的言語世界提供了一把鑰匙。其次是羅積勇等先生對《文心雕龍》之對偶的研究,可以説與王教授的研究有異曲同工之妙。再次是張坤教授對珠玉與文章審美關係的探索,他指出:"劉勰所處的六朝正是玉的雕琢工藝相當發達的時期,相比於清代'精刻',此時的特徵是'巧',這正和六朝時期形式追求愈演愈烈的風尚息息相關,劉大同'工藝之關乎文化,豈曰小補而已哉'正説出了時代風尚對珠玉雕刻技藝的深遠影響,玉雕工藝又進而影響劉勰的美學思想。如此便可想像:修飾文章時達到的精美巧妙的境界,一如美玉經雕琢而達到的美好狀態,玉的雕刻美是視覺觀感層面的,在劉勰眼裏它可以跟創作文章達致的審美效果相互融通:'雕畫'即'修飾','雕蔚'、'雕采'即艷麗的文采。"

　　"知音君子"欄目下的三篇文章,首先是高文強教授《"批評意象"芻議》一文,高先生指出:"長期以來,古代文論研究從整體上看較偏重思想、觀念、範疇等内容層面的研究,而較忽略批評文體、批評風格、批評語言等形式層面的研究,或許這也正是'批評意象'研究被長期忽視的一個重要原因。因此,對'批評意象'的深入研究,也可補古代文論形式研究之不足。"其次是鄒廣勝教授從《文心雕龍·程器篇》解讀文品與人品之爭,鄒先生以開闊的思路,對中國文論中"文如其人"的傳統命題進行了新的思考。再次是陳士部教授《論劉勰的"讀者意識"》一文,文章指出:"必須强調,在西方闡釋學、接受美學的視域中,讀者及其閱讀活動已參與了文學意義的建構,讀者的地位與作者齊等甚或超過了後者。從'六觀'、'博觀'與'識見'等處看,劉勰的'知音'是在對作者原意的追隨、解讀中得以確認的,'知音'雅號的獲取仍要參照作家作品本身來定奪。這是中西方有關讀者接受觀念的重要的區別。"陳先生説:"從理論的源出語境上説,劉勰的'讀者意識'衍生於中國傳統文化中的古典素樸的主體意識,它在物我交融、身心一體的詩性邏輯中生發開去,而接受美學、解釋學則是在西方傳統主客體二元對立的思維模式走入困境而有意識謀求理論突破的產物,它們仍然留有理性主義的思想傾向。但同時不能漠視的是,在謀求超越主客二元對立思維模式的審美現代性進程中,注重物我冥合、身心交融的中國古典美學日益引起國內外學者的普遍重視,審美主體間性帶來了中西文藝美學比較的新契機。在這種學術理論的背景下,有待於進一步研討劉勰的'讀者意識'及其當代啓示意義。"

除了按照《文心雕龍》的文論體系設置的上述欄目,我們還設置了"學科縱橫"和"文場筆苑"兩個欄目。"學科縱橫"欄目下,首先是日本學者靜永健教授的《近世日本〈杜甫詩集〉閲讀史考》,該文資料翔實而要言不煩,對我們瞭解日本的杜詩接受史頗有助益。其次是尚在攻讀研究生的馮斯我同學的《日本〈文心雕龍〉研究的新趨勢》,對日本"龍學"在二十一世紀的研究情況進行了不少頗有價值的介紹。再次是陳志平先生的《〈劉子〉研究三十年》,較爲詳細地梳理了近三十年來《劉子》一書的研究概況。"文場筆苑"欄目下,我們特別刊登了林其錟教授和韓湖初教授的幾首詩詞作品,内容論及"劉子"與"龍學",頗有中國古代論詩詩的風範。此外,還刊登了兩篇文筆較爲輕鬆的讀書隨筆。

最後,筆者要特別感謝著名語言文字學家和書法家、山東大學書法研究中心主任徐超教授爲本刊題寫了刊名。

（二）第二輯《編後記》

讀者諸君可能很難想到,創辦《中國文論》(叢刊)的動議以及《中國文論》的刊名均出自山東大學儒學高等研究院常務副院長、《文史哲》主編王學典先生。作爲研究院的領導,想創辦一份刊物是可以理解的,但作爲一位著名的歷史學家和史學理論家,作爲一個海內外著名期刊的掌門人,却要創辦一份研究古代文論的刊物,就有點匪夷所思了。也正是爲了這份帶有堂吉訶德精神的匪夷所思,筆者愉快而勉爲其難地接受了編務工作。所以愉快者,蓋此刊此名皆正中下懷,求之不得也;勉爲其難者,蓋以此時此事可能有點費力不討好也。試想,在當今講究刊物級別的時代,在一個不管文章本身質量如何、祗看其發表在什麽刊物上的時代,這份以書代刊的《中國文論》靠什麽生存,又能够存活多久呢?

值得慶幸的是,《中國文論》第二輯將要出版了,而且本輯稿件的質量仍屬上乘,甚至一些文章在筆者看來堪稱佳作,即總體上較之第一輯亦可謂更上層樓。本輯仍然按照《文心雕龍》的理論框架設置七個欄目,共收録 17 篇文章;每一篇文章均經過筆者精心編輯,既是爲了各位作者的信任,也是爲了遵循劉勰所謂爲文"用心"的囑託。

在"文心雕龍"的欄目下,我們首先刊登了劉文忠先生《"溫柔敦厚"與中國詩學》一文,這是劉先生兩年前完成的專著《溫柔敦厚與中國詩學》一書的《前言》。在中國詩學史和文論史上,"溫柔敦厚"的詩教很有名,但却一直没有得到很好的研究。一是對其評價不高,甚至經常受到批判;二是研究專著付之闕如,與其重大影響相比很不相稱。劉先生指出:"從'溫柔敦厚'美學內涵看,它所代表的是和諧文化,由於詩教在吟詠情性方面要'發乎情,止乎禮義',要'以禮節情',中國是禮儀之邦,以禮節情是文明古國的表現,所以詩教也是東方文明的象徵。"因而,對"溫柔敦厚"的詩教進行徹底清理,並在充分掌握資料的基礎上,對其進行深度理論研究,可以說正當其時。這一歷史重任就落在了劉文忠先生的肩上,正如劉先生所說:"《溫柔敦厚與中國詩學》是我積多年之功,閱讀了數以千萬字的文論資料,歷時多年而完成的一部學術研究專著。"該書"通過對詩教察其源流、明其演變的論述,勾勒出詩教在歷代的發展與演變的軌跡,使讀者能夠清楚地看到詩教的盛衰與時代、政治的關係,與詩歌理論發展的關係,與各種思潮的關係。同時初步總結出若干規律。"作爲該書的《前言》,劉先生不僅在其中概述了"溫柔敦厚"這一重要的中國詩學範疇的發展歷程,而且闡述了自己這部專著的用心之處、得意之點。劉先生說:"本書最突出的創新之處就是不把'溫柔敦厚'視爲詩教的全部,而是把詩教視爲一個系列工程,我把這個系列工程比作'多媒體',着眼於詩教與《詩大序》的融合。"爲什麼要着眼"詩教與《詩大序》的融合"呢? 劉先生指出:"'溫柔敦厚'的詩教與《詩大序》的融合過程,正是詩教的發展、演變的過程,這個過程不是一次性完成的,而是逐漸完成的。歷代的詩論家可以說爲詩教不斷地注入了新的血液,我把這種注入物比作'添加劑',這樣做就可以清楚地看到每個詩論家在詩教論上爲詩教添加了什麼,通過共時性與歷時性的對比,比較準確地對每家的詩教論做出客觀的評價。"正如劉先生所說,這樣做的結果就是"大大地豐富了詩教的内涵,從而建構了自己的體系"。因而《溫柔敦厚與中國詩學》確是我國第一部系統而全面、有開拓與創新的研究詩教的專著。令人倍感欣慰的是,劉先生的這部專著幾經輾轉,終於列入"山東大學文史哲研究專刊"而即將出版了。

其次是王毓紅教授《劉勰與歌德互文性思想與實踐的跨文化考察》一文,這也是筆者所謂"堪稱佳作"的一篇文章。王教授指出:"互文性理論及實踐實際上是一個增强我們辨識力的參照系:它使我們在避免損害二者的前提下,把劉勰和歌德放在一個對話平臺上討論,考察中西文化圈内具有代表性的作家、文學理論家或批評家之間的共同點和差異性,反思文學的本質。"所謂"互文性",按照王教授的解釋,"總括起來無非狹義的文本内互文性和廣義的文本外互文性兩種。前者指文本言語結構内部,由引用、抄襲等導致的兩篇或兩篇以上文本共存現象;後者指文本言語結構之外,其他人、文本、文化等因素對其作者的影響。劉勰和歌德對兩者均有大量的論述。他們關鍵性分歧在於:劉勰對文本内互文性問題論述得更全面、深入,歌德則更多、更深入地探討了文本外互文性問題。"而所謂"文本内互文性問題就是中國傳統文學、文論裏所説的'事類'",《文心雕龍》"正是遵循一系列原則、運用多種手法,或原封不動引用,或提煉整合,或改動表述等,劉勰將自己文章之外衆多形形色色的其他文本巧妙地納入自己文本中,使多種文本、多種話語,諸如政治、社會、歷史和文學的,以及經書、史書和神話傳説中的等共存於《文心雕龍》文本中。"因此,正如王教授所説:"當我們穿越時空隧道,跨越文化界域,把劉勰與歌德文本放在一起觀看時,我們的驚訝不是來自陌生而是相似:這些文本都是作者'用各種不同性質的表述,猶如他人的表述來創造的。甚至連作者的直接引語,也充滿爲人意識到的他人話語'。"同時,王教授又指出:"與此同時,我們也清醒地認識到:劉勰和歌德遠非'根'或'源'。誠如歌德所説:'凡是值得思考的事情,没有不是被人思考過的;我們必須做的祇是試圖重新加以思考而已。'"應該説,當我看到王教授的這些論述時,頗有豁然開朗之感,也真的感受到中外文論話語比較的可能性和必要性。

　　第三是吴建民教授《"命題"與〈文心雕龍〉之理論建構》一文。什麼是"命題"呢? 吴教授説:"古代文論中那些體現着文學的某方面規律、具有應用價值的判斷性、陳述性句子、短語,即爲古代文論之'命題'。按照古代文論命題的這種特點,《文心雕龍》一書提出的命題多達二百餘個,這些命題是《文心雕龍》理論建構的最重要因素,也凝聚着全書的思想精華。"據吳教授統計,"《文心雕龍》提出命題的篇目約有四十五篇,占全書的百分之九十。書中凡具有重要理論價值的篇目,一般也都提出了數量較多、質量較高、影響較大的命題。"如此而言,從"命題"的角度研究《文心雕龍》,確是一個值得注意的方向。因而,吳教授認爲:"轉變《文心雕龍》研究的傳統思路,對書中命題給予更多的關注,並展開切實的研究和探索,從而開闢新的研究路徑,開拓新的研究局面,實爲當下'龍學'研究的當務之急。"

在"文之樞紐"的欄目下,我們也刊出了三篇文章。首先是祁志祥教授《葉燮的文藝美學觀:"物我相合而爲詩"》。葉燮是中國文論史和美學史上的大家,祁志祥教授則是中國文論史和美學史研究的大家,大家寫大家,自然會産生心有靈犀的交流,從而得出令人心悦誠服的結論。如謂:"物之美雖然是客觀的、自然而生的,但對物之美的認識却因主體不同而並不一致,這就叫'境一而觸境之人之心不一'"。又説:"審美認識是客觀的'美'與主體的'人'和'心'相互結合的産物。審美認識緣生於客觀之美與主體心靈的作用與結合,作爲審美認識物化形態的'文章'亦源於物我相合。"從而,"由'物'之'理'、'事'、'情'與'我'之'識'、'膽'、'才'、'力'合而爲'不可名言之理,不可施見之事,不可徑達之情'的'理至'、'事至'、'情至'之語",這便是詩歌的美學原理。應該説,這種對葉燮文藝美學觀的概括是明確而恰當的。同時,祁教授指出:"葉燮的詩論立足於對審美發生的主客體二元性的基本認識,分析了'在物之三'與'在我之四'的特徵及其相互關係以及'物我相合'之後化生的詩學新質,以此作爲評價歷代詩歌演變的標準和'不主一格'風格論的内在依據,層次豐富,思理綿密,獨具個性,是清代乃至中國詩學中的寶貴建樹。然而我們必須指出的是,儘管他力圖建立豐富嚴密的詩學體系,但邏輯的嚴密性還是不够的。"這一論斷也是中肯而令人信服的。

　　其次是張利群教授《劉勰"論文徵於聖"説理論内涵及方法論意義》一文。張教授認爲:"劉勰的'徵聖'説的特點在於:一是着重從文章寫作、文學創作角度來討論尊聖,其目的是爲了强調'徵聖',即提供文章文學可徵之聖文,提供文章、文學發展的傳統及其師法的偶像,以使文章文學發展有切實可行的保障和規範。二是劉勰討論'徵聖'的原因及其提供可徵性的内容具體詳盡,儘管有些可徵性内容是些創作寫作的原則,但劉勰在論證這些原則時提供了不少經典理論論據和事實論據,從而使其論點更爲彰顯和明確。三是劉勰的'徵聖'與其'原道'、'宗經'統一爲整體,是爲了更好闡明劉勰的文藝觀與創作觀的,也是爲了確立劉勰的文藝理論體系的基礎和指導思想的,因而劉勰的觀點和理論學説需要從聖人那兒尋找到依據,從而也就説明聖人對於劉勰本人而言也具有明顯的可徵性。也就是説,劉勰的觀點和理論學説是符合聖人和儒家經書思想精神的。"因而張教授指出:"劉勰'徵聖'的意義就大大超越了時空限制,不僅對後世文學、文論批評産生了重大影響,而且對於中國現代文學、文論批評發展也不失借鑒意義,論文必須'徵聖',論文必須確立所'徵'對象的可徵性,這也是今天的文學、文論批評所需要認真回答的問題,從而爲確立文藝發展的正確方向和途徑尋找可靠依據。"應該説,這是對劉勰"論文徵於聖"説的新的認識和評價。

　　第三是鄒瑶和劉玉彬的《劉勰構築"道—聖—文"統一體的方法論》一文。文章提出:《文心雕龍》爲什麽能够建立一個體系嚴整、完美瑰麗的文學殿堂呢? 究其根本是由於劉勰採用了以佛道儒玄綜合意識爲基礎的思想方法,此方法的核心成果就是"道—聖—文"統一體。作者認爲:"劉勰在《文心雕龍》中開篇論述道、聖、經(聖人之文),建立了'道—聖—文'統一體,成爲全書的理論基礎。作爲《文心雕龍》全書的總綱,'道—聖—文'統一體集中體現了劉勰的思想方法,既保證了文學的獨立地位,又注重文學的社

會作用,文學多方面的關係得到較合理的統一。"文章特別指出:
"儒家思想的首要功能是維護封建社會秩序穩定,要求文學爲封建
統治服務,以張揚封建倫理道德爲己任。文學的創造是情的表現,
並且最終要以表現個體情感形式出現,以自由創作的形式出現,這
是文學的基本特點之一。儒家思想的首要功能與文學創作基本特
點之間存有難以調和的矛盾。個體情感自由無羈,表情當淋漓盡
致任情感四溢。儒家思想却要求文學創作'發乎情,止乎禮義',
以封建倫理道德爲限,不能越雷池一步。個體情感的噴發又是强
烈的,沒有激烈的感情就沒有驚天地、泣鬼神的壯麗詩篇,儒家思
想則要求情感表現應遵循'温柔敦厚'的準則。"因此,"若把儒家
思想教條照搬過來,顯然難以和這樣的文學觀相統一,所以,他在
以儒家思想爲指導思想的同時,又靈活運用儒家思想,從建立文學
理論的需要着眼,對儒家思想做出新的解釋。"總之,文章認爲,
"這是一個富於思辨的體系,又是一個有深刻内在矛盾的體系。儒
家思想與文學藝術之間的矛盾顯而易見,二者的統一在很多情況
下要文學自身規律向儒家思想規範妥協。由於儒家思想對於文學
的消極作用,使劉勰的文學思想受到很大局限從而帶有保守性"。

　　在"論文敘筆"的欄目下,亦有三篇頗富特點的文章。首先是
林其錟先生《劉勰子學思想與雜家精神》一文。該文立足《文心雕
龍》和《劉子》二書,對劉勰的子學思想作了深入剖析,認爲兩書所
體現的爲適應社會由分裂到統一而產生的學術思潮由"析同爲
異"到"合異爲同"的雜家精神,對今日重構現代中華文化新體系,
具有重要的借鑒價值和實際意義。林先生對當下文化思潮的關注
和思考給人留下深刻印象。他説:"這一次異質文化的接觸、碰撞、
交流、融合的規模是空前的,因此對中華文化的衝擊、更新、提升也
是前所未有的。經過百多年的醖釀,中華文化汲取西學特別是科
學技術,實現傳統的現代轉軌取得了巨大進步,但也出現賓主易位
過度依傍西方文化體系,因而逐漸失去了民族文化的話語權。隨

着國家的獨立、經濟的發展、社會的進步,又到了中國要崛起、中華民族要復興的關頭了。"當此之際,"子學是中華文化理性積澱的載體,面對經濟全球化、政治多極化、文化多元化,中外文化空前規模的大交流、大碰撞、大融合的時代,如何立足中華優秀傳統文化,通過研究、弄清淵源,理清發展脈絡、基本走向、繼承精華,實現創造性轉化、創新發展,重構中華文化新體系,也需要雜家精神,即取鎔諸家之長、捨棄諸家之短(這裏的諸家自然也包括外來文化在內),這纔能擔當和完成新的歷史使命,而劉勰的《文心雕龍》和《劉子》蘊藏的豐富的思想資源,正可供借鑒。"

其次是吳中勝教授《喪葬文化與〈文心雕龍〉之〈誄碑〉、〈哀弔〉的解讀》一文。文章指出:"中國儒家文化對生養死葬的重視,生要有禮儀,死也要有尊嚴。在喪葬文化一系列繁縟禮儀制度背後,滲透着中國人打通生死兩界、勾通人神的詩性觀念,彰顯出中國文化注重人文關懷和人倫溫情的文化品格,同時也體現出中國人生榮死貴、生卑死賤的倫常等級觀念。劉勰志在秉承儒家文化,自然認同儒家生養死葬的文化傳統,《文心雕龍》通過對歷代喪葬文章的評述,就體現出劉勰對喪葬禮儀制度及人文精神內涵的理解。"應該説,這樣的理解和認識跳出了對《誄碑》、《哀弔》等篇的"文體"論解讀模式,代表着從文化的角度詮釋《文心雕龍》的一個重要方向,這是格外值得我們注意的。不同的角度就會有不同的認識和全新的理解,這是人文研究的生命力之所在。如《文心雕龍·誄碑》有"論其人也,曖乎若可覿"[1]以及"觀風似面,聽辭如泣"[2]之論,這是對誄文和碑文的寫作要求。爲什麼會有這樣的要求呢?中勝先生指出:"中國人不忍心認定去世的親人毫無知覺。在生者看來,逝者音容笑貌仍在,正如《禮記·祭義》:'入室,僾然

---

① 戚良德輯校:《文心雕龍》,第 75 頁。
② 同上,第 76 頁。

必有見乎其位;周還出戶,肅然必有聞乎其容聲;出戶而聽,愾然必有聞乎其歎息之聲。是故先王之孝也,色不忘乎目,聲不絕乎耳,心志嗜欲不忘乎心。'寫成文字也應把這種情形表現出來……"顯然這種解讀既是令人耳目一新的,又是合理合情的。

第三是王慧娟《詩教與娛情的"諧隱"——〈文心雕龍‧諧隱〉篇辨析》一文。該文指出,劉勰縱觀時世文壇、士風與民間傳統風俗,從社會背景、文體淵源、文體功能與發展路徑等方面對諧隱文體進行了深刻批評。作者認爲從《文心雕龍‧諧隱》篇"可見魏晉時期'文學回歸本體'之'娛樂'風尚的發展變遷、對文學文體的影響,以及'諧隱'文體的詩教立場與娛情功能",並説"真正能够全面深刻展示彼時文學娛情特色的還屬'盛相驅扇'的諧隱文學。或者是文人士子自我解頤的文字遊戲、謎語寓言,或者是具有諷諫勸導等社會功用的其他諧隱文學形式,都是文學娛情化的體現"。應該説,這一對諧隱文體的認識是頗有新意的。

在"剖情析采"的欄目下,首先值得提出的當然是張長青先生的長文《意境論的現代文化闡釋》。該文的"導論"部分已在本刊第一輯發表,本期將正文部分一次推出,以饗讀者。全文分爲上、中、下三篇,分別探討了"意境的起源和建構"、"意境的審美特徵"和"意境論的文化淵源"。張先生認爲:"'天人合一'之説,是中國文化、哲學、美學本體論的核心觀念……更是意境研究的觀念和方法論。"進而他指出:"中國的'天人合一'的氣化宇宙觀和生命精神,是把宇宙萬物看成氣化育而成,宇宙是一個大生命,人和萬物看成小生命,故而審美的超越同時便是復歸,復歸於'天人合一'的生命本真狀態。這是詩歌意境創造的真諦所在,也是意境作爲一個生命論詩學範疇,在中國文化幾千年長期積澱的結果和原因。"正是在此基礎上,張先生對中國傳統的意境論作了這樣的概括:"'意境'作爲意中之境,實在是詩性生命的體驗,經過自我超越後,所達到的審美境界,它由'象內'(意象)和'象外'(意境)兩部份組成,呈現爲一種層深的建構,實質上是空靈而自由的人生、人格審美境界或藝術的形象體系。"並說:"生命詩學範疇——意境論,是中華文化幾千年長期積澱的結果。它起源於原始人建立在生殖崇拜基礎之上的'萬物有靈'觀念的生命意識,奠基於中華民族特有的'天人合一'的文化宇宙觀,形成於生命超越的長期過程,是一個具有豐富文化内涵、民族特色和生命力的中國美學和藝術的核心範疇。"張先生通過"縱"和"橫"、歷時性和共時性兩方面的探索,概括出了意境的美學特徵:"意境以它物我兩忘、情景交融的意象特徵,有虚有實、虚實相生的結構特徵,含蓄空靈、意蘊深邃的本質特徵,氣韻生動、韻味無窮的美感特徵,集中體現了中華民族的審美理想,成爲美學和文藝的最高境界,是中華民族美學和文藝最具民族特色和現代意義的核心範疇。"關於意境論的文化淵源,張先生認爲有三個方面:"'天人合一'是意境論的文化根源,儒、釋、道三結合是意境論的哲學基礎,人生、人格境界論是意境論的人學實質。"談及中西文化交融背景下的意境發展前景,張先生指出:"就中國意境的生命詩學範疇來說,由純任自然轉向自然生命與自覺生命相和諧,由偏向群體轉向群體生命與個體生命相和諧,由注重直觀轉向感性、悟性與理性生命活動形態相和諧,由原始的'天人合一'的真、善、美統一到高級'天人合一'的真、善、美的統一。這是傳統理論觀念的現代化改造,也是傳統的推陳出新,這是一個永無止境的文化創新過程。"

研究意境的論著不少,但張先生的長文頗有自己的特點:一是追本溯源,不僅全力尋找意境理論的源頭,而且仔細爬梳其千變萬化的支脈,從而讓人切實看到了意境這一中國詩學範疇的豐富多彩和來龍去脈,更讓人領略了其作爲中國傳統文化中"天人合一"思想在詩學、美學領域的精彩綻放。二是把儒釋道玄融會貫通,從而找出其深刻的民族思想文化根源。三是真正把中外熔於一爐,在中西比較和融會貫通中把握意境的民族特色。四是理論與實踐相結合,切實揭示意境的審美特徵。五是不尚空談,對意境的把握和論述精準到位,讓人真切可感,從而心悦誠服。在筆者看來,張先生此文最大的貢獻在於對意境起源的梳理和文化淵源的考察,在這種精細而切實的梳理和考察中,意境論的很多幽暗不明的問題得以彰顯,從而強有力地證明了意境的確是中國詩學和美學的一個核心範疇,這不啻是意境論研究的一大收穫。需要説明的是,張先生大作手稿多未加詳細注釋,基於當下學術規範的需要,我和我的學生趙亦雅、陳家婷爲之查對並添加了詳細注釋,同時筆者還對原文做了一些删改,其有未當,還請張先生及讀者見諒。

　　"剖情析采"欄目下的另一篇文章是陳聰發教授《〈文心雕龍〉"約"範疇考論——兼談"約"範疇從先秦到魏晉南北朝的歷史發展》一文。陳先生通過對《文心雕龍》中"約"這一重要範疇的仔細梳理,認爲"'約'作爲範疇,它有三重審美的意涵:簡省、精煉、明净","無論它是指涉體貌、辭句或風格,還是指涉事義或敘事,都表明古代文論中存在一種崇尚簡約的審美趣味,它與'簡'相勾連,與'精'相貫通,與明潔相一致,與'豐'相表裏,更與後來爲人們所喜愛的含蓄美聲息相通,它表徵了漢民族對於大道至簡的形而上追求以及對於簡約美的涵容乃至偏好。"陳先生進而指出:"就該範疇的理論價值而言,它不僅是古代文論範疇系列中一個不可輕忽的範疇,與'雅'、'壯'、'清'、'麗'等一起組成風格論範疇系列,而且'約'作爲一個審美批評的範疇具有描述、評價文學現象的實踐和理論價值,它意味着要堅決糾正那種以鋪陳繁辭爲能事的不良偏向,進而指明文學創作的正確方向,此外它還從理論上標舉了'文約爲美'的審美理想,超越了風格論意義上的簡約,將文與道緊密的綰合起來——在大道至簡的形而上層面(道)與'文約爲美'的形而下層面(器)實現和諧、完滿的統一。這正是中國古典美學精神的一個突出的表現。"筆者以爲,陳教授的研究扎實而富有成效,論述是切中肯綮的。

在"知音君子"的欄目下,首先值得一提的是李劍鋒教授《關於劉勰〈文心雕龍〉不提陶淵明的再思考》一文,這也是筆者所謂"堪稱佳作"的一篇文章。在筆者看來,"《文心雕龍》爲什麼沒有提及陶淵明",這近乎一個無解的問題。但李教授指出:"學術考察決不能滿足於從多角度來正面回答這個問題,而應以此爲契機從劉勰《文心雕龍》的局限、從它思考停止的地方起步,不畏艱難,去思考和探索劉勰《文心雕龍》沒有來得及思考或者思考有待深入的問題。"筆者覺得這個思路是獨闢蹊徑的,因而是值得期待的。事實上,我們仍然不能説劍鋒先生最終找到了劉勰不提陶淵明的原因,但他從自己獨特的思路出發所進行的分析,却有着極大的收穫。比如劉勰説"情往似贈,興來如答",劍鋒指出:"這已經不是從單方面論析物我關係,而是'隨物以宛轉'、'與心而徘徊',從雙方面感悟了物我融合的和諧交流狀態,很類似於陶淵明'采菊東籬下,悠然見南山'時的物我交融了,至於交融之後所達到的忘物忘我的玄遠境界則未予關注,劉勰物色理論止步的地方恰恰是陶詩前進的起點,也就是説,劉勰在'忘我忘物'上、在超越物我的玄遠境界上與陶淵明還差一步之遥。這與劉勰忽視陶淵明創作實際,看不到玄言詩超脱物我、追求玄遠的合理内核存在着深刻的關聯。"正是通過這種堪稱精細的分析,劍鋒先生敏鋭地指出:"陶淵明深切感受到的一些語言特殊現象,劉勰真的忽視了。"比如,"陶淵明還經常感受到言意之間的錯位和矛盾現象,深切感受到語言的局限性,此可謂言不盡意的一種特殊表現。……但是詩歌正是借助言意關係的錯位與矛盾表達其背後難以言説的意趣和深味,從這個意義上來説,這些特殊的言意關係所表現的又不是表面上的言不盡意,而仍然是得意忘言。對此,劉勰關注較少……"從而,劍鋒先生得出這樣的結論:"劉勰能深得鍛煉之文的奥秘,於陶淵明從胸中流出的質樸自然之文則相對缺少體悟。"應該説,這是筆者所看到的對陶淵明和劉勰進行比較的最爲周到而貼心的論述。

"知音君子"欄目下的另一篇文章是洪樹華先生《明清詩話中的杜甫稱謂述論》一文。這是一篇饒有趣味的文章,但作者寫出此文,却一定並不輕鬆,一定是下了極大氣力的。如洪先生説:"在明、清詩話中,唐代詩人杜甫的稱呼是最多的,多達 34 個。"没有翻江倒海的爬梳之功,這簡單的一個結論是出不來的。這樣的爬梳有什麽意義呢? 洪先生指出:"這些稱呼隱含了中國的傳統文化信息。其中尤爲人們注意的是杜工部、老杜、杜老、杜公、杜子、杜聖等稱呼。這些稱呼是後人(學者)對杜甫有禮貌地使用尊稱,反映了後人對憂國憂民的杜甫的敬仰與尊重。"

在"學科縱横"的欄目下,我們也刊登了兩篇文章。一篇是韓湖初教授《〈劉子〉應爲劉勰撰——〈劉子〉作者争論評述》一文,就學術界對《劉子》一書作者的研究和争論進行了評述,而評述的同時,作者不僅有研究,而且有着鮮明的觀點,那就是堅決支持《劉子》劉勰撰一説,而極力反對其他各種説法。另一篇是鄧心強先生《反思與展望: 龍學研究的"當代視角"綜論》一文。該文也不僅僅是綜述《文心雕龍》的研究概況,而是同樣體現作者自己的研究和問題導向,其中提出的"龍學"研究的一些問題,筆者認爲是頗有意義的。如作者指出:"就《文心雕龍》對大學師生與課堂的影響,少有研究。雖有李建中對二十世紀高校講壇上的龍學傳播階段及特點的揭示,有袁濟喜將龍學作爲人大國學院的重要課程,但當前並没有龍學在高校和科研機構的回饋報告,其在大學碩士和博士階段的接受效果和傳播情況,至今未有相關調研和分析問世。"又説:"《文心雕龍》在思維方式、語體風貌等方面對中國當代學者的影響(主要爲正面)目前尚未見有研究。有些龍學家畢生研究《文心雕龍》,長期浸泡和薰染,在思維方式、學術語言、治學志向等方面,不可能不受到其影響,而據筆者所見,目前這方面的研究尚未起步。"

　　最後的"文場筆苑"欄目下,我們刊登了兩篇書評類文章。一篇是徐傳武教授的《三十年磨一劍——葉桂桐〈唐前歌舞〉評介》,另一篇是筆者和趙亦雅合作的《詩情畫意的文化守望——讀張長青〈中國古典詩詞名篇文化鑒賞〉》。這兩篇書評的共同特點是,所評對象均有重要的學術和文化價值,值得我們認真研讀。

(三) 第三輯《編後記》

　　人們常説編輯工作是爲他人做嫁衣,此話固然不假,但真正能爲他人做好嫁衣,其實是一件非常愉悦的事情。安徽師大的李平教授曾爲自己的老師祖保泉先生編過很多書,他説:"我心裏總是希望老師的著作在經過學生的手之後,能够變得完美一點,哪怕是形式上的也好。"我覺得,這份真切的心願不僅是學生對老師的,可能也是所有編輯對自己工作的願望吧。試想,當你把新娘的衣服整理得十分熨帖,穿起來是那麼光鮮亮麗,看起來是那樣賞心悦目,你心中的那份踏實和成就感,可能是不亞於新娘本人的。更何況,當你所編輯的內容正是自己的專業之時,編輯的過程便成爲一次切實的學術活動,不啻是一個與眾多專家作最新的前沿對話的過程,這就更不能説是爲他人做嫁衣了。説實話,我堅持一個人編輯這份《中國文論》,正因有此私心。

　　按照《文心雕龍》的理論框架設置這本《中國文論》的欄目,我自認爲是一個小小的發明。《文心雕龍》向以"體大而慮周"著稱,它所論述的問題,可以説正是中國古代文論的主要問題,正如牟師世金先生曾指出,劉勰所論,一直都在中國文論的發展過程中起着重要作用,整個中國古代文論,其實"都是《文心雕龍》已安排的體系的延伸"(《雕龍集·前言》),事實也證明,我們可以毫不牽強地把我們對中國文論各種問題的探討納入劉勰所設置的體系和框架之中。

　　在"文心雕龍"的欄目下,我們首先刊登了涂光社先生《有關

〈文心雕龍〉“跨界”研究的思考》一文。“跨界”是當下的一個熱詞,涂先生不失時機地進行“龍學”跨界的有關思考,可謂捷足先登。他説:“古今文學觀念不盡一致,《文心雕龍》論及的文章也超越了今天文學作品的範圍。無論自覺與否,現代龍學多少都有些‘跨界’(即從當代多元的視角研討)的意味。”並認爲:“從龍學現狀和態勢看,愚以爲進一步強化‘跨界’思考和研究,對全面深入開掘這一珍貴理論遺産的價值是頗有幫助的。”那麼什麼是“跨界”研究呢？涂先生指出:“此所謂‘跨界’既指跨越古今某些思想觀念的界限,也包括跨越學科分類、思維模式……的界限。‘跨界’就能從多元視角審視、比對,將一些目前研討容易忽略,甚至有所缺失,而古人意識中業已存在、思考中已有所得,却從其他理論視角易於發現的精義疏理出來,整合於新的認識之中,以利更爲先進、合乎時代要求的理論建構。”正是通過這種“跨界”思考,涂先生發現,無論從古今文學觀念的細微差異上看,還是從一些論題的經典性論證,如創作思維、風格、繼承變革、鑒賞等理論看,劉勰見識之卓越在古今中外的對比中都更加凸顯,而“比興”、“物色”以及有關文學語言形式的論證,其民族特色尤爲鮮明,顯示出中國文化的獨到之境。進而,涂先生得出這樣的認識:“全書的結構統序、各專題的評述論證幾乎都表現出其他文論著作難以企及的先進性,明言‘剖情析采’、‘不屑古今,唯務折衷’,顯示出劉勰方法論上的自覺。《文心雕龍》無愧‘體大慮周’、‘體大思精’之評,是一部在文學觀念成熟、理論長足進步的時代由傑出思想理論家成就的經典。中國文學理論史上它是前無古人、後無來者的唯一,西學東漸以後仍獲得中外學者高度讚譽有充分理由。”

其次是唐萌博士的《論〈文心雕龍〉的經典化》,這是一個頗爲新穎的選題,文章指出:“《文心雕龍》的流傳過程中經歷了被建構爲經典的若干環節。同時,《文心雕龍》自身價值在其經典化進程中也發揮了作用。”顯然,這樣的過程考察是饒有趣味的。如謂:

"從劉勰的身份、《文心雕龍》的寫作風格及其對文學發展趨勢缺乏預測這三點來看,《文心雕龍》一書在齊梁之際的文壇很難得到廣泛流傳,更不可能作爲當時創作實踐的理論指導。但是,《文心雕龍》最初的不被接受並不意味着它沒有價值。……在《文心雕龍》經典化的進程中,這種沉寂的狀態是其經歷的非經典化階段,亦是經典形成的必經之路。"應該說,作者用嶄新的角度和眼光,解讀了一個老問題,結論也就具有了新的啓發意義。這正是一代有一代的學術。正是循着這種思路,作者說:"《文心雕龍》從齊梁初成時的冷遇,至清末民國成爲經典,大致經歷了一千五百年。在這一千五百年中,《文心雕龍》逐漸被認識、被接受、被傳播,最終其經典地位得以確認。其中,官修史志收錄、傳播方式增加、點校本的出現以及有意建構是《文心雕龍》經典化進程中的四個關鍵階段。"說實話,這裏談到的問題,我們都不覺得陌生,但作者的言說方式和視角,卻是令人耳目一新的。當然,這一選題的目的和意義還在於:"《文心雕龍》的後經典化時代,龍學研究該如何前行?"作者認爲:"《文心雕龍》作爲中國古代文學理論的經典之作,它承載了古代文章寫作的普世價值,是古代文人的思想精華。《文心雕龍》的重要價值不應因其成爲經典而漸弱,反而應該在研討經典的過程中得以強化。儘管《文心雕龍》已經成爲經典,研究《文心雕龍》的成果也逐漸成爲經典,但是《文心雕龍》中值得研究的問題,小到單字釋義,大到思想旨歸,我們並沒有完全地、很好地解決。……所以,《文心雕龍》經典形成以後的龍學研究,我們並非一無可爲。"我覺得,這是作爲新一代"龍學"研究者應有的氣魄和膽識。正因如此,筆者特別欣賞唐博士的下面一段話:"前人的研究已經定型,後人的研究尚有可塑,也衹有這樣前赴後繼,不斷突破,學術纔能發展。對於《文心雕龍》研究而言,同樣如此。後來研究者會面對越來越多的研究成果,在衆多成果中立異創新越來越難,但是可供借鑒、可供修正的結論也越來越多。所以,我們不能望而却步,而要在廣泛吸收前人研究成果精華的基礎上,敢於創新、敢於突破。這纔能够使學術研究得以發展,同時這也是對經典最好的繼承。"

　　第三篇文章是董韋彤的《盧文弨文學思想初探》,這是一個全新的題目。盧文弨是清代著名的校勘、考據學家,其文學思想尚未引人關注。作者指出,盧文弨雖不專事文學,但在其一生的治學過程中,逐漸形成了一些有自己特點的文學觀念和思想。如在詩歌創作緣起的問題上,盧文弨認爲應當先有事,觸事生情,再以詩歌表達情。在内容題材的擇取上,他主張以當下社會現實之事入詩,以詩記史,尤其提出"以詩爲邑之志"。對於表現不同題材的詩歌而言,他喜歡的詩風或清新淡雅,或雄渾厚重,又或是兩種相對風格兼而顧之的中道之風。再如盧文弨對文學形式的規範非常看重,認爲對"能詩者"而言根本不存在内容與形式的真正衝突。對於文學作品的功用,從小處着眼,它能怡個人之情;從大局考慮,文學具有不可替代的社會作用。在對文學作品進行賞鑒時,盧文弨提出了校勘考據的重要性,承認讀者理解與作品本意之間客觀差距的不可避免性,並表露了自己評判文學作品的原則標準。作者特別從一個文獻學家的角度,考察了盧文弨文學思想的特色,指出:"盧文弨一生所考據校勘過的書籍無數,在這個過程中,他的許多感受和認識是很多專事文學的文人一生都無法體會到的。前人的文學作品一代代流傳下來,在這過程中不可避免地會發生一些面貌上的改變,這一點盧氏是最有直觀感受的。因此,他比別人更能深刻地意識到這種歷史遺留下來的文本問題對文學作品的影響。在校勘考證過程中,盧文弨見慣了文本的脱漏、衍生和錯訛等問題對古書原貌的巨大破壞,所以他提出了校勘考據之學與文學作品的理解與賞鑒的重要關係:'夫一字之不安,通章之病也,學者可不唯善本之求,而但沿流俗之所傳乎? 有志風雅者,其必樂考於斯矣。'"所謂"一字不安,通章之病",這確乎體現出基於中國古代文學獨特性的中國古代文論思想,是值得我們今天在文章寫作實踐中深長思之的問題。

在"文之樞紐"的欄目下,我們首先推出的是陳允鋒教授專門爲本刊而作的長篇論文《王國維〈人間詞話〉"境界爲本"説探析》。陳教授敢於挑戰一個名家雲集、衆説紛紜的老問題,自然是有着成竹在胸的新認識。如王國維著名的"三境界"説,多被作爲有關"古今之成大事業、大學問者"歷程的看法;但作者從"此等語皆非大詞人不能道"一句所透露之語義信息,以及《人間詞話》論及的"第一境"所呈示之"評詞基準",認爲王氏所謂"三境界"説之"境界",在淡化通常所説"階段、階級"之義的同時,更强調了詞例本身所具備的"境界"之美。陳教授進而指出:"王氏所論之'境界'本與'人生'與'詞境'兩大要素直接相連。换言之,王氏所謂'古今之成大事業、大學問者'所經歷之'三境界',其實既是'大詞人'所創造之'詞境',更是'人生之境界'。這一點,往往爲論《人間詞話》'境界'説者所忽略,而何謂'境界爲本'問題,也不易得到透徹之闡説。"正是在此精細辨析的基礎上,陳教授進一步指出:"王國維標'境界'以爲'本',不僅説明其'境界'説在作品審美特質及其存在形態方面,較前人更能探得其'本體',而且還强調了作品所達到的'境界',歸根結底,乃源於作者之眼界、胸襟。這纔是'境界爲本'説的核心。"正因如此,"能寫'真景物,真感情'者,固然是創造作品'境界'美的必要條件,但王國維又深入一層,强調了'詩人之眼'——'大文學家'之'眼界'、'胸襟'、'雅量'、'高致'、'德性'、'人格'等主體要素,且視之爲作品'境界'之'本'。由此可知:人生'境界'決定了文學作品之'境界',這纔是王國維'境界'説超越'興趣'、'神韻'説之關鍵處,也是'境界爲本'説的基本要義之一。"陳教授認爲,王國維的獨特貢獻,"並不在於'拈出"境界"二字',而在於將'境界'視作藝術生命之標誌,並將作家審美胸襟、人格德性以及'感自己之感'之獨創性等要素,提升到了文學作品審美特質創造之‘本’的高度”。從而,他得出了這樣的結論:“‘境界’說不僅較興趣、神韻諸説更切實地道出了文學作品審美特質之所在,講求以少總多,寓人類全體之情於一己個體之情,更重要的是,‘境界’說强調了作品之‘境界’乃根源於作家審美胸襟、人格德性等人生之‘境界’。同時,‘境界’復與‘情真、景真’直接相關,强調作家之‘能觀’對作品創新品質之決定性作用。簡言之,除通常所說的‘境界’之特徵,人生境界、創造能力,自是王國維‘境界爲本’說的題中應有之義,也是影響深廣之‘境界’說的‘源頭活水’——其間既流淌着中國古來傳統精神之血脈,也洋溢着西洋哲理思辨之輝光,體現了王氏‘學無新舊,無中西’這一爲‘學’之精義。”應該説,這一認識是頗爲通達而宏闊的。

其次是魏伯河教授《正本清源説“宗經”——兼評周振甫先生的有關論述》一文。魏先生認爲,“‘宗經’是劉勰主要的文學主張,也是他文學理論體系的核心”,因此,他强調:“深入研究劉勰‘宗經’的文學主張,揭示其内蘊,評價其得失,不僅對於研究《文心雕龍》的整個理論體系有重要作用,而且對於我們今天如何處理文學理論中政治與藝術、内容與形式、繼承與創新等一系列根本問題,都是有益的借鑒。”他特別指出:“周先生對此用力甚勤,而仍不免於有失誤的原因,在於往往以今人的觀念和自己的好惡曲解劉勰的原意,一不小心就把自己的想法當成了劉勰的觀點,結果是本想予讀者以有益的指導,却無意中把讀者引向了歧途。這應該是一個不小的教訓。”更重要的是,這樣的教訓並非一個人的問題,而是帶有某種程度的普遍性。如魏先生所説:“上個世紀是儒學史上空前的低迷期,而許多‘龍學’論著産生於儒學被粗暴踐踏的時代背景之下,研究者談儒色變,小心翼翼,生怕誤踏雷區,以致影響到對《文心雕龍》的正確解讀,不能或不願、不敢正視劉勰‘宗經’崇儒的事實。返璞歸真,正本清源,準確釋讀劉勰的原文,仍是‘龍學’研究的重要任務。”應該説,這些認識確有正本清源之力,也因此,魏先生對劉勰文藝思想的闡釋確有不少會心之處,如謂:"劉勰對駢儷文學的形式也是十分欣賞的,所不滿的衹是當時作品缺乏正確而充實的思想內容及其形式上的某些過分之處。《文心雕龍》中專設《麗辭》、《章句》、《聲律》、《事類》等篇,正是研究如何使駢文形式更趨華美和完善的。那麼,劉勰是否因此而反對或排斥經書那種'比較樸實的長短錯落的古文'呢?並非如此。在這一點上,劉勰可謂相當高明。他用'通變'的觀點來看待這種語言形式的發展演變,把'講究辭藻、對偶、聲律的駢文'看作是經書語言的合乎規律的發展,既沒有因為'宗經'而反對當時的駢文語言形式,也沒有因為贊成當時駢文的語言形式而稍微動搖其向經書語言學習的主張。他看到了這兩種看似對立的語言形式之間的繼承關係,認為駢文的主要特點無一不是肇自經書。"

　　"文之樞紐"欄目下的第三篇文章是章建文教授的《在經學的語境中開拓文學的話語空間——論張英〈書經衷論〉的文學思想》一文,這也是一篇具有開創性的文章。該篇論文的大標題,實際上概括了中國古代文論中的一個重要問題,即如何在經學的語境中開拓文學的話語空間。而對一個《書經》的閱讀、研討者來說,其具體的開拓之途,實在是頗具挑戰性的,因而也是頗具吸引力的。章先生指出:"《書經衷論》從'統'、文體、文法、情感與形象、風格五個方面闡述了他的文學思想,揭示張英在經學的語境中追求道、治、學、文四統合一和對文學自身統緒及相對獨立性的思考。"這實在不能不令人刮目相看。如"從閱讀過程來看,張英不是以'古'為難,而是以'古'為美,不僅《尚書》篇目內容是審美對象,語言本身也成了審美的對象,要'熟誦之後,往復再四'、'纏綿往復',這樣閱讀過程延長了,審美體驗也愈加豐富了,'味之愈永','不覺其言之複',這與西方形式主義所主張的陌生化有異曲同工之妙。'古'對於今天的讀者來說是陌生的,需要花相對於'今'的對象更多的時間來閱讀,閱讀的過程被迫延長,然而閱讀過程延長,審美

享受也就被延長,也就會獲得更多的審美享受。"甚至更進一步,
"張英以'古'爲中心,以'古奧'、'古茂'、'古雅'、'古穆'爲架構
建立起了層次分明的風格體系,而這完全是在'文'或形式的基礎
上構建起來,或者説在文學話語中構建起來,這顯然已擺脱了經學
話語的影響,將文學話語作爲一個相對獨立的話語體系來看待,這
對構建相對獨立的文統有着重要的意義。"筆者覺得,能把張英的
《書經衷論》作出如此梳理,也實在説明了章先生的開拓精神。從
而,如下的結論也就是令人信服的:"張英在《書經》的經學語境中
構建了相對獨立的文學話語體系,進一步坐實了'以經學爲文章'
的理論命題,對康熙朝文統的構建提供了思想的指導。可以説,張
英是在講筵活動的經學話語中最積極開拓文學話語空間的大臣之
一,這一文學話語無疑也會用到他後來的庶常館教學中去,同時也
爲他以後的科舉衡文與文學批評提供了基本的原則與方法,因此
我們認爲,《書經衷論》對清代的文學文化建設有着深遠的影響,
在尚書學史上也有着重要的理論價值和實踐意義。"

在"論文敍筆"的欄目下,我們刊出了四篇各有特點的文章。
首先是萬奇教授《〈文心雕龍·銓賦〉篇探微》一文。正如作者所
説,"《銓賦》篇是系統、成熟的賦體專論",但讀者上來就會遇到一
個問題,那就是該篇的題目,用"詮"還是"銓"? 正如萬教授所説,
從清代以來流行的《文心雕龍》讀本,一般均作"詮"字,袛有筆者
的《文心雕龍校注通譯》改成了"銓"字,但可能是孤掌難鳴吧,一
直未見有人回應。萬教授則"因'銓'字更爲妥帖,本文用'銓'而
棄'詮'",我想,有了萬先生的支持,也許這個字會慢慢被大家接
受。萬教授浸淫"龍學"有年,成就卓著,故其論《銓賦》一篇,細
察之功隨處可見。如謂"劉勰雖置'賦'於文體論中,但並不否認
'賦用'。其'賦'觀是賦'體'兼'賦用'",這可能是較爲符合劉勰
本意的通達之論。又如,《銓賦》篇有兩處談到"登高":一是開篇
引《毛傳》語"登高能賦,可爲大夫",一是"原夫登高之旨,蓋睹物

興情"。萬先生認爲,這兩處的"登高"内涵並不相同。"《毛傳》的
'登高能賦'是指春秋時期士大夫'賦詩言志'的政事行爲……因
此,《毛傳》說的'登高能賦'是指'登堂能賦'和'登壇能賦'。"而
"劉勰所說的'登高之旨'不是'賦詩言志'的政事行爲,是指詩賦
寫作之初的'睹物興情'。亦即《明詩》篇所講的'應物斯感'。"此
辨的扎實細緻是顯然可見的。尤爲可喜者,萬先生不惟在語義上
細加分辨而求其確解,更是着眼當下文章寫作的實際,發掘《文心
雕龍》的現實意義。其云:"他倡導'麗詞雅義'的原因有三:一是
體現宗'經'的指導思想。二是追求雅'麗'的審美理想。三是'洞
見癥結,針對當時以發藥'。目前文章寫作還存在格調不高,文字
粗疏的弊端,劉勰的'麗詞雅義'說不失爲一劑救弊的良藥。從這
個意義上看,劉勰的賦學理論不單單是就賦而言,已經具有某種普
適性的文章學價值。"對此,筆者深以爲然。

　　其次是田鵬先生《宋元〈詩經〉著述序跋研究》一文。文章說:
"宋代和元代的《詩經》著述序跋在數量和質量上均超越前代,其
創作體例也更爲靈活,分爲自序、後序、他序和跋,展現了創作動
機、作品内容、作者交遊和詩經學基本觀點等多個方面,兼顧了宋
元詩經學研究的政治功用和文學價值。"正因如此,這一課題的研
究就是頗有意義的。作者進而指出:"宋元學者不但有意識地爲自
己的作品創作序跋,並且相互爲他人作品題寫序跋蔚然成風,這種
文體即成爲了學術交流和論辯的方式。"通過考察,文章總結了
"宋元學者使用'引史證詩'和'借詩立說'的創作方法",以及"用
歷史事件與《詩經》研究互證,並借此表現其政治觀點"的情況。
正如作者所說,"宋元《詩經》著述序跋的研究對補充和完善這一
時期的詩經學史有重要意義"。

　　第三是李成晴的《〈竹林詩評〉考論》一文。文章指出:"自民
國以來,學界對於《竹林詩評》性質及作者的認識皆含混不清。"作
者"通過史料考辨及北京大學圖書館所藏明成化本朱奠培《松石

軒詩評》的研究”，“考知《竹林詩評》實際爲朱奠培《松石軒詩評》的節略本”，而“馮惟訥《古詩紀》節錄《松石軒詩評》中的先唐部分，署爲《竹林詩評》等題名，清宛委山堂本《説郛》又據以輯出，專列一卷，於是便有了以《竹林詩評》爲題名的別行本。”顯然，這一考察是較有説服力的，因而是富有意義的。作者還在此基礎上對《竹林詩評》的内容進行了初步研究，認爲其“最主要的特點是形象化的比喻評詩”，並特別指出“這種方式遠法敫陶孫《臞翁詩評》等宋人詩話，直接師承則來自於其祖父寧獻王朱權的《太和正音譜》”，也是頗具説服力的結論。

第四是齊心苑博士的《文學史視野下的“話本”定義思考》一文。正如作者所説，對於魯迅關於“話本”的定義，遵從者衆，質疑者也不少，頗有僵持不下之勢。文章認爲：“所謂‘話本’定義的紛爭，無非都衹爲一個問題，即‘話本’能否用來指稱宋元明通俗小説及其擬作。”而“要明白孰是孰非，首先要解決兩個問題：‘説話’有没有底本和‘話本’是不是等於‘説話’的底本”。作者通過考察指出：“‘話本’出現伊始，便具有‘話’（口頭表演）和‘本’（書面閲讀）的雙重性質，二者並不衝突，也没有固定的誰先誰後，可以是‘話’→‘本’，或‘話’→‘本’→‘話’，也可以是‘本’→‘話’或‘本’→‘話’→‘本’。‘説話’伎藝不僅刺激了話本的産生和發展，而且吸引了文人投身‘話本’的創作和傳播。這一過程中，‘話本’的‘話’的功能逐漸減弱，並隨着‘説話’伎藝的消歇而消失，‘本’的功能逐漸增强並且一直保留至今。‘話本’逐漸由最開始的説話人憑依底本，變成了專供人們案頭閲讀的讀本。今天我們所説的‘話本’，是一種文體概念，是文學研究的對象，是僅保留了閲讀功能的小説文本。”因此，“‘話本’是説話人的小説文本，不管從語義、文體還是使用習慣等方面看，都可以用來指稱我國宋元明時期的白話小説”。顯然，這一辨析是清晰而富有條理的。

在“剖情析采”的欄目下，亦有四篇各擅勝場的文章。首先是中國古代文論和美學研究名家祁志祥教授的長文《明代戲曲批評綜論》,該文着眼明代中後期戲曲批評中本色論、情趣論、折中論的相互論爭,全面檢討各家的理論主張和曲學思想。文章指出:"本色論主張戲曲創作要符合表演的'本色'要求,在曲詞上'明白而不難知',可入樂合律;情趣論崇尚戲文的'意趣神色',爲了案頭可觀,'不妨拗折天下人嗓子'。它們各執一詞,互有得失。折中派兼取兩派的長處,批評兩派的不足,主張戲曲創作'雅俗並陳、意調雙美',既'可演之臺上,亦可置之案頭',將明代戲曲美學提高到一個新的水平。"應該説,這一概括是高屋建瓴、要言不煩的。祁教授對明代曲學各派思想的研究亦既從細處入手,又全力從宏觀上予以把握,頗有舉重若輕之感。如其對"本色論"各家主張的概括:"明代曲學中的本色論陣容強大,頭緒紛繁。總括而論,李開先在明代曲論中最早倡導'本色',集中論述了'本色'有三個要點,即情感的本真、曲詞的易曉及音律的和諧,奠定了明代曲學本色論的基本走向。後繼的本色論者結合當時的戲劇創作現實,或從這三方面切入,或抓住其中的一點到兩點加以強調。如何良俊繼承李開先的'本色'論的三個要點,崇尚'感人'的'真情','動聽'的'本色語',和入樂的'寧聲協而辭不工,無寧辭工而聲不叶',反對曲詞的'全帶脂粉'、'專弄學問';徐渭的'貴本色'主張崇尚'自得'之'真情',倡導通俗易曉的'俚俗語',批評'麗而晦'的文飾語、用典語。至沈璟,從曲詞入樂的角度強調'本色',提出'寧叶律而詞不工,讀之不成句,而謳之始叶,是曲中之工巧'的主張,産生重大影響。徐復祚以'當行'、'本色'稱道沈璟的劇作,批評當時戲劇創作中追求藻麗、堆垛學問的偏向;馮夢龍主張戲曲'以調協韻嚴爲主',兼顧文詞'明白條暢',反對曲詞'雕鏤'、'堆金瀝粉';淩濛初將'本色'叫做'當行',提出'貴當行不貴藻麗',都可看出沈璟的痕跡,基本上可視爲沈璟的餘波。"這就把"頭緒紛繁"的明代曲學的本色論作了"明白條暢"的梳理,從而得出這樣的結論："儘管個別論者有絕對化的偏頗，但它總體上要求尊重戲曲創作的體裁特點和藝術規律，考慮戲劇觀衆的特定素質及其審美接受要求，這是有不可否認的合理意義的。"

其次是臺灣學者蔡美惠的《曾國藩古文四象説之文章風格分類探討》一文。作者指出："曾國藩的文章學豐厚詳實，堪稱集近代文章學之大成，其中最爲特殊者，應爲其'古文四象'之説。曾氏此説，與其'古文八美'之説，皆爲其古文風格論，二者確定的時間相距亦不遠，但二者對於陰陽風格的分類與歸屬，則有所抵觸；且《古文四象》原著不存，亦增加争議性。"就此，蔡文"循曾氏分類的依據，亦即邵雍四象之説，援取《周易》'四象八卦'之推演，以架構古文'四象八類'的風格分類體系；並由此一體系，敷叙此説内涵。進而比較'古文四象'與'古文八美'之異同，分析二者相左之處與産生緣由，以見二者相參互補的功效，並闡述古文四象説文章風格分類的價值。"中國古代的文章風格論本就具有頗難把握的特點，曾氏古文四象説的内涵則尤爲"高古"難明，有鑑於此，蔡文一方面全力辨别其説的細微之處，從而盡可能地予以準確理解，如對"古文四象"與"古文八美"之異同的分析，其云："古文四象與古文八美二者，因理論依據不同，風格分類方式有别，因而二者有抵觸者，有相合者，有相異者。此二説陰陽歸屬雖有抵觸之處，實無害二者相參互用之效益；且二説理論所同者，可互爲印證；説法有别者，可相互補充，二説可相互輝映，對於古文風格理論之闡發，有相當作用。"可以説是非常精細的。另一方面，尤爲可貴者，作者對各種風格内涵的解説，皆能結合具體的作品進行細緻分析，可以説體悟到位，不蹈空虚，使我們對曾國藩文章風格理論有了切實的把握和理解。正是在此基礎上，文章對曾氏古文四象説作出了恰如其分的評價，謂其"引用邵雍四象之説，援取《周易》'四象八卦'之推演，其得之高古，然也失之高古，是'瑰懷大觀'，但……要推之大而遠，則不免有'失之高古'之歎"。

　　第三是張然博士的《〈文心雕龍〉之"象"與文圖理論》一文。文章從當今熱議的文圖理論入手,對《文心雕龍》的意象説進行分析,確屬全新的"龍學"視野。作者指出:"《文心雕龍》有關言、象、意的論述表明,中國古代的文論家把'象'置入言意關係中,把'言'和'象'的關係看作是文學與圖像關係的一種表徵,借助'象'完成由'意'到'言'的遞進,實現從内部語言向外部語言的有效轉化。"這顯然也是對一個老問題的新闡釋,由於所用理論武器的不同,就有可能産生不同的認識。如作者説"在中國古代文論語境下,對'微言大義'的崇尚也使得寫'象'的過程强調'善於適要'、'並據要害'等尚簡的創作思想","而這種'寫氣圖貌'的繪'象'方式,正是在文學創作中'以圖繪的方式描繪有形的色與無形的氣',此種描繪正是一種圖像符號表現方式在文學領域的跨界使用,文學與圖像的融會貫通也便體現在這一文本中的'象'上",正是"這種尚簡的造'象'方法帶來了'言有盡而意無窮'的審美效果,因此,中國古文論中的'象'較之本源自西方的文圖理論,更强調文本圖像的深層内涵,有其十分中國化的民族特色"。作者據此而謂:"以《文心雕龍》爲代表的中國古代文論需要文圖理論的新闡釋。"應該説,這還是具有一定説服力的。

　　第四篇文章是王慧娟博士的《論隱語與詩騷的比興傳統》。正如作者所説,比興是中國詩學之創作、審美、批評的重要範疇,"由詩騷開啓的比興傳統,成爲兩千多年來引領中國詩學發展方向與審美追求的鮮明旗幟"。作者認爲,"比興不僅是個人委婉抒情、勸諫諷刺的重要藝術手段,還深藏於追求含蓄藴藉、複義多姿文化風格的民族基因中,並内化爲一種連類共通的詩性思維模式"。正是在這種具有相當深度之認識的基礎上,作者把隱語與比興聯繫起來進行考察,並取得一些新的收穫。如謂:"隱語和詩騷中的比興都是以'隱'的方式表現某種内容,而這種内容正是表達者的真實意圖所在;同時,隱語又與詩騷中的比興手法在創作機制、形象性特點和複義委婉的審美追求方面有着某種對應關係。隱語和比興意象的參與，促進並強化了主題的表達，隱語假比興以寄難言之隱，比興借隱語意象豐富了中國古代詩歌的語言表達手段，並形成了美刺諷喻的傳統，二者間相互依存、相互補充、相互促進。"甚至，作者作出這樣的大膽猜測："詩騷採用比興手法，最初的動因並不是修飾和美化語言，而是連類共通思維的結果。而這一類比思維在醞釀隱語意象的同時，又借隱語意象滲透進詩歌的形式，結出了影響中國古代詩歌的一個碩果——那就是被漢儒開始就稱作比興的修辭格。正是在這個意義上，我們纔説隱語首先是在促進、強化主題的表達，然後纔增添了藝術的韻味。"應該説，這些認識雖未必盡然，但這種理論上的思考顯然是嚴肅而有益的。

在"知音君子"的欄目下，我們首先推薦的是鄒廣勝教授和董潤茹的《身與時舛，志共道申——鬱憤的劉勰》一文。廣勝先生思維活躍、目光如炬，以行雲流水之筆，對劉勰的一生作了設身處地的解讀，令人感動。他認爲："《文心雕龍》整部作品所充滿的哲理思考與文化思考足以使我們深刻認識到劉勰決非僅僅是個文論家，也決非以論文敘筆爲人生最高追求的人，他對中國傳統文化的理解可謂是真知灼見，是一位偉大的文化學家，如果《文心雕龍》的價值僅僅體現在論文敘筆上，那其在文學史上的價值也就大打折扣了。"文章指出："文學評論、文學理論不是一個客觀的文學研究手段，而是理論家探索人生與文學，闡明自我與他者的一種重要過程，從這個角度講，他們對文學的論述是文品與人品合一的結晶。劉勰不僅從哲學的角度來思考文學，同時也從哲學的角度來思考中國的文化，從切膚的人生體驗來反思他所處的時代與現實。"又説："在中國傳統文論看來，文學不是一個客觀的對象，研究文學也不是研究自然科學，文學研究乃是研究者與被研究對象之間互相交流與互相對話的過程，是兩個生命跨越時空的'情往似贈，興來如答'，是另一種形式的文學創作。劉勰在自己的文學評論裏就鮮明地體現了這種民族特色,他把文學研究當作他實踐人生、介入社會的一種方式,他對文學、作家、作品的看法貫穿着他對人生、社會、自然、自我、他者的基本觀點,既闡明了自己的理想,同時也融入了自己對文學與人生、社會現實及文化傳統的深切感受,所以我們在《文心雕龍》中既能閱讀到他對文學的精深見解,同時也能看到劉勰的人生及他對時代社會的深切感悟及思考。"

正是從這種理解出發,廣勝先生對很多問題的認識可以説獨具慧眼而不同流俗,如謂:"劉勰的遭遇應警醒我們在毫無節制地欣賞讚歎魏晉之美,津津樂道於所謂魏晉風度之時,也應該深刻地認識到其整個文化環境的艱難及殘酷,所謂藥酒、山水、詩藝不過是文化士人逃避現實人生的另一種幻覺,被無數人稱讚的《世説新語》的各種奇聞異事也不過是盛開在殘酷現實面前的'惡之花'。"又説:"歷代《文心雕龍》研究中往往强調劉勰的求善、求美,求真却較少觸及,而求真却是劉勰超越於其他古代文論家的獨到之處,這也是整個中國文化與古希臘求真傳統的迥異之處。在劉勰看來,求真不僅指史實的真,更是指文學創作中的情感之真,唯有真才能使藝術作品做到'元氣淋漓,真宰上訴',虛僞扭捏之作怎能以情動人呢?"筆者以爲,這些説法在很大程度上可謂撥雲見日而直抵根本。

該文的另一個閃光之點是作者在設身處地體會劉勰思想的同時,經常把筆觸伸向當下的文學和人生,從而體現對現實的熱切關照。如謂:"想想今日的文壇,和劉勰批評的當時又有多遠呢? 到處演講孔孟之道的説客又有幾位真正以'仁者愛人'爲目的的? 口口聲聲老莊的,又有幾位忘記功名利禄的清净之人? 它們的果實不如桃李,他們的香氣不如蘭草,言説與情志完全相左,情疏文盛的'繁采寡情'何來'風骨',何來'鴻筆',何來'日新其業'? 其最終的結果必然是'味之必厭'。"又説:"在今日這個爲名利絞盡腦汁而過度焦慮的時代,不少人挖空心思標新立異,'銷鑠精膽,蹙迫和氣’,殫精竭慮地炫光耀彩,不知疲倦地奔忙於各種名利場之中,已無任何的‘從容率情,優柔適會’的心情,‘秉牘驅齡,灑翰伐性’的事無處不在,各種心思手段無所不用其極,所謂‘聖賢素心,會文直理’早已蕩然無存,學術的命脈已可想而知。”這種以天下為己任的擔當確是令人肅然起敬的,也是真正符合劉勰寫作《文心雕龍》的初衷的。

　　其次是孫蓉蓉教授《夢摘彩雲,妙筆彥和——評繆俊傑先生的〈劉勰傳〉》一文。繆先生的《劉勰傳》是兼具歷史小說和學術著作雙重性質的一部獨特作品,如何評價,還真是頗費思量。孫教授說:“要給劉勰這樣的文化名人寫傳,無非兩種人能夠勝任:一是搞文學創作的作家;二是研究《文心雕龍》的專家。然而,搞文學創作的作家恐怕很難將劉勰作為文學理論批評家的形象塑造出來;而習慣於嚴謹的學術研究的專家,要將劉勰作為文學創作的對象,也並非易事。而恰恰正是繆俊傑先生具備了這樣兩種人的素養,是一個兼具作家的專家。”這話決非虛言或溢美,而是實事求是之論。有此認識,孫教授也就準確抓住了這本《劉勰傳》的特點:“綜觀全書,繆著《劉勰傳》的寫作特點可以概括為兩點:第一,依據史料的虛構描寫。……第二,闡釋內容的情景展現。”尤其是第二點,筆者也覺得這是繆先生的神來之筆,可以說是《劉勰傳》最為成功的設計。如孫教授所說:“從第五章《定林寺師徒論道》、第六章《求知音高山流水》,到第七章《贊雕龍深得文理》,這三章集中地描寫了《文心雕龍》的主要內容。作者改變了之前單純地介紹和分析的敘述方式,而是劉勰在寫作過程中,與僧祐以‘坐而論道’的對話形式,作了闡釋《文心雕龍》內容的一種情景化的展現。”另外,“除了與僧祐‘坐而論道’之外,在《劉勰傳》中作者還設計了劉勰受邀到沈約府上與沈約座談討論了《文心雕龍》中‘割情析采’部分的內容。”正如孫教授所指出:“《劉勰傳》中以對話、談話的情景展現的方式來介紹《文心雕龍》的內容,這樣的文學描寫不僅在於形象生動、真實感人,而且還在於它對於相關問題的闡釋能起到說明、提示、强調和補充的作用。"應該説,這對一本兼具上述兩種性質的《劉勰傳》來説,的確是最爲合適而精巧的方式了,也就在很大程度上决定了這本傳記的成功。

"知音君子"欄目下的第三篇文章是張華和鄭西偉先生的《林黛玉的"暖"——〈紅樓夢〉心賞之一》。應該説,這篇文章不是對中國文論本身的直接解讀,但在《中國文論》第一輯卷首,筆者曾寫過這樣一段話:"中國文論來自對中華文章的解讀、概括和認識,因此本刊不僅着眼中國文論本身,也注重與中國各類文章的聯繫和互動,注重中華文脈的承繼和發揚,把對中華文章本身的探索也視同中國文論的一部分。"因此,該文對《紅樓夢》的細心解讀正是體現劉勰"知音君子"思想的文學批評實踐。在中國古代文學領域,因一本書的研究而形成一門學問者,影響最大的應該就是研究《紅樓夢》的"紅學"和研究《文心雕龍》的"龍學"了。但令人遺憾的是,齊梁時代的理論家劉勰還没有來得及在他豐富完備的文體論中,給小説留一個位置。實際上,與博大精深的詩文理論相比,中國古代的小説理論哪怕到了清代,也還是不够系統完整。惟其如此,如《紅樓夢》這樣最具經典性的小説作品自身所顯示的成功的創作經驗和創作思想,理當爲"中國文論"所關注。如張華和西偉君文章談到,《紅樓夢》第八回中,有個小丫頭來給寶玉戴斗笠,由於笨手笨腳引起寶玉的不滿,黛玉此時有一番出色的表現,文章分析説:"我們看這一段,曹雪芹先生寫得很細。首先,看看黛玉的口氣,她嗔怪寶玉:囉蘇什麽! 接着是柔中帶剛的命令:過來,我瞧瞧吧! 最後是:好了,披上斗篷吧。其次,我們看看黛玉的動作,真個是有條不紊。曹先生不放過一個細微的動作,寫起來密不透風。爲什麽這樣寫? 就是要解開大家的一個心結,黛玉不是一個什麽也不會做的人,而是一個非常體貼、很會照顧人的人。再者,作者的筆墨,從始至終都是寫黛玉一個人在説、在做。寶釵、薛姨媽、丫頭、婆子等都在一旁看着呢。黛玉根本不去理會，旁若無人，衹管説自己的、做自己的。讀到這裏，黛玉理妝的畫面，歷歷在目，栩栩如生。我們會感到發自内心的一種温暖。寶玉豈能無動於衷？"如此精心的細節描繪，確實是《文心雕龍》所不曾論述的，但饒有趣味的是，劉勰也有對寫人的要求，《誄碑》篇中談誄文的寫作，要求"論其人也，暧乎若可覿；述其哀也，淒焉如可傷"，所謂"暧乎若可覿"，筆者曾翻譯爲"温暖可親如同面對"，可見文體雖不同，道理却是相通的。這也説明，《文心雕龍》雖未論及小説，但其開放的理論系統與小説戲曲理論是並不排斥的，並非絶緣的。

在"學科縱横"的欄目下，我們刊登了三篇頗有分量的文章。首先是"龍學"老將韓湖初教授《牟世金先生考證〈文心雕龍〉成書年代和劉勰生卒之年的貢獻》一文。韓先生數易其稿，一絲不苟，精益求精，對牟世金先生考證《文心雕龍》成書年代和劉勰生卒之年的貢獻，作了詳細評説。顯然，這種學術史的梳理，其中的意義不僅在於肯定研究者的貢獻，更是對相關學術問題的一次反思和再研究。誠如韓先生所説，關於《文心雕龍》的成書年代和劉勰生、卒之年，可謂衆説紛紜，直到今天也還没有定論。韓先生重讀牟先生的相關論述和研究成果，指出："牟世金先生在肯定劉毓崧、楊明照《文心》成書於齊末説的基礎上作了補充、修正和完善，並詳考該書各篇撰寫時間。又以七歲夢攀彩雲、傳稱'早孤'和其父劉尚於元徽二年戰死，考證劉勰生於泰始三年（467）。三證互相關聯，構成證據鏈條，故成立可信。"關於劉勰卒年，韓教授指出："先生不但詳細辨析李慶甲、楊明照之説的得失，肯定其令探索進入有文獻可據時期，而且迎難而上撰《劉勰年譜彙考》，廣納衆説，折中近是，並提出系列卓識遠見：釐清劉勰撰經、出家均與蕭統之卒'了不相關'的史實，概括劉勰卒年紛紜衆説爲蕭統卒前與卒後兩説，指出關鍵'唯在何年'奉敕撰經，且詳考其事'必在'天監十八年，可謂獨具慧眼，令探究不斷向前推進並接近最終結論，貢獻尤爲突出。"

其次是朱文民先生《馬克思主義哲學視域下的〈文心雕龍〉研究》一文。這顯然是一個頗具中國大陸特色的"龍學"史話題,同時也是一個非常重要的值得探討的問題。正如朱先生所說:"同是一部《文心雕龍》,同一個作者,由於不同的人、不同的解讀,得出的結論甚至完全相反。如《文心雕龍》反映出來的作者的世界觀,有人說是唯物主義的、有人說是唯心主義的,甚至是客觀主義的。其方法論有人說是形而上學的、是循環論、是外因論,也有人說是唯物辯證的。"何以如此呢? 朱先生指出:"唯心主義說結論的得出,大都曲解了《文心雕龍》中的'太極''神理'等詞,甚至脫離了《文心雕龍》文本,把劉勰一生的不同階段混爲一談,沒有把劉勰從政前和從政後區別開來,從中作祟的根源就是'唯成分論'。"學術史的研究不僅僅是歷史的梳理,更是要從歷史的經驗和教訓中尋求解決問題的途徑。如對於"太極"一詞的解釋,朱先生發現"吳林伯先生及其弟子方銘的意見,很值得參考",這也引起了筆者的興趣。方銘先生說:"劉勰既稱人文是由人而作,必產生於有人之後,又言'人文之元,肇自太極','太極'若指'無'或'元氣',是時尚無天地,何以有人,更何以有人文,顯然如上所言,'太極'這個表示時間至早至遠的概念,在這裏有特定的意思。符定一著《聯綿字典》,稱'太極'可轉爲'太古','太古'又是上古之意,則此處'太極'可作上古解釋。"因此,"《文心雕龍·原道》曰'人文肇太極'之意便是說人文產生於上古。"筆者也覺得,這一意見的確是值得重視的。朱先生最後指出:"縱觀近六十多年以來,在馬克思主義哲學視域下對《文心雕龍》的研究,有成就,也有教訓。最大的成就在於大部分學人,找到了唯物辯證法,論說比較辯證,對問題看得較爲透徹。但是,教訓也是深刻的,這個教訓,就是一部分學人違背了實事求是的原則。"應該說,這一認識是平實的,卻也是非常重要而關鍵的。

　　第三是王笑飛《論章太炎的〈文心雕龍〉研究及其對黃侃的影響》一文。正如作者所指出，與黃侃《文心雕龍札記》之備受推崇的盛況相比，其師章太炎的《文心雕龍》研究則少有人關注。這當然是有原因的，但作爲著名的章黃學派而言，其"龍學"的統系理應根葉相扶，淵源有自。笑飛"借助上海博物館所藏章太炎《文心雕龍》講義與黃侃的《文心雕龍札記》進行對比研究，發現前者的確對後者產生了影響。而這種影響主要體現在四個方面，分別是對'文'的內涵進行了限定，抉發了劉勰借經救弊的深意，提供了札記體的寫作範式，以及展示了校注的體例"。因此，"黃侃在章太炎的基礎上，繼續對《文心雕龍》進行研究，取得了很大的成就。但我們在推崇這一成就的同時，理應對章太炎的龍學研究投以特別的關注和重視"。筆者覺得，這一提示是頗有道理的。

　　最後的"文場筆苑"欄目下，我們首先推出令人尊敬的"龍學"前輩王志彬教授的《作者之章程，藝林之準的——全本全注全譯本〈文心雕龍〉前言》一文。王教授精研"龍學"數十載，成果豐碩，尤其是桃李滿天下，培養了一大批"龍學"的生力軍，其中不少人現已成爲"龍學"的中堅力量，如上述萬奇教授便是王先生的得意門生。正因如此，王教授對劉勰及其《文心雕龍》的把握頗有高屋建瓴、舉重若輕之感。如謂："劉勰在儒佛兩家'異經同歸'、'殊教和契'的境遇中，度過了他追求、奉獻的一生。他借重於'佛'，却不棄'儒'；他躋身於'儒'，也不離'佛'；直到他晚年出世歸隱，還要按照儒家崇尚的'君臣所以炳煥'之禮，祈請皇帝恩准。他因應時序和世情的制約，採取了'惟務折衷'的態度，集佛儒於一身，有時還相容了道家與玄學的某些觀念，這就使他的思想有了一定程度的複雜性和矛盾性。其中既有許多源於歷史和現實的樸素的辯證因素，對他的文論著作起着主導、支配的作用；又有某些歷史身世的局限與偏見，影響着他對宇宙本體和社會人生的認識。這就需要今之研究者審慎地予以辨析和清理了。"尤爲難能可貴的是，王先生對《文心雕龍》的研究始終着眼文章寫作的實際,從而在"龍學"上獨樹一幟。其云:"本書着眼於《文心雕龍》的本體性質,把它作爲一部面向'童子'和'後生'的文章寫作理論著作來解讀,重在居今探古,古爲今用,汲取其各篇所論之精華,以之指導寫作實踐,使能執術馭篇、確乎正式,提高各體文章的寫作能力。"筆者以爲,這不啻是"龍學"的當務之急,更是一個重要而根本的研究方向。

　　其次是本文一開始就提到的李平教授的《司空圖〈二十四詩品〉研究的集大成之作——〈二十四詩品校注譯評〉整理後記》一文。李平兄是祖保泉先生的高足,其爲人敦厚,深具祖先生風範。他把自己的許多精力投入到對祖先生著作的整理中,既是對業師的一份深情,也是對學術的重要貢獻。這樣的貢獻雖未必都能得到承認或確認,但其重要性有時絲毫不亞於個人的著述,這祇要一讀李先生的這篇"整理後記"便可明瞭。該文最令筆者感同身受的,是下面一段文字:"此次整理頗爲繁瑣和辛勞的就是引文的核對工作。要核對引文就要找到原著,我的藏書是比較豐富的,書房四面牆壁的書櫥都是從地面一直延伸到屋頂,內外兩層,密密麻麻的都是書。有時爲了找一本書需要耗費幾個小時甚至半天,外面一層找不到,就把書全搬出來到裏面一層去找,一層一層地清理,一排一排地尋找,底層須低頭伏地,高層則要借助梯子,常常折騰一個晚上還是無果而終,第二天接着找。夫人常取笑我:五十多歲的人了,還像小孩子似的爬高上低!我有時也想,算了!馬虎一點吧!不就是一個引文注釋嗎?但一想到我對先生的承諾,一回憶起我與先生商討此事時的情景,我就立即打消了這樣的念頭。……有的書我手頭沒有就到網上去購買,如高爾基的《給青年作家》、李肇的《唐國史補》、趙璘的《因話錄》、周本淳的《唐人絕句類選》、王利器的《顏氏家訓集解》等,都是因這次整理覈對的需要而現從網上郵購的。"濃濃的師生情誼,憨憨的書生本色,令人動容。

　　最後是筆者和李曉萍合作的《生命育文心，全力以雕龍——評張燈先生的〈文心雕龍譯注疏辨〉》一文。該文的寫作情況，筆者已在"附記"中作了説明，這裏也就不再贅述了。

（四）第四輯《編後記》

　　不經意間，《中國文論》出到了第四輯，而且似乎形成了自己的一點特色。中國大陸的期刊很多，近年來，以書代刊的叢刊更是如雨後春筍般涌現，但以中國古代文論爲主要研究對象的刊物還寥寥無幾。最早創辦的是《古代文學理論研究》，隨後有《文心雕龍學刊》（後更名爲《文心雕龍研究》），前者是中國古代文學理論學會的會刊，後者是中國《文心雕龍》學會的會刊。本刊作爲中國文論研究的第三種專門叢刊，似乎可以作爲上述兩種叢刊的有益補充：既以《文心雕龍》爲重要研究對象，又着眼整個中國文論的研究和探索，甚至從中國古代的"文學"概念出發，關照今人對中國古代文章、文化的研究和思考，從而形成以"龍學"爲中心的中國文論、文學和文化探究，期望爲中國文論話語的回歸和還原盡一點綿薄之力。

　　本期隆重推出的第一篇文章，是義大利著名漢學家蘭珊德教授的《文苑之秘寶——〈文心雕龍〉義大利文全譯本"引言"》。實際上，蘭教授的《文心雕龍》義大利文全譯本出版於二十多年前，其"引言"自然也是舊作，且其部分内容的譯文曾以"與亞里士多德《創作學》相媲美的劉勰的《文心雕龍》"爲題，在閻純德主編的《漢學研究》第一輯（北京：中國和平出版社，1996 年）上發表過。但一來那篇譯文祇是這篇"引言"的縮寫，篇幅祇有全部"引言"的一半多，且其流傳不廣；二來其漢語翻譯有些不確之處，如將陸機譯爲吕驥等。因此當朱文民先生提議將蘭教授的全文譯出發表時，我覺得很有必要，便與蘭教授本人取得了聯繫，且得到了她的贊同,她還不辭辛苦,不僅認真審閱了譯文,而且又專門補充了西方新近出版的有關“龍學”的重要論著目錄,從而爲這篇“舊作”增添了新意。

當然,現在發表這篇“舊作”的意義遠不止於此。蘭教授的《引言》雖寫於二十多年前,但其中的觀點可能仍然代表了歐洲人對《文心雕龍》乃至中國古代文論的基本看法,這些認識於今天的“龍學”仍有不少啓發意義。蘭教授説:“《文心雕龍》可謂是駢文的最好範例之一:句子都强制性地組成符合韻律的四字模組,在語法、句法、音調和語音上都平行相連;這些平行結構在組合的時候要求嚴格、準確,有時候,一個單獨的元素就可以改變一句話表達的意思。因此,推理論證是在逐步漸進的韻律排比和反覆運算中推進的,對於西方讀者來説,看起來可能顯得有些重複。但實際上,這是一個謹慎的過程,通過一點一點不斷地增加含義,來展開推理論證;由於互文的層理性,這些含義的增加看起來遵循着一條原始的道路。有時候,作者好像一直在告訴我們同一件事情,但實際上卻運用含義的微妙變化或隱藏在簡Л典故後的新的意象來引領我們邁出嶄新的一小步。”我覺得,這種對駢文的認識以及對劉勰論證特點的説明,是非常精細而“深得文理”的。她認爲:“與衆不同卻又平實的意象、跟看似不協調的事實之間的聯繫、利用偉大經典製造的豐富隱喻和精心推敲的互文習慣,這一切構成了劉勰著作脈絡的基本方面,他的著作不僅體現了對於繁雜内容的大師級的駕馭能力,而且還是一些實踐做法的創始者和擁護者,數個世紀以來,這些做法已經成爲博學之士的習慣了。”這種對《文心雕龍》的基本認識,也不能不説是準確而深刻的。蘭教授指出:“這部作品留下的最重要的文化遺產其實是構成這部作品的全部五十篇所讚頌的書面符號的魅力——‘文’的真正勝利,以及這部作品所有文字的潛在組合所帶來的神秘與蘊藏,這一切最終在閱讀的過程中産生了無窮無盡的文學思想財富。這份寶貴的財富在許多方面還是未知的,不僅對於今天的西方世界而言是如此,很大程度上對今天的中國也是如此,因而值得我們好好去研究。"這話是二十多年前說的,但筆者覺得,放在今天仍然是合適的。

至於對《文心雕龍》一些具體論述的看法,蘭教授也頗有獨特之見。如謂:"實際上,第四十五篇(《時序》)就確定了一種文學與國家現狀的穩定聯繫,政權的輝煌和衰落跟優秀文學的興盛或凋零是一致的。這裏談到的不是'爲藝術而藝術'的文學(其目的從來都不是取悦),而是一種有意識地對人們進行教導的作爲權力工具的文學。劉勰認爲,我們需要圍繞着永恒經典所構成的支點重建這種文學,而永恒的經典本是至高無上的典範,自從漢代以來,却像一條淹没在泥沼中的壯美巨龍(見第四十五篇)。寫作必須再一次成爲受到尊崇的工具,來形成並鞏固共識,在文學和權力之間建立緊密的關係。在中國,直到今天,這種關係幾乎始終未被打亂,除了極少數特例以外。"這種對《時序》篇的解讀,與我們歷來的認識或説法頗有不同之處,却可能是離劉勰本意不遠的。所謂"寫作必須再一次成爲受到尊崇的工具……在文學和權力之間建立緊密的關係",乃至"直到今天,這種關係幾乎始終未被打亂",筆者覺得可謂是發人深省的識見。又如蘭教授指出:"來自'萬象'的刺激和閱讀經典文本獲得的知識財富之間的平衡是困難的,探討這種困難的平衡,正是劉勰在《文心雕龍》中所作出的一種調和的努力。他一方面承認個人天賦的重要性,即能够捕捉最微小的靈感,如第四十六篇(《物色》)中説:'一葉且或迎意,蟲聲有足引心。'但天賦祇有通過不斷閱讀經典文本進行培養和打磨,纔能最終體現出來,因此經典文本對於任何藝術表現來説都是至關重要的財富。在這個意義上,便體現出劉勰思想的獨創性:知識有利於個人感受的豐富和發展,却不能像腐儒那樣保守地沉迷於經典,爲經典所束縛。"應該説,這裏指出的這種寫作上的"平衡"或矛盾是非常犀利而精到的,實際上,這一矛盾到嚴羽仍然被討論,所謂"別材"、"別趣"説,但在《文心雕龍》的研究中,却很少有研究者予以指出。

"文心雕龍"欄目下還有兩篇文章,一篇是筆者的《中國大陸百年"龍學"的六個時期》。本文可能是第一篇專門探究百年"龍學"分期的論文,這可以説是"龍學"發展的必然要求。筆者以爲,對近百年大陸"龍學"發展階段的分期,既要考慮"龍學"自身的特點,更要綜合考慮各種因素的影響,以便能够較爲準確地區分其歷史階段,從而更好地把握其發展的歷史脈絡,總結歷史的經驗和教訓,以開闢未來的道路。着眼近現代"龍學"形成和發展的歷史實際,筆者把近百年大陸"龍學"的發展歷程分爲六個階段:一是從二十世紀初至1949年,可以説是"龍學"的初創和奠基時期;二是"文化大革命"前的十七年,可以説是"龍學"的重要發展時期;三是"文革"十年,則是"龍學"的停滯和倒退時期;四是從1976年至1989年,可以説是"龍學"的興盛與繁榮時期;五是從1989年至二十世紀末的十餘年時間,《文心雕龍》研究進入一個相對沉寂的時期,可以稱之爲"龍學"的徘徊和反思時期;六是進入新世紀以後,隨着對傳統文化的重視乃至國學熱的興起,"龍學"進入新的開拓發展時期。

另一篇是趙亦雅的《中國文論話語還原的可貴實踐——楊義詩學思想新議》。文章指出,現代學科體系中的"詩學"和中國古代話語體系中的"詩學",二者含義是不同的,楊義先生的詩學著作,回歸了傳統"詩學",着意發掘中國詩人的原創性詩學智慧。如他反對用有經學色彩的"愛國主義"和來自西方思維的"浪漫主義"這樣貌似崇高却又難免流於空泛的術語去套在屈原的身上,因爲這樣便不能"使這位曠古奇才在世界人類詩史上佔有一席無以代替、甚至難以企及的富有理論説服力的位置"。他總結屈原詩性文明的開拓的三條貢獻:第一,充滿神幻色彩的心靈史詩《離騷》中"重華情節"、"求女異行",體現的是追求長江文明和黄河文明相融合的文化夢。第二,《九歌》開拓了特異的民間智慧進入文人傳統的巨大潛能。第三,屈原詩學創立了與中原的《詩經》美學不同的另一種美學形式。前者以神奇想像、熱烈情懷、發奮抒情爲特徵,後者强調的是温柔敦厚的詩教。應該説,這些認識確實是富有獨特見解的。亦雅指出,楊義先生在他的詩學著作中再三强調直面經典作品本身,他説:"我以爲最有效的詩學建構起點,在邏輯上應該是經典重讀和個案分析。我們要認識到中國的詩人在人類思維史、文明史和詩歌史上是有原創性、有專利權的。擁有中國這麽豐富深刻的文化經驗,我們完全可以創造出世界上第一流的詩學理論。所以我們要發現原創,把發現原創這四個字作爲我們基本的思維方式。"當然,這與中國文論話語的還原還不是一回事,却又是密切相關的。

　　在"文之樞紐"的欄目下,我們首先推出著名美籍作家、學者林中明先生的《劉勰文論的創新與詩學的局限》一文。與蘭珊德教授的文章一樣,這也是一篇"舊文",是林先生十多年前參加在深圳大學文學院召開的"《文心雕龍》國際學術研討會"的論文,後來進行了修訂,却一直沒有公開出版過。林先生是美國硅谷的科技精英,却對中國傳統文化情有獨鍾,於《文心雕龍》尤有會心之解和精妙之論。林先生認爲:"我們要想認識一個真正的'大師',必須有'瞎子摸象'的精神,從多方面來摸索,作片面性的評價。譬如,他曾抓住機會,孤身奏改二郊祭祀以清淨疏果,取代數千年來,(包括中西人類)以殘忍的流血犧牲,來祭祀天地神靈和祖先,這是極其大膽的'反傳統'主張和'自反而縮,雖千萬人而往'的果敢行動。"可以看出,林先生的思路是頗異於流俗的。如文中指出:"《文心雕龍》中還有一個突破漢儒傳統,回歸繼承《詩經》和孔子的特別篇章:《諧隱》。進步的文明,因爲文化的開放,都會注重戲笑的娛樂,和'文勝於武'的幽默戲劇、諷刺文學。……對於一個'缺乏幽默感的民族'(魯迅評中國人的幽默感)來説,我們回顧東方文學史,不僅要對劉勰的《諧隱》篇致敬,而且面對近幾個世紀以來西方文明高度發展的幽默品味,和對照當前流行'無釐頭'式的笑鬧,和有些人引以爲豪的'全民亂講'劇目,我們多少要感到一些'幽默感'不進反退的慚愧。"這樣的認識和言説方式,頗有天馬行空、羚羊掛角之風,顯示出林先生會通中西的學養和思維方式。他認爲:"劉勰真正的突破和大創新乃在於他才兼文武,膽識過人,竟把《孫武兵經》消化之後,或顯或隱,不見斧鑿之力地化入了他的文論,於是他能站在兵略的'知識平臺'之上,以'文武合一'的新視角來討論文藝智術,並超越了我們所知道的古今中外文論經典,爲世界文論開啓了一扇新的天窗。"又説:"劉勰在《文心雕龍》最後一篇《程器》的最後一段寫道:'文武之術,左右惟宜……豈以好文而不練武哉? 孫武兵經,言如珠玉,豈以習武而不曉文也!'這可以説是全書的結論重話。"這些對《文心雕龍》的認識和評價,既以劉勰自己的論述爲根據,又充分顯示了林先生的慧眼獨具。林先生還指出:"然而學術上優於分析者常弱於感性,復因時代限制而閑避情詩。青年時代的劉勰在定林寺寫書時,或尚未能深刻瞭解陶淵明詩文中之情操與隱秀。因此劉勰似未能'明詩'中關雎之情,和洞見陶詩中'隱秀'之義。此其詩學之局限,亦爲《文心雕龍》之'白璧微瑕'。"

　　"文之樞紐"欄目的另一篇文章是魏伯河先生的《走出"自然之道"的誤區——讀〈文心雕龍·原道〉札記》。魏先生認爲:"《文心雕龍·原道》所'原'的'道'是什麼,本來不應成爲問題。因爲在劉勰此書的理論架構中,道、聖、經三位一體,合則爲一,分則爲三,所謂'道沿聖以垂文,聖因文而明道'是也。劉勰以此爲'文之樞紐',即全書的總論。在這一'樞紐'中,既然劉勰所'徵'之'聖'是儒家的周、孔,所謂'徵之周孔,則文有師矣'(《徵聖》),所'宗'之'經'是儒家的五經,那麼順理成章,所'原'之'道'也祇能是儒家所尊奉的道,而絶不可能與之背離或有大的歧異。"他進一步指出："在劉勰看來，'道'就是'道'，而且祇有一個，就是伏羲氏（庖犧、風姓）通過'仰觀天文，俯察地理，近取諸身，遠取諸物'最先予以揭示，中間經由文王、周公的推演和闡發，最後由孔子集其大成給以完美展示，爲後世儒家所秉持和尊奉、也應當爲人世間所普遍認可的'道'。而這種'道'，集中體現於《易經》之中。……既是天地萬物的本原，又是萬物運行的規律。這樣的'道'，稱爲'易道'、'天道'、'神道'、'大道'，或簡稱爲'道'，都無不可，至少在我國古代士人心目中，無須解說，不言而喻，不會產生歧義。這種說法是否科學，另當別論，而如果還原回當時的語境，在劉勰所處的時代，這一問題在學者文人中却屬於普通的常識，極少有人會提出疑問。"應該説，魏先生所言是不無道理的，這種回歸問題本原的思路更是筆者所贊同的，但劉勰所原之道是否真的如此簡單，許多研究者指出的"自然之道"的問題是否是一個"誤區"，筆者認爲仍是大可商榷的。劉綱紀先生便曾指出："劉勰所講的'道'是《易傳》所講的'道'，但又引入了道家的'自然'觀念以及漢代王充等人所特別重視的'氣'的觀念，從而形成了具有劉勰自己的特色的'道'論。"（劉綱紀：《劉勰》，臺北：東大圖書公司，1989 年，第 25 頁。）實際上，魏先生此文的一些觀點，筆者並不贊同，但凡爲真誠之探索，皆有益於"龍學"的發展也。

在"論文敘筆"的欄目下，我們刊登了三篇各具特色的文章。首先是陶禮天教授的《中古詩論與儒家詩學——〈魏晉南北朝詩論史〉序》。該文是陶教授爲梅運生先生《魏晉南北朝詩論史》一書所寫的長篇序言。序文以"導讀"的方式進行敘述，力圖客觀地評述梅先生原著，主要包括三部分內容，一是對該書《概說》內容進行了梗介，二是圍繞該書關於中古詩論史四大類型的研究內容進行評述，主要是就第一種類型的論述加以介紹；三是以舉例形式，説明該書的諸多創見。通過陶先生的評述，説明這部《魏晉南北朝詩論史》是作者的代表著作，在扎實的文獻考辨和已有的豐富研究基礎上,釐正廓清了許多存在的問題,在總體的學術大判斷上,該書實事求是,以自己的研究所得爲裁斷,突出地強調中古詩學主要都"尊奉、沿用和發揚儒家詩學的風、雅體制"。這就與諸多研究論著不同,成爲二十世紀以來中古文論研究的代表性成果,從而取得了新的重要成就。顯然,陶教授的序言不是泛泛之談,而是言之有物的學術史評,不僅有助於我們更好地認識梅運生先生《魏晉南北朝詩論史》一書,而且對中古詩學的把握也不無裨益。禮天兄此序數易其稿,一絲不苟,其對業師的恭敬,其於學術的認真,令人感動。

其次是孫興義教授《關於"〈詩經〉文學闡釋"之内涵的分析》一文。孫先生指出,《詩經》的所謂"文學闡釋",是祇有在其被當作"文學作品"對待之後,纔會凸現出來的。把《詩經》當作文學作品對待,向來被視爲現代《詩經》學的核心問題,其實質,亦即聞一多先生所謂"用'詩'的眼光讀《詩經》"。因此,此種闡釋路向意味着驅散籠罩在《詩經》頭頂的重重經學迷霧,而使得其"文學性"光輝散發出美的魅力。可以這樣説,《詩經》的藝術問題就是建立在對其"文學性"體認的基礎之上,"文學性"成了所謂"《詩經》文學闡釋"的關鍵因素。孫先生認爲,《詩》的文藝性是任何讀解方式都無法完全避免的,其中的原因主要有兩個:一個來自闡釋主體,另一個來自文本客體。這兩個原因都使得《詩》的文學讀解不可避免,問題祇在於這種讀解對《詩》之"文學性"強調程度的輕重不同而已。如《詩》的"比興寄託",就其本身所具有的表達效果來看,原本是無所謂經學也無所謂文學的;其經學或文學的内涵,完全由闡釋者的立場或態度所決定——在經學家眼中,"興"即是"微言大義"的最好中介,而在文學家眼中,"興"成爲了"立象以盡意"而使情與景"妙合無垠"的最佳方式。可見,《詩》中之"興"並不必然地具有經學或文學的性質,但它一定是使得經學的《詩》向文學的《詩》轉換的一個最爲關鍵的環節。轉換的徹底與否,亦可視爲《詩》之經學讀解與文學讀解的一個重大區別。又如《詩經》中所傳達之性情,孫先生認爲也並非必然地就帶有經學或文學的性質,那種硬要將二者截然分開,並且把對文學性情(即所謂"人性之真情")的闡釋作爲《詩經》文學闡釋的"核心"問題來看待的觀點,其實是不妥的。因此,"《詩經》所傳達之性情的經學或文學性質,全是由闡釋者所賦予的,並且在這兩種性質間很難做出明確清晰的劃分——文學性情不一定就要聲嘶力竭,經學性情也並非就不能作爲文學表現的對象。這在某種意義上也就決定了《詩經》闡釋中絶無純粹的經學闡釋,也絶無純粹的文學闡釋。"

再次是林鋒博士《"六經皆史"與章學誠文章譜系的建構》一文。作者指出,章學誠的文章譜系包含有橫縱兩個向度的内容。縱向上,章學誠以時間爲序,將古來文章斷爲"六經之文—戰國之文—文集之文"三期。橫向上,他又依照文體的不同,將作爲文章發展最後階段的文集之文分爲"紀敍—論辨—詩賦"三體。而在劃分過程中,章學誠同時對各類文章的價值地位做了明確認定。因此他的文章譜系,不僅是一個簡潔實用的分類體系,也是一個被注入了"尊史"精神的價值序列,更是一種富於創見的文學史觀和文體觀。林先生認爲:"章學誠的文學史觀與文體分類框架與'六經皆史'説的逐步完善相始終,兩者同以校讎之學爲工具,又同以對史學的推重爲最終目的。可以説,'六經皆史'是章學誠建構文學史和文體譜系的基礎,而文學史及文體譜系的建構則是'六經皆史'的現實運用。更值得注意的是,章學誠的文章譜系同時體現了一種別出心裁的文學發展觀和文體觀念。在中國歷史上,受'文本於經'觀念的影響,六經在文章中的地位一貫是無可争議的。但是,從校讎學的角度論證六經之文至尊地位的根源,進而考察後世各文類從中流衍轉變的發展軌跡,則是章學誠的個人發明。這對習於陳見的文士來説無疑是富有啓發的'他山之石',亦值得當今的文學研究者思考和探究。"

在"剖情析采"的欄目下,亦有三篇頗具分量的宏文。首先是"龍學"宿將涂光社先生的《劉勰在〈文心雕龍〉範疇創用上的卓越建樹》一文。涂先生指出:"體大思精的理論,必有統合有序、思考嚴密精深的範疇系列。劉勰是文學領域創用範疇概念最多的理論家,他以民族文化特徵鮮明的概念組合所作的邏輯論證覆蓋文論的各個層面,並達至'思精'之境,經受住了千百年來中外文學創造和理論批評的驗證,葆有逾越時空局限的理論價值。這正是《文心》被一些近現代學者稱許和讚歎的緣由。"他認爲,劉勰在古代文論範疇創用上的貢獻無與倫比。"除了那些以基礎性理論名篇的專題之外,散見全書的其他範疇概念也在不同理論層面各得其所。劉勰移植和創用的範疇系列幾乎覆蓋了古代文論的各個層面,其中不少發揮着爲後來理論批評發展導向的作用。當然,那些在未作爲專題論證的範疇理論意義上一般有更大的開拓、深化的空間。古代文學理論批評運用的所有範疇概念都不難在《文心》中找到自己的歸屬或者淵源。"應該説,涂先生此論是毫不誇張的。

饒有趣味的是,上述魏伯河先生的文章强調對《文心雕龍》所原之道的認識要走出"自然之道"的誤區,而涂先生此文則有下面一段話:"《原道》説作爲'三才'之一的人,'心生而言立'合乎'自然之道',以爲一切有美質的事物皆有美文,'夫豈外飾,蓋自然耳';《明詩》説:'感物吟志,莫非自然';《體性》指出作家創作個性的外顯就是風格,'豈非自然之恒資,才氣之大略';《定勢》以'機發矢直,澗曲湍回'和'激水不漪,槁木無陰'譬喻,事物的運動和展示都遵循'自然之趣'、'自然之勢';《麗辭》認爲文辭對仗的依據是'自然成對';《隱秀》稱隱秀之美的出於'自然會妙'。凡此種種,都貫穿着自然論的宗旨:高境界的美自然天成;卓越的風格、美的表現形式,出神入化的藝術創造,都合乎藝術的客觀規律。標舉'自然之道'是對事物客觀屬性和規律的尊重,以及對真美和作家天成之靈慧和原創力的推崇,顯然得益於老莊美學思想的滋養。"孰是孰非,或當以劉勰所謂"同之與異,不屑古今;擘肌分理,唯務折衷"之理視之。就筆者而言,則以涂先生之論更近六朝思想發展以及劉勰思想的實際。

其次是臺灣龍友陳秀美教授的《從劉勰"文體通變觀"論"文心"與〈定勢〉之關係》一文。陳教授有《〈文心雕龍〉"文體通變觀"研究》的專著,她解釋説:"所謂'文體通變觀'是以一種後設性的詮釋視角,提出劉勰詮釋'文體'之'通變'的歷史現象,及其相關問題的'通變觀'。此一觀念、立場與主張,可提供研究者重新反思文體的'通變性'問題。故其論證的對象是'通變',且限定在'文體'的範疇上,進行探討劉勰如何以'通變'觀念來詮釋其'文體'之起源、演變的歷史現象,以及文體創作、批評的'通變性'法則。"以此爲基礎,陳教授對"定勢"的研究頗有獨到之見。如謂:"劉勰之《定勢》篇的'勢'衹是做一個必要的定義,這篇文章的關鍵在'定'字。然而'定'不是亂'定'的,'定'取決於作者的'文心'。所以'文心'如何能在創作的過程,運用通變性法則,去'定'其文體之'勢',使其形成一種創作的體勢。"進而,她指出:"'定勢'之'定',可以有兩個詞性:一是形容詞,就是用'定'來形容'勢',即是所謂'固定'之義,用它來固定'勢',所以文體之'勢'是被規範的,是確定的。二是動詞,是'擇定'之義,這是一種主觀的擇定義,是一種選擇的結果,是個主觀性去擇定下一個文體之'勢'。"同時,"'勢'應該有兩個意義:第一,是'理有恒存'之'勢',這種文體常規裏的靜態之'勢',是具體恒存的'常體'原則,也就是《定勢》篇中'圓者規體,其勢也自轉;方者矩形,其勢也自安'的'勢'。第二,是'因情立體,即體成勢'之'勢',這種'勢'是動態歷程義,它是在創作過程中經由'文心'的擇定,纔會產生的'勢',所以作者在創作時纔必須先做'定勢'的功夫。"由此,"'文心'是有勢可定的,但却不能保證其所創作之文,能成爲理想文體之'勢',因爲這個動態義的'勢',要靠'文心''洞曉情變,曲昭文體',纔能'定'其'勢'的。"可以說,陳教授對"定勢"的研究已臻相當精細的程度。

再次是臺灣蒲松齡及"聊齋"研究專家黃麗卿教授的《從"情禮融合"論〈聊齋誌異〉人倫之美》一文。該文探討蒲松齡在《聊齋誌異》中何以藉由書寫女性,來表現其對當時"情"與"禮"的對立與融合問題的反思,發現其通篇都是在建構"人倫之美"的價值。黃教授以《青梅》、《紅玉》、《細柳》三篇小說作爲論述焦點,發現在這些有意識的情節書寫裏,不但有着蒲松齡"情禮融合"的創作理想,更透現出其對"人倫之美"的時代性建構。她認爲:"這是我們看《聊齋誌異》時,最爲可貴之處。文本中的這些女性面對情愛婚姻的表現,透過在蒲松齡筆下的描述,大抵都能具有'即情顯禮'的實踐性特質,透過情與禮的辯證融合,呈顯其身爲人婦、人母、人媳的各種角色,都能發乎情止乎禮地達到'情禮融合'的人生表現,這種展現人生最高價值的表現裏,更型塑出人物在其現實存在的社會實踐中,有一種不背離傳統的美德,這樣的美德不是一種空名,而是一種生命的體現,這種生命的具體實現,正是蒲松齡寫作理想下,所要展現之人格美中的'人倫之美'的典型。"同時指出:"有關《聊齋誌異》女性生命之存在價值,雖然都有着'情禮融合'的價值意涵,但此一意涵並非制式、固定化的,其中更隱含着'因情適變'的精神,這一精神表現在這些女性面對現實問題、真愛危機、家庭變故以及禮教規範等問題時,她們行爲通常會採取主動積極地面對,來彰顯'因情適變'的生命意義。但她們行爲的改變並非對抗傳統倫理,也未脫離家庭秩序,反而是在傳統人倫關係與社會情境的變動中,重新透過'因情適變'與'情禮融合'來呈現生命的價值意涵,真正展現出'人倫之美'的可貴生命。由此創作理想的展現中,更能看出蒲松齡對'人倫之美'的時代性建構。"筆者覺得,黃教授的成果既是對《聊齋誌異》文本的直接研究,同時其結論又與中國文論的精神密切相關,如"因情適變"與"情禮融合"之論,顯然是中國古代文論的重要命題。

　　"知音君子"的欄目下有兩篇文章,首先是趙樹功教授的大作《兩漢以"才"論文演革歷程考論》。他指出,中國古代明確以"才"這一範疇論文濫觴於兩漢之際,其間大致體現爲以下演進歷程,其一,從人物品目實踐到才的理論梳理;其二,從綜論經籍著述到分疏才文關係;其三,詩人之能的論定與以才論文對文學核心文體詩歌的覆蓋;其四,騷人之品的測度及其露才特性與審美轉型時代的開啓。有關詩人之能、騷人之品的論定都出現在東漢之際,至此,以"才"論文可以説已經基本成熟,而以才論文的成熟,一定程度上又標誌着文學自覺時代的來臨。趙先生對中國古代文才思想有精心的研究和豐富的成果,故其所論舉重若輕,對相關問題的把握精準到位,令人信服。如謂:"王充以才概言文士,開後世作家論的先河;班固等則結合細緻的文本鑒察,以才較量文人品級,已經屬於成熟的作家研討,而王逸則進一步以才爲觀照,深入至文本的肌理。至此,才不僅實現了對兩漢主要文體的論列,也實現了對文體、作家、作品論列的全覆蓋。"又説:"兩漢文人們所唏噓的屈原悲劇及創作,至班固'露才'之論興而完成了其美學史觀照:一個令人悲挽的烈士從此獲得文學史的定位;一場令人心碎的抗爭從此升華爲發憤而作的文學精神;一種個人的創作情態從此定型爲'程才效伎'的文學史建構範式。其間最核心的關鍵詞便是才。班固將這種文學演革納入理論反思,以'露才'批評屈原創作的同時,洞察到了屈原辭賦的'文心'及其文學史意義,從理論上進一步深化了才與文學關係的認知。"進而指出:"東漢之際,王充、班固、王逸等以才論定了詩人之能、騷人之品,論定了詩、賦、頌、讚、箴、銘等兩漢核心文體創作與才的基本關係,並以高度的理論自覺能力,觀照到了屈騷創作中才的運使形態與中國文學内在轉型以及隨後文學歷程深刻的内部關聯。以上意義的揭示,標誌着以才論文從此走向成熟。"

　　其次是鄭西偉先生《薛寶釵的"冷"與"香"——〈紅樓夢〉心賞之二》一文。該文專門品讀《紅樓夢》對薛寶釵之"冷香"的敘寫,頗有會心之解。如謂:"性格在人與環境關係中能够體現出來,在人與人構成的場景中更能凸現。劉姥姥二進大觀園,爲逗賈母開心,在王熙鳳、鴛鴦導演下,上演了一幕裝瘋賣傻的活劇,惹得賈母等一干女人開懷大笑……這段描寫傳神寫照,如影繪形般描寫了寶玉、史湘雲、黛玉、迎春、探春、惜春、賈母、王夫人、薛姨媽等各色人等笑之性狀,唯獨没寫薛寶釵。在筆者看來,這不是作者無意疏忽,而是有意留白,是不寫之寫,即借衆人的大笑凸現寶釵個人的冷傲。"正是在如此細讀的基礎上,文章對薛寶釵的"冷"有着這樣的認識:"寶釵就是這樣的一個人,她心中有一杆極精準的秤,用以稱量每一件與己有關的事情的利弊,然後根據最大有利、最小傷害原則作出選擇。在這個過程中,她總是'冷'的,她的一切決斷都訴諸理性,決不讓情感左右自己的判斷。她也不介意姐妹、長輩怎麽看,祇要她認定的事,誰也勉强不得她。説到底,這不完全是性格上的原因,而是價值觀在作祟。也就是説,寶釵的'冷'是建立在'利己'的前提之上的。'利己'是她考慮一切問題的出發點。一切人,一切事,她都放在'利己'(保護自我不受傷害)的天平上進行衡量,然後作出取捨。當下時髦話來説,寶釵是個典型的'精緻的利己主義者',説'精緻'是因爲她的所作所爲,都披着合理的外衣,不着痕跡。"但又進一步指出,從深層次上説曹雪芹有着對寶釵的終極關懷,"作者不讓寶釵用情太深,是善意地爲她構築一道心理防護牆,以對抗或抵禦命運加到她身上的一切不幸。當'四大家族'走向没落,當婚姻遭遇破裂,'冷'就成爲她抵禦寒冷的唯一武器。曹雪芹正是用這樣的一種形式來表達'悲金'情懷。"應該説,這樣的解讀是頗爲"用心"的。

　　本期"學科縱横"欄目下,也有兩篇頗有分量的文章,首先是朱文民先生《〈易〉學視域下的〈文心雕龍〉研究述論》一文。文章

不僅挖掘出一些值得關注的重要"龍學"成果,如劉綱紀、朱清等
對《文心雕龍》與《周易》關係的闡述,"像吳林伯、柯慶明、韋政通
等學界巨擘,對《文心雕龍》性質的評論與定位,很值得我們參
考",而且進一步指出,用《易》學視角研究《文心雕龍》,找到了劉
勰思想的本源,證明《文心雕龍》中的"道"是源於《周易》的;同時,
也解開了劉勰説的"位理定名,彰乎大易之數"在《文心雕龍》中的
實施之謎,證明現在傳世文本中的篇序是效仿《周易》六十四卦
"兩兩相偶"排列的;上下兩篇之分是效仿《周易》上下兩卷之分,
《唐志》十卷之分割裂了原篇序之間的内在聯繫。《文心雕龍》反
映出來的思維模式是易學思維模式,而非其他。歷史上很多關於
《文心雕龍》的爭論,在《易》學視域下迎刃而解。用《易》學視角研
究《文心雕龍》,不僅提高了《文心雕龍》的學術地位,還可看到劉
勰不僅是一位偉大的文學理論家,還是齊梁時期一位少有的哲學
家和易學家。朱先生認爲:"近些年學者開始注意到《文心雕龍》
與《周易》的關係,這是'文心學'研究的一個很大的進步。研究
《文心雕龍》,僅讀幾本文學史和支離破碎的文學評論文章是不够
的,應該從學術史和思想史的角度去深化對《文心雕龍》的認識,
纔有可能找到真諦。"

其次是張然《論李曰剛〈文心雕龍斠詮〉的成就》一文。文章
指出,臺灣地區學者李曰剛先生是二十世紀"龍學"史上的大家,
其《文心雕龍斠詮》一書從各方面來看均可謂巨製。其規模宏大,
内容豐贍,在臺灣地區頗具影響力。從其校注成就上講,博采衆人
之長,補正前人之失,於唐寫本之校特細,增補了不少前人未注的
出典,無論從臺灣地區還是大陸地區而言,都是一個具有代表性的
較爲完善的校注版本。從其理論成就上講,文原論、文類論、文術
論、文衡論,四論中均有理論亮點,尤其是其"文體觀",通過對比
西方相關文學理論,從本民族理論的特質入手,指出"文類"與"文
體"的差異,這不僅是《文心雕龍斠詮》一書的理論亮點,也是臺灣

地區"龍學"界在此問題上的代表性言論。從其影響力上來講,尤其是在二十世紀,臺灣地區的《文心雕龍》研究,從文字的理解到理論的闡發,大都源出此書。同時,《文心雕龍斠詮》不僅僅是一部"龍學"著作,更是一部以弘揚民族傳統文化爲大志的著作,其作者李曰剛不愧爲整個"龍學"界華語區的優秀代表。

　　本期的"文場筆苑"欄目下,我們首先刊登了徐傳武教授的詩作《論歷代作家一百首》,徐老師從屈原寫到巴金,雖語不涉難,但一韻到底,不僅顯示了深厚的古典文學和文化修養,而且所評均發自肺腑,啓人神智,可以説繼承了中國古代論詩詩的優良傳統。其次是張燈先生《生命的透支——〈文心雕龍譯注疏辨〉出版感言》一文。通過該文,我們可以略窺張先生爲《文心雕龍譯注疏辨》一書所付出的辛勞,如謂:"單以僅占 10 萬字篇幅的譯文爲例,每一篇的修改潤色一律都在十二遍以上,多的則自己也難以計數了。可以説,筆者就像是一名手工裁縫,《譯注疏辨》乃是一針針一綫綫綴縫而成的成品。"其情其狀,令人動容。張先生説:"人生一世,白駒過隙,能留下點有價值的東西,恐比渾渾噩噩活它百歲更有意義。所以,有人若要問我是如何從事學術探索的,我想歸納的第一句話就是:生命的透支!"按説,人生苦短,本不應透支,但張先生之所以不惜於此,乃在於其"價值"所在,如先生詩作所云:"待到龍書全本出,黃昏抱病亦甘甜。"這正是"龍學"之樹長青的根本所在吧。

三、"龍門"深似海——答問録一

　　老師您好,您出版過很多有關《文心雕龍》的著作和論文,請談一談您是怎樣走上研究《文心雕龍》的道路的?

　　應該説我並非一上大學就有意識地走上研究《文心雕龍》的道路。我們這代人讀研的話,大家都是爲了做學問。和你們不太一樣，我們那個時候本科生畢業以後大家可以有很好的工作，國家包分配，每人一個單位，都非常好。比如像我那些同學，中央電視臺啊，人民日報、國務院辦公廳、中國青年報……這樣的單位都不是很難去，所以大家要是想讀研究生的話，都是想做學問，首先有一個要做學問的前提。至於說做哪一門學問，我爲什麼要做《文心雕龍》的研究，主要是因爲牟世金先生的關係。當時我們考研的話和現在考博差不多，就是你想念誰的研究生，就考誰的。那當時我想，要讀研，讀誰的呢？當時我們中文系牟老師很有名，特別是我看過他一本《文學藝術民族特色試探》，覺得他的文筆非常好，學問做得很扎實。後來又買到他的《文心雕龍譯注》。我就想我一定要考牟老師的研究生。成了牟老師的研究生後，當然你就要研究《文心雕龍》，他就是研究《文心雕龍》的。所以是跟着導師研究《文心雕龍》，不是說我一上大學就準備研究《文心雕龍》。當時牟老師對我們的要求就是，祇要你看到《文心雕龍》的書，你就要買，不管這個書有沒有水平，也不管是誰寫的，祇要你沒有，一定要買。爲什麼呢？我們的研究方向就是《文心雕龍》，牟老師的說法就是，你們已經都是《文心雕龍》專家了，那《文心雕龍》的書當然要買呀。所以是這麼研究《文心雕龍》的。至於畢業以後爲什麼還要研究《文心雕龍》呢？這主要是研究生期間打下了一個比較好的基礎，念了很多《文心雕龍》研究論著，你自然就對《文心雕龍》產生了興趣，裏面有很多問題沒有搞清楚，自然就會有興趣去研究，用牟老師的話說叫"一入龍門深似海"。《文心雕龍》有很强的吸引力，你祇要進去以後，很多問題是很有意思的，自然你就會"欲罷不能"。不過對我來講，不是說一直心無旁鶩，一直在研究《文心雕龍》，中間我也有一段時間辦過報紙什麼的，沒有一直專心致志地研究《文心雕龍》。一個人的一生很長，一輩子你說從一開始就研究一本書，直到最後，這恐怕很難。人都是要走一點彎路的，彎路並不一定就是壞事，你的經歷可能會因此更豐富，不一定一直做一個事情。另一方面呢,你做過一點別的,比如說你到社會上去摸爬滾打一陣兒,甚至幹一點和學術沒有直接關係的事情,這對返回頭來再做學術,可能是有用的。你的認識、你的看法,特別是你的思路,可能就不一樣了。

　　老師,您覺得《文心雕龍》是一本怎樣的書呢? 它何以發展成一種專門的學問即"龍學"?

　　這確實是個問題,一本書怎麼會成了一門學問,應該說是值得探討的一個事情。首要的一個原因當然是這本書很了不起,内容很豐富、很獨特,有研究的價值。一本書成爲一門學問,《紅樓夢》是一個例子,《紅樓夢》研究發展成了"紅學";《文心雕龍》也是一個例子,《文心雕龍》研究發展成了"龍學"。我覺得首先取決於這個書本身的價值,不是誰讓它發展成一門學問的,是客觀地形成的。《文心雕龍》研究形成一門"龍學",牟老師認爲開始於 1914到 1919 年之間,黃侃在北大講《文心雕龍》,把《文心雕龍》作爲一門學科,搬上大學的講壇,牟老師說這是一個學科的開始。在近代以前,比如說清代,也有不少人對《文心雕龍》評價很高,但是那個研究不系統,祇是一般的文字上的注釋或者校勘,特別是不能從理論上闡釋《文心雕龍》,所以還不能算是一門學科,祇能說是《文心雕龍》的一些零散的研究。《文心雕龍》研究成爲"龍學",牟老師說是從黃侃在北大講《文心雕龍》開始的,現在大家基本上同意這個說法。從那時到現在,所謂"龍學",正好經歷了一百年的時間。這一百年間,很多學者,特別是有很多大師,對《文心雕龍》都很有興趣,他們都有專著,從黃侃,到范文瀾,到楊明照、詹鍈、王元化、我們"馮陸高蕭"之一的陸先生,都有《文心雕龍》的專著。同時呢,各個大學,都開《文心雕龍》的專題課,剛纔說黃侃在北大開講;大概和黃侃差不多同時,劉師培也講過《文心雕龍》;其次是武漢大學,黃侃在武漢大學的前身武昌高等師範專科學校講過《文心雕龍》,黃侃之後,劉永濟在武漢大學講《文心雕龍》;然後是范文瀾在南開大學講《文心雕龍》，後來形成《文心雕龍講疏》，最終形成《文心雕龍注》，也就是著名的范注本；然後就是我們山東大學，陸先生、牟老師，都講過《文心雕龍》。各個大學開設《文心雕龍》的專題課，那必然就吸引一批學生聽課，自然也就有一批人慢慢地走上研究《文心雕龍》的道路，事實就是這樣的。比如說，北大後來有張少康研究《文心雕龍》，武漢大學在劉永濟之後，吳林伯有《文心雕龍義疏》，吳林伯之後有羅立乾，一直到現在的李建中。你看南開大學，范文瀾先生研究《文心雕龍》，後來羅宗強先生研究中國文學思想史，成就斐然，也出版了《文心雕龍》專著。我們山東大學從陸先生，到牟老師，到于維璋老師、張可禮老師，我們院的馮春田老師，還有我，可以說薪火相傳，一直在研究《文心雕龍》，這都是由大學課堂上講《文心雕龍》延伸出來的一個成果。學術就是這樣，前後相傳，薪火不斷。所謂一門學問，得有成果，有很多專著，有很多論文，有很多人在探討，那自然就形成了一門學問。

　　《文心雕龍》研究成爲一門學問，還有一個標誌就是中國《文心雕龍》學會的成立。1982 年，在濟南召開了第一次全國性的《文心雕龍》學術討論會，那是成立《文心雕龍》學會的一個預備會議，到第二年 1983 年就在青島成立了中國《文心雕龍》學會。爲了一本書，成立一個全國性的學會。當時的會長是著名詩人張光年——《黃河大合唱》的詞作者光未然，名譽會長是當時的文聯主席周揚，秘書長是我們牟老師，有兩位副會長，一位是當時的上海市委宣傳部長王元化，一位是川大的楊明照教授。這是當時規格最高的民間學術團體。學會一成立，中國社科院成立了一個《文心雕龍》考察團，訪問日本。當時是王元化帶隊，復旦的章培恒教授、我們牟老師，一起去考察日本的《文心雕龍》研究。回來之後，牟老師專門寫了"日本《文心雕龍》研究一瞥"，介紹日本的"龍學"。與此同時，我們"龍學"的另一脈——臺灣的"龍學"也是碩果纍縈。還在我們搞"文革"的時候,臺灣就産生了一批《文心雕龍》研究者,像黃侃的弟子李曰剛,有《文心雕龍斠詮》,特別是我經常提到的王更生先生和牟老師同年,出版了十幾種《文心雕龍》的專著。我們學會成立之後,還辦了《文心雕龍學刊》,後來《文心雕龍學刊》改成《文心雕龍研究》。這樣就很成體系了,你看有學會,有學術刊物,這是學術陣地,有很多人在發表很多研究成果——專著、論文,直到今天,《文心雕龍》的專著,超過四百部,文章、論文大概能有一萬篇。所以説《文心雕龍》研究成了一門學問——"龍學",這是多少人不停地努力的結果。

那麼爲什麼大家會對一本書的研究這麼努力、這麼感興趣?不是誰來號召説你都來研究《文心雕龍》,這是自發的。《文心雕龍》不是一本簡單的書,不是一本平凡的書,而是"一入龍門深似海",一旦你想念《文心雕龍》,你會被它吸引,會被它的理論所折服,特別是會被它所建構的那一個體系所征服。在中國文化當中,《文心雕龍》很獨特,正是這種獨特的意義吸引了大批著名的學者來研究它,從而産生了衆多的成果。主要是這個問題。那《文心雕龍》有什麼獨特呢? 我概括了大概五個方面。第一,它是中國文論的元典。中國文論浩如煙海,但是,真正稱爲元典的著作,我説祇有一部《文心雕龍》。"元典"是武漢大學馮天瑜教授提出的一個概念,所謂"元典",就是首要之典、根本之典。《文心雕龍》是中國文論的元典,就是説中國文論後來很多著作、很多理論,特別是很多範疇,都是從那裏生發出來的。第二,它是中國美學的樞紐。樞紐是什麼呀? 關鍵。中國美學的一個關鍵環節。什麼叫樞紐啊? 就是上邊來的水到這兒,匯合起來,從這兒開始,往下邊流,都以這個爲源頭。從《文心雕龍》開始,中國美學的範疇、體系,基本上都是《文心雕龍》這個理論體系的延伸,從《文心雕龍》生發出來的,也就是説後世中國美學當中基本的理論問題,主要的理論範疇,在《文心雕龍》裏面都有。所以它是樞紐。第三,它是中國文學的精要。從文論的角度講是元典，從美學的角度講是樞紐，那麼從所謂"文學"的角度講，在中國文學史上，《文心雕龍》有什麼意義呢？它是中國文學的緊要之處，或者說，你要打開中國文學寶庫的話，必須用《文心雕龍》這把鑰匙。比如你要念《文選》，我們中國古代講"《文選》爛，秀才半"，那你要讀懂《文選》的話，一定要讀通《文心雕龍》。你對《文心雕龍》不熟悉，你看《文選》，那是很難的；反過來，你要是有《文心雕龍》的基礎，再去讀《文選》的話，那會事半功倍。爲什麼呢？《文選》的選文標準，《文選》的文體分類，和《文心雕龍》都密切相關。《文選》是中國文學的一個典型選本，要學好中國文學，當然要讀《文選》，而要讀通《文選》，要念《文心雕龍》。第四，它是中國文章的寶典。我們今天所謂"文學"，是從西方引進的一個概念，事實上中國古代叫"文章"。中國古代的"文章"概念比我們今天的"文學"概念寬得多，包括衆多的實用文章、實用文體。你要寫好文章，當然包括文學創作，不止限於文學創作，衆多的實用性文章，要寫好的話，念《文心雕龍》，也是一個捷徑。《文心雕龍》是文章的寶典，用清代黃叔琳的話說叫"秘寶"——"藝苑之秘寶"。最後，我說《文心雕龍》是中國文化的一部教科書。就是說它這個"文"，《文心雕龍》的"文"，不等於今天的"文學"，而是範圍寬廣得多，特別是地位重要得多。重要到什麼程度呢？就是《序志》篇裏說的"五禮資之以成，六典因之致用，君臣所以炳煥，軍國所以昭明"，社會生活的各個方面——經濟、軍事、儀節、制度、法律，都離不開劉勰所說的"文"。劉勰說社會生活中都離不開"文"，那它這個"文"就不僅是我們今天藝術的"文"，它要寬廣得多，包括了所有的落在紙上的文字。劉勰的"文"包括所有的文章，所以它很重要。劉勰的論述實際上就是提供了一部中國傳統文化的教科書。正是因爲《文心雕龍》有這五個方面的意義，所以大家纔去研究它，特別是剛纔我說很多大師，都不約而同地去研究《文心雕龍》。像黃侃，他是語言文字學家，但他專門講《文心雕龍》。范文瀾是史學家,他也要研究《文心雕龍》。王元化是思想家,文化學家,但他的《文心雕龍講疏》,成爲他的著述中最著名的一部。所以不同的人會從不同的角度對《文心雕龍》產生興趣,希望去發掘它的重要價值——思想價值、理論價值、文化價值。比如有好幾本談《文心雕龍》與新聞學的著作,他們是從新聞學的角度談《文心雕龍》。這就是爲什麼《文心雕龍》會形成一門學問,不同的人、各行各業的人,從不同的角度都能從《文心雕龍》當中找到自己有用的東西,能够發掘《文心雕龍》有益於自己行業的價值,所以人們喜歡《文心雕龍》,進一步去探索《文心雕龍》。

老師,您覺得,在研究《文心雕龍》的過程當中,最難、最重要的是什麼?

《文心雕龍》比較難讀,一是因爲它是文論,二是因爲它是用駢文寫的,駢文是中國古代一種獨特的文體,就是所謂的四六文,在形式上很講究,要求比較嚴格。它本來是一種用於欣賞的、藝術性的文,像詩一樣。那麼用這種藝術性的文來談理論,相當於戴着鐐銬跳舞,很難。劉勰用這樣的形式來談理論,結果就是一方面留下了一部美文經典,像范文瀾先生說的,"駢文高妙至此,可謂登峰造極"。但是另一方面,它的內容是理論,這樣就留下了很多空白,就是說它不是邏輯性的語言,不是思辨性的語言,在理論上就留下很多空白,有很多理論範疇沒有定義,沒有闡釋,就留下一些每個人理解起來不一樣的東西,留下了這樣的空間。所以念《文心雕龍》,研究《文心雕龍》,首先是一個語言問題,就是怎麼樣讀懂劉勰的語言,劉勰的獨特的話語,這是一個很大的問題。其次,那就是我始終强調的一個思維方式的問題。劉勰有自己的思維方式,劉勰的思維方式他自己叫"擘肌分理,唯務折衷",就是說最終要達到這樣一種"折衷"的境界。而我們今天的理論思辨能力,能不能達到劉勰那個"折衷"的境界,是有問題的。你達不到這樣一個

“折衷”的境界的話,你去理解劉勰、探求劉勰,很可能會打折扣,就是説讀不懂劉勰、無法理解劉勰。我們今天研究《文心雕龍》的很多學者都認識到,劉勰念過的書、劉勰的理論修養、劉勰的文化修養,是多方面的——儒、釋、道、經、史、子、集,可以説,劉勰把他那個時代,他所能看到的方方面面的書,都看到了,他的修養很全面,哲學、經濟、政治、思想、文化無一不通。很可能我們的修養達不到,達不到劉勰這樣貫通的境界。所以我覺得今天我們念《文心雕龍》,首先就是和劉勰不太對等,我們没有劉勰這麽高的傳統文化的修養。特别是劉勰還懂佛學,比如説因明學,大家都説《文心雕龍》受到因明學的影響,我們很少有人懂因明學,所以讀《文心雕龍》就有一定的難度。當然,最後還有一個關鍵的問題,就是研究者的觀念。比如説《文心雕龍》是一本什麽書呢？從黄侃開始,就主要把《文心雕龍》當成一部文學書、文藝學著作,但隨着時代的發展,《文心雕龍》在不同人的視野當中,不同研究者的視野當中會有不同的認識。直到今天,我覺得《文心雕龍》不僅僅是一部文學著作,而是有着多方面的文化意義,剛纔我們説了。既然有多方面的文化意義,假如你單從文學的角度去研究《文心雕龍》的話,就成問題。所以,研究《文心雕龍》,用我們牟老師的話説,它其實是一個邊緣學科、綜合學科,或者説是一個交叉學科。它的難就在於,你要懂很多學科的知識,比如哲學、文學、史學。所以王元化講研究《文心雕龍》要三個結合:古今結合,中外結合,文史哲結合。這就是它的難,就是説你單從一個角度,比如文學的角度、文藝學的角度,想研究清楚《文心雕龍》,是不太容易的。

　　您研究《文心雕龍》最大的收穫是什麽？

　　最大的收穫嘛,可以説是離《文心雕龍》越來越近,離劉勰越來越近。我們老師説“龍門一入深似海”,但是你一步一步往前走,你離劉勰就會越來越近,離《文心雕龍》就會越來越近,你離他們越來越近的話,其實就是離中國文化越來越近。因爲剛纔我説它是中國文化的教科書。離中國文化越來越近,對中國文化的精髓、精華、精要,你就有所體悟,有所把握。那麼自然首先最大的收穫是對自己的人格、對自己的精神有重要的啓發、啓迪、陶冶。一個研究中國文化的學者其實首先是身體力行,按照其中的要求塑造自己。我一直反對居高臨下地去研究中國文化,尤其是作爲現代人覺得自己高於古人那樣的態度。我覺得研究古人,研究古代文化,首要的是學習古代文化,從古代文化中吸收營養,尤其是研究《文心雕龍》這樣的元典著作。研究古代文化,真得能有所體會,能使自己的整個思想、境界有所提高,這應該是最大的收穫。其次,那就是理論思維、理論修養。《文心雕龍》從形式上説,用的是藝術性的形式,用的是駢文,但是劉勰的理論思維是發達的,理論境界是極高的。我讀《文心雕龍》,會從《文心雕龍》中體會到劉勰的思維方式,體會到劉勰的理論追求,特別是他所追求的那樣一種理論境界,我覺得是很高的。《序志》篇中説的"有同乎舊談者,非雷同也,勢自不可異也;有異乎前論者,非苟異也,理自不可同也。同之與異,不屑古今;擘肌分理,唯務折衷",我認爲正是對《中庸》所謂"極高明而道中庸"的精確闡釋,追求這樣一種理論境界,我覺得對一個人的思維方式是至關重要的。一個人在社會上,你辦什麼事情、看什麼問題,你首先要有好的思維方式、正確的思維方式。這是需要訓練,需要學習,需要修養的,《文心雕龍》提供給了我們這樣一個良好的思維方式,我覺得這對我的影響、啓發非常大。第三個好處的話,就是寫文章。《文心雕龍》是文章學。什麼是文章學,我經常説,就是要把文章寫得花團錦簇。《文心雕龍》教給了我們,什麼樣的文章纔是美的文章,它提供了這樣的標準,更是不厭其詳地講了怎麼把文章寫得美。比如你念《文心雕龍》,一個明顯的感受是,劉勰説話一定不重複,對吧。四六句,兩兩相對,同樣的意思一定要想出不同的話、不同的詞語、不同的範疇來表現。不要説重複的話,那我覺得寫文章尤其是這樣,也就是説你這個意思在這裏説過了,用了這個詞,那下個地方你就要找一個別的詞,這樣纔能把文章寫得美,寫得漂亮,無愧於我們的漢語。我們的漢語是漂漂亮亮的語言,是豐富多彩的語言,是博大精深的語言,《文心雕龍》提供給了我們這樣極好的範本,念《文心雕龍》,如果自己的文章寫不好的話,那就没念好《文心雕龍》。

　　老師,您最近出版的《國學典藏·文心雕龍》中收録了清代黄叔琳的注,紀昀的評,李詳的補注,劉咸炘的闡説,可謂是一本集大成的輯校,那麽您對這四位前輩的思想怎麽看呢?

　　首先它算不上集大成,實事求是地説,不是一個集大成的著作,它祇是一個有特點的著作,是一個"龍學史"的成果。從《文心雕龍》研究史的角度,剛纔我講,"龍學"一百年,這是對作爲學科的"龍學"而言。在"龍學"形成以前,前"龍學"時期的話,也有它的成果,最重要的成果就是黄叔琳的《文心雕龍輯注》,他集中了在清代以前《文心雕龍》注釋的成果。清代以前,比如明代有王惟儉《文心雕龍訓故》,但是注釋比較簡單,而黄叔琳的注釋就比較詳細了,因而成爲清代以後《文心雕龍》的一個通行本。但是,要念這個《文心雕龍輯注》的話,有一個問題,就是裏面有一些錯誤。所以我就把紀昀的評語收進去,因爲紀昀的一些評語糾正了黄叔琳輯注的某些錯誤。同時又收入近代著名學者李詳給黄叔琳作的補注。這樣三個人的成果合起來,自然就對黄叔琳的輯注有比較完整的把握。最後加上劉咸炘的"闡説",這是這個本子的一個特點。劉咸炘的《文心雕龍闡説》知道的人很少,研究《文心雕龍》的人基本上都没有看過,事實上,劉咸炘作《文心雕龍闡説》的時候,他的底本就是黄叔琳的《文心雕龍輯注》,所以他也有一些對黄注的補充、闡發,當然更重要的是劉咸炘自己對《文心雕龍》的每一篇進行闡釋,特别是,我最欣賞劉咸炘的一點是,他原原本本地闡釋《文心雕龍》,闡釋劉勰自己的思想,他没有受到當時已經開始引進的西方文藝學的影響,而是從劉勰的主體出發,站在劉勰的角度,想劉勰所想,闡發《文心雕龍》的思想,這是極爲可貴的。總之,我的這本書説不上集大成,祇是從一個角度展示、總結一下前"龍學"時期的成果,如果説體現清代至近代這樣一個時段的前"龍學"時期的成果,那可以算得上是集成性的。至於説這幾位"龍學"前輩的思想,其中最有特點的,我覺得是劉咸炘對《文心雕龍》的闡釋,我已有長文進行介紹,這裏就不多説了。

老師您曾經在《文史哲》上發過一篇文章,題目叫做《文章千古事》,您能具體講解一下嗎?

"文章千古事"是杜甫的話,這裏的"文章"不同於我們今天所謂"文學"。我們古代的文章是什麽呢,是孔門四教"文行忠信"之首的那個"文",它是人生修養的一個很大的問題。你可以不喜歡文學,比如不喜歡小説,不喜歡讀詩,但是你離不開我們古代所説的"文章",爲什麽呢? 比如你要考公務員,就要考"申論",要寫文章;將來你當了領導還要寫文章,要作報告;就算你幹企業,也要整理各種文件,這都是文的功夫。所以文章是我們生活當中須臾不可離的,不是一個簡單的消遣或怡情悦性的問題。所謂"文章千古事",我覺得首先有這樣一個意義,是説文章很重要,比我們今天所謂"文學"重要得多。當然,杜甫所謂"文章千古事,得失寸心知",他是從寫文章的角度講,意味着要很嚴肅、很認真,不能隨隨便便。無論是一篇博士、碩士論文,還是一篇小文章,都要一絲不苟,一個標點符號、一個注釋、一個人名,都要認真到一點差錯都沒有,這叫"文章千古事",這是一個態度。其實這兩方面是密不可分。剛纔我説立身行事離不開文章,因爲離不開,所以很重要,所以要極爲嚴肅、極爲認真地去應對,來不得半點馬虎,它是"千古事"。爲什麽我要拿杜甫的話來講《文心雕龍》呢,因爲《文心雕龍》很充分地體現了"文章千古事"的精神。《文心雕龍》就是嚴肅認真地研究文章如何重要、文章有什麽樣的地位以及怎麽寫文章的一部書,所以我談《文心雕龍》的文章,大題目叫《文章千古事》,我覺得以此概括《文心雕龍》的精神，是合適的，能够發人深省。另外，我特別想以此提醒人們，劉勰所説的"文"或"文章"，不是我們今天所謂的"文學"，我們不能忘記老祖宗經常用的"文章"的含義。

老師，在您主編的《中國文論》(叢刊)的發刊詞中，您提到辦這本期刊的目的和初衷是：超越從西方引進的所謂"文學"觀念，回歸中國文論的語境，還原中國文論的話語體系，從而原原本本地闡釋中國文章、文學以至文化，發掘其獨特的價值和意義。但是目前有一種聲音認爲中國文論的回歸是不可能的，您怎麽看？

這是個大的話題。首先我覺得，"五四"運動以來中國現、當代文藝學並非中國古代文論的自然延續和發展。這裏不僅僅是中國文論的問題，而是中國傳統文化普遍面臨的問題，就是"五四"運動把中國的傳統文化進行了切割，在很多方面把根都刨斷了。"五四"運動以後我們文化的發展，主要理念是從西方引進來的。當然，徹底的割斷不可能，比如我們運用的語言，我們用的還是漢語，但也由文言變成了白話，而且我們有一個階段曾想推廣拼音文字。所以不衹是文論，幾乎所有重要的理論都來自西方。從文論的角度説，現代大學裏面的文藝學，或文學概論、文學理論，和中國傳統文論可以説根本就關係不大，是從西方引進的，從體系到理論範疇到理論内容都是引進的，衹不過裏面的話是漢語，用的字是漢字，如此而已。當然，有的教材裏面用了一些中國文論、古代文論的範疇、概念，但那些引用都是爲了佐證，爲了闡釋那個原有的文學體系——西方的文藝學體系，就是説有了一些古文論的内容，但主要是一些點綴。所以從文論的角度看，它不是中國古代文論的自然發展，是被割斷的，被抛棄了，是另起爐竈搞的這麽一個東西。在這個基礎上，在這個前提下，你説中國古代文論的回歸或者中國文論的還原，確實是很難的，几乎是不太可能的。但是我們抛開現代文藝學的這個前提，從理論上我們看有没有回歸和還原的可能性呢,應該説就不一定了。有人説現代文論已經這個樣了,已經用了一百年了,大家耳熟能詳,駕輕就熟了,在很多方面看起來也行之有效,比如説現當代文學,理論也好,創作也好,看起來都是順理成章的了,像這樣發展下去,中國古代文論想回歸是不可能的。

這裏,我覺得首先要理解什麽是中國古代文論的回歸還原,首先理解中國古代文論話語的回歸還原是一個什麽問題。我講的中國文論話語的回歸也好,還原也好,不是説我們徹底抛棄現在的文藝學,從西方引進的文藝學我們不要了,大家直接來念《文心雕龍》,用古代文論來説話,用古代文論來分析我們現當代的文學作品,我説的回歸還原不是這個意思。我説的回歸還原,是説我們的古代文論,我們的很多話語、範疇、體系,它的很多理論主張,是可以用的,它不是不可以用,祇是我們忘記了用,不知道用。你不用不等於它不好,不等於它不能用。比如葉朗的《美學原理》,他就用中國文論中的"意象"來作爲核心範疇建構自己的體系,事實證明是可行的,這就是一種回歸,一種還原。再比如現在臺灣的有一些學者,就拿《文心雕龍》來分析白先勇的小説,來分析現當代文學作品,也是一種有益的實驗,也證明了古代文論的生命力。簡單地説,就是不再以西方爲中心,不再以我們現在的從西方引進來的文學理論爲中心,而是可以我們固有的中國文論來説話,甚至也可以爲中心,以我們中國原有的文論話語、文論體系爲中心,吸收西方的文藝學,吸收我們現有的文藝學理論中的那些理論觀點,這樣來融合,這便是回歸和還原。事實證明,中西方文論是相通的,而不是水火不相容的,所以它們的融合是完全可能的;説回歸和還原,祇是説我們抛棄了很長一段時間,忘記了我們自己家裏有很多財富,是可以拿出來用的。有些問題不必强調以你爲主還是以我爲主,要强調是不是更符合文學的實際,更符合文章的實際。比如從文體的角度來講,現代文藝學的文體觀念顯然不適合我們中國固有的文體。詩歌、散文、小説、戲劇,就這幾條説完了,而《文心雕龍》的文體論談到了三四十種，我們到現在還在用這些文體，比如我們在孔府舉行祭孔大典，要寫一個祭文，這個祭文屬於文學當中的哪一種呢？顯然現在的文學概念包括不了，我們的文章概念不止能包括，而且劉勰專門告訴你如何寫祭文。這個直接就能用，不存在不能回歸、不能還原的問題，衹是你用不用的問題，知不知道用的問題；你衹要用，拿過來就能用。前段時間我們的古文論研究有一個說法，就是中國古代文論的現代轉換，我認爲連轉換都不存在，不需要。有很多直接就可以用，比如說"風骨""意境""神韻"，這些概念在古代文論闡釋的時候很有些說不清楚，可是在文章的評價當中，你是可以直接用的，比如說有的文章，你說它很有風骨，讀者是懂的，你說誰的文章很有風骨，他也會很高興的，這證明什麼呢，證明"風骨"這個概念是可以直接用的，還用轉換嗎？既不用轉換，也沒有回歸不成的問題，所以說回歸、還原不是不可能的，衹要你願用，自然是可以的。如此說來，這個問題反倒是很簡單的。首要的是態度問題，觀念問題，有了正確的態度和觀念，就可以落實到回歸和還原的行動了，也許沒有我們想像的那樣難。

　　最後想請您對我們後輩做《文心雕龍》的研究提一些忠告或者建議。

　　我們經常聽到一個說法，就是《文心雕龍》還有什麼好研究的，還有什麼要說的呢，已經有四百部以上的著作，一萬篇以上的文章，總字數的話，超過一億字吧。《文心雕龍》本身有三萬七千多字，有超過一億的漢字來研究它了，那就是每一個字都被研究過，每一塊磚都被搬過了，你來搬哪一塊呢？經常有這樣的問題，我說，這其實是杞人憂天，多慮了。爲什麼呢，王國維不是說一個時代有一個時代的文學嗎？學問也一樣，一個時代有一個時代的學問。時代不同了，研究主體不同了，學問自然會與時俱進。二十年代、三十年代出生的老一輩學者，他們有他們的思維方式，有他們對世界的認知，對文化的修養，我們後來的五零後、六零後，我們有自己的思維修養、思維方式,我們念《文心雕龍》有自己的角度,那是不一樣的。你們也一樣,七零後、八零後、九零後、零零後自然有你們新一輩所面臨的問題,你們會形成獨特的思維方式,用你們的思維方式來念《文心雕龍》,看法、觀點、得出的結論自然和前輩是不一樣的,所以我覺得不用擔心你對《文心雕龍》是否還有話說,一定是有話說的。當然這也取決於《文心雕龍》本身的蘊含,當年牟老師說"讀懂原文,搞清本義"是《文心雕龍》的研究方法。他說《文心雕龍》研究起點是什麼呢,讀原文,《文心雕龍》研究的終點是什麼呢,讀懂原文,就是從讀原文開始到讀懂原文結束。可是為什麼沒結束呢,這個原文實際上你是不可能徹底讀懂的。《文心雕龍》是不會變了,但是"江山代有才人出",《文心雕龍》的讀者是會變的,不同的時代會有不同的讀者,會從《文心雕龍》中發現不同的問題,會讀出新的意思來。可以肯定地說,九零後、零零後讀《文心雕龍》,你的腦子裏的劉勰究竟要告訴你什麼,你怎樣拿《文心雕龍》解決新時代的問題,和我們五零後、六零後腦子裏的想法肯定是不一樣的。當年我跟牟老師學習的時候,我絕對沒有想過將來我會出上十本《文心雕龍》的書,但後來變成了事實,為什麼呢,就是我覺得有話要說,有和我老師不一樣的話要說,那你們新一輩仍然是有新的話要說,有和老師不一樣的話、不一樣的體會、不一樣的想法要說,這是沒有問題的。但是我覺得最重要的,你要能做到這一點。不是每一個人都能做到這一點,從理論上講學無止境,從道理上講你一定可以有新發現、新想法,一定可以有新的成果,但不是所有的人都有,甚至大多數人可能沒有。那怎麼樣纔能有,我特別重視的一點就是思維方式的訓練,訓練一個良好的思維方式。什麼是良好的思維方式? 我個人欣賞的是上面引用過的"極高明而道中庸"的話,也就是劉勰講的"擘肌分理,唯務折衷"。訓練成一個良好的思維方式,你自然就有新發現。否則,你可能確確實實覺得這些話前人都說過了,實在沒有新的話要說了,很可能會出現那樣的結果。當你感覺到實在沒有話說的時候,你要想一想是不是思維方式出了問題。祇要你的思維方式訓練良好,那你的整個眼界就不一樣,面對同樣的問題,特別是面對同樣的資料,同樣的一段話,你的理解就可能跟別人不一樣,可能更接近劉勰,可能有新的想法。當然,我強調"中庸",强調"折衷",不是爲新而新,務求新説,更不是"語不驚人死不休",而是要以"求是"爲根本目標,牟老師所謂"讀懂原文,搞清本義",正是這個意思。

四、"龍學"的年輪——答問録二

　　老師,聽説您的經歷很豐富,可以跟我們分享一下您的治學歷程嗎?

　　應該説不複雜,和你們一樣。上大學然後讀研究生,最後留校當老師做學問。那時候的選擇也很多,但是如果上了研究生的話,選擇就比較單一了,就是搞學問。因爲當時本科畢業就可以有很好的工作,不用爲這個考研。所以我們這一批人的經歷都不太複雜,上大學後讀研究生或者工作。

　　那個時候考研,是先選導師,對哪個老師的研究方向感興趣,就考哪個老師的研究生。當時,我就想考牟世金先生的。上本科時我讀到牟先生的《文心雕龍譯註》等書,念多了就想我一定要考牟老師的研究生。不像現在面試過了,還不知道導師是誰。我們那時很多同學都是奔着某個老師去的,考不上再考一年。所以從學術的角度看,我們的經歷不複雜。但是,從另一個角度,從人生的角度説,畢竟從大學至今我們已經走過了二三十年。我1981年來山大,今年正好三十年。三十年的時間,發生了很多事情,不可能都和學問相關。我曾經在韓國建陽大學訪學三年,一方面是爲了學術交流,當時建陽大學的系主任是研究《文心雕龍》的。另一方面是幫助韓國學生學習漢語。其他的比如辦過報紙啊,雖然也算一種文化工作,但與我的專業關係不大。山大的老師像我這個年齡的或者比我年齡大一點的,許多人都做過一些其他的事情,這在當時是一種很普遍的現象。所以說,一方面經歷並不複雜,另一方面也嘗試做過其他的事情。但是,學術經歷還是主要的,我們這一代人認爲做學問是件神聖的事情。當然現在做學問依然是很神聖的事情,但我們的學生選擇做學問的是少數,這裏面有很多原因,比如現在的研究生數量很多,不可能每個人都搞學術研究。

　　當前社會浮躁,學術研究亦受此影響,很多研究者並不認真做學問,您如何看待這種現象? 再者,《文心雕龍》作爲一部古代典籍,在當代的研究現狀如何呢?

　　這個我倒不擔心。我從來的想法就是,文化的傳承、傳統文化的研究(或者我們把它叫國學),是不需要很多人來做的。不需要搞一個全民性的運動,像現在的國學熱啊。大衆文化和我們所說的這個肯定不是一回事,我所說的是專門之學。比如我最熟悉的是《文心雕龍》,但我覺得《文心雕龍》並不需要很多人去研究,甚至掀起一個"龍學"熱潮;有那麼一小批人把這門學問繼承下去、發揚光大就可以了。學術原本就是一個坐冷板凳的事情,原本就是一個邊緣化的事情,錢鍾書不是說了嗎,學問之道是什麼——荒江野老,二三知己,把酒晤談。是一件非常逍遙的事情,無關功利的事情。一定要往功利上想,往轟轟烈烈上想,讓很多人參與,將之置於中心位置,那是不可能的。所以,我覺得有那麼一些人在研究《文心雕龍》,把它傳承下去就很好。因爲它並不創造經濟價值,不能讓人吃飽穿暖。它是一種精神,很高層次的精神財富,我經常說的就是社會的中心是經濟,是企業家。

　　一個時代有一個時代的學術,每個時代做學問有每個時代的特點,研究主體不同,學問的面貌是不一樣的。我的老師牟世金先生生於 1928 年,我老師的老師陸侃如先生生於 1903 年。我的前輩研究《文心雕龍》的,中文系的張可禮先生、于維璋先生,他們都生於三十年代,咱們院的馮春田老師,寫過三本關於《文心雕龍》的書,是五十年代生人,然後是生於六十年代的我們這批人。再往後就是你們,八零後、九零後。做學問的主體不同,思維方式不同,接受的邏輯訓練、理論訓練不同,思想意識、理論觀點就會不同,所以對《文心雕龍》的認識也就不同。這個變化很大,比如說武漢大學李建中老師,就搞了一個青春創生版《文心雕龍》,爲什麼呢?因爲我們現在是給八零、九零後講《文心雕龍》,如果像講古漢語那樣一字一句,他們肯定不願意聽。所以他借鑒臺灣白先勇搞的那個青春版《牡丹亭》,希望《文心雕龍》以一種比較活潑的讓人感興趣的形式出現,從而能走進八零、九零後的視野。再如,我們去年在安徽師大開一個會,討論的主題是"《文心雕龍》與當代大學教育",這是以前從未有過的想法。有位老師提交的論文題目是"《宗經》與大學生的思想道德教育",這是很新鮮的題目,前輩的學者不會想到。前輩學者研究《原道》的"道"是什麼,"風骨"是什麼,現在的學者想到《文心雕龍》對我們大學生的思想修養有什麼作用。不再局限於《文心雕龍》本身,也不再僅僅局限於文學,這就是很大的變化。

　　我老師那個時代,給《文心雕龍》一個嚴格的定義。《文心雕龍》是什麼呢? 是中國古代的一部"文學概論"。現在呢,我們可以說《文心雕龍》是中國古代的一部文化學著作。它在文藝學的意義上可以成立,它也具有文化學意義。不僅可以給我們關於文學、美學、藝術方面的指導,也可以有修身養性、做人等方面的教育意義。所以,現在《文心雕龍》不僅是文學著作,也可視爲一部文化學著作。以前對《文心雕龍》的性質有許多爭論,牟老師認爲它是文學概論,復旦大學的王運熙先生認爲它是文章學著作。在八九十年代,大家覺得如果是文學概論的話,地位比較高一點,如果是文章學著作的話,顯得很亂,地位低一點。可是現在,大家覺得把《文心雕龍》説成是一部包羅萬象的文化學著作,是對它極高的評價。從中,我們可以看出人們對《文心雕龍》認識的變化,所以説一個時代有一個時代之學術。不要覺得《文心雕龍》老一輩學者已經研究得很透徹了,没有什麽可挖掘的了,我們後人還會有什麽話説嗎? 毫無疑問,肯定有話説,肯定有和前輩學者不同的話要説。

在如今審美日常生活化愈演愈烈的情況下,您覺得《文心雕龍》的當代意義是什麽?

愈演愈烈的文化世俗化,任何時代都是這樣的,流行音樂每個時代都有。劉勰在《文心雕龍》中多次提到"雅"、"俗"。他崇尚"雅",看不起"俗"。他對一些民歌和樂府就非常反感。我的想法和劉勰不同,世俗文化是百姓娛樂必不可少的東西,文化水平不高的人都可以看明白。趙本山的作品各個文化層次的人都覺得好玩。我有個研究生寫過一篇期末論文,題目是《從〈文心雕龍·諧隱篇〉看趙本山小品藝術》,我覺得是一個很有意思的話題。劉勰一方面肯定諧辭讔語,認爲這反映了老百姓的心聲,值得統治者重視;但是另一方面,諧辭讔語是俗的,它並不高雅,劉勰認爲"雅"、"麗"纔是文章的根本,文章要寫得雅正,有華麗的美,這纔是好文章。這給了我們一個重要的啓示:文化有高低之分,有精粗之分,世俗文化是老百姓不費勁就能欣賞的,但是代表文化主流的是高雅文化,祇有趙本山是肯定不夠的,我們必須有高雅文化。劉勰的意見可以幫助我們矯正世俗文化的偏頗,促進文化的發展和進步。

其實,老百姓的欣賞水平也是不斷提高的,不是一成不變的。1983 年的春晚現在拿出來看會覺得很過時,但是在當時卻看得津津有味。現在老百姓對春晚是邊罵邊看。但是客觀地評價,我覺得每年的春晚都有提高。比如今年宋祖英演唱的《天藍藍》,我覺得是一首不錯的歌曲,但還是有人不滿意,因爲老百姓的欣賞水平也在提高。

　　現在知道《文心雕龍》的人越來越多,比如以前關於《文心雕龍》的影像資料特別少,後來就多起來了,光我就參加過兩次有關《文心雕龍》電視文化片的錄製。第一次是日照電視臺錄製的電視文獻片《劉勰》。劉勰是日照莒縣人,所以莒縣非常重視這一先賢,引以爲榮。莒縣有很多地方以"文心"來命名,比如"文心廣場"、"文心路"、"文心賓館"、"文心裝飾廣告公司"……叫"文心"的特別多。日照電視臺錄的這個節目,曾在山東電視臺播出,還得了山東省的一個文化獎。第二次是中央電視臺的"文明中華行"欄目,其中就有一集"文心雕龍",爲此他們專門來我家進行錄像,這個節目在中央臺播出過好幾次。

　　這説明,大衆文化也在關注《文心雕龍》。以前《文心雕龍》主要是在書齋裏談,現在大家都可以念,《文心雕龍》在普及,走出了書齋,影響擴大了。這也得益於研究者的傳播之功,比如李建中的青春創生版《文心雕龍》。有人問《百家講壇》講《文心雕龍》可不可以? 我認爲可以。《文心雕龍》是寫作的一把鑰匙,不是衹能讓人欣賞把玩的古董。它可以指導我們今天的寫作,可以指導學生如何寫作文。光明日報出版社出版過一套"中國青少年誦讀工程"叢書,其中就有《文心雕龍》,全部標注中文拼音,以利青少年閱讀。可以説,《文心雕龍》在走向大衆,從而必然會潛移默化地爲提升人們的文化水平貢獻一分力量。

　　請問我們要自學《文心雕龍》的話,應該掌握哪些方面?

　　其實文化界一直都有人關注《文心雕龍》。《黃河大合唱》的詞作者光未然(張光年)曾説,《文心雕龍》對他寫詩有很大的幫助,因此他斷斷續續花了四十年的時間,對《文心雕龍》進行翻譯,後來出版了《駢體語譯文心雕龍》,把它"獻給新世紀的文學青年"。曾爲人民日報社文藝部主任的繆俊傑先生則寫過一本《文心雕龍美學》,等等。上學期,有個南方的青年詩人,寄給我一本他的詩集,在詩集的後記中,他寫道:"所有的書中,書名最吸引我而最難閱讀的是《文心雕龍》,名之絶矣!"顯然,他是因爲《文心雕龍》而送書給我,於是我也送了他一本我的書。

在莒縣,也有不少研究《文心雕龍》的人。如朱文民先生,原來是一位教歷史的老師,退休後出了《劉勰傳》《劉勰志》等書。他對《文心雕龍》的興致很大,他搜羅的書比我還全,並且不惜血本。每次《文心雕龍》學會開會,他都自費參加。莒縣公安局有位年輕警官叫李明高,前不久出了一本《文心雕龍譯讀》,據説他還有兩本書正在寫。他説:"莒縣人不研究《文心雕龍》,對不起劉勰。"所以,我的想法是,自學和研究是分不開的一件事情。學術乃天下之公器,祇要有興趣,自學照樣可以成爲專家。

《文心雕龍》要怎樣念,我一直遵從牟世金老師説過的八個字:"讀懂原文,搞清本意。"要做到"讀懂原文,搞清本意",就要一遍一遍地念,同時要找好的注釋本、翻譯本。我認爲首選是陸侃如、牟世金先生的《文心雕龍譯注》,這部書注釋詳細,翻譯比較準確。認真讀一遍至少可以念懂百分之八十,剩下的百分之二十就要研究了,屬於遺留問題。其實念完之後就得到了大量"龍學"信息,比如參考書目,還有引用的大量別人的資料,接下來就知道下一步要看什麼書了。

我在《文論巨典——〈文心雕龍〉與中國文化》的"後記"中説,要盡可能進入劉勰的思維,盡可能理解劉勰在想什麼,他爲什麼這麼説。當然想完全走進劉勰的思維是不可能的,但這是一種對待古代文化的態度。我不喜歡對古人動輒"批判地繼承"這樣的態度,因爲以批判的態度俯視古人,往往是凌駕於古人之上的。我始終認爲,文化的古今之別,沒有人們想像得那麼大。與今天相比,古代在科技上誠然不夠發達,但古人對人生、生命的思考,並不比我們淺薄;尤其是那些經過大浪淘沙留下來的文化經典,我們要虔誠地學習纔對!哪裏敢批判呢? 臺灣著名的"龍學"家王更生先生説過:"我是劉勰的小學生。"這句話始終縈繞在我的耳畔,從來不敢忘記。

　　　　老師，剛纔您也提到《文心雕龍》的"道"，他的這個"道"一向爭議很多。我現在所要問的問題其實也跟這個"道"有些關係。劉勰《文心雕龍》的第一篇叫《原道》，接下來第二篇叫做《徵聖》，再下來又叫《宗經》。並且劉勰自己在《序志》一篇中也說到他曾經夢到拿着禮器隨孔子南行，還說"敷贊聖旨，莫若注經"，但"馬鄭諸儒，弘之已精"，於是他自己祇能轉到文章上來，並說文章是"經典之枝條"。現在能不能請老師結合《文心雕龍》談談文學與經學的關係。

看來你很關注學術前沿問題。現在確實很多人在關注這個問題，比如說有的人提倡恢復經學，這是個很重要的問題。我們從來的經史子集，經是第一呀。它當然很重要。你說得非常對，在《文心雕龍》當中，在劉勰的心目當中，經也是第一位的，毫不動搖。至於說經學和文學的關係，你也說到了，劉勰有一句話說得非常清楚，文章是"經典枝條"。什麽叫經典之枝條，劉勰說了，"五禮資之以成，六典因之致用，君臣所以炳煥，軍國所以昭明"。不是說枝條不重要了，相反，枝條是相當重要的。沒有枝條就沒有大樹。枝條是大樹的枝條。他們根本就是不可分的。這裏一個很簡單的問題就是：經是什麽？經也是文章啊。《詩經》不就是文學作品嗎？劉勰爲什麽要"徵聖"要"宗經"？在《文心雕龍》研究中我們常說的就是：劉勰"徵聖""宗經"的目的是爲了寫文章。這是研究者的共識。劉勰要"徵聖"要"宗經"不是爲了要提倡仁義禮智信，不是要提倡孔孟之道，他要的是寫文章，把文章寫好。爲什麽寫文章要"徵聖""宗經"啊？清代的紀昀有一個說法，說劉勰是"裝點門面"，也就是說劉勰在拉大旗作虎皮。就是說，劉勰你目的在寫文章，目的在提出文章寫作的法則，拿經典，拿儒家來"裝點門面"，來嚇唬人。對不對呢？我覺得不對。爲什麽？劉勰的"徵聖""宗經"，第一，從態度上是實實在在的，他很虔誠，剛纔你也說了，他虔誠到做夢都夢到孔子。而且做的那個夢是在定林寺裏面做的。是在佛寺裏面，他没夢着自己跟釋迦牟尼往西走。他夢到的是跟隨孔子往南走。他還鄭重其事地把這個夢寫出來，説明了什麼，虔誠，非常虔誠的一個態度。所以説他拿來"裝點門面"那是不切實際的。其次呢，這個虔誠不是説僅僅做夢啊之類，而是説從《徵聖》《宗經》，包括前面的《原道》，從他所有的態度，具體的説法上，他也表現出了對儒家經典的百分之百的肯定。可是如何來解釋他爲了寫文章，爲了文章的寫作而不是提倡孔孟之道呢？那當然還是《文心雕龍》的文本。他"徵聖"也好，"宗經"也好，他"徵"的"聖"確確實實是儒家聖人，是孔子。但是他説了，因爲孔子是文章的主體，在他的心目之中，"五經"也好，"六經"也好，是孔子整理的。不是一般的整理，而是整理得特别出色。出色到什麼程度呢，那就是文質彬彬、情采芬芳。爲什麼要"宗經"呢？因爲孔子整理的經典是文章的源頭。劉勰有具體的論述，他認爲"五經"爲文章之源，《詩》《書》《易》《禮》《春秋》都是文章的源頭。所以他説文章是"經典枝條"，反過來説就是經典是文章的源頭，既然是文章的源頭，劉勰認爲，自然就可以從中找到文章寫作之千古不易的法則。所以要"徵聖"，要"宗經"，祇有"徵聖""宗經"，纔能够知道如何寫文章，纔能够知道如何寫好文章，如何把文章寫得美。

　　以前有記者問我"文心雕龍"是什麼意思？我説：很專業的一個問題，因爲這是研究《文心雕龍》必須要問的第一個問題。我説"文心雕龍"是什麼意思呢，你可以在"文心""雕龍"之間加一個"如"字，"文心"如"雕龍"。"文心"，劉勰説了，就是寫文章的用心。如何用心呢？就像雕刻龍紋一樣用心。寫文章要非常認真、非常仔細，就像雕龍寫鳳一樣。目的是寫得美，寫得漂亮。我經常用的一個詞就是"花團錦簇"，把文章寫得花團錦簇，這就是《文心雕龍》的目的。而劉勰認爲最美的文章就是經典，比如《詩經》。《物色》篇中，你看看他舉的那些例子，"桃之夭夭""楊柳依依"，他舉了很多《詩經》中的例子,舉完例子他說"將何易奪"? 也就是一字不易,不可更改,因爲它們"以少總多,情貌無遺",這些字特別簡潔,但是把這種情態,這種景色,把作者的心緒描繪得情貌無遺。所以他纔要"徵聖",纔要"宗經"。怎麼能是"裝點門面"呢? 確確實實,在劉勰的心目當中,這原本是一致的。可以說,經典在劉勰的心目當中,同時就是最出色的文章。

　　老師,剛纔也提到劉勰曾經在定林寺居住,曾經在定林寺幫助僧祐整理佛經,區分佛經部類,從事與佛經目錄學相關的工作。而劉勰論文體的部分也是做的一種"辨章學術,考鏡源流"的工作。他的文體論部分,雖然說受到之前摯虞《文章流別論》之類的影響,但是可不可以說他整理佛經、區分佛經部類的目錄學工作也對他撰寫《文心雕龍》有一定的影響呢?

確實有一定的影響,這個其實你有研究了,你的認識已經很清楚。比如說《文心雕龍》特別有條理,分門別類。他自己在《序志》篇也說了:"上篇以上,綱領明矣……下篇以下,毛目顯矣。"他很重視這本書的條理和篇章安排、結構整齊,甚至於每篇篇名兩個字,全書五十篇,合於"大衍之數",很講究,講究的程度可以說是一絲不苟。和我們今天的書確實不一樣。應該說和目錄學有關係,可是目前來看,這個關係研究得還不夠,大家關注得還極少。這個方面的文章極少,爲什麼呢? 就是因爲一直把着眼點放在《文心雕龍》是一部文藝學著作上,幾乎所有的《文心雕龍》研究者被吸引首先是因爲它的理論、它的思想。用我們牟老師的話說,叫做"一入龍門深似海"。一進去就被它五光十色的思想所深深地吸引。至於它形式上的很多特點,它受到的很多影響,大家比較忽略。反倒是一些日本的學者關注這個問題,比如日本的興膳宏,他就《文心雕龍》與《出三藏記集》的關係寫過很長的文章。可是我們大陸的學者研究得比較少。但是,隨着版本目錄學越來越受到重視,這方面的研究必將受到更多關注。像我剛纔所說,《文心雕龍》不僅僅是文藝學著作,也是文化學著作,在國學裏面是重要的經典。比如人民大學國學院就把《文心雕龍》列爲必修課,這是目前國内唯一一個學校把《文心雕龍》列爲本科生必修課的,他們也認爲《文心雕龍》不衹是文藝學著作,所以你説的這個問題值得研究。《文心雕龍》確實受到目録學的影響,或者説劉勰對目録學很熟悉。但是這種影響的具體情況需要做專門性的研究,值得探索。

剛纔也説到《文心雕龍》是一部包羅萬象的著作,所以在目録學對其進行分類的時候,雖説大部分都是入集部詩文評類,但也有把它入子部的。不知您怎樣看待這個問題?

對,你説的正是《文心雕龍》研究的一個論題。《文心雕龍》在《四庫全書》中屬於集部的"詩文評"類,但是臺灣的王更生先生有一個説法,他説《文心雕龍》是"文評中的子書,子書中的文評"。所以雖然把《文心雕龍》放在詩文評裏面,但是它有很多地方符合子書的特點。所以它到底屬於什麽呢? 本來我們的《四庫》分類就是大而化之的,本來就有不科學的地方。《文心雕龍》可以是子書。因爲我們一般的、大量的"詩文評"與《文心雕龍》是不一樣的。大量的"詩文評"是漫談、隨筆,甚至就是一個資料整理,像很多"詩話""詞話"就是資料的整理。可是《文心雕龍》不是這樣,《文心雕龍》是明確的要著書立説,成一家之言。説他是子書一點問題也没有。

其實,《文心雕龍》是不是子書,這還是從傳統的圖書分類而言的;更重要的是,從今天的觀點看,它是一部什麽書? 這是關係到這部書的性質的一個重要問題。從"四庫全書"中的"詩文評",到王更生先生所謂的"文評中的子書,子書中的文評",從牟世金先生所説的"中國古代的文學概論",到王運熙先生所説的"文章作法",從周揚先生所説的"百科全書式",再到今天的文化意義上的《文心雕龍》,應該説雖然古老的《文心雕龍》没有變化,但對它的認識却是代有不同,這正是一個時代有一個時代的學術了。

百年"龍學"書目

說明：

1. 本書目收録近一百年來所有關於《文心雕龍》的專著、專書，按出版地分爲中國大陸、臺灣、香港和國外四個部分，前三個部分以出版或印製時間先後排列，國外部分則先以國別，後以時間排列。

2. 收録圖書出版或印製時間盡可能具體到月份，個別圖書在版編目（CIP）資料與實際出版時間略有差異，一般以後者爲準。

3. 以下三種情況亦酌情收録：《文心雕龍》與其他著作合印成册者，個別專著中有關《文心雕龍》章節篇幅較大者，以《文心雕龍》爲中心或主要研究對象的著作。

4. 同一著作的不同版本，均作爲新的條目列出，但同一版本的重印則僅就所知情況，在同一條中列出重印時間。

5. 酌情收録少量非正式出版的自印本、油印本。

6. 國外部分的目録全部翻譯爲中文，並附西文原文。

7. 暫不收録已通過答辯但未正式出版的博士、碩士學位論文。

8. 本書目收録原則爲有見必録，其中個別著作或非正版，難以斷定。

9. 本書目所録，絶大部分爲筆者寓目，僅有少數未見原書或版權頁，但也儘量予以覈實，其中如有未確，切望知者賜正。

一、大 陸 部 分

1. 劉勰撰、黃叔琳注、紀昀評：《文心雕龍》(綫裝四册)，上海：掃葉山房石印，1915 年。

2. 劉勰：《文心雕龍》(四册)，上海：上海會文堂書局，1923 年 5 月。

3. 劉勰：《文心雕龍》(綫裝四册)，上海：啓新書局，1924 年春。

4. 劉勰：《文心雕龍》(沈子英標點)，上海：梁溪圖書館，1924 年 11 月。

5. 劉勰撰、黃叔琳注、紀昀評：《文心雕龍》(新式標點)，上海：掃葉山房，1925 年 9 月。

6. 范文瀾：《文心雕龍講疏》，天津：新懋印書局，1925 年 10 月。

7. 劉勰：《文心雕龍》(綫裝四册)，上海：海左書局，1925 年。

8. 李詳：《文心雕龍補注》，上海：中原書局，1926 年 10 月。

9. 黃侃：《文心雕龍札記》，北平：北平文化學社，1927 年 7 月，1934 年 3 月。

10. 馮葭初編：《文心雕龍》(二册，言文對照)，湖州：五洲書局，1927 年 10 月。

11. 劉勰撰、黃叔琳注、紀昀評：《新體廣注文心雕龍》(綫裝四册)，上海：大一統圖書局，1928 年。

12. 劉勰：《文心雕龍》(曹聚仁編)，上海：新華書局，1929 年 3 月。

13. 范文瀾：《文心雕龍注》(上册)，北平：北平文化學社，1929 年 9 月。

14. 范文瀾：《文心雕龍注》(中册)，北平：北平文化學社，1929 年 12 月。

15. 劉勰：《文心雕龍》(冰心主人標點)，上海：大中書局，1930 年

1 月。

16. 劉勰撰、黃叔琳注：《文心雕龍》(二冊,萬有文庫),上海：商務印書館,1931 年 4 月。

17. 范文瀾：《文心雕龍注》(下冊),北平：北平文化學社,1931 年 6 月。

18. 劉勰：《文心雕龍》(薛恨生標點),上海：新文化書社,1931 年 9 月。

19. 劉勰：《文心雕龍》(新體廣注),上海：掃葉山房,1931 年。

20. 劉勰：《文心雕龍》(全二冊,侯毓珩標點),上海：大東書局,1932 年 10 月。

21. 劉勰：《文心雕龍》(新式標點),上海：啓智書局,1933 年 4 月。

22. 葉長青：《文心雕龍雜記》,福州鋪前頂程厝衕葉宅,1933 年 7 月。

23. 劉永濟：《文心雕龍徵引文録》,國立武漢大學講義,1933 年。

24. 莊適選注：《文心雕龍》(萬有文庫),上海：商務印書館,1933 年 12 月。

25. 劉勰：《文心雕龍》(諸純鑒標點),上海：大達圖書供應社,1933 年 12 月。

26. 莊適選注：《文心雕龍》(學生國學叢書),上海：商務印書館,1934 年 1 月。

27. 錢基博：《文心雕龍校讀記》,無錫：無錫國學專修學校,1935 年 6 月。

28. 杜天縻注：《廣注文心雕龍》(與《詩品》合印),上海：世界書局,1935 年 10 月。

29. 劉勰：《文心雕龍》(國學基本叢書),上海：商務印書館,1935 年 11 月。

30. 劉永濟：《文心雕龍校釋》,國立武漢大學講義,1935 年。

31. 劉勰:《文心雕龍》(國學基本叢書簡編),上海:商務印書館,
    1936 年 2 月。

32. 劉勰撰、黄叔琳注:《文心雕龍》(萬有文庫簡編),上海:商務
    印書館,1936 年 2 月。

33. 范文瀾:《文心雕龍注》(全七册),上海:開明書店,1936 年
    7 月。

34. 劉勰撰、黄叔琳注、紀昀評:《文心雕龍輯注》(綫裝四册,四部
    備要),上海:中華書局,1936 年 8 月。

35. 劉勰:《文心雕龍》(與《唐詩紀事》合印,四部叢刊初編縮本),
    上海:商務印書館,1936 年 12 月。

36. 楊明照:《范文瀾文心雕龍注舉正》,燕京大學文學年報第 3 期
    單行本,1937 年 5 月。

37. 劉勰:《文心雕龍》(叢書集成初編),上海:商務印書館,1937
    年 6 月。

38. 劉勰著、杜天縻注:《廣注文心雕龍》,上海:世界書局,1943 年
    12 月。

39. 朱恕之:《文心雕龍研究》,南鄭:南鄭縣立民生工廠,1945 年
    4 月。

40. 劉永濟:《文心雕龍校釋》(中國文史叢書),上海:正中書局,
    1948 年 10 月。

41. 王利器校箋:《文心雕龍新書》,巴黎大學北京漢學研究所,
    1951 年 7 月。

42. 《文心雕龍新書通檢》,巴黎大學北京漢學研究所,1952 年
    11 月。

43. 黄叔琳注、紀昀評:《文心雕龍輯注》,北京:中華書局,1957 年
    8 月。

44. 楊明照校注拾遺:《文心雕龍校注》,上海:古典文學出版社,
    1958 年 1 月。

45. 范文瀾：《文心雕龍注》(上、下,中國古典文學理論批評專著選輯),北京：人民文學出版社,1958 年 9 月,1960 年 4 月,1961 年 7 月,2000 年 10 月,2006 年 1 月。

46. 楊明照校注拾遺：《文心雕龍校注》,北京：中華書局,1959 年 1 月。

47. 劉永濟校釋：《文心雕龍校釋》,北京：中華書局,1962 年 3 月。

48. 黃侃：《文心雕龍札記》,北京：中華書局,1962 年 9 月。

49. 陸侃如、牟世金：《文心雕龍選譯》(上),濟南：山東人民出版社,1962 年 9 月。

50. 周振甫選譯：《〈文心雕龍〉譯注》(文藝理論專業學習參考材料,七),中共中央高級黨校,1962 年 10 月。

51. 陸侃如、牟世金：《劉勰論創作》,合肥：安徽人民出版社,1963 年 5 月。

52. 陸侃如、牟世金：《文心雕龍選譯》(下),濟南：山東人民出版社,1963 年 7 月。

53. 郭晉稀：《文心雕龍譯注十八篇》,蘭州：甘肅人民出版社,1963 年 8 月。

54. 陸侃如、牟世金：《劉勰和文心雕龍》,上海：上海古籍出版社,1978 年 8 月。

55. 王元化：《文心雕龍創作論》,上海：上海古籍出版社,1979 年 10 月。

56. 詹鍈：《劉勰與文心雕龍》,北京：中華書局,1980 年 1 月。

57. 《文心雕龍選注》,山東大學中文系古典文學教研室,1980 年 6 月。

58. 《文心雕龍選》,遼大中文系古代文學教研室,1980 年 7 月。

59. 王利器校箋：《文心雕龍校證》,上海：上海古籍出版社,1980 年 8 月。

60. 張文勳、杜東枝：《文心雕龍簡論》,北京：人民文學出版社,

1980 年 9 月。

61. 周振甫：《文心雕龍選譯》，北京：中華書局，1980 年 10 月。

62. 陸侃如、牟世金：《文心雕龍譯注》（上），濟南：齊魯書社，1981 年 3 月。

63. 穆克宏：《〈文心雕龍〉研究》，福建師範大學中文系，1981 年 9 月。

64. 穆克宏編：《〈文心雕龍〉學習參考資料》，福建師範大學中文系古典文學教研室，1981 年 10 月。

65. 杜黎均：《文心雕龍文學理論研究和譯釋》，北京：北京出版社，1981 年 10 月。

66. 周振甫：《文心雕龍注釋》，北京：人民文學出版社，1981 年 11 月。

67. 蘇宰西編著：《文心雕龍通解》（上、中、下），寶雞師範學院中文系，1981、1982 年。

68. 郭晉稀：《文心雕龍注譯》，蘭州：甘肅人民出版社，1982 年 3 月。

69. 趙仲邑：《文心雕龍譯注》，南寧：灕江出版社，1982 年 4 月，1985 年 1 月。

70. 陸侃如、牟世金：《劉勰論創作》（修訂本），合肥：安徽人民出版社，1982 年 4 月。

71. 詹鍈：《〈文心雕龍〉的風格學》，北京：人民文學出版社，1982 年 5 月。

72. 馬宏山：《文心雕龍散論》，烏魯木齊：新疆人民出版社，1982 年 5 月。

73. 甫之：《文心雕龍選注》（上、下），遼寧大學中文系，1982 年 7 月。

74. 張長青、張會恩：《文心雕龍詮釋》，長沙：湖南人民出版社，1982 年 8 月。

75. 鍾子翱、黃安楨：《〈文心雕龍〉講座專輯》,《吉林日報通訊》
　　1982 年第 8 期。

76. 陸侃如、牟世金：《文心雕龍譯注》（下）,濟南：齊魯書社,1982
　　年 9 月。

77.《〈文心雕龍〉學術會討論稿》,山東大學中文系,1982 年 10 月。

78. 楊明照：《文心雕龍校注拾遺》,上海：上海古籍出版,1982 年
　　12 月。

79. 王元化選編：《日本研究〈文心雕龍〉論文集》,濟南：齊魯書
　　社,1983 年 4 月。

80. 牟世金：《雕龍集》,北京：中國社會科學出版社,1983 年 5 月。

81. 杜保憲編著：《魏晉南北朝文論選析》,濟南：山東教育出版
　　社,1983 年 6 月。

82. 齊魯書社編：《文心雕龍學刊》（第 1 輯）,濟南：齊魯書社,
　　1983 年 7 月。

83. 張少康：《中國古代文學創作論》,北京：北京大學出版社,
　　1983 年 12 月。

84. 王元化：《文心雕龍創作論》,上海：上海古籍出版社,1984 年
　　2 月。

85. 向長清：《文心雕龍淺釋》,長春：吉林人民出版社,1984 年
　　3 月。

86. 姜書閣：《文心雕龍繹旨》,濟南：齊魯書社,1984 年 3 月。

87. 彭恩華編譯：《興膳宏〈文心雕龍〉論文集》,濟南：齊魯書社,
　　1984 年 6 月。

88.《文心雕龍》學會編：《文心雕龍學刊》（第 2 輯）,濟南：齊魯書
　　社,1984 年 6 月。

89. 鍾子翱、黃安禎：《劉勰論寫作之道》,北京：長征出版社,1984
　　年 8 月。

90. 劉勰：《文心雕龍》（綫裝一冊,影印元刻本）,上海：上海古籍

出版社,1984 年 10 月。

91. 邱世友:《水明樓小集》,廣州:花城出版社,1984 年 11 月。

92. 張文勳:《劉勰的文學史論》,北京:人民文學出版社,1984 年
12 月,收入《張文勳文集》第三卷(昆明:雲南大學出版社,
2000 年 9 月)。

93. 祖保泉:《文心雕龍選析》,合肥:安徽教育出版社,1985 年
4 月。

94. 艾若:《神與物游——劉勰文藝創作理論初探》,北京:文化藝
術出版社,1985 年 6 月。

95.《中日學者〈文心雕龍〉學術討論會論文選輯》,《中華文史論
叢》1985 年第 2 輯,上海:上海古籍出版社,1985 年 6 月。

96. 穆克宏:《文心雕龍選》(注釋本),福州:福建教育出版社,
1985 年 7 月。

97. 蔣祖怡:《文心雕龍論叢》,上海:上海古籍出版社,1985 年
8 月。

98. 畢萬忱、李淼:《文心雕龍論稿》,濟南:齊魯書社,1985 年
9 月。

99. 楊明照:《學不已齋雜著》,上海:上海古籍出版社,1985 年
10 月。

100. 牟世金:《臺灣文心雕龍研究鳥瞰》,濟南:山東大學出版社,
1985 年 12 月。

101. 劉勰:《文心雕龍》(叢書集成初編),北京:中華書局,1985
年影印。

102.《文心雕龍》學會編:《文心雕龍學刊》(第 3 輯),濟南:齊魯
書社,1986 年 1 月。

103. 王運熙:《文心雕龍探索》,上海:上海古籍出版社,1986 年
4 月。

104. 周振甫:《文心雕龍今譯》,北京:中華書局,1986 年 12 月。

105. 牟世金：《文心雕龍精選》，濟南：山東大學出版社，1986 年 12 月。

106. 涂光社：《文心十論》，瀋陽：春風文藝出版社，1986 年 12 月。

107. 馮春田：《文心雕龍釋義》，濟南：山東教育出版社，1986 年 12 月。

108. 《文心雕龍》學會編：《文心雕龍學刊》（第 4 輯），濟南：齊魯書社，1986 年 12 月。

109. 張少康：《文心雕龍新探——劉勰文學理論體系及其淵源》，濟南：齊魯書社，1987 年 4 月。

110. 孫英：《古典文學理論之最》，石家莊：花山文藝出版社，1987 年 4 月。

111. 賀綏世：《文心雕龍今讀》，鄭州：文心出版社，1987 年 5 月。

112. 繆俊傑：《文心雕龍美學》，北京：文化藝術出版社，1987 年 6 月。

113. 劉綱紀：《劉勰的〈文心雕龍〉》，李澤厚、劉綱紀主編：《中國美學史》第二卷，北京：中國社會科學出版社，1987 年 7 月。

114. 朱迎平：《文心雕龍索引》，上海：上海古籍出版社，1987 年 7 月。

115. 吳美蘭編纂：《文心雕龍研究成果索引》（1907—1987），暨南大學圖書館，1987 年 10 月。

116. 牟世金：《劉勰年譜彙考》，成都：巴蜀書社，1988 年 1 月。

117. 甫之、涂光社主編：《〈文心雕龍〉研究論文選》（1949—1982，上、下），濟南：齊魯書社，1988 年 1 月。

118. 林其錟、陳鳳金：《敦煌遺書〈文心雕龍〉殘卷集校》，《中華文史論叢》1988 年第 1 期，上海：上海古籍出版社，1988 年 5 月。

119. 陳思苓：《文心雕龍臆論》，成都：巴蜀書社，1988 年 6 月。

120. 楊森林：《〈文心雕龍〉與新聞寫作》，北京：人民日報出版社，

1988 年 6 月。

121.《文心雕龍》學會編:《文心雕龍學刊》(第 5 輯),濟南:齊魯書社,1988 年 6 月。

122. 易中天:《〈文心雕龍〉美學思想論稿》,上海:上海文藝出版社,1988 年 8 月。

123. 劉勰:《文心雕龍》(與《詩品》合印),北京:中國書店,1988 年 9 月影印。

124. 趙盛德:《文心雕龍美學思想論稿》,桂林:灕江出版社,1988 年 10 月。

125. 韓湖初編著:《文心雕龍研究》,華南師範大學中文系,1988 年 10 月。

126. 林其錟、陳鳳金集校:《敦煌遺書文心雕龍殘卷集校》,《中華文史論叢》抽印本,1988 年。

127. 王運熙、楊明:《劉勰〈文心雕龍〉》,王運熙、楊明:《魏晉南北朝文學批評史》,上海:上海古籍出版社,1989 年 6 月。

128. 詹鍈:《文心雕龍義證》(上、中、下,中國古典文學叢書),上海:上海古籍出版社,1989 年 8 月,1994 年 9 月,1999 年 12 月,2011 年 12 月。

129. 鄭在瀛:《六朝文論講疏》,武漢:華中理工大學出版社,1989 年 10 月。

130. 禹克坤:《〈文心雕龍〉與〈詩品〉》(中國文化典籍),北京:人民出版社,1989 年 11 月。

131. 李慶甲:《文心識隅集》,上海:上海古籍出版社,1989 年 12 月。

132. 趙仲邑:《文心雕龍譯注》,南寧:廣西教育出版社,1990 年 2 月。

133. 曹順慶編:《文心同雕集》,成都:成都出版社,1990 年 6 月。

134. 中國文心雕龍學會選編:《文心雕龍研究論文集》,北京:人民文學出版社,1990 年 8 月。

135. 蔡潤田:《泥絮集》,太原:北岳文藝出版社,1990 年 9 月。

136. 馮春田:《文心雕龍語詞通釋》,濟南:明天出版社,1990 年 10 月。

137. 朱廣成:《文心雕龍的創作論》,北京:中國廣播電視出版社, 1991 年 5 月。

138. 穆克宏:《文心雕龍研究》,福州:福建教育出版社,1991 年 10 月。

139. 林其錟、陳鳳金集校:《敦煌遺書文心雕龍殘卷集校》,上海: 上海書店出版社,1991 年 10 月。

140. 周振甫譯注:《文心雕龍選譯》,成都:巴蜀書社,1991 年 10 月。

141.《文心雕龍》學會編:《文心雕龍學刊》(第 6 輯),濟南:齊魯 書社,1992 年 1 月。

142. 龍必錕譯注:《文心雕龍全譯》(中國歷代名著全譯叢書),貴 陽:貴州人民出版社,1992 年 8 月。

143. 饒芃子主編:《文心雕龍研究薈萃》,上海:上海書店,1992 年 6 月。

144. [日]戶田浩曉著、曹旭譯:《文心雕龍研究》,上海:上海古 籍出版社,1992 年 6 月。

145. 牟世金、蕭洪林:《劉勰和文心雕龍》,牟世金、蕭洪林等:《中 國古代文論精粹談》,濟南:齊魯書社,1992 年 6 月。

146. 王元化:《文心雕龍講疏》,上海:上海古籍出版社,1992 年 8 月。

147. 王夢鷗:《古典文學的奧秘——文心雕龍》(中國歷代經典寶 庫),海口:中國三環出版社,1992 年 10 月。

148. 劉勰:《文心雕龍》(敦煌唐寫本殘卷,斯·五四七八),中國 社會科學院歷史研究所等編:《英藏敦煌文獻》第七卷,成都:

四川人民出版社,1992 年 11 月。

149.《文心雕龍》學會編:《文心雕龍學刊》(第 7 輯),廣州:廣東
人民出版社,1992 年 11 月。

150. 李炳勳:《文心雕龍理論體系新編》,鄭州:文心出版社,1993
年 1 月。

151. 李蓁非:《文心雕龍釋譯》,南昌:江西人民出版社,1993 年
1 月。

152. 周振甫:《文論散記——詩心文心的知音》,北京:學苑出版
社,1993 年 3 月。

153. 祖保泉:《文心雕龍解説》,合肥:安徽教育出版社,1993 年
5 月。

154. 賈錦福主編:《文心雕龍辭典》,濟南:濟南出版社,1993 年
6 月。

155. 石家宜:《〈文心雕龍〉整體研究》,南京:南京出版社,1993
年 8 月。

156. 徐季子:《文心與禪心》,北京:群言出版社,1993 年 8 月。

157. 劉勰:《元刊本文心雕龍》(中國古籍珍本叢書),上海:上海
古籍出版社,1993 年 10 月。

158. 牟世金:《雕龍後集》,濟南:山東大學出版社,1993 年 11 月。

159. 韓湖初:《文心雕龍美學思想體系初探》,廣州:暨南大學出
版社,1993 年 11 月。

160. 吳林伯:《〈文心雕龍〉字義疏證》,武漢:武漢大學出版社,
1994 年 4 月。

161. 邢建堂、傅錦瑞譯:《文心雕龍全譯》,太原:山西人民出版社
1994 年 4 月。

162. 王明志:《文心雕龍新論》,哈爾濱:黑龍江教育出版社,1994
年 5 月。

163. 孫蓉蓉:《文心雕龍研究》,南京:江蘇教育出版社,1994 年

11 月。

164. 于維璋：《劉勰文藝思想簡論》,濟南：山東大學出版社,1994年 12 月。

165. 劉勰：《文心雕龍》(24 篇),《中國古典文學名著分類集成·文論卷》(一),天津：百花文藝出版社,1994 年 12 月。

166. 陸侃如、牟世金：《文心雕龍譯注》,濟南：齊魯書社,1995 年 4 月。

167. 左健：《體大思精的〈文心雕龍〉》,瀋陽：遼寧古籍出版社,1995 年 5 月。

168. 《文心雕龍學綜覽》編委會編：《文心雕龍學綜覽》(楊明照主編),上海：上海書店出版社,1995 年 6 月。

169. 涂光社：《雕龍遷想》,瀋陽：遼寧大學出版社,1995 年 6 月。

170. 中國《文心雕龍》學會編：《文心雕龍研究》(第 1 輯),北京：北京大學出版社,1995 年 7 月。

171. 牟世金：《文心雕龍研究》(中國古典文學研究叢書),北京：人民文學出版社,1995 年 8 月。

172. 蔣祖怡：《中國古代文論的雙璧——〈文心雕龍〉〈詩品〉論文集》,濟南：山東教育出版社,1995 年 9 月。

173. 張燈：《文心雕龍辨疑》,貴陽：貴州人民出版社,1995 年 10 月。

174. 王運熙、楊明：《劉勰〈文心雕龍〉》,王運熙、楊明：《中國文學批評通史——魏晉南北朝卷》,上海：上海古籍出版社,1995 年 12 月。

175. 熊憲光主譯：《文心雕龍》(白話今譯),重慶：西南師範大學出版社,1996 年 1 月。

176. 李天道：《文心雕龍審美心理學》,成都：電子科技大學出版社,1996 年 6 月。

177. 卓支中：《中國古代文論探研》,廣州：暨南大學出版社,1996

年 6 月。

178. 黄侃:《文心雕龍札記》,劉夢溪主編:《中國現代學術經典·黄侃、劉師培卷》,石家莊:河北教育出版社,1996 年 8 月。

179. 周振甫主編:《文心雕龍辭典》,北京:中華書局,1996 年 8 月。

180. 中國《文心雕龍》學會編:《文心雕龍研究》(第 2 輯),北京:北京大學出版社,1996 年 9 月。

181. 駱正深:《文心雕龍閱讀紀要》,上海:百家出版社,1996 年 10 月。

182. 羅宗强:《劉勰的文學思想》,羅宗强:《魏晉南北朝文學思想史》,北京:中華書局,1996 年 10 月。

183. 黄維樑:《中國古典文論新探》,北京:北京大學出版社,1996 年 11 月。

184. 黄侃:《文心雕龍札記》,上海:華東師範大學出版社,1996 年 12 月。

185. 劉勰:《文心雕龍》,穆克宏、郭丹編著:《魏晉南北朝文論全編》,南京:江蘇教育出版社,1996 年 12 月。

186. 劉勰:《文心雕龍》(蕭華榮整理),徐中玉主編:《傳世藏書·集庫·文藝論評》(1),海口:海南國際新聞出版中心,1996 年 12 月。

187. 寇效信:《文心雕龍美學範疇研究》,西安:陝西人民出版社,1997 年 2 月。

188. 劉師培:《文心雕龍講録》,劉師培:《中古文學論著三種》(新世紀萬有文庫),瀋陽:遼寧教育出版社,1997 年 3 月。

189. 韓泉欣:《文心雕龍直解》,杭州:浙江文藝出版社,1997 年 5 月。

190. 詹福瑞:《中古文學理論範疇》,保定:河北大學出版社,1997 年 5 月。

191. 劉師培：《〈文心雕龍〉講録二種》（羅常培筆述），陳引馳編校：《劉師培中古文學論文集》（二十世紀國學名著），北京：中國社會科學出版社，1997 年 6 月。

192. 郭晉稀：《白話文心雕龍》，長沙：岳麓書社，1997 年 7 月。

193. 劉勰、紀曉嵐：《紀曉嵐評文心雕龍》，揚州：江蘇廣陵古籍刻印社，1997 年 7 月。

194. 劉樂賢編：《文心雕龍》，北京：中國友誼出版公司，1997 年 7 月。

195. 林杉：《文心雕龍創作論疏鑒》，呼和浩特：内蒙古教育出版社，1997 年 12 月。

196. 董家平：《〈文心雕龍〉名篇探賾》，西寧：青海人民出版社，1997 年 12 月。

197. 王運熙、周鋒：《文心雕龍譯注》，上海：上海古籍出版社，1998 年 4 月。

198. 中國《文心雕龍》學會編：《文心雕龍研究》（第 3 輯），北京：北京大學出版社，1998 年 7 月。

199. 顧農：《文選與文心》，貴陽：貴州人民出版社，1998 年 6 月。

200. 王夢鷗：《古典文學的奧秘——文心雕龍》（中國歷代經典寶庫），海口：海南出版社、三環出版社，1998 年 10 月。

201. 左健：《體大思周的〈文心雕龍〉》，瀋陽：遼海出版社，1998 年。

202. 劉勰：《文心雕龍》（與《千家詩》合印，傳世名著百部），北京：藍天出版社，1998 年 12 月。

203. 牟世金：《劉勰年譜彙考》（附：劉彦和世系表），劉躍進、范子燁編：《六朝作家年譜輯要》（下册），哈爾濱：黑龍江教育出版社，1999 年 1 月。

204. 周振甫：《文心雕龍譯注》，《周振甫文集》第七卷，北京：中國青年出版社，1999 年 1 月。

205. 周振甫：《文心雕龍術語及近術語釋》，《周振甫文集》第七卷，北京：中國青年出版社，1999 年 1 月。

206. 涂光社：《劉勰及其文心雕龍》，瀋陽：春風文藝出版社，1999 年 1 月。

207. 劉綱紀：《劉勰的〈文心雕龍〉》，李澤厚、劉綱紀主編：《中國美學史》第二卷，合肥：安徽文藝出版社，1999 年 5 月。

208. 劉勰：《文心雕龍》（與《詩品》《曲品》《人間詞話》合印，文白對照傳世名著，第四十六卷），新疆奎屯：伊犁人民出版社，1999 年 10 月。

209. 胡曉明：《跨過的歲月——王元化畫傳》，上海：上海文藝出版社，1999 年 11 月。

210. 劉勰：《文心雕龍》，北京：團結出版社，1999 年。

211. 劉勰：《文心雕龍》（與《三曹集》合印），北京：中國社會出版社，1999 年。

212. 李平：《文心雕龍綜論》，北京：中國文聯出版社，1999 年 12 月。

213. 中國文心雕龍學會編：《論劉勰及其〈文心雕龍〉》，北京：學苑出版社，2000 年 2 月。

214. 中國《文心雕龍》學會編：《文心雕龍研究》（第 4 輯），北京：北京大學出版，2000 年 3 月。

215. 馮春田：《文心雕龍闡釋》，濟南：齊魯書社，2000 年 4 月。

216. 劉勰：《文心雕龍》（與《詩品》等合印，中華文學名著百部），烏魯木齊：新疆青少年出版社，2000 年 4 月。

217. 黃侃：《文心雕龍札記》（周勳初導讀，蓬萊閣叢書），上海：上海古籍出版社，2000 年 5 月。

218. 周紹恒：《文心雕龍散論及其他》，北京：學苑出版社，2000 年 5 月。

219. 孫蓉蓉：《〈文心雕龍〉評介》，趙憲章主編：《美學精論》，北京：中國青年出版社,2000 年 5 月。

220. 劉文忠：《中古文學與文論研究》,北京：學苑出版社,2000 年
6 月。

221. 楊明照校注拾遺：《增訂文心雕龍校注》(上、下),北京：中華
書局,2000 年 8 月。

222. 張文勳：《"文心雕龍"研究》,《張文勳文集》第三卷,昆明：
雲南大學出版社,2000 年 9 月。

223.《〈文心雕龍〉解析》(十三篇),《周勳初文集》第二卷,南京：
江蘇古籍出版社,2000 年 9 月。

224. 林杉：《文心雕龍文體論今疏》,呼和浩特：内蒙古教育出版
社,2000 年 11 月。

225. 劉勰：《文心雕龍》,長春：時代文藝出版社,2000 年。

226. 左健：《文體珪臬──體大思周的〈文心雕龍〉》,瀋陽：遼海
出版社,2001 年 1 月。

227. 李逸津：《文心拾穗──中國古代文學思想的當代解讀》,天
津：天津社會科學院出版社,2001 年 2 月。

228. 張光年：《駢體語譯文心雕龍》,上海：上海書店出版社,2001
年 3 月。

229. 林其錟：《新校白文文心雕龍》,張光年：《駢體語譯文心雕
龍》,上海：上海書店出版社,2001 年 3 月。

230. 韓泉欣校注：《文心雕龍》,杭州：浙江古籍出版社,2001 年
3 月。

231. 楊明：《劉勰評傳》(中國思想家評傳叢書),南京：南京大學
出版社,2001 年 5 月。

232. 楊明照：《文心雕龍校注拾遺補正》,南京：江蘇古籍出版社,
2001 年 6 月。

233. 張文勳：《文心雕龍研究史》,昆明：雲南大學出版社,2001 年
6 月。

234. 《文海雙舟》編委會編:《文海雙舟——20 世紀中國寫作理論暨文心雕龍研討會論文集》,呼和浩特:內蒙古教育出版社,2001 年 8 月。

235. 龍必錕:《龍學與新聞——〈文心雕龍〉隨筆》,成都:雲從齋(自印本),2001 年 8 月。

236. 張少康、汪春泓、陳允鋒、陶禮天:《文心雕龍研究史》,北京:北京大學出版社,2001 年 9 月。

237. 龍必錕譯注:《文心雕龍全譯》(中國歷代名著全譯叢書精華),貴陽:貴州人民出版社,2001 年 9 月。

238. 石家宜:《〈文心雕龍〉系統觀》,南京:江蘇古籍出版社,2001 年 9 月。

239. 王守信、孔德志:《劉勰與〈文心雕龍〉》,濟南:齊魯書社,2001 年 9 月。

240. 劉勰:《文心雕龍》(文白,上、下,中國古典文學薈萃),北京:北京燕山出版社,2001 年 11 月。

241. 劉勰:《文心雕龍》(與《隨園詩話》等合印,中國古典名著百部),呼和浩特:遠方出版社,2001 年 11 月。

242. 王元化:《〈文心雕龍〉篇》,《清園文存》第一卷,南昌:江西教育出版社,2001 年 12 月。

243. 王志彬:《文心雕龍新疏》(《五十年文萃》第十四卷),呼和浩特:內蒙古大學出版社,2001 年 12 月。

244. 中國《文心雕龍》學會編:《文心雕龍研究》(第 5 輯),保定:河北大學出版社,2002 年 1 月。

245. 林杉:《文心雕龍批評論新詮》,呼和浩特:內蒙古教育出版社,2002 年 1 月。

246. 王峰注釋:《文心雕龍》,北京:華夏出版社,2002 年 1 月。

247. 吳林伯:《〈文心雕龍〉義疏》,武漢:武漢大學出版社,2002 年 2 月。

248. 王毓紅:《在文心雕龍與詩學之間》,北京:學苑出版社,2002年3月。

249. 劉勰:《文心雕龍》(與《詩經》、《楚辭》合印,中國古典文學名著百部),北京:中國戲劇出版社,2002年3月。

250. 張光年:《騈體語譯〈文心雕龍〉》,《張光年文集》第五卷,北京:人民文學出版社,2002年5月。

251. 汪春泓:《文心雕龍的傳播與影響》,北京:學苑出版社,2002年6月。

252. 鍾國本:《文心雕龍審美研究》,北京:中國文史出版社,2002年7月。

253. 王少良:《文心雕龍通論》,北京:中國文史出版社,2002年8月。

254. 穆克宏:《文心雕龍研究》,廈門:鷺江出版社,2002年8月。

255. 張少康編:《文心雕龍研究》,武漢:湖北教育出版社,2002年8月。

256. 賈誠雋書:《賈誠雋楷書文心雕龍》,北京:北京體育大學出版社,2002年8月。

257. 范文瀾:《文心雕龍講疏》,《范文瀾全集》第三卷,石家莊:河北教育出版社,2002年11月。

258. 范文瀾:《文心雕龍注》(上),《范文瀾全集》第四卷,石家莊:河北教育出版社,2002年11月。

259. 范文瀾:《文心雕龍注》(下),《范文瀾全集》第五卷,石家莊:河北教育出版社,2002年11月。

260. 劉勰:《文心雕龍》(欽定四庫全書精編),長春:吉林攝影出版社,2002年。

261. 楊清之:《〈文心雕龍〉與六朝文化思潮》,海口:南方出版社,2002年12月。

262. 周振甫:《文心雕龍注釋》(大學生必讀),北京:人民文學出版社,2003 年 1 月。

263. [美] 宇文所安:《劉勰〈文心雕龍〉》,(王柏華、陶慶梅譯)《中國文論:英譯與評論》,上海:上海社會科學院出版社,2003 年 1 月。

264. 鍾鳴、鍾興麒:《讀寫之道——〈文心雕龍〉整體觀》,烏魯木齊:新疆人民出版社,2003 年 3 月。

265. 錢鋼編:《一切誠念終將相遇——解讀王元化》,武漢:湖北教育出版社,2003 年 4 月。

266. 駱文心:《文心雕龍譯注》,昆明(自印本),2003 年 8 月。

267. 孫多傑:《我眼中的〈文心雕龍〉》,北京:中國文聯出版社,2003 年 8 月。

268. 張燈:《文心雕龍新注新譯》,貴陽:貴州教育出版社,2003 年 12 月。

269. 楊國斌英譯、周振甫今譯:《文心雕龍》(二册,漢英對照,大中華文庫),北京:外語教學與研究出版社,2003 年 12 月。

270. 劉勰:《文心雕龍》,葉朗總主編:《中國歷代美學文庫》(魏晉南北朝卷,下),北京:高等教育出版社,2003 年 12 月。

271. 周紹恒:《文心雕龍散論及其他》(增訂本),北京:學苑出版社,2004 年 1 月。

272. 劉勰:《文心雕龍》(四庫家藏),濟南:山東畫報出版社,2004 年 1 月。

273. 中國文心雕龍學會、全國高校古籍整理委員會編輯:《〈文心雕龍〉資料叢書》(上、下),北京:學苑出版社,2004 年 3 月。

274. 劉勰:《文心雕龍》(中國傳世名著經典叢書),呼和浩特:遠方出版社,2004 年 3 月。

275. 劉勰:《文心雕龍》(中華文化典籍精華),哈爾濱:黑龍江人民出版社,2004 年 4 月。

276. 劉勰:《文心雕龍》,杭州:西泠印社,2004 年 6 月。

277. 劉勰：《文心雕龍》,穆克宏、郭丹編著：《魏晉南北朝文論全編》(修訂本),南京：江蘇教育出版社,2004 年 6 月。

278. 張恩普：《儒道融合與中古文論的自覺演進》,長春：吉林文史出版社,2004 年 6 月。

279. 郭鵬：《〈文心雕龍〉的文學理論和歷史淵源》,濟南：齊魯書社,2004 年 7 月。

280. 胡大雷：《〈文心雕龍〉的批評學》,桂林：廣西師範大學出版社,2004 年 8 月。

281. 黃侃：《文心雕龍札記》(吳方點校,國學基礎文庫),北京：中國人民大學出版社,2004 年 9 月,2009 年 11 月。

282. 郭晉稀注譯：《文心雕龍》,長沙：岳麓書社,2004 年 9 月。

283. 涂光社主編：《文心司南》(中國歷史文化名城鎮江研究叢書),南京：江蘇人民出版社,2004 年 9 月。

284. 戚良德：《劉勰與〈文心雕龍〉》(齊魯歷史文化叢書),濟南：山東文藝出版社,2004 年 9 月。

285. 劉勰著、王惟儉訓：《文心雕龍訓故》(綫裝一函三冊),揚州：廣陵書社,2004 年 10 月。

286. 王元化：《文心雕龍講疏》,桂林：廣西師範大學出版社,2004 年 11 月。

287. 劉勰：《文心雕龍》(與《人間詞話》合印),呼和浩特：遠方出版社,2004 年 12 月。

288. 劉勰：《文心雕龍》(四庫精華之集部),呼和浩特：遠方出版社,2005 年 1 月。

289. 辛國剛：《六朝文采理論研究》,北京：中國社會科學出版社,2005 年 2 月。

290. 王運熙：《文心雕龍探索》(增補本),上海：上海古籍出版社,2005 年 4 月。

291. 戚良德：《文論巨典——〈文心雕龍〉與中國文化》(元典文化

叢書）,開封：河南大學出版社,2005 年 4 月。

292. 孔祥麗、李金秋、何穎注譯：《文心雕龍》（中國古典名著全譯典藏圖文本）,北京：中國社會科學出版社,2005 年 4 月。

293. 劉勰：《文心雕龍》（綫裝一函兩冊,中華再造善本）,北京：北京圖書館出版社,2005 年 4 月。

294. 王夢鷗：《文心雕龍快讀——古典文學的奧秘》（中國歷代經典寶庫）,海口：海南出版社、三環出版社,2005 年 4 月。

295. 汪洪章：《〈文心雕龍〉與二十世紀西方文論》,上海：復旦大學出版社,2005 年 5 月。

296. 劉勰：《文心雕龍》（與《翰苑集》合印,欽定四庫全書薈要）,長春：吉林出版集團有限責任公司,2005 年 5 月。

297. 黄霖編著：《文心雕龍匯評》,上海：上海古籍出版社,2005 年 6 月。

298. 詹福瑞：《中古文學理論範疇》,北京：中華書局,2005 年 7 月。

299. 中國《文心雕龍》學會編：《文心雕龍研究》（第 6 輯）,北京：學苑出版社,2005 年 7 月。

300. 李映山：《文心擷美——〈文心雕龍〉與美育研究》,長春：吉林科學技術出版社,2005 年 8 月。

301. 包鷺賓：《〈文心雕龍〉講疏》（殘稿）,《包鷺賓學術論著選》,武漢：華中師範大學出版社,2005 年 8 月。

302. 王志民、林杉、楊效春、高林廣編著：《〈文心雕龍〉例文研究》,呼和浩特：內蒙古人民出版社,2005 年 9 月。

303. 劉勰：《文心雕龍》（中學生經典誦讀）,北京：光明日報出版社,2005 年 9 月。

304. 賈奮然：《六朝文體批評研究》,北京：北京大學出版社,2005 年 10 月。

305. 周振甫：《周振甫講〈文心雕龍〉》,南京：江蘇教育出版社,

2005 年 11 月。

306. 劉文忠:《正變·通變·新變》(中國美學範疇叢書),南昌:
百花洲文藝出版社,2005 年 11 月。

307. 戚良德編:《文心雕龍學分類索引》(山東大學文史哲研究院
專刊),上海:上海古籍出版社,2005 年 12 月,2011 年 9 月。

308. 張晶:《神思:藝術的精靈》(中國美學範疇叢書),南昌:百
花洲文藝出版社,2006 年 3 月。

309. 黃侃:《文心雕龍札記》(世紀文庫),上海:上海古籍出版社,
2006 年 4 月。

310. 黃侃:《文心雕龍札記》(《黃侃文集》),北京:中華書局,2006
年 5 月。

311. 周振甫譯注:《〈文心雕龍〉譯注》(修訂本,《周振甫譯注別
集》),南京:江蘇教育出版社,2006 年 5 月。

312. 朱文民:《劉勰傳》,西安:三秦出版社,2006 年 6 月。

313. 祖保泉:《中國詩文理論探微》,合肥:安徽人民出版社,2006
年 6 月。

314. 崔自默:《余心有寄——崔自默書〈文心雕龍〉句》,北京:華
夏翰林出版社,2006 年 7 月。

315. 左健:《文心雕龍》(中國文學知識叢書),瀋陽:遼海出版社,
2006 年 9 月。

316. 劉勰:《文心雕龍》(中國傳統文化讀本),吉林人民出版社,
2006 年。

317. 張少康:《文心與書畫樂論》,北京:北京大學出版社,2006 年
12 月。

318. 王少良:《文心管窺》(黑龍江博士文庫),哈爾濱:黑龍江人
民出版社,2006 年 12 月。

319. 董家平:《〈文心雕龍〉注譯》,西寧:青海人民出版社,2006
年 12 月。

320. 董家平:《〈文心雕龍〉詠惟》,西寧:青海人民出版社,2006年12月。

321. 陳祥謙:《劉勰及文心雕龍新探》(中南百家文叢),北京:中國戲劇出版社,2006年12月。

322. 曹順慶主編:《文心永寄——楊明照先生紀念文集》,成都:巴蜀書社,2007年3月。

323. 劉勰:《文心雕龍》(上、下,中國古典文學薈萃),北京:北京燕山出版社,2007年3月。

324. 周明:《文心雕龍校釋譯評》,南京:南京大學出版社,2007年4月。

325. 周振甫今譯,金寬雄、金晶銀韓譯:《文心雕龍》(二冊,漢韓對照,大中華文庫),延吉:延邊人民出版社,2007年4月。

326. 邱世友:《文心雕龍探原》,長沙:岳麓書社,2007年6月。

327. 劉小波書:《東泥隸書文心雕龍》,北京:中國電影出版社,2007年7月。

328. 中國《文心雕龍》學會編:《文心雕龍研究》(第7輯),保定:河北大學出版社,2007年8月。

329. 陳書良:《〈文心雕龍〉釋名》,長沙:湖南人民出版社,2007年9月。

330. 王元化:《文心雕龍講疏》,《王元化集》第四卷,武漢:湖北教育出版社,2007年10月。

331. 羅宗強:《讀文心雕龍手記》,北京:三聯書店,2007年10月。

332. 劉永濟:《文心雕龍校釋》(附徵引文錄),北京:中華書局,2007年10月。

333. 王叔岷:《文心雕龍綴補》,王叔岷:《慕廬論學集》(二,王叔岷著作集),北京:中華書局,2007年10月。

334. 唐仁平、翟飆譯注:《文心雕龍》,北京:華文出版社,2007年10月。

335. 楊明:《文心雕龍精讀》,上海:復旦大學出版社,2007年11月。

336. 劉勰:《文心雕龍》(上、下,郭邊宇編),呼和浩特:遠方出版社,2007年11月。

337. 王元化:《讀文心雕龍》,北京:新星出版社,2007年12月。

338. 楊明照:《楊明照論文心雕龍》,上海:上海科學技術文獻出版社,2008年1月。

339. 戚良德注説:《文心雕龍》(國學新讀本),開封,河南大學出版社,2008年3月。

340. 徐正英、羅家湘注譯:《文心雕龍》(國學經典),鄭州:中州古籍出版社,2008年3月。

341. 童慶炳:《童慶炳談文心雕龍》,開封:河南大學出版社,2008年4月。

342. 劉勰:《文心雕龍》(插圖本,家藏四庫系列),瀋陽:萬卷出版公司,2008年4月。

343. 海丁:《〈文心雕龍〉新論》,長春:吉林文史出版社,2008年7月。

344. 龍必錕譯注:《文心雕龍全譯》(修訂版,中國歷代名著全譯叢書),貴陽:貴州人民出版社,2008年9月。

345. 袁濟喜、陳建農編著:《〈文心雕龍〉解讀》(國學經典解讀系列教材),北京:中國人民大學出版社,2008年10月。

346. 權繪錦:《中國文學批評與〈文心雕龍〉》(博士原創學術論叢第2輯),北京:光明日報出版社,2008年10月。

347. 孫蓉蓉:《劉勰與〈文心雕龍〉考論》(文藝學語境中的文化認同問題研究叢書),北京:中華書局,2008年11月。

348. 戚良德:《文心雕龍校注通譯》(山東大學文史哲研究院專刊),上海:上海古籍出版社,2008年12月,2011年9月。

349. 黃霖整理集評:《文心雕龍》(世紀人文系列叢書·大學經

典），上海：上海古籍出版社，2008 年 12 月。

350. 李建中：《文心雕龍講演録》（大學名師講課實録），桂林：廣
西師範大學出版社，2008 年 12 月。

351. 劉咸炘：《文心雕龍闡説》，《推十書》（增補全本）戊輯，上海：
上海科學技術文獻出版社，2009 年 1 月。

352. 褚世昌：《〈文心雕龍〉句解》，哈爾濱：黑龍江人民出版社，
2009 年 1 月。

353. 劉勰：《文心雕龍》（中國傳統文化經典叢書），呼和浩特：内
蒙古人民出版社，2009 年 2 月。

354. 劉勰：《文心雕龍》（中國古代文化集成），北京：北京燕山出
版社，2009 年 3 月。

355. 陸侃如、牟世金：《文心雕龍譯注》（齊魯文化經典文庫），濟
南：齊魯書社，2009 年 4 月。

356. 朱文民主編：《劉勰志》（齊魯諸子名家志），濟南：山東人民
出版社，2009 年 4 月。

357. 李明高編著：《文心雕龍譯讀》，濟南：齊魯書社，2009 年
5 月。

358. 劉勰：《文心雕龍》（中國傳統文化經典文庫），北京：大衆文
藝出版社，2009 年 6 月。

359. 張長青：《文心雕龍新釋》（經典通義叢書），長沙：湖南大學
出版社，2009 年 7 月。

360. 黄侃：《文心雕龍札記》（老北大講義），長春：時代文藝出版
社，2009 年 7 月。

361. 中國《文心雕龍》學會編：《文心雕龍研究》（第 8 輯），保定：
河北大學出版社，2009 年 8 月。

362. 王元化：《王元化文論選》，上海：上海文藝出版社，2009 年
9 月。

363. 李平等：《〈文心雕龍〉研究史論》，合肥：黄山書社，2009 年

10 月。

364. 本書編輯組編：《風清骨峻——慶祝祖保泉教授 90 華誕論文集》，北京：人民出版社，2009 年 10 月。

365. 中國《文心雕龍》學會編：《〈文心雕龍〉與 21 世紀文論研究國際學術研討會論文集》，北京：學苑出版社，2009 年 11 月。

366. 劉勰：《文心雕龍》（中國傳統文化選編），北京：北京燕山出版社，2009 年 11 月。

367. 劉勰著、陳蜀玉譯：《文心雕龍》（法文），北京：外文出版社，2010 年 1 月。

368. 劉永升主編：《文心雕龍》（青少年必讀知識文叢），北京：大眾文藝出版社，2010 年 1 月。

369. 王承斌：《〈文心雕龍〉散論》，北京：國家圖書館出版社，2010 年 2 月。

370. 劉永升主編：《最富文采的文字·文心雕龍》，瀋陽：遼海出版社，2010 年 3 月。

371. 張立齋：《文心雕龍注訂》，北京：國家圖書館出版社，2010 年 4 月。

372. 張立齋：《文心雕龍考異》，北京：國家圖書館出版社，2010 年 4 月。

373. 賈錦福主編：《文心雕龍辭典》（增訂本），濟南：濟南出版社，2010 年 4 月。

374. ［日］岡村繁編撰：《文心雕龍索引》（《岡村繁全集》別卷），上海：上海古籍出版社，2010 年 4 月。

375. 袁濟喜、陳建農編著：《文心雕龍品鑒》（大眾閱讀系列），北京：中國人民大學出版社，2010 年 5 月。

376. 《山東省志·諸子名家系列叢書》編纂委員會：《劉勰志》（朱文民主編），濟南：山東人民出版社，2010 年 7 月。

377. 潘家森：《論文心雕龍》，北京：三葉書屋（自印本），2010 年

7 月。

378. 耿素麗、黃伶編選：《文心雕龍學》(民國期刊資料分類彙編)，北京：國家圖書館出版社，2010 年 7 月。

379. 劉勰：《文心雕龍》(中華典藏國學精品)，北京：大眾文藝出版社，2010 年 8 月。

380. 張少康：《劉勰及其〈文心雕龍〉研究》(博雅文學論叢·邃密書系)，北京：北京大學出版社，2010 年 9 月。

381. 劉勰：《文心雕龍》(中華國學經典)，北京：華藝出版社，2010 年 9 月。

382. 劉勰：《文心雕龍》(馮銳主編)，延吉：延邊人民出版社，2010 年 9 月。

383. 劉淩：《古代文化視野中的文心雕龍》，長春：吉林大學出版社，2010 年 10 月。

384. 張利群：《〈文心雕龍〉體制論》，桂林：廣西師範大學出版社，2010 年 11 月。

385. 周振甫：《〈文心雕龍〉二十二講》，重慶：重慶大學出版社，2010 年 12 月。

386. 劉勰：《文心雕龍》(綫裝二冊)，揚州：廣陵書社，2010 年 12 月。

387. 劉勰：《文心雕龍》(國學典藏書系)，長春：吉林出版集團有限責任公司，2010 年 12 月。

388. 李平、桑農注譯：《文心雕龍》(歷代名著精選集)，南京：鳳凰出版社，2011 年 1 月。

389. 李金宏、李珊珊編著：《劉勰與〈文心雕龍〉》(中國文化知識讀本)，長春：吉林文史出版社，2011 年 1 月。

390. 安徽師範大學中國詩學研究中心編：《中國詩學研究》(第 8 輯，《文心雕龍》研究專輯)，合肥：安徽大學出版社，2011 年 2 月。

391. 中國《文心雕龍》學會編:《文心雕龍研究》(第9輯),保定:河北大學出版社,2011年3月。

392. 劉勰:《文心雕龍》(國學典藏書系),長春:吉林出版集團有限責任公司,2011年3月,2012年5月,2013年11月,2015年8月。

393. 黃叔琳注:《文心雕龍》,杭州:浙江古籍出版社,2011年5月。

394. 周振甫:《文心雕龍選譯》(修訂版,古代文史名著選譯叢書),南京:鳳凰出版社,2011年5月。

395. 王毓紅:《言者我也——〈文心雕龍〉批評話語分析》,北京:商務印書館,2011年5月。

396. 曹書傑、劉書惠:《名家講解文心雕龍》(傳統文化普及讀本),長春:長春出版社,2011年6月。

397. 盧心東編:《鄭孝胥行書文心雕龍節錄四條屏》(近現代書法名家叢帖),杭州:中國美術學院出版社,2011年6月。

398. 陸侃如、牟世金:《劉勰和文心雕龍》,上海:上海古籍出版社,2011年7月。

399. 陸侃如:《文心雕龍選譯》(與牟世金合著),《陸侃如馮沅君合集》第七卷,合肥:安徽教育出版社,2011年8月。

400. 陸侃如:《劉勰論創作》(與牟世金合著),《陸侃如馮沅君合集》第七卷(《文心雕龍》原文譯注部分略),合肥:安徽教育出版社,2011年8月。

401. 陸侃如:《劉勰和文心雕龍》(與牟世金合著),《陸侃如馮沅君合集》第七卷,合肥:安徽教育出版社,2011年8月。

402. 林其錟、陳鳳金:《增訂文心雕龍集校合編》(歷代文史要籍注釋選刊),上海:華東師範大學出版社,2011年8月。

403. 陳蜀玉:《〈文心雕龍〉法譯及其研究》,上海:上海社會科學院出版社,2011年8月。

404. 李壯鷹主編：《劉勰》(《文心雕龍》二十二篇注釋),《中華古文論釋林》(魏晉南北朝卷),北京：北京大學出版社,2011 年8 月。

405. 簡良如：《〈文心雕龍〉之作爲思想體系》,北京：中國社會科學出版社,2011 年9 月。

406. 錢基博：《文心雕龍校讀記》(與《讀莊子天下篇疏記》合印),上海：上海古籍出版社,2011 年11 月。

407. 李建中、高文強主編：《百年龍學的會通與適變》,哈爾濱：黑龍江人民出版社,2011 年12 月。

408. 劉永升主編：《文心雕龍》(牛書架·插圖小經典八),長沙：湖南美術出版社,2011 年12 月。

409. 王元化：《文心雕龍講疏》,上海：上海三聯書店,2012 年1 月。

410. 劉碩偉：《文心雕龍箋繹》,北京：綫裝書局,2012 年1 月。

411. 楊明照校注拾遺：《增訂文心雕龍校注》(中華國學文庫),北京：中華書局,2012 年3 月。

412. 戚良德：《〈文心雕龍〉與當代文藝學》,北京：中央編譯出版社,2012 年3 月。

413. 李建中主編：《龍學檔案》(中國學術檔案大系),武漢：武漢大學出版社,2012 年3 月。

414. 姚愛斌：《〈文心雕龍〉詩學範式研究》(文化詩學文叢),長沙：湖南人民出版社,2012 年4 月。

415. 劉穎：《英語世界〈文心雕龍〉研究》(比較文學與文藝學叢書),成都：巴蜀書社,2012 年4 月。

416. 左健：《體大思周的文心雕龍》,瀋陽：遼海出版社,2012 年4 月。

417. 王志彬譯注：《文心雕龍》(中華經典名著全本全注全譯叢書),北京：中華書局,2012 年6 月。

418. 萬奇、李金秋主編:《文心雕龍文體論新探》,北京:中央民族大學出版社,2012 年 6 月。

419. 劉勰:《文心雕龍》,穆克宏、郭丹編著:《魏晉南北朝文論全編》,上海:上海遠東出版社,2012 年 7 月。

420. 董家平、安海民:《〈文心雕龍〉理論體系研究》,北京:華齡出版社,2012 年 7 月。

421. 楊明照校注拾遺:《增訂文心雕龍校注》(三冊,中國文學研究典籍叢刊),北京:中華書局,2012 年 8 月。

422. 王運熙、周鋒:《文心雕龍譯注》(國學經典譯註叢書),上海:上海古籍出版社,2012 年 8 月。

423. 祖保泉:《文心雕龍解說》(上、下),《祖保泉文集》,合肥:安徽教育出版社,2012 年 8 月。

424. 劉勰:《文心雕龍》(綫裝二冊,《國學典藏—文學經典》之一),鄭州:中州古籍出版社,2012 年 9 月。

425. 錢基博:《文心雕龍校讀記》,錢基博:《集部論稿初編》(《錢基博集》),武漢:華中師範大學出版社,2012 年 10 月。

426. 劉業超:《文心雕龍通論》(上、中、下),北京:人民出版社,2012 年 12 月。

427. 王運熙:《文心雕龍探索》,《王運熙文集》(3),上海:上海古籍出版社,2012 年 12 月。

428. 鄧國光:《〈文心雕龍〉文理研究:以孔子、屈原爲樞紐軸心的要義》,上海:上海古籍出版社,2012 年 12 月。

429. 胡海、楊青芝:《〈文心雕龍〉與文藝學》,北京:人民出版社,2012 年 12 月。

430. 王學禮、姜曉潔:《文心雕龍駢體語譯》,西安:三秦出版社,2012 年 12 月。

431. 王弋丁:《文心雕龍譯析》,桂林:廣西師範大學出版社,2012 年 12 月。

432. 李清良、郭彬等:《劉勰——文心與道心》,曹順慶主編:《中外文論史》第二卷,成都:巴蜀書社,2012 年 12 月。

433. 曾棗莊:《劉勰》(《文心雕龍》二十八篇選錄),《中國古代文體學》(附卷一,先秦至元代文體資料集成),上海:上海人民出版社、上海書店出版社,2012 年 12 月。

434. 劉勰:《文心雕龍》(《讀點經典》第 9 輯),南京:鳳凰出版社,2013 年 1 月。

435. 黃侃:《文心雕龍札記》(民國學術文化名著),長沙:岳麓書社,2013 年 1 月。

436. 黃維樑:《從〈文心雕龍〉到〈人間詞話〉——中國古典文論新探》(第二版),北京:北京大學出版社,2013 年 1 月。

437. 耿文輝筆記:《顧隨講〈文心雕龍〉》(趙林濤、顧之京整理),石家莊:河北教育出版社,2013 年 1 月。

438. 趙耀鋒:《〈文心雕龍〉研究》(寧夏師範學院學人文庫),銀川:陽光出版社,2013 年 1 月。

439. 萬奇、李金秋主編:《〈文心雕龍〉探疑》,北京:中華書局,2013 年 2 月。

440. 溫繹之編:《〈文心雕龍〉選講》(百年河大國學舊著新刊),鄭州:河南大學出版社,2013 年 4 月。

441. 唐正立:《〈文心雕龍〉與校園文學創作》,北京:中國文史出版社,2013 年 4 月。

442. 劉勰著、夏華等編譯:《文心雕龍》(圖文版,萬卷樓國學經典),瀋陽:萬卷出版公司,2013 年 4 月。

443. 李建忠書:《李建忠小楷文心雕龍》,杭州:西泠印社出版社,2013 年 4 月。

444. 中國《文心雕龍》學會編:《文心雕龍研究》(第 10 輯),北京:學苑出版社,2013 年 7 月。

445. 陳允鋒:《〈文心雕龍〉疑思錄》,北京:中央民族大學出版社,

2013 年 9 月。

446. 周振甫:《文心雕龍今譯》(附詞語簡釋),北京:中華書局,
2013 年 9 月。

447. 黃侃:《文心雕龍札記》(武漢大學百年名典),武漢:武漢大
學出版社,2013 年 10 月。

448. 劉永濟:《文心雕龍校釋》(武漢大學百年名典),武漢:武漢
大學出版社,2013 年 10 月。

449. 吳林伯:《〈文心雕龍〉義疏》(上、下,武漢大學百年名典),武
漢:武漢大學出版社,2013 年 11 月。

450. 劉勰:《文心雕龍》(綫裝一函八册,四庫全書),北京:商務印
書館,2013 年 12 月。

451. 楊清之:《〈文心雕龍〉與六朝文化思潮》(修訂本),濟南:齊
魯書社,2014 年 1 月。

452. 陳志平譯注:《文心雕龍譯注》(中國古典文化大系),上海:
上海三聯書店,2014 年 1 月。

453. 黃叔琳輯注:《文心雕龍輯注》(欽定四庫全書),北京:綫裝
書局,2014 年 1 月。

454. 劉勰:《文心雕龍》(綫裝一函五册,崇賢館藏書),合肥:黃山
書社,2014 年 1 月。

455. 李宏偉編著:《行書〈文心雕龍〉精選》,長沙:湖南美術出版
社,2014 年 4 月。

456. 李宏偉編著:《草書〈文心雕龍〉精選》,長沙:湖南美術出版
社,2014 年 4 月。

457. 劉勰:《文心雕龍》(綫裝一函四册,文淵閣四庫全書珍賞),
北京:綫裝書局,2014 年 5 月。

458. 黃侃:《文心雕龍札記》(中華現代學術名著叢書),北京:商
務印書館,2014 年 5 月。

459. 戚良德主編:《儒學視野中的〈文心雕龍〉》(山東大學文史哲

研究專刊),上海:上海古籍出版社,2014 年 5 月。

460. 牟世金:《劉勰年譜彙考》,范子燁編:《中古作家年譜彙考輯
　　　要》(卷三),西安:世界圖書出版西安有限公司,2014 年
　　　6 月。

461. 陳迪泳:《多維視野中的〈文心雕龍〉——兼與〈文賦〉〈詩品〉
　　　比較》,北京:中國社會科學出版社,2014 年 6 月。

462. 中國文心雕龍資料中心、中國文選學資料中心編輯:《文心學
　　　林》2014 年第 1 期,2014 年 6 月。

463. 邵耀成:《〈文心雕龍〉這本書:文論及其時代》,北京:中國
　　　社會科學出版社,2014 年 7 月。

464. 劉勰撰,楊慎、曹學佺等批點:《劉子文心雕龍》(綫裝一函五
　　　册,中華再造善本續編),北京:國家圖書館出版社,2014 年
　　　8 月。

465. 唐正立:《曠世劉勰》(長篇歷史小説文庫),北京:中國文史
　　　出版社,2014 年 8 月。

466. 莊適、司馬朝軍選注:《文心雕龍》(民國國學文庫),武漢:崇
　　　文書局,2014 年 9 月。

467. 劉勰:《文心雕龍》(插圖本,上、中、下,國學枕邊書),瀋陽:
　　　萬卷出版公司,2014 年 9 月。

468. 劉勰:《文心雕龍》(中華經典典藏系列),北京:光明日報出
　　　版社,2014 年 9 月。

469. 黃侃:《文心雕龍札記》(跟大師學國學),北京:中華書局,
　　　2014 年 9 月。

470. 馬驍英:《〈文心雕龍·諧隱〉的詼諧文學理論》,瀋陽:遼寧
　　　大學出版社,2014 年 9 月。

471. 戚良德主編:《中國文論》(第 1 輯),上海:上海古籍出版社,
　　　2014 年 9 月。

472. 張文勳:《〈文心雕龍〉探秘》(雲南文史書系),北京:三聯書

店,2014 年 10 月。

473. 劉勰撰、王志彬譯:《文心雕龍》(傳世經典,文白對照),北京:中華書局,2014 年 10 月。

474. 中國文心雕龍資料中心、中國文選學資料中心編輯:《文心學林》2014 年第 2 期,2014 年 12 月。

475. 李建中:《體:中國文論元關鍵詞解詮》,北京:中國社會科學出版社,2014 年 12 月。

476. 繆俊傑:《夢摘彩雲:劉勰傳》(中國歷史文化名人傳),北京:作家出版社,2015 年 2 月。

477. 歐陽艷華:《徵聖立言——〈文心雕龍〉體道思想研究》,上海:上海古籍出版社,2015 年 2 月。

478. 陸曉光:《王元化人文研思録》,上海:華東師範大學出版社,2015 年 3 月。

479. 張國慶、涂光社:《〈文心雕龍〉集校、集釋、直譯》,北京:中國社會科學出版社,2015 年 3 月。

480. 張燈:《文心雕龍譯注疏辨》,上海:復旦大學出版社,2015 年 4 月。

481. 中國《文心雕龍》學會編:《文心雕龍研究》(第 11 輯),北京:學苑出版社,2015 年 5 月。

482. 劉勰:《文心雕龍》(綫裝一函五册,崇賢館藏書),北京:北京聯合出版公司,2015 年 5 月。

483. 吳琦幸:《王元化談話録》,上海:上海人民出版社,2015 年 6 月。

484. 劉勰著、楊世民譯:《文心雕龍今譯》,廣州:廣東人民出版社,2015 年 6 月。

485. 劉勰著、高文方譯:《文心雕龍》(中華國學經典精粹),北京:北京聯合出版公司,2015 年 7 月。

486. 劉勰:《文心雕龍》(馮慧娟編,全民閱讀·經典小叢書),長春：吉林出版集團有限責任公司,2015 年 7 月。

487. 中國文心雕龍資料中心、中國文選學資料中心編輯：《文心學林》2015 年第 1 期,2015 年 7 月。

488. 周興陸：《〈文心雕龍〉精讀》(博雅導讀叢書),北京：北京大學出版社,2015 年 9 月。

489. 劉勰著、陳志平譯注：《文心雕龍譯注》,北京：北京聯合出版公司,2015 年 9 月。

490. 孫文剛、朱婷連、張鳳琳、匡存玖：《〈文心雕龍〉文論思想研究》,成都：四川大學出版社,2015 年 9 月。

491. 李建中、吳中勝主編：《〈文心雕龍〉導讀》(中國文學批評史系列教材),武漢：武漢大學出版社,2015 年 10 月。

492. 黃叔琳注、紀昀評、李詳補注、劉咸炘闡說、戚良德輯校：《文心雕龍》(國學典藏),上海：上海古籍出版社,2015 年 11 月。

493. 張少康：《〈文心雕龍新注〉選》,張健、郭鵬編：《古代文論的現代詮釋》,北京：北京大學出版社,2015 年 11 月。

494. 胡輝：《劉勰詩經觀研究》,昆明：雲南大學出版社,2015 年 11 月。

495. 周勳初：《文心雕龍解析》(上、下),南京：鳳凰出版社,2015 年 12 月。

496. 戚良德主編：《中國文論》(第 2 輯),上海：上海古籍出版社,2015 年 12 月。

497. 中國文心雕龍資料中心、中國文選學資料中心編輯：《文心學林》2015 年第 2 期,2015 年 12 月。

498. 童慶炳：《〈文心雕龍〉三十說》,《童慶炳文集》第七卷,北京：北京師範大學出版社,2016 年 1 月。

499. 馮慧娟主編：《文心雕龍》(全民閱讀國學普及讀本),烏魯木齊：新疆美術攝影出版社,2016 年 2 月。

500. 王運熙、周鋒譯注：《文心雕龍譯注》(中國古代名著全本譯注叢書），上海：上海古籍出版社，2016 年 4 月。

501. 雍平編著：《文心發義》（上、下），廣州：廣東人民出版社，
　　　2016 年 5 月。

502. 高林廣：《〈文心雕龍〉先秦兩漢文學批評研究》，北京：中華
　　　書局，2016 年 6 月。

503. 黃侃：《文心雕龍札記》（跟大師學國學），北京：中華書局，
　　　2016 年 6 月。

504. 劉勰：《文心雕龍》（跟着名師學國學），長春：吉林出版集團
　　　股份有限公司，2016 年 6 月。

505. 中國文心雕龍資料中心、中國文選學資料中心編輯：《文心學
　　　林》2016 年第 1 期，2016 年 6 月。

506. 詹鍈：《文心雕龍義證》（上、中、下），《詹鍈全集》第一卷、第
　　　二卷、第三卷，石家莊：河北教育出版社，2016 年 7 月。

507. 詹鍈：《〈文心雕龍〉的風格學》，《詹鍈全集》第四卷，石家莊：
　　　河北教育出版社，2016 年 7 月。

508. 詹鍈：《劉勰與〈文心雕龍〉》，《詹鍈全集》第四卷，石家莊：
　　　河北教育出版社，2016 年 7 月。

509. 楊明：《文心雕龍精讀》（第 2 版，漢語言文學原典精讀系
　　　列），上海：復旦大學出版社，2016 年 8 月。

510. 劉勰：《文心雕龍》（與《四部正訛》《庸言録》合印，李敖主編
　　　國學精要），天津：天津古籍出版社，2016 年 10 月。

511. 中國文心雕龍資料中心、中國文選學資料中心編輯：《文心學
　　　林》第 2 期，2016 年 12 月。

512. 戚良德主編：《中國文論》（第 3 輯），上海：上海古籍出版社，
　　　2016 年 12 月。

513. 黃侃：《黃侃：文學史講義》（名家國學大觀），北京：當代世
　　　界出版社，2017 年 1 月。

514. 周振甫譯注：《文心雕龍選譯》（珍藏版，古代文史名著選譯叢

書),南京：鳳凰出版社,2017 年 1 月。

515. 劉勰著,徐正英、羅家湘注譯：《文心雕龍》(國學經典典藏版),鄭州：中州古籍出版社,2007 年 1 月。

516. 張光年譯述：《駢體語譯文心雕龍》,武漢：華中師範大學出版社,2017 年 4 月。

517. 戚良德：《〈文心雕龍〉與中國文論》(中國書籍·學術之星文庫),北京：中國書籍出版社,2017 年 4 月。

518. 劉勰撰、黃叔琳注：《黃叔琳注本文心雕龍》(全二冊,國學基本典籍叢刊),北京：國家圖書館出版社,2017 年 6 月。

519. 劉勰著、陳書良整理：《文心雕龍》,北京：作家出版社,2017 年 6 月。

520. 中國文心雕龍資料中心、中國文選學資料中心編輯：《文心學林》第 1 期,2017 年 6 月。

521. 王元化：《文心雕龍講疏》(王元化精品集),上海：華東師範大學出版社,2017 年 7 月。

522. 黃維樑、萬奇編撰：《文心雕龍精選讀本》,北京：北京師範大學出版社,2017 年 7 月。

523. 孫興義主編：《中國〈文心雕龍〉學會第十三次年會論文集》,昆明：雲南大學出版社,2017 年 7 月。

二、臺 灣 部 分

524. 劉永濟：《文心雕龍校釋》(中國文史叢書),臺北：正中書局,1954 年 4 月,1970 年 7 月,1975 年 3 月,1982 年。

525. 范文瀾：《文心雕龍注》,臺北：臺灣開明書店,1958 年 4 月。

526. 范文瀾：《文心雕龍注》(上、中、下),臺北：臺灣開明書店,1959 年 2 月。

527. 徐復觀：《文心雕龍之文體論》(東海學報第一卷第 1 期抽印

本），臺中：東海大學，1959 年 6 月。

528. 楊明照：《文心雕龍校注》，臺北：世界書局，1962 年，1974 年
7 月。

529. 黃侃：《文心雕龍札記》，臺北：文星書店，1965 年。

530. 劉勰撰、黃叔琳注：《文心雕龍輯注》（與《古文緒論》《説詩晬
語》合印，四部備要），臺北：臺灣中華書局，1966 年 3 月。

531. 張立齋：《文心雕龍注訂》，臺北：正中書局，1967 年 1 月。

532. 劉勰撰、黃叔琳注：《文心雕龍》（人人文庫），臺北：臺灣商務
印書館，1967 年 4 月。

533. 易蘇民編：《文心雕龍專號》（《大學文選》第 9、10 期合刊），
臺北：昌言出版社，1967 年。

534. 李景瀠：《文心雕龍評解》，臺南：翰林出版社，1967 年 12 月。

535. 李景瀠：《文心雕龍新解》，臺南：翰林出版社，1968 年 4 月，
1968 年 11 月，1970 年 4 月。

536. 易蘇民主編：《文心雕龍研究》（大學用書），臺北：昌言出版
社，1968 年 11 月。

537. 王利器：《文心雕龍新書》（中法漢學研究所通檢叢刊之十
五），臺北：成文出版社，1968 年影印。

538.《文心雕龍新書通檢》（中法漢學研究所通檢叢刊之十五），臺
北：成文出版社，1968 年影印。

539. 張嚴：《文心雕龍通識》（人人文庫），臺北：臺灣商務印書館，
1969 年 2 月。

540. ［美］施友忠譯：《文心雕龍》（英譯本），臺北：敦煌書局有限
公司，1969 年。

541. 劉勰：《文心雕龍注》，臺北：明倫出版社，1970 年 9 月。

542. ［美］施友忠譯：《文心雕龍》（英譯本），臺北：臺灣中華書
局，1970 年 11 月。

543. 黃錦鋐等：《文心雕龍研究論文集》，臺北：驚聲文物供應公

司,1970 年 11 月。

544. 彭慶環注述:《文心雕龍釋義》,臺北:華星出版社,1970 年
12 月。

545. 黃侃:《文心雕龍札記》(三冊),臺北:學人月刊雜誌社,1971
年 1 月。

546. 饒宗頤編著:《文心雕龍研究專號》,臺北:明倫出版社,1971
年 2 月。

547. 李中成:《文心雕龍析論》(育樂文庫),臺北:大聖書局,1972
年 2 月。

548. 鄭蕤:《文心雕龍論文集》,臺中:光啓出版社,1972 年 6 月。

549. 張嚴:《文心雕龍文術論詮》(人人文庫),臺北:臺灣商務印
書館,1973 年 3 月。

550. 黃侃:《文心雕龍札記》,臺北:文史哲出版社,1973 年 6 月。

551. 唐亦男:《文心雕龍講疏》(總論),臺北:蘭臺書局,1974 年
4 月。

552. 陳弘治、陳滿銘、劉本棟:《譯注文心雕龍選》,臺北:文津出
版社,1974 年 5 月。

553. 劉勰:《文心雕龍注》(增訂本,中國學術名著,文學類),臺
南:平平出版社,1974 年 9 月。

554. 徐復觀:《中國文學論集》,臺北:學生書局,1974 年 10 月。

555. 杜天縻注:《廣注文心雕龍》,臺南:臺南北一出版社,1974 年
10 月。

556. 劉永濟:《文心雕龍校釋》,臺北:華正書局,1974 年 10 月。

557. 張立齋:《文心雕龍考異》,臺北:正中書局,1974 年 11 月。

558. 藍若天:《文心雕龍的樞紐論與區分論》(人人文庫),臺北:
臺灣商務印書館,1975 年 4 月。

559. 王叔岷:《文心雕龍綴補》,臺北:藝文印書館,1975 年 9 月。

560. 陳新雄、于大成主編:《文心雕龍論文集》(國學論文薈編第 1

輯第四册），臺北：西南書局有限公司,1975 年 12 月,1979 年
2 月。

561. 黃錦鋐指導、王久烈等譯注：《語譯詳注文心雕龍》,臺北：弘
道文化事業有限公司,1976 年 2 月。

562. 王更生：《文心雕龍研究》,臺北：文史哲出版社,1976 年
3 月。

563. 楊明照校注：《文心雕龍校注》（夏學叢書）,臺北：河洛圖書
出版社,1976 年 3 月。

564. 彭慶環注述：《文心雕龍釋義》（全一册）,臺北：華星出版社,
1976 年 9 月新版。

565. 王金凌：《劉勰年譜》,臺北：嘉新水泥公司文化基金會,1976
年 9 月。

566. 王更生：《文心雕龍導讀》,臺北：華正書局,1977 年 3 月,
1978 年 9 月,1980 年修訂。

567. 沈謙：《文心雕龍批評論發微》,臺北：聯經出版事業公司,
1977 年 5 月,1984 年 9 月。

568. 黃春貴：《文心雕龍之創作論》,臺北：文史哲出版社,1978 年
4 月。

569. 廖蔚卿：《六朝文論》,臺北：聯經出版事業公司,1978 年
4 月。

570. 周榮華：《文心雕龍與佛教駁論》,自印本,1978 年 6 月。

571. 莊嚴編輯部：《文心雕龍與詩品研究》,臺北：莊嚴出版社,
1978 年 10 月。

572. 黃錦鋐編譯：《文心雕龍論文集》,臺北：學海出版社,1979 年
1 月。

573. 黃侃：《文心雕龍札記》,臺北：新文豐出版公司,1979 年
5 月。

574. 王更生：《重修增訂文心雕龍研究》,臺北：文史哲出版社,

1979 年 5 月,1981 年 10 月,1984 年 10 月,1989 年 10 月。

575. 王更生:《文心雕龍范注駁正》,臺北:華正書局,1979 年
　　 11 月。

576. 王更生編選:《文心雕龍研究論文選粹》,臺北:育民出版社,
　　 1980 年 9 月。

577. 劉勰:《文心雕龍注》,臺北:學海出版社,1980 年 9 月。

578. 李農編注:《文心雕龍》,臺南:大夏出版社,1981 年 1 月。

579. 王金淩:《文心雕龍文論術語析論》,臺北:華正書局,1981 年
　　 6 月。

580. 陸建百:《文心雕龍選譯今注》,臺北:西南書局,1981 年
　　 9 月。

581. 劉永濟:《文心雕龍校釋》,臺北:華正書局,1981 年 10 月。

582. 馮吉權:《文心雕龍與詩品之詩論比較》,臺北:文史哲出版
　　 社,1981 年 11 月。

583. 王利器校箋:《文心雕龍校證》,臺北:明文書局股份有限公
　　 司,1982 年 4 月。

584. 李曰剛:《文心雕龍斠詮》(上編、下編),臺北:臺灣編譯館中
　　 華叢書編審委員會,1982 年 5 月。

585. 龔菱:《文心雕龍研究》,臺北:文津出版社,1982 年 6 月。

586. 劉勰:《文心雕龍注》,臺北:宏業書局,1982 年 9 月。

587. 王夢鷗:《古典文學的奧秘——文心雕龍》,臺北:時報文化
　　 出版社,1982 年 12 月。

588. 黃錦鋐指導、王久烈等譯注:《語譯詳注文心雕龍》,臺北:天
　　 龍出版社,1980 年 12 月,1983 年 1 月。

589. 楊明照、趙仲邑等:《文心雕龍研究、解譯》,臺北:木鐸出版
　　 社,1983 年 9 月。

590. 羅聯絡:《文心與詩心》(自印本),1983 年 11 月。

591. 王利器校箋:《文心雕龍新書》,臺北:宏業出版社,1983 年。

592. 詹鍈：《文心雕龍的風格學》，臺北：木鐸出版社，1983 年。

593. 王夢鷗：《古典文學論探索》，臺北：正中書局，1984 年 2 月。

594. 周振甫注，周振甫、王文進、李正治、蔡英俊、龔鵬程譯：《文心雕龍注釋》（附今譯），臺北：里仁書局，1984 年 5 月。

595. 王更生：《文心雕龍讀本》（上、下），臺北：文史哲出版社，1985 年 3 月。

596. 楊明照：《文心雕龍校注拾遺》，臺北：崧高書社，1985 年 5 月。

597. 張仁青：《文心雕龍通詮》，臺北：明文書局，1985 年 7 月。

598. 沈謙：《文心雕龍之文學理論與批評》，臺北：華正書局，1986 年 5 月。

599. 陳兆秀：《文心雕龍術語探析》，臺北：文史哲出版社，1986 年 5 月。

600. 王禮卿：《文心雕龍通解》（上、下），臺北：黎明文化公司，1986 年 10 月。

601. 楊家駱主編：《文心雕龍注等六種》，臺北：世界書局，1986 年 10 月。

602. 方元珍：《文心雕龍與佛教關係之考辨》，臺北：文史哲出版社，1987 年 3 月。

603. 陳耀南：《文鏡與文心》，臺北：黎明文化事業股份有限公司，1987 年 4 月。

604. 程兆熊：《文學與文心》，臺北：明文書局，1987 年 9 月。

605. 劉榮傑：《文心雕龍譬喻研究》，臺北：前衛出版社，1987 年 11 月。

606. 王國良：《劉勰〈文心雕龍〉研究論著目錄》，中國古典文學研究會、臺灣師範大學合辦"中國文學批評研討會"參考資料，1987 年 12 月。

607. 王更生：《重修增訂文心雕龍導讀》，臺北：華正書局，1988 年

3 月,1990 年,1993 年 7 月,2004 年 2 月。

608. 中國古典文學研究會主編:《文心雕龍綜論》,臺北:臺灣學
生書局,1988 年 5 月。

609. 朱迎平編:《文心雕龍索引》,臺北:學海出版社,1988 年。

610. 劉綱紀:《劉勰》(世界哲學家叢書),臺北:東大圖書公司,
1989 年 9 月。

611. 劉宗修:《文心雕龍風格論之研究》,臺南:立宇出版社,1989
年 9 月。

612. 李慕如:《由文心雕龍知音篇談劉勰文學批評》,高雄:復文
圖書出版社,1990 年 6 月。

613. 沈謙:《文心雕龍與現代修辭學》,臺北:益智書局,1990 年
6 月。

614. 彭慶環:《文心雕龍綜合研究》,臺北:正中書局,1990 年
10 月。

615. 張少康:《文心雕龍新探》,臺北:文史哲出版社,1991 年
1 月。

616. 黃亦真:《文心雕龍比喻技巧研究》,臺北:學海出版社,1991
年 2 月。

617. 王更生:《文心雕龍新論》,臺北:文史哲出版,1991 年 5 月。

618. 日本九洲大學中國文學會主編:《〈文心雕龍〉國際學術研討
會論文集》,臺北:文史哲出版社,1992 年 6 月。

619. 吳聖昔:《劉勰文學原理的建構與精髓》,臺北:貫雅文化事
業有限公司,1992 年 10 月。

620. 陳泳明:《劉勰的審美理想》,臺北:文津出版社,1992 年
12 月。

621. 顏崑陽:《六朝文學觀念叢論》,臺北:正中書局,1993 年
2 月。

622. 金民那:《文心雕龍的美學——文學的心靈及其藝術的表

現》,臺北:文史哲出版社,1993 年 7 月。

623. 王元化:《文心雕龍講疏》,臺北:書林出版有限公司,1993 年
11 月。

624. 詹鍈:《文心雕龍的風格學》,臺北:正中書局,1994 年 1 月。

625. 羅立乾注譯:《新譯文心雕龍》,臺北:三民書局,1994 年
4 月。

626. 王更生:《文心雕龍選讀》,臺北:巨流圖書公司,1994 年
10 月。

627. 香港中文大學中國語言文學系主編:《魏晉南北朝文學論集》
(魏晉南北朝文學國際研討會論文集),臺北:文史哲出版社,
1994 年。

628. 張文勳:《文心雕龍探秘》,臺北:業強出版社,1994 年,收入
《張文勳文集》第三卷(昆明:雲南大學出版社,2000
年9 月)。

629. 王更生:《中國古代文學理論的秘寶──文心雕龍》,臺北:
黎明文化事業公司,1995 年 7 月。

630. 王更生:《更生退思文錄》,臺北:文史哲出版社,1997 年
7 月。

631. 本書編委會編:《慶祝王更生教授七秩崧壽紀念文集》,臺北:
文史哲出版社,1997 年 7 月。

632. 沈謙:《文心雕龍與現代修辭學》,臺北:文史哲出版社,1997
年 7 月。

633. 呂武志:《魏晉文論與文心雕龍》,臺北:樂學書局有限公司,
1998 年 3 月。

634. 王忠林:《文心雕龍析論》,臺北:三民書局股份有限公司,
1998 年 3 月。

635. 華仲麐:《文心雕龍要義申説》,臺北:學生書局,1998 年
10 月。

636. 王更生總編訂：《臺灣近五十年〈文心雕龍〉研究論著摘要》，臺北：文史哲出版社，1999 年 5 月。

637. 陳拱：《文心雕龍本義》（上、下），臺北：臺灣商務印書館，1999 年 9 月。

638. 臺灣師範大學國文學系主編：《〈文心雕龍〉國際學術研討會論文集》，臺北：文史哲出版社，2000 年 3 月。

639. 張勉之、張曉丹：《雕心成文——〈文心雕龍〉淺説》，臺北：萬卷樓圖書有限公司，2000 年 3 月。

640. 許玫芳：《〈文心雕龍〉文體論中自然崇拜與祖先崇拜之理路成變——從人類學及宗教社會學抉微》，臺北：文史哲出版社，2000 年 5 月。

641. 黃端陽：《文心雕龍樞紐論研究》，臺北：國家出版社，2000 年 6 月。

642. 王更生：《歲久彌光的"龍學"家——楊明照先生在"文心雕龍學"上的貢獻》，臺北：文史哲出版社，2000 年 11 月。

643. 蔡宗陽：《文心雕龍探賾》，臺北：文史哲出版社，2001 年 2 月。

644. 劉渼：《臺灣近五十年來"〈文心雕龍〉學"研究》，臺北：萬卷樓圖書有限公司，2001 年 3 月。

645. 林其錟、陳鳳金：《文心雕龍集校合編》，臺南：臺灣暨南出版社，2002 年 6 月。

646. 黃侃：《文心雕龍札記》，新竹：花神出版社，2002 年 8 月。

647. 王義良：《〈文心雕龍〉文學創作論與批評論探微》，高雄：復文圖書出版社，2002 年 9 月。

648. 方元珍：《文心雕龍作家論研究——以建安時期爲限》，臺北：文史哲出版社，2003 年 6 月。

649. 林中明：《斌心雕龍》，臺北：臺灣學生書局有限公司，2003 年 12 月。

650. 蔡宗陽：《劉勰文心雕龍與經學》,臺北：文史哲出版社,2007年2月。

651. 日本福岡大學文心雕龍國際學術研討編委會主編：《日本福岡大學〈文心雕龍〉國際學術研討會論文集》,臺北：文史哲出版社,2007年3月。

652. 王更生：《文心雕龍管窺》,臺北：文史哲出版社,2007年5月。

653. 賴欣陽：《“作者”觀念之探索與建構——以〈文心雕龍〉爲中心的研究》,臺北：學生書局,2007年5月。

654. 卓國浚：《文心雕龍精讀》,臺北：五南圖書出版社股份有限公司,2007年5月。

655. 羅立乾注譯：《新譯文心雕龍》,臺北：三民書局股份有限公司,2008年6月二版。

656. 文心雕龍國際學術研討會論文集編委會主編：《2007〈文心雕龍〉國際學術研討會論文集》,臺北：文史哲出版社,2008年8月。

657. 簡良如：《〈文心雕龍〉研究——個體智術之人文圖像》,臺北：臺灣大學出版中心,2008年12月。

658. 高大威編注：《王夢鷗先生文心雕龍講記》,臺北：秀威資訊科技股份有限公司,2009年2月。

659. 溫光華：《文心雕龍“以駢著論”之研究》,臺北：文史哲出版社,2009年2月。

660. 游志誠：《文心雕龍與劉子系統研究》,臺北：文史哲出版社,2010年4月。

661. 杜天縻注：《文心雕龍注》(與《詩品注》合印),臺北：世界書局,2010年7月。

662. 王更生：《文心雕龍研究》,《王更生先生全集》第1輯(1),臺北：文史哲出版社,2010年8月。

663. 王更生：《文心雕龍讀本》（上、下），《王更生先生全集》第 1 輯（2、3），臺北：文史哲出版社，2010 年 8 月。

664. 王更生：《文心雕龍導讀》，《王更生先生全集》第 1 輯（4），臺北：文史哲出版社，2010 年 8 月。

665. 王更生：《文心雕龍范注駁正》，《王更生先生全集》第 1 輯（5），臺北：文史哲出版社，2010 年 8 月。

666. 王更生：《文心雕龍新論》，《王更生先生全集》第 1 輯（6），臺北：文史哲出版社，2010 年 8 月。

667. 王更生：《文心雕龍管窺》，《王更生先生全集》第 1 輯（7），臺北：文史哲出版社，2010 年 8 月。

668. 王更生：《歲久彌光的"龍學"家》，《王更生先生全集》第 1 輯（8），臺北：文史哲出版社，2010 年 8 月。

669. 王更生：《臺灣近五十年文心雕龍研究論著摘要》，《王更生先生全集》第 1 輯（9），臺北：文史哲出版社，2010 年 8 月。

670. 王更生：《更生退思文錄》，《王更生先生全集》第 1 輯（17），臺北：文史哲出版社，2010 年 8 月。

671. 王更生：《王更生自訂年譜初稿》，《王更生先生全集》第 1 輯（18），臺北：文史哲出版社，2010 年 8 月。

672. 王更生教授辭世門生哀悼追思紀念文集錄編輯小組編：《痛悼王師更生辭世——門生哀悼追思紀念文集錄》，臺北：文史哲出版社，2010 年 8 月。

673. 尤雅姿：《文心雕龍文藝哲學新論》，臺北：學生書局，2010 年 12 月。

674. 李德才：《劉勰〈文心雕龍〉美學文質論》，新北：花木蘭文化出版社，2011 年 3 月。

675. 呂立德：《〈文心雕龍·時序〉研究》，新北：花木蘭文化出版社，2011 年 3 月。

676. 呂素端：《六朝文論中的自然觀》，新北：花木蘭文化出版社，

2011 年 3 月。

677. 黄端陽:《范文瀾〈文心雕龍注〉研究》,臺北:文史哲出版社,2012 年 8 月。

678. 李平:《20 世紀〈文心雕龍〉研究史論》(上、下),新北:花木蘭出版社,2012 年 9 月。

679. 李逸津:《文心晬論》,新北:花木蘭文化出版社,2012 年 9 月。

680. 游志誠:《文心雕龍與劉子跨界論述》,臺北:華正書局,2013 年 8 月。

681. 施筱雲:《〈文心雕龍·辨騷〉研究》,新北:花木蘭文化出版社,2013 年 9 月。

682. 黄侃:《文心雕龍札記》,臺北:五南圖書出版股份有限公司,2013 年 12 月。

683. 郭章裕:《古代"雜文"的演變:從〈文心雕龍〉到〈文苑英華〉》(文學經典系列),臺北:致知學術出版社,2015 年 1 月。

684. 陳秀美:《〈文心雕龍〉"文體通變觀"研究》,新北:花木蘭文化出版社,2015 年 3 月。

685. 顏崑陽:《詩比興系論》,臺北:聯經出版事業股份有限公司,2017 年 3 月。

686. 游志誠:《〈文心雕龍〉五十篇細讀》,臺北:文津出版社,2017 年 6 月。

三、香 港 部 分

687. 楊明照:《文心雕龍校注》,香港:龍門書店,1959 年。

688. 范文瀾:《文心雕龍注》,香港:商務印書館,1960 年 7 月。

689. 黄侃:《文心雕龍札記》,香港:香港新亞書院,1962 年 12 月。

690. 程兆熊:《文心雕龍講義——劉勰文學批評理論之疏説與申

論》,香港：鵝湖出版社,1963 年 3 月。

691. 郭晉稀譯注：《文心雕龍譯注十八篇》,香港：建文書局,1964
年,1966 年,1971 年。

692. 饒宗頤主編：《文心雕龍研究專號》(香港大學中文學會 1962
年年刊),香港：龍門書店,1965 年 2 月。

693. 王利器：《文心雕龍新書》,香港：龍門書店,1967 年 2 月。

694. 中國語文學社編：《中國文學批評研究論文集》(文心雕龍研
究專集),香港：龍門書店,1969 年 9 月。

695. 寇效信等：《文心雕龍研究論文集》,香港：匯文閣書局,
1969 年。

696. 周康燮編選：《文心雕龍選注》,香港：龍門書店,1970 年
3 月。

697. 潘重規：《唐寫文心雕龍殘本合校》,香港：新亞研究所,1970
年 9 月。

698. 陸侃如、牟世金：《劉勰論創作》,香港：文昌書局,1970 年。

699. 石壘：《文心雕龍原道與佛道義疏證》,香港：雲在書屋,1971
年 12 月。

700. 劉永濟校釋：《文心雕龍校釋》,香港：中華書局香港分局,
1972 年 2 月,1980 年 2 月。

701. 劉勰撰、黃叔琳注、紀昀評：《文心雕龍輯注》,香港：中華書
局香港分局,1973 年 2 月。

702. 楊明照、劉綬松等：《文心雕龍研究論文集》,香港：一山書
屋,1977 年 9 月。

703. 石壘：《文心雕龍與佛儒二教義理論集》,香港：雲在書屋,
1977 年 12 月。

704. 高風：《文心雕龍分析研究》,香港：龍門圖書股份有限公司,
1980 年 10 月。

705. 施友忠譯：《文心雕龍》(英譯本),香港：香港中文大學出版

社,1983 年。

706. 陳耀南:《文心雕龍論集》,香港:現代教育研究社有限公司,
1989 年。

707. 胡緯:《文心雕龍字義通釋》,香港:文德文化事業有限公司,
1997 年 2 月。

708. 黃兆傑、盧仲衡、林光泰譯:《文心雕龍》(英譯本),香港:香
港大學出版社,1998 年 7 月。

709. 劉殿爵、陳方正、何志華:《文心雕龍逐字索引》,香港:香港
中文大學,2001 年。

710. 劉慶華:《操斧伐柯論〈文心〉》,香港:中華書局,2004 年
2 月。

711. 武心波主編:《慶祝林其錟教授八十歲論文集》,香港:現代
書局,2015 年 3 月。

712. 黃維樑:《文心雕龍:體系與應用》,香港:文思出版社,2016
年 10 月。

四、國 外 部 分

713. [日]近藤春雄:《支那文學論的發生——文心雕龍與詩品》,
東亞研究會,1940 年 12 月。

714. [日]岡村繁:《文心雕龍索引》,廣島文理科大學漢文研究
室,1950 年 9 月。

715. [日]興膳宏譯:《文心雕龍》(日譯本,《世界古典文學全集》
第 25 卷),東京:築摩書房,1968 年 12 月。

716. [日]户田浩曉譯:《文心雕龍》(日語選譯本,《中國古典新
書》之一),東京:明德出版社,1972 年 2 月。

717. [日]目加田誠譯:《文心雕龍》(日譯本,《中國古典文學大
系》第 54 卷),東京:平凡社,1974 年 6 月。

718. ［日］户田浩曉譯:《文心雕龍》(日譯本,上,《新釋漢文大系》第 63 卷),東京:明治書院,1974 年 11 月。

719. ［日］户田浩曉譯:《文心雕龍》(日譯本,下,《新釋漢文大系》第 64 卷),東京:明治書院,1978 年 6 月。

720. ［日］岡村繁:《文心雕龍索引》(改訂版),名古屋:采華書林,1982 年 9 月。

721. ［日］門脅廣文:《文心雕龍研究》,東京:創文社,2005 年 3 月。

722. 王元化:《文心雕龍講疏》,東京:汲古書院,2005 年 4 月。

723. ［韓］崔信浩譯:《文心雕龍》(韓譯本),漢城:玄岩社,1975 年 5 月。

724. ［韓］李民樹譯:《文心雕龍》(韓譯本),漢城:乙酉文化社,1984 年 5 月。

725. ［韓］崔東鎬譯:《文心雕龍》(韓譯本),漢城:民音社,1994 年 4 月。

726. ［韓］金民那:《文心雕龍:東洋文藝學的集大成之作》,首爾:生活出版社,2005 年 5 月。

727. ［美］施友忠譯:《文心雕龍》(英譯本),紐約:哥倫比亞大學出版社,1959 年。
The Literary Mind and the Carving of Dragons. Trans. Vincent Yu-chung Shih. New York: Colombia University Press, 1959. Print.

728. ［美］宇文所安:《中國文論選讀》,馬薩諸塞州坎布里奇:哈佛大學東亞研究委員會,1992 年。
Owen, Stephen. *Readings in Chinese literary Thought*. Cambridge, Massachusetts: Council on East Asian Studies of

Harvard University, 1992. Print.

729. ［美］蔡宗齊主編：《中國文學思想——〈文心雕龍〉中的文化、創作與修辭》，加利福尼亞州斯坦福：斯坦福大學出版社，2001 年。

A Chinese Literary Mind: Culture, Creativity, and Thetoric in Whenxin Diaolong. Ed. Zongqi Cai. Stanford, California: Stanford University Press, 2001. Print.

730. ［美］施友忠譯：《文心雕龍——中國文學思想與模式研究》（英譯本），蒙大拿州懷特菲什：文學出版公司，2011 年。

The Literary Mind and the Carving of Dragons: A Study of Thought and Pattern in Chinese Literature. Trans. Vincent Yu-chung Shih. Whitefish, Montana: Literary Licensing, LLC, 2011. Print.

731. ［德］李肇礎譯：《文心雕龍》（德語選譯本），波恩（自印本），1988 年 8 月。

Der Schriftsteller und seine künstlerische Leistung. Trans. Zhaochu Li. Bonn: Selbstverlag, 1988. Print.

732. ［德］李肇礎譯：《中國傳統文學理論——劉勰的〈文心雕龍〉》（《文心雕龍》下篇，德譯本），波鴻：項目出版社，1997 年 9 月。

Traditionelle chinesische Literaturtheorie: Liu Xies Buch vom prächtigen Stil des Drachenschnitzens. Trans. Zhaochu Li. Bonn: Projekt Verlag, 1997. Print.

733. ［德］李肇礎譯：《文心雕龍》（德譯本），波鴻：項目出版社，2007 年 3 月。

Das Literarische Schaffen ist wie das Schnitzen eines Drachen. Trans. Zhaochu Li. Bonn: Projekt Verlag, 2007. Print.

734. ［匈牙利］費倫茨・杜克義:《3—6 世紀的中國文體理論: 劉
勰的詩體理論》(英文), 布達佩斯: 匈牙利科學院出版社,
1971 年。

Tökei, Ferenc. *Genre theory in China in the 3rd－6th centuries*
(*Liu Hsieh's theory on poetic genres*). Budapest: Akadémiai
Kiadó, 1971. Print.

735. ［義大利］蘭珊德(亞歷珊德拉・拉瓦尼諾) 譯:《文心雕龍》
(義大利譯本), 米蘭: 盧尼出版社,1995 年。

Il Tesoro Delle Lettere: un intaglio di draghi. Trans. Alessandra
C. Lavagnino. Milan: Luni Editrice, 1995. Print.

736. ［西班牙］雷琳克(艾麗西婭・瑞林克・艾利塔) 譯:《文心雕
龍》(西班牙譯本), 格拉納達: 科馬雷斯出版社,1995 年
5 月。

El corazón de la literatura y el cincelado de dragones. Trans.
Alicia Relinque Eleta. Granada: Editorial Comares, 1995. 5.
Print.

737. ［捷克］奧德什赫・格拉爾譯:《文心雕龍》(捷克譯本), 布
拉格: 布洛迪出版社,1999 年。

Duch básnictví řezaný do draků(*Teoretická báseň v próze*). Trans.
Oldřich Král. Praha: Brody, 1999. Print.

後　記

　　2012 年春天,我以"'龍學'一百年"爲題申報國家社科基金項目,評審組的先生可能覺得這個題目有些籠統,便給改成了"百年'龍學'探究",予以通過。這個題目的改動很專業,指引了我研究的方向。之所以説"很專業",除了這個題目更爲具體以外,更重要的是如本書"引言"所説,《文心雕龍》研究史的著作已有數種,如何避免重複勞動並有所創新,是一個頗具挑戰性的問題;若選擇對百年"龍學"的重點問題進行探究,則仍可有很大的空間。因此,我樂得以"百年'龍學'探究"爲方向進行研究,也樂得以此作爲本書的書名。這是要感謝那位國家社科基金項目評審組的先生的,雖然我不知其名,却不能暗昧其功。當然,我原先"'龍學'一百年"的設想是個比較大的題目,我們也仍然在做,可能將成爲另一部較大規模或一個系列的著述。

　　我的項目組的重要成員之一是朱文民先生,他本來承擔了臺灣與海外"龍學"等數個專題的寫作,並提交給我十餘萬字的稿件,後由於本研究課題的調整,他提供的稿件多未能用,我們擬用於接下來的項目。但在本書中,我仍然吸收了朱老師關於林其錟先生"龍學"成就的有關論述資料約兩千字,這是需要特別説明並表示感謝的。此外,我的幾位博士、碩士研究生也爲本項目的完成作出了貢獻,其中"詹鍈的《文心雕龍》研究"一章由張然提供了部分初稿,"張燈的《文心雕龍譯注疏辨》"一節由李曉萍提供了部分初稿,"附録"之"紀念'龍學'三十年會議綜述"一節由王娉嫻提供了部分初稿,兩篇"答問録"則由李婧、張莉明、祝慧芳、李曉萍、王笑飛、董韋彤、殷潔茹等參與記錄和整理,其中的問題自應由我負責,但她們付出的辛勞是不可抹煞的,特此說明,並致謝忱。

我的課題組成員還有陳允鋒、馮春田、周紹恒等諸位先生,他們雖然沒有承擔具體的寫作任務,但在項目的策劃和實施過程中,都曾給予我重要的意見、建議或無私的幫助,在此謹表達我由衷的謝意。

本項目完成以後,先後得到了陶禮天教授、趙樹功教授、李建中教授、萬奇教授、胡海教授的評點和謬獎,還有我不知名的國家社科基金結項評審專家的大力肯定,使得本項目最終成果以"優秀"結項,這是對我的極大鼓勵,謹表示誠摯的謝意。

需要說明的是,本書中的不少內容,曾以單篇文章的形式在《光明日報》《文史哲》等報刊上發表過,但當初大多是按本選題的計劃進行的,這次統編還原成書,均作了不同程度的修改和統一。種種失當或謬誤,尚祈方家不吝賜教。

戚良德

2017 年 9 月

《山東大學文史哲研究專刊》已出書目

第一輯

目録版本校勘學論集

秦制研究

魏晉南北朝文體學

李燾學行詩文輯考

杜詩釋地

關中方言古詞論稿

第二輯

兩漢文獻與兩漢文學

秦漢人物散論

秦漢之際的政治思想與皇權主義

文心雕龍學分類索引

宋代文獻學研究

清代《儀禮》文獻研究

第三輯

四庫存目標注（全八册）

第四輯

山左戲曲集成（全三册）

第五輯

鄭氏詩譜訂考

文心雕龍校注通譯

唐詩與民俗關係研究

東夷文化通考

泰山香社研究

第六輯

日名制・昭穆制・姓氏制度研究

易經古歌考釋(修訂本)

儒學視野中的《文心雕龍》

唐代文學隅論

清代《文選》學研究

微湖山堂叢稿

經史避名彙考

第七輯

古書新辨

溫柔敦厚與中國詩學

詩聖杜甫研究

宋遼夏金經濟史研究(增訂本)

探尋儒學與科學關係演變的歷史軌迹

會通與嬗變

被結構的時間：農事節律與傳統中國鄉村

民衆年度時間生活

里仁居語言跬步集